KB122199

황금의 섬
1

황금의 섬 1

재음

발행일_ 2022년 11월 23일
발행처_ 갇샌드
발행 및 편집인_박재은
등록번호_ 제2020-000036호
등록일자_ 2020년 8월 27일
주소_ 서울시 동대문구 홍릉로17길 36-1
이메일_ godsendbooks.reader@gmail.com

* 이 도서는 한국출판문화산업진흥원의
  '2022년 우수출판콘텐츠 제작지원' 사업 선정작입니다.

황금의 섬
1

제주도,
1945년 일본이 수탈한
5천 톤 금괴의 비밀

목차

새 시대의 시작

불꽃의 시작

갈등의 시작

프롤로그

7월, 제주도 선흘리.

당장이라도 비가 쏟아질 듯한 날씨였다.

인부 중 몇은 벌써 한두 방울을 맞았다고 중얼거렸다. 몰려오는 먹구름을 보건데 이제부터 서둘러 정리를 시작한다 해도 이미 현장을 보존하긴 늦은 감이 있었다.

하지만 누구도 멈출 생각을 하지 않았다. 멈춘다는 것은 곧 항복을 의미했다. 그걸 바라는 수십 개의 눈동자가 등 뒤를 노려보고 있는 상황에서, 오기로라도 버텨야 했다. 팽팽하게 버텨 온 마흔하루 동안의 신경전. 악천후로 승부 짓기엔 너무 멀리 와 버렸다.

"쏴아아아-"

한여름 제주도의 매지구름은 폭포수 같은 빗줄기를 쏟아냈다.

역시나… 라고 작업팀장 김 씨는 생각했다. 빗줄기는 예상보다 훨씬 굵었다. 눈치 없는 인부들이 고가의 자재들을 덮으려 달려가자 순식간에 대열이 무너지고, 허둥거림이 노출되었다.

이를 놓칠 상대가 아니었다. 고라니 지키려고 가정을 버리고, 산철쭉 멸종을 막겠다고 직장을 내팽개친 사람들이다. 이 정도 비? 우습지. 사냥감이 힘 빠지길 참을성 있게 기다리는 승냥이 떼의 집요함이 바로 이런 것일까. 공사장 테두리에 장승처럼 서서 무거운 원망의 눈빛으로 지켜보는 이들.

외면하려 해도 스치듯 눈이 마주칠 때마다 인부들은 괜히 기가 죽었다. 마침내 승세가 기우는 순간이 찾아왔는데 그걸 놓칠 리 있겠는가. 폭우를 뚫고 일갈의 포효가 터져 나왔다.

"천연 동굴 훼손하는 불법 개발을 즉각 중지하라!"

"부정부패 제주도청은 세계문화유산 파괴를 중지하라!"

"중지하라!"

"중지하라!"

못 당하지. 현장 경력 25년의 김 씨는 패배를 직감했다.

시청에, 국회의원에 접대 몇 번 하고, 포클레인 보내 밀어 버리는 식의 어설픈 대응으로는 어림도 없었다. 한때는 그런 방식이 통하기도 했지만, 다 쌍팔년도 이야기다. 지금이 어떤 시대인데. 맨몸으로 중장비 앞에 드러누우며 버텨 온 저들의 내공은 정글에서 살아남은 야생동물의 그것과 다를 바 없었다. 목표물을 쟁취하기 위해 나서야 할 때, 숨어야 할 때, 여론을 움직여야 할 때, 직접 몸을 던져야 할 때가 언제인지를 본능적으로 알아채는 잘 훈련된 게릴라군 같았다.

대응 방식도 해를 거듭할수록 세련되어졌다. 인터넷이 발달하면서는 조직력을 키우고, 소위 의식 있다는 지식인층과 환경 분위기에 편승하려는 단체들 덕에 자금력까지 갖게 되었으니, 책상머리에 앉아 인맥과 로비가 전부인 줄 아는 뒤떨어진 개발업자들? 몇 십억 투자금 날려도 이상할 게 없다고 김 씨는 생각했다.

게다가 날씨까지 이 모양이니. 개발사 측 선봉이나 다름없는 자신조차도 하늘의 뜻이라는 패배감에 휩싸일 지경이었다.

빗줄기가 점점 더 세어졌다.

이제는 바로 코앞도 보이지 않았다. 풍력발전기 타워를 설치하기 위해 터 파기 작업 중인 흙구덩이에도 빗물이 쏟아져 들어갔다. 현무암 지형이라 쉽게 물이 고이지는 않겠지만 이 상태로 놓아두면 한 시간도 못 되어 입구 흙이 무너져 내리기 시작할 것이다. 당장이라도 방수천 덮어 마감을 해 두어야 하는데….

포클레인 기사 정우가 고개를 삐죽 내밀고 김 씨를 쳐다보았다. 계속 진행할 거냐는 뜻이다. 김 씨가 안 되겠다는 신호로 낮게 고개를 저었다. 이 정도면 됐다. 여기까지 버텼으면 본사에서도 납득하지 않겠는가? 어쩌겠는가, 날씨가 이 모양인걸.

김 씨가 인부들에게 눈짓을 하고 철수를 지시하려는 찰나, 본사에서 파견된 최 대리가 인상을 쓰고 달려왔다. 컨테이너 사무실에서 불과 몇 미터인데도 현장까지 오는 동안 물에 빠진 생쥐 꼴이 되었다.

"그냥 우산 쓰고 올 것이지, 무슨 의리 지키겠다고."

옆에서 보던 덤프트럭 기사 윤 씨가 비아냥거렸다.

"들려."

"알아."

최 대리에 대한 현장 기사들의 시선은 곱지 않았다. 차라리 겸손하기라도 하면 좋았을 것을, 나이도 새파랗게 어리면서 너무 아는 척, 거친 척, 산전수전 다 겪은 척하는 것이 인부들의 비위를 긁었다. 잔뼈 굵기로는 앉은 자리에서 한번 훑으면 엑스레이인 이들이다. 평생 펜대나 굴리던 애송이 최 대리는 뭘 해도 젖내가 풀풀 났다. 그래서 인부들 사이에서는 최 대리를 젖퉁이라고 불렀다. 그가 무슨 말을 해도 콧방귀 뀌고 클클거리며 못된 농담으로 놀려먹기 일쑤였다.

이런 분위기를 아는지 모르는지 최 대리는 늘 목에 핏대를 세우고, 이래라저래라 본사의 스피커가 되어 현장을 휘젓고 다녔다. 김 씨는 그런 최 대리가 늘 안쓰러웠다. 지금도 모두가 파장임을 직감하고 있는데 또 무슨 엉뚱한 소리를 하려고 나온 것인지. 한껏 심각한 듯 인상을 쓴 최 대리는 인부들에게 주목하라고 손짓을 하더니 목소리를 깔고 시국선언이라도 하듯 말했다.

"공사 중단 없습니다. 오늘 2호기 굴착 작업 끝냅니다. 자자, 늦장 부리지 말고!"

말도 안 되는 공사 진행에 인부들도 짜증을 냈지만, 환경단체의 반응이 더 확실했다. 비난의 야유가 터져 나오고, 곧바로 전투적으로 변한 구호 열창이 시작되었다.

"환경성 검사 없이 졸속 진행 웬말이냐! 뒷돈 부패 시민들이 보고 있다!"

"보고 있다! 보고 있다!"

최 대리의 도발이 환경단체 사람들의 공격 스위치를 누른 셈이었다. 한 달 이상 끌어온 지지부진한 대치 상황에 지친 그들에게 오히려 힘을 실어 준 격이었다. 김 씨는 입장이 정말 난처했다. 마음 같아서는 딱 그만두고 싶은데 그럴 수도 없고. 인부들은 이미 맘이 다 떠서 최 대리의 명령 따위는 들을 기색도 보이지 않았다. 누가 이런 악천후에 공사를 진행하겠는가? 그것도 모르고 아버지, 삼촌뻘 되는 인부들에게 이래라저래라 굼뜨네 어쩌네, 최 대리는 상황을 악화시키고 있었다. 현장 사람들은 당장이라도 폭발할 기색이었다.

"자자, 기왕하는 거, 후딱 해 버립시다. 어서!"

하는 수 없이 김 씨가 나서서 인부들을 어르기 시작했다. 포클레인 기사 정우가 말도 안 된다며 시동을 꺼 버렸다. 김 씨는 얼른 포클레인으로 다가가 그를 달랬다. 거칠게 쏟아져 나오는 불만 섞인 투정을 한참이나 들어주고 나서야 간신히 마음을 돌릴 수 있었다.

"김 형 보고 하는 거요. 이것만 끝나면 저 새끼들이랑은 다시는 일 안 할 거야."

"알아, 알아. 조금만, 조금만 더 하자."

김 씨는 기사들을 다독이고 겨우 작업을 진행시킬 수 있었다. 드디어 포클레인 시동이 걸리고 기계음과 함께 천천히 움직이기 시작했다. 인부들도 마지못해, 제 위치로 돌아갔다.

한 삽, 두 삽.

거대한 기계 삽이 제주도의 검은 돌흙을 향해 내리꽂힐 때마다 환경단체 사람들은 비명에 가까운 외침을 쏟아냈다.

제법 깊은 구덩이가 만들어지고 포클레인은 연이어 돌투성이 흙을 긁어 올렸다. 이왕 할 거 그냥 빨리 끝내 버려야겠다는 생각으로 정우는 작업에 속도를 올렸다. 기계 팔 다루기가 제 팔 같기로는 섬에서 우열을 꼽기 힘든 그였다. 포클레인의 거대한 팔이 기지개를 켜듯힘껏 뻗어 올려진 순간!

번쩍!

바로 코앞에서 카메라 플래시라도 터진 듯 주위가 대낮처럼 밝아졌다. 번개였다. 정우는 등골이 오싹했다. 다행히 포클레인에 떨어진 것은 아니었다. 하늘을 쪼개는 빛줄기가 바로 근처 오름으로 떨어지는 모습이 눈에 들어왔다.

"너무 가까운데? 위험하잖아."

윤 씨는 걱정하면서도 신기해했다. 이렇게 가까이서 번개를 본 것은 처음이었다. 번개가 있으면 당연히 천둥도 오겠지. 거리로 봐서는 곧 엄청난 천둥이 뒤따라올 것이라는 마음의 준비가 되었다.

쿠르르르릉 쾅 쩍!

귀청을 찢어 버리는 듯, 불호령을 내지르는 듯 오싹한 굉음이 현장을 덮쳤다. 일순 환경단체 사람들조차 입을 다물었다. 정우는 당

장 포클레인의 시동을 껐다. 이러다 번개 맞아 죽으면 누가 책임진
다고?

"아, 나 더 이상 못 해!"

정우가 꽥 소리를 지르며 포클레인 문을 열고 막 내려오는 찰나,

"어어어…."

육중한 포클레인이 한쪽으로 쑤욱 기울었다. 현장의 모든 사람은
제 눈을 의심했다. 포클레인은 마치 지하로 내려가는 에스컬레이터
를 탄 것처럼 천천히 땅속으로 빨려 들어가고 있었다. 당황한 정우
는 상황파악을 못 한 채 포클레인에서 내려오지도 못하고 주위만 둘
러보았다.

"뭐, 뭐야. 어떻게 된 거야?"

그의 말이 끝나기도 전에 포클레인을 지탱하던 지반은 엄청난 굉
음을 내며 무너져 내렸고, 5톤이 넘는 포클레인은 마치 장난감처럼
땅속으로 빨려 들어갔다. 가까이에 있던 인부 한 명이 무너지는 흙더
미에 휩싸여 함께 끌려들어 갔다.

"피해! 이리 와!"

김 씨의 외침이 부질없이, 포클레인은 옆으로 누워 깊은 땅속
으로 떨어져 버렸다. 빠져나오지 못한 정우의 얼굴이 유리창 너
머로 보이는가 싶더니 곧 뒤덮인 흙더미에 묻혀 버리고, 인부들
의 비명과 연이어 무너지는 기계들로 현장은 아수라장이 되었다.

한참이나 날아오르는 흙먼지로 상황 파악을 할 수 없었다.
김 씨는 피를 토할 듯 소리를 지르며 미친 듯이 흙더미 쪽으로 달려
갔다. 이런 멍청이, 미친놈. 아까 공사를 멈췄어야 했는데. 김 씨는

강하게 밀어붙이지 않은 자신을 탓했다. 최 대리는 다리에 힘이 풀려 반 실성 상태로 바닥에 주저앉았다.

다행히 빗줄기가 금세 흙먼지를 가라앉혔다. 인정사정없이 쏟아지는 빗발 속에 상황이 드러났다. 포클레인이 파들어 가던 지반 밑으로 거대한 동굴이 형성되어 있던 것이었다. 환경단체들이 경고하던 가지굴이었다. 포클레인이 땅을 파면서 지반이 얇아지자 포클레인의 무게를 지탱하지 못한 가지굴이 무너지면서 중장비들이 굴 안으로 떨어지고 만 것이었다.

"괜찮아?! 무사해?!"

김 씨가 목이 터져라 외쳤지만, 굴 안에서는 아무 대답이 없었다. 엄청난 양의 빗물이 동굴로 흘러들어가 무너져 내린 흙 속으로 스며들었다. 이대로라면 정말 위험했다. 시간이 지체되면 흙 속에 묻힌 인부들은 물에 젖은 흙 무게를 견디지 못할 것이다. 김 씨는 거의 본능적으로 구조 장비를 급조하고 인부들에게 지시를 내렸다. 멀리서 대치 상태이던 환경단체 사람들도 나는 듯이 달려와 구조에 참여했다.

"비가 내려서 계속 무너질 위험이 있으니까 나머지는 밖에서 로프를 지탱하고⋯."

김 씨가 로프를 몸에 감고 직접 동굴 안으로 내려갔다.

무너져 내린 흙더미가 바닥까지 경사로처럼 이어지고 있었으나, 그곳을 밟고 내려가기는 조금 불안했다. 하는 수 없이 로프에 체중을 의지한 채 천천히 아래로 내려갔다.

위에서 줄을 잡고 있는 인부들의 불안정한 마음과 달리 가지굴 내부는 담담하게 그를 맞이했다. 큰 건물의 지하실처럼 눅눅하면서도 서늘한 공기가 김 씨의 볼에 와닿았다. 한여름임에도 마치 냉동 창고 안에 들어선 듯 한기가 느껴졌다.

15

"어이! 괜찮아? 누구 대답해 봐."

김 씨의 목소리는 지하 동굴에 메아리치듯 울려 퍼졌다. 소리의 울림으로 볼 때 생각보다 훨씬 큰 공간이라는 것을 알 수 있었다. 김 씨는 로프에 매달린 상태에서 조심스레 동굴 안을 살폈다.

오래된 종유석과 굳건하게 형성된 암반, 내부는 별다른 균열이나 진동도 없는 것이 더 이상 무너져 내릴 것 같지는 않았다. 동굴에 대해 아는 바가 없지만, 직감이 그랬다. 건물로 치면 제대로 설계되어 단단하게 지어진 느낌이랄까? 그는 늘 자신의 감을 믿었다.

손전등으로 바닥의 상황을 비춰 보았다. 무너져 내린 흙더미 사이로 포클레인이 반쯤 묻혀 있었다. 다행히 흙을 못 치울 정도는 아니었다.

"좀 더 내려. 천천히!"

거의 7, 8m 이상을 내려온 후에야 발이 바닥에 닿았다. 김 씨는 서둘러 포클레인으로 다가갔다. 진흙 범벅이 된 운전석 유리 너머로 머리에 피를 흘리고 있는 정우의 모습이 보였다. 김 씨는 황급히 유리 위의 흙을 치워 내고 창을 두드렸다.

"정우야! 정우야, 정신 차려. 괜찮아? 어?"

잠깐 기절한 정우가 김 씨의 소리를 듣고 정신을 차렸다. 피는 흐르지만 다행히 큰 부상은 아닌 듯, 고개를 끄덕였다. 몸을 일으키려고 하다가 갑자기 몸을 움츠렸다. 어딘가 다친 것 같았다. 떨어지면서 어딘가 뒤틀렸는지 운전석 문은 열리지 않았다.

"기다려. 기다려! 금방 꺼내 줄게!"

김 씨는 몇 명 더 내려오도록 지시했다. 일단 포클레인 유리를 깨고 끌어내면 크게 어렵지 않게 구조할 수 있을 것 같았다. 문제는 흙더미에 휩쓸려 내려간 다른 인부였다. 김 씨는 손전등을 비추며 천천히 흙더미 주위를 돌았다.

"여기요! 도와주세요!"

비명 소리에 달려가니 이번에 처음 함께 일하게 된 형기가 하반신만 흙에 묻힌 채 팔을 허우적대고 있었다. 김 씨는 한걸음에 달려갔다. 얼른 형기의 가슴을 끌어안고 몸을 잡아당겼다. 하지만 꿈쩍도 하지 않았다.

"으으…."

"괜찮아? 잠깐만, 흙 좀 파내야겠다. 팔 치워 봐."

김 씨는 정신없이 형기의 허리 아래쪽 흙을 파헤치기 시작했다. 물에 젖은 흙은 무거웠다. 움푹움푹 흙을 치워 내자 다리를 짓누르던 흙더미가 형기를 놓아주었다.

"아, 됐어요…. 이제 움직일 것 같아요."

김 씨는 있는 힘을 다해 그를 끌어냈다. 다 나온 듯했는데도 쉽게 나오지 않아, 둘 다 흙투성이가 되도록 몸부림을 치고서야 간신히 빠져나올 수 있었다.

"어디 다친 데는?"

"괜찮아요. 전 무사해요."

어느새 내려온 인부들이 포클레인 창을 부수고 정우를 끌어내고 있었다. 어깨와 갈비뼈가 부러진 것 같지만 크게 다치지 않은 듯했다. 천만다행이었다.

"진짜 다행이다. 얼른 올라가자."

"어, 잠깐만 진훈이는요? 진훈이도 떨어졌는데…?"

뭐? 떨어진 녀석이 더 있다고? 김 씨는 자기도 모르게 손전등으로 흙더미를 비췄다. 어디에도 떨어졌다는 진훈의 흔적은 보이지 않았다. 그 말은… 흙 속에 묻혀 있다는 뜻?

"다들 이리와! 사람이 밑에 묻힌 것 같애. 파!"

김 씨의 외침에 인부들은 미친 듯이 달려들어 흙을 파기 시작했다. 물을 머금어 묵직한 흙더미에 반 이상은 돌투성이라 파내는 것은 보통 일이 아니었다. 인부들은 거의 초능력에 가까운 힘으로 기계처럼 흙을 팠다. 야속한 빗줄기는 기껏 파낸 흙더미를 자꾸만 메워 갔다. 그래도 수 명의 장정들이 힘을 모으자 흙은 조금씩 바닥을 드러냈다. 이상했다. 어디에도 진훈은 보이지 않았다. 김 씨는 피가 마를 지경이었다. 혹시 포클레인 밑에 깔렸나? 실성한 사람처럼 주위를 뛰어다니며 손전등을 비추었다.

"팀장니임…."

흙더미에서 한참 떨어진 곳에서 들려오는 낯익은 목소리에 김 씨는 고개가 저절로 돌아갔다. 흙투성이가 된 진훈이 흙더미와는 정 반대편 쪽에서 걸어오고 있었다.

"이 자식아, 살아 있었구나!"

김 씨는 감정이 폭발해서 목이 멜 지경이었다. 진훈은 완전히 넋이 나간 듯 김 씨의 품에 푹 고개를 묻고 안겼다. 김 씨는 진훈의 상태가 약간 이상한 것을 알았다. 머리를 다쳤나?

"너 왜 그래? 어디 다쳤어?"

"티… 흐흑… 혀엉…."

진훈은 큰 충격을 받은 듯 동공이 풀려 있었다. 말을 못 하고 자꾸만 등 뒤의 어둠 속을 눈짓으로 보았다. 김 씨는 진훈이 가리키는 방향을 바라보았다. 가지굴의 안쪽이었다. 진한 어둠으로 가리어져 아무것도 보이지 않았다.

"왜? 뭐가 있는데?"

진훈은 숨을 헐떡이며 말을 잇지 못했다. 때마침 사람들이 달려와 진훈을 부축했다. 여기저기서 안도의 한숨이 터져 나왔다. 도대체 어디 있었냐며 애정 어린 타박까지 하는 것을 보니 사고는 이대로 무사히 마무리 지어질 분위기였다.

김 씨는 진훈이 머리를 다친 것 같으니 조심하라고 전하고, 먼저 올려 보냈다. 얼핏 보기에 크게 다친 곳은 없는 것 같았다. 운이 좋은 녀석이구만. 정말 운이 좋은지는, 진훈이 저 동굴 안에서 무엇을 보았는지에 달렸겠지만. 김 씨는 직감적으로 안쪽으로 들어가선 안 된다는 것을 알았다. 후회하게 될 것이다. 하지만 자신이 결국은 들어갈 것임도 알았다. 얕은 숨을 내뱉고 김 씨는 동굴 안쪽을 향해 손전등을 비추었다. 검은 허공을 가로지르는 불빛 속에 부유하는 흙먼지들이 날벌레처럼 날아올랐다.

한 발, 두 발. 몇 걸음 옮기지 않아 동굴의 어둠은 김 씨를 완전히 감쌌다. 고요함. 그리고 이상하게도 약간의 성스러움. 마치 평일 낮에 가본 텅 빈 교회의 느낌 같다고 김 씨는 생각했다.

눈앞의 공간은 건물 지하 주차장만큼이나 넓었다. 자연 동굴이라고 하기엔 어딘가 대칭이 맞아 보이는, 누군가 손을 댄 느낌까지 드는 곳이었다. 김 씨는 조금씩 앞으로 나아갔다. 바닥은 울퉁불퉁하지 않았다. 이 역시 누군가가 길을 다듬어 놓은 것만 같았다.

'툭.'

발에 무언가 걸렸다. 김 씨는 손전등으로 발밑을 비추었다.

하얀색. 먼지가 뽀얗게 앉은 길고 투박한 하얀 막대. 김 씨는 이게 뭐지 하는 생각으로 하얀 막대를 집어들었다. 쑤욱, 막대 끝에 이어진 다른 막대, 다른 막대가 후르르 떨어져 내렸다. 순간 머릿속을 스쳐 가는 무언가.

후회할 틈도 없이 김 씨의 손에는 하얗게 빛나는 오래된 정강이뼈가 들려 있었다. 놀라서 손을 놔 버린 김 씨의 옆으로 떨어진 뼈는 투박한 소리를 내며 무언가에 부딪혔다. 김 씨는 숨을 멈추고 천천히 손전등으로 발밑을 비춰 보았다. 발 옆에 가지런히 놓여 있는 또 다른 하얀 인골. 손전등 불빛이 만든 자그마한 원 안에 나란히 누워 있는 시체만 다섯이었다. 그리고 그 옆에도, 뒤에도.

김 씨는 더 이상 손전등이 없이도 시야에 들어오는 희끗희끗한 물체들의 정체가 무엇인지 깨달았다. 광활한 운동장만큼 넓은 가지굴 끝까지 열을 맞춰 누워 있는.

그것은 바로 수백 구의 백골이었다.

사건의 시작

남영동 양곱창집

"아이, 바닥 좀 다시 깔지. 강남은 2년도 안 돼서 새로 깔더만."

움푹움푹 빗물이 고인 남영동 골목길.

태훈은 무신경하게 발을 내딛으며 인상을 찌푸렸다. 우산을 써도 등이며 어깨를 적시는 비는 어쩔 수 없다 치지만, 험한 길 때문에 바지가 젖는 것은 짜증이 났다. 세계 디자인 도시를 부르짖는 서울에서, 그것도 서울시청을 지척에 두고 시장이 숨기고 싶어 할 대표적인 곳 중의 하나, 남영동. 골목마다 무슨 계단이 그리도 많은지.

그래도 그들은 늘 남영동이었다. 둘이 모이건, 전원이 다 모이건, 여의도에서도 가까웠고 시내에서도 한걸음이기 때문이다. 처음엔 삐삐 울리면 언제라도 날아가기 위한 어쩔 수 없는 선택이었지만, 이제는 다들 중견 축에 들어섰고, 몇몇은 큼지막한 특종을 터뜨린 후 사진부장 타이틀도 달았다. 강남은 교통체증 때문에 부담스럽지만, 광화문이든 종로든 강북이면 어디든 충분히 갈 수 있는 형편이라 굳이 이곳을 고집할 이유가 없었다.

하지만 이들은 여전히 남영동에서 만났다. 언제 울릴지 모르는 핸드폰, 어디로 날아가야 할지도 모르는 대기 중 인생이 운명이고, 현장이 주는 긴장감으로 핏속까지 중독되어 버렸다고 불평 반 자랑 반 말하는 이들. 영락없는 육체노동자라고 스스로 인정하는 사진기자들에게는 엉덩이가 반쯤만 걸쳐지는 대폿집 철제 의자가 폭신한 한정식집 공단 방석보다 훨씬 마음 편했다. 십 년, 이십 년이 지나도 남영동이 최고라고 소주 한 잔 들어가면 이들은 습관처럼 되뇌곤 했다.

벌써 9시. 늦은 저녁이지만 몇 달 만에 동아리 동기들 전원이 모이는 날이다. 시끄럽던 관공 유착 비리 뒤치다꺼리도 대강 끝나고 이른 휴가철도 시작되어서 모처럼 여유로운 언론가의 비수기였다. 날씨도 여유를 부리는지 대낮부터 시작된 늦장맛비는 서울의 밤거리를 축축하게 적시고 있었다. 오늘따라 비가 참 구질구질하게 내린다고 태훈은 생각했다. 구질구질하게 내리는 비는 어떤 비냐고 누군가 묻는다면, 그냥 기분이 그렇다고 심드렁하게 말했을 것이다. 따지지 마라. 말로 감정을 표현해 내는 건 내 전공이 아니다.

태훈은 어렵게 들어간 신문사 기자직을 4년 만에 그만두고, 대학 때부터 동아리 활동을 하던 사진으로 방향을 돌려 같은 신문사에 사진기자로 재입사했다. 그만둔 회사에 재입사 원서를 넣은 당돌한 후배에게 선배들이 반감을 갖지 않았던 것은, 워낙 태훈이 빠릿빠릿해서 이쁨 받았던 것도 있지만, 기자 훈련 받은 사진기자 녀석이라 두루두루 쓰일 데가 많을 것이라 생각해 주는 개방적인 신문사 분위기 탓이 컸다.

아무튼 그 덕인지 탓인지 태훈은 어느 정도 연차가 된 후에는 사진과 기사 양쪽을 모두 담당하는 독립적인 취재 보도에 주로 투입되곤 했다. 기사를 살려 주는 사진이기보다 사진을 보충 설명해 주는 기사가 태훈의 스타일이었다. 자칫 신문에는 맞지 않을 수도 있지만, 이미지에 익숙한 젊은 독자층에게 호응이 좋아 다양한 분야에 태훈을 보내는 일이 많았다.

원래 좋은 다큐멘터리는 내레이션을 최소화하고 영상만으로 메시지를 전할 수 있어야 한다지 않는가. 말보다는 그림. 태훈은 카메라 포커스를 맞추며 혼잣말을 했다. 구질구질한 밤비를 표현해 내기 위해, 입이 짧은 자신이 보는 세상을 보다 명확히 표현해 내기 위해 카메라가 있는 것이니까.

'나의 세상은 렌즈 속에 있다.'

이 말을 이번에 출간할 개인 사진집에 넣어야겠다고 생각하고 있었다. 원래는 '필름 속에 있다.'라고 하려 했지만, 시대가 바뀌고 신문사도 정책이 바뀌면서 사진기자들에게도 디지털 카메라가 지급된 지 오래였다. 태훈 역시 디지털의 장점을 부정하면서까지 필름의 가치를 고집할 정도로 로맨티스트는 아니기 때문에 개인 작업에도 필름과 메모리카드를 가리지 않고 쓰고 있었다. 하지만 나의 일상이 메모리카드에 담긴다고 말하고 싶지는 않았다. 그래서 '필름에 담긴다.'고 할 수 없다면 차라리 '렌즈에 담긴다.'는 표현을 택한 것이다.

어디서 많이 들어 본 것 같기도 한 걸 보면 어느 사진가가 이미 했던 말인지도 모르겠다. 하지만 표절이 될지, 인용이 될지는 몰라도 자신의 마음이 꼭 그랬다. 그래서 태훈은 오늘도 비에 젖은 밤거리를 렌즈에 담았다. 오늘의 이 구질구질함을 먼 훗날 떠올릴 수 있도록.

"넌 지겹지도 않냐. 하루 종일 찍고, 또 찍어?"

같은 신문사에서 일하는 정철이었다. 못 말린다는 표정.

"일이 지겹지. 이거야 취미고."

태훈은 특유의 서글서글한 웃음으로 응수했다.

"자식… 징하다."

정철은 가방을 내려놓자마자 가게 이모님이 눈치 있게 미리 가져다 놓은 소주병을 땄다. 구질구질한 비. 정철에게는 칼칼한 소주 한 잔이 그 구질스러움을 표현하는 방법이었다.

"그래도 빨리 나왔네? 아까 올 때 보니까 마무리하려면 한참 더 걸 릴 것 같더니만."

태훈이 카메라를 내려놓고 의자를 끌어와 앉았다. 정철은 진저리가 난다는 듯 고개를 저으며 태훈의 잔에 소주병을 기울였다.

"21세기에 무슨 놈의 보물선이냐, 정신 나간 놈들."

정철은 지난 며칠간 이슈가 되고 있는 보물사냥꾼 관련 취재를 맡고 있었다. 최첨단 전문 기구를 동원해 세계 곳곳에 숨겨진 보물을 찾아낸다는, 마치 영화에서나 나올 법한 젊은이들이 한국을 방문 중이었다.

"그냥 던져 주고 나왔지. 아, 이거 요상하게 길어질 분위기야. 벌써 열흘 넘게 쫓아다녀도 황금은 커녕 무슨 금이빨 하나 안 나오더라."

태훈은 다 그런 것 아니냐는 듯 미소를 지으며 순식간에 비어 버린 정철의 잔에 소주를 채워 주었다.

그렇게 두 명으로 시작된 술자리에 곧이어 방송국에서 일하는 대발이 오고, 다큐멘터리 촬영 중인 승재가 오고, 사진과 강사하는 민철, 지난해 보도사진전 수상한 C신문사의 경식, D신문사의 훈상과 진규, K신문사의 병호, 성식, 영수가 차례로 합류했다. 비는 그치지 않을 것처럼 연이어 흘러내리고, 밤은 어느새 12시로 다가가고 있었다.

이글이글 불판 위에서 익어 가는 막창보다 거나한 입담을 주고받는 동기들의 얼굴이 더 빨리 달아올랐다. 손님들이 한판 빠져나간 후이지만, 좁은 대폿집은 여전히 테이블마다 터져 나오는 손님들의 우렁찬 목청 덕에 소란스러웠다. 멀리 가게 전정에 붙은 TV에서는 아나운서가 홀로 마감 뉴스를 진행하고 있었다.

막 새 잔을 받아 들이키던 병호의 시선이 TV 화면에 멈췄다.

"어! 저거 뭐야?!"

병호의 손가락을 따라 동기들의 시선이 일제히 TV로 향했다. 소리는 들리지 않지만 아나운서 허리춤으로 큼지막한 자막이 지나가고 있었다.

'[속보] 제주도 공사 현장 수백 구 백골 발견'

화면은 현장 중계로 넘어갔다. 흥분한 표정으로 소식을 전하는 리포터. 비 오는 밤이라 어두워서 현장이 보이지는 않았지만, 경찰들이 통제하고 촬영을 저지당한 카메라맨이 휘청거리는 바람에 앵글이 날아가고, 보통 상황이 아니었다.

열한 명의 움직임이 일순 정지했다. 1초, 2초, 3초… 뭐가 먼저랄 것 없이 핸드폰이 동시에 울리기 시작했다.

"네, 국장님!"

"지금 봤습니다."

"가고 있어요."

화재 대피 훈련이라도 하듯이 일사불란한 움직임으로 동기들은 서로 눈인사만 날린 채 샷시 문을 빠져나갔다. 어차피 날 밝으면 대부분 제주도에서 만나게 될 것이다.

텅 비어 버린 테이블, 황급히 떠나느라 쓰러진 세 발 철제 의자 두어 개만 바닥에 뒹굴고 있었다. 남은 사람은 다큐 촬영하는 승재와 대학 강사하는 민철, 그리고 태훈뿐이었다. 어처구니없지만 처음 겪는 일도 아니었다. 삼풍백화점이 무너졌던 때도, 그들은 늦은 저녁으로 삼겹살을 먹고 있었다. 그때는 동시에 삐삐가 울려 댔다.

수십 년이 흘렀지만, 참 일관성 있다고 태훈은 생각했다. 그다지 놀랍지 않다는 듯 민철이 쓴웃음을 지으며 잔을 비웠다. 승재가 잔을 채워 주려는데, 태훈이 잽싸게 먼저 잔을 채웠다. 승재가 의외라는 표정으로 태훈을 보았다.

"넌 안 가?"

"가기 싫다. 비도 오고."

"웃기고 있네. 어여 가."

"이런 날, 해골을, 그것도 수백 개나 보러 가야겠냐? 비도 오는데…."

태훈이 생각만 해도 싫다는 듯 고개를 저었다.

"가라. 이런 역사적인 순간에 현장에 있을 수 있다는 것만도 영광이
니까."

"영광이냐? 그게?"

"그럼! 영광이지."

철없는 학부생 제자 야단치는 듯하는 민철의 표정이 조금 서글퍼
보였다. 현장. 모든 저널리스트의 꿈. 교수라는 사회적 지위를 위해
현장을 포기한 것을 그는 후회하고 있을까?

태훈은 두 친구를 남겨 놓고 흐느적거리며 대폿집을 나섰다. 여전
히 비는 주룩주룩 내리고 있었다.

'진짜 구질구질하네….'

태훈은 큰길로 걸어가며 벌써 10여 분째 쉴 새 없이 진동을 전해 오
는 핸드폰을 꺼내 들었다. 이대로 안 받아 버리면 어떨까?

"여보세…."

"야, 이 새끼! 너, 전화 안 받고 뭐해!"

"아, 왜 욕을 하고 그러세요. 정철이 벌써 갔잖아요."

"너 이 자식, 지금 당장 제주도로 내려가!"

"국장님 지금이…."

태훈은 늦장을 부리며 손목시계를 보았다.

"…12시 17분인데요. 비행기가 있겠어요?"

"야! 당장 가라면 가. 카메라 보낼 테니까 지금 당장 출발해!"

삑 소리와 함께 끊어져 버린 핸드폰. 아이, 고막 찢어지면 산재 되나? 태훈은 혼자 궁시렁거리며 담배를 꺼내 물었다. 우산을 받고, 가방은 들고, 담배를 물려니 인생이 더 구질구질하게 느껴졌다. 짙은 담배 연기. 이 짓도 더는 못 해 먹겠다. 담배를 끊든지, 회사를 끊든지.

마침 지나가던 택시가 속도를 줄였다. 태훈은 아쉽게 한 모금을 더 빨고는 택시 뒷자리에 몸을 던졌다.

"김포공항이요."

새벽 김포공항

택시는 비 오는 강변북로를 나는 듯이 달려서 20여 분 만에 김포 공항에 도착했다. 어지간한 강심장인 태훈도 살 떨릴 스피드였다. 덕분에 도착하니 1시도 안 된 시간이었다. 태훈은 도착을 알리는 전화를 편집부로 걸었다.

"김포공항이에요. 여기서 밤샐까요, 첫 비행기까지?"

"무슨 헛소리야? 특별기 30분 있다 출발이야. 겨우 자리 구했으니까, 가자마자 현장부터 확인해."

"특별기요?"

태훈은 놀랐다. 큰 사건이긴 하지만 한밤중에 비행기 띄울 정도의 사건인가?

"청와대하고 군에서 좀 예민해져 있어서, 전문가들 몇 해서 내려가는 거야. 신문사는 우리 하나 겨우 꼈어. 그것도 항공사 빽으로 가는 거니까 괜히 입조심하고, 가는 사람들 잘 좀 살펴보고."

"아, 네… 알겠슴다."

태훈은 귀찮은 일에 말렸다는 생각이 들었다. 높으신 분들이 신경 쓰고, 게다가 군에서까지 예민해져 있다면? 잘해야 본전이다. 기껏 찍어 놓고 나가지도 못할 가능성이 다분했다. 그것도 찍을 수 있다는 전제하에서. 그나저나 사건 정황이나 정부 반응으로 보아 이번 사건의 배경은 짚이는 데가 있었다. 제주도에 백골이라… 떠올리고 싶지 않은 일들, 가고 싶지 않은 곳. 태훈은 핸드폰 전화번호부를 훑어 내려 오래된 번호를 눌렀다. 뚜르르르, 뚜르르르, 탁.

"여보세요?"

"형님 뜨신다. 한 시간 반 후에 도착하니까, 모시러 나와라."

"태훈 형? 뭐야? 태훈 형 맞어?"

"가기 싫어 죽겠는데 가는 거니까, 잘해!"

"아니… 사람 뜬금없이 뭐라는 거야? 이 밤중에 집에 온다고? 지금 어딘데?"

"김포공항."f

"미쳤어? 이 시간에 비행기 없어."

"특별기 타고 내려가신다. 정부 귀하신 몸들이랑. 그러니까 차 대놓고 기다려라."

"나 참, 10년 동안 그렇게 오래도 안 오던 사람이 뭔 일이래. 알았어. 아무튼 나갈게."

태훈의 핸드폰으로 통화 중 대기 신호가 울렸다. 운송팀이었다.

"야, 전화 들어온다. 이따 보자."

발신 번호를 눌러 통화를 연결하자마자 다급하게 느껴지는 목소리가 튀어나왔다. 국장이 어지간히 안달했던 모양이다.

"어디 계세요?"

"여기 1층 택시 정류장 앞인데요."

"아, 네, 거기 계세요."

신문사에서 보낸 카메라 장비를 실은 차가 도착했다. 출발 시간까지는 20여 분. 타이밍도 기가 막히게 잘 맞는다고 태훈은 속으로 비아냥거렸다. 자신의 운명에, 이렇게 갑작스런 귀향을 준비한 운명에 대한 조소랄까?

태훈은 때아닌 백골 출토로 경황도 모른 채 빗속을 질주했을 운전기사에게 카메라 가방을 건네어 받았다. 가방은 빗물로 축축했다.

"담배 한 대 드릴까요?"

태훈과 운전기사는 김포공항 택시 정류장에 쭈그려 앉아 습기로 눅눅해진 담배를 피웠다. 역시 구질구질. 그래도 기억에 남을 만하다고 태훈은 생각했다.

"사진 한 장 찍어도 될까요?"

"에이! 사진은 무슨…."

손사래는 치면서도 주름진 눈가는 어느덧 누그러져 있었다. 태훈은 인생의 쓴맛을 담배 한 대로 표현하는 기사의 모습을 필름에 담았다. 구질구질한, 그리고 끝나지 않을 만큼 긴 오늘 밤을 표현할 최고의 한 방이었다.

이륙

간판까지 모두 불이 꺼진 김포공항은 완벽하게 어둠에 싸여 있었다.

국장의 지시대로 화물차 전용 입구가 있는 건물 끝으로 다가가니 불빛이 보였다. 직원들이나 오갈 법한 통로를 지나가니 바로 보안 검색대가 나왔고, 그 앞에는 한 무리의 사람들이 모여 있었다.

탑승자 리스트를 든 직원이 다가와 이름과 신분증을 요구했다.

태훈이 신문사 출입증을 제시하자 직원은 좌석 번호가 적힌 스티커를 태훈의 손등에 붙여주었다. 스티커를 받은 사람들은 차례차례 검색대를 지나갔다. 조용하고 신속한 진행. 이런 식의 일처리에 매우 익숙하다는 느낌을 받았다. 모르긴 해도 꽤 빈번하게 있는 일일지도.

검색대 앞에서 대기 중인 인원은 예상외로 많았다.

어림잡아도 3, 40명은 되어 보였다. 방수 점퍼를 입고 장비를 동원하고 있는 것으로 보아 고고학과 발굴단으로 짐작되는 젊은 연구진들은 장비들을 하나하나 풀어 검색대에 올리느라 시간을 지체하고 있었다.

태훈은 아는 얼굴이 있는지 확인하기 위해 대기 중인 사람들을 훑었다. 법의학계에서 제법 알려진 교수와 모 대학 정형외과 과장, 그리고 그 팀으로 보이는 젊은이들이 가장 먼저 눈에 들어왔다. 그리고 국립박물관 관계자 몇 명. 공무원으로 보이는 사람들도 있었는데 따로 떨어져 자기들끼리 모여 있는 것으로 보아 발굴대는 아닌 다른 목적으로 함께하는 것 같았다.

정형외과 과장과 팀의 조교수 한 명과 안면이 있어서 살짝 눈인사를 건넸다. 특별 조사단이고 청와대에서도 신경 쓰고 있다고 한 것치고는 병원 연구소나 대학 관계자 등 평범한 인원 구성이었다.

문득 태훈의 눈에 뒤쪽에 혼자 줄을 선 한 노인의 모습이 들어왔다. 머리는 백발에 가까운데 자세는 젊은이 못지않게 바르고 꼿꼿했다. 앙 다문 입술로 담담한 표정을 유지하고 있지만 풍겨 오는 지적인 아우라는 지나가는 사람의 시선을 끌 만했다. 포스도 있고, 얼굴도 낯이 익은데….

더 생각할 틈 없이 곧 태훈의 차례가 되었다. 카메라 장비에 대한 간단한 검색이 끝나고 문을 나서니, 눈앞에 바로 활주로가 모습을 드러냈다. 대기 중인 비행기는 737기종의 일반 국내선 여객기였다.

좌석에 비해 인원은 반도 안 되었으므로 적당히 아무 자리에나 앉아도 될 듯했지만, 부장의 충고대로 눈에 띄는 행동은 하지 않기 위해 티켓 스티커에 적힌 좌석에 앉았다. 다행히 뒤에서 두 번째 복도측 좌석이었다. 나쁘지 않았다.

태훈이 카메라 가방을 발밑에 밀어넣고 고개를 드니 요란스럽게 탑승하는 황소만 한 덩치가 눈에 들어왔다.

C신문사의 경식이었다. 허겁지겁 왔는지 등은 온통 비로 젖어 있었다. 경식은 계면쩍게 주위에 죄송하다고 인사를 하며 당연하다는 듯이 맨 뒷줄을 향해 걸어 들어왔다. 태훈의 까닥이는 손을 알아보고는 다가와서는 낄낄거렸다.

"자식, 늦게 일어나더니 벌써 와 있냐? 이거 봐라 새끼. 젖지도 않았네?"

"우리밖에 못 타는 줄 알았는데?"

"야, 우리도 그 정도 파워는 있어."

경식은 요란스럽게 물에 젖은 머리를 털며 태훈의 반대편 좌석에 짐을 내려놓았다. 덩치가 있는 만큼 한 좌석으로는 부족했다. 스튜어디스가 다가와 경식에게 눈치 있게 타월을 건네자 연신 고맙다며 여기저기 닦느라 법석을 떨었다. 저 녀석이 왔으니 조용히 가기는 틀렸다고 생각하며, 태훈은 멍하니 창문으로 시선을 주었다. 창문으로 한 남자가 다가와 서는 것이 비춰 보였다.

"실례합니다. 제 자리가 안쪽이라."

이 많은 자리를 두고 비좁게 꼭 옆자리에 앉아야 하나 싶어 짜증스럽게 올려다보니, 검색대 앞에서 보았던 노인이었다. 태훈은 무방비하게 늘어져 있던 몸을 황급히 일으켰다.

"아, 네, 죄송합니다."

말하면서도 죄송할 것까지는 없다고 생각했지만, 노인의 몸에 밴 올곧음은 왠지 모르게 상대로 하여금 죄책감이 들게 했다. 평생을 대쪽같이, 하늘에 한 점 부끄럼 없이 살아온 사람만이 가질 수 있는 당당함 같은 게 느껴진달까? 정체가 뭔지, 그냥 뜨내기 노인네는 아닌 것이 분명한데. 정부조사단에 낄 정도면 자기 분야에서 꽤 명망이 있을 것이고, 어디선가 본 듯한 느낌도 다 안면이 있었기 때문이리라.

기억을 더듬던 태훈은 고개를 돌려 노인의 옆모습에 눈길을 주었다. 완고하게 당겨진 턱선, 순간 그가 누구인지 떠올랐다.

"혹시… 이세영 선생님 아니십니까?"

노인은 조금 쑥스러워하는 것 같았다. 한국 문학계에서 중요한 위치를 차지하는 작가이지만 최근엔 거의 작품 활동을 하지 않은데다, 수년 전에 발표한 마지막 작품도 젊은 사람들 취향에 맞는 내용은 아니었다. 트위터에, 블로그에, 툭 하면 신문에 사진이 실리는 베스트셀러 작가 같은 인지도는 없어서, 책 좀 제대로 읽는 사람이나 문단

관계자쯤 되어야 그의 얼굴을 알아볼 터였다.

하지만 이세영과 제주도. 아귀가 맞았다. 그는 제주도 출신으로 평생 그곳을 배경으로 한 글을 써 왔다. 4·3을 문학 작품 속에서 주요 화두로 등장시킨 것도 그의 공이었다. 제주도 출신인 태훈에게는 중학교, 고등학교 대선배이기도 했다.

"당연히 알고 있죠. 전 H신문사 기자 유태훈이라고 합니다. 예전에 문인협회 기념식 때 인터뷰 간 적도 있습니다만…."

태훈이 얼른 명함을 꺼내며 공손히 내밀었다. 세영은 이런 만남이 어색한 듯 연신 허허 웃으며 돋보기안경을 고쳐 쓰고 명함을 읽었다.

"어째 이 늙은이를 다 안다 했더니 기자분이셨구만."

세영은 인사치레로 명함을 받아 집어넣지 않고, 한참이나 주의 깊게 보았다. 그렇게 볼 것이 많은 명함이었나 오히려 태훈이 쑥스러워질 정도였다.

"유태훈 기자님, 젊은데 유능하신가 보구만. 이런 데 껴서 같이 내려가는 걸 보면."

"막 부려도 되는 연차라 그런 거죠."

칭찬인지, 떠보려는 건지 속을 알 수 없는 세영의 눈빛에 태훈은 자기도 모르게 시선을 피했다. 쪽팔리게…. 카리스마가 장난 아니라고 생각하며 어색하게 웃는데 참 불편한 자리였다. 앞으로 한 시간을 이러고 가야 하나? 빨리 출발이라도 하면 좋겠다고 생각하는데, 그런 태훈을 약 올리기라도 하듯 기장의 안내 멘트가 흘러나왔다.

"폭우로 인해 잠시 이륙이 지연되고 있습니다…."

"아, 이래서 내일 가겠다고 했던 건데…."

옆자리에서 경식이 대놓고 불평을 했다.

경식의 볼멘소리를 들었음이 분명한데, 세영은 쓴웃음만 지을 뿐 경식 쪽으로는 눈길도 주지 않았다. 아예 안면을 틀 생각이 없다는 투였다.

"특종을 위해서라면 어디든 간다는 기자님들도 이런 날 험한 거 보러 가긴 싫으신가 보구먼…."
"그다지 내키는 건 아니죠. 갑작스럽기도 하고…."
"모든 사건이 결국 다 갑작스러운 거 아닌가?"
"제 말은, 귀향이 그렇다는 겁니다. 실은… 고향이 제주거든요. 거의 한 10년 이상 가지 않았지만."

태훈은 자신이 제주 출생임을 전할 기회를 놓치지 않았다. 왠지 처음부터 그에게 말하고 싶었다. 동향끼리의 교감을 원해서 그런 것은 아니고, 그냥 세영에게 자신을 각인시키고 싶었다. 그리고 제주도에서 노인의 영향력을 생각하면, 어떻게든 친해 놓는 것이 좋을 것이라는 기자로서의 감이 무의식중에 발동한 탓도 있었다.

태훈이 제주도 출신이라는 말에 세영은 의외로 놀라는 것 같았다. 팽팽하게 긴장해 있던 노인의 주름이 부드럽게 풀어지더니 바라보는 시선이 달라졌다. 대쪽같이 깐깐해 보이던 노인이 이렇게 쉽게 무장 해제 되어 버리다니.

상대가 마음을 열자 당황한 것은 오히려 태훈이었다. 맘 여린 노인에게 좀 유치한 짓을 한 것이 아닌가. 떳떳치 못한 의도가 한 점 깔려 있던 것이 가시가 되어 마음을 찔렀다.

세영은 그런 태훈의 속도 모르면서 그저 이해한다는 듯이 고개를 끄덕였다.

"멀리하고 싶은 때가 있는 법이지요."

노인은 오해하고 있었다.

36

'섬에 대한 나의 외면은 지극히 개인적인 것입니다.'라는 말이 태훈의 목구멍에서 움찔거렸다. 자신을 안쓰럽게 바라보는 노작가에겐 미안한 말이지만, 태훈에겐 역사를 바라보는 의식이나 얼룩진 과거를 바로잡으려는 대단한 시대정신 따윈 없었다. 그저 비좁은 형제들의 틈바구니에서, 물질에 깊어 가던 어머니의 잔주름에서, 벽에 물이 흐르는 여름 습기와 하루에도 백 번 바뀌는 변덕스런 겨울 날씨에서 벗어나고 싶었던 것뿐이었다. 그리고 알 수 없는 답답함에서도.

하지만 그런 이야기를 하는 것은 호의를 보여 준 노인에 대한 배신이 될 것임을 알고 있었다. 태훈은 화제를 바꿨다.

"아무래도 그 백골은 4·3 거겠죠?"

"그럴 가능성이 높겠지요."

"그런데 그렇게 많은 인원이 한자리에 숨어 있다가 죽었다는 게 좀…
가만히 앉아 죽을 바엔 어떻게든 살려고 빠져나오는 게 인간 심리 아
닌가요?"

노인의 입에서 대답이 나오지 않았다.

당연한 수긍을 기대했던 태훈은 직감적으로 자신의 말이 그를 불편하게 만들었다는 것을 알았다. 거의 80년 전 일이라 무심히 넘겼는데, 4·3이 이 노작가에게는 현재진행형임이 뒤늦게 떠올랐다.

"아, 죄송합니다. 제가 생각이 짧아서….

"아니, 뭐, 그럴 수도 있지. 당시를 이해 못 하면 답답하게 보이기도
하겠지. 하지만 자네도 섬 출신 아닌가?"

세영은 태훈의 눈을 지그시 바라보았다. 마치 태훈의 속마음을 읽으려는 것처럼 예리하면서도 묵직했다. 하지만 그런 눈빛이 무섭다기보다, 철없는 손주를 향한 할아버지의 '이놈' 하는 호통 같았다. 꾸지람에 섞인 애정이 느껴져 태훈은 자기도 모르게 묻어 둔 마음의 빗

장을 풀었다.

"섬에서 4·3 모르고 자란 사람이 누가 있겠습니까?"

고해성사라도 할 참인가?

태훈은 눈치없이 찡해지는 코끝이 원망스러웠다. 이런 데에서, 이제 와서 너절하게 늘어놓고 싶지 않은 감회. 어린 시절 명절 때면 지겹도록 들었던 이야기. 마치 손자의 가슴팍에 각인이라도 하려는 듯 단어 하나 틀리지 않게 반복되고 반복되었던 조부와 당숙과 오촌 아저씨가 들려주던 붉은 섬의 이야기. 과거 저 멀리에 묻고 지낸 지 십수 년이라 이제는 기억도 채 나지 않는데, 어처구니없이 노인의 눈빛에 말려 주절거리고 있는 모습이 자신답지 않다고 생각했다. 하지만 누가 보겠는가? 자기보다 더 촉촉이 눈가에 물기를 비치고 있는 저 노인 말고.

"열 명 중에 한 명이 죽었다고 해도 타지 사람들이 듣기에는 남 일이지, 하지만 섬에서는 집안에 하나는 그렇게 죽어 간 것이니까… 어르신 중엔 없었나?"

"조부가 진주형무소에 계셨더랬죠. 선생님께서도 그때 겪으셨지요?"

"그때뿐인가? 일정시대부터 다 겪었지."

"실례지만 연세가?"

"34년 갑술생이네. 그래도 어릴 적 병약해서 죽을 고비를 여러 해 넘기느라 호적을 세 살이나 늦게 올렸지. 체구는 작아서 별 차이가 없었는데 머리만 제 나이로 커서 늘 학교 또래보다 어른스러웠지. 세 살이 많았던 셈이니까. 그래서 인생이 고달프기도 했다오. 허허."

때마침 이륙을 알리는 방송이 흘러나왔다. 기다림에 지쳐 있던 승객들은 갑자기 신문을 접으랴, 짐을 치우랴 부산스럽게 이륙 준비를 했다. 연륜 있어 보이는 스튜어디스들이 잰걸음으로 다가와 안전벨트와 등받이를 확인하고 지나갔다. 태훈과 세영의 대화는 자연스럽게 중단되었다. 태훈은 등받이에 몸을 묻었다. 동체를 두드리는 굵은 빗소리에 아랑곳없이 비행기는 서서히 움직였다. 세영은 물끄러미 창밖을 내다보았다. 활주로, 비행기, 그리고 귓가를 울리는 거대한 엔진소리. 그에겐 잊지 못할 시절로 들어가는 열쇠나 다름없었다.

1945년 5월, 제주도 북촌, 다려도

엄청난 굉음을 내며 미군의 B-29기가 상공을 지나갔다. 파란 하늘에 그어 놓은 흰 줄처럼 전투기가 남긴 꼬리는 오래도록 남아 있었다. 해변에서 멱을 감던 소년들은, 전투기의 모습이 하나의 점으로 사라질 때까지 목이 빠져라 하늘만 쳐다보았다. 까맣기는 까마귀가 사촌 하겠는데, 입은 새 새끼 마냥 벌리고 있어서, 딱 봐도 까마귀 새끼들 같았다.

철썩.

키를 덮는 큰 파도가 아이들에게로 쏟아졌다. 이내 정신을 차린 아이들은 다시 신나게 헤엄을 쳤다. 해안에서 300m 남짓 떨어진 다려도. 섬의 동쪽 끝을 향해 출발해 헤엄을 쳐도 도착해 보면 해류에 밀려 섬의 서쪽 중간쯤 닿게 마련이었다. 일등은 늘 세영이었다.

"일등! 어여 와라, 이 느림보들아!"

세영은 다려도 큰 섬에 올라 손을 허리에 걸치고는 동무들을 재촉했다. 세영과 일등을 다투는 용이가 곧이어 도착했고, 뒤따라 진수와 시철, 그리고 늘 꼴찌인 학순이 한참 만에 바위섬에 올랐다. 학순은 늘 오는 거리인데도 힘에 부치는지 숨을 헐떡였다.

"더 빨라졌구만. 우째 헤엄을 그리 잘 치냐?"

"세영이 너는 니 엄니 닮아서 헤엄을 잘하나 보다."

정말 그럴지도 몰랐다. 세영의 엄마는 해녀 중에서 최고였다. 상군 해녀 중에서도 으뜸이어서 늘 어획량이 많았고 값나가는 전복도 남들의 배나 건져 올렸다. 때로는 장거리 어획을 가는 머구리 배에 끼어 몇 달씩 집을 떠나 있기도 했는데, 그런 엄마가 돌아올 때면 집안은 어느 때보다 더 풍성해졌다. 대다수의 또래 아이들은 짚신을 신거나 맨발로 다니던 그때, 제법 산다 하는 아이들도 고무신이 닳는 것이 아까워 맨발로 다니다가 학교 교문 앞에서만 고무신을 신던 그때에, 어린 세영은 반에서 유일하게 운동화를 신었다. 제주읍 칠성통 반상점인 일본인 잡화점에서 파는 감청색 운동화였다. 그 운동화가 세영의 손에 들어왔던 날, 아이들은 한 번씩 신어 보게 해 달라고 유리구슬이며, 엿이며, 사탕수수대 같은 것을 한 바구니 가득 가져왔다. 또 세영의 일제 철제 필통도 아이들이 부러워하는 것 중 하나였다. 연필이 필통 안에서 경쾌하게 달그락거리는 소리는 세영의 등장을 알리는 신호처럼 여겨졌다. 동네 아이들은 한 집안에 일고여덟 형제가 부대껴 지내느라 끼니도 어려운 처지였지만, 손이 귀한 집에 외아들로 태어난 세영은 어려운 시절에도 온갖 좋은 것은 다 누릴 수 있었고, 그런 세영은 아이들에게 동경의 대상이었다.

섬에 도착한 아이들은 바다에서 노란색 버드나무 잎처럼 흩날리는 큰잎모자반을 건져 올려 쌓기도 하고, 잎 끝에 공기주머니가 구슬 알갱이처럼 달린 구슬모자반을 널어놓고 그 위를 밟고 지나다니기도 했다. 공기주머니에 발을 디딜 때마다 요란한 파열음이 터져 나오는 재미에 아이들은 경쟁적으로 발을 놀렸다. 고래처럼 생긴 물고기인 곰세기 똥을 주워 배 경주를 하기도 했다. 똥이라고 부르긴 했으나 진짜 똥인지는 알 수 없었다.

"맞다! 그 소식 들었나?"

"모?"

"사라봉에서 미군 공군기가 일본기를 네 대나 격추해 버렸다고 하
더라."

"미군이?"

"응! 일본군 무기 창고를 폭격해서 폭탄도 다 터뜨려 버렸대!"

또래 아이들에게 소식통으로 통하는 진수가 과장된 표정으로 포탄
떨어지는 흉내를 내었다. 진수는 위로 중학생 형이 둘이나 있었다.
밤낮으로 형들 곁에서 주워듣는 탓에 시국이니 정세니 아이들은 알
아듣지 못할 단어들을 능숙하게 사용하였다. 아이들 대부분이 가 보
지도 못한 제주읍내 소식이나 일본, 중국 본토 소식 등도 줄줄 꿰고
있어 그의 말은 아이들 사이에서 제법 신뢰도가 있었다. 그런데 의외
로 학순이 삐딱하게 나왔다.

"말이 되나? 천황 군대가 얼마나 강한데 미군한테 당하나? 소련이랑
중국도 다 물리쳤다 하던데?"

"미국이 일본보다 더 센가 보지."

"말도 안 된다!"

"안 그럼 왜 폭격당하냐?"

"그건 뭐, 잠깐 당했나 보지. 하지만 일본이 제일 세다. 미국도 진주
만에서 다 밀어 버렸단 말이다."

아버지가 면서기인 학순은 무조건 일본 편이었다. 몇 해 전까지만
해도 동네 사람들 모두 학순이 아버지에게 굽신거렸다. 하지만 작년
말부터 사정이 크게 달라졌다. 제주도로 수많은 일본군이 몰려들어
오기 시작했고, 먹을 것 없는 천황 군대를 위해 섬 주민들의 식량은
모조리 공출되었다. 본래 작은 마을이라 서로 남의 집 숟가락 개수까
지 알던 사이인데, 언제부터 일본 놈들 밑에 붙어 이웃 뜰에 묻어 놓

은 좁쌀이나 말린 고구마까지 싸그리 파내 가는 이장이나 면서기들의 악랄함에 주민들은 치를 떨었다. 게다가 전쟁 물자 수집이라는 명목으로 제사상에 올릴 놋그릇과 제기까지 빼앗아 가기에 이르자 마을 사람들의 분노는 극에 달했다. 예전 같으면 잘 보이려고 겉으로라도 친절했던 아주머니들도 이제는 학순을 모른 체하거나 눈을 흘기기 일쑤였다. 그나마 동무들은 학순을 외면하지 않았지만 무조건 일본 편을 드는 학순에게 동조하지는 않았다.

"아, 그럼 미국이 1등, 일본이 2등, 소련이 3등. 이렇게 되는 건가?"

"그렇지."

"그럼 우리나라는 몇 등인데?"

"우리나라가 일본이잖아. 그러니까 일본이 2등이면 우리도 2등이지."

"우리가 왜 일본이야! 우리나라는 우리나라지!"

학순의 말에 용이가 발끈했다.

"일본이랑 우리나라랑 합방했으니까 한 나라지. 너 그리 말하다 들키면 큰일 난다."

"그래서 니 아버지한테 이를 거냐?"

"내가 고자질쟁이로 보여?"

용이와 학순의 감정이 격해지자 아이들은 둘을 떼어 놓았다. 아버지가 독립운동을 하다 만주로 도망갔다는 용이네는 마을에서도 형편이 세일 인 좋았다. 경찰들이 괴롭힌다는 소문이었다.

"그래도 일본 선생님 말고 조선 선생님들은 그리 말 안하던데? 우리나라는 우리나라고, 꼭 독립할 거라 하던데."

"그리 말하고 다 잡혀갔잖아. 일본으로 밀항해 도망가거나."

"독립하면 좋은가?"

매사에 시큰둥한 시철이 첨벙첨벙 물에 발길질을 하다 한마디 던졌다.

"독립하면 짐처럼 맨날 방공호 파느라 삽질할 필요도 없지! 솔뿌리
캐러 다닐 필요도 없고!"

"공출도 없다 안 하나?"

"그래? 그럼 보리농사 지은 거 다 우리가 먹는 거야? 고구마도?"

"당연하지. 뺏어갈 사람이 없잖아. 전복도 다 캔 사람이 갖는다고."

"우와. 그럼 빨리 됐으면 좋겠다."

독립도 조국도 얼마나 배불리 먹을 수 있냐에 달려 있었다. 배가
고프면 슬프고, 배가 부르면 만사 걱정이 없이 행복한 아이들이었다.
저만치 먼 바다에서부터 바다색이 거뭇거뭇해져 왔다.

"비 오려나?"

바람만 불어도 바다 냄새로 날씨를 가늠하는 섬 아이들에게 바다
는 늘 재미있고 친숙한 놀이터였지만, 아이들은 누구보다도 바다 무
서운 줄 알았다. 파도가 높아지기 전에 해안가로 가 있는 편이 낫겠
다 싶어 누가 먼저랄 것 없이 하나둘 물로 뛰어들었다.

"배고프다. 가서 소라 구워 먹자."

말과 함께 세영은 해변을 향해 헤엄치기 시작했다. 아이들도 질세
라 따라왔다.

백합 문양

1945년 제주도는 일본과 미국의 대격전 소용돌이 한가운데 놓여 있었다.

1944년 7월, 일본이 점령하였던 사이판이 미군에 의해 함락되면서 일본 본토는 미군의 장거리 폭격기 B-29의 공격 사정권 안에 들어가게 되었다. 일본은 미군의 일본 본토 상륙을 대비하여 본토 방위를 위한 '결호 작전'을 시작하였다. 1945년 3월 총 7개의 최후 결전 지역을 지정하였는데, 그중에서 제주도는 유일하게 일본 본토가 아님에도 최후 결7호 작전 지역으로 선포되었다. 미국이 필리핀에서 오키나와 열도를 거쳐 일본 서남부 규슈 방면으로 상륙하게 될 경우, 전략상 제주도를 중간 거점으로 삼을 가능성이 매우 크다고 판단되었기 때문이다.

일본군은 제주도에 제58군 사령부를 설치하고 그 휘하에 관동군과 일본 본토, 하얼빈에 상주 중인 여단, 야포병 연대, 공병 연대, 치중병 연대 등 동아시아에서 활약하던 7만여 일본군 병력을 제주도에 집결시켜 마지막 순간에는 다 함께 죽음을 불사한다는 옥쇄의 각오로 섬을 요새화하기 시작했다. 당시 인구 15만 명 내외였던 제주도에 7만여 일본군 병력이 모여들자 섬은 곧 포화상태가 되었다. 벼농사를 지을 수 없어 식량을 전량 수입해야 하는 작은 섬에 인구는 넘쳐나고 식량 조달이 어려워지자, 일본군은 섬의 어린이와 노인들을 육지로 이송하는 작전을 세웠다. 그러나 얼마 지나지 않아 미군의 해로 봉쇄로 섬으로의 모든 출입은 중단되었고, 섬사람들과 일본군들은 오도 가도 못한 채 섬에 갇혀 물리적 굶주림과 정신적 전쟁 공포로 뒤엉킨 혼란스러운 시간을 함께 보내야만 했다.

해 질 녘이 되자 한 집, 두 집 밥을 짓느라 아궁이에 지핀 연기가 지붕 너머로 피어올랐다. 밭일을 마치고 집으로 돌아가는 아낙들이 놀고 있던 아이들을 불렀다. 친구들은 하나둘 각자 집으로 돌아갔다. 마지막까지 함께 놀던 시철마저 배가 고프다며 자리를 뜨자 세영은 은근히 조급함이 몰려왔다. 이 동네에 사는 아이들이야 집까지 엎어지면 코 닿을 거리지만, 세영은 이웃마을인 조천에 살고 있었기 때문이다. 다려도가 보이는 해변 마을 북촌에서 조천까지는 5㎞가 넘었다. 숨 가쁘게 달려도 30분은 걸리는 거리였다.

세영은 잠시 고민했다. 서우봉 근처 길로 가로질러 가면 시간을 줄일 수 있었다. 하지만 그 부근은 육지에서 들어온 일본군의 임시 막사로 발 디딜 틈이 없었다. 별 문제없이 그 길로 지나다니곤 했는데, 얼마 전 엄마에게 들켜 그 근처에는 얼씬도 말라는 엄명을 들은 터였다. 엄마는 처녀 적에 해녀 봉기 사건으로 옥살이를 했던 탓에 일본군이나 일본 경찰이라면 자다가도 몸서리를 했다.

'그럼 어쩐다.'

세영은 길 한가운데 우두커니 멈춰서 생각에 잠겼다. 해는 눈에 띄게 쑥쑥 내려가고 있었다. 먼 길로 돌아가서 밥시간에 늦으면 엄마한테 혼날 것이다. 또 빨리 가려고 일본군 진지를 가로질러 가도 엄마한테 혼날 것이다. 어느 쪽이든 혼나기는 마찬가지 아닌가. 그렇다면 배도 고픈데 밥시간에 늦지 않는 쪽이 낫다는 결론이 내려졌다. 세영은 일본군 막사가 있는 서우봉으로 방향을 잡아 타다닥 달리기 시작했다.

해안가에는 군용 천막이 빼곡히 들어서 있었다. 군인의 수가 워낙 많다 보니 천막은 마을 어귀까지 이어졌고, 주민들의 생활터전과 군용지를 구분 짓기 어려웠다. 일부 군인들은 민가의 빈방을 빌려 창고로 사용하기도 했다. 모든 것이 임시방편이고 군기는 찾아보기 힘들었다. 상당수는 장거리 이동으로 지치고 병들어 있었고, 연달은 전투 패배 경험으로 열패감에 휩싸여 있었다. 더 이상 전의에 불타 돌진하던 태평양 전쟁 초기의 일본군이 아니었다. 한반도의 남쪽 끝 섬까지 후퇴해 올 수밖에 없었던 자신들의 처지에서 조국의 패전을 직감하고 있었다.

그러다보니 표면적으로는 일본 군부가 섬을 장악하고 있었음에도, 하급 병사들은 주민들의 눈치를 살피며 행동을 조심했다. 무엇보다 주민들의 협조와 도움이 없다면 당장 다음 날 먹거리를 마련할 수가 없었기 때문이다. 식량도 수탈이나 착취보다는 주민들이 채취한 해산물을 담배, 담요 등의 군 비품과 교환하여 자체적으로 마련하는 모습도 심심찮게 눈에 띄었다.

힘의 균형을 본능적으로 깨우친 아이들 입장에서 일본군은 조금도 무서운 존재가 아니었다. 게다가 군인들 중에는 심지어 제구실을 하기 어려워 보이는 저능아들이나 손가락이 없는 이들도 있었다. 들리는 말로는 엄지와 검지 손가락만 멀쩡하면 다 군대에 징집되었기 때문이라고 했다. 그런 군인들은 당연히 짓궂은 동네 아이들의 놀잇감이 되기 마련이었다. 아이들은 머리가 모자란 군인들에게서 군용 과자를 훔쳐 먹거나 그들이 보초를 서다 조는 사이 군수품을 훔쳐 내는 경쟁을 하기도 했다. 나중에 이걸 안 상관에게 혼찌검 나는 모습을 아이들은 키득거리며 훔쳐보았다.

이런 상황이었으므로 세영은 겁도 없이 일본군 막사촌을 가로질러 집으로 돌아가는 것을 망설이지 않았다. 서우봉 근처로 들어섰을 때 일본군 식사 시간인지 임시로 세워진 식당 건물 앞에는 군인들이 길게 줄을 서 있었다. 세영은 요리조리 장애물을 피하며 날다람쥐 같은 몸짓으로 군대 막사 사이를 헤치고 나아갔다.

얼마 못 가 마을을 벗어나자 곧바로 한적한 길이 이어졌다. 해는 이미 져서 거뭇거뭇 길이 보일 듯 말 듯 하지만, 세영은 재빠른 발놀림으로 돌부리를 피해 달려 나갔다. 이미 가마솥에 밥은 완성되어 뜸이 들어 가고 할머니는 돌아오지 않는 손자 걱정에 집 앞 올레에 시선을 주고 계실 터였다.

조천 마을을 향해 한참을 달려가던 세영의 눈에 저만치 바다 가까이에 모여 있는 한 무리의 사람들과 커다란 트럭이 들어왔다. 나름 군사지역이라 평소 낮에는 주민들 왕래가 통제된 곳이긴 했지만 앞도 보이지 않게 깜깜한 이 시간에 사람들이 모여 있는 것이 이상했다. 호기심이 발동한 세영은 방향을 돌려 그쪽으로 다가갔다. 도둑고양이처럼 사뿐사뿐 가다가 모습이 보일 법한 거리까지 와서는 들풀들 뒤로 몸을 숨겼다. 거북이처럼 엉금엉금 기어 가다가 고개를 빼꼼이 쳐들어 바라보니, 일본군들이 해안가에 배를 대고 짐을 내리고 있었다.

'저쪽은 항구도 없는데, 어째 저런 데 배를 댔을까?'

좀 전에 지나온 막사촌의 산만하고 해이해진 군인들과는 달리, 삼엄하고 군기가 바짝 든 천황군들이 긴장된 분위기 속에서 나무 궤짝을 운반하고 있었다. 하나의 궤짝을 두 명의 군인이 간신히 들어 옮기는 것을 보니 궤짝 안에는 무언가 무거운 것이 들어 있는 듯했다. 세영은 궁금함을 참지 못하고 좀 더 가까이로 다가갔다. 불과 3, 4m 떨어진 지점까지 다가가니 트럭에 가리어 보이지 않던 한 남자의 모습이 드러났다. 지휘관처럼 보이는 작은 키의 남자는 짐이 실리는 모습을 꼼꼼하게 지켜보고 있었다. 그 남자는 이마부터 턱까지 길게 세로로 칼에 맞은 흉터가 나 있었는데, 마치 그 선이 얼굴 양쪽을 나누고 있는 것처럼 보였다. 코는 한쪽으로 치우쳐 있어서 오줌을 지릴 정도로 무시무시해 보였다. 세영은 군인들이 나무 궤짝을 트럭에 모두 옮겨 싣고 떠날 때까지 꼼짝 않고 그 자리에서 지켜보았다.

트럭이 떠나고 배도 멀어진 후 상자들이 놓여 있던 자리에 가 보니 방금 전까지 놓여 있던 상자의 흔적이 땅에 남아 있었다. 상자 무게에 눌려 만들어진 직사각형의 자국 한가운데에는 국화인지 백합인지 모를 꽃 문양이 달빛에 도드라져 보였다.

아버지, 일국 삼촌

평소보다 30분은 늦게 집에 도착한 세영은 어머니에게 크게 꾸지람을 들었다.

할머니는 어서 밥부터 먹으라고 불러들였지만, 밥상머리에서도 어머니의 추궁은 그치질 않았다. 차마 일본군들을 구경하다가 늦었다는 말을 할 수 없었던 세영은 다려도에서 헤엄치고 놀다가 깜빡 시간 가는 줄 몰랐다고 거짓말을 하였다. 북촌 마을은 어머니의 고향이었기 때문에 북촌에 갔었다고 하면 어머니는 한없이 관대해진다는 것을 세영은 알고 있었다.

그런데 이번에는 감싸 주던 할머니 쪽에서 야단이 났다.

상대적으로 부촌인 조천에서도 나름 이름 있는 집안 마나님이었던 할머니는 하나뿐인 손자가 북촌 촌동네 물살 센 바다 골에 뛰어들었다는 데 충격을 받았다.

본래 조천은 조선시대부터 육지에서 왕래하는 명사나 귀빈이나 제주산 조공품들을 육지로 보낼 때 지나는 통로였다. 귀양 온 유명한 선비들도 조천에 머무는 사람들이 많았는데 할머니는 세영네 집안이 그 먼 후손이라고 하여 긍지가 대단했다.

시대가 변하여 사농공상도 없어졌고, 집안의 가세도 기울어 해녀 일을 하던 어머니를 며느리로 받아들이긴 했지만, 어머니가 처음 시집을 왔을 때 할머니는 가장 먼저 물질을 그만두도록 다짐받았다. 이

후 아버지의 건강이 안 좋아지고 집안 형편이 어그러지면서 다시 시작된 어머니의 물질 덕에 굶지 않고 살아갈 수 있었지만, 버젓한 양반 출신인 할머니는 물에 뛰어든다는 것에 대한 근원적인 공포심과 천시하는 마음을 지니고 있었다.

그래서 기겁을 하며 세영에게 두 번 다시 그 험한 곳에 가지 않겠다고 약속을 하라고 했다. 세영이 고개를 밥그릇에 박고 뭉그적거리자, 할머니는 연거푸 다그쳤고, 그런 할머니의 호들갑에 괜히 심술이 난 어머니는 그 정도 물살은 걱정할 것 없다며 통박을 주었다. 그리고는 하루에도 몇 번씩 거친 파도 속에서 저승을 오가며 물질을 하는 며느리는 걱정하지 않고 오로지 손주만 생각하는 시어머니에 대해 야속한 심사를 줄줄이 풀어놓았다. 할머니는 할머니대로 손 귀한 집에서 하나뿐인 자손을 조심성 없이 내모는 어머니의 부주의함에 불만을 터트렸다. 기실 그리 특별할 것 없는 내용들이었다. 그저 고된 살림살이에 지쳐 주기적으로 반복되는 고부간의 신세한탄으로, 세영이 이미 수천 번은 들은 이야기였다.

세영은 자기 때문에 시작된 할머니와 어머니의 말다툼은 모르는 척 식은 밥그릇을 끌어당겼다. 하루 종일 노느라 허기가 진 데다가, 여름철 별미인 콩잎쌈과 보리밥을 보자 침이 절로 고였던 것이다. 어린 콩잎을 여럿 포개어 보리밥을 얹고, 그 위에 멸치젓 쳐서 먹는 맛이 그만이었다.

할머니와 어머니의 목소리는 귓등으로 넘긴 채, 세영은 보리밥을 우적우적 한달음에 먹어 치우고는 방을 빠져나왔다.

서늘한 바닷바람에 간간한 냄새가 섞여 별빛도 하나둘 번져 보였다. 이럴 때면 세영은 아버지가 그리웠다. 아버지가 있었다면 어머니도 할머니도 이렇게 서로에게 악다구니할 생각을 못 했을 것이다. 병약하고 왜소한 아버지였지만, 아버지의 큰 헛기침은 모두를 입 다물게 하는 묘한 힘이 있었다.

세영의 아버지는 벌써 3개월째 일본군에 노무 동원되어 집을 떠나 있었다. 넓은 밭을 소유했던 진수네 아버지는 그 밭이 군사작전용으로 징발당하면서 농경근무대에 차출되어 그저 자기네 밭에서 농사를 지어 바치면 되었지만 세영의 아버지나 시철이네 아버지는 일본군 갱도 진지를 만드는 노역에 동원되었다.

올초까지는 노역을 해도 집 가까이 서우봉 해안에 갱도를 파거나 마을 근처 축성을 쌓는 일에 동원되어서 아침에 나갔다가도 저녁에는 돌아올 수 있었는데, 봄부터는 상황이 바뀌었다.

초기에 일본군은 해안선을 제1저지선으로 삼아 해안가 여러 곳에 굴을 파 특공대원들이 대기하고 있다가 어뢰를 안고 그대로 미군 함정에 돌진한다는 계략을 세웠다.

하지만 시간이 지남에 따라 일본군의 대형선은 미군의 폭격으로 거의 대부분이 파괴되기에 이르렀고, 수적으로는 7만이라는 막강한 병력을 갖고 있음에도 일본군은 최후의 방어선을 해안선에서 한라산 쪽으로 이동하지 않을 수 없었고, 또 다시 중산간 지대를 중심으로 섬의 오름 곳곳에 작전기지와 군사용 갱도를 파기 시작했다.

이런 군사시설 건설에 주민들이 동원되었는데, 세영의 아버지를 비롯한 조천 마을 남자들 상당수 역시 한라산까지 끌려가 함바에서 단체 숙식을 하며 몇 달째 굴 파는 일에 동원되었다.

원래는 두 달씩 돌아가며 교대로 노역을 한다는 원칙이 있었지만, 일본은 1939년에 만든 국가총동원법을 근거로 하여, 조선인들도 제국신민이므로 비상시에 징용은 당연한 것이라고 강제징용을 합리화하였다. 말이 징용이고 군대지 총 한 자루 주지 않고 밤낮으로 삽질과 곡괭이질만 해야 하는 고된 노예 생활이나 다름없었다. 갱도를 만드는 오름까지 시멘트와 자갈, 물 등을 전부 등에 지고 날라야 했다. 도망가려 해도 오름 아래는 일본군이 새까맣게 깔려 있으니 그럴 수도 없었다. 오죽 힘들었으면 함덕리의 한 어부는 곡괭이로 자기 발을 일부러 찍어 겨우 돌아올 수 있었다는 소문이었다.

게다가 식량 배급도 부족해서 매끼 겨우 허기를 면할 정도의 납작 보리쌀에 밀을 섞은 밥과 소금국만 지급되었다.

일은 힘든데 먹는 것이 부실하니 아버지는 갈수록 말라 갔다. 세영의 집에서는 그런 아버지에게 한 달에 한 번씩 먹을 것을 날랐다. 보리를 볶아 갈아 가루로 만든 개역이나 마른 고구마는 노역에 동원된 이들에게 매우 긴요한 양식이었다.

세영의 엄마는 힘들게 물질을 해서 세 식구 양식뿐만 아니라 아버지 먹을 것까지 마련해야 한다고 신세 한탄을 하면서도 꼬박꼬박 아버지 몫을 챙겨 보냈다. 공출에 빼앗길 새라 남들 몰래 파묻은 독 안에는 억척스레 모은 보리쌀이 숨겨져 있었다. 집안 곳곳에 제법 많은 양의 식량이 감추어져 있다는 것을 세영은 알고 있었다.

그러나 일본군이 자꾸만 더 몰려오고 공출은 날이 갈수록 심해지니 언제까지 버틸 수 있을지는 알 수 없었다. 지난번 공출에는 툇마루 아래 숨겨 둔 보리 가마니를 통째로 빼앗겼다. 세영은 일본이 이기든 미국이 이기든 상관없으니, 어서 전쟁이 끝나기만을 바랐다. 그래서 아버지가 돌아오셔서 어머니의 힘든 일이 조금은 줄어들기를 바랐다.

어머니와 할머니의 싸움이 어느 정도 마무리되었는지 방 안이 조용해졌다. 어머니가 문을 열고 상을 내오다가 마루에 걸터앉은 세영을 보고 말했다.

"세영아, 내일 아버지 먹을 것 갖다 드려라."

"내일?"

"그래. 보름이니까."

관리하는 간수들에게 미리 말해 둔 날짜가 아니면 면회를 할 수 없기 때문에 정해 놓은 날짜에 가야 했다.

아버지가 있는 거문오름까지는 걸어서 꼬박 반나절이 걸렸다. 노역일이 다 끝나는 다섯 시쯤에야 면회가 가능했는데, 그때 먹을 것을 전달하고 나면, 오는 동안 해가 져 버려 집까지 올 수 없었다. 세영은 이 절호의 찬스를 놓치지 않았다.

"아부지한테 갔다가 일국 삼촌 산막에서 자고 와도 돼?"
"에이그 그놈의 일국이는 매번…. 쯧, 그놈 쫓아댕겨서 뭣에 쓰게. 테우리 될 테냐!"

세영 어미는 세영이가 어려서부터 일국의 뒤를 쫓아다니는 것이 영 탐탁지 않았다.

세영뿐 아니었다. 그 또래 아이들에게 일국은 영웅이었다. 세영보다 여덟 살이 위인 일국은 어릴 때부터 동네 꼬마들을 휩쓸고 다니며 골목대장 노릇을 했다. 아이들을 데리고 바다 멀리까지 수영을 해나가거나 오름이나 계곡 등 온갖 험한 장소는 다 헤집고 다니며 말썽을 일으켰다.

그러다가 열다섯 살 넘어 제 아비 뒤를 이어 말테우리가 된 후에는 한동안 마을을 떠나 있었는데, 겨울이 되자 말까지 끌고 돌아와 마을을 다니며 어린 사내 녀석들 맘을 들쑤셔 놓았다. 말을 돌보는 기술이 각별하게 뛰어나 열여덟의 나이에 일본군에 징용되어 한라산 중산간 목장에서 군마 돌보는 일을 하게 되었는데, 그때 일국 어미도 덩달아 선흘리 목장 근처로 이사를 갔다.

하지만 어린 시절에는 함께 조천 마을 지척에 살았던 탓에 유독 세영과 일국은 사이가 각별했다. 세영 어미는 그게 늘 걱정이었다. 그러나 세영은 이런 엄마 속도 모르고 일국이 이야기만 나오면 마치 제자랑처럼 입에 침을 튀기며 열을 올렸다.

"일국 삼촌이 얼마나 대단한데. 유도도 잘하고 수영도 잘하고, 아무리 무거운 곰돌도 못 드는 게 없는 장사라고. 일본군들이 타는 말도

다 일국이 삼촌이 훈련시키는데! 삼촌이 일주일만 타면 걸음걸이가
제멋대로인 덜렁마들도, 앞발 뒷발이 탁탁 맞아서 최고의 제마가 된
다는 거 아니야?”

“왜놈들 말 훈련시켜 줘서 뭣에 쓰냐. 공출이나 더 긁어 가겠지.”

　엄마의 말에 세영은 입이 한 자나 튀어나왔다. 다른 건 다 참아도
일국 삼촌을 무시하는 것은 참을 수 없었다. 일국 삼촌같이 멋진 남
자가 되고 싶다고 생각하는 세영이기에 이런 엄마의 말이 더 속상했
다. 그런 세영의 마음을 모를 세영 어미가 아니었다. 일국이 나쁜 청
년이 아니라는 것도 알았다. 하지만 미리부터 쐐기를 박아 놔야 행여
라도 허튼 생각 못 할 테니 모질게 구는 것이었다. 어렵게 얻은 외아
들. 공부만 한다면 일본에 유학도 보내 줄 참인데, 괜한 헛바람 들어
테우리나 되겠다고 하면 어쩌나 생각만 해도 가슴이 철렁했다. 그럼
일국을 가만두지 않겠다고 세영 어미는 단단히 벼르고 있었다. 아무
튼 내일은 아버지에게 먹을거리를 갖다주기 위해 험한 돌길을 하루
종일 걸어야 하니 일단은 한발 물러날 수밖에 없었다.

　“가는 길에 일국 어미한테 들렀다 가. 뭐 일국이 갖다줄 거 있냐고.”

　“응.”

　세영은 신이 나서 방으로 냉큼 뛰어 들어갔다.

선흘 곶자왈

  어업조합 일로 아침 일찌감치 집을 나서야 했던 세영의 엄마는 아버지에게 보낼 말린 고구마와 개역을 한 보따리 싸 놓았다. 세영은 할머니가 차려 주는 아침밥을 맛나게 먹고는 봇짐을 둘러메고 바로 길을 나섰다.

  한라산을 향해 가는 길은 완만한 경사의 연속이었다. 조천에서 중산간에 위치한 거문오름까지는 15㎞가 넘는 거리인데, 크고 작은 구릉을 넘고 인근 마을 밭 사이로 이어진 길을 걷고 또 걸어야 했다. 게다가 중간에 선흘 마을에도 들러야 했기에 시간이 넉넉한 편은 아니었다.

  제주도의 길은 어딜 가나 흙보다 돌이 더 많았다. 오죽 돌이 많았으면 차가 다닐 수가 없어 일본군이 신작로를 닦았다고 하겠는가. 신경 쓰고 걷지 않으면 여기저기 튀어나온 돌부리에 제대로 발을 찧게 마련이었다. 게다가 설핏 시작된 장맛비로 길 곳곳은 이끼 투성이었다. 조금이라도 발을 잘못 디디면 단번에 미끄러지기 십상이고, 그럼 튀어나온 돌에 여지없이 무릎이나 팔꿈치를 찧었다. 하지만 오늘은 그나마 다칠 걱정이 덜 되었던 것이, 새로 산 운동화를 신고 나왔기 때문이었다. 거문오름까지 길도 험하고 멀어서 운동화 밑면이 닳는 것은 걱정되었지만, 세영이 운동화를 신고 온 데는 그만한 이유가 있었다. 엄마가 알면 기겁을 할 일이지만 험난한 곶자왈을 지나는 데

운동화가 제격일 것이라는 생각에서였다.

하늘을 덮은 나무와 빽빽한 덤불로 길도 나 있지 않은 숲, 곶자왈. 곶자왈은 무성한 나뭇잎들 탓에 한낮에도 곳곳에 어둠이 드리워져 있었고, 해가 기울기 시작하면 대번에 칠흑 같은 어둠에 휩싸여 앞뒤 구분도 할 수 없었다. 하늘이 보이지 않으니 방향을 잡을 수도 없는 곶자왈은 미로나 다름이 없었다. 곶에서 길을 잃었다간 밖으로 나오려다 오히려 더 깊은 곳으로 들어가는 일이 허다했다. 그래서 소나 말을 모는 테우리들이 종종 우마에게 물을 마시우러 곶자왈의 늪지를 찾아오거나 겨울철 숯을 만들러 올 뿐, 어른들도 곶에는 잘 드나들지 않으려 했다. 간혹 땔나무를 줍거나 약초를 캐기 위해 낮에 다녀가긴 했지만, 늘 다니는 발길이 나 있는 곳만 오갔지 곶의 깊은 곳까지는 들어가지 않았다.

더군다나 곶자왈은 과거에 용암이 흘러 만들어진 지형에 식물들이 자라 형성된 것이어서, 지면은 온통 크고 작은 용암 바위들로 이루어져 있었다. 사람이 걸어 다닐 만한 평평한 길 자체가 드물 뿐 아니라 바위들 위에 덤불들이 덮여 자라나, 설사 발밑에 푹 꺼져 들어간 구멍이 있어도 겉에서는 알아챌 방도가 없었다. 조금만 주의를 기울이지 않으면 떨어지거나 발이 빠져 크게 다치는 일이 잦았고, 그러다 보면 어느 새 방향 감각을 잃고 길을 잃게 되는 것이었다. 아무리 소리를 지르고 도움을 청한다 해도 지나는 이들이 없으니 듣고 달려와 줄 수도 없었다. 곶은 아이들이 함부로 들어가서는 안 되는 위험천만의 장소였다.

그중에서도 선흘 곶자왈은 섬에서 가장 넓고 복잡했다. 하지만 세영은 그런 선흘 곶자왈을 뻔질나게 드나들었다. 처음에는 일국을 따라 선흘곶 안 늪지들을 중심으로 길을 익혔다. 워낙 호기심 많고 겁도 없는 세영은 차근차근 활동 범위를 넓혀 곶의 험난한 지형지물들을 머릿속에 담아 갔다. 단순히 호기심 때문만이 아니라 곶의 길을 익히는 것은 세영에게 무엇보다 중요했다. 엄마 몰래 일국 삼촌을 만나러 갔다가 하루 만에 집에 돌아오려면 최단거리인 곳을 통과하는 수밖에 없었기 때문이다. 때론 바위에서 굴러 흙투성이가 되거나 발목을 접질려 엄마에게 혼나는 일도 있었지만, 엄마는 설마 세영이 그 멀고 험한 선흘곶까지 가서 놀다 봉변을 당한 것이라고는 상상조차 하지 못했다.

오늘도 세영은 곶자왈로 들어섰다. 그나마 발길이 잦은 길들을 지나 본격적으로 곶이 시작되는 지점에서 세영은 가급적 바위길이 아닌 지형이 험하지 않은 덤불길을 택했다. 곳곳에 가시가 많은 나무나 칠낭처럼 피부병을 옮기는 나무가 있어 신경이 쓰이긴 했지만, 운동화를 신고 달리면 얼마나 빨리 곶을 통과할 수 있는지 알아보고 싶었기 때문이다. 오래 신으라고 큰 사이즈로 마련한 탓에 자칫 벗겨질 수가 있어서, 세영은 운동화 끈을 확실하게 잡아매었다. 몇 걸음 걷는데 역시 고무신을 신었을 때와는 달랐다. 발에 채이는 돌들과 사방으로 뻗어 있는 나무뿌리들을 성큼성큼 밟아 넘어갈 수 있으니 걷기가 수월했다.

곶자왈에서 나무들은 뿌리를 땅 위로 뻗었다. 흙보다 바위가 많은 지역이다 보니 뿌리들이 파고들 틈을 찾지 못했던 것이다. 곶에서 종종 마주치게 되는 3, 4m가 넘는 높고 굵은 나무의 뿌리는 마치 안간힘을 다해 바위를 움켜쥔 노파의 깡마른 손가락처럼 바위를 둘러싸고 뻗어 있었다. 간혹 하늘로 솟아오른 뿌리도 있었는데, 뿌리와 가지가 뒤엉켜 자라는 이상한 광경도 곶자왈에서는 흔한 일이었다.

운동화의 단단한 밑창의 효과는 기대 이상이었다. 거치는 것이 없는 구간에서는 마치 평지에서 뜀박질을 할 때만큼의 속도를 낼 수 있어서, 잘하면 점심 전에 선흘 마을에 도착하고도 남을 것 같았다. 세영은 신바람이 나서 중간에 보리탈 군락에서 입과 손이 빨갛게 물들도록 따 먹고, 남은 보리탈은 넓적한 모시풀에 싸서 봇짐에 챙겨 넣는 여유를 부렸다.

선흘 마을로 다가가면서 세영은 일국 어미가 일하고 있을 오갱이밭 쪽으로 방향을 잡았다. 뒤늦게 선흘 마을로 이사 간 일국이네는 마을 가까운 밭을 얻지 못했다. 하는 수 없이 언덕도 넘고 작은 곶도 넘어가야 하는 산비탈 오갱이밭을 가꿔 조 농사를 지을 수밖에 없었다.

예상대로 일국 어미는 밭에서 김을 매고 있었다. 육지에서는 깻잎 모양의 넓적한 호미를 쓴다지만, 섬에서는 가느다란 갈고리 모양의 갈쟁이로 밭의 돌을 골라내었다. 흙보다 돌이 더 많은 제주도 땅에서 농사를 짓기 위해 지겹도록 해야 하는 일이었다. 집안 식구가 모두 호미 자루를 잡을 줄 알아야 그 집 살림이 핀다고 하지 않는가. 그만큼 토양이 척박한 섬에서 농사를 지으려면 배는 부지런해야 했다.

"아주머니!"

세영이 크게 부르자 일국 어미가 느릿느릿 고개를 들고는 웃어 보였다.

"올 때 됐거니 했다."

"헤헤…."

"여까지만 하고 들어가서 점심 먹자."

세영은 일국 어머니가 옆에 골라 놓은 돌무더기를 밭가 돌담 위로 옮기고는 함께 집으로 향했다.

일국의 집은 곳곳에 말편자며 말린 말가죽이 널려 있어서 누가 봐도 한눈에 테우리 집임을 알 수 있었다. 마루에는 꼬다 만 총배가 가지런히 말려 있었다. 말 꼬리털을 재료로 만들디 보니 비에 젖어도 썩지 않고 질겨서, 총배는 우마에 짐을 지우거나 상여를 메거나 하는 등 무거운 물건을 지탱하기 위한 밧줄로 요긴하게 쓰였다.

"밥 차릴 동안 이거 한 잔 마시고 있으렴."

일국 어미는 세영에게 뽀얀 국물이 담긴 나무 그릇을 건네주었다. 세영은 쿵쿵 냄새를 맡자마자 대번에 표정이 밝아졌다.

"어? 이거 쉰다리잖아요! 이 귀한 걸 어떻게?"

"일본군들이 밥 해 내라고 쌀 갖고 와서 해 주고 나중에 보니 쉬어빠진 밥을 남기고 갔길래 좀 만들어 봤다. 너 올 때도 되었고."

"헤헤. 잘 먹겠습니다."

감주보다 달지만 새금새금한 맛이 있는 쉰다리를 먹어 본 게 도대체 얼마 만인지. 여름철 쉬어 가는 밥을 누룩으로 발효시켜 만들어야 하는데, 요즘같이 먹을 것도 없는 시기에 쉬어 버릴 밥이 어디 있겠는가. 정말 기가 막힌 행운이 아닐 수 없었다. 세영은 새콤하고 달콤한 쉰다리의 여운을 느끼며 그릇에 묻은 마지막 한 방울까지 할짝할짝 핥아 마셨다.

일국 어미는 어젯밤에 지어 놓은 조밥에 고구마를 으깨어 나무 그릇에 퍼 왔다. 일본군들의 공출이 심해져 다들 먹을 것이 없는 시기였지만, 그래도 조천에 사는 세영이네는 보리쌀은 먹을 수 있었다. 하지만 형편이 여의치 않은 중산간 일국이네는 보리밥은커녕 조밥도 감지덕지였다. 그것도 보통 때 같으면 풀기 없이 후두둑 떨어지는 조만으로 밥을 지었을 것을 오늘은 세영이 온다고 특별히 고구마도 함께 넣어 달달하고 차지게 지어 둔 것이었다.

듬뿍 퍼 담은 양도 사실은 일국 어미의 하루치 몫이었다. 세영은 눈치껏 조금만 밥을 먹고, 오면서 보리탈을 먹어 배가 부르다고 사양을 하였다. 너나 할 것 없이 힘들어서 끼니 때까지 남의 집에 있으면 안 된다고 배우던 시절이었다.

일국 어미는 그런 세영의 마음씀을 이해하는지 더 권하지 않고, 그저 숟가락으로 밥을 크게 떼어 세영 쪽으로 밀어 주었다. 배운 것 없지만 마음 크기만은 어느 사내대장부 못잖은 일국 어미였다. 맘에 담은 사람에 대한 정이나 의리로는 따라갈 사람이 없었다. 그러기에 한 번 정 준 테우리 영감만 믿고 턱하니 시집을 가 버릴 수 있었던 것이겠지만.

그런 독하리만치 굳은 마음을 아들 일국도 똑닮았다. 앞뒤 안 보고 한 번 정한 길로 밀고 나가는 것이나, 살갑게 표현은 못 해도 차고 넘치는 마음을 주는 것도 다 대물림이라고 사람들은 일국 모자를 보며 입버릇처럼 말하곤 했다.

농사로 곱아 가는 일국 어미의 어깨는 예전보다 배는 더 무거워 보였다. 어차피 일국의 아버지인 테우리 영감이 살아 있을 때에도 농사는 일국 어미 혼자의 몫이었다. 테우리 노릇을 하느라 일 년에 반 이상을 산에 올라가 있는 남편의 빈자리를 일국 어미는 두 몫 세 몫 하며 군소리 없이 메웠다. 해안가 조천 마을에 살 때는 그나마 물질도 해서 형편이 괜찮았지만, 선흘 마을로 이사 온 후로는 밭농사와 말총으로 갓이나 탕건, 양태 등을 만들어 틈틈이 장에 가져다 파는 일로 어렵게 생계를 유지하고 있었다.

일국 어미는 안 되는 형편에도 일국에게 보낼 좁쌀과 고구마를 한 아름 챙겨 세영에게 들려 주었다. 세영의 작은 어깨에 묵직한 봇짐이 버거워 보였다.

"이거 어디 무거워서 들고 가겠니?"

"괜찮아요. 여서 금방인데요. 한 시간 좀 가면 돼요."

세영은 더 지체하지 않고 금세 일어섰다. 구름이 몰려오는 것이 비를 쏟을 듯했다.

거문오름 갱도, 아버지

　일본군의 주 거점 진지가 지어진 어승생악, 모슬포, 거문오름 주변
에는 일본군들이 단체로 숙식하는 함바와 천막으로 붐볐다.
　하루에도 몇 차례씩 미군 전투기가 떨어뜨리는 폭탄과 육지에서 새
로 투입된 군인들이 줄지어 집결하는 모습은 새삼 제주도가 전시 상
태임을 느끼게 했다. 세영은 선흘 마을에서 곶자왈을 통과하여 거문
오름까지 왔기 때문에 오는 내내 일본군들과 마주칠 일이 없었지만,
해안에서 거문오름까지 이어지는 큰 길은 군인들과 다양한 군수물자
들을 실은 트럭으로 어수선했다.
　세영이 면회 장소인 거문오름 분화구 입구에 도착했을 때는 약속
시간인 다섯 시까지 제법 시간이 남아 있었다. 행여 비라도 올까 쉬
지도 않고 걸음을 재촉한 덕에 생각보다 일찍 도착했던 것이다. 세영
은 근처 팽나무 아래 봇짐을 내려놓고 땀으로 축축해진 등을 말렸다.
　거문오름 주변 모습은 한 달 전과는 사뭇 달랐다. 배는 늘어난 듯한
일본군으로 인해 조용한 산동네가 북적북적 소란스러워진 것도 낯설
었지만, 그보다는 갱도 굴착과 함께 군용 도로를 닦는 바람에 짙푸른
산 깊숙이까지 허옇게 속살을 벗겨 놓은 것이 세영의 마음을 아프게
했다. 여기저기 함부로 베어져 쌓여 있는 나무들과 간간히 들려오는
금속성의 기계음들이 화드득 날아오르는 산새들의 빈자리를 메웠다.

"세영아!"

나무 그늘에서 깜빡 잠이 든 세영을 낯익은 목소리가 깨웠다. 세영이 아버지와 함께 노역을 하는 병수네 형이었다. 세영은 반가운 마음에 잠이 화들짝 달아났다.

"형! 우리 아버지는요?"

"어, 그게… 아저씨가 발목을 다치셔서 못 오셨어."

잔뜩 찡그린 병수네 형은 차마 세영을 바로 쳐다보지 못했다. 세영은 순간 가슴이 철렁 내려앉았다.

"네? 아부지가 다치셨어요? 얼마나요?"

"그저께 갱도에서 수레가 제멋대로 굴러가 벽을 받는 바람에 굴이 무너져 내렸어. 여러 명이 깔렸는데, 그나마 니 아버지는 발만 살짝 낀 거라…."

"그럼 크게 다친 건 아니에요?!"

"부러진 거 같은데, 놈들이 그 정도로는 집에 안 보내 준단다."

"그럼 어째요?"

세영은 다급하게 물었다. 산에서 내려오지 못할 정도로 다친 거라면 어떻게 일을 한단 말인가. 일본군이 아무리 인정사정없기로 아픈 사람을 낫게 하진 못할망정 잡아 놓고 일을 시키다니. 병수네 형이 애써 괜찮은 듯 말하긴 했지만 괜찮을 리가 없는 상황이라는 것을 둘 다 알고 있었다.

"그나마 어제부터는 갱도 바깥쪽에서 좀 수월한 일을 하긴 하는데, 다리는 계속 절고 다니신다. 부기도 안 빠지고. 일단 어떻게 버티고는 계셔. 더 악화되면 그땐 집에 보내 줄지도 모르지."

세영의 머릿속에 문득 오른팔이 팔꿈치까지 잘린 아버지를 대신해서 지난달부터 대리노역에 동원된 같은 반 기창이 떠올랐다. 노역이 고되어질수록 부상자는 많아졌고 마을마다 할당된 인원을 채우기 위해 근래 와서는 어린아이고 노인이고 할 것 없이 노역에 동원되는 일이 잦았다. 하다못해 일본군은 7, 8세 미만의 아이들까지 데려가고 도모 부대까지 운영하고 있다는 소문이었다.

세영은 자신이 대신 노역에 끌려갈지 모른다는 사실에 마음이 한없이 무거워졌다. 오늘 아침에 집을 출발할 때만 해도 전쟁이 남의 일이었는데, 순식간에 이 모든 상황은 세영이 감당해야 할 짐이 되어 그의 작은 어깨를 짓눌렀다. 병수네 형은 그런 마음을 아는지 모르는지 세영이 갖고 온 봇짐 쪽으로만 시선을 주었다.

"아저씨는 너한테 말하지 말라고 하셨는데, 그래도 알려 두는 게 맞는 거 같아서 말야. 어머니 걱정하니까 너무 심하게 전하지는 말고. 근데 그거… 아버지 드릴 거 맞지?"

"네…."

세영은 한껏 어두워진 표정으로 병수네 형에게 봇짐을 건넸다. 형은 냉큼 봇짐을 받아 들더니 묵직한 무게에 입이 함지박만 해졌다.

"아이고, 이번에도 든든하니 많구먼. 니 어머니도 대단하시다. 요즘 같은 때 먹을 거 매번 챙겨 보내고. 상군 해녀는 다르구먼. 덕분에 다들 개역 맛 좀 보겠네."

"우리 아버지 좀 잘 챙겨 주세요."

"그래 걱정 마라. 시철이네 아버지도 있고 마을 분들 다들 걱정하고 있으니. 어머니께 감사하다고 전하고. 아버지는 우리가 더 많이 챙길 거니 걱정 말고."

봇짐을 받아 든 병수네 형은 신이 나서 떠들어 댔다. 면회시간은 고작 5분 남짓이었기 때문에 이제 곧 돌아가야 했다. 어린 세영의 얼굴에 근심이 가득한 것을 본 병수네 형은 잠시 망설이다 입을 열었다.

"너무 걱정 말어, 금방 끝나서 돌아가실 거니까."

"그게 무슨 소리예요?"

병수네 형은 주위 눈치를 보더니 냉큼 허리를 숙여 세영의 귀에 대고 귓속말을 하였다.

"여기 일본군들이 그러는데, 전쟁이 곧 끝날 거래."

"네?"

깜짝 놀란 세영의 눈이 두 배는 커졌다. 전쟁이 끝난다고? 병수네 형은 한층 더 낮고 은밀한 목소리로 말을 이었다.

"일본이 질 거라고, 우리가 이렇게 죽어라 땅굴 파는 거 다 헛짓이라고, 자기들끼리 그러더라."

"그게 정말이에요?"

"쉿! 조용히 너만 알고 있어. 여기 사람들은 다 그리 생각하고 참고 있으니까. 너희도 조금만 더 버티라고."

저 멀리에서 면회시간이 끝났음을 알리는 신호가 들렸다. 병수네 형은 세영의 어깨를 힘 있게 잡아 주고는 확신에 찬 눈빛을 건넸다. 세영은 자기도 모르게 고개를 마주 끄덕였다. 병수네 형은 냉큼 몸을 돌려 산 쪽으로 돌아갔다.

짙푸른 숲속으로 사라지는 형의 뒷모습은 마치 검은 갱도 안으로 빨려 들어가는 듯 순식간에 사라졌다. 그 모습을 하염없이 바라보고 있는 세영에게 기대감에 찬 병수네 형 목소리가 긴 여운으로 남아 있었다.

1943년 5월, 일본, 필리핀에 갱도 굴착

1941년 12월 8일 진주만을 기습하여 제2차 세계대전에 뛰어든 일본은, 두 달 후인 1942년 2월 15일 싱가포르를 점령하고 숙칭대학살을 감행한다.

그러나 6월 5일 미드웨이 해전에서 대패하고, 미국의 잠수함 개발로 해상 장악에 실패하면서 태평양 전쟁의 주도권은 미국에게로 넘어간다.

전쟁 승리를 예감한 미국은 일본 점령을 대비하여 육해군 장교 2천여 명을 대일 군정요원으로 양성, 일본어는 물론 일본 관련 지식들을 교육하기 시작한다.

반면 일본 천황 히로히토는 마카오와 스위스 등의 중립국으로의 재산 세탁을 시작하는 한편, 1943년 5월 필리핀의 인트라무로스 터널 1차 완성 등 필리핀 등지를 중심으로 전쟁 약탈물을 숨기기 위한 대대적인 갱도 굴착 작업을 시작한다.

(스털링, 페기 시그레이브 저, 〈야마시타 골드〉 중에서)

제주 공항, 노작가의 손녀

"선생님, 일어나시죠."

태훈이 잠든 세영을 깨웠다. 비행기는 어느새 제주 공항 활주로에 착륙해 있었다. 짧은 잠에서 깨어난 세영은 느리게 눈을 뜨고는 잠시 그대로 있었다. 자신이 어디에 있는지 깨닫기까지 시간이 필요했다.

기억을 되짚어 가니 저녁 식사를 마칠 무렵, 제주 역사연구소에서 일하고 있는 손녀로부터 수백 구의 백골이 발견되었다는 연락을 받은 것이 떠올랐다. 곧이어 국정원 소속이라는 한 남자에게서 정부조사단이 꾸려질 테니 맡아 달라는 연락이 왔고, 늘 함께 일해 온 발굴 팀원들을 추천해서 연락을 돌렸다. 부랴부랴 갈아입을 옷과 몇 가지 자료를 챙겨 택시를 타고 공항에 도착한 것이 불과 두세 시간 전. 팔 순의 시계는 여간해서는 속도를 내지 않는데, 오늘 밤은 너무 빠르게 진행되었다. 내 것이 아닌 궤도 위에 올라 떠밀려 가는 것 같은 속도감에 세영은 벌써부터 어지럼증을 느꼈다. 세영의 기억들도 알 수 없는 힘에 이끌려 제멋대로 가지를 뻗어가는 듯 자꾸만 그를 유년의 섬으로 데려다 놓았다.

"어디 불편하십니까?"

세영은 걱정스럽게 자신을 바라보는 젊은 기자를 향해 낮게 고개를 저었다. 탑승객들은 저마다 짐을 챙겨 자리에서 일어서고 있었다.

비행기에서 내려 제주 공항 1층 입국대를 막 빠져나왔을 때는 이미 새벽 2시가 넘어 있었다. 서울에서부터 길게 드리워진 장마전선은 제주에까지 굵은 장맛비를 쏟아내고 있었다. 공항 유리창 밖은 빗줄기로 앞도 보이지 않았다. 정부조사단들은 비가 너무 많이 오니까 일단 정해진 숙소로 이동했다가 새벽에 백골 발견 장소에서 모이기로 하고 대기하고 있던 호텔 셔틀 버스에 올랐다.

태훈은 핸드폰을 확인했다. '지금 가고 있으니 조금만 기다려.'라는 사촌동생의 메시지가 들어와 있었다. 어디서 담배나 한 대 피우며 기다릴까 싶어 서성이는데, 세영이 발굴팀 차에 타지 않고 외따로 서 있는 모습이 눈에 들어왔다. 섬에 도착한 후 노인은 마치 무엇엔가 홀린 사람처럼 입을 다물어 버렸다. 비행기에서 조금은 친해졌다고 생각했는데, 고집스레 마음을 닫은 처음의 노인으로 돌아가 있던 것이다. 아무래도 늦은 시간의 비행이 팔순 넘은 노인에게 무리였던 탓인 듯 싶었다. 태훈은 세영에게 다가갔다.

"선생님, 어떻게… 차편이 없으신가요? 제 일행이 곧 올 건데 필요하시면 제가 머무실 곳까지 모셔다 드리겠습니다."

"아니에요. 손녀가 데리러 올 겁니다."

무표정했던 세영의 얼굴에 인자한 주름이 잡혔다. 눈에 넣어도 아프지 않은 핏줄을 향한 애정이 스며 있는 미소였다.

태훈은 세영과 함께 공항 건물 밖으로 나왔다. 머리 위로 가림막이 있었지만 강풍에 휘날리는 빗방울들이 방향없이 날아와 세차게 얼굴을 때렸다. 제주도에서는 비가 사선으로 내린다는 사실이 새삼 떠올라 태훈은 피식 웃었다. 비로소 고향에 와 있다는 실감이 났다.

"할아버지!"

저 멀리 멈춰 선 차에서 한 여자가 내리더니 세영을 향해 손을 흔들었다. 한 20대 중후반쯤 되었을까. 생각보다 키가 크고 늘씬해서 길에서라도 마주치면 한 번쯤 눈길이 갈 법한 스타일이었다. 여자는 얼른 달려와 할아버지로부터 짐을 받아들었다. 한밤중임에도 피곤한 기색 하나 없이, 마치 TV 광고에 나오는 여자들처럼 생기 있어 보였다.

"이 밤중에… 오느라고 피곤하셨죠?"

"그러게나 말이다."

노인에게서 상상도 할 수 없었던 다정한 반응이 흘러나왔다. 손녀는 문득 그제야 발견했다는 듯 태훈에게 눈길을 주더니 과하지 않은 정도의 미소를 담아 고개를 까딱했다.

"아, 내 손녀라오."

세영이 한껏 편안해진 말투로 둘을 소개했다. 태훈은 서둘러 지갑에서 명함을 꺼내면서 그답지 않게 허둥거렸다. 빗물에 젖지 않게 조심해서 명함을 건낸다는 게 오히려 명함을 떨어뜨리고 말았다. 명함은 팔랑팔랑 날아가 비에 젖은 그녀의 구두 근처로 떨어졌다.

"아, 이런 죄송합니다."

태훈이 주으러 다가가기 전에 그녀가 먼저 명함을 집었다.

"아, 제가 실수를… 새 걸로 드릴게요."

"아니에요. 이거면 괜찮아요. 유태훈 기자님."

손녀는 이 상황이 재미있는지 명함을 바라보며 장난스러운 미소를 지었다.

"이신림이에요. 제주 역사연구소에서 일하고 있어요. 늦은 시간이라 명함이 없네요."

"아, 예… 괜찮습니다."

짧은 인사가 오간 후 노작가는 태훈을 향해 고개를 끄덕여 주고는 돌아섰다. 신림은 할아버지 팔을 부축하고 차로 모셨다.

태훈은 노작가와 손녀가 차에 오르는 모습을 끝까지 지켜보았다. 10년 경력의 기자 눈썰미까지 동원하지 않더라도 여자는 세영과는 조금도 닮은 구석이 없었다. 세영 역시 나이에 비해 곧고 바른 체형이긴 했지만 전형적인 한국인 몸매였던 것에 반해, 손녀는 시원하게 잘 빠진 서구형이었다. 가늘고 긴 팔다리도 동양인 특유의 뻣뻣함보다는 백인에게서 보이는 나긋나긋함이 느껴졌다. 요즘 젊은 애들이야 다 발육이 좋고 늘씬늘씬하긴 하지만, 그래도 어딘가 이상했다. 아니 태훈은 의식적으로 이상하다고 생각하려는 자신을 발견했다. 의심이 되었든, 트집이 되었든 이 손녀에 대해 다른 방향으로 생각을 전개시키지 않는다면, 자신 안에서 갑작스럽게 시작된 감정의 동요를 인정해야 할 것 같았기 때문이었다. 마치 영화의 한 장면처럼 낯선 시간, 낯선 장소에서, 불쑥 등장한 노작가의 손녀는 예상외로 너무 매력적이었다.

세영의 차가 공항을 빠져나가자 태훈은 그제야 자신이 넋을 놓고 바라보고 있었다는 것을 깨달았다. 의외의 만남에 홀려 주책없이 시선을 거둘 줄 몰랐던 것이다. 나이 사십이 내일 모레인데 도대체 뭔 망발인지. 밤에, 비에, 섬에…. 정신을 뺏길 여건이 너무 많았던 탓이리라. 태훈은 멋쩍게 한손으로 얼굴을 부비며 사촌동생에게 전화를 걸었다.

"어디냐?"

막 담배를 꺼내 입에 물려는 찰나, 요란하게 헤드라이트를 깜빡이는 검은 SUV가 잽싸게 태훈의 곁에 와서 섰다. 태훈은 차 안의 얼굴을 확인하고는 빗속을 뚫고 올라탔다.

"웃, 차거!"

"아, 형님. 이게 얼마 만이요."

사촌 동생은 격이 없이 손을 뻗어 태훈의 머리에 묻은 빗방울부터 털어 주었다. 태훈은 가방을 뒷자리로 넘겨 놓고는 자세를 고쳐 앉았다.

"오래됐다. 별일 없었지?"

"아, 항상 그렇고 그렇죠. 내려오긴 괜찮았고?"

"비행기 타고 오는데 뭐."

"아, 이거 반가워서… 시간만 안 늦었으면 어디서 소주부터 한 잔 하는 건데."

"쓸데없는 소리 말고, 그 백골 나온 데부터 가."

"에?"

"뉴스에 난리도 아니더만? 그거 찍을라고 이 밤중에 날라 온 거 아니냐."

사촌 동생은 난데없는 백골 이야기에 어이가 없다는 듯 인상을 구겼다.

"백골? 아닌 밤중에 그건 또 뭔 봉창이여?"

"모르나? 뉴스 안 봤어? 아이… 야, 이 주소 찍고 가."

태훈은 국장에게서 온 문자 메시지의 사고 현장 주소를 내밀었다. 사촌 동생은 네비게이션을 켜고 주소를 찍어 나갔다.

"조천읍 선흘리… 선흘리? 여기 깡 시골인디 이 밤중에… 비도 이렇게 오고 암것도 안 보일 텐데….”

“그냥 가기나 해, 상태나 한번 보게. 담배 피워도 되지?”

태훈은 담배에 불을 붙이고 차창을 조금 내렸다. 좁은 틈으로 매섭게 치고 들어오는 빗방울이 태훈의 어깨를 점점이 물들여 갔다. 공항을 빠져나온 차는 빗줄기만이 가득한 텅 빈 해안도로를 미끄러지듯 달려 나갔다.

차 안, 노작가와 손녀 이신림

세영은 차 안에서 신림이 건네준 지도를 훑어보고 있었다. 차량 실내등이 그리 밝지 않아 아무리 돋보기를 위아래로 움직여도 지도를 읽어 낼 수가 없었다. 하는 수 없이 포기하고 의자 등받이에 몸을 기댔다.

"선흘곶 인근이에요. 동백동산 위쪽으로. 풍력발전 단지가 들어설 예정이어서 환경단체들과 말들이 많았어요. 세계자연유산 보존 지구에서 살짝 벗어난 곳이긴 하지만 역시 가지굴의 존재 가능성이 많은 곳이니까요. 이번 발견으로 더 확실해졌지만 거문오름에서 용암이 흘러 형성된 지역은 상류 쪽도 꽤 많은 수의 동굴이 지하에 존재하고 있다고 봐야 할 것 같아요."

신림은 시야를 가리는 비가 신경이 쓰이는지 속도를 줄였다. 세영은 무언가 떠올리는 듯 잠시 생각에 잠겼다 입을 열었다.

"예전에는 거기 전체가 다 곶자왈이었단다. 지금이야 곶을 밀고, 길도 뚫고 마을도 들어섰지만."

"아, 그렇군요. 그럼 동백동산까지 전부 곶으로 이어져 있던 건가요?"

"중간에 밭은 좀 있었지만 대체적으로는 다 곶이었지. 곶이 형성되었다는 것은 지형적으로 그럴 만한 이유가 있는 것인데, 그것을 무시하고 지금처럼 마구잡이로 개발해 버리니 문제가 생기지.”

신림이 고개를 끄덕였다. 예상되었던 일이었다.

“맞아요. 이번 사고도 원래 환경성검사 하고 공사 시작했어야 하는데, 그러면 시간이 걸리니까 신청할 때 공사 범위를 줄여서 보고했대요. 풍력발전기라는 게 길게 기둥 하나만 세우면 되는 것처럼 보이지만, 그거 세우기까지 길 닦고 전선 깔고 할 게 많더라고요. 아무튼 그래서 실제 공사 범위대로 보고하면 면적이 넓어 환경성검사를 받아야 하니까 관련 부처 윗선에 줄 대고 해서 그냥 축소해서 밀어 붙였나 봐요. 그러면서 선흘곶 가로질러 길 닦는 것도 같이 허가가 나고. 환경단체들이 난리가 났죠. 여러 곳에서 연합적으로 반대 시위하고 최근에는 아예 공사 현장에 상주했대요. 그런데 아나나 다를까 밑에 가지굴이 있었던 바람에 중장비 무게 못 이기고 무너져 내린 거죠.”

“그러게 사람들이 처음부터 일을 원칙대로 했어야지.”

“그랬으면 아예 시작도 못 했을 걸요? 그럼 굴도 발견 안 되었겠죠.”

신림이 아이러니하다는 듯 웃으며 말하자 세영도 쓸쓸하게 따라 웃었다.

“그건 그렇구만.”

“업체 입장에서는 이번 일로 공사 다 도루묵 된 거고요. 아마 은근히 덮어두고 넘어갈 수도 있었을 텐데, 시위하고 있던 환경단체들 보는 눈앞에서 무너져 내리는 바람에 숨길 수도 없었던 거죠.”

“그럼 무너질 당시에 본 사람이 여럿이겠구만.”

“몇십 명 되나 봐요. 굴에 직접 내려가 본 사람도 몇 명 되고요. 구조한다 어쩐다 해서…. 정확한 수는 모르겠어요. 그런데요 업체에서 인부들 입단속을 시키고 있어서 당시 상황 파악이 좀 힘든 분위기더라고요."

"음… 일이 복잡해지는구나."

세영은 낮게 한숨을 내쉬었다. 개발과 보존, 과거와 현재, 제주도의 역사는 아직 옛날 이야기로 치부하고 넘겨 버리기엔 정리되지 않은 부분이 더 많았다. 유물 한 점이 나와도 역사적 의의보다는 이익 관계, 해명과 처벌이라는 사슬이 줄줄이 딸려 나오는 상황이라 무엇 하나 밝혀 보려 해도 제약이 많았고, 무던히도 더디게 진행되었으며, 결론도 명쾌할 수가 없었다. 과거를 과거로만 바라볼 수 없게 모든 것이 현재의 상처와 맞닿아 있는 섬에서, 돈이니 개발이니 하는 현재의 이해관계까지 얽혀 버렸다면, 과연 이번 발굴이 제대로 진행될 수나 있을지 벌써부터 의심이 들었다. 당장 행정 당국만 해도 관련되지 않는 부서가 없을 터였다. 게다가 중앙에서의 도에 지나친 관심은 또 무엇인가.

신림은 다른 때 없이 피곤해 보이는 할아버지의 모습에 신경이 쓰였다.

"연구소 사람들, 아직 안 자고 있거든요. 할아버지 오시면 뵙고 싶다고 했는데, 어떡할까요? 지금 만나긴 피곤하시죠?"

"오늘은 좀 쉬고 싶구나."

세영은 등받이 뒤로 몸을 기댔다. 신림이 곁눈으로 할아버지의 상태를 살폈다. 역시나 갑작스런 밤비행은 무리였나.

"네…. 다들 좀 불안한 눈치예요. 육지에서 정부조사단 내려온다니까 이러다 발굴 작업부터 제외되는 거 아닌가 하고."

"설마 그러기야 하겠냐. 자기들한테 그 백골이 무슨 가치가 있다고…."

말은 그렇게 하면서도 세영 역시 같은 불안감을 느끼고 있었다. 실제로 크고 작은 백골 출토는 있어 왔지만, 이번 같은 적은 처음이었다. 정부가 이처럼 신속하고 적극적으로 나선다는 것이 낯설었다. 새로운 천연 동굴 가지굴과 수백 구의 백골 발견. 단지 이것만이라면 한밤중에 특별기까지 보낼 이유가 없었다. 무언가 감춰진 내막이 있음에 틀림없었다.

차는 제주 일도동에 위치한 아파트 단지로 들어섰다. 신림과 어머니가 함께 살고 있는 집이었다.

"할아버지, 저는 새벽에 동굴연구소 팀하고 같이 들어가려고요. 할아버지는 나중에 조사팀들 올라올 때 모셔오도록 이야기해 둘게요."

"그래라. 근데 굴이 무너져 내렸는데 이렇게 비가 오니 현장 보존은 어렵겠구나."

신림은 빗줄기로 가려 뒷유리창이 보이지 않음에도 능숙하게 후진 주차를 하며 대답했다.

"저도 방송 나오고 나서야 소식 듣고 연구소 분들이랑 가 봤는데, 나름 위에 방수포 치고 하긴 했어요. 그래 봤자 빗물 다 흘러 들어갈 테지만."

"동굴연구소 측은 어떻던가?"

"저녁부터 팀 꾸리고 조사 준비하고 바쁘세요. 재붕괴 위험이 있을까 봐 그게 걱정이죠. 몇 시간 후에 동굴연구소팀이 먼저 들어가서 상황 파악해야 오전부터 발굴팀이 들어가서 조사할 수 있을 거래요. 일정이 바쁘죠. 뉴스에 나 버리는 바람에 분위기는 방방 떠 버렸고."

세영은 낮게 한숨을 쉬었다 . 골치 아픈 상황.

"내일 발굴 작업은 어렵겠구나…."

"일단은 괜찮을 것 같아요. 백골 발견된 부분이 무너진 입구에서 안

76

쪽으로 들어가 있어서 크게 비 피해가 있거나 하지는 않을 것 같아요. 하지만 장마철이라 늦어지면 늦어질수록 현장 보존은 더 힘들어지겠죠."

"그건 그렇지….."

"가 보니까 포클레인이 굴 안으로 빠져 들어가는 바람에 엄청나게 큰 구멍이 뚫렸더라고요. 거의 직경 3, 4m는 되는 것 같았어요."

"굴이 굉장히 크다는 뜻이구나."

"네. 어마어마해요. 무슨 지옥에서 삼켜 버린 것처럼…. 다 왔어요, 할아버지. 잠시만 계세요. 제가 짐 꺼내고 우산 받쳐 드릴게요."

신림은 얼른 내려 우산을 펴고 트렁크에서 짐을 꺼내랴 옮기랴 분주히 움직였다. 비는 여전히 그칠 줄 모르고 퍼붓고 있었다. 세영은 흐르는 빗물로 번져 보이는 아파트 가로등 불빛을 바라보았다. 불빛에 반사되어 자신의 모습이 비춰 보였다. 예순 살을 막 넘길 무렵 이미 하얗게 새어 버린 머리와 마치 칼로 새긴 듯 고통의 시간들과 함께 패인 주름들. 세월이 변한 만큼 자신도 늙은 게 당연하다고 받아들이기엔 70년이 너무 순식간에 흘러가 버렸다. 모든 일이 마치 어제처럼 생생한데. 더구나 섬에 도착한 후로는 핏속 저만치 감추어져 있던 기억들이 되살아나 꿈틀꿈틀 그의 늙은 몸뚱이를 불편하게 만들었다. 세영은 다시금 지도에 시선을 주었다. 모든 것이 시작되었고 모든 것이 끝났던 곳. 그곳이 이제와 다시금 그를 불러들이고 있었다.

"선흘곶….."

알아볼 수 없는 지도 위에 표시된 **빨간 동그라미**만이 한층 도드라져 보였다.

그들의 시작

1945년 5월, 제주 선흘곶, 일국 삼촌

낮부터 울럭이던 하늘은 어느새 툭툭 굵은 빗방울을 흩뿌렸다. 해가 넘어가는 시간, 비까지 시작되자 사방은 순식간에 어둠에 휩싸였다. 산에서는 해가 훨씬 빨리 떨어진다. 이 사실을 누구보다 잘 알고 있는 세영은 서둘러 선흘곶을 헤치고 나아갔다.

말을 키우는 큰 목장들은 대부분 중산간 초지대에 있었으나, 일국의 말들은 그곳에 있지 않았다. 일국이 지내고 있는 일본군 군마 훈련장은 일반인들의 눈에 띄지 않는 선흘곶의 깊은 곳에 외따로 숨겨져 있었다.

그곳에서는 특별한 실험이 진행중이었다. 본래 체격이 작은 제주마는 군마로서는 적당하지 않아 대부분 통조림으로 만들어져 식용으로나 팔렸다. 하지만 제주마의 기본 성질이 강하고 생존능력이 뛰어나다는 데 주목한 일본군은 제주마와 체격이 큰 외래종을 교배시켜 최고의 군마를 만드는 실험에 몰두했다. 수년간의 시행착오 끝에 체격이 크고 성질까지 드센 전투용 말들을 만들어 내는 데는 성공했지만, 이를 길들이는 것이 만만치 않았다. 이름난 일본인 군마 전문가들이나 제주의 노련한 테우리들이 불려 왔지만 이 말들을 다루는 데는 실패했다.

그러던 중에 우연히 아버지를 따라온 젊은 테우리 일국이 기적처럼 그 일을 성공시켰다. 그 이후 일국은 곶 안에서 말과 함께 생활하며 야수와 다름없는 야생마를 군마로 길들이는 일을 하게 되었던 것이다.

비밀 훈련장은 특정 군 간부 외에는 그 존재 자체도 알려지지 않은 곳이라, 드러나게 닦인 길 자체가 없었고 그곳에 도달하려면 험한 곳을 통과해야만 했다. 그러나 그곳에 수십 번도 더 가 보았던 세영에게 훈련장을 찾는 것은 식은 죽 먹기였다.

그런데 이날따라 세영은 방향을 잡지 못하고 곶자왈을 헤매었다. 분명히 맞는 길이라고 생각해서 한참을 걸어도 나타나야 할 장소가 보이지 않았다. 되돌아가려 해도 애시당초 길이라는 것이 없는 덤불 숲이다 보니 그마저도 불가능했다. 그런 식으로 몇 번 오가는 사이 세영은 순식간에 자신이 어디에 있는지조차 알 수 없게 되어 버렸다. 하늘을 빼곡히 덮은 나무들이 다행히 비를 막아 주었으나, 곶 안을 가득 메우며 울려 퍼지는 빗소리는 방향감각마저 둔하게 만들었다.

아무리 곶을 잘 아는 세영이었지만, 곶에서 밤을 지새운다는 것은 상상조차 할 수 없는 일이었다. 한밤중의 곶자왈은 몹시 위험했다. 어떻게든 길을 찾아야 했다. 세영은 침착하게 그 자리에 서서 숨을 가다듬고는 들려오는 소리에 귀를 기울였다.

문득 희미하게 말 울음소리가 들려온 것 같았다. 말 훈련장이 가까이 있음에 틀림없었다. 세영은 소리가 들리는 방향으로 달리기 시작했다. 크고 우렁찬 수컷의 울음소리. 점점 더 크게 들려오는 말 울음소리를 쫓아 세영은 곶을 헤집고 나아갔다.

소리가 아주 가까워졌다고 느껴질 무렵, 세영은 자신이 나아가는 것보다 훨씬 빠른 속도로 소리가 가까워지고 있음을 깨달았다. 말이 자신을 향해 달려오고 있었던 것이다. 그리고 그 울음소리가 한 마리의 것이 아님도 알았다. 거칠고 사나운 수말들의 울부짖음. 비명처럼 날카롭게 울려 퍼지는 높은 콧소리와 말굽에 차여 부서지는 용암 바위의 파열음이 위협적으로 세영을 향해 돌진해 왔다. 불길한 예감에 세영은 더 이상 다가가지 못하고 그 자리에 멈춰 섰다.

　순간 어디서 나타났는지도 모르게 음산한 콧김이 세영의 목덜미로 확 끼쳐 왔다. 놀란 세영은 등줄기부터 꼬리뼈까지 온몸의 잔털은 모조리 곤두서는 것을 느꼈다. 쉭쉭 거칠게 숨을 내뱉는 소리와 뜨거운 입김이 목덜미를 돌아 왼쪽 귓가로 옮겨졌다. 세영은 미동도 못한 채 눈동자만 움직여 왼편을 바라보았다. 야생 곶말의 핏줄 선 눈이 세영을 노려보고 있었다. 곶말의 이마에서부터 콧등까지 박힌 하얀 털이 세영의 시야에 들어왔다.

　'태백성이다.'

　본래 미간에 흰털이 있는 태백성은 성질이 더럽고 까다롭다고 알려져 있었다. 게다가 지금 이놈은 어디서 당했는지 털에 흙과 피가 떡처럼 엉겨 붙어 있었고, 몸뚱이 곳곳은 깊게 패인 검붉은 상처로 뒤덮여 보기에도 섬뜩했다.

　놈은 성이 나도 단단히 나 있었다. 흥분에 떨며 더운 김을 온몸으로 내뿜고 있는 놈 앞에 세영은 한낱 노루 새끼나 다름없었다. 눈 바로 앞에 잘려서 덜렁거리는 곶마의 귀가 보였다. 화풀이감을 찾던 차에 잘 됐다는 듯 세영을 농락하며, 그의 코 바로 앞에 싯누렇고 흉측한 이빨을 드러내 보였다. 곶말의 침과 콧김이 얼굴에 정면으로 와닿자 세영은 역한 냄새에 구역질이 났다.

　"웩…"

　세영의 반응에 흥분한 곶말은 순식간에 앞발을 높이 치켜들었다. 세영의 정수리를 향해 말발굽을 내리 찍으려는 찰라 세영은 있는 힘껏 발을 굴러 덤불로 몸을 날렸다. 덤불 아래로 낮은 비탈이 있어 세영은 날카로운 나무 가지에 온몸을 할퀴며 굴러 떨어졌다.

　"으아악!"

세영의 비명이 적막한 곳에 울려 퍼졌다. 돌바닥에 내동댕이쳐진 세영은 몸에 힘이 풀려 더 도망갈 힘도 없이 널브러졌다. 제정신이 아닌 곳말은 기괴한 울음을 울리며 세영을 쫓아 달려왔다. 쓰러진 세영의 한걸음 앞까지 다가와 근육을 잔뜩 움츠리는 것이 단번에 목덜미를 물어뜯을 기색이었다. 세영은 너무 두려워 신음소리조차 내지 못했다.

순간 세영의 시야에 시커먼 검은 그림자가 모습을 드러냈다. 바람에 흩날리는 갈기는 열기로 넘실대는 검은 태양의 홍염 같았고, 돌덩이처럼 암팡지게 드러난 근육은 질긴 가죽 아래서 꿈틀꿈틀 터질 듯 장전되어 있었다. 세영은 단번에 놈을 알아보았다. 일국이 가장 아끼는 대장 수말 흑가라였다. 흑가라의 검은 가죽은 빽빽한 곳을 뚫고 들어온 달빛에 반사되어 은색으로 빛났다. 흥분해서 아무것도 알아차리지 못하는 곳말의 등 뒤로 흑가라는 천천히 몸을 일으켰다. 마치 마른 땅에서 뿌리내린 억센 고목처럼 곧게 솟아오르더니 순식간에 앞발을 들어 곳말의 등을 내리 찍었다.

"으히이이이잉!"

불시에 등을 가격당한 곳말은 끔직한 비명을 지르며 펄쩍 뛰어올랐다. 발광하듯 제멋대로 날뛰는 말발굽이 세영을 향해 마구잡이로 뻗쳐 왔다. 세영은 이젠 죽었다고 생각하며 눈을 질끈 감았다.

순간 듬직하고 단단한 팔이 세영의 목덜미를 낚아챘다.

"이리 와!"

한순간에 세영은 날래기로 당할 말이 없는 붉은 구렁적다 위에 얹혀 있었다. 굳세게 자신의 허리를 휘감은 팔을 세영은 알고 있었다.

"삼촌!"

"여기 잠깐 있어."

일국은 세영을 멀찍이 내려놓고는 다시 흑가라와 곶마가 싸우고 있는 곳으로 구렁적다를 몰아갔다. 이미 곶마는 흑가라의 발굽에 채여 반죽음 상태였다. 흑가라는 최후의 일격으로 바위처럼 억센 이빨을 곶마의 목에 박아 넣었다.

"히이이이…."

곶마의 목덜미에서 붉은 피가 뿜어져 나왔다. 일격에 동맥을 끊어 버린 것이었다. 곶마는 피를 흘리며 몇 발자국 비틀거리다가 결국 앞다리가 풀썩 꺾이더니 그대로 무너져 버리고 말았다. 일국은 때를 놓치지 않고 밧줄을 던져 흥분한 흑가라의 목에 걸었다. 일국의 명령이라면 목숨을 다해 충성하는 흑가라지만 흥분을 가라앉히지 못해 한참을 저항했다. 일국은 능숙하게 줄을 지탱하며 흑가라를 진정시켰다.

"워, 워."

얼마 지나지 않아 평정심을 되찾은 흑가라는 일국이 이끄는 대로 몸을 맡긴 채 얌전히 고개를 수그렸다. 일국은 흑가라의 목덜미를 부드럽게 매만져 주고는 익숙한 솜씨로 죽은 곶마를 밧줄에 묶어 흑가라와 구렁적다의 등 위에 실었다. 이놈 정도면 이것저것 갈라내고도 한동안 식량은 될 터였다. 일국은 말을 몰고 세영이 있는 곳으로 돌아왔다.

"괜찮아?"

"죽는 줄 알았어."

"사내자식이 고 정도로 주저앉긴."

"아, 삼촌이 진작 구해 주러 왔어야지."

일국이 씨익 웃으며 세영을 향해 손을 내밀었다. 세영이 손을 맞잡자 일국은 가뿐하게 세영을 들어 올려 자기 앞에 태웠다.

"흑가라 녀석이 요즘 예민해 있었거든. 이 죽은 놈이 며칠 전부터 암 말들 근처를 얼쩡거리더니 결국 이쁜이 청총매한테 수작을 부렸어."

"죽을 짓 했네."

푸른빛이 도는 암컷 백마 청총매는 사람이 보기에도 자태가 아름다 웠다. 숫놈들이 어쩌지 못해 안달을 하는 것도 당연했다. 자기 암말 들에 대해 눈에 불을 켜고 지키는 것이 수말의 습성인데 하물며 대장 흑가라의 비위를 건드렸으니 어찌 죽지 않을 수 있겠는가.

"아무튼, 오늘 이 씨 집안 오 대 독자 초상 치르는 줄 알았어."

"크큭, 그러잖아도 올 시간이 지났는데 도착을 안 해서 걱정했다. 중 간에 네 비명소리가 아니었으면 못 찾았을 거야."

"어쩌다 보니 길을 잃었어. 그런 적 없었는데…."

세영은 길을 잃은 것이 억울하다는 듯 투덜거렸다.

"요즘 곶이 성이 나 있어, 그래서 길을 안 열어 준 거야."

"곶이 성나 있다고?"

"그래. 소리가 달라. 지나가는 바람에도 잎들이 날카롭게 반응하지. 이건 다 왜놈들 때문이야. 곶을 아무렇게나 파헤치고 있으니까."

세영은 일국이 몹시 화가 나 있다는 것을 알았다. 일국은 곶자왈이 살아있다고 말하곤 했다. 그리고 자신이 말들과 대화할 수 있다고 했 다. 믿을 수 없었지만 어느 누구도 일국 삼촌만큼 말을 다루고, 곶을 제집 손바닥처럼 꿰고 있지 못하는 것을 보면, 일국은 정말로 이들과 말을 할 수 있는지도 몰랐다.

"아버지한테는 먹을 것 잘 갖다 드리고?"

"응."

세영은 일국에게 아버지가 다쳤다는 말을 할까 하다가 그만두었다. 그러면 갱도 이야기를 하게 될 테고 일본군들이 파괴하고 있는 거문오름의 이야기를 해야 할 것이기 때문이었다. 가뜩이나 산들이 파괴되는 것에 분노하는 일국에게 더 걱정을 안겨 주고 싶진 않았다.

밤, 비밀 군마 훈련장

훈련장에 도착한 일국은 세영을 산막에 내려 주고는 죽은 곳마를 산막 근처 빈 공터에 내려놓았다. 말고기 포를 뜨기 위한 넓은 댓돌과 칼이 준비된 곳이었다. 일국은 흑가라와 구렁적다를 야초지에 풀어 주었다. 흑가라가 돌아오자 암말들은 기다렸다는 듯이 주위로 몰려들었다. 밤사이 말들은 훈련장 한구석에서 자기들끼리 몸을 맞대고 잠이 들었다.

일국이 말고기를 다듬는 동안 세영은 마른 말똥과 장작을 가져다가 막사 앞 불터에 불을 지폈다. 일국이 능숙한 솜씨로 피 한 방울 흘리지 않고 가죽을 벗겨 내는 모습을 세영은 넋을 잃고 지켜보았다. 이어 각을 뜨고 힘줄을 거침없이 베어 가는 일국의 모습은 끔찍하기보다 경이로웠다. 큰 뼈를 가르고 간과 검은지름인 창자를 들어냈다. 일국은 창자를 물로 헹궈 불 위에 얹었다.

"니가 운이 좋구나."

"이거 먹어도 되는 거야?"

세영은 눈이 왕방울만 해졌다. 얼마나 맛이 좋은지 간과 창자를 먹기 위해 말을 훔친다는 말이 있을 정도였다. 세영은 이제까지 말고기는 먹어 봤어도 간과 창자는 먹어 본 적이 없기에 절로 침이 고였다. 일국은 그런 세영을 보며 웃었다.

"그래, 올 때 우리집 들렀지? 뭐 가져왔어?"

"삼촌네 엄니가 고구마랑 좁쌀 조금 보내셨구만."

"아, 간만에 곡기 좀 들어가겠구나."

"뭐야? 밥 못 먹었어?"

"왜놈들 배급 끊긴 지 두 주 넘었다. 그 아래 고구마나 좀 묻어 놔."

세영이 봇짐에서 고구마를 꺼내어 장작 아래 흙에 묻었다.

"그럼 굶었어?"

"굶긴, 고기가 사방 천지에 깔렸는데. 밥을 못 먹어서 그렇지."

"밥 못 먹고 어찌 사냐. 명색이 군인인데 배급을 안 준대냐?"

"일본군도 난리야. 배급 없어서 나무뿌리 캐 먹고. 나한테까지 보내
줄 턱이 있나."

"아니, 말 훈련시키는 것만큼 중요한 일 없다고 모셔갈 때는 언제
고?"

"분위기가 이상해. 예전처럼 군마도 많이 안 필요한 것 같고. 전쟁을
하긴 하는 건지."

일국은 이야기를 하면서도 손을 멈추지 않았다. 포를 떠서 말릴 수
있도록 말고기를 잘라 놓고, 말가죽이며 말총도 능숙한 솜씨로 갈라
놓았다. 그리고 말리려고 **빼놓은** 말고기 한 덩이를 가져와 몇 차례
물에 헹구더니 냄비에 담아 장작 위에 얹었다. 세영은 불에 올린 고
기가 타지 않게 열심히 위 아래를 뒤집다가 불쑥 낮에 들은 이야기
를 꺼냈다.

"오늘 아부지 만나러 갔다가 들었는데, 쫌만 있음 왜놈들이 진다고
하더라."

일국은 잠시 일을 멈추고 세영을 물끄러미 바라보았다.

"누가 그래?"

"병수네 형이 들었대. 일본군들이 지들끼리 그러더래. 다 헛짓하는 거라고."

순간 일국의 얼굴에 흥미로워하는 표정이 떠올랐다. 어린 시절부터 말썽을 피우고 어른들을 놀려먹느라 약은 꾀를 낼 때 떠오르곤 하던 표정이었다.

"그래? 그럼 조만간 일본이 물러가게 된다는 말이지."

무언가 생각에 잠겨 일국은 혼잣말을 중얼거렸다.

"삼촌, 이거 다 익은 거 같애."

"그럼 먹자."

일국은 하던 일을 대강 마무리 짓고 불 옆으로 다가왔다. 일국과 세영은 노릇한 냄새를 풍기며 익어 가는 말고기를 칼로 잘라 맛나게 먹었다.

"원래 간은 날로 먹어야 제 맛이다. 넌 아직 어리니까, 창자나 먹어."

"어려도 다 먹을 줄 안다고."

세영은 일국이 어린애 취급하자 괜히 심통이 났다. 딴에는 이제 알 건 다 안다고 여기고 있는 터였다. 내친김에 더 아는 체를 하기로 마음먹었다.

"말 좆을 먹어야 힘이 난다던데. 그건 없어?"

"푸하하. 머리에 피도 안 마른 게 말 좆은 먹어 뭣에 쓰게?"

"그래도 귀한 거라던데. 힘도 세지고. 삼촌은 많이 먹었겠수."

세영이 남자입네 하며 일국을 향해 은근한 웃음을 흘렸다.

"흐흐. 쬐끄만 게 뭘 안다고. 넌 이거나 먹어. 말고기가 허리 힘에는 최고다."

일국은 한참 뭉근하게 끓어 가는 양철 냄비 속의 말고기를 세영에게 건져 주었다.

"삼촌은 안 먹어?"

"너나 많이 먹어라. 난 고기라면 질린다. 생선이나 좀 먹었음 싶네. 적당히 식어서 비릿한 자리 먹고 싶다."

"자리는 바싹 구워서 따뜻할 때 먹어야지. 왜 식은 걸 먹어?"

"마, 물고기는 비린 맛이 돌아야 제맛이야. 지겨운 산 생활. 빨리 전쟁이 끝나야 내려가지."

일국은 풀밭 위로 다리를 길게 뻗더니 벌러덩 팔베개를 하고 누워 버렸다. 하늘에는 쏟아질 듯 수많은 별이 새하얀 은가루처럼 흩뿌려져 있었다. 세영은 평생 일국이 부족한 것도, 외로울 일도 없다고 생각했는데, 오늘 밤 일국의 표정은 어딘가 쓸쓸해 보였다. 난생 처음 지금까지 알던 일국이 아닌 다른 사람 같은 낯선 기분이 들었다. 세영은 일부러 퉁명스럽게 대꾸했다.

"테우리가 산 지겹다고 하면 어째?"

"테우리는 사람 아니냐? 봄부터 서리 내릴 적까지 내내 산에만 있어 봐라."

"그래도 삼촌은 말도 잘 타고, 쌈도 잘하고···."

"다 부질없다. 왜놈들 말 훈련이나 시켜 주고. 맘 같아서는 다 때려치우고 싶지만, 이 녀석들 보면 그러지도 못하고."

일국이 시선을 준 곳에는 서로 몸을 맞대고 앉은 수십 마리의 말무리가 평화롭게 잠들어 있었다. 일국의 입가에 흐뭇한 미소가 떠올랐지만 곧이어 낮은 한숨이 뒤따랐다. 말과 산과 자기 몸뚱이 하나면 부족할 것 없다던 일국 삼촌의 마음에 무언가 채워지지 않는 빈 공간 이 생겼다는 것을 세영은 눈치채게 되었다.

도굴꾼

앞도 보지 못하게 쏟아지던 빗줄기는 다행히 제주 읍내를 벗어나면서 가늘어지더니 중산간 지역에 이르러서는 완전히 멎어 있었다. 제주도 동북쪽 해발고도 200-400m의 중산간 지역에 위치한 조천면 선흘리.

선흘의 '흘'은 돌무더기와 잡풀이 우거진 곳을 뜻하는 제주도 방언으로, 선흘이라는 이름 자체가 잡풀이 많이 우거진 넓은 돌밭, 즉 곶자왈이라는 의미를 담고 있었다. 동백동산, 윗밤오름, 우진제비, 거문오름, 부대오름, 민오름, 부소오름 등이 위치한 선흘리는, 거문오름이 세계자연유산으로 등재되고 동백동산이 람사르 습지로 지정되면서 관광객들을 상대로 하는 카페나 밥집이 드문드문 생기긴 했지만, 여전히 10시면 버스가 끊기고 오가는 차도, 인적도 없는 산골 마을이었다.

마을에는 버젓한 마을 회관과 현대식으로 지어진 보건소도 있었지만, 인가가 모여 있는 지역을 지나면 바로 밭이나 곶이 이어졌다. 간혹 여행사 단체 관광객들로 북적이는 특이한 박물관들이 주변과 어울리지 않게 자리 잡고 있긴 했지만, 그 외에는 제멋대로 자라난 들풀과 밭, 정체모를 컨테이너 창고들만 눈에 띌 뿐이었다.

네비게이션을 따라 선흘리로 접어들자 시야를 가리는 희뿌연 안개가 사방을 뒤덮고 있었다. 낮이었다면 교통이 통제되었을 정도로 코앞도 알아보기 힘든 짙은 안개였다. 외부인에 대해 굳게 닫힌 곳의 심사를 드러내는 듯 방향은커녕 상하좌우 공감각조차 상실할 지경이었다. 헤드라이트 불빛도 안개 속에 갈 바를 잃고 소심하게 바퀴 언저리에만 머물렀다. 차 안에만 머물러 있는다 하더라도 혼자였다면 밤에는 절대 오고 싶지 않은 곳이었다.

"아, 이거 뭐 보여야 밟던지 하지."

사촌동생은 차창에 코를 바싹 들이밀고 보행속도만큼 느리게 차를 몰았다. 네비게이션에는 이미 50m 전부터 목표 지점에 도착하였다는 표지가 반짝이고 있었다. 더 이상 나아가면 목적지로부터 오히려 멀어지는 셈이었다.

"어디 이 근처인가 본데…."

태훈은 창문을 내리고 시야를 확보해 보려 했지만 허사였다. 텁텁한 바깥 공기가 스멀스멀 밀려들어 와 기분만 나빠졌다. 풍력발전 공사 지대라고 했으니 차도에 바로 붙어 있지는 않을 것이고, 공사 차량 출입을 위해 닦아 놓은 길이 있다 해도 네비게이션에는 잡히지 않는 것이 당연했다.

"야, 차 좀 세워 봐."

태훈은 차 문을 열고 밖으로 나갔다. 주위를 돌아보다가 지나온 길을 되짚어 걷기 시작했다. 사촌동생은 태훈의 뒤로 천천히 차를 몰아 따라왔다. 50여 m쯤 나아갔을 때, 태훈은 저 멀리 희미한 불빛이 반짝이는 것을 발견했다. 때마침 슬몃 사라진 안개가 불빛을 더욱 선명하게 확인시켜 주었고, 이어 '풍력발전기 설치 공사 현장 민간인 출입금지'라는 안내 표지판이 나타났다. 태훈이 차에 오르자 사촌동생은 헤드라이트를 끈 채 천천히 포장도로로 들어섰다.

백골 출토로 중단된 공사 현장은 야간 수사를 위한 조명등으로 밝았다. 태훈 일행은 들키지 않을 정도까지 차를 몰아간 후 도로 옆 풀숲 뒤에 차를 댔다. 다행히 짙은 안개가 그들의 모습을 가려 주었다.

태훈은 어둠 속에서 여유 있게 현장을 살펴보았다. 공사 현장 주위에는 경찰의 노란색 차단선이 둘러쳐 있고, 차단선 너머로 드문드문 공사 자재와 중장비들이 쌓여 있는 것이 보였다. 차단선의 끝에는 경찰차 한 대와 경찰 승합차 한 대가 세워져 있었나. 제법 많은 인원이 경비를 서고 있는 모양이었다. 현재 위치에서 무너진 굴이 어디에 있는지는 가늠하기 힘들었다.

"아주 대낮이구만, 밤새 무슨 수사한대?"

"그럴 리가. 발굴 시작도 안 했는데…. 경찰은 또 왜 이렇게 많아?"

태훈은 이해할 수 없는 상황에 의심스럽다는 표정을 지었다. 무슨 중대한 발견이라고 이렇게 삼엄하게 경비를 하는 것인지 납득이 가지 않았다. 태훈은 얼른 뒷자리에 놓아둔 가방에서 카메라를 꺼냈다.

"아니 지금 촬영하려고?"

"한번 돌아봐야지."

사촌동생이 말릴 새도 없이 태훈은 차에서 내려 살금살금 현장으로 다가갔다. 경찰차가 있는 포장도로 쪽으로 갈 수는 없으니, 공사 현장 뒤쪽, 나무와 덤불이 우거진 곳으로 걸음을 옮겼다. 워낙 오랜 세월 얽혀 자라난 식물들이라 뚫고 앞으로 나아가기가 힘들었다. 태훈은 돌 틈에 발을 헛디뎌 몇 번이나 넘어질 뻔하였지만, 그의 얕은 비명조차도 음습한 안개에 묻혀 멀리까지는 퍼지지 않았다.

공사 현장이 한눈에 훤히 내려다보이는 지점에 도달하자 대번에 무너진 굴을 알아볼 수 있었다. 파란 방수포로 대충 덮어 놓기도 했지만, 주위에 집중적으로 조명등을 밝히고 있어서 유독 눈에 띄었다. 방수포 위에는 빗물이 고여 있었고, 한쪽이 안으로 빨려 들어간 것으로 보아, 이미 상당량의 물이 진흙과 함께 굴 안으로 흘러들어 갔음을 짐작할 수 있었다.

'발굴 현장 관리 엉망.'

태훈은 숨을 죽이고 카메라 셔터를 눌렀다. 경찰 조명등 덕에 야간임에도 뜻밖에 선명한 촬영이 가능했다. 이거 고맙다고 해야 할지, 태훈은 혼자 클클 웃었다.

한참 만에 차로 돌아온 태훈의 옷이며 머리는 흠뻑 젖어 있었다. 안개로 촉촉하게 물기를 머금은 덤불 사이를 뚫고 온 탓이었다. 노심초사 태훈만을 기다리던 사촌동생은 차 안에 갖고 다니던 스포츠 타월을 건네주었다. 조기축구 때 쓰고 안 빨아서 퀘퀘한 냄새가 나긴 했지만, 태훈은 별로 상관하지 않고 카메라를 먼저 닦았다.

"가자 이제. 가서 소주나 한 잔 하자."

"뭐 좀 건지긴 했어?"

"뭐 그냥, 발굴 현장을 엉망으로 관리하고 있는 거?"

사촌동생은 태훈의 뻔뻔스러움에 못 당하겠다는 듯 웃으며 차에 시동을 걸었다. 풀숲에서 빠져나와 도로로 올라서려는데, 저 멀리로 두 개의 불빛이 다가오는 것이 보였다.

"아, 잠깐 후진해 봐, 누가 오는데?"

태훈의 지시대로 사촌동생은 나시 덤불 뒤로 차를 숨겼다. 포장도로를 따라 승용차 한 대가 들어오고 있었다.

"지금이 몇 신데 여길 와?"

태훈은 반사적으로 시계를 확인했다. 3시 반이 조금 못 된 시간이었다. 태훈과 사촌동생은 행여 자신들의 모습이 드러나지나 않을지 숨을 죽이고 승용차가 지나가기를 기다렸다. 다행히 어둠에 가려 보이지 않는 듯 승용차는 쌩하니 앞을 지나쳐 갔다. 견고하기로 이름난 독일제 승용차였다.

"비싼 차구만, 높으신 분인가 보네."

경찰 저지선 바로 앞에 차가 멈추고 두 명의 남자가 차에서 내렸다. 경비를 서던 경찰들이 냉큼 튀어나와 허둥지둥 경례를 붙였다.

"경찰 간부인가?"

남자는 경비를 서던 경찰들을 응원하러 왔는지 차에서 먹을 것이 든 상자를 여러 개 꺼내어 건네주었다. 얼핏 봐도 피자 상자며, 치킨이며 적은 양이 아니었다. 경비를 서던 젊은 경찰들은 좋아하는 모습이 역력했다.

"야식 주러 왔나 봐."

"그럴 리가 있겠냐? 경찰 간부가 이 밤중에."

태훈은 미심쩍은 눈으로 바라보다가, 카메라에 망원 렌즈를 갈아 끼워 들고 다시 차에서 내렸다. 이번에는 포장도로 양측에 늘어선 나무 뒤에 몸을 숨기며 공사 현장까지 바짝 다가갔다. 제법 거리는 있지만 사람들의 움직임은 충분히 알아볼 수 있었다.

야식을 건네받은 경찰들이 신이 나서 연신 90도 인사를 하며 부산을 떨었다. '걱정 말고 먹어, 난 좀 돌아보고 갈 테니.' 하는 남자의 목소리가 들려왔다. 처음엔 사양하던 경찰들이 남자의 만류에 못 이기는 척 먹을 것을 갖고 승합차로 돌아가자, 남자는 저지선 안쪽으로 차를 몰고 들어갔다.

그 사이 먼저 차에서 내린 다른 남자는 굴을 덮은 방수포를 벗겨 내고 있었다. 위태롭게 고여 있던 빗물이 굴 안으로 쏟아져 내리는 소리가 요란하게 들려왔다. 태훈은 남자들의 행동을 카메라에 담았다.

두 남자는 주위를 둘러보다가 슬그머니 굴 안으로 들어갔다. 이 밤중에 저길 왜 들어가는지? 태훈의 입안에 침이 바싹 말랐다.

오 분, 십 분, 거의 이십 분이 지나도록 남자들은 나오지 않았다. 찰나의 순간을 기다리는 태훈의 카메라가 무겁게 느껴질 무렵, 한 남자의 머리가 굴 밖으로 나오는 것이 보였다. 태훈은 초점을 재조정했다. 차례로 굴에서 나온 두 남자의 몸은 온통 흙으로 범벅이 되어 있었는데, 둘다 양손에 무엇인가를 들고 있었다.

"저게 뭐야?"

렌즈를 통해 바라보는 태훈의 왼쪽 눈이 가늘게 찌푸려졌다. 두 남자는 자동차 트렁크를 열고 손에 든 물건을 조심스럽게 집어넣었다. 태훈이 있는 위치에서는 차 앞면에 가려 그 물건이 무엇인지는 확인할 수가 없었다. 조심스러운 그들의 행동을 볼 때 무언가 값나가는 것임에 틀림없었다. 남자들이 다시 굴 속으로 들어갔다.

태훈은 그 기회를 놓치지 않고 공사 현장 뒷편 곳으로 뛰어 들어갔다. 트렁크 안이 보이는 위치에 가기 위해 공사장 밖으로 뺑 둘러 미친듯이 달렸다. 제멋대로 자란 덤불이 뺨을 할퀴고, 바지 자락에 걸리는 나무 가시들을 아랑곳 않고 질주하면서 태훈은 스스로에게 놀랐다. 아까는 제대로 걷지도 못하던 곳의 길을 지금은 성난 멧돼지처럼 돌진하고 있었던 것이다. 웃음이 터져 나오면서도 머릿속에는 오직 한 가지 생각밖에 없었다.

'찍어야 한다.'

덤불을 헤치고 시야가 확보된 곳에 막 이르렀을 때 마침 두 남자는 다시 굴에서 빠져나오고 있었다. 태훈은 가쁜 숨을 몰아쉬다 말고 엉겁결에 땅바닥에 엎드렸다. 팔꿈치로 카메라를 받쳐 들고, 거친 호흡으로 오르내리는 뷰파인더에 시선을 고정시켰다.

이번에도 남자들은 양손에 무언가를 들고 있었다. 찰칵 찰칵. 태훈은 숨을 고르며 신중하게 셔터를 눌렀다. 트렁크에 물건을 옮겨 넣고 남자가 몸을 비켜서자, 태훈의 입에서 희미한 신음이 흘러나왔다. 트렁크 안에는 얼핏 보아도 정교함이 남다른 도자기들이 가지런히 세워져 있었다. 등줄기를 타고 정수리까지 짜릿한 무언가가 흘렀다. 머릿속으로 오가는 수만 가지 생각을 뒤로하고 태훈은 침착하게 한 방 한 방 셔터를 눌렀다. 남자들의 행동 하나하나를 카메라에 담다 못해 나중에는 동영상으로도 찍었다. 대낮처럼 밝은 조명등 덕에 화질도 선명했다.

남자들은 그 뒤로도 두어 번 더 굴을 오가며 도자기들을 날랐다. 딱 봐도 높으신 양반들 같은데 머릿기름 발라 넘긴 머리카락이 흐트러지도록 땀을 뻘뻘 흘리며 허둥지둥하는 꼴이 가관이었다. 트렁크가 가득 차자 이번에는 차 뒷자리에도 유물들을 옮겨 실었다. 딴에는 깨지면 어쩌나 눕혔다 세웠다 하는 꼴이 우습다 못해 애처로웠다.

저만치 떨어진 승합차 안의 경찰들은 야식을 먹느라 정신없었다. 이쪽에는 관심도 두지 않을 뿐더러, 차에 가려 이들이 무엇을 하는지 보지도 못할 터였다. 하지만 태훈은 달랐다. 그는 탁 트인 시야에서 여유롭게 한밤의 도굴을 관람했다. 지금 자신이 찍은 사진이 많은 사람의 미래와 인생을 뒤바꿔 놓을 수도 있다고 생각하니 기분이 묘했다.

뒷좌석까지 유물로 가득 차자 남자들은 서둘러 방수포로 굴 입구를 덮고 차에 올랐다. 이처럼 어마어마한 범죄에 침착함을 잃은 탓인지, 올 때처럼 경비를 서는 경찰들에 인사를 건넬 생각도 못 하고 차를 몰아 휑하니 현장을 빠져나갔다.

태훈은 다시 전속력으로 달려 사촌동생의 차로 돌아왔다. 문을 벌컥 열자 사촌동생이 깜짝 놀라다가, 다음 순간 태훈의 모습에 기겁을 했다.

"아, 형. 이 뭐야. 옷이 왜 이래? 이거 피야? 어떻게 된 거야? 다쳤어?"

"야, 빨리, 저 차 쫓아가. 빨리!"

태훈의 외침에 사촌동생은 영문도 모른 채 시동을 걸고 앞서간 차를 뒤쫓기 시작했다.

미행

　한참 늦게 출발했지만 다행히 주위는 칠흑 같은 어둠이고 거리에
는 그 차 한 대뿐이어서 멀찍이서도 놓치지 않고 따라잡을 수 있었
다. 사촌동생은 자신도 뭔가 한몫을 하게 되었다는 데 신이 나서 있
는 힘껏 가속 페달을 밟아 댔다.

　"야, 이 바보야! 너무 붙지마. 이 밤중에 차도 없는데…. 미행한다고
　광고하냐?"

　"아따, 내가 미행해 봤어야 알지."

　사촌동생은 툴툴거리면서도 태훈의 지시대로 속도를 줄였다. 놓칠
듯 말듯 거리를 두고 뒤를 쫓느라 잔뜩 긴장해 있으면서도 나름 재미
가 있는지 눈이 반짝였다.

　남자들이 탄 독일계 외제차는 제주시의 한 주택가로 들어섰다.

　"비싼 차 몰더니 비싼 동네 사는구만."

　"여기 비싸냐?"

　"여기가 요즘에 한참 뜨는 고급 주택촌이야. 미국식으로 지어서 파
　는. 집에 수영장까지 있어. 왜 도지사도 여기 살잖아."

　"그래?"

태훈이 흥미롭다는 듯한 표정으로 동네를 바라보았다. 과연 미국 식으로 지어 직사각형이 아니라 육각형에 높낮이도 제각각인 외국식 저택이 늘어서 있었다. 주택가에 들어선 뒤로 슬그머니 속도를 줄인 사촌동생은 알아서 헤드라이트까지 끄고 앞차가 돌아간 모퉁이를 조심스레 따라 돌았다.

　"스톱."

　태훈이 가로막지 않았어도 사촌동생 역시 앞차가 멈춰 서 있는 것을 보고 브레이크로 발을 옮기고 있었다. 차가 멈춰 선 집의 대문이 천천히 열렸다. 남자는 누군가 자신들을 지켜보고 있을 것이라고는 꿈에도 생각하지 못한 채, 조심스럽게 후진하여 차고로 들어갔다. 차고 문이 닫히고, 태훈이 차에서 내려 보니 유독 이 집 주위에만 2m가 넘는 담장이 둘러쳐져 있었다.

　"어디 제주도에 이따위 담장은 둘러치고…."

　열 받은 태훈은 담을 넘겨다 보려고 사촌동생의 차 위로 기어 올라갔다. 담 너머로 보이는 정원 한가운데에는 잘 지은 외국식 저택이 어둠속에 잠들어 있었다. 차고는 집 지하로 바로 이어져 있는 듯 더 이상 남자들의 모습은 보이지 않았다.

　태훈이 차로 돌아오자 사촌동생은 뭔가 중대한 생각이 났다는 듯이 태훈을 돌아보며 말했다.

　"형, 근데 있잖아. 여기 도지사 집인데."

　"뭐? 확실해?"

　"응."

　긴장한 표정으로 고개를 끄덕이는 사촌동생의 표정이 어딘가 꺼림직해 보였다. 태훈은 카메라에서 조금 전에 찍은 두 남자의 얼굴을 찾아 보여 주었다.

"너 이 사진 봐봐. 누군지 알아보겠어?"

"제주도지사구만. 그리고 옆에는… 경찰청장이네."

뭔가 잘못되어 간다는 것을 깨달은 사촌동생이 놀란 표정으로 말했다.

"확실해? 경찰청장 맞아?"

"형, 내가 제주도 펜션협회 총무야."

그거랑 그거랑 무슨 상관인지는 모르겠지만, 사촌동생 말이 맞다면… 특종이었다. 태훈은 자기도 모르게 입맛을 다셨다. 성급히 풀면 안 된다고 스스로를 다독이는데 사르르 심장이 죄어 왔다. 사촌동생도 눈치로 뭔가 큰 건이라는 것을 감지한 듯 가늘게 눈을 뜨며 태훈을 바라보았다.

"한 건 한 거야? 저 사람들이 뭐 훔쳤어?"

"너무 자세히 알려 하진 마라. 이런 건 모르는 게 안전해."

"얼레? 이미 다 끼워 놓고 이제 와서 안전은…."

"미안하게 됐다. 이렇게 될 줄은 몰랐지. 아무튼 입 꾹 다물고 있어."

태훈은 진심으로 미안했다. 협박, 공갈에 자잘한 소송이야 기자들에게 일상다반사였지만, 섬에서 펜션이나 운영하고 살아온 사촌동생을 끌어들이게 된 것은 꺼림직했다.

"근데 형, 이건 그냥 궁금해서 물어보는 건데, 저 높으신 양반들이 왜 직접 훔치러 왔대? 이런 건 밑에 애들 시키지 않아?"

"중간에 끼는 사람이 많아지면 그만큼 말 나갈 입도 많아지니까."

"그래도 하필 이 궂은 날씨에…."

"내일 새벽부터 기자들이랑 조사반이랑 들이닥칠 테니까. 오늘 밤밖에 시간이 없었던 거지."

"아무리 그래도 그렇지 이게 뭔 코미디여 높으신 양반들이…."

그러게 말이다. 태훈은 사촌동생의 말에 깊이 공감했다. 정말 이런 말도 안 되는 바보 같은 짓을 직접 해야 할 만큼 중요한 일인 걸까? 여차해서 들키면 그대로 인생 종 치는 건데. 돈 욕심만으로 설명하기엔 동기가 한없이 약했다.

'이런 경우는 협박이 함께 존재한다고 가정하는 게 맞겠지.'

아니면 뒤봐줄 배후가 확실하든가. 그것도 아니라면… 정말 멍청이? 그런 한심한 일은 부디 없기를. 태훈은 급격히 피로가 몰려오는 것을 느꼈다. 사촌동생 역시 긴장이 풀린 듯 큰 하품을 연거푸 내쉬었다.

"아이고, 벌써 4시네. 얼른 집에 갑시다. 잠깐이라도 눈 붙여야지. 내일 새벽부터 취재해야 한다면서?"

"너네 펜션 애월이랬지? 멀다. 나 그냥 여기 제주시에 모텔 하나 잡을란다."

"아, 형님 아쉽게 왜 그래요. 기껏 여 와서 우리 집에서 머물러야지."

"나중에 놀러갈게. 오늘 내일은 일 좀 하고. 시내에 떨어뜨려 주라."

태훈은 이해해 달라는 표정으로 사촌동생의 어깨를 두드렸다. 섭섭했지만 워낙 어린 시절부터 고집불통에 막무가내인 태훈의 성격을 아는지라 사촌동생도 더는 권하지 않았다. 어차피 밀어붙인다고 통할 사람이 아니었다. 어르고 달래도 지난 10년 동안 단 한 번도 고향에 내려오지 않은 사람이다. 더 말해 뭣하겠는가. 차는 모텔들이 밀집해 있는 신제주를 향해 미끄러지듯 내려갔다.

비 오는 밤, 세영의 방

　오랜만에 제주도 집에 돌아온 세영은 며느리가 정갈하게 치워 둔 자신의 방 안에 누워서도 쉽사리 잠들지 못했다. 틈틈이 볕에 널어 두었는지, 비 오는 날씨에도 바삭거리는 이부자리였다. 늙은이 배려한다고 방에 불을 올려 두어 바닥도 냉하지 않았다. 하지만 잠은 오지 않았다. 커져 가는 빗소리를 따라 정신은 더 맑아져만 갔다.

　거실에서 인기척이 들려왔다. 세영은 벽에 걸린 시계에 눈을 돌렸다. 다섯 시. 할애비를 의식한 듯 조심하는 신림의 발소리가 현관을 빠져나갔다. 동굴조사단과 함께 출발한다더니 몇 시간 눈 붙이지도 못하고 나서는 모양이었다. 설레기도 하겠지. 걱정도 될 테고. 이만한 큰 사건이 없었으니까. 조사단들을 들뜨게 하는 기대감이 세영 역시 잠 못 이루게 한 것일까?

　세영은 입가를 일그러뜨렸다.

　'그대로 묻혀 있더라면 좋았을 것을…. 살 날도 얼마 남지 않았는데,
　조금만 기다려 주지.'

　입안에서만 맴도는 중얼거림은 누구를 향한 것인지, 세영은 눈가에서 느껴지는 눅눅함에 눈꺼풀을 껌뻑였다. 너무 오래 닫아 두어서 끄집어내기에도 새삼스러운 기억들이 어두운 방 천장에 점점이 피어올랐다.

죽기 전에 되살릴 날이 올 거라고는 한 번도 생각지 못했던, 평생 짐처럼 간직한 숙제였으나, 결국 풀지 못하고 떠날 거라 체념했던 일이었다. 그런데 이제 스스로 모습을 드러내려는가.

동굴이 발견되었다. 그것도 선흘리에서. 선흘리에는 세영의 작업실과 무덤이 있었다.

1945년, 동백동산, 석주명

　세영은 골고사리 잎을 제치며 샘을 찾아가고 있었다. 일국과 헤어지고 집으로 돌아갈 때면 세영은 으레 집과는 반대 방향인 동쪽으로 방향을 틀었다. 세영은 동쪽 곶을 통과하는 길을 좋아했다. 동쪽 곶은 선흘곶에서도 수백 년 넘은 동백나무가 셀 수 없이 많아서 특별히 동백동산이라 불리는 지역이었다. 겨울에 곶이 하얀 눈으로 뒤덮이면, 눈 덮인 짙녹색의 잎들 사이로 핏방울처럼 붉은 동백꽃들은 타오르는 듯했다.

　가을에 살구만 한 동백나무 열매가 열리면 마을 사람들은 동백동산에 와서 열매를 거뒀다. 세영의 어머니는 그 열매를 씻어 말리고 절구에 넣어 껍질을 부순 후에 속살만 모아 곱게 빻았다. 잘게 빻은 동백 열매를 삼베 주머니에 넣고 짜서 기름떡을 만들었다가, 기름판에 올려 짜면 동백기름을 얻을 수 있었다.

　노란 동백기름이 만들어지는 과정을 세영은 늘 신기하게 구경하곤 했다. 동백나무 열매로 짠 기름은 귀한 음식을 만들거나, 등잔불을 붙일 때 사용하였는데, 동백나무 기름은 다른 기름에 비하여 그을림이 적고 불길이 밝아서 등잔 기름으로 제격이었다.

　그렇게 귀한 동백나무가 동백동산에는 넘치도록 많았다. 하지만 그것도 옛날 이야기가 되어 버린 것이 최근에는 일본군이 본토로 가져간다며 엄청나게 많은 수의 동백나무를 파내어 버렸다. 어른 키보다 더 크고 무성한 동백나무들은 거의 다 사라지고, 뿌리가 뻗었던 흔적들만이 어지럽게 남겨졌다.

이제는 동백동산이라는 이름이 무색했지만, 그래도 세영은 동백동산을 좋아했다. 동백동산은 곶자왈과 습지가 공존하는 곳이어서 사시사철 다양한 나무와 꽃들로 볼거리가 많았다. 종가시나무, 푸조나무, 마치 뱀가죽처럼 얼룩덜룩 껍질이 벗겨진 육박나무, 녹나무, 생달나무, 조록나무 등 다양한 나무들과 향기가 천리만리를 간다는 백서향, 도토리처럼 생겼는데 먹어 보면 밤 맛이 나는 구실잣밤나무도 있었다. 거대한 사슴뿔 모양으로 몸통에서부터 여러 갈래로 나뉘어 뻗은 구실잣밤나무는 요즘이 한창 꽃을 피울 시기여서 수컷의 비릿한 냄새를 사방에 퍼트려 댔다. 세영은 구실잣밤나무 열매를 좋아하였지만, 이 꽃냄새를 맡으면 어딘가 기분이 이상해지는 듯해서 나무 근처에서는 숨을 참고 냅다 뛰어 후박나무 아래까지 한달음에 달려갔다. 후박나무 근처에는 나쁜 곤충들이 모여들지 않아 낮잠을 자기엔 그만이었다.

후박나무 군락을 지나 한참을 나아가니 섬에서는 만병통치약이라고 불리는 비파나무가 모습을 드러냈다. 세영은 새콤달콤한 맛이 나는 노란 비파 열매를 좋아했었는데, 마을 대동상회의 주인인 일본인 다나카 씨로부터 비파나무는 심은 사람이 죽어야 열매를 맺는 불길한 나무라는 말을 들은 이후로는 괜히 따 먹기가 꺼려졌다. 어머니는 왜놈들 말은 믿을 게 못 된다고 했지만, 세영은 혹시나 자기가 먹고 버린 비파 씨가 어딘가에서 자라고 있을지는 않을까 한동안 밤에 잠을 이루지 못했다.

한참 걷다 보니 복이 말랐다.

동백동산에는 동굴이나 연못이 많아 급하면 어디서든 목을 축일 수 있었다. 테우리들이 말이나 소를 먹이곤 하는 큰 습지인 먼물깍은 크기가 거의 500m가 넘고 깊이도 2m나 되었다. 하지만 사람이 먹기에는 물이 깨끗하지 않았기에 세영은 곶 중간쯤에 있는 자신만의 작은 습지를 찾아갔다. 일국의 말이 찾아낸 이 작은 습지는 놀라울 정도로 맑고 깨끗해서 세영은 언제나 그곳에서 목을 축였다.

오랜만에 찾아간 샘은 초여름 무성하게 자라난 들풀로 덮여 눈에 띄지 않았다. 세영은 엉거주춤 한 자세로 분수처럼 퍼져 자란 골고사리 잎을 제치며 샘을 찾아다녔다.

꿩 대신 닭이라고 봉의꼬리고사리 군락이 세영의 눈에 들어왔다. 마치 닭발처럼 생겼다고 해서 계족초라고도 불리는 봉의꼬리고사리는 설사가 날 때 달여 먹으면 효과가 좋았다. 본래 고사리는 4, 5월이 지나면 세져서 먹지 못하는데 이곳 고사리들은 아직 다 피지 않은 여린 녀석들이 많았다. 아마도 근처의 숨골에서 찬기운이 흘러나오는 탓인 듯했다. 세영은 재수가 좋다고 생각하며 고사리를 뜯기 시작했다. 잦은 배앓이를 하는 할머니에게 갖다 드리면 좋아하실 것이다.

곶의 식물들은 저마다 다 쓰임새가 있어서 이름과 효능을 알아 두면 도움되는 것이 많았다. 어떤 것은 열매와 꽃을 먹고, 또 어떤 것은 씨에서 기름을 짜고, 줄기와 뿌리로 병을 다스렸다. 밭농사를 위한 농기구용으로 쓰이는 나무도 있고, 바다 고기잡이 도구들을 만드는 덩굴들도 있었다. 하다못해 땔감으로라도 쓸모가 있었다. 곶은 섬사람들에게는 더할 나위 없이 든든한 식량저장고이자 땔나무의 공급처이고 약초원이었다.

세영이 한참이나 고사리를 뜯다가 문득 고개를 들어 보니 어느덧 눈앞에 함초롬 앉아 있는 샘이 보였다. 그렇게 찾을 때는 안 보이더니. 욕심을 부리면 바다가 전복을 보내 주지 않으므로 마음을 비워야 한다는 엄마의 말이 이런 걸 의미하는 것인가 싶었다.

세영은 신이 나서 샘으로 달려가 무릎을 꿇고 두 손으로 물을 떠 마셨다. 맑고 차가운 지하수는 거석거리던 세영의 메마른 입안을 적시고 배 속 깊이까지 흘러들어 갔다.

여러 차례 갈증이 풀릴 만큼 물을 들이키자 그제야 물가에 놓여 있는 특이한 물건이 눈에 들어왔다. 알루미늄에 법랑을 입히고 코르크

마개로 막은 일본군용 수통이었다.

'일본군이 이곳에 왔었나?'

세영은 서둘러 주위를 둘러보았다. 이 깊은 곳까지 일본군이 들어왔을 리가 없었다. 게다가 이 샘을 아는 사람은 일국과 세영 외에는… 단 한 사람뿐이었다.

세영은 수통을 집어 들어 천천히 살펴보았다. 수통의 옆면에는 주인의 이름이 세로로 새겨져 있었다.

石宙明 (석주명).

세영은 수통을 들고 일어서서 주위를 둘러보았다. 아무도 보이지 않았다.

수통이 남겨진 걸 보면 이 근처 어디에 계신다는 뜻인데…. 어디일지 짐작이 갔다.

'보나마나 사철난 구릉에 계시겠지.'

새우난과 사철난이 피어 있는 작은 구릉. 작은 나비 떼가 날개를 접고 앉아 있는 듯 섬세하면서도 우아한 연분홍색의 새우난 꽃은 한 송이만 있어도 눈을 떼기 어려운데, 그곳에는 자줏빛, 흰빛의 크고 작은 새우난들이 끝없이 펼쳐져 보는 이의 혼을 빼놓았다. 그 주변에는 다른 꽃들도 많아서 유독 나비 떼가 많이 모이는 곳이기도 했다. 선생님이 곳에 계신다면 분명 그 근처일 것이 틀림없었다.

그다지 멀리 떨어지지 않은 새우난 군락지에 이르자, 벌거벗은 한 남자가 허공을 향해 휘적휘적 팔을 휘두르는 것이 보였다. 옷을 홀라당 벗고 팬티만 입은 채 2m가 넘는 포충망을 휘두르고 있는 우스꽝스러운 모습이었다.

석주명은 숨을 죽이며 한 발 한 발 상수리나무 가까이로 다가갔다. 상수리나무 가지 위에는 수액을 빨아먹으려고 모여든 열댓 마리의 나비들이 배가 부른 듯 게으른 날갯짓을 하고 있었다. 조심스럽게 사정거리까지 다가간 석주명은 능숙한 손놀림으로 빠르게 포충망을 휘둘러 나비 떼 위에 내리 덮었다. 포충망 안에서 놀란 나비들이 부산스럽게 갈 바를 몰랐다.

"잡았다."

석주명의 눈이 기쁨으로 반짝거렸다. 세영은 선생님이 포충망을 내려치기를 기다렸다가 곧바로 달려왔다.

"많이 잡으셨어요?"

"오, 세영아! 그렇게 찾던 검은왕나비 드디어 잡았다. 하하하."

석주명은 신이 나서 포충망 속에 잡힌 나비들을 꺼내어 일일이 채집통에 넣었다.

"아, 여기 수통이요. 샘에 놓여 있었어요."

"아, 깜빡했네. 물을 담으려다가 우연히 검은왕나비를 보는 바람에 정신없이 쫓아왔거든."

하도 밖으로만 돌아다닌 탓에 온몸은 새카맣고 발바닥마다 굳은살이 두 겹 세 겹으로 앉은 석주명의 모습은, 모르는 사람이 보면 미치광이로 여길 법했다. 늘 제멋대로이고 앞뒤 생각없이 행동해서, 세영은 늘 석주명을 걱정했다. 석주명은 오늘처럼 처음 보는 나비를 쫓아 하루종일 몇 킬로미터씩 돌아다니는 일이 흔했다. 나비만 보고 따라가다 보니 미처 발밑을 확인하지 못해 야트막한 턱 아래로 떨어지거나 비탈에서 구르는 일도 비일비재했고, 자잘한 타박상과 푸릇푸릇한 멍자국에서 벗어날 날이 없었다.

하지만 처음 석주명을 만났을 때는 그가 이런 엉뚱한 사람일 거라고는 꿈에도 상상하지 못했다.

세영이 그를 처음 알게 된 것은 석주명이 서귀포에 위치한 경성제대 부속 제주도생약연구소장으로 오게 되면서였다. 석주명이 나비 채집을 위해 길 안내 해 줄 사람을 구하던 중에 테우리인 일국이 곶자왈을 잘 안다는 소문을 듣고 찾아가게 되었고, 군마를 돌보느라 도움을 줄 수 없었던 일국은 세영을 추천했다.

어느 날 세영이 학교에 갔다 돌아와 보니 자기 집 앞에 처음 보는 지프차가 세워져 있었다. 마을 아이들은 그 시커멓고 단단하게 생긴 지프차에 반해 떠날 줄 모르고 주위를 맴돌았다. 세영이 집으로 들어가니 늘 조선인들을 멸시하는 콧대 높은 일본인 순사 마쓰이와 함께 신식 양복에 동그란 안경을 쓴 신사가 세영을 기다리고 있었다. 어머니와 할머니는 그 옆에서 어찌할 바를 몰랐다. 이렇게 지위가 높고 멋진 분이 누추한 집에 방문하는 것은 상상도 못 할 일이었기 때문이다.

처음 만난 석주명은 일본어만 사용하였기 때문에 세영은 그가 당연히 일본 사람인 줄 알았다. 그는 곶자왈에서 나비 채집을 하고 싶으니 길 안내를 해 달라고 했다. 일본어를 모르는 어머니에게는 마을의 오름들을 안내해 달라는 것으로 둘러대었는데, 세영이 길 안내를 하는 대가로 석주명은 꽤 거액의 보수를 내놓았기 때문에 어머니도 할머니도 더는 따져 묻지 않았다.

그리하여 세영은 제집 안방처럼 드나드는 선흘 곶자왈과 동백동산 일대를 석주명과 함께 돌아다니게 되었다.

석주명은 제주 전역의 나비들을 채집했는데, 제주읍에서 출발하여 관음사, 산 정상, 카바시마 표고버섯 산막을 지나 서귀포로 내려가고, 다음에는 서귀포를 출발하여 횡단도로를 건너 제주읍으로 돌아오는 노선을 특히 좋아했다. 선흘곶에 들를 때면 석주명은 꼭 세영에게 길 안내를 부탁했다.

그가 세영에게 우리말로 이야기를 하는 것은 단둘이 있을 때뿐이었다. 다른 사람들과 함께 있을 때는 철저한 경성제대의 책임자로 돌아갔다. 선생님이 얼마나 높은 사람인지는 그가 조천 지역에 올 때면 늘 일본인 순사과장이나 도지사들과 저녁 식사를 하고 그들 집에서 머무는 것으로 미루어 짐작할 수 있었다. 그러나 세영과 단둘이 있을 때는 나비만 좋아하는 천진난만한 어린아이가 되었다.

그렇게 2년여 동안 몇 달에 한 번씩 선생님을 도와 나비를 채집하면서 세영도 나비에 대해서라면 박사가 다 되었다. 그렇지만 아직도 도대체 나비의 어디가 좋아서 선생님이 저렇게까지 하는지 이해할 수가 없었다. 선생님이 제주도에서 잡은 나비만도 몇만 마리는 될 것이다. 그럼에도 지금 석주명은 싱글벙글, 눈깔사탕을 얻은 꼬마처럼 새로 잡은 나비들을 보며 좋아하고 있었다.

"아, 세영 군, 혹시 내 부탁 하나 들어줄 수 있을까?"

"뭔데요?"

"아까 난생 처음 보는 황금색 나비를 발견했어. 끝검은왕나비처럼 생겼는데 날개가 노란색이 아니라 황금빛이더라고. 한참을 쫓아갔는데, 글쎄 그 녀석이 굴 안으로 들어가는 바람에 놓치고 말았어."

석주명의 말에 세영은 고개를 갸우뚱했다. 나비가 굴에?

"나비가 컴컴한 굴에는 왜 들어갔대요?"

"그러니까. 특이하지?"

"네. 특이한데요."

"그렇지? 그러니까 한 번만 들어가 봐 주라."

"네?!"

세영은 뜻밖의 제안에 깜작 놀라 석주명의 얼굴을 빤히 쳐다보았다. 장난을 치시려는 건가 싶었지만 석주명의 표정은 진지했고 기대로 가득 차 있었다.

"너무 궁금해서 들어가 보고 싶었지만, 굴이 작아서 나는 들어갈 수

가 없더라. 세영 군이라면 가능할 것 같아. 그러니까 대신 들어가 봐
줘."

나비는 본래 어두운 곳을 좋아하지 않는 곤충이다. 날이 저물어 어
두워지면 활동하지 않고 잎사귀 뒷면이나 나무둥치에 붙어 잠이 들
었다. 그런 나비가 낮에 스스로 컴컴한 굴속으로 들어간다는 것은 아
주 이상한 일이었다. 석주명이 궁금해하는 것도 당연했다. 혹시 그
굴 안에 나비를 끌어들이는 무언가라도 있는 것일까?
그 무언가가 세영의 호기심을 자극했다.

"까짓 거 들어가 보죠, 뭐."

"좋았어!"

석주명은 신이 나서 몸을 들썩거렸다. 그리고는 당장 옷과 포충망,
채집상자를 챙겨서 세영을 굴이 있는 곳으로 데려갔다.

동백동산, 숨겨진 동굴

가 보니 새우난 자생지에서 그리 멀지 않은, 비밀의 샘과 가까운 곳이었다. 너무 여러 번 지나다녔던 길이라 그런 곳에 굴이 있었다는 사실이 세영을 놀라게 했다. 바위틈으로 고개를 들이밀고 살펴보니, 굴은 아래쪽으로 이어져 있었고 경사는 그리 가파르지 않아 보였다. 세영은 왼쪽 어깨부터 들이밀고 천천히 굴 안으로 몸을 밀어 넣었다.

"너무 무리하지 마. 위험해. 그러다 다치면 안 돼."

"괜찮아요. 갈 만해요."

세영은 몸을 돌릴 수도 없는 좁은 굴속을 게걸음으로 나아갔다. 자신의 몸에 가로막혀 굴 안으로 빛이 들어오지 못했기 때문에 아무것도 보이지 않았다. 앞서 나아간 발로 바닥을 디디며 조심스럽게 전진하는 수밖에 없었다. 석주명의 걱정스러운 외침에 괜찮다는 답변을 하며 세영은 멈추지 않고 계속 나아갔다. 한 스무 발자국쯤 들어왔을까? 희미한 빛이 눈에 들어왔다.

'굴 안에 빛이?'

희뿌옇게 느껴지던 빛은 나아갈수록 더 분명해졌다. 세영은 빛이 비취는 곳을 향해 걸음을 서둘렀다. 좁은 길의 끝에 다다랐을 때, 세영의 눈앞에 놀라운 광경이 펼쳐졌다.

좁은 동굴 벽 틈 사이로 희뿌연 빛이 쏟아져 들어오고 있었다. 세영은 틈에 얼굴을 바싹 붙이고 너머를 살폈다. 틈 너머에는 굉장히 넓은 공간이 펼쳐져 있었다. 천장으로부터 햇빛이 새어 들어오고, 굴은 온통 촉촉한 푸른빛이었다.

저 멀리로는 지하수 폭포가 보였는데, 그로부터 떨어지는 물이 마치 개울처럼 동굴 전체를 휘둘러 흐르고 있었고, 천장에는 지상의 나무들의 뿌리임에 틀림없는 굵은 뿌리들이 사방으로 뒤엉켜 길게 뻗어 있었다. 그 나무 뿌리를 타고 담쟁이 덩굴들이 자라 마치 뿌리에서 새 잎이 돋아난 것처럼 보였는데, 그 형상은 꼭 거꾸로 자라는 나무 같았다.

한 번도 본 적 없는 엄청난 크기의 고사리들이 무성한 잎을 펼치며 개울 주변을 뒤덮고 있었다. 거의 모든 바위들은 이끼로 뒤덮여 굴 안은 온통 연초록의 융단을 깔아 놓은 듯했다. 더욱 놀라운 것은 그 안은 굴답지 않게 따뜻한 공기로 가득 차 있었다.

세영은 차마 입을 다물 수 없는 광경에 넋을 잃고 한참을 바라보았다. 곳의 지하에 이런 신세계가 펼쳐져 있을 줄이야. 세영은 서둘러 돌아 나와 석주명에게 자신이 본 것들을 설명했다.

"무릉도원이 따로 없구만…."

석주명은 몹시 진지한 태도로 무언가를 생각하는 듯했다. 세영은 선생님이 자기처럼 깜짝 놀라 호들갑을 떨 줄 알았는데 그러지 않아 조금 의외였다. 마치 선생님은 이런 상황을 짐작하고 있었던 것처럼 보였다.

"혹시 굴이 어느 쪽 방향으로 나 있는지 떠올려 볼 수 있겠니?"

세영은 자신이 걸어갔던 길을 떠올리며 방향을 가늠해 보았다. 걸어 들어간 좁은 길이 시계방향으로 휘어져 돌아갔던 것 같은 느낌이 들었다. 세영은 대략 방향을 가리켰다.

"아마 이쪽인 거 같아요. 굉장히 큰 나무의 뿌리가 아래로 뻗어 있었
는데, 이 근처에 큰 나무는 저쪽밖에 없으니까."

석주명은 동의한다는 뜻으로 고개를 끄덕였다.

"그럼 거문오름 쪽이구나. 역시나 같은 동굴계에 속해 있었어."

석주명은 가방에서 수첩을 꺼내어 열심히 무엇인가를 메모하기 시
작했다.

"뭘 적으세요?"

"동굴 지도."

"동굴 지도요?"

"지하의 길들을 파악해 보려는 거야."

석주명은 세영에게 수첩의 그림을 보여 주었다. 수첩엔 조천 지역
의 크고 작은 굴들과 구좌 지역의 만장굴, 김녕사굴 등의 위치가 상
세하게 표시되어 있었다.

"이 동굴들은 서로 이어져 있는 거 아니에요. 제가 많이 가 봐서 알
아요."

세영은 석주명의 수첩 여기저기를 손가락으로 짚으며 아는 체를 했
다. 석주명 역시 동의한다는 뜻으로 고개를 끄덕였다.

"맞아. 서로 연결되어 있지 않아. 적어도 사람이 다닐 수 있는 길은 없
지. 근데 말야. 예전에 그런 이야기가 있었대, 뱅뒤굴로 들어간 백구
한 마리가 온몸이 새까맣게 돼서 만장굴로 나왔다는."

"에? 정말요?"

세영은 놀라서 선생님을 빤히 쳐다보았다. 석주명은 알 듯 모를 듯
한 미소를 지으며 수첩을 탁 접어 가방에 넣었다. 예의 그 장난스러

운 표정으로 돌아와 있었다.

"그렇다는 설이 있다는 거야. 혹시 이 굴 입구일지도 모르는 다른 틈
새 같은 것 본 적 없어? 근처에서?"

"없어요. 이 근처에서는. 이 굴도 오늘 처음 본 걸요."

세영 역시 그런 입구가 있다면 꼭 한 번 들어가 보고 싶은 마음이
었다. 석주명과 세영은 거문오름 방향을 따라 주의 깊게 풀숲을 헤
치며 걸어갔다.

"근데 동굴에 들어간 나비들이 그렇게 특이했어요?"

"특이하다마다. 노란색 날개에 햇빛이 비춰니까 반짝반짝, 마치… 금
가루를 발라 놓은 것 같다고나 할까?"

석주명의 설명을 머릿속으로 그려 보느라 세영의 눈동자가 위로 굴
러갔다. 얼마나 아름다울까 생각하니 절로 입이 벌어졌다.

그런 세영의 모습을 석주명은 애정 어린 눈빛으로 바라보았다. 남
들이라면 미친 사람 취급하고도 남을 이야기를 믿어 주는 세영이 고
마웠고, 그런 세영을 두고 떠나야 하니 한편으로는 미안한 마음도
들었다.

"나중에라도 잘 살펴봐 줘. 그래도 곳에 대해서는 세영 군이 제일이
잖아."

"헤헤, 다니는 데만 알지요, 뭐."

세영은 뜻밖의 칭찬에 쑥스러워 머리를 긁적이며 웃었다. 하지만
석주명은 진지한 표정으로 고개를 가로저었다. 그는 세영의 능력을
진심으로 인정하고 있었다.

"아니야. 세영 군은 정말 훌륭한 안내인이었어. 그동안 고마웠어. 덕
분에 제주도에서 중요한 채집을 많이 했어."

"저야말로 선생님한테 경성 이야기도 많이 듣고, 일본 이야기도 듣고 배운 게 많죠. 근데 경성으로 언제 출발하세요?"

"응. 다음 주면 떠나야 하는데…. 이 나비들을 못 잡고 가는 게 한이 되겠어."

"저도 더 찾아볼게요."

"그래, 고맙다. 아, 그리고 이 동굴에 대해서는 우리만의 비밀로 하자. 나른 사람들이 먼저 나비를 잡아 버리는 걸 원하지 않거든."

석주명은 세영을 향해 찡긋 윙크를 했다. 세영 역시 같은 생각이었다. 이렇게 멋진 비밀의 장소를 다른 사람들에게 알려 준다는 것은 말도 안 되었다.

"그럴게요. 아무에게도 말하지 않을게요. 근데 다시 오실 건가요?"

"다시 꼭 와야지. 와서 그 나비를 잡아야지. 내 평생 본 가장 아름다운 나비니까. 하하하. 그때까지 잘 지내고. 가기 전에 또 못 볼 테니까, 작별인사."

석주명은 세영을 향해 손을 내밀어 악수를 청했다. 세영은 어쩐지 코끝이 찡해지는 느낌이었다. 앞으로 선생님을 보지 못한다는 생각에 순간 눈물이 차올라 세영은 차마 고개를 들지 못한 채 손을 맞잡았다. 자연을 돌아다니느라 거칠게 마디가 불거져 나온 선생님의 손은 그의 마음만큼이나 따뜻했다.

"가면 편지할게."

"헤헤, 경성서 편지 받는 거 첨이겠네요. 조심하세요. 나비 따라 아무데나 들어가지 마시고요."

"응. 세영 군도 열심히 공부해."

석주명은 세영을 향해 더 없이 부드러운 미소를 지어 주었다. 언제

118

다시 볼지 알 수 없지만 제주도를 회상할 때면, 그 그리움 속에는 반드시 세영이 함께하고 있을 것이라고 생각했다. 어느새 해는 서쪽 바다를 향해 서서히 젖어 들고 있었다.

새벽, 국장과의 통화

"네, 국장님. 상황이 웃기게 돌아가요. 들리는 소문으로는 공사 허가 내준 것도 거의 불법인 데다가 몇백 억 넘는 사업을 윗선 로비 없이 담당 부서장 정도에서 결정 났을 리 없고, 뇌물 관련 조사로 번지면 제대로 걸려 들어갈 판이거든요. 그런데 이런 상황에서 대담하게 유물 집어 나오는 걸 보면, 아예 갈 데로 가라, 저거 들고 외국 날라 버리는 거 아닌가 싶기도 하고…."

들어온 지 한 시간이 채 못 되어 모텔 방은 옷가지며 이런저런 서류로 난장판이 되어 있었다. 태훈은 통화 중인 핸드폰을 탁자 위에 올려놓고 담배에 불을 붙였다. 국장의 흥분한 목소리가 마치 스피커폰처럼 밖으로 쟁쟁하게 울려 퍼졌다. 백골 출토보다도 문화재 도굴과 불법 공사 허가 건이 오히려 더 특종이었다. 국장이 톤을 높이는 것도 당연했다. 당장 내일 오전에라도 기사를 터트려야 하는 것 아닌가 의논하려고 새벽잠을 깨웠는데, 국장은 짜증은커녕 신이 나서 전화를 끊을 줄 몰랐다. 어차피 현장을 찍은 것도 우리뿐이라면, 아침에 당장 터트리지 말고 상황을 좀 보는 쪽으로 가닥이 잡혔다. 저렇게 앞뒤 없이 유물 집어 나올 때는 빼돌릴 루트 정도는 마련이 되어 있으니까 그럴 것이고, 그런 루트가 단번에 생겨날 리 없는 이상, 다년간 다져진 장물 커넥션이 배후에 있다는 의미일 수도 있었다.

그리고 그 정도의 조직이라면 최근에 크게 몇 건 터트린 한국 일본 간의 문화재 도굴단이 가장 유력한 후보로 떠오르는 것도 사실이었다. 막무가내로 터트렸다간 낙동강 오리알 된 도지사 하나로 끝나고, 정작 도굴꾼들이 잠적해 버릴 수도 있었다.

"경찰청장까지 엮여 있는 거 보니까 잘만 하면 알감자 줄기처럼 줄줄이 딸려 나올 거 같다. 이쪽에서도 좀 더 파 볼 테니까, 너는 거기서 상황 하나도 놓치지 말고. 분위기 이상해진다 싶으면 그때 바로 올려도 되니까."

"옙!"

"이거 50년 전에 죽은 사람이 산 사람 잡는 꼴이구만."

"그러게요. 한이 많았나 봐요. 크크."

"근데 백골이 수백 구라며? 거기에 국보급 문화재면… 도대체 어떻게 된 거야. 당연히 4·3 때인가 했는데. 것두 아닌가 보네. 4·3 때는 목숨 건지려고 숨어들어 가기 바빴으니까, 유물 숨기고 자시고 할 여유가 있었겠어? 그리고 제주도에 숨길 만한 문화재가 있어?"

"그러게요. 저도 금시초문인데요. 국립박물관에도 별 볼 게 없는 곳인데…. 내일 발굴팀 들어가면 밝혀지겠죠."

"잘해."

"예! 더 주무세요. 저는 얼른 씻고 렌트해서 현장 갑니다."

태훈은 침대 위로 핸드폰을 던져 놓고 늘어지게 기지개를 켰다. 벌써 6시였다. 한잠도 못 자고 꼬박 밤을 새운 셈이다. 어쩐지 오늘 같은 빡센 일정이 한동안 계속될 것만 같은 예감에 태훈은 한숨이 절로 나왔다. 이렇게 상황에 쫓기는 강박감 때문에 이 일이 싫었지만, 또한 도저히 못 할 일들을 감당하게 되는 아이러니한 쾌감에 이 일을 그만둘 수 없었다. 뭐 남들이라고 다르겠는가? 사는 게 다 그런 것 아니겠느냐고 스스로를 다독이며 태훈은 샤워기의 뜨거운 물을 틀었다.

물론 자신을 초인으로 만들어 주는 아드레날린 효과도 나이를 먹어감에 따라 한 해 한 해 약효가 떨어지는 걸 느끼긴 했지만.

밖으로 나오니 이제 막 해가 떠오르기 시작해 사방은 아직 어둑어둑했다. 대부분의 렌터카 업체가 영업 전이었지만, 태훈은 사촌동생으로부터 아는 업체 실장 핸드폰 번호를 받아 둔 덕에 일찌감치 렌터카 회사로 나아갔다. 쇠사슬이 쳐진 주차장 입구에서 10여 분쯤 기다리니 빨간 시보레를 탄 실장이 도착해 쇠사슬을 풀고 안으로 들여보내 주었다. 20대 중반도 안 되어 보이는 실장은 막 자다 깨서 달려온 듯 부스스한 모습이었다. 차에서 내리자마자 목이 갈라진 소리로 통상적인 설명들을 하더니 바로 서류를 들이밀었다. 태훈이 서명을 하자 그는 곧바로 차 키를 내주었다.

날씨는 맑았다. 불과 몇 시간 전에 찾아갔던 곳을 다시 찾아가는 기분이 묘했다. 일찌감치 문을 연 분식집에서 산 김밥을 우적우적 씹으며 태훈은 해안도로를 따라 차를 몰았다. 거리는 이제 막 출근하는 차들로 조금씩 복잡해지려 하고 있었다. 서쪽을 향해 가다 보니 떠오르는 해를 등지고 달리게 되었다. 마치 아침을 피해 달아나는 것처럼 태훈은 어둠을 향해 질주했다. 사이드 미러로 떠오르는 태양의 모습이 반사되어 인상을 찌푸리게 만든 것도 잠시, 곧 해는 태훈의 속도를 추월해 떠올랐다.

새벽, 선흘굴 발견 현장

발굴 현장 주변은 길게 주차된 차들로 멀리서부터 북새통이었다. 어젯밤 안개로 입구조차 찾기 어려웠던 것과는 대조적으로 지금은 지나치는 차들조차 무슨 일인가 속도를 늦출 만큼 시선을 끌고 있었다. 방송국 취재 차량에, 발굴팀 대형 버스, '허' 자 번호판이 붙은 갖가지 렌터카들까지. 주변 정리를 맡고 있던 젊은 교통경찰 한 명이 태훈의 차를 막아서서 주차공간이 없음을 알렸다.

'다들 부지런들도 하시네.'

태훈은 하는 수 없이 도로 옆 밭길에 반쯤 걸쳐 차를 주차했다. 카메라 장비를 챙겨 발굴현장까지 포장도로를 걸어 들어가는데, 불과 몇 시간 전의 일이 떠올랐다. 태훈은 나무 가시에 긁힌 뺨의 상처를 어루만졌다. 자꾸 실실 웃음이 나왔다.

경찰 차단선이 둘러쳐져 있는 현장 주변에는 한 무리의 취재진들이 무료한 듯 서성이고 있고, 이런 일에 익숙지 않아 보이는 새파란 정복 경찰들은 잔뜩 긴장한 모습으로 차단선을 지키고 있었다.

"으… 산이라 쌀쌀하네…."

태훈은 남방 깃을 올리며 기자들에게로 다가갔다. 각 신문사마다 이런 현장에 내려올 만한 사람이 거기서 거기인지라 익숙한 얼굴들이 많았다. 동병상련의 눈인사를 하며 주위를 훑는데 C신문사의 경식이 알아보고 손짓을 했다.

"일찍 왔네? 언제부터 왔어?"

태훈은 경식에게 다가가며 담배를 꺼내 물었다. 경식이 습관처럼 라이터를 건네주었다.

"다섯 시. 씨발, 국장이 닥달을 모닝콜로 해 주더라. 렌터카 문 연 데가 없어서 콜택시 타고 왔잖아."

태훈은 경식의 거친 불평에 클클 웃음이 나왔다. 그럼 여기서 거의 한 시간 이상 기다린 셈인데, 딱히 별 소득도 없이 대기만 한 모양이었다.

"상황은 어때? 조사단 들어갔어?"

"쫌 전에야 들어갔다. 쫌 전에! 씨발, 어제 밤부터 생난리하고 내려와서 이게 뭐냐. 그냥 오늘 아침에 첫 비행기 타고 내려와도 됐잖아. 정부조사단들이네 어쩌네 요란 떨었지만 어차피 이제사 들어갈 거면서. 굴 무너질 가능성은 생각 안 하고 말야. 하여튼 성질들만 급해서…."

태훈은 툴툴거리는 경식에게 태연하게 물었다.

"굴이 무너진대?"

"몰라. 다섯 시 반 넘어 동굴연구팀인가 하는 사람들이 도착해서 굴에 들어갔는데, 조금 전에 나오고, 또 무슨 발굴팀이랑 정부조사단이랑 들어간 지 한 십 분 됐나?"

경식의 불만을 듣노라니 어젯밤 비행기로 내려온 덕에 자신이 건진 값진 수확이 떠올라 표정관리가 안 되었다. 태훈은 괜히 헛기침을 하며 심각한 듯 인상을 잔뜩 구기고 담배를 빨았다.

"너 표정 안 좋다. 담배 끊어, 이 새끼야. 넌 죽으면 담뱃재 사리가 나
올 거야. 장가도 안 간 놈이."

경식은 태훈에게 잔소리를 하면서 자기도 담배를 꺼내 물었다. 고
개를 삐딱하게 틀고 불을 붙이는데, 상당히 심기가 불편해 보였다.
아마도 이런 데서 시간 낭비하고 있자니 어젯밤 서둘러 나오는 바람
에 작별인사도 못 한 두 돌배기 늦둥이 딸이 생각나는 듯했다.

"거기서 장가 이야기가 왜 나와. 제수 씨한테 중신 한번 서라고 하
던지."

"제수는, 이 새끼야, 형수지. 너 같은 놈 소개했다가 무슨 욕을 바가
지로 먹으라고. 집에나 들어가, 새끼야."

태훈은 키득거리며 참았던 웃음을 터트렸다.

"나 원, 집에서도 안 듣는 잔소리 여기서 듣네. 하하. 그래서 동굴연
구팀은 뭐래? 별말 안 해?"

"몰라, 엄청 깐깐해. 무슨 대단한 발굴한다고, 근처에는 오지도 못하
게 하고, 상황 어떤지 아예 귀뜸도 안 줘. 사람을 물로 보나…."

옆에서 태훈과 경식의 이야기를 흘려듣던 제주 지역 신문의 취재
기자가 싱긋 웃으며 태훈에게 다가왔다.

"오랜만이에요."

"그러게요. 잘 지내셨죠?"

"아, 우리야 뭐. 지역 신문이 다 그렇죠, 뭐."

"일찍 왔나 봐요? 전 지금 와서…."

"뭐 이제까진 별거 없었어요. 근데 지금 좀 분위기가 이상한데요."

"뭐가요?"

태훈이 급 관심을 보이자, 옆에서 흘려듣던 경식도 귀를 쫑긋했다.

"아니, 나 경찰 중에 아는 애 하나 있어서 들었는데, 뭔가 문제가 있
나 봐."

"뭐가? 뭔 문제?"

경식이 염치 불구하고 끼어들었다. 사건 냄새 맡고 달려드는 데 앞
뒤 없고 물불 안 가리는 성격은 여전했다.

"뭔지는 모르겠는데, 간밤에 굴 안에서 뭔 일이 있었던가 보더라고."

심각하게 듣는 경식에 비해, 태훈은 자기도 따라 심각한 표정을
지어야 한다고 생각하며, 애써 처음 듣는 소리인 듯 반응하려 했다.

"하긴 뭐가 있긴 있어. 왜 어제 그 비행기 탔던 양반들 중에 군인이나
국정원 애들 없었잖아? 그치? 못 봤지? 근데 아까 아침에 오니까 군
인들이랑 내가 아는 국정원 직원이랑도 와 있더라고."

"군인?"

태훈은 상황이 어떻게 돌아가는지 머릿속으로 굴려 보았다. 그 물
건이 군이랑 국정원까지 동원될 정도로 값진 거였나? 그깟 도자기
가?

때마침 굴 안에서 한 명의 발굴팀원이 밖으로 나왔다. 기자들이 그
쪽으로 몰려가자 경찰들은 당황해서 어설프게 기자들을 막으려 했
다. 거리가 멀어서 대화가 될 수 없었지만, 성질 급한 몇 명 기자들은
질문을 던져 댔다. 경식도 육중한 체구답지 않은 날렵함으로 자리 경
쟁에 가담했는데, 태훈은 멍하니 바라만 보고 있었다.

신림이었다. 단정하게 묶어 넘긴 머리카락에 낡은 체크무늬 면남
방, 흙 묻은 청바지에, 작업용 고무장화 차림임에도 늘씬한 자태는

가릴 수 없었다.

신림은 심각한 표정으로 전화를 받고 있었다. 수신 상태가 좋지 않은 듯 핸드폰 방향을 이리저리로 바꾸며 전화기를 귀에서 뗐다 붙였다 했다. 그러더니 갑자기 포장도로 쪽 차단막으로 콩콩콩 뛰어와 성큼 라인을 넘더니 순식간에 밖으로 빠져나왔다.

당황한 기자들이 차단막 밖으로 둘러 우르르 몰려오자, 신림은 재빠르게 포장도로로 달려 나갔다. 어찌나 달리기를 잘하던지, 기자들은 차마 따라 뛸 생각도 못 하고 그저 멍하니 바라보다 제 위치로 돌아갔다.

태훈은 혹시 하는 생각에 포장도로 쪽을 주시했다. 역시나 저 멀리서 걸어 들어오고 있는 노인 일행과 냉큼 달려가 부축하는 신림의 모습이 눈에 들어왔다. 노인 역시 차를 가지고 들어올 수 없었던 것이다. 융통성 없는 교통경찰이 팔순 노인에게도 똑같은 규칙을 적용했음이 틀림없었다.

신림은 걸어오면서 세영에게 무언가 열심히 이야기하고 있었다. 이야기를 듣던 세영의 표정이 대번에 변하며 언성이 높아졌다. '그게 도대체 무슨 소리야?' 하는 세영의 목소리가 태훈의 귀에까지 들렸다. 태훈은 은근히 마중하는 척 세영에게로 달려갔다.

"아, 선생님, 잘 주무셨습니까?"

세영은 힐끔 돌아보더니, 태훈을 알아보고는 살짝 고개를 끄덕여 알은체해 주었다.

태훈의 뒤를 따라 그제야 뭔가 낌새를 챈 기자들이 우르르 몰려왔다. 세영이 누구인시 일아보진 못해도 신림이 마중하는 팔순 노인의 존재감을 알아채지 못할 만큼 둔하진 않았다. 한 박자 늦게 헐레벌떡 쫓아온 경찰들이 딴에는 에스코트를 한답시고 세영의 주위를 보디가드처럼 막아서려 했지만, 기자들과의 몸싸움에 밀려 차이고 밟히고 야단이었다. 오히려 신림이 야무지게 할아버지의 어깨를 감싸고 차단선 안으로 모셨다. 세영 일행이 차단선 안으로 들어가자 기자들도 더는 어쩌지 못한 채 시끄러운 질문들만 연달아 던져 댔다.

태훈은 이 순간을 놓치면 다시는 기회를 잡을 수 없다는 생각에 필사적으로 주의를 끌었다.

"신림 씨! 이신림 씨!"

신림이 태훈에게 눈길을 주었다. 태훈은 옳다구나 차단선 훌쩍 넘어 신림에게로 달려갔다. 당황한 경찰들이 태훈에게 소리를 지르며 쫓아왔다.

"이봐요 거기 서, 기자 출입금지야!"

태훈은 돌발 상황에 당황해하는 신림과 세영에게 다가가 재빨리 말했다.

"혹시 간밤에 안에 아무 일 없었나요?"

"그게 무슨…."

두 사람 다 딱 부러지게 대답을 못 했다. 태훈은 거칠 것 없이 밀어붙였다.

"제가 어제 새벽에 여기 현장 확인하러 왔다가 우연치 않게 본 게 있거든요."

"네?"

놀라 되묻는 신림에게 태훈은 씨익 웃어 보였다. 마침 쫓아온 경찰들이 태훈의 양팔과 목덜미를 붙잡았다. 태훈은 저항 없이 경찰들에게 순순히 끌려 나가며 거만하게 덧붙였다.

"뭐, 어떤 사람들이… 갖고 나가는 거?"

순간 신림과 세영 일행의 얼굴에 당혹스런 표정이 떠올랐다. 세영이 신림에게 낮게 무언가를 말하자 신림은 고개를 끄덕이고는 잽싸게 경찰들을 불러 세웠다. 승세를 잡은 태훈은 여유 있게 옷매무새를 고치면서 말했다.

"윈윈하죠. 안에 들어가게 해 주면, 어젯밤에 있던 일 전부 알려 드릴게요."

태훈은 확신을 가지고 미소 지었다. 신림은 절대 자신의 제안을 거절할 수 없을 것이다. 신림이 입술을 얇게 깨물었다. 이런 식의 제안이 마음에 들지 않는 듯 불쾌한 기색이 엿보였다. '실망이네요. 유태훈 기자님.' 하는 목소리가 들리는 것만 같아, 태훈은 심장 한 구석이 사르르 죄어 왔다. 하지만 다른 수가 없지 않나. 여기서 밀리면 끝이라는 각오로 태훈은 시선조차 피하지 않았다. 잠시 생각하던 신림은 곧 세영을 바라보았다. 세영이 지긋이 고개를 끄덕였다.

"좋아요. 대신 이 안에서 본 것에 대해 우리의 동의 없이는 절대 기사를 내보내지 않는다는 조건이에요."

"…그건 좀…."

"그럼 말아요."

망설임도 없이 쌩하고 돌아서는 신림의 태도에 허를 찔린 태훈은 허둥지둥 그녀의 팔을 붙잡았다.

"오케이. 기사 내기 전에는 반드시 먼저 알릴게요."

신림이 태훈의 대답에 확증이라도 하는 듯 태훈의 눈을 똑바로 바라보인다. 그 흔들림 없는 눈빛은 챙여 태훈이 약속을 지키지 않는다면, 이 순간을 떠올리며 죄책감을 느껴야 할 만큼 부담스러운 것이었다. 태훈은 목줄을 자신이 쥐었다고 생각했는데 한순간에 기선을 제압당한 것이 당혹스러웠다.

신림은 경찰들에게 태훈을 저지하지 않도록 이야기하고는 일행에게로 데려갔다. 태훈은 경식과 다른 기자들을 향해 찡긋 윙크를 날려 주었다.

"야, 뭐야. 왜 저 자식만 들어가!"

"불공평하게 이거 뭐야!"

난장판이 된 지상은 애꿎은 경찰들에게 맡겨 두고 태훈은 신림의 뒤를 따라 지하의 세계로 내려갔다.

선흘굴, 미군제 총

동굴 안은 예상과는 전혀 다른 모습이었다.

우선 그 규모 면에서 비행기 격납고는 될 만큼 크고 넓었다. 높이는 어지간한 아파트 3, 4층은 될 법했고, 넓이도 어림잡아 축구장 크기는 되어 보였는데, 딱 봐도 그냥 천연 동굴이 아닌 인공적으로 손을 댄 티가 났다. 동굴 안은 마치 작전 중인 군부대를 방불케 할 만큼 삼엄하고 긴장감이 맴돌았다. 들어서자마자 입구 근처에서 무전기로 뭔가 지시하는 군인의 모습이 보였다. 군복이 아닌 정장 차림임에도 온몸으로 자신이 군인임을 증명하는 류의 사람이었다.

"1개 소대 추가 투입하고, 호송팀 11시까지 도착하도록 대기."

다른 한편에서는 국정원 쪽으로 보이는 사람들이 모여 부산스럽게 대화를 나누고 있었다. 태훈은 절대 밀리지 않고 최대한 얻어내겠다고 마음먹고 있었는데, 막상 들어와 보니 예상과는 전혀 다르게 일이 진행되는 분위기여서 어느 수위에서 협상을 제안해야 할지 갈피를 잡을 수 없었다. 분위기 파악이 먼저라는 생각에 긴장을 늦추지 않고 눈치껏 현장을 카메라에 담았다.

군인들은 동굴 가장 안쪽에 모여 있었다. 그곳에는 바닥부터 천장까지 직사각형의 나무 상자들이 쌓여 있었는데, 군인들은 온통 그 주위에만 모여 있는 것으로 보아 군의 관심은 저 상자에 집중되어 있는 듯했다. 상자들은 어림잡아 몇 백에서 많으면 천 개는 되어 보였다. 군인들은 장비를 써서 맨 위의 상자부터 차근차근 아래로 내리고 있었다.

"저 상자들은 뭐예요?"

태훈이 은근슬쩍 신림에게 물었다. 신림은 태훈의 질문을 못 들은 척했다. 마치 토라진 어린아이 같은 신림의 반응에 태훈은 피식 웃음이 나왔다.

백골들은 굴의 정중앙에 위치해 있었다. 처음엔 그게 백골이라는 것을 알아챌 수 없을 정도로 일정한 간격을 두고 줄줄이 늘어서 있었다. 의도적으로 배치해 놓은 듯 부자연스러운 사체들의 배열이나 몇 백 구는 족히 넘을 엄청난 숫자만으로도 이번 발굴이 역사적으로 얼마나 중요한 의의를 지닐지 짐작할 수 있었다.

하지만 그런 케케묵은 과거는 안중에 없다는 듯, 군대며 정보기관의 관심은 오직 쌓여 있는 나무 상자로 향해 있었다. 부산하게 오고가는 군인들이 행여 무신경하게 백골을 밟고 지나가지나 않을지 발굴팀은 바짝 촉각을 세워야 했다.

세영 일행이 나타나자, 백골 주위로 구역을 나누고 번호표를 꽂던 정부조사단 중 몇 명이 일을 멈추고 다가왔다. 제주역사연구소 소속 발굴팀원들이었다. 꾸벅 인사를 하고 손을 맞잡고 하는 모습이나 어깨를 두드려 주는 모양새에서 오랜 시간 함께해 온 사람들 사이의 유대감이 느껴졌다.

"어떻게 됐어요?"

신림은 발굴팀원 중 한 명에게 물었다.

"일단 여기 무기들은 다 회수해 간대. 오늘 안에 다 가져간다던데."

"차라리 잘 됐대. 저거 있으면 여기 통제하고 차단한다 할 테고, 그럼 발굴 못 해.”

“무기요?”

의아한 표정으로 태훈이 불쑥 끼어들었다. 사람들의 시선이 순식간에 태훈에게로 쏠렸다. 그러잖아도 이 낯선 남자는 도대체 누구인지 다들 궁금해하던 참이었다. 신림은 별다른 감정이 섞이지 않은 말투로 태훈을 소개했다.

“아, 이분은 유태훈 기자님이세요.”

사람들 사이에 약간의 동요가 일었다. 신림은 우려의 목소리가 터져 나오기 전에 재빨리 덧붙였다.

“이분이 어젯밤에 이곳에서 일어난 일을 목격하셨대요.”

“에?”

발굴팀원들의 눈동자가 태훈에게로 모아졌다. 밀고 당기고도 없이 사람들이 너무 곧이곧대로 진지해서, 태훈은 이들을 상대로 머리 굴리는 자신이 야비한 인간인 것 같은 느낌이 들었다. 그래도 분위기에 밀려 선수를 뺏길 수는 없지.

“그보다 먼저, 무기라니요? 저 상자들이… 무기예요?”

“총이래요.”

“총?”

뜻밖의 대답에 태훈은 진심으로 놀랐다. 얼핏 봐도 보통 양은 아닌데, 저게 다 총이라면…. 도대체 저게 다 어디서 난 거지? 일제 강점기 것?

“일본군 건가요?”

태훈의 질문에 신림은 한쪽 입꼬리를 살짝 올려 보였다. 애매모호

한 표정. 비웃음 같기도 하고 귀찮아하는 것 같기도 하고 속을 알 수가 없었다.

"미제래요."

"에? 미군 총이라고요? 그게 여기 왜?"

점점 더 알 수 없게 돌아가는 상황에 태훈은 순간 멍해졌다. 백골에, 문화재에, 도굴에, 총기류, 그리고 이번엔 미군? 한두 장의 카드만 더 얻으면 게임을 장악할 수가 있을 것이라 생각했는데, 새 카드를 받으면 받을수록 점점 더 미궁으로 빠지는 재수 없는 판에 끼게 된 느낌이었다.

"자, 이제 기자님께서 말씀해 주실 차례네요."

태훈은 이렇게 많은 사람들 앞에서 말해 버려도 되는지 판단이 서지 않았지만 방법이 없었다. 시간에 쫓겨 아무 패나 던져 버리는 심정으로 입을 열었다.

"실은 제가 현장 상황을 보러 새벽 3시쯤 이곳에 왔었습니다. 근데 그때 어떤 사람들이 굴에서 도자기 같은 것들을 실어 나르는 현장을 목격했습니다."

"뭐어? 그거 도굴이잖아."

"경찰은 뭐했어? 밤새 지켰다며?"

"어쩐지… 시체도 무기도 다 정돈되어 있는데 유물만 넘어지고 깨지고 흐트러져 있더라니…. 누가 건드렸구나 싶었어."

"그럼 도대체 누구야? 누가 훔쳐 갔어?"

사람들이 태훈의 다음 말을 재촉하는 듯 흘끔거렸다. 태훈은 처음부터 이 이상은 말할 생각이 없었다.

"그것까지 밝혀 버리면 저희는 특종이 아니라서요. 하지만 유물이 어디로 갔는지는 확실히 알고 있습니다. 저희도 어떻게 할지 고민하는 중입니다. 아시다시피 이런 거는 터트려도 해결은커녕 더 골치 아플 수 있거든요. 자칫 발굴에 지장을 줄지도 모르고."

태훈은 발굴팀의 최대 약점을 슬쩍 건드렸다. 이 사람들에게는 백골의 정체와 과거사 청산이 문화재나 돈보다도 더 중요하다는 것을 알고 있었다.

역시나 사람들의 반응은 확실했다. 가뜩이나 총기류 때문에 군에서 이곳을 차단하느냐 마느냐를 놓고 아침 내 국정원 측과 실랑이를 벌였던 것이었다. 더 정확히 말하자면 둘이 누가 총을 가져가느냐 하는 총의 거취 문제로 힘겨루기를 했던 것인데, 결국 군에서 아예 부대를 끌고 와 막무가내로 총을 옮기기 시작한 탓에, 조사관 몇 명 파견한 국정원은 힘을 쓸 수 없게 되어 버린 것이었다. 국정원 측에서 청와대 쪽으로 연락을 넣고 어쩌고 하고 있으니, 이후에 다시 어떻게 될지는 알 수 없지만 일단은 군에서 총을 가져가기로 한 분위기였다.

이런 상황에서 아무리 정부조사단이고 발굴팀이라고는 하지만 민간인들이 군 작전 지역이 된 곳 근처에 오가도록 군에서 용납할 리 없었다. 당장이라도 내보내야 하는 것이 정상이었다. 하지만 국정원 쪽에서는 자신들이 꾸린 정부조사단을 핑계로 하여 총기류를 시야에 두려는 수를 쓴 덕분에, 이들은 나가지 않고 발굴을 진행할 수 있었던 것이다. 일종의 볼모이자 핑곗거리였다. 명목이야 어찌 됐든 어부지리로 발굴을 진행할 수 있으니 발굴팀 입장에서는 입 꾹 다물고 그저 빨리 손을 놀리는 것이 최선이었다.

그런데 이런 상황에서 도굴이라니. 범죄 현장 보존이다 뭐다 하면서 발굴 중지시켜 버릴 너무나 좋은 구실이 아닌가. 다들 뭐라고 말을 못 한 채 난감해하는 표정이었다. 원칙대로라면 경찰에 신고를 하고, 조사를 시작해야 한다는 것을 모르는 사람은 아무도 없었지만, 누구도 선뜻 그렇게 하자고 말을 꺼내지 못했다.

"그럼 어떡해."

"그래도 알려야 하는 거 아냐?"

"알리긴 해야지. 근데 지금 당장 알리긴 좀 그렇지 않나 싶은데….."

발굴팀원들은 정부조사단 쪽을 힐끔거렸다. 백골 발굴 외에도 조사단에는 도자기 등 유물을 담당하기 위해 내려온 고고학 전공자들이 몇 명 있었다. 그들에게 이 사실이 알려진다면 백골은 당장 뒷전이 되고 말 것이었다. 얼핏 들리는 이야기로는 남겨진 유물들도 귀한 것들이라 상당히 들떠 있다고 했다.

다들 양심에 걸리는지, 찜찜함 반 불안함 반 그래도 지금 터트리는 것은 도리어 자신들에게 손해라는 데 다들 동감이었다. 그러면서 세영의 반응에 주목했다. 그런데 세영은 조금 전부터 뭔가 다른 생각에 잠긴 채 백골만을 뚫어지게 바라보고 있었다.

"정말 기사로 터트릴 거예요?"

대뜸 신림이 질문을 던졌다. 태훈은 갑작스런 질문의 저의를 파악할 수가 없었다. 설마 하지 말아 달라는 뜻은 아니겠지? 특종이라 포기할 수도 없었지만 그게 아니라 하더라도 기자로서의 본분이라는 게 있었다. 이들 상황은 안됐지만 그 때문에 사건을 은폐하거나 할 생각은 추호도 없었다. 게다가 도지사와 경찰청장까지 엮여 있는 사건이었다. 터트려도 제대로 터트려야 할 건이었기에, 태훈은 물러서지 않고 강하게 고개를 끄덕였다. 그러자 신림은 예상외로 싱긋 웃어 보였다.

"잘됐네요. 범인도 알고, 특종으로 터트릴 거고, 그럼 그 일은 이쪽 신문사에 맡기고 우린 우리 일 하면 되겠네. 기사화되기 전까지 최대한 빨리 끝내는 걸로. 오케이?"

신림의 명쾌한 정리에 다들 어리둥절하다가 이내 표정이 밝아졌다.

"그래, 그럼 범죄 은폐하는 것도 아니고, 어차피 범인 잡힐 거니까."

"그럼, 얼른 일합시다."

눈 가리고 아웅하기임을 모르는 사람은 없었지만, 다들 양심의 짐이라도 덜면 됐다는 듯, 서둘러 제 위치로 돌아갔다. 태훈은 신림에게 또 한 번 허를 찔린 느낌이었다. 하지만 이번에는 과히 기분 나쁘지 않은, 재미있는 여자라는 생각이 들었다. 의미없는 탁상공론으로 시간이나 죽이는 답답한 연구가는 아닌 것이 확실했다.

그리고 이내 심상찮은 표정으로 자신을 바라보는 것을 보니 그렇게 간단한 문제가 아니라는 것을 알 정도로 사리분별도 있어 보였다. 누군가 총대 메고 매듭은 져야 하니 그리 말했지만, 이후 늦은 보고에 대한 문책은 각오해야 할 것이었다. 그 책임은 결국 팀장을 맡은 세영의 몫이 될 것임을 손녀인 신림은 또한 알고 있었다. 사람들이 멀어지자 신림은 낮은 목소리로 물었다.

"언제쯤 기사화할 생각이에요?"

"시기를 보고 있는데, 오래 끌진 않을 거예요."

"많이 빼 갔나요?"

"그렇게 많지는 않아요. 대략 열 몇 점 정도? 사진으로 다 찍어서 증거는 확실하니까 그건 걱정 안 해도 돼요."

"범인이 누군지도 벌써 다 파악되었나 봐요?"

"좀 높으신 분들이 연관되었다… 는 성노!"

태훈은 으쓱하는 기분이 되어 정보를 약간 흘렸다. 그러다 신림의 얼굴에 호기심 어린 기색이 떠오르는 것을 보고는, 아차 싶어 서둘러 말을 돌렸다.

"그런데 발굴이라는 게 시간이 오래 걸리는 거 아닌가요?"

"땅 속에 묻혀 있거나 그럼 시간이 걸리지만, 이건 마치 장사 지내 놓은 것처럼 누군가 뒷정리를 다 해 놓아서, 유골이 흩어져 있지도 않아요. 그냥 그대로 분류해서 담으면 돼요. 그러니까…. 그건 걱정 안 해도 돼요."

신림은 모처럼 기분이 풀렸는지 웃어 보였다. 태훈은 그녀와 순식간에 공모자가 되어 손발이 착착 맞아 가는 기분이 나쁘지 않았다.

서서 죽은 시체

　태훈과 신림이 대화를 나누는 사이 세영은 말없이 백골들 사이로 걸어 들어갔다.

　가로세로 열을 맞춰 누워 있는 백골들은 중앙에 빈 공간을 비우고 있었다. 세영은 천천히 그곳을 향해 나아갔다. 빈 공간의 중앙에는 도자기와 함께 기괴한 모양으로 죽어 있는 시신이 한 구 있었다.

　멀리서도 눈에 띄는 그 시신은 이미 미이라처럼 바싹 말라 버렸지만 장총에 기대어 꼿꼿하게 서 있었다. 유물을 조사하는 조사단들도 가급적 그 이상한 시신을 건드리지 않도록 조심스레 도자기들을 옮겼다. 발굴팀 역시 그 시신의 사진은 여러 컷 찍어 두었지만 차마 건드리지 못한 채 그대로 두었다.

　세영은 그 시신을 향해 똑바로 나아갔다.

　마치 맞대면하기라도 하겠다는 듯이 팔순의 몸에서 끌어낼 수 있는 모든 힘을 다 끌어모아 한 발 한 발 나아갔다. 시신과의 거리가 가까워질수록 노인의 표정이 일그러졌다. 이미 형체도 알아볼 수 없는 시신이지만 노인의 눈에는 50년을 거슬러 그 시신의 얼굴이 보이는 것만 같았다.

　바로 앞에 도달한 노인은 시신의 팔이 하나뿐임을 확인하고 쓴웃음을 지었다. 두 다리는 마치 땅에 뿌리박은 듯이 굳건히 곧추서 있고, 남들보다 월등히 강하고 단단해 보이는 골격은 죽어서도 감추지 못한 힘을 내뿜고 있었다.

세영은 텅 빈 백골의 눈구멍을 한참 동안이나 멍하니 마주했다.

'오랜만이에요.'

세영은 그 시신의 어깨에서 흘러내린 듯 발밑에 떨어진 군용 재킷을 집어들었다. 세월에 삭아 빛바랜 군복 가슴팍에는 헝겊을 덧대어 만든 비밀 안주머니가 있었다. 세영은 이미 알고 있다는 듯 그 주머니에 손을 넣었다. 얇은 검정색 가죽 지갑.

떨리는 손가락으로 조심스럽게 지갑을 펼치자 텅 빈 지갑 한구석에 누렇게 바랜 종이 끄트머리가 삐죽 나와 있는 것이 보였다. 세영은 갑자기 심장이 쿵쾅거리며 뛰기 시작하는 것을 느꼈다. 종이가 찢기지 않게 조심조심 당기는 세영의 손가락이 떨렸다.

하얀 테두리로 둘러친 흑백사진.

희미한 흑백사진 속에는 짧은 단발머리를 귀 뒤로 단정히 넘기고 미소 짓는 젊은 여인이 있었다. 영원히 늙지 않는 그녀의 검은 눈동자가 노인의 기억 속을 사정없이 헤집고 들어왔다.

"어! 할아버지!"

마치 종이장처럼 스르르 무너져 내리는 세영을, 마침 뒤따라가던 태훈이 간신히 부축했다. 신림은 너무 놀라 꺅 소리를 질렀다. 주위의 발굴팀원들이 달려오고, 정보원 사람들 중에 한 명이 세영의 상태를 확인했다.

"빨리 병원으로."

태훈이 망설임 없이 세영을 들쳐 업었다. 나는 듯한 발걸음으로 동굴을 빠져나가자, 신림은 끼고 있던 목장갑도 벗지 못한 채 허둥지둥 차 열쇠를 들고 그 뒤를 쫓았다.

1945년, 제주조천초고, 강정화 선생님

    한여름 햇살이 눈이 부시게 들어오는 초등학교 쉬는 시간의 교실. 이리저리 뛰어다니며 장난을 치는 까까머리 아이들로 교실은 난장판이었다. 세영은 아예 의자를 뒤돌려 놓고 앉아 뒷자리 시철과의 장난에 여념이 없었다. 드르륵. 무겁지만 부드럽게 밀리는 나무문을 열고 교장선생님이 들어오셨다. 반장이 자동적으로 일어났다.

    "차렷!"

    아이들이 후다닥 제자리로 돌아가 앉았다.

    "경례!"

    "안녕하세요."

    꾸벅 인사를 하고 고개를 들자 아이들의 눈에는 교장선생님 옆에 다소곳이 서 있는 젊은 여자 선생님의 모습이 들어왔다. 160개의 눈동자가 순식간에 휘둥그레졌다. 약속이나 한 듯이 입이 헤 벌어진 아이들의 모습에 교장선생님은 일부러 엄한 분위기를 보이려는 듯 에헴 헛기침을 하고 입을 열었다.

    "이쪽은 오늘부터 너희를 맡아 주실 강정화 선생님이시다."

    또각 또각. 나무 바닥을 디딜 때마다 울리는 선생님의 구두 소리는 그녀의 짧은 단발머리와 맵시 있게 지어진 양복 정장 치마와 함께 아이들에게 엄청난 충격을 안겨 주었다. 세영은 강정화 선생님에게서 눈을 떼지 못했다. 교탁 위에 가지런히 두 손을 내려놓은 선생님은 반 아이들을 죽 훑어보더니 잔잔한 미소를 띠며 입을 열었다.

"안녕하세요. 강정화입니다. 오늘부터 여러분의 담임을 맡게 되었어요. 열심히 함께 공부해서 새 나라의 훌륭한 일꾼이 되어 주길 바랍니다. 만나서 정말 반갑습니다."

아이들은 자기도 모르게 박수를 치며 환호를 했다. 교장선생님은 손짓으로 아이들을 진정시켰다. 이미 교장선생님의 입가에도 큼지막한 미소가 걸려 있었지만, 애써 아이들에게 주의를 주려는 듯 말을 이었다.

"동경제대를 다니다가 우리나라가 해방됐다는 이야기를 듣고 너희들을 가르쳐 주려고, 일본에서 건너오신 아주 유능한 선생님이시다. 말 잘 듣고 많이 배워야 한다."

"네에!"

이보다 더 큰 대답은 있을 수 없다는 듯이, 교실이 떠나가고도 남도록 아이들은 있는 힘껏 대답했다. 세영도 반 아이들 누구에게도 지지 않게 큰 목소리로 외쳤다. 강정화 선생님은 쑥스러운 듯 짧은 귀밑머리를 귀 뒤로 넘기며 해맑게 웃었다. 열두 살 사춘기 세영의 마음에 봄빛이 내려앉은 순간이었다.

제주대병원

하얀 가운을 입은 간호원은 세영의 팔에서 능숙하게 피를 뽑고 혈압과 체온을 확인하여 차트에 적었다. 굳게 닫힌 세영의 두 눈은 깊은 잠에 빠져 미동조차 없었다. 신림은 침대 곁에서 걱정스런 표정으로 할아버지를 바라보고 있었다.

응급실에 도착하고 다행히 세영은 정신을 차렸다. 의사는 간단한 검진 후 체력이 몹시 고갈된 상태이긴 하나 다른 큰 이상은 없다고 했다. 그럼에도 신림은 그대로 할아버지를 모셔갈 수가 없었다. 불과 하룻밤 사이에 세영은 10년은 더 늙은 듯 퀭하게 메말라 보였다. 의사는 정신적 충격이 큰 모양이니 안정을 취하면서 경과를 지켜보자는 상투적인 진단을 내리고 입원 수속을 밟도록 했다.

병실로 옮겨 온 세영은 어딘가 불편한 듯 말이 없었다. 사랑하는 손녀의 얼굴조차 바로 보지 않았다. 그러다 잠이 든 지 두 시간, 세영은 깨어날 기미조차 보이지 않았다. 발굴팀원들은 차마 현장을 두고 오지 못해 전화로 상황을 전달받았다. 병원엔 신림 한 사람으로 충분하니 지금은 발굴을 최대한 빨리 마치는 것이 우선이라는 데에 모두 동의했다. 신림은 행여 들릴까 소리를 낮추어 한숨을 내쉬었다.

복도 맨 끝에 위치한 세영의 병실 밖에서 태훈은 신림을 기다리고 있었다. 태훈의 손에는 낡은 가죽 지갑이 들려 있었다. 세영이 기절

할 때 손에 쥐고 있던 지갑이었다. 태훈은 호기심에 지갑 안을 살펴보았다. 텅 빈 지갑 안에는 오직 흑백사진 한 장만 들어 있었다. 태훈은 조심스럽게 사진을 꺼내 보았다. 젊은 여인의 증명사진이었다. 사진 속의 여인은 눈에 띌 것 없는 단정한 복장을 하고 있었다. 옛날 여인이었지만 조금도 촌스럽게 보이지 않았다. 오히려 크고 깊은 눈동자는 무척이나 세련되다는 느낌을 주었다.

핸드폰이 울리자 태훈은 서둘러 전화를 받으며 지갑을 안주머니에 넣었다.

"예. 유태훈입니다. 아, 제가 오전에 메시지 남겼습니다. 전화 안 받으시길래…. 혹시 오늘 저녁은 어떠세요. 제가 그리로 가겠습니다. 네, 그럼 그때 뵙겠습니다."

붕괴 당시 현장에 있던 환경단체였다. 이쪽과는 쉽게 줄이 닿았다. 오히려 취재에 적극적이었다. 짧은 통화였지만 말발도 좋은 것이 극적인 스토리를 뽑아낼 수 있을 것 같았다. 문제는 풍력발전 업체 쪽이었다. 수차례 전화를 넣었지만 신호만 가고 받지 않았다. 제주지사뿐 아니라 본사 대표전화까지 먹통이었다.

"요것들 봐라."

일본 자금 들어간 회사라니까 나름 대책 세우고 변호사들 쟁쟁하게 내둘리느라 정신이 없긴 하겠지. 국장에게 전화해서 상황보고를 했다. 국정원과 군대에 대한 이야기가 나오자 국장은 핸드폰 너머로도 느껴질 만큼 짙은 한숨을 내쉬었다.

"너 들어간 거 그 치들이 알아?"

"일단 발굴팀 인원으로 껴서 들어가서 따로 신원조회하거나 그러진 않았어요. 분위기가 어수선하고, 지들끼리 견제하고 난리여서."

"애매하다. 사진은 좀 찍어 났냐?"

"뭐 대강 현장은 다."

"무기는?"

"그건 못 찍죠. 발굴팀들도 근처에 못 가고 눈치 보며 작업하는데."

"그걸 찍었어야 하는데."

국장은 안타까운 듯 연신 입맛을 다셨다.

"근데 미군 거면, 그게 어떻게 거기 들어간 거지? 거 모델이라도 한 번 알아봐. 그래야 뒤를 파지. 여기서도 전문가들 몇 명 만나 볼게."

"네, 한번 알아볼게요."

전화를 끊고 태훈은 잠시 오늘 만난 사람들을 떠올려 보았다. 개중에는 총을 본 사람이 한둘은 있을 법도 하였다. 신림은 안다 해도 절대 말해 주지 않을 테니, 발굴팀 중 만만한 사람들을 좀 구슬려 봐야 할 듯 싶었다.

그러는 동안에도 핸드폰으로는 경식과 몇몇 친분 있는 기자들로부터의 전화가 계속 끊이지 않고 있었다. 태훈은 굴에 들어간 순간부터 일체 무시하고 한 통도 받지 않았는데, 문자 메시지도 수십 통이 쌓여 있었다. 위에 몇 개만 살펴보니 구사할 수 있는 거의 모든 육두문자를 늘어놓은 경식의 문자가 대부분이었다. 얼마나 애가 타고 있을지 놀려먹는 재미가 쏠쏠했다.

그 외에 이모저모 살펴보고 얼추 급한 연락은 다 돌렸다 싶었는데, 마음에 찜찜하게 걸리는 곳이 한 군데 있었다. 요걸 어쩌나. 잠시 망설이다가 태훈은 제주도청으로 전화를 걸었다. 도지사 비서실로 연결해 풍력발전단지 허가 건으로 도지사 인터뷰를 신청했다. 젊은 여비서는 이런 전화에 이미 익숙하다는 듯이 양식화된 멘트로 거절을 알렸다.

"지금은 바빠서 인터뷰에 응해 드릴 수 없습니다. 공식 발표는 추후에 있을 예정입니다."

"그래도 혹시나 시간이 되시면 연락 부탁드립니다. 저는 H신문사 유
태훈 기자입니다."

예상했던 거절이었다. 하지만 태훈은 이후 어느 방향으로 써먹게
될지 모를 도지사 카드를 위해, 일단은 자신이 인터뷰 신청을 했었다
는 흔적을 남겨 두는 것이 좋겠다는 계산이었다.

신림이 병실에서 나왔다. 표정이 밝지 않은 것을 보니 아직도 세영
은 깨어나지 않은 듯했다.

"아직?"

신림이 고개를 끄덕였다. 태훈이 얼른 옆자리의 가방을 치웠다. 신
림은 말없이 태훈의 옆자리에 와 앉았다. 무언가 위로의 말이 필요
한 순간이라는 것을 알았지만 태훈은 이런 일에는 소질이 없었다. 공
적으로 친분을 유지하는 데에만 익숙했지 사적으로 마음을 여는 것
은 힘이 들었다. 게다가 다 잘될 거라는 되도 않는 말 따위에 위로받
을 여자도 아닌 것 같았다. 관계엔 서투르지만 눈치는 빠른 것이 장
점이자 단점이라, 크게 상처받지도, 자존심 상할 일도 없이 살아왔지
만 반대로 이렇다 할 깊은 인연도 맺지 못한 태훈이었다. 지금도 그
냥 잠잠히 있는 편을 택했다.

신림은 말없이 진료실 문만 바라보고 있었다. 태훈은 문득 머릿속
에 떠오른 생각을 말했다.

"할아버지랑 사이가 각별한가 봐요."

신림은 수긍하는지 고개를 끄덕였다. 하기야 할아버지랑 손녀 사
이가 좋다는 데 다른 무슨 부연설명이 더 필요하겠냐만 그래도 요즘
사람들 같지 않다는 것은 신림 스스로도 인정하는 바였다.

146

"저희 아버지가 큰아들이셨는데요, 할아버지가 유독 아버지만 편애를 하셨어요. 그래서 손녀인 저까지 덩달아 이뻐하셨죠. 다른 손주들이 많이 섭섭해했어요."

"아, 특이하시네요. 다 고르게 대하실 것 같은 분인데."

"그죠? 그럴 거 같은 할아버진데 안 그래요. 사실 아버지랑 할아버지는 그렇게 사이가 좋지는 않았어요. 아, 제 아버지는 돌아가셨거든요."

"아, 네…."

"다 커서 무슨 일로 사이가 틀어졌다는데, 할아버지가 손을 내밀어도 번번이 아버지가 외면했대요. 그러다 아버지가 갑자기 죽고 나니까 그게 할아버지 마음에 한으로 맺힌 거죠. 아들 원망 속에 보냈다고. 할아버지 탓도 아닌데…. 그래서 저랑 엄마랑 더 잘하려고 애써요. 아빠 몫까지. 그 맘을 아시는지 할아버지도 더 각별하게 대해 주시고."

죽은 아들을 대신하는 건가? 태훈은 미묘한 이들의 관계가 어느 정도 이해가 되었다. 그래도 이렇게 젊고 예쁜 여자가 더 좋은 기회도 많을 텐데, 할아버지 뒤 이어 발굴 일 같은 것 하며 인생을 보낸다는 게 쉽게 납득이 되지는 않았다. 뭔가 많은 사연이 있었겠다고 생각하며 자꾸 개인적인 호기심으로 흐르는 마음을, 애써 기자로서의 본분으로 돌렸다.

"그나저나 선생님 충격받으신 것도 이해가 가요. 그 백골들, 저도 순간 머리가 띵하던데요. 그게 얼마야, 얼핏 봐도 몇 백 구는 넘을 것 같던데."

은근 슬쩍 운을 띄우며, 태훈은 신림의 눈치를 살폈다. 신림의 표정에는 변화가 없었다.

"정부군의 집단 학살 같은 거였을까요?"

무심한 척 던졌지만, 발굴팀의 전문가적 견해를 얻어듣고 싶은 마음이 드러났다. 신림은 어쩔 수 없다는 듯 한숨 내쉬고, 냉랭한 표정으로 태훈을 바라보았다.

"저는 기자가 싫어요."

"아… 예."

너무 솔직한 반응에 태훈은 할 말을 잃었다. 그럼 그렇지. 나 같은 것한테 관심이 있을 턱이 있나 싶어 오히려 긴장이 풀렸다. 태훈은 기자의 가면을 쓰고 특유의 유들거림으로 맞대응했다.

"너무 미워하지 마요. 직업이다 보니 어쩔 수 없는 거라서요."

능글맞게 웃는 태훈을 보며 신림은 상대 못 하겠다는 듯 고개를 돌렸다.

"부탁인데 섣부르게 기사 쓰지 마세요. 아시다시피 상황이 별로 안 좋거든요. 이래저래 수틀어지기 딱 좋으니까, 괜히 없는 소리 부풀려 하면서 분위기 몰아가고 그러는 거 질색이에요. 이리저리 휘둘리면서 정권에 이용되는 것도 지긋지긋하고요."

신림은 더 이상 할 말 없다는 듯이 자리에서 일어섰다. 태훈이 따라 일어섰다. 그녀를 잡고 싶은데, 못난 심사는 삐뚤게만 튀어나갔다.

"반감이 많으시네요? 아니면 특별히 저희 신문사 노선이 맘에 들지 않으신가요?"

다분히 빈정거림으로 들릴 수 있는 말투여서 태훈은 말하면서도 아차 싶었다. 이런 말을 하고 싶었던 건 아닌데. 신림의 표정은 표 나게 차가워졌다.

"죄송하지만, 어느 쪽이 되었든 마찬가지예요. 사실을 사실로 바라보지 못하는 건, 어떤 언론이든 마찬가지 아닌가요? 그런 면에서는 지금 언론들은 전부 실격이죠."

"있는 그대로 바라본다는 게 말이 되나? 역사든 사건이든 저마다의 관점이 있게 마련인데…. 그런 관점이 없다면 어떻게 해석을 하겠어요?"

이런 식의 답 안 나오는 말장난을 하고 싶은 생각은 없었지만, 태훈은 슬슬 찌르며 그녀와의 대화를 이어 가고 싶었다. 흥분한 그녀의 반응을 은근히 즐길 정도로 자기가 저질 중년이 되어 버렸다는 데 자괴감을 느꼈지만, 그녀와 대화를 계속할 수 있는 상황이 좋았다. 자기도 모르게 자꾸만 그녀를 자극하게 되었다. 신림은 쌓인 게 많았는지 아니면 젊은 혈기 탓인지 조금만 찔러도 마구 쏟아내었다.

"누구의 관점이요? 지금 우리의 관점이요? 나 좋은 쪽으로 갖다 붙이는? 어차피 산 자들의 역사이고 죽은 자들은 말이 없다고 하지만, 최소한 역사가 가치를 지니고 신뢰를 얻으려면 최소한 당시 사람들의 삶이 담겨 있어야 하는 것 아닌가요? 그렇지 않고 그때그때 입맛에 따라 들러리 역할만 하고 마는 역사라면, 결국 후손에게 가르쳐도 그만 아니어도 그만인 가치밖에 지니지 못하게 되겠죠. 딱 지금처럼요."

태훈은 예쁘고 어리게만 보이던 여자에게 이렇게 열정적인 공격성이 숨겨져 있었다는 데 놀랐다. 충분히 제 발로 발굴 현장에 기어들어 갈 만한 성격이었다. 저렇게 정의감에 목숨 거는 것 또한 몇 살 더 먹으면 부질없음을 깨닫게 되겠지만. 아직은 사회에 분노하는 불안정한 20대였다. 그런 삶이 얼마나 피곤한 것이었는지 너무나 잘 알기에 태훈은 문득 그녀를 보듬어 주고 싶어졌다.

"있는 그대로 전하면…. 그럼 객관성이 확보되나요? 당시 사람들의 삶도, 바라보는 입장에 따라 다른 거고···. 정답은 없잖아요?"

"아니요. 사람들이 살아가면서 하는 선택에는 어떤 식으로든 정당성을 부여할 수 있어요. 설사 옳지 못한 선택을 했다 하더라도, 목숨을 유지하기 위해, 살아남기 위해 선택한 것이라는 동정표라도 얻을 수 있죠. 어차피 인간이 그 정도인 거니까. 하지만 지금 와서 관점에 따라 다르다느니 상대적이라느니 하는 말로 과거를 자의적으로 해석하는 건 안 되죠. 자신의 안위를 위해서 역사를 이용하고, 사실을 왜곡하는 것이니까."

"이상주의시군요."

"비꼬시는 건 줄은 알겠는데요, 맞아요. 이상주의. 모두가 양심에 맞게만 살아간다면 이 세상은 천국이겠죠. 그래서 전 최소한 양심은 지키고 살려고 노력하는 편이에요. 누군가 그러더라고요, 국가와 민족에 대해 자의식을 갖는다는 것이 고통스러운 일인 시대가 있었다고. 그리고 그 자의식을 실천으로 옮긴다는 것은 자기 목숨을 위협하고 패가망신의 길이었다고, 그래도 그 길에 뛰어든 사람이 있었어요. 물론 그보다 더 많은 수의 사람들은 반대의 길을 걸었지만요. 하지만 지금은 그런 시대가 아니잖아요. 옳고 그름에 대해 외면하지 않고, 양심대로 살기 위해 목숨을 걸어야 하는 시대도 아닌데, 정치가도 행정 관료도 아닌 제가 이상주의를 꿈꾸는 것이 잘못인가요?"

"아니요. 부러워서 그래요."

태훈은 한껏 부드러워진 표정으로 신림을 향해 웃어 보였다. 이번엔 절대 비웃음이 아니었다. 신림도 그의 진심을 알았지만, 갑자기 적에서 동지로 돌아서는 그의 태도 변화에 어떤 반응을 보여야 할지 몰라 그저 샐쭉한 표정을 지어 보였다. 태훈이 화제를 돌렸다.

"제주역사연구소에서는 4·3 사건 조사 일을 주로 하나요?"

"4·3만 아니라 제주 전반의 역사와 문화를 다루죠."

"아, 역사와 문화… 골치 아픈 일 하시네요."

"기자분이 할 말은 아닌 것 같은데요?"

"뭐, 저희야 크게 골치 아플 건 없습니다. 양심의 싸움은 데스크에서 해 주니까. 저흰 노선대로만 긁어모으면 되는 거고."

"싸우기는 하는 데스크이면 다행이고요."

삐딱하긴 해도 칭찬이었다. 태훈은 문득 고소에 맞고소로 손목발목 다 묶이고, 또 때로는 구속 여부가 달린 한 줄 문장에 목숨 걸어 온 선배 기자들의 모습이 떠올랐다. 그들의 저항이 있었기에 그녀 앞에서 조금이나마 떳떳할 수 있다고 생각하니, 뜬금없이 지금 자리에 있어서 다행이라고 안심이 되는 것이었다.

"뭐 아무튼, 기자님한테도 뒤통수 맞는 일이나 없었으면 좋겠네요."

때마침 담당 간호사가 보호자를 찾는 소리가 들렸다. 신림은 예의 그 야무진 표정으로 돌아가 까딱 목례를 하고는 자리를 떴다.

가방을 챙겨 병원 복도를 나서면서, 태훈은 신림에게 발굴 현장에서 나온 지갑을 돌려주지 않았다는 사실을 깨달았다. 되돌아가서 돌려줄까 하다가 말았다. 다음번에 만날 구실이 될 수 있을 것이다. 그녀를 조금 더 알고 싶다고, 이제는 태훈도 자신의 마음을 인정하게 되었다.

새 시대의 시작

1945년 8월, 천황 항복

1945년 8월 15일 정오. 일본 천황의 특별 방송이 있었다. 4분 10초간 진행된 이 방송에서 천황 히로히토는 라디오를 통해 연합군에 대한 항복을 선언했다.

앞서 7월 26일, 연합군은 포츠담 회담을 통해 일본 측에 항복을 권고하였다. 그러나 일본 군부는 이에 응하지 않았고, 미국은 8월 6일, 4년간 비밀리에 개발해 온 원자폭탄을 혼슈 남단의 히로시마에 투하했다. 7만 명의 사망자와 7만 명의 부상자를 낸 첫 번째 원폭 투하에 이어, 사흘 후인 8월 9일에는 나가사키에 두 번째 원자폭탄이 떨어졌다. 3만에서 4만 명의 사망자가 발생한 것으로 집계되는 두 번째 원폭 투하 후에야 일본은 자신들이 처한 상황을 직시하고, 바로 다음날 연합국에 항복의 뜻을 전했다.

일반적으로 무조건 항복이라고 알려진 천황의 항복 방송에는 단 한 번도 '항복'이라는 용어가 사용되지 않았다. 일반인들은 알아듣지조차 못할 어려운 용어로 완곡하게 에둘러 표현된 천황의 성명은 '세계 형세를 깊이 살펴본 결과 특단의 조치로 시국을 수습하기 위해 미영중소 4개국의 공동성명을 수락한다.'든지 '백성의 안녕과 세계만방의 공영의 즐거움을 함께하기 위해 선전포고를 했던 것이지, 타국의 주권을 배제하고 영토를 침범하는 것은 처음부터 짐의 뜻이 아니었다.'는 식으로, 전범으로서의 사과나 반성과는 거리가 멀었다.

오히려 큰 아량을 베풀어 전쟁을 멈춰 주겠다는 식의 오만함과 곧 죽어도 자존심은 꺾이지 않겠다는 가련한 발버둥이 묻어 있었다. 왕이 아닌 신으로서 인간인 백성들에게 이 정도의 선언을 하는 것만도 얼마나 수치스러운 것이었겠냐마는, 당한 사람 입장에서는 조금도 양에 차지 않는 사과스럽지 않은 사과였다.

그나마도 하루 전날에 미리 녹음된 이 항복 선언이 방송되지 않게 하려고, 무수히 많은 일본의 장성들이 할복을 감행했다는 것은 후에 알려진 사실이다.

누군가에게는 이처럼 목숨을 맞바꿀 만한 가치의 문제였지만, 보통 사람들에게 해방이니 독립이니 하는 말들은 현실 생활의 변화를 의미했다. 특히나 아이들에게 해방은 하나의 문화 충격이었다. 엄청나게 큰일이 벌어졌다는 것은 주위 어른들의 태도에서 느낄 수 있었다.

우선 학교나 거리에서 쓰는 말이 달라졌고, 사람들의 행동과 태도가 180도 바뀌었다. 해방 전 거리는 늘 조용했고, 공습의 공포로 긴장감이 넘쳤고, 밤에는 불빛조차 조심스러웠다. 언성을 높이는 사람도, 대놓고 불만을 터트리는 사람도 없었다. 말 하나 행동 하나를 감시당하고, 서로가 서로의 눈치를 보았다.

하지만 도시도 해방과 함께 움츠렸던 어깨를 펴기 시작했다. 처음 며칠은 모두 몸을 사렸다. 이 상황이 진짜인지를 확신하지 못했고, 이것이 의미하는 바를 채 깨닫지 못했다. 해방, 해방 했지만 과연 해방이 와서 내 삶의 무엇이 어떻게 달라지는지 알 수 없었다. 머리로만 갖고 있던 이념이 생활에 이어지기까지, 사상이 실체화되기까지 사람들에게는 적응기간이 필요했다.

그러나 그 시간이 길지는 않았다. 삶은 살아가며 배우는 것이라고, 잠시의 숨 고르기가 채 끝나기도 전에 준비도 안 된 사람들은 둑 터지듯이 밀려나왔다.

당연하게 가장 앞선 이들은 청년들이었다. 본시 생각에서 행동까지가 논스톱으로 이어진 이들은 애당초 스스로를 통제하는 법을 배워 본 적이 없었다. 태어난 순간부터 일제 치하에서 자라났고, 모든 억압과 통제는 외부에서 가해지는 것으로 알고 살아왔다. 단지 굴복하는 법만을 배워 왔던 젊은이들에게 평생 처음으로 주어진 자유는, 책임이나 의지, 자제와 같은 의미들을 수반하지 않은, 말 그대로 '무한한 허용'이었다.

폭발하는 힘을 분출시킬 수 있는 거의 모든 통로로 젊은이들은 치달았고, 말도 생각도 행동도 거칠 것이 없었다. 이들을 제지하는 그 어떠한 것도 적으로 간주되었고, 그것은 곧바로 해방의 적, 독립의 적이라는 이름으로 처벌되었다. 기준 없는 자의적인 처벌이 정당화되고, 폭력도 일반화되었으며, 기강 없는 나라의 무력함을 틈타 수많은 불법이 용인되었다. 감당할 수 있는 이상의 자유를 힘입고 해방정국의 청년들은 의미도 모르는 정의를 위해 스스로가 선택한 길로 미친 말처럼 질주하기 시작했다.

동시에 대한민국 전역에 머물던 일본인들과 친일 인사들은 몸을 사리며 집 안 깊숙이 숨어들었다. 믿고 까불던 가장 큰 뒷배가 사라진 마당에 그들의 힘과 권력은 하루아침 사라진 신기루나 다름없었다. 뿐만 아니라 그동안 애써 모아 온 재산은 물론이고 생명의 안위조차 보장할 수 없는 풍전등화의 신세가 된 것이었다.

전국이 만세의 물결로 요동치는 동안, 이들은 행여나 극한의 감격이 광기의 칼날이 되어 자신들에게로 향해 올까 전전긍긍하였다. 광적인 열정은 잔인한 공격성과 종이 한 장 차이임을 36년간의 통치를 통해 너무나 잘 알고 있는 이들이었다.

이후 전국 각지의 일본인들은 피난길에 올라 차례로 배를 타고 부산과 울산을 통해 일본으로 돌아갔다. 그 과정에서 다치거나 큰 피해를 입은 일본인은 극소수였다. 일제 식민 지배의 설움과 수탈의 고통을 겪었을지언정, 개별 일본인들에게 책임을 물을 정도로 조선인들은 무분별하지 않았고, 원한관계가 없던 이들에게조차 손을 댈 정도로 악랄하지 않았다. 평범하게 살아가다 고국으로 돌아가는 일본인들은 큰 피해를 당하지 않았다.

　그러나 한민족으로 태어나 권력에 빌붙기 위해 같은 동족을 짓밟은 이들에 대한 응징은 처절했다. 가장 먼저 친일 악질분자들이 처벌 대상이 되었다. 공출이라는 명목으로 악랄하게 이웃들의 삶을 긁어내어 제 뱃속을 채우던 이장과 면서기, 억울하게 누명을 씌워 투옥시키거나 징용 보낸다고 협박하며 잔인하게 폭력을 휘두르던 경찰들에게 청년들은 36년간 한 맺힌 보복을 가했다. 이 마을 저 마을에서 매타작에 죽어나는 이들이 생겨났다.

정화, 이호구 씨 댁

일본인들이 자취를 감춘 것은 학교에서도 마찬가지였다.

해방이 선포되고 일본인 선생들이 사라지자 학교는 한순간에 공황 상태에 빠져 버렸다. 게다가 남아 있던 조선인 교사들의 상당수도 전쟁 말기에는 일제의 황국신민화 교육에 자의반 타의반 앞장섰던 터라 새 시대를 이끄는 교육자로서 앞장서지 못하고 있었다.

그러나 배움을 향한 민중의 열망은 뜨겁게 타올랐고, 이에 호응하는 교육의 의지 또한 강렬하게 피어올랐다. 떠난 선생님이 있다면 강정화 선생처럼 제 발로 찾아온 교사들도 있었다. 일본에서 돌아온 유학생들이나, 과거 서당에서 훈장 일을 했던 어르신들까지 조금이라도 학식이 있는 어른들이 나서서 학교 정상화를 위해 힘썼고, 또 타지에 있다가 고향으로 돌아가기를 지원한 선생님들은 즉시 현지에 배치되었다.

또 제주 각지에서는 주민들이 자치적으로 학교를 설립하려는 움직임이 일어났다. 해방 후 4개월 사이 제주도에는 44개의 초등학교와 10개의 중등학교가 설립되었는데, 지역 유지들은 저마다 학교를 세우는 데 거금을 내놓았다. 이중에 조천 지역에서 큰 역할을 했던 이는 이호구였다.

강정화 선생의 어머니가 일본으로 건너가기 전 한 동네에서 사촌지간처럼 가깝게 지낸 이호구 씨는 조천 지역 제일의 갑부였다. 정화는 그런 이호구 씨의 집에 거처를 잡아 머물게 되었다.

첫날 수업을 마치고 정화가 집에 도착했을 때는 저녁 식사 무렵이었다. 정화는 재빨리 옷을 갈아입고 부엌으로 들어섰다. 아주머니께서 막 상을 내가려는 참이었다.

"죄송해요. 학교에서 조금 늦어져서….."

"괜찮아. 돕지 않아도 된다니까."

아주머니는 푸근하게 웃으며 정화에게 손사래 해 보였다. 정화는 상을 마주 들고 마루로 내갔다. 신문을 보던 이호구 씨가 보던 신문을 접어 놓고 밥상 앞에 앉았다.

세 식구는 도란도란 앉아 저녁을 먹었다. 아주머니는 정화가 온 뒤로 한껏 솜씨를 발휘하여 특별한 반찬들을 차려 내었다. 이호구 씨는 오사카로 해산물을 수출하는 사업을 하다 보니 찬거리로 일본 재료를 손쉽게 구할 수 있었다. 평생 일본에서 나고 자란 정화의 입맛을 배려하여 하루에 한두 가지는 꼭 일본 반찬을 올려 주었다. 아주머니의 세심한 마음 씀에 정화는 진심으로 감사했다.

"이 장아찌는 꼭 할머니가 만들어 주시던 맛이에요. 너무 맛있어요."

"아유, 정화가 오고 나니까 맛있다고 반응해 주는 사람도 있고, 식사 준비하는 보람이 있네. 호호호."

아주머니는 정화의 반응에 기쁜 마음을 감추지 않았다. 무뚝뚝한 아저씨도 덩달아 맛있구먼 하며 어색한 반응을 따라하곤 했다.

"매끼 이렇게 맛있는 식사, 너무나 감사드려요. 더 도와야 하는데, 그러지도 못하고."

"아유, 무슨 소리야. 정화는 귀한 손님인 걸."

"아니에요. 지내게 해 주시는 것만도 감사한데."

정화는 진심으로 감사한 마음이었다. 연락도 없이 무작정 찾아온 자기를 싫은 내색 한 번 없이 받아 준 아저씨, 아주머니였다. 할머니가 살아계실 때는 어머니를 따라 여름마다 찾아뵈었지만, 몇 해 전 할머니가 돌아가신 후로는 어른들끼리나 소식을 전할 뿐 자신과는 아무 연락도 없던 사이였다. 그렇기에 이런 갑작스러운 방문이 정화 스스로도 쉽지만은 않은 결정이었다. 혹시나 불편해 하시면 따로 숙소를 얻어 지낼 생각이었다. 그러나 두 분의 망설임 없는 환대에서 정화는 피붙이 이상의 애정과 배려를 느끼며 이곳에 머물려 했던 것이었다.

"뭐, 매일 먹는 밥에 숟가락 하나 더 놓는 건데, 새삼스럽게…. 그런데 학교는 어떻더냐?"

이호구 씨는 교육자로서 정화의 일에 관심이 많았다.

"좋았어요. 아이들의 눈빛이 어찌나 초롱초롱한지 첫날부터 가르치는 보람이 생기는 거 있죠."

"그래. 다행이구나. 그래도 너 같은 고급 인력이 서울로 가야지 섬에 있어서 쓰겠냐? 동경제대 출신이 아깝구나."

"서울에는 더 많은 실력 있는 분들이 계시는데요. 저는 여기가 좋아요. 저도 반은 제주 출신이잖아요."

그래도 이호구 씨는 정화의 결정에 못내 아깝다는 표정이었다.

어린 시절부터 정화가 얼마나 영특한 아이였는지, 그 부모의 기대가 얼마나 큰 것이었는지를 알기에, 지금 정화의 결정을 존중하기는 하나 마냥 속편해 할 수만은 없는 입장이었다. 정화가 먼저 이야기하지 않으니 말은 꺼내지 않고 있지만, 정화 어머니가 몰래 인편에 보내온 편지를 통해, 정화가 제 아버지와 싸우고 집을 나와 제주로 온 것임을 알고 있었다.

"동경 쪽은 분위기가 어떠니?"

"뒤숭숭해요. 제가 올 때만 해도 사회주의자들 처단 문제로 한동안 시끄러웠어요."

"아버지는 사업은 잘 되시고?"

"아버지야 워낙 뒷배가 든든하니까."

정화의 말투가 냉소적이었다. 그런 정화의 반응을 알아채지 못한 이호구 씨는 계속해서 아버지 안부를 물었다.

"그래도 전쟁 말기에 폭격으로 일본에 피해가 막심하다던데, 큰 피해는 없으셨는지 모르겠구나."

"도쿄는 그다지 피해 없었어요. 다행인지 중요한 공장이나 기반 설비들은 폭격 피해가 거의 없었어요. 꼭 일부러 피해서 폭격을 안 한 것 같다니까요. 원자 폭탄으로 폐허가 됐다지만 워낙 서민들이 살던 동네니까. 아버지 같은 건설업자 입장에서는 오히려 재건 사업에 뛰어들어 한몫 보게 생긴 분위기에요. 솔직히 말하면 아버지는 폭탄 떨어져서 잘 됐다고 생각하고 있어요."

정화의 목소리는 가늘게 떨렸다. 아버지에 대한 분노가 담긴 듯했다. 이호구 씨는 차마 정화 편을 들지는 못한 채 말을 아꼈다.

"아버지도 다 생각이 있으신 거야."

"그 돈을 일본 재건이 아니라 조국의 재건을 위해 써야겠다는 생각은 안 드시는가 보죠."

너무나 냉담한 정화의 반응에 아주머니와 아저씨 모두 더 이상 말을 잇지 못했다. 딱히 틀린 말은 아니었기에 정화를 나무랄 수도 없었다. 황해도 출신의 정화 아버지가 일본에서 조선인으로서 성공하기 위해 얼마나 무자비하고 악랄하게 살아왔는지는 일본 내 조선인들 사이에서는 너무나 잘 알려져 있었다. 같은 민족이라는 것이 부끄러울 정도로, 돈과 명예와 성공만을 위해 일본인들의 개노릇을 하며 살아온 정화 아버지였다. 심지어 일본 경찰들에게 신임을 얻기 위해 군자금을 얻으러 온 독립 운동가들을 팔아넘겼다는 소문까지 있을 지경이니, 아는 사이라고 해도 조선인으로서 그의 편을 들어 주기는 쉽지 않았다.

그리고 일본이 전쟁에 패한 지금 그 진저리 날 만큼 집요한 처세술은 다시 한번 위력을 발휘하고 있었다. 기회를 잡는 데 탁월한 재주를 지닌 그는 일찍부터 자식들에게 영어를 가르쳤고, 오랜 기간 일본 내 화란 상인들과 교류하며 다가올 미국 패권 시대의 발판을 다졌다. 일본이 패망하기 몇 달 전부터, 이미 그는 전쟁의 결과를 알고 있었다. 그리고 화란 상인들의 유대계 인맥을 통해 자연스럽게 미군과 손을 잡았다. 그가 미군들과 어떤 거래를 해 왔는지는 알 수 없지만, 미 군정이 들어서고 일본의 사업가들이 애국심과 좌절감 사이에서 제 앞길을 채 찾아가지 못하던 틈에, 그는 발 빠르게 새 권력의 중심부로 다가섰다.

정화 아버지가 전후 복구 사업에서 제법 큰 몫을 할당받는 과정에서, 정화는 조선계 야쿠자인 흑룡회에 의해 아버지의 일본인 정적 몇명이 우연스럽게 사라지는 과정을 지켜보았다. 전세는 완전히 역전되었다. 불과 얼마 전까지 아버지를 함부로 부리던 일본인들이 이제는 그에게 굽신거리며 정화네 집 문턱이 닳도록 드나들었다. 일본의 패배가 결정되기 전부터 기업들은 자기 잇속을 챙기기에 바빴고, 정화 아버지를 통하면 미군에 줄을 댈 수 있다는 소문이 퍼지면서, 정화의 집 주위에는 온갖 검은 돈과 더러운 제안을 들고 찾아온 사람들이 끊이질 않았다.

어린 시절에는 그런 아버지 덕에 부족한 것 없이 자라 옳고 그르고를 모르던 정화였지만, 대학에 들어가고 세상을 알게 된 후에는 아버지의 삶을 용납할 수가 없었다. 더욱이 동경제대를 중심으로 번져

간 사회주의 이념은 정화의 양심을 무지막지하게 흔들어 놓았다. 정화가 아버지의 돈으로 호의호식하는 자신의 삶을 견딜 수 없게 됨에 따라, 부녀 사이의 골은 점점 깊어져만 갔고, 조국의 해방에도 달라지기는커녕 점점 더 추해져만 가는 아버지의 모습은, 정화에게 의절이라는 극단적인 선택을 하게 만들었다.

정화는 자신의 도에 지나친 발언이 아저씨와 아주머니를 불편하게 만들었다는 것을 알았다. 아버지 이야기만 나오면 예민해지는 자신을 어쩔 수가 없었다. 멋쩍은 기분이 들어 애써 밝은 목소리로 화제를 다른 쪽으로 돌렸다.

"근데 덕구 오빠는 안 들어온대요?"

"그러잖아도 귀국 준비를 하나 보더라. 지난주에 편지 오기를 그쪽에서 들어온다는 사람이 워낙 많아서 배편이 준비되지 않는다더라."

"빨리 돌아오면 좋을 텐데."

"맘 같아서는 당장이라도 오고 싶겠지. 조국의 재건을 위해 투신하겠다고 각오가 대단하니까."

"오빠답네요."

정화는 어린 시절 친남매처럼 가깝게 지낸 덕구 오빠를 떠올렸다. 서글서글한 성격에 재치 있고 무엇이든 열심히 해서 누구에게든 좋은 인상을 주는 오빠였다. 몇 해 전인 중학교 때까지만 해도 제주에 오면, 덕구 오빠는 정화에게 둘만의 비밀이라며 숨겨 놓은 태극기를 몰래 꺼내어 보여 주었다. 생긴 건 곰처럼 둔하지만, 조국에 대해 이야기할 때만큼은 매처럼 날카로운 눈을 빛내던 사람이었다. 모두가 좌절하던 식민 치하의 상황에서도 조국과 민족을 사랑한다고 거침없이 말하던 순수한 청년. 조선에 대한 정화의 마음도 절반쯤은 덕구 오빠의 덕임을 인정하지 않을 수 없었다.

오빠가 오사카에서 유학을 하게 된 후 몇 년 동안이나 만나지 못했는데, 이제 해방된 조국에서 다시 만나 마음껏 조국의 미래를 이야기할 수 있다고 생각을 하니 정화는 벌써부터 설레었다.

첫사랑, 고백

해방 후 학교마다 학생 수는 무섭게 불어났다.

전국적인 교육열은 상상을 초월할 정도였고, 특히 제주도의 향학열은 전국 최고였다. 해방이 되면서 중급학교로 진학하는 학생들이 늘어났고 전학생이나, 이미 학교를 졸업했는데 상급학교에 가기 위해서라며 재입학하는 학생들도 많았다. 한 반에 학생 수는 80명을 육박했다. 졸업하면 사범학교에 진학할 수 있는 자격이 주어졌으므로 새 나라에 대한 기대감에 부푼 부모들은 힘껏 아이들을 학교에 보냈다. 당연히 나이 많은 학생도 많았다.

동경제대 영문과 출신의 정화는 학생들 사이에서 인기 최고였다.

전공인 영어 과목이 초등학교에는 없었지만, 정화는 한글도 알았고, 어릴 때부터 피아노를 배워서 풍금도 칠 줄 알아 국어 시간과 음악 시간을 모두 맡았다. 정화가 풍금을 치며 노래를 부르면 조금 머리가 큰 아이들은 노래 부를 생각은 않고 그저 멍하니 그녀만 바라보았다.

반 아이들 중에는 나이 먹고 학교에 와서 정화와 엇비슷한 또래의 총각 학생들도 있었다. 그런 치들은 대놓고 그녀에게 추근거리기도 했다. 옆 반의 다른 처녀 선생은 그런 학생들의 짓궂은 행동 때문에 울면서 교실에서 나가 버리는 일도 있었지만, 일본에서 대학교까지 나오며 다양한 청년들과 어울린 정화로서는 우스울 뿐이었다. 어지간한 일에는 눈도 꿈쩍하지 않고, 오히려 건방진 학생들은 따끔하게 꾸중을 하여 기를 죽였다. 학급의 못된 아이들은 그런 정화를 매서운 년이라고 수근거렸다.

그런 정화였지만 세영에게는 한없이 부드럽고 상냥하였다. 세영이 선생님께 칭찬을 듣고 싶어 음악 시간에 목이 터져라 노래를 따라 부르면, 정화는 그런 세영의 눈을 마주치며 환하게 웃어 주었다. 그 웃음이 세영을 더욱 힘나게 했다.

세영은 열두 살 인생을 걸고 필사적이었다.

국어 시간에 새로 배우는 한글 글자를 반듯하게 쓰려고 어찌나 힘을 주었는지, 따라쓰기 노트가 찢어질 정도였다. 한 획 한 획 꾹꾹 눌러쓰느라 수업이 끝나면 팔이 저렸다. 그래도 정화 선생님에게 잘 보이기 위해서라면 조금도 힘들지 않았다. 세 번째 수업에서인가 정화 선생님이 세영이 쓴 글자를 보고 마치 인쇄 활자처럼 반듯하고 힘이 있다고 칭찬해 주었을 때, 세영은 백 장도 더 따라 쓰고 싶은 심정이었다.

다들 한글을 쉽게 익혔지만, 세영은 읽기나 쓰기에 배는 더 능숙했다. 선생님이 수업 시간에 책을 읽힐 때면, 그는 한 글자도 막힘없이 술술 읽어 나갔다. 집에서 입이 부르트도록 연습을 해 간 덕이었다. 할머니는 집 안이 떠나가라 책을 읽는 손주를 보며 과거 천자문을 외우는 조상님의 피를 이어받았다며 연신 흐뭇해 했다.

세영은 외모에도 신경을 쓰게 되었다.

반 아이들의 삼분의 일이 기계총을 앓고 아이들의 얼굴엔 온통 버짐이 피어 있었지만, 세영은 옷매무새까지도 깔끔하게 하고 다녔다. 동경 사람들은 최고 멋쟁이라는 이야기를 진수네 형들에게 들은 이후로는 그렇게 씻기려 해도 고양이 세수로 이불 속에 기어들던 세영이 아침 일찍 일어나 세수도 하고, 엄마가 읍내에 갈 때만 바르는 구리무도 몰래 훔쳐 발랐다. 또 제 딴에 멋있어 보이는 학생복을 사 달라고 졸라서는, 밤마다 깃도 **빳빳**하게 다려 입었다. 그런 세영의 모습을 정화 선생님은 아주 멋있다는 듯이 바라봐 주었다.

세영이 열심히 하면 할수록 세영에 대한 정화 선생님의 총애도 커져 갔다.

반 아이들이 대놓고 부러워할 정도로 세영에 대한 선생님의 관심은 남달랐다. 유독 더 다정하고, 늘 웃으며 대해 주었다. 정화 선생님이 세영에게만 직접 일본어 문고판 책을 번역한 〈젊은 베르테르의 슬픔〉을 주었을 때, 반 아이들의 동경은 시샘으로 바뀌기까지 했다. 정확히 말하면 세영에게 준 것이 아니라 국어 받아쓰기 시험에서 일등 한 아이에게 상으로 준 것이었지만, 언제부터인가 일등은 당연히 세영이었고, 그 시험 역시 세영이 일등 할 것임을 정화 선생님도 짐작하고 있었다.

세영은 부드럽고 섬세한 정화 선생님의 글씨로 번역된 〈젊은 베르테르의 슬픔〉을 모서리가 닳도록 읽고 또 읽었다. 베르테르와 함께 세영은 새로운 세계에 눈뜨기 시작했다. 정화 선생님은 세영에게 세기의 문학뿐 아니라 세기의 사랑까지 전해 준 셈이었다.

세영은 더 이상 학교가 끝나면 헤엄을 치거나 동무들과 놀러 다니지 않았다. 읍내 서점에서 가져온 책을 골라 혼자 오름을 오르거나 석양을 보며 자기만의 상상에 잠기는 것을 더 좋아하게 되었다.

세영이 사랑이라는 미지의 영역을 탐험하는 동안, 다른 친구들은 투쟁의 세계를 깨우쳐 갔다. 중학생들을 선두로 하여 마을의 의기 넘치는 청년들은 신사를 파괴하러 다녔다. 일제 치하에서 신사 참배가 강요되면서 도나 면마다 설치되었던 신사는 식민 지배의 상징이었다. 당연히 해방과 함께 신사는 불쏘시개 땔감이 되어 떨려 나갔고, 돌덩이로 부수어져 산과 들에 흩뿌려졌다.

세영의 또래 초등학생들 중에서도 용이처럼 의협심이 강한 아이들은 중학생 형들이 신사를 부수러 다니는 데 빠지지 않고 따라다녔다. 아직 친일파들을 혼내 주는 데는 끼지 못했지만, 근처에 따라가 응원을 하고 집 안에 돌을 던지며 한몫을 거들기도 했다.

학순은 그런 용이 패거리에게 아버지가 몰매를 맞고 난 이후에는 동무들과 거리를 두게 되었고, 학교에도 나오지 않는다고 했다.

세영의 엄마는 일제에 복수를 한답시고 마을을 휘젓고 다니는 청년들 무리들과 세영이 어울리지 않아서 몹시 만족하는 눈치였다. 엄마에게 새 시대는 곧 새로운 기회였다. 해녀 봉기를 주도했던 선생님들의 가르침이 바로 그랬다. 배워야 알고, 알아야 당하지 않을 수 있다는 것을 짧은 배움을 통해서나마 엄마는 알고 있었다. 그러기에 세영이 누구보다도 더 많이 배우고, 알아서 가족들을 지켜 줄 수 있기를 바랐다.

특히 지금과 같이 뭐가 어떻게 돌아가는지 도무지 알 수 없는 시기가 오자 그런 엄마의 바람은 더욱 간절해졌다. 전쟁이 끝나고 세영의 아빠도 돌아왔지만, 사고로 다친 다리는 치료를 하지 못해 영영 못 쓰게 되고 말았다. 가뜩이나 선비 같은 사람이 걸음까지 부자유스러워졌으니 제대로 한몫은 할 수가 없었고, 겨우 밭농사나 거드는 수준이었다. 집안의 생계는 여전히 세영 어미의 어깨에 얹혀 있었다.

이런 상황에서 희망은 오로지 어린 아들뿐이었다. 다행히도 기특한 아들은 엄마가 고된 몸을 이끌고 돌아와 차린 밥상머리에서도 책에서 눈을 떼지 않는 착한 학생이 되어 있었다. 세영 엄마는 차가워지는 날씨에도 물질이 힘겹지 않았다. 매번 시험마다 만점을 받아오는 아들을 위해서라면 못할 것이 없었다.

집안의 기대와는 다르게 세영은 곰곰이 자신만의 미래를 그리고 있었다. 자신이 더 이상 어린애가 아니라는 생각을 문득문득 하곤 했다. 내년이면 벌써 열셋이었다. 아버지가 장가를 가서 자신을 낳은 것이 열다섯 살이었다. 남자는 장가를 가면 어른이 되는 것이라 했으니, 자신도 조금 있으면 어른이었다. 장가도 갈 나이었다. 그런 생각을 하며 세영은 정화 선생님을 떠올렸다. 정화 선생님을 위해서라면 무엇이든지, 아무리 힘든 일도 다 해낼 수 있을 것 같았다.

이제 조금만 있으면 그도 초등학교를 졸업할 것이고, 사범학교에 진학하면 교원도 될 수 있을 것이니, 그럼 선생님과 대등하게 학교 선생님 노릇을 하면서 선생님을 색시로 맞이할 수도 있을 것이었다. 세영은 이런 자신의 마음을 선생님에게 고백해야겠다고 마음먹었다.

어느 날 학교가 끝난 후 세영은 교문 밖에서 정화 선생님을 기다렸다. 수업이 끝나고 운동장에서 놀던 아이들도 하나둘 집으로 돌아가고 학교가 텅 비도록 선생님은 나오지 않았다. 두어 시간은 지났을까 해가 바닷속으로 뉘엿뉘엿 사라질 무렵 운동장을 가로질러 나오는 선생님의 모습이 눈에 들어왔다. 세영은 얼른 옷매무새를 가다듬고 선생님에게 달려갔다.

"선생님!"

"어머, 세영아. 너 아직도 집에 안 갔니?"

"네, 선생님을… 기다리고 있었어요."

"왜? 뭐 물어볼 거 있니?"

"네, 아뇨. 네! 그게…."

부드럽게 바라보며 기다리는 선생님에게 세영은 눈을 질끈 감고 마음을 고백했다.

"선생님을 사모합니다. 저의 색시가 되어 주세요."

"뭐어!"

깜짝 놀라 하며 선생님은 터져 나오는 웃음을 얼른 손으로 막았다. 세영은 순식간에 얼굴이 빨갛게 달아오르는 것을 느꼈다. 다행히 사방은 어두워 동백꽃처럼 붉어진 자신의 두 뺨을 들키지 않을 수 있었다. 세영은 선생님의 웃음이 야속하게 느껴졌다. 너무 부끄러워 선생님을 바라볼 수조차 없었다.

선생님은 한참 동안이나 아무 말도 하지 않고 가만히 계셨다. 세영은 더 이상 버티지 못하고 고개를 들어 선생님을 바라보았다. 선생님이 자신을 비웃고 있을 것이라는 생각에 어금니를 악물고 용기를 내었다. 하지만 정화 선생님의 미소는 너무나 부드러웠다. 오히려 세영의 마음을 걱정하는 듯 조심스러운 표정이었다.

"나도 세영이가 참 좋아. 똑똑하고, 착하고, 예의도 바르고."

세영의 마음이 기대감으로 콩닥거리기 시작했다.

"하지만 선생님은 나이가 많고, 세영이는 어린 학생이잖아. 세영이
에겐 아직도 배워야 할 것들이 많고, 또 앞으로 해 나가야 할 일들이
저 바다만큼이나 많단다. 새 시대에 세영이 같은 청년들이 큰일을 해
야 하지 않겠어?"

"저는 어리지 않아요! 내년이면 사범학교에 갈 수 있고, 또 선생님이
옆에 계셔 주시면, 주시면, 그러면… 더 큰일을 할 수 있어요."

세영은 백 번은 더 생각하고 되새겼던 자신의 마음을 선생님께 솔직하게 털어놓았다. 선생님은 그런 세영을 흥미로운 표정으로 바라보았다. 세영은 진지했다. 자신의 마음을 선생님이 이해하지 못하는 것이 답답했다. 선생님을 위해서라면 정말, 정말 무슨 일이든 다 할 수 있었다. 목숨을 바칠 수도 있었다. 인생을 다 걸고 선생님을 행복하게 해 드릴 각오가 되어 있었다.

세영의 굳은 표정을 보고 정화 선생님은 조금 망설이는 듯했다. 세영은 선생님이 자신을 못 믿는다고 생각해서 더 힘주어 말했다.

"선생님, 진심이에요. 선생님을 위해 뭐든지 할 수 있어요. 제 인생을
다 걸고 그럴 거예요!"

멈추지 않을 세영의 마음을 깨달은 정화 선생님은 잠시 미소를 지

으며 바라보다가 입을 열었다.

"응. 그럼… 이렇게 하면 어때? 선생님은 세영이가 열심히 공부해서 도시로 갔으면 좋겠어."

"도시요?"

"응. 사범학교에 진학해서 선생님이 되는 것도 좋지만, 도시로 가서 대학에 가면 더 많은 것을 배울 수가 있거든. 더 넓은 세상을 보고, 더 큰일들을 할 수가 있어. 그렇게 된 후에도 선생님과 결혼하고 싶다면, 그때는 선생님도 생각해 볼게."

선생님이 세영이를 떼어놓기 위한 거짓 핑계를 대었다면 세영은 정말 크게 마음을 다쳤을지도 몰랐다. 하지만 선생님의 말은 진심이었다. 표정에서 세영은 선생님의 마음을 읽었다. 자기가 선생님처럼 동경제대에 가길 바라시는 걸까?

"자, 약속!"

정화 선생님은 하얗고 가느다란 새끼손가락을 세영에게 내밀었다. 세영은 이유 없이 솟아오른 눈물을 삼키며 새끼손가락을 마주 걸었다. 선생님은 장난처럼 손가락을 흔들었다. 그리고 짓궂게 세영에게 얼굴을 들이밀며 웃어 보였다. 세영은 애써 울지 않은 척 고개를 돌리며 피식 새어나온 웃음을 흘렸다.

돔베고깃집, 환경단체 만남

병원에서 나온 태훈은 데스크에서 보낸 풍력발전 공사 관련 자료들을 훑어보고, 기사도 송고할 겸 근처 피시방으로 들어갔다. 간단하게 노트북으로 할 수도 있었지만, 저녁에 환경단체 사람들과 만나기까지 시간이 남아서 눈을 좀 붙여야겠다 싶었던 것이다. 딱히 모텔로 돌아가긴 그렇고 한두 시간 눈 붙이기에 피시방 의자만 한 게 없었다.

간밤에 다른 매체들에서 올린 관련 기사들을 검색하고, 의례적인 사건 정황을 정리해서 원고를 작성했다. 특별한 내용은 없었다. 간밤에 방송된 내용에 약간의 살을 붙이고, 오전의 현장 정황을 대략적으로만 덧붙였다. 본지 단독으로 굴 안에 들어갔다는 멘트를 적고 싶어 손가락이 근질거렸지만, 참을 수밖에.

그렇다고 간밤의 현장 보존 부실 실태를 기사로 쓸 수도 없었다. 무엇이든 기사화되면 그때부터 진상조사 시작되고 문책 오가고 상황은 엉망으로 꼬여 들기 시작할 테니. 태훈은 골이 아파 자동적으로 담배를 꺼내 물었다. 엄청난 빅 카드를 양손에 쥐고 한 장도 쓸수 없다니. 이러다 타이밍 놓치면 죽도 밥도 안 된다는 생각에 은근히 조바심이 났다.

국장은 하루 이틀 안에 제대로 만들어서 터트리자고 사방으로 정보들을 긁어모으는 중이었다. 그런데 왜 자꾸 신림과 발굴팀원들의 얼굴이 아른거리는지, 앞뒤 못 가리는 걸 보니 자기도 늙었나 싶어 태훈은 애꿎은 담배만 뻑뻑 빨아 댔다.

마음이 뒤숭숭하여 뒤척이다 잠깐 눈을 붙였는데, 전화 소리에 놀라 깨 보니 시간은 벌써 7시를 지나 있었다. 약속시간에 30분 늦었다. 태훈은 서둘러 약속 장소인 돔베고깃집으로 달려갔다.

낡은 새시문을 열고 들어서니 한눈에 인터뷰이로 보이는 두 사람을 알아볼 수 있었다. 한 명은 등산 모자를 쓰고 있었고, 다른 한 명은 제주도 전통 의복인 갈옷 차림이었다. 왜 환경운동가들은 외모에서도 그런 티가 나는 것일까? 태훈은 딱히 그쪽을 지지하지도, 편견을 갖지도 않았지만, 예상과 한 치도 어긋나지 않는 그들을 보며 웃음이 났다. 정장에 넥타이를 맨 회사원 타입을 기대한 것은 아니었지만, 그래도 절대 보통 사람처럼 하고 다니지를 못했다. 어디를 가도 뭔가 하는 사람이구나 싶은 냄새가 스멀스멀 풍겼다.

"늦어서 죄송합니다. H신문사의 유태훈 기자입니다."

태훈은 명함을 건네고 두 사람의 맞은편 의자에 앉았다.

"일단 시키시죠?"

태훈은 돔베고기 3인분과 쌀막걸리 한 병을 주문했다. 먼저 반찬으로 나온 시뻘건 김치를 안주로 막걸리 한 잔씩이 돌았다.

"그래도 감귤막걸리가 아니라 쌀막걸리 시키는 거 보니 제주도 좀 아시는군요?"

"그럼요. 저 제주 출신입니다."

"아, 그러세요?"

두 사람의 얼굴이 한결 편해졌다. 막걸리도 제대로 마실 줄 알겠다. 뭣 좀 대화가 통하겠다는 표정이었다. 투박한 나무 도마 위에 김이 모락모락 나는 뽀얀 돼지고기가 얹혀 나오고 세 쌍의 젓가락이 여유롭게 오고갔다. 태훈은 막걸리 한 병을 더 시켜 빈 잔들을 채우며 본론으로 들어갔다.

"일이 이렇게 되어서 솔직히 환경단체 분들 입장에서는 잘된 감도 있으시겠어요?"

"하하, 그렇죠. 공사는 물 건너 간 거니까."

"아휴, 이번 싸움은 얼마나 길었는지. 다들 나중에 진이 빠져서…."

"하늘이 도왔지."

"그럼."

새카맣게 탄 얼굴이 그들이 보낸 땡볕의 날들을 증명했다.

"근데 원래 그 지역이 공사 허가가 안 나는 지역인 건가요?"

"아니에요. 기자님도 가 봤으면 아시겠지만, 거기가 곶자왈인데, 곶자왈의 경우 거의 대부분이 원시림에 가까운 울창한 밀림 지역이에요. 근데도 우리나라 법에는 개발이 가능해요. 그거 다 밀어 버려도 되는 걸로 되어 있어요."

"곶자왈은 대개 지하수자원은 2등급이고, 생태계는 3등급 이하가 대부분이거든요. 그럼 개발 사업 모두 허용이 돼요. 그래서 골프장이니 리조트니, 채석장 같은 게 들어설 수 있어요."

"곶자왈을 밀고 골프장을 만들어요?"

아니 어디 골프장이 없어서, 멀쩡한 숲을 다 밀고 골프장을 또 만든다는 말인가. 하긴 인천의 굴업도 같은 경우는 멀쩡한 섬을 깎아 골프장을 만들어 헬기와 요트로 손님을 나를 계획이라고 하니, 참 한국인들의 골프장 사랑은 도가 지나치다 못해 제정신이 아닌 것 같았다. 몇 번이나 시도했음에도 끝내 골프에 취미를 붙이지 못한 탓에, 태훈에게는 골프장 건설이 더욱 무가치하게 느껴지는지도 몰랐다.

"중산간 지역 골프장이나 리조트들 중에 그렇게 곶자왈 밀고 만든데가 제법 돼요. 지난 도정에서는 개발 사업부지가 부족하다는 이유로 곶자왈 지역을 다 포함시켰다고. 보전지구니 개발 제한이니 다 외면한 거야. 그래서 곶자왈에 채석장 만들고, 골프장 만드는 것으로도 모자라 건물 짓고 쓰레기까지 매립해요. 그럼 그 쓰레기 침출수가 다 어디로 가겠어요? 지하 대수층 깊숙이 내려가서 영구적으로 섬을 오염시킨다고요."

"애시당초 곶자왈같이 식생이 우수한 생태보전지구가 3등급밖에 안된다는 것 자체가 말이 안 돼요."

환경에 큰 관심이 없는 태훈이지만 얼핏 들어도 정책상에 문제가 있음을 직감했다. 개발 사업부지 부족하다는 거야 개발사들한테 원하는 땅 내어주기 위한 핑계인 거고, 그래도 어느 정도는 지켜야지, 자기만 해 먹으면 끝인가?

이렇게 뒷생각 안 하고 무책임하게 내버린 과거 때문에 갖가지 부작용을 겪고 있는 지금까지도 깨닫는 것이 없다니. 그런 이기주의에는 짜증이 났다. 환경단체 사람들이 강조하지 않아도, 곶자왈의 나무와 식물들은 공기를 정화하고, 지하에는 물을 머금어 생태계의 요충지라는 것은 많이들 알려진 사실이었다. 제주의 허파라고 불리고 있지 않나. 게다가 근래에 와서는 세계적으로도 그 생태적 가치가 인정되어 해외에서 연구도 많이 하러 오고 유네스코 세계자연문화유산에 선정되어 주목받고 있는 상황인데. 몇 푼 이익을 위해 수백 년의 자연이 만들어 놓은 생태계를 밀어 버리고 제초제 뿌린 잔디밭을 만들다니.

"주민들이 반대 안 해요?"

"반대요? 곶자왈을 팔아넘긴 게 주민들인데? 마을 명의로 된 곳이나, 사유지로 된 곶자왈들은 그냥 개인이 알아서 파는 거야."

개인 소유라면 딱히 뭐라고 할 수도 없겠다 싶었다. 누구나 환경과 자연을 위한 마인드를 가져 준다면 좋겠지만, 자본주의 사회에서 잘 먹고 잘 살고 싶으니까 그런 선택을 한다 한들 누가 뭐라기 어려운 일이었다. 환경단체들이야 대의와 양심을 내세우겠지만 설득력이 약했다. 당장 태훈 자신만 해도 같은 처지였다면 어찌할지 고민했을 것이기 때문이다. 그런데 환경단체 사람들은 전혀 뜻밖의 이야기를 했다.

"사실 곶자왈이 개인 명의라는 것 자체가 말이 안 돼요. 대부분 일제 강점기 부동산 질서 어수선할 때 마을 소유 곶자왈을 그냥 자기 명의로 등기해 버리거나 한 곳들이 많아요. 그러니까 곶자왈 명의 이전이나 사유화는 애당초 처리가 안 되었어야 하는 거야."

"그래요?"

"그럼요. 마을 공동 재산이라는 것은 그 마을에 살 때 공동으로 소유하고 사용하는 거지, 마을을 떠나면 그 순간 이용권을 잃는 거거든. 요즘 주민총회를 열어서 곶자왈을 팔기로 결정하는 경우들이 있는데, 이건 사실 말이 안 되는 거거든. 지금 이 순간 그 마을에 살고 있을 뿐이지, 자신들이 그 마을의 영원한 주인은 아니잖아. 마치 주인 없는 집에 투숙한 사람들끼리 결의해서 그 집을 팔아넘기는 것과 같은 거예요. 권한을 넘는 법률행위예요."

그렇다면 문제의 시작은 일제 강점기로 거슬러 올라가야 한다는 뜻이다. 아주 길고 복잡하게 뒤엉킨 실타래의 끄트머리를 쥐고 파고들어 가면, 정치든 경제든 심지어 환경까지, 우리 사회의 모든 문제의 시작은 일제 강점기에 도달했다. 뭔 문제가 그리도 많은 시기였는지, 애초에 꼬여서 시작한 판을 반세기가 지난 지금 와서 풀려 해 보았자 이미 너무 늦어 버렸다는 사실만을 확인해 갈 뿐이었다. 처음부터 몽땅 다 갈아엎지 않는 한, 말끔하게 정리할 수 없는 현실에 번번이 체념하는 것도 지겨웠다.

"최근에는 곶자왈 공유화 운동도 하고 그래요. 환경에 뜻있는 사람들
이 1평씩 곶자왈을 아예 구입하자는 거죠."

"내셔널트러스트 같은 거죠? 보전지역을 아예 사 버려서 영구히 개
발 못 하게 하는?"

"그런 거죠. 근데 한참 붐 불었다가 말았죠. 도민 정서상 맞지 않는다
면서 도에서 공조가 안 돼서."

안 되는 상황에서 최대한 어떻게든 답을 얻어 보려는 이들의 노력
이 눈물겨웠다. 진인사대천명이라고, 이러니 하늘에서 보다 못해 굴
이라도 무너뜨려 주었겠지. 이번 건과 별도로 곶자왈에 대한 환경 특
집 기사를 한번 기획해 보는 것도 좋을 듯했다.

태훈은 어린 시절에 바닷가에서만 자라서 곶은 별로 가 볼 기회가
없었다. 그러다 보니 섬 출신이라 해도 곶자왈에 대해서는 잘 몰랐는
데, 가치가 재평가받는 요즘에는 부쩍 관심이 갔다. 이김에 희귀 동
식물들 사진도 좀 찍어 두면 좋을 것 같았다. 또 잘 파 보면 제주도청
과 건설사 쪽의 커넥션들도 좀 드러날 듯 싶고.

"그럼 이번 공사가 불법은 아니었던 거네요?"

"그 지역 허가 난 건 불법 아니에요. 다만 공사 범위를 보고한 부분에
서 좀 많이 축소한 거지."

"솔직히 이번 건은 너무했어. 요즘은 개발사들도 이런 식으로 무식
하게는 안 해요. 너무 어거지로 밀어붙인 거라. 사고 날 만했어요."

등산 모자는 진저리가 난다는 듯 고개를 절레절레 흔들었다. 잔뼈
굵은 이들에게도 악질 소리를 듣는 것을 보면, 독하기 했던 모양이었
다. 태훈은 건설업체 쪽에 더욱 흥미가 갔다. 살살 자극하면 제대로
발끈하게 만들 수도 있을 것 같았다.

"가지굴이라는 게 본 굴에서 뻗어 나온 주변의 다른 굴들을 말하는

거죠?"

"그렇죠. 이번에 사고 난 선흘리 굴은 거문오름 용암대에 속해 있는 가지굴일 가능성이 커요. 거문오름에서 흘러나온 용암이 북동쪽으로 흘러내려서 해안까지 이르렀는데, 그 범위 안에 만장굴이니 김녕사굴이니 용천굴이니 다 포함되어 있죠."

"용천굴이면?"

"왜 그 몇 년 전에 전신주 교체 작업하다 발견된 굴인데, 그 안에서 세계적으로 유례없는 천년의 호수가 발견됐잖아요. 그 굴 덕분에 우리나라 제주도가 2007년도에 세계자연문화유산에 만장일치로 채택된 거고."

태훈은 기억을 더듬었다. 자신이 담당한 기사는 아니지만 상당히 큰 사건이었다.

"아, 들어 본 거 같네요. 근데 천년의 호수라니, 멋있겠네요?"

"아유, 장관이죠. 뭐 사실 나도 들어가 본 건 아니고 사진만 봤는데도 기가 막히대. 그 동굴 처음 발견했을 때 들어갔던 동굴연구소 팀들한테 들어 보니까 입을 다물 수 없을 정도였다고. 지금은 개방 안 하지, 아마?"

"응. 공기에 노출되면 변질되기 시작하고 그래서. 보존하기 위해 공개 안 하고 있죠."

태훈은 거문오름에서 만장굴까지의 지형을 머릿속으로 그려 보며 얼핏 떠오르는 굴들의 위치를 짚어 보았다. 대략 일직선상에 여러 굴들이 옹기종기 모여 있는 식이었다.

"그럼 그 거문오름 동굴계의 굴들은 다 연결된 건가요?"

"아니에요. 연결되어 있으면 한 굴이지. 각기 분리되어 있으니까 각각 다른 굴로 치는 거지, 이름도 따로 붙고."

"근데 그 굴들이 실제로는 연결되어 있을 수도 있어요. 굴이라는 게 사람이 지나다니는 틈이 아니면 연결되어 있는지 확인하기가 어려운 거라."

"어렵지. 지금 정도도 동굴연구소 쪽에서 애써서 이 정도 파악된 거지. 예전에는 제대로 조사 안 돼서 한 굴에 입구가 여러 개인 것을 여러 굴로 치고 하던 거, 동굴연구소에서 근 십 년 사이에 많이 정리한 거야."

등산 모자나 갈옷 남자나 딱히 이쪽 분야 전문가는 아닐 텐데도 워낙 좁은 섬 안에서 일어나는 일들이라 그런지 제법 주워들은 풍월이 있었다. 전반적인 사항 파악하고 사건 윤곽 잡기에 가장 적합한 취재원들을 만난 셈이었다. 태훈은 틈틈이 메모해 가며 궁금한 부분들을 조목조목 질문했다.

"그 선흘리 쪽에 굴이 좀 많죠?"

"많은 정도가 아니죠. 뱅뒤굴, 와흘굴, 선흘굴…."

"거문오름에도 그 굴 있잖아, 수직굴."

"수직굴이요?"

태훈은 조금 색다른 굴인 듯한 이름에 관심을 보였다. 굴이 수직으로 나 있다는 뜻인가? 태훈의 생각이 맞았다. 거문오름 수직굴은 마치 웅덩이를 파 놓은 것처럼 수직으로 20m 아래로 나 있는 굴이었다.

"4·3 때 거기서 사람 많이 죽였지. 그 앞에서 총 쏴서, 시체를 그 굴에 집어던져 버리는 거야."

"아…."

제주도에서 굴 이야기를 하면서 4·3이나 일제 강점기를 빼놓을 수는 없었다. 거의 모든 굴에는 그 안에서 숨죽이며 두려움의 밤낮을 보냈던 사람들의 흔적이 남아 있었다.

"어디 사람 죽은 굴이 한둘인가? 굴로 숨어들어 간 사람들 나오라고
해도 안 나오니까, 밖에서 기관총 쏘아대고 연기 피워서 다 질식시켜
죽이고 그랬지. 다랑쉬굴도 그렇고, 목시목굴은 200명까지 죽었다고
그러더라고요. 어른, 아이, 여자, 노인 할 거 없이 다."

환경 이야기 할 때도 피우지 않던 담배를 세 남자는 동시에 나눠 물었다. 미간에 잡히는 주름이 매캐한 담배연기 탓인지, 얼룩진 역사 탓인지 구분하기 힘들었다.

"이번에 발견된 굴의 백골도 그런 것들일 거야. 지금까지 중에 거의
최대지, 아마?"
"아, 굴에 들어가셨었나요?"
"아. 나는 아니고 이 사람이. 구조하러 같이 들어갔지."

등산 모자는 갈옷의 남자를 손짓으로 가리켰다. 의외였다. 날렵한 체구로 보나 이미지로 보나 등산 모자 쪽이 이런 일에는 더 적극적일 것이라 생각했는데.

"들어가셨을 때 어땠어요?"

갈옷의 남자는 한 손으로 관자놀이를 살살 문지르며 당시를 떠올렸다.

"난리도 아니었어. 그 굴 무너질 때, 우리는 막 구호 외치고 그치들
이 공사 강행해서 서로 대치하고 있었는데, 갑자기 눈앞에서 포클레
인이 아래로 쭈욱 빨려 들어가는 거야. 개미지옥에 벌레 빠져들어 가
는 것처럼."
"어찌나 놀랐는지. 천벌받은 거지. 쯧쯧."

등산 모자가 당시를 떠올리며 아직도 섬뜩하다는 듯이 어깨를 사르르 떨었다. 갈옷의 남자는 의자 등받이에 길게 몸을 기대며 당시를 회상했다.

"그래서 나랑 우리 총무랑 공사장으로 뛰어들어서 같이 구조하는 거 돕고 했는데, 거기 십장이라는 양반이 젤 먼저 내려가서 보고 사람들 더 내려와야 된다고. 그래서 내려갔지."

"십장이요?"

"그 공사장 십장."

"팀장. 요즘엔 팀장이라 그래."

"아따, 거창하다. 아무튼 그래 팀장."

순식간에 긴장이 풀어지면서, 분위기는 한결 편안해졌다. 말하는 이도 힘이 덜한 지 어느새 어투 또한 흥미진진한 모험담 조로 바뀌어 있었다. 태훈도 덩달아 웃었다. 왠지 농사꾼 같기도 한 갈옷의 남자에게서 고향의 푸근함이 느껴졌다.

"그래서 내려가니까 백골이 있던가요?"

"아니여, 처음 가서는 공사 무너진 거하고, 거기 굴 있는 게 신기했지 다른 건 보이지도 않았어. 안쪽이 엄청 컴컴해서 아예 들어갈 생각도 안 했다고. 그렇게 구조해서 다 올려 보내고 있는데 굴 안에 들어간 십장이 안 온다고 누가 찾으러 갔어. 그 컴컴한 안쪽으로. 그랬는데 갑자기 '으어어어어' 하는 소리가 들리는 거야. 딱 듣는데 순간 '어, 뭐지?' 싶어서 나랑 몇 명이 우르르 갔더니, 거기 시체들이 이렇게 좌악 있더라고. 딱 봤는데 순간 이기 보통 일 아니구나. 임낙 이 근처에서 굴 발견되고 그러면 시체 있고 이런 일이 많아서. 이거 보존해야 된다 싶었지."

"이 근처는 밭일만 하다가도 사람 뼈 나오고 총알 나오고 그래요. 지금도 그래."

"네…."

태훈에게도 낯선 일은 아니었다. 어머니 따라 밭에 다니던 어린 시절에 심심찮게 모았던 탄피가 지금도 고향집 서랍 어딘가에는 남아 있을 터였다.

"그래서 거기 사람들한테 건들지 말고 나가라고. 내가 나서서 막 지시했어요. 그리고 현장 보존해야 된다고. 빗물 안 들어오게. 거기 인부들이 자재 대고 방수천 덮고 해서 입구를 막는데, 입구가 너무 크게 벌어져서 방수천이 길이가 안 되는 거야. 그래도 어떻게든 끈으로 양쪽에서 잡아매고 해서 대강 덮었지. 아, 이거 내일이면 훼손되겠구나 싶은데 방법이 없었어. 비는 내리지. 나중에 역사연구소 사람들이 가서 큰 방수천으로 치고 했다고 하더라고. 빗물이라도 다른 쪽으로 흘러 내려가게."

"그리고 동굴에서 다들 바로 나오셨나요?"

"바로 나왔지. 다 들은 게 있어서 굴 개봉되면 바로 부식되니까 그대로 열어 두면 안 된다고 알고 있었거든요. 그래서 나와서 이 친구한테 동굴연구소에 연락하라고."

"아, 그래서 직접 연락하시고요?"

"네, 제가 연락하고. 4·3연구소에도 연락하고. 지역 신문에도 알리고 그랬지."

"그럼 방송국은?"

"그건 거기 공사 인부 중에 한 명 가족이 알렸나 봐요. 그 다친 포클레인 기사인가 그 가족이. 언론에 알려야 보상 제대로 받을 수 있을 거라 생각했다던가?"

"아…, 그렇게 된 거군요."

태훈은 이제야 상황 파악이 된다는 듯 고개를 끄덕이며 수첩에 적힌 십장과 포클레인 기사 사이를 화살표로 이어 두었다.

"그런데 혹시 그때 그 안에서요, 백골 말고 다른 거는 못 보셨어요?"

"다른 거?"

"네, 무슨 당시 흔적이나 유적이나 그런 거."

태훈은 은근슬쩍 던지며 반응을 살폈다. 혹시나 숨기는 게 있다면 바로 알아챌 수 있을 것이다. 등산 모자나 갈옷 모두 멍하니 당시를 떠올리는데 딱히 생각나는 것은 없는 표정이었다.

"뭐 그렇게 특별한 거는 못 본 거 같은데. 안쪽은 컴컴해서. 우리는 딱 백골 시작되는 앞부분만 보고 더 안으로는 안 들어갔어. 무서워서. 그 시체 하나만 봐도 소름이 쫙 끼치던데 어디 그 안에 더 들어가. 아주 기분이 요상해. 실제로 보면. 그리고 행여 밟으면 어쩔려고."

"아, 그러니까 백골이 시작되는 지점만 보고 그 안쪽은 안 들어가시고요."

"그럼."

"다른 분들도요? 공사장 인부들이나?"

"다른 사람도 들어간 사람 없었어. 다들 같이 십장하고 나왔으니까. 아, 근데 그 십장이 먼저 백골 있는 데 쪽으로 들어가고 한참 지나서 우리가 따라갔으니까 그 양반이 더 깊이 가 봤는지는 모르겠네."

"십장이요…."

이 십장이라는 사람이 뭔가 많은 열쇠를 쥐고 있을 것이라는 감이 왔다.

"혹시 십장 연락처 아세요?"

"아, 나 알아요. 이 사람 이번 건에는 안 좋게 얽혔지만, 말은 통하는 사람이라…."

등산 모자가 핸드폰에 저장된 십장의 연락처를 알려 주었다. 생각보다 쉽게 번호를 얻게 되어 태훈은 다행스러웠다. 시작이 좋았다. 태훈은 번호를 옮겨 적으며 애써 중요치 않다는 듯 질문을 던졌다.

"근데 이 부근에 굴에서 무슨 유물이나 유적 나오고 이런 일은 없어요?"

"왜 좀 있지."

갈옷 남자가 눈을 둥그렇게 뜨고 이야기했다. 유물이 있다고? 태훈은 자기도 모르게 주의를 집중했다. 남자는 전혀 감출 게 없다는 듯이 스스럼없이 이야기했다.

"4·3 때 밥해 먹은 솥이며, 군인들 남기고 간 총대 그런 거 심심찮게 나와."

"아, 네…."

태훈은 저도 모르게 피식 웃었다. 그것도 유물은 유물이지. 남자는 태훈이 웃는 이유도 모른 채 열심히 설명을 이었다.

"거문오름에 일본군 갱도 진지가 많아서. 그 주변 굴들은 아직도 많이 남아 있을 거야."

"일본군 갱도요?"

"제주도 전역에 깔렸지. 163개인가? 제주 출신이라면서 그걸 몰라? 거문오름이 최후 거점 기지였잖어."

"알아요, 저도. 근데 그건 사람들이 판 인공굴이잖아요, 이번처럼 천연 동굴이 아니라."

"인공굴도 있고 천연 동굴도 있고, 다 있어요. 그런 거는 그 해설사 양반한테 물어보면 잘 알 텐데."

"해설사요?"

"거문오름 가면 관광객들 인솔하고 안내하는 해설사 양반들 있어. 그 중에서 그분 한번 만나 봐요. 최영재 씨라고…."

"그 양반이 이것저것 많이 알아. 아마 잘 알려 줄 거요."

옆에 있던 등산 모자가 의미심장한 미소를 지으며 키득거렸다. 최재영 씨에 대한 자기들끼리의 공감대가 있는 눈치였다.

"제주에 대한 사랑이 넘치는 분이시죠. 재밌는 뒷이야기도 많이 알고. 흐흐."

"혹시 그분 연락처도 아시면 좀…."

"잠깐만요. 여기…."

등산 모자 남자는 별일 아니라는 듯 번호를 알려 주었다. 이 두 사람 덕분에 이번 취재의 맥도 잡고, 길도 술술 열려 태훈은 기분이 좋았다. 이런 하늘이 보내 준 취재원들만 있으면 기자 생활하기도 훨씬 수월할 텐데.

"아이고, 감사합니다. 더 드시죠."

태훈은 인심 좋게 고기와 막걸리를 추가하며 두 사람에게 감사의 마음을 전했다. 밤이 깊도록 세 남자 사이에 막걸리 잔이 돌고 또 돌았다.

해방 후 제주, 읍내, 일국

　처음 제주도에 미군이 상륙한 것은, 서울에서 미 군정이 시작된 지 19일 후인 1945년 9월 28일이었다. 이날 미 육군 그린 대령과 해군 월든 중령은 38명의 요원과 함께 제주비행장에 도착했다. 일본군의 안내로 제주농고에 위치하고 있던 제58군 사령부에 도착한 미군은, 뒤늦은 항복문서에 서명을 받고, 그날 바로 돌아갔다. 그리고 본격적으로 제주도에 미 군정이 실시된 것은 해방으로부터 3개월이나 지난 11월 11일이었다.

　그 3개월 동안 제주도는 정부도, 경찰도 없는 치안 부재의 상태에 놓여 있었다. 물론 그 사이 육군 파월 대령이 일본군의 무장해제를 위해 병력을 이끌고 제주항에 상륙하였다. 제주도에 남아 있던 5만여 명의 일본군에 대한 사후 처리와 무장해제, 본국으로의 송환 문제 등을 다루기 위해서였다. 해방 후 제주도에 남아 있던 74,781명의 일본군 중 1만 7천여 명의 한국인 군인과 군속은 일본의 항복과 함께 제대하여 귀향하였지만, 5만 7천여 명의 일본인 군인들은 여전히 섬에 남아 있었다. 이들은 태평양전쟁이 끝난 지 68일 후인 10월 23일부터 11월 12일까지 수송함인 LST함 5척으로 10회에 걸쳐 이제는 미군에게 넘어간 나가사키현의 사세보항으로 완전히 철수되었다.

　해방은 되었지만 아직 미군에 의한 본격적인 군정 업무는 이루어지지 않고 있던 그 3개월은 혼란과 불안의 시기이자 어떤 이들에겐 기회의 시기이기도 했다. 전쟁에 패배한 후 두려움 속에 숨죽이던 일본인들의 재산은, 먼저 가로채는 이가 임자였다. 적산가옥이며 밭이며, 과수원, 표고버섯 재배터도 발 빠르게 움직인 이들에 의해 은밀히 사라져 갔다.

일국 역시 이 시기를 놓치지 않았다. 후퇴에 급급했던 일본군들은 무기도 챙길 여력이 없어서 미군들에게 빼앗기지 않고자 인근 바다에 온갖 총기류며 전차들을 수장시켰다. 남겨지면 안 되는 군복 등은 태우고, 철수 직전까지 제주비행장에 산더미처럼 비축했던 1,000톤에 이르는 군량미를 처분 못 해 결국 모두 불태우고 말았다. 이런 와중에서 군마의 수량이 얼마나 되는지 파악하고 챙길 정도의 여유가 있을 리 만무했다. 특히 신종 교배를 위해 비밀 목장에 넣어 둔 말들에 대해서는 처음부터 아는 사람이 별로 없었고, 패배로 넋이 나간 지휘관들은 굳이 이 깊은 곶자왈까지 찾아와 말들을 처분할 생각조차 하지 못했다.

사실 일국은 선수를 쳐서 일본의 패망 소식이 들리기 전부터 미리미리 말들을 빼돌리는 작업을 시작했다. 패전 즈음해서는 그나마 감시 차 찾아오던 군인들마저 발길을 끊게 되자, 말의 수량과 상태는 오로지 일국만 파악하게 되었다. 새로 태어난 망아지들을 장부에 기록하지 않는다 한들 일본군은 눈치챌 수 없었다. 그리고 해방이 되자, 말들은 더 이상 일본의 소유도 아니었다. 그 누구의 소유도 아니었고, 그저 일국이 관리하는 주인 없는 가축들일 뿐이었다. 일국은 일찌감치 마련해 둔 은밀한 목장터로 말들을 옮겨 갔다.

그리고 그곳에서 가장 먼저 한 일은 말의 인장을 지우는 일이었다. 말마다 소유주에 따라 각기 다른 인장이 찍혀 있어서, 설사 도둑을 맞더라도 인장으로 주인을 찾을 수 있도록 되어 있었다. 일국이 돌보던 말들에는 일본군마임을 증명하는 인장이 찍혀 있었다. 일국은 인두로 이 인장들을 지져 냈다. 인장이 지워진 말은 어딘가 출처가 떳떳치 않은 말로 인식될 수 있었다. 그러나 일국의 말들은 그런 의심으로 외면받기에는 너무나 훌륭했다. 명마를 알아보는 사람에게 출처는 얼마든지 무시될 수 있는 사항이었다. 그리고 일국은 그런 배포 있는 고객들을 제법 알고 있었다.

본래 인장을 찍거나 지우는 일은 혼자 힘으로 할 수 있는 것이 아니었다. 최소한 세 명의 장정들이 달려들어야 말을 제압하고 일을 해낼 수 있었다. 그러나 일국은 말들을 한 마리 한 마리 차례로 말뚝에 잡아매고 천천히 시간을 들여 혼자 일을 했다. 누구와도 나눌 수 없는 비밀이었다. 그리고 오랜 시간 함께해 온 말들이기에 직접 하고 싶다는 생각이었다. 새빨갛게 달궈진 인두에 말들은 고통스럽게 울부짖었지만 상처는 금세 아물었다. 말들의 상처에 효과가 좋은 약초들을 붙여 준 덕이었다. 해방 후 거의 한 달 만에야 일국은 일을 마무리 짓고, 산에서 내려올 준비를 마쳤다. 아끼는 몇몇 말들은 따로 숨겨 놓았으니 나머지 말들은 육지로 내보내어 상당한 가격에 거래하는 일만 남아 있었다.

일국이 제주 읍내에 내려왔을 때, 거리는 해방 후에 일본과 중국에서 귀환한 도민들로 넘쳐 났다. 산지항이며 칠성통이며 관덕정에 이르는 길목까지 난생 처음 보는 가게와 술집, 음식점들이 요란스레 늘어서 있고, 배들은 끊임없이 들어와 사람과 물건을 실어 내리고 있었다. 게다가 마침 이날은 제주시 오일장인 성안장이 서는 날이었다.

탑동 주변에서 관덕정 광장까지 허벅에 곡물이며, 해산물 등을 가득 담아 팔러 나온 사람들로 인산인해를 이루었다. 옹기 장수, 죽세품 장수들이 바닥에 넓게 펼쳐 놓은 갖가지 그릇들이며, 말에 구덕을 얹어 짚으로 둘러싸고 그 안에 수박이며 참외며 가득 담아 나온 과일 장수들. 각지에서 모여든 상인들과 장을 보러 나온 아낙네들, 뛰어다니며 구경하는 아이들, 느긋하게 담소를 나누는 노인들까지 각양각색의 사람들로 중앙로는 발 디딜 틈조차 없었다.

전쟁 말기에 잔뜩 허리를 졸라매었던 사람들도 이제는 모처럼의 풍족한 시절을 즐기려는 듯, 금지되었던 설탕을 이용한 사탕과 과자들이 거리 곳곳에 그득했고, 금주령도 풀려 막걸리 집 간판이 보기 좋게 늘어서 있었다.

마침 농사도 풍년이라 사람들은 전에 없던 떡을 찌고, 술을 빚으며 마음껏 쌀을 낭비하는 호사를 부렸다. 다들 이런 시대가 찾아왔다는 것이 실감나지 않는 모습이었다.

일국은 예상치 못한 읍의 변화에 놀라 한참 동안 중심가로 들어서지 못했다. 사람 하나 없는 산에서 말들하고만 생활해 온 지 거의 일 년이었다. 매일을 이 거리에서 살아가는 사람들도 자고 일어나면 바뀌는 주변 모습에 눈이 휘둥그레질 판인데, 천하의 정일국이라 한들 어찌 당황스럽지 않겠는가. 산에서 내려올 때만 해도 새 시대는 다 자기 손 안에 있을 것 같았는데, 이제 와서 보니 당장 말들을 넘길 장사치들이 그대로 남아 있을지도 확신이 안 섰다. 일단 근처의 주막집으로 들어가 안주도 없이 걸쭉한 막걸리 한 사발을 시켜 단숨에 들이켰다. 벌컥벌컥 쏟아 넣은 고소하고 새콤한 막걸리 국물이 목구멍을 채우자 속이 든든해지면서 자신감이 화악 끓어올랐다. 얼마 만에 맛보는 막걸리인가. 그동안 잠자던 신경이 모조리 깨어나는 듯했다. 한 사발 더 넣어 달라고 위장이 꿈틀꿈틀 신호를 보내고, 덩달아 입안에 침이 뭉클뭉클 고여 나왔지만, 일국은 조금의 망설임도 없이 가게를 나섰다. 먼저 해야 할 일이 있었기 때문이다.

일국은 중앙로 중심에 위치한 대양상회를 찾았다.

다행히 가게는 없어지지 않고 그 자리에 있었다. 없어지기는커녕 문 앞에 산더미처럼 쌓여 있는 물건들이며 지하 땀 냄새를 풍기며 짐을 옮기는 일꾼들의 바쁜 몸놀림이 예전의 배는 커져 가는 가세를 증명하고 있었다. 일국의 가슴에 불끈 의욕이 솟아올랐다. 그는 힘차게 가게 문을 열고 들어섰다.

"안녕하쇼."

"아니, 이게 누구야! 일국이구만. 아이고, 이게 얼마만이야."

멸치처럼 말라빠져 수염도 염소처럼 기른 주인 영감이 일국을 보자마자 반색을 하고 맞아들였다. 평소에 말가죽이나 거래하며 친한 사이긴 했지만, 뜻밖의 지나친 환대에 일국은 기분이 나쁘지 않았다.

"산에서 오는 거야?"

"예. 여기 엄청 복잡해졌구만. 뭔 사람이 이렇게 많아."

"여기저기서 다들 돌아와서 그렇지. 덥지? 이것 좀 마셔."

주인 영감은 재빨리 보리차 한 사발을 건넸다. 그다지 목이 마르진 않았지만 일국은 거절 않고 받아 마셨다. 주인 영감은 그런 일국을 흐뭇하게 바라보다가 은근히 옆으로 붙어 와 눈짓을 했다. 뭔가 못된 제안을 하려는 신호였다. 물론 일국도 그 제안을 바라고 이곳에 찾아온 터였다.

"근데 말들은 잘 있어? 일본군들 물러나면서 군마까지 챙겨 가지 않았을 텐데?"

역시 약아빠진 주인 영감은 대뜸 말 이야기부터 꺼냈다. 저놈의 눈치는 해방에도 썩어나지 않았다.

"뭐 이냥 저냥 몇 마리 남았죠."

"그래서?"

"그래서는 무슨. 언제 배 떠요? 육지로 좀 넘겼으면 하는데….."

"큭큭큭. 얼마나?"

"한 백 필?"

주인 영감의 표정이 더없이 환해졌다. 신이 나 죽겠다는 듯이 일국의 큼지막한 어깨를 찰싹거리며 좋아했다.

"캬하. 일국이 이 친구, 잘했네, 잘했어. 이참에 한몫 톡톡히 챙기겠
구만."

"챙기기는. 뭐 도둑질이라도 했을까 봐? 그냥 주인 없이 떠도는 말
들 주워 모은 거지."

"알아, 알아. 내가 뭐라 했어? 잘했다 그랬지!"

"쓸데없이 입 놀리지 말고, 줄이나 대 봐요."

주인 영감은 뼈다귀처럼 마른 손가락을 살랑살랑 흔들어 보이며
걱정 말라는 눈짓을 건넸다. 일국은 영감의 음흉한 눈빛이 마음에
안 들었다. 뭔가 굉장히 나쁜 짓을 하고 있는 것같이 양심을 불편하
게 만들었다.

하지만 일 처리 하나는 기막히다는 것을 오랜 거래를 통해 알고 있
었다. 그리고 엉뚱하게 수작 부려서 손해를 입히는 일도 없었다. 물
론 영감이 자기 몫으로 적잖이 챙긴다는 사실을 알고 있었다.

들리는 소문으로는 일국에게 주는 값의 서너 배는 받고 팔아 치운
다고 했다. 하지만 일국은 영감이 중간에서 얼마를 붙여 먹건 상관
없었다. 자신을 등쳐 먹거나 속이지 않았으니 그 후에 일은 상관할
바가 아니었다. 어차피 자신이 직접 나선다 한들 그만큼의 값을 받
을 수 없지 않나. 도에 넘치는 욕심은 부리지 않는다는 것이 일국의
신조였다.

그런 그의 성미를 알아서인지 영감은 제 쪽에서 오히려 일국을 챙
겼다. 아직은 한낱 솜씨 좋은 테우리에 불과했지만, 저자에서 잔뼈
굵은 영감의 눈에 일국은 언젠가 크게 한 건 할 재목이었다. 그래서
어떻게든 다른 상점에 물건을 넣지 않고 자신하고만 독점적으로 거
래를 트게 하려고 공을 많이 들였다. 다른 사람에게라면 야비한 수
를 서슴지 않고 조그만 틈이라도 보일라치면 가혹하리만치 후려쳤

지만 일국에게만은 잔머리를 굴리지 않았다. 그 덕인지 합법적일 때도 뒤가 구릴 때도 일국과 영감 사이의 신뢰관계는 흔들림이 없었다.

일국은 빨리 거래를 끝내고픈 마음에 이미 한 발은 문밖으로 내딛고 있었다. 영감은 간만의 큰 건에 기분이 들떴는지, 주절주절 실없는 소리를 해 대며 일국을 추켜세웠다.

"일국이 머리 잘 돌아가. 못 배웠다고 그렇게 니 아비가 술 한잔 들어가면 이를 갈더니만 아들 하나는 기차게 야물딱지게 키웠어. 큭큭큭. 내가 제대로, 잘 쳐 주지! 암, 왜놈들 세상 끝났으니 이제 자네도 좀 먹고 살아야지. 이럴 때 돈도 벌고 한 밑천 모아야 새 나라 오면 떳떳하게 살 거 아니야. 언제까지 산에 살 수도 없고. 장가도 가야지."

"그러게요. 그러니까 이번에 묫돈 좀 생기면 읍내에서 장사나 할라고."

"장사? 무슨 장사?"

장사라는 말에 영감은 귀가 번쩍 뜨이는 듯했다. 일국이 본격적으로 장사에 뛰어들겠다니 기대해 봄직 하다는 투였다. 배포도 남다르고 그릇도 커서 장사를 해도 제법 크게 놀 놈이었다.

"표고버섯도 좋고… 뭐든요."

"잘 할 거야, 일국이는 틀림없이. 흐흐. 그래 말 품질은 따로 안 봐도 되겠지?"

"3대째 테우리 해 온 집안이에요. 최고만 모아 뒀어요."

"크크. 잘했네, 잘했어. 그믐께 나가는 배에 자리가 있는지 당장 알아봐야겠구만. 어차피 할 거 빨리하는 게 좋아. 벌써 양놈들 차들 굴러 댕기고. 앞으로는 다 자동차 탄다고 하더만. 말도 이제 끝이야."

"설마 그렇다고 말이 필요 없어지기야 하겠어요?"

일국은 자기도 말들을 팔아넘기는 입장이지만, 말이 사라진다는 영감의 말에 발끈했다. 다만 세상 돌아가는 거 모르는 무식한 테우리로 얕보이지 않으려고 애써 아무렇지 않은 척할 뿐이었다. 영감은 이런 일국의 마음도 모른 채 하염없이 장부를 뒤지며 말을 실어 보낼 배들의 출항 날짜를 따져 보고 있었다.

"아니야. 일본서 미국도 갔다 온 우리 조카 놈이 그러는데, 서양서는 말은 이제 찾아볼 수도 없대. 전부 다 차 타고 다닌대. 그러니까 자네도 이참에 산에서 내려오는 게 백 번 잘 생각하는 거야. 어디 보자…, 목포 가는 배가 추자도를 거치면 날짜가…."

일국은 문득 말들을 팔기 싫다는 생각이 들었다. 가치를 인정받지 못한다면, 팔려 가는 것이 불쌍했다. 하지만 그럼 자기가 계속 말들을 돌보며 살아야 하니 그럴 수는 없었다. 더 이상 산 생활은 지겨웠다. 이젠 도시에 있고 싶었다. 사람 냄새나고 활기 넘치는 삶이 미치도록 그리웠다. 일국은 마음을 모질게 먹었다.

"아무튼 잘 쳐 주세요."

대양상회를 나서는 일국의 눈은 눈부신 대낮의 태양 아래 찌푸려들었다.

일국과 준구, 인민위원회

일국이 칠성통 극장 앞을 지나고 있는데, 달려와 그의 팔을 잡는 사람이 있었다.

"일국! 일국이 맞지?"

"아…, 준구?"

일국과 어린 시절 조천에서 함께 자란 윤준구였다.

일국은 멀쑥한 신사처럼 변한 준구의 모습에 처음에는 알아보지 못하였다. 하지만 이내 그의 얼굴에 변함없는 앳된 미소가 떠오르자 와락 반가움이 밀려왔다. 그럼에도 여전히 감정을 드러내는 것이 어색해 주춤거리는데, 준구 쪽에서는 망설임 없이 일국의 거친 손을 붙잡았다.

"일국아, 정말 보고 싶었다!"

"그러게. 나도. 너 징용 가서 만주로 끌려갔다더니만, 무사히 돌아 왔구나."

"그래, 죽다 살아왔다."

"다행이네."

"너는?"

"난 징병 가서 군마 키웠지."

"하하하. 일본 놈들 아주 제대로 데려다 썼겠구나."

준구는 예의 구김살 없는 성격 그대로였다. 제법 있는 집 자식이었지만, 테우리 일국과도 격이 없이 어울리는, 괜찮은 녀석이었다. 지금도 일국이 산에서 막 내려와 말똥 냄새에 찌들고 구멍이 송송 뚫린 낡은 입성인데도, 차림새 따위는 조금도 개의치 않는다는 듯, 사람들이 물밀듯이 오가는 칠성통 한복판에서 일국의 손을 잡고 놓을 줄 몰랐다.

평소에 사람들의 시선 따윈 신경 쓰지 않는 일국이었지만, 누가 봐도 눈이 가는 말쑥한 차림의 준구와 함께 있으려니 사람들이 흘끔거리는 것을 의식하지 않을 수 없었다. 자신이 생각해도 도무지 어울리지 않는 모습일 것이었다.

괜히 멋쩍은 기분에 일국은 머리를 긁적이는데, 준구는 일국이 거절할 틈도 주지 않고 근처 밥집으로 잡아끌었다. 그러잖아도 목이 타던 참이었는데, 준구는 어떻게 알았는지 막걸리부터 시키고는, 둘이 낮부터 거나하게 취해 보자고 너스레를 떨었다. 일국은 거절 않고 받아 마셨다.

한참 주거니 받거니 잔을 비우며 둘은 시국 돌아가는 이야기를 나누었다. 그간 사정을 아예 모르는 일국을 위해 준구는 해방 후 한 달 사이에 일어난 일이라고는 믿기지 않는 복잡하고 혼란스러운 변화에 대해 들려주었다.

육지에서 건국준비위원회가 결성되었다는 소식이 전해지면서 섬사람들도 이에 발맞추고자 9월 10일에는 제주농업학교 강당에서 제주도 건국준비위원회 결성대회가 개최되었다. 마을마다 자발적으로 일어나 건국준비위원회의 이름하에 뭉친 사람들은 조국 재건을 위한 준비에 힘을 쏟고 있었다.

미군이 들어오기 전 중앙에서는 서둘러 조선인민공화국이라는 새로운 나라의 이름을 발표하였다. 하지만 곧이어 상륙한 미군은 조선인민공화국을 정식 정부로 인정하지 않았다. 남아 있던 일본군에 대한 항복 접수는 물론 한반도를 다스리는 권한은 미 군정에게 있으므로 건국준비위원회는 치안 유지에만 협력하도록 한 것이었다. 조선인민공화국은 이후 조선인민당과 조선공산당 등으로 흩어지게 되었고, 결국 민족주의민족전선(민전)으로 흡수되었다.

인민공화국은 짧은 시간 안에 사라졌지만, 이미 각 지역별로 결성된 자치 조직들은 자연스레 인민위원회라는 이름으로 지방 행정 책임을 맡아 움직이게 되었다.

더구나 본래 인물도 많고, 반골 기질로는 전국 최고로 꼽히는 제주도는 이런 자치 조직의 활동이 한층 더 활발했는데, 미 군정이 들어오기까지 세 달이라는 시간이 걸렸기 때문이었다. 그 기간 동안 주민들은 아무것도 하지 않은 채 가만히 있을 수 없었다. 새 나라를 위한 도민들의 의지를 그냥 멈추어 두기엔 너무나 뜨겁고 세차게 타올랐던 것이다.

준구의 이야기 속에 등장하는 낯선 단어들에 일국은 적잖이 당황했다. 건국준비위원회니 조선공산당이니 인민공화국이니 정체 모를 길고 외우기 힘든 이름들이 끊임없이 흘러나왔다. 일국은 얼마 듣지 않아 골치가 아파왔다.

"야, 뭐가 뭔지 모르겠다. 좀 쉽게 말해 봐. 그러니까 건국 뭐시기가 일본 놈들 쫓겨나고 난 다음에 우리나라를 다스리려고 했는데, 그래서 조선이라는 우리나라 이름도 인민공화국으로 바꾸고. 그런데 미국 놈들이 들어오는 바람에 못 하게 됐다. 그래서 열 받아서 조선공산당이니 인민공화당 이런 단체들을 만들어서 싸우고 있다. 그거야?"

"그렇지. 쉽게 말하면."

일국의 단순무식한 정리에 준구는 웃었다. 하지만 일국을 비웃는

것이 아니라, 그 역시 이 말도 안 되게 돌아가는 상황이 어이없음을
공감한 탓이었다.

"그리고 도지사 놈 도망가고 나니까 우리 섬을 다스릴 사람들이 없
어서, 마을마다 어르신들이 같이 모여 어떻게 다스릴까 의논하는 중
이라는 거지?"

"그렇지!"

"그게 인민위원회라는 거고?"

"맞아!"

"그럼, 한마디로 이름이야 어떻건, 어르신들이 잘 결정하시면 우리는
열심히 따라서 일하면 되겠구만."

"바로 그거야!"

일국은 그제야 뭘 좀 알겠다는 듯 고개를 끄덕이며 움츠렸던 어깨
를 폈다. 잠시나마 못 배운 탓에 세상 돌아가는 것조차 이해 못하게
되었나 불안했는데, 그럼 그렇지. 아무리 새 세상이 왔다 한들 사람
사는 게 크게 달라지겠는가.

"간단한 걸 이름만 복잡하게 하고 그러냐? 섬사람들이 언제부터 그
렇게 똑똑했다고?"

"섬사람들이 그런 게 아니라, 주로 외지에서 돌아온 사람들 영향이
크지. 사회주의 사상이라고, 다들 평등하게 잘 살자는 생각을 가진
사람들이 새 나라를 만들려고 하고 있거든."

"사회주의? 그게 그런 거야? 다 잘 먹고 잘 살자는 거?"

"응. 빈부귀천 없이, 다 똑같이 살자는 거야."

"그건 별론데? 열심히 일하면 더 잘 살아야지, 왜 똑같이 살아."

이참에 한몫 제대로 잡아 보려고 생각하는 일국이다 보니, 다들 똑

같다는 건 어딘가 매력이 없어 보였다. 준구는 그런 일국의 솔직함에 조금 놀랐다. 요즘은 사회주의라고 하면 누구도 반대할 생각을 못했다. 모두가 다 함께 잘 산다는 데 반대한다는 것은 어딘가 불순하게 느껴졌기 때문이었다. 그래서 뭘 알든 모르든 사회주의라면 다들 일단 찬성하고 보았다. 돌아가는 분위기를 몰라서 그랬겠지만, 일국처럼 대놓고 사회주의가 싫다고 말하는 사람은 없었다. 누구도 감히 그럴 생각을 하지 못했다. 준구는 그런 일국이 약간 불안했다. 하지만 일국은 일국대로 무언가 생각에 잠기는 듯 하더니 준구에게 뜬금없는 질문을 던졌다.

"근데, 그럼 이제는 임금님은 없는 거야?"

"임금님 없지. 왕도 없고. 왕도 우리랑 똑같은 사람이야."

"천황도 없고?"

"당연하지! 이젠 다 똑같아. 우리 손으로 우리가 원하는 대표를 뽑는 거야."

준구는 일국이 꼭 어린아이 같다고 생각했다. 이 모든 변화를 일국은 아직 다 이해하지 못하고 있는 것이 분명했다. 하기야 자기도 솔직히 잘 모르겠는 부분이 많았다. 대표를 뽑으면 결국 그 사람이 새 왕이 되는 것 아닌가? 사회주의를 떠들고 다니는 유학생들은 대표는 국민을 받드는 사람이라고 했지만, 잘 와닿지 않았다. 차라리 인민위원회처럼 여러 어르신들이 함께 다스린다고 하면 이해가 갔지만, 그 외에는 모든 게 막연했다.

일국은 더 이상 생각하지 않기로 한 듯했다. 옛날부터 모르면 모르는 대로 넘어가는, 단순하지만 명쾌한 성격의 일국이었다. 지금 같은 시기를 견디기 위해서는 그처럼 머리를 좀 덜 쓰는 것이 정답일지도 몰랐다. 그래서 준구는 더더욱 일국이 필요했다.

준구는 안주로 시킨 빙떡을 뒤적이는 일국을 가만히 바라보다가,

처음 봤을 때부터 꺼내려고 기회를 엿보던 이야기를 시작했다.

"그래서 말인데, 청년들이 뭉쳤어. 일 좀 해 보자고."

"무슨 일?"

"일정 시대 동안 일본에 붙어서 동족 등에 피 빨아먹던 놈들 그냥 둘 수 있냐. 다들 이 갈고 있었잖아. 사실 그놈들이 고발하는 바람에 징병 끌려간 청년이 한둘이어야지."

"그건 그렇지."

"얼마 전에는 공출미를 넣어 둔 창고를 찾았는데, 글쎄 주민들은 공출로 배곯는 동안 군량미로 거둔 쌀이 썩어 가고 있었다더라고."

"진짜 몹쓸 놈들이네. 버릴 것이면 나눠 먹게라도 줄 것이지."

"심지어 애월에선 이장놈 집을 털었더니 놋그릇 수십 개가 마루 밑에서 나오더래."

"썩을 놈. 공출이라고 긁어서 지 뱃속을 채웠구먼."

일국은 화가 치밀어 오르는 듯 젓가락을 탁하고 상에 내려놓았다. 준구는 그런 일국의 반응에 맞장구치듯 자신도 막걸리 사발을 탁 소리 나게 내려놓았다. 막걸리 국물 몇 방울이 손등에 튀어 흘렀다.

"처음에야 아니었겠지만, 마지막에 눈치가 일본군이 지겠다 싶으니까 갖다 바치지도 않고 지가 챙긴 거지. 그것 때문에 청년들이 열 받아서 밤마다 그놈들 패러 다니고, 동네마다 분위기가 말이 아니다."

"그렇겠네."

"특히 한라단이라는 단체는 도가 좀 지나친 감이 있어. 좀 과격하게 행동하고 다니는데, 평소에 맘에 안 들던 사람까지 친일파라고 뒤집어씌워 몰매를 놓는 일도 있고. 뭣도 모르는 어린아이들까지 동원돼서, 애꿎은 피해자들이 생기는 형편이거든. 얼마 전에는 함덕리에서 30대 친일파 한 명이 죽는 일까지 생겼어. 취한 청년들이 목검 등

을 들고 가서 때려죽였다는 소문이야. 안덕 창천리에서도 비슷한 사
망 사건이 있었고. 인민위원회 어른들 걱정이 이만저만이 아니셔."

이야기가 조금 이상하게 흘렀다. 일국은 처음 준구가 이야기를 꺼
낼 때만 해도 친일파 놈들을 혼내 주러 다니자는 말인 줄 알았는데,
듣고 보니 그것이 아닌 것 같았다.

"그치들이 잘못한 건 사실이지만, 처벌을 하려면, 법대로 해야지. 돌
려줄 건 돌려주고. 그런데 지금 앞뒤 안 가리고 폭력이 난무하고 있
어서. 이건 옳지 않아. 그런 무너진 기강을 바로잡을 필요가 있다고
생각해. 그러니까 청년들이 뭉쳐서 향토 질서를 바로잡고, 치안 유지
를 할 필요가 있다는 거지."

"오호."

나쁘지 않은 생각 같았다. 일국은 준구가 막걸리까지 먹이며 자신
을 불러 세운 이유를 알 것 같았다. 이런 일에 힘쓸 만한 사람으로 자
신을 재쳐 둘 수 없었으리라. 게다가 인민위원회 어른들까지 자기를
필요로 한다고 생각하니 일국은 은근히 우쭐해졌다.

당시에는 공적인 치안기관이 전무한 무법천지의 시기였으므로 인
민위원회는 치안대를 두어 순사 업무를 대신하고 있었다. 도박, 부녀
자 희롱, 폭행사건 등을 단속하기도 하고, 해산물을 무단으로 캐거
나 불법적으로 이루어지는 나무 벌채를 막기도 했다. 그러나 치안대
의 가장 대표적인 활동은 친일행위자에 대한 징벌과 일본 패잔병의
횡포를 막는 일이었다.

준구는 일국이 긍정적인 반응을 보이자 더 이상 설득이 아닌 울분
성토조로 돌아섰다.

"일이 시급해. 게다가 요즘은 아직 남아 있는 일본 놈들이 돌아가기
전에 일본군 소유 물건들을 제 것인 양 팔아 치우고 있다더라고. 그
럼 그걸 헐값에 사들여서 자기 배를 불리는 치들이 늘어 가고 있대.

군수물자며 땅도 뒷거래로 팔아 치운다는 소문이더라고. 이런 일은
막아야 해."

일국은 뜨끔했다. 그 뒷거래를 방금 전에 해치운 자신이기에 순간
등골이 서늘해지는 기분이었다. 준구는 그런 일국의 마음도 모른 채
정의감에 불타 마을의 치안 유지를 위해 열변을 토했다. 그러다 불
쑥 일국의 손을 잡았다.

"일국아, 너도 우리 조직에 들어와라."

"뭐어? 내가?"

일국은 갑작스런 준구의 제안에 화들짝 놀랐다. 취기가 한순간에
올라와 얼굴이 시뻘겋게 변해 가는 것을 느낄 수 있었다.

"응. 너처럼 힘 있고 용기 있는 친구가 들어와 준다면 정말 든든하겠
다. 사실 우리가 제대로 싸워 본 적이나 있어야지. 넌 그런 면에서는
제대로 단련되어 있잖아. 우리에게 힘을 보태 줘."

"글쎄. 그래…, 근데… 내가 들어가도 괜찮을까? 그런 곳에….

"괜찮냐니! 무슨 소리야. 당연히 들어와 줘야지."

일국은 이러지도 저러지도 못한 채 쩔쩔매며 연거푸 막걸리만 마
셔 댔다. 당황한 탓에 국물이 길게 입가로 흘렀다. 짧은 찰나 머리를
굴려 보아도 일국은 준구의 제안을 거절할 명분이 없었다. 이들과 어
울리기 싫은 것은 아니었지만, 그렇다고 말 거래를 포기할 수도 없
었다. 준구는 일국의 반응이 신통치 않자, 역시나 그랬냐는 표정으
로 손에 힘을 주었다.

"혹시나 다른 놈들이 뭐라고 할까 봐 그런 거라면, 걱정 마. 내가 알
아서 할 테니."

"어?"

"나만 믿어. 이제 새 시대가 왔으니, 사농공상 빈부귀천 그런 걸 따지
는 건 소인배나 하는 짓이야. 다들 동의할 거야."

그제야 일국은 준구의 말을 이해했다. 준구와 어울리는 녀석들 중
에는 은연중에 테우리인 일국을 무시하고 멸시의 눈초리를 보내던
치들이 있었다. 비리비리해서 힘으로는 한 주먹거리도 안 되는 것들
이 양반입네 목에 잔뜩 힘을 주었다. 그런 역겨운 녀석들 때문에 일
국은 준구와 어울리다가도 거리를 두곤 했던 것이다. 일국 입장에서
는 웃기지도 않는 놈들이라고 여기고 신경 쓰지 않았는데, 준구는 그
때문에 일국이 자신과 함께하기를 망설인다고 생각한 것이었다. 준
구는 일국에게 확답을 받으려는 듯 단호한 표정으로 눈을 마주쳤다.

"꼭 와. 밤에 모일 거야. 이따가 저녁에 관덕정 앞에서 모여 같이 국
밥 한 그릇씩 먹고, 치안유지 겸 읍내 한 바퀴 돌 거니까 꼭 같이 가
자. 네가 들어와 준다면 천군만마를 얻은 셈이다."

비유를 해도 말에 비유를 하다니, 일국은 저도 모르게 피식 웃음이
터졌다. 에라, 모르겠다. 될 대로 되라. 뭐 들키기야 하겠어. 일국은
골치 아픈 고민은 더 이상 하기 싫었다.

"그래 까짓 거 한번 해 보지."

"좋았어!"

준구는 시원스러운 일국의 대답이 조국의 광복만큼이나 기쁘다는
듯 쌍수를 들어 만세를 불러 주었다.

읍내 서점, 일국과 세영, 그리고 정화 선생님

　일국이 밥집을 막 나올 무렵, 세영은 바로 맞은편에 위치한 서점에서 열심히 책을 고르고 있었다. 달아난 일본인들 집에서 나온 책들이 거의 연일 서점으로 흘러들었다. 소년세계명작에서부터 대학 전공서적, 연애소설이나 추리소설까지 종류도 다양했다. 세영은 바로 어제 들어온 일본어판 몽테크리스토 백작과 로빈슨 크루소라는 책을 두고 어느 것을 먼저 사야 할지 망설이는 중이었다.

　준구와 헤어져 거리를 서성이던 일국의 눈에, 서점 앞 진열대에서 책을 읽는 세영의 모습이 들어왔다. 처음에 일국은 그 학생이 세영인 줄 알아보지 못했다. 대낮부터 얼굴을 벌겋게 만든 취기 탓도 있지만, 일국이 아는 한 세영이 이런 시간에 제주읍에 있을 턱이 없었기 때문이다. 게다가 저렇게 주름 하나 없이 반듯한 교복 차림으로 책을 읽고 있을 리는 더더욱 없었다. 그대로 지나치려는데 세영 쪽에서 일국을 알아보고는 대번에 따라 나왔다.

　"일국 삼촌!"

　세영의 목소리가 확실했다. 일국이 돌아서자 거기엔 불과 몇 달 전까지 곶자왈을 누비고 다니던 개구장이 세영이 훌쩍 커 버린 모습으로 점잖게 손을 흔들고 있었다. 일국은 그런 모습이 어색하기도 하고 기특하기도 해서 차마 다가서지 못하고, 천천히 위아래로 훑어보았다.

"세영이 맞냐? 오! 너 멋있어졌다."

"헤헤. 좀 그렇지?"

세영은 쑥스러워하면서도 만족스럽다는 듯 의젓한 체해 보였다. 일국은 그런 세영이 조금 멀게 느껴졌다. 예전 같으면 당장에 달려들어 삼촌 목에 매달렸을 녀석인데, 이제는 차렷 자세로 서서 고개를 끄덕일 뿐이었다. 해방하면 다들 저렇게 신사가 되는 것인가? 가뜩이나 방금 전 준구를 만나 살짝 기가 죽은 일국이었다. 헌데 이번에는 세영 마저 이전까지는 한 번도 보지 못한 세련된 모습으로 나타난 것이었다. 일국은 자기도 모르게 삐죽이는 말투가 되었다.

"삼촌 이제 산에서 내려온 거야?"

"응. 이제 마을서 장사할라고."

"에… 그렇구나."

세영은 조금 놀랐다. 물론 지난 만남에서 삼촌이 더 이상 산에서 지내고 싶어 하지 않는다는 느낌을 받긴 했지만, 정말로 내려올 줄은 몰랐다. 어쩐지 아쉽다는 생각이 들었다. 삼촌만이라도 곳에 있어 준다면 좋을 텐데.

"근데, 너 이 시간에 여기서 뭐하냐? 그리고 여기까지 어떻게 왔어?"

"아, 정화 선생님 댁 차 타고 나왔어. 일주일에 한 번씩 읍내 일 보러 나오실 때, 데리고 와 주시거든. 그 김에 책도 사고."

정화 선생님에 대해 이야기하는 세영의 목소리에는 한껏 자부심이 담겨 있었다. 자기 차도 아니지만 마치 그 차를 함께 타고 왔다는 것만으로도 자신이 그만큼 훌륭한 사람이라는 투였다. 제주도에서 차를 갖고 있는 사람은 극히 드물었다. 이호구 씨 댁처럼 마을 제일가는 갑부 정도 되어야 차를 들여올 수 있었다. 그 차에 함께 탈 수 있다는 것만으로도 사실 이호구 씨나 정화 선생님이 세영을 얼마나 특별하게 생각하는지 증명하는 셈이긴 했다. 그 점이 세영은 자랑스러웠다. 아무리 대단한 삼촌조차도 할 수 없는 일이었다. 삼촌의 눈빛이 어딘가 부러워하는 듯하다고 세영은 생각했다.

"허, 세영이 니가 책을 본다고?"

일국은 차는 제쳐두고 세영이 책을 읽는다는 사실을 믿을 수가 없었다. 자연 비웃는 기색이 드러났다. 세영은 은근 부아가 치밀었다. 물론 예전의 자신만을 알고 있는 일국 삼촌 입장에서는 그런 의심을 하는 것이 당연했지만, 지금은 상황이 달랐다. 삼촌도 지금의 세영이 얼마나 똑똑하고 많은 것을 알게 되었는지 알아둘 필요가 있었다.

"삼촌도 참. 학생이 책을 읽는 건 당연한 거지. 일주일에 세 권씩도 읽는 걸. 그리고 나 한글도 알아."

"뭐? 한글. 그건 또 언제 배웠냐?"

"얼마 안 걸렸어. 한 달 정도 하니까 바로 알겠던 걸. 삼촌은 아직 모르지? 한국 사람이 한글을 알아야지. 좀 배워. 내가 가르쳐 줄까?"

세영의 말에 일국은 어이가 없었다. 세영이 언제부터 자기한테 이래라저래라 했다고, 지금 한글을 배워라 마라 충고하는 것인지. 기가 차는 것을 넘어 웃음이 났다. 쪼끄만 녀석이.

"내가 한글은 배워서 뭐하냐?"

일국은 일부러 자존심을 내세워 세영이 제안을 거절했다. 세영은 그럴 줄 알았다는 듯 샐쭉하게 입을 내밀었다. 일국도 한글을 배우고 싶다는 생각은 있었지만, 거만하게 구는 세영의 태도가 얄미워서 그러마 말하기 싫었다.

"삼촌도 학교 댕겨."

"내 나이에 무슨 학교냐."

"우리 반엔 결혼한 학생도 있어. 뭐 나도 곧 결혼하긴 할 거지만."

"뭐? 너 결혼한다고?"

가뜩이나 부리부리한 일국의 눈이 두 배는 더 커졌다. 세영은 은근히 자랑하는 투로 삼촌에게 이야기했다.

"정화 선생님이랑 결혼할 거야."

"언제? 정화 선생은 또 누구야."

"우리 반 담임선생님이야. 엄청난 미인이고 동경제대 나온 수재야. 영어도 잘하시고, 책도 무지 많이 읽었어. 내가 중등학교 졸업하고, 도시로 가서 대학에 가면 결혼하기로 했어."

"뭐어? 푸하하하. 쪼끄만 게."

일국은 더는 못 들어 주겠다는 듯 세영의 머리를 쥐어박고 웃기 시작했다. 세영은 약이 바짝 올랐다. 삼촌은 아직도 자기를 어린애 취급하고 있었다. 일국 삼촌은 시골 촌놈이고, 산에서만 지내니까 선생님이 얼마나 대단한지, 동경제대가 얼마나 훌륭한 곳이고, 동경에 멋쟁이들이 얼마나 많은지 도저히 상상하지 못하는 것이었다. 영어라는 말을 삼촌은 들어 본 적도 없을 것이다. 하긴 한글도 모르는 삼촌 아닌가.

"나 간다."

일국은 단정하게 빗어 넘긴 세영의 머리를 마구 흐트러뜨리고는 휑하니 뒤돌아섰다.

"아이씨, 머리 만지지 마!"

세영이 빽 소리를 질렀지만, 일국은 들은 체 만 체 뭐가 그리 좋은지 콧노래까지 흥얼거리며 멀어졌다. 세영은 대낮부터 술에 취해 흥청거리는 삼촌의 뒷모습을 눈을 흘기며 바라보았다. 으이그, 읍내에 올 거면 옷이라도 좀 빨고, 머리라도 감고 올 것이지. 창피하게 진짜. 세영은 서둘러 서점 유리창에 비친 자신의 모습을 보며 흐트러진 머리를 얌전히 정돈했다. 아침에 공들여 빗어 넘긴 머리는 까치집처럼 산발이었다. 삼촌에 대해 다시금 고개가 절레절레 흔들어졌다.

"세영아."

어느새 다가온 정화 선생님이 특유의 차분한 음성으로 세영을 불렀다. 선생님의 양손엔 주문했던 고운 옷감을 싼 보자기가 들려 있었다.

"어, 선생님 오셨어요. 이건 제가 들게요. 주세요."

"그럴래? 차까지만 가면 되는데…. 책은 샀니?"

"아, 잠시만요."

세영은 일국 때문에 책을 사는 것도 깜박했다는 것을 깨닫고 서둘러 서점으로 들어가 로빈슨 크루소를 골라 가지고 나왔다. 냉큼 선생님으로부터 짐을 받아 들고는 남자답게 별것 아니라는 듯 어깨까지 들어 올려 보였다. 선생님은 그런 세영을 향해 함빡 웃음을 보내주었다.

조천, 밤, 세영의 집, 총

　세영이 정화 선생님네 집에서 저녁까지 얻어먹고 집에 돌아왔을 때는 이미 할머니는 잠자리에 든 늦은 시간이었다. 미리 선생님과 읍내에 갔다 온다는 것을 말해 두었기 때문에 세영 엄마는 별다른 걱정도 않고 있었다.

　세영이 정화 선생님 때문에 나날이 바른 아이가 되어 가는 것을 알게 된 엄마는 정화 선생님과 관련된 일이라면 무조건 허락하였다. 하물며 읍내 서점에 데려간다는 데 반대할 이유가 없었다. 조천 유지인 이호구 씨네 댁에서 식사까지 하고 오는 외아들이 오히려 자랑스러울 지경이었다.

　세영은 방으로 들어서 학생복을 얌전히 걸어 두고 부엌으로 들어가 허벅의 물을 퍼서 세수를 하였다. 아침저녁으로 어머니와 할머니가 용천수까지 가서 길어다 놓는 물이었다. 일본은 수도라는 것이 있어서 집마다 바로 물을 얻을 수 있다던데, 우리나라는 어느 세월에 그렇게 되려나 한숨이 나왔다.

　마당으로 나오니 휘영청 달빛 아래 조금씩 단풍으로 물들기 시작한 나뭇잎이 눈에 들어왔다. 가을이었다. 조금 있으면 보리 파종을 할 때가 올 것이다. 씨를 뿌리고, 흙이 없는 토양 위에 씨앗이 바람에 쓸려 가지 않게 밭 밟기를 하느라 마을은 정신없이 바빠질 것이다.

　원래대로라면 학교를 하루 이틀 못 가는 건 당연한 일이었다. 하지만 올해는 그럴 필요가 없었다. 엄마는 세영이 농사일을 돕는 것을 허락하지 않았다. 마을에 넘쳐 나는 일손을 불러다 쓰면 되니 빠지지 않고 수업을 듣도록 하였다. 세영 입장에서는 얼씨구나 좋아할 일이었지만, 몸도 편치 않은 아버지나 늙으신 할머니까지 모두 밭일을 하면서까지 자신을 공부시키려는 가족들의 배려가 어쩐지 부담스럽게 느껴졌다. 배우면 배울수록, 더 많은 책을 읽으면 읽을수록 자신이 얼마나 무지한지 깨달았고, 그럴수록 스스로가 더 보잘것없게 느껴졌다. 서울에 한 번 가 보지도 못한 것만도 답답한데 일본은 어느 정도일 것이며, 미국이나 유럽은 또 어느 정도일 것인가. 도대체 알아야 할 것은 얼마나 남아 있고, 읽어야 할 책은 얼마나 많으며, 배움의 끝은 또 어디인가. 정화 선생님이 동경제대 출신이라는 사실이 이렇게 세영을 힘겹게 할 줄을 처음에는 몰랐다.

하나둘씩 돌아오기 시작한 일본 유학생들은 지금 세영 자신의 처지를 절감하게 하였다. 누구 하나 떨어지지 않게 다들 세련되고 아는 것도 많았다. 마치 다른 세계를 사는 사람들처럼 그들이 보고 있는 세계를 세영은 까치발로도 엿볼 수 없었다. 그럴 때면 분함을 넘어 더할 수 없는 절망이 세영을 향해 덮쳐오는 것이었다.

그런 치들 중에는 대놓고 선생님께 접근해 오는 이들도 있었다. 물론 그들 중 누구를 갖다 놓아도 절대 선생님의 옆자리에 어울릴 만한 사람은 없었다. 모두 한참은 모자라 보였지만, 그래도 최소한 세영 자신보다는 나아 보였다. 아무리 발버둥쳐도 절대 선생님을 따라잡을 수 없을 것 같았다.

세영은 근심에 잠겨 마당을 서성이다가 마루에 걸터앉아 땅이 꺼져라 한숨을 쉬었다. 서늘한 가을 날씨가 그의 마음을 더욱 아리게 했다. 문득 안방에 아직 불이 켜져 있는 것이 눈에 들어왔다. 어머니 아버지가 아직 잠자리에 들지 않으신 듯했다.

이런 심정을 부모님께 털어놓을 수 없었지만 그저 허한 마음에 그는 안방으로 다가갔다. 주무시지 않는다면 괜히 어머니의 무릎에 얼굴을 부비며 어리광이라도 부리고 싶은 심정이었다.

"뒤숭숭해."

창호지문 너머로 아버지의 근심스러운 목소리가 들렸다. 세영은 문을 두드리려다 말고 문에 귀를 가까이 댔다.

"일정 때 형사 짓 하던 놈들을 다시 쓰다니, 어찌 그럴 수가 있나!"

아버지답지 않게 감정을 다스리지 못하고 언성이 높았다.

1945년 9월 8일 한반도에 미 군정이 시작된 후 아놀드 군정장관은 포고1호를 발표하였다. 이 성명은 국내 사설 치안단체와 사설 군사단체의 해산을 명령함과 동시에 현존하던 조선 경찰기구가 그 기능을 계속할 것을 선포한 것이었다.

일제 당시 경찰에 종사했던 한인들은 일본의 갑작스런 항복으로 갑자기 전쟁이 끝났을 때 가장 당황했던 이들이었다. 자신들의 충성심을 증명하기 위해 일본인 경찰보다도 더 가혹하게 동포들을 다루었던 이들은 해방 후 민중의 보복이 두려워 몸을 피하기에 급급하였다. 미군이 도착했을 때 한인 경찰의 8, 90%가 직장을 이탈해 있었다.

하지만 미군은 포고1호 발표로 독립군, 만주군 등 해외에서 귀환한 군사단체나, 건국준비위원회 소속 보안대나 인민위원회에 소속된 치안대 등 치안 유지 조직의 무력 사용을 법적으로 제한하는 동시에, 일제 친일 경찰의 존속을 인정하고, 나아가 미 군정 치하에서도 그들이 여전히 경찰 권력을 유지할 수 있도록 보장해 주었다.

성명서 상으로는 현재의 경찰기구가 종전의 일본 정부와는 무관하게 미 군정 하에 창설된다고 명시하였지만, 실제적으로 해방 후 미 군정 경찰간부 1,157명 중 949명이 일제 경찰 출신이었고, 고위직은 대부분이 친일 경찰이었던 것이다.

"해방된 조국이 왔다 싶더니, 이건 도대체 시대가 거꾸로 가는 건지…."

격앙된 아버지의 목소리 사이로 조곤조곤 어머니가 무어라 대답하는 것 같았으나 잘 들리지 않았다. 세영은 창호지문에 귀를 바싹 대고 숨을 죽였다. 방 안에서는 잠시 정적이 흐르더니 한껏 목소리를 낮춘 어머니의 말이 들려왔다.

"그럼… 이 총은… 죠? 우리가… 나을까요?"

총? 세영은 분명히 총이라는 말을 들은 것 같았다. 어머니 입에서 총이라는 말이 나온 것이 뜬금없었다. 무엇을 잘못 들었나?

"아무래도 지금 갖다주지 않는 게 좋겠네. 어차피 친일파 놈들 손에
넘겨주는 셈이니."

아버지의 목소리는 훨씬 또렷이 들렸다. 세영은 궁금함을 참지 못하고 손끝에 침을 발라 살살 창호지에 구멍을 뚫었다. 얇게 벌어진 종이 틈에 한쪽 눈을 바싹 대고 들여다보니, 무릎을 세워 앉은 어머니의 치맛자락 옆으로 검고 투박한 권총 한 자루가 놓여 있었다. 세영은 깜짝 놀랐다. 저런 물건을 어떻게 어머니가 갖고 있었을까? 어머니는 건드리기도 싫다는 듯 권총을 향해 얼굴을 찌푸리며 투덜거리기 시작했다.

"아니 그놈들이… 얼마나 물속에 갖다 버렸는지, 요즘에는… 전복보
다 총 따는 일이 더 많…."

어머니의 목소리는 크지 않았지만, 세영은 어머니 입 모양으로 보며 분명하게 알아들을 수 있었다. 근래에 일본군들이 무기를 바다에 쓸어 넣었다는 이야기를 들었는데, 어머니가 물질을 하다 총을 발견한 모양이었다. 세영은 저도 모르게 심각한 표정이 되었다. 아버지는 말없이 권총을 집어 흰 헝겊으로 꽁꽁 싸더니 문갑 안 깊숙이 집

어넣었다.

"시대가 흉흉하니 일단 갖고 있읍시다. 앞으로 어찌 될지 알 수가 없
으니…. 대정 쪽 청년들 중에는 실종된 이들이 수십 명을 넘는다는
구먼."

"일국 어미가 그러는데 선흘 노역 동원 왔던 이들은 하나도 돌아오
지 않았다더라고요."

"선흘 사람들이?"

"네, 벵뒤굴 쪽에서 노역하던 사람이라고 하더라고요."

아버지는 허리를 꼿꼿이 펴고 무언가 떠올리려는 듯 끙 소리를 내
었다.

"선흘 사람들은 6월까지는 거문오름 갱도에서 함께 일했었는데, 그
러다가 나중에 따로 불려 나갔지. 그 후로는 못 본 게 맞구만."

"에이고, 쯧쯧. 벵뒤굴은 미로라 마을 주민들도 깊이 안 들어가고 길
을 모르는데. 어찌 그런 데 사람들을 보냈을까."

어머니는 맘이 아픈지 혀를 차며 옷고름으로 눈가를 찍었다. 하지
만 아버지는 무언가 이해가 가지 않는다는 듯 미간에 잔뜩 주름을 잡
고, 팔짱을 낀 채 생각에 잠겨 있었다. 그 많은 사람들이 모두 굴에
서 길을 잃었을 리는 없었다. 무슨 사고가 있었거나 어딘가 다른 곳
으로 옮겨진 것이 틀림없었다. 그렇지 않다면 벌써 집으로 돌아오고
도 남았을 시간이었다.

"언제 시간 내서 선흘리에 한번 다녀와야겠구먼."

일본군들은 제주도의 전역에 수백 군데 갱도를 파고, 천연 동굴을
넓혀 기지를 만들었다. 벵뒤굴과 거문오름 갱도는 그런 면에서는 지
척이나 다름없었다. 지하로 길을 잇는다는 말을 들은 적도 있었다.

그렇다면 거문오름부터 벵뒤굴까지를 훑다 보면 사라진 사람들의 실마리를 찾을 수도 있을 것이었다. 아직 가을 낙엽으로 길이 덮이지도 않았으니, 벵뒤굴에서 사라졌다는 사람들의 흔적을 찾으려면 지금 바로 나서야 할 듯 싶었다.

거문오름, 해설사 최영재

다음 날, 태훈이 거문오름 세계자연문화유산센터 앞에 도착한 것은 오전 9시가 조금 지난 시각이었다.

간밤에 태훈은 환경단체 사람들에게 건네받은 번호로 거문오름 해설사인 최영재 씨에게 연락을 했다. 마침 그다음 날이 최영재 씨가 자원봉사로 안내를 하는 날이었다. 거문오름은 해설사와 함께하지 않으면 탐방이 불가능하고, 하루 탐방 인원을 400명으로 제한하고 있어서 사전에 미리 방문 예약을 해야 했다. 이미 시간이 지나 예약을 할 수 없었던 태훈은 은근슬쩍 신문기자 신분으로 추가 합류를 부탁했다. 그러나 단칼에 거절당하고 말았다.

"신문기자고 대통령이고 예외가 될 수 없소."

해설사 최영재가 독특한 사람이라는 이야기는 들었지만, 이런 면으로 독특할 것이라고 생각을 못 했기 때문에 태훈은 당황했다. 하는 수 없이 태훈은 오전에 가서 상황을 보기로 하고, 전화를 끊었다.

한창 관광 시즌이라 사람들로 붐빌 것을 예상하여 조금 일찍 도착했으나, 아침부터 부슬부슬 내리는 비 탓인지 센터 주변은 한적했다. 한적하다기보다 괴괴했다.

제주시에서 97번 지방도를 타고 오다 거문오름 이정표에서 좌회전하여 나 있는 길을 따라 들어가서 가장 먼저 눈에 들어오는 것은 기하학적 형태미를 자랑하는 초현대식 유리건물이었다. 어지간한 축구장보다도 넓어 보이는 세계자연문화유산센터는 어찌나 크고 멋지게 지어졌는지 바로 옆의 거문오름이 초라해 보일 정도였다.

태훈은 주차장에 차를 대고, 세계자연문화유산센터 한편에 위치한 거문오름 탐방소로 갔다. 매표소에 물어보니 예상대로 사전예약이 되어 있지 않으면 탐방이 불가능하다는 대답이었다. 한참 성수기라 400명의 예약이 모두 차 있었다. 오늘따라 예약 인원 90% 이상이 단체 관광팀이라 취소될 가능성도 별로 없다고 했다.

그래도 혹시 모르니 기다려 보기로 하고, 태훈은 남는 시간을 틈타 취재 전화를 돌리기 시작했다. 우선 동굴에 가장 먼저 들어갔다는 공사장 십장의 핸드폰 번호를 눌렀다.

"이 번호는 고객의 사정으로 당분간 통화가 중지된…."

어라. 안 받는 것도 아니고, 폰을 정지시켰다? 사건 나고 이제 겨우 하루. 아직은 기자들에게 시달리고 자시고 할 때도 안 되었는데 벌써부터 핸드폰까지 정지시켰다는 것은 어딘가 건설현장 인부답지 않았다. 치밀하게 뒷정리를 하는 프로의 냄새가 난달까? 그리고 일단 숨길 게 없는 사람은 이렇게까지 철저하게 자신을 감추지 않는 법이다. 왠지 더 파헤치고 싶은 청개구리 심보가 발동되었다. 태훈은 사촌동생에게 연락을 했다.

"야, 너 그 현장에 있던 인부들 중에서 십장이라는 사람 좀 수소문해 봐. 기존 번호는 정지됐더라."

"그걸 내가 어떻게 알아. 내가 무슨 흥신소야?"

"너 펜션협회 총무라며?"

"그거랑 그게 무슨 상관이야."

"뭐, 펜션 짓고 그러면서 인부들 인맥도 있고 그럴 거 아냐?"

"아니, 내가 펜션 짓는 사람이요? 숙박업하는 사람이지. 우리 펜션도
지은 지 8년 넘었어."

"그냥 한번 알아봐."

말은 저렇게 해도 지역 사회에서 자리잡은 사촌동생이라면 몇 다
리 건너고 하면 줄이 닿을 수 있을 것이다. 만약 동생이 안 되면 병
원에 입원했다는 포클레인 기사 쪽으로 파 보는 수밖에 없는데, 가급
적 그쪽으로는 연락하고 싶지 않았다. 보상금 제대로 받겠다고 방송
국에까지 알린 인부가 맨입으로 원하는 정보를 줄 것 같지 않았고,
괜히 이쪽이 원하는 것만 눈치 채이는 꼴이 될 것 같았기 때문이다.

"저기요. 혹시 거문오름 탐방 기다리시는 거죠?"

안내소에서 자원봉사를 하는 주민 아주머니 한 분이 태훈을 불렀
다. 냉큼 달려갔더니 어느 기업체 여행팀이 단체로 예약을 취소하는
바람에 10시 탐방이 통채로 비어 버렸다고 했다. 앙증맞은 등산 모자
를 쓴 자그마한 아주머니는 원래는 사전예약이 아니므로 규정에 어
긋나지만, 미리 와서 기다린 태훈의 정성을 보아 허락한다며 웃었다.

10시 탐방까지 남은 시간 20여 분. 태훈은 안내소 밖으로 나와 담
배에 불을 붙였다. 태훈 외에도 개인 탐방객들이 있는지 두 명의 여
성이 서성이고 있었다.

곧 건강한 체형의 남자 안내인이 모습을 드러냈다. 나이는 쉰쯤 될
듯한데, '건강'이라는 수식어가 딱 어울리게, 군살이나 쓸데없는 근
육은 찾아볼 수 없는 몸매였다. 문득 태훈은 물렁하게 늘어진 자신의
배가 의식되었다. 정상체중으로 나름 나쁘지는 않은 몸매라 생각했
지만, 술 담배로 몸에 탄성이 사라지는 것은 어쩔 수 없었다. 그렇다
고 헬스에 시간 투자할 만큼 한가한 삶도 아니니까.

남자는 무심한 듯 태훈에게 시선을 주었다. 묻지 않아도 그가 최

영재라는 것을 알 수 있었다. 태훈은 나름 신경을 쓰는 척하며, 제법 멀리 떨어져 있던 휴지통까지 가서 담배꽁초를 버리고는 그에게로 다가갔다.

　"최영재 해설사님이십니까?"

　"그렇소."

　"저는 어제 전화드린 유태훈입니다."

　태훈은 인사와 함께 명함을 건넸다. 태훈을 포함하여 개인 탐방 신청자는 총 여섯 명이었다. 최영재는 주의사항을 전달했다. 취사 금지, 담배 금지, 핸드폰 통화 금지. 음료수는 생수 이외에 어떠한 첨가물이 들어간 것도 허용되지 않았고, 필요 이상으로 큰 목소리로 대화하는 것 역시 자제할 것을 당부했다. 사람들이 드나드는 것만으로도 산의 생태계가 깨지고 산새들의 부화율이 현저하게 떨어진다는 이유에서였다.

　잔소리와 다름없는 주의 사항 전달에만 거의 10분이 걸렸다. 집중해서 경청하는 개인 여행객들에 비해 태훈은 뻔한 이야기려니 싶어 뒤쪽에 물러나 있었다. 그런 태훈을 향한 최영재의 시선은 곱지 않았다.

　"저 양반 뭐 저렇게 깐깐하냐, 늙은이가 잔소리 많다 싶죠? 원래 난 욕먹어도 할 말은 하는 사람이오. 교육이 안 된 채로 올려 보내면 꼭 문제를 일으켜. 정상 올라가면 막걸리에 삼합까지 꺼낸다고. 안 된다고 제지하면 삿대질은 예사야. 멱살도 잡아. 통제가 안 되니 하는 수 없어. 심하다 싶을 정도로 원칙을 지켜야 합니다. 그리고 기자 양반도, 여기 탐방소에서도 담배 피우면 안 되는 거요, 원래. 오름이 코앞인데 여기서 피우면 연기가 저기까지 안 흘러가나?"

　"아, 죄송합니다."

217

태훈은 갑자기 지적받자 뜨끔했다. 나름 신경 쓴다고 올라가기 전에 피운 것인데, 담배로 인한 산불 조심만 생각했지, 공기 오염까지는 생각지도 못했다. 최영재는 그것이 한국 사람의 자연보호 인식의 한계라고 했다.

> "미국의 요세미티 국립공원에 가 보면, 화장실이 아주 좁아요. 거기 사람들 덩치도 큰데, 불편하겠다 하면서 보니까, 화장실 문에 이렇게 써 있더라고요. '불편하세요? 오지 마세요.' 그 말이 맞지. 왜 와? 편한 게 좋고 안락한 게 좋으면 집에 있지. 자연에 오면 자연에 맞추고 순응해야지. 국립공원까지 와서 하고 싶은 거 다 하고, 내 집 안방처럼 지내려고?"

태훈은 저도 모르게 고개를 끄덕였다. 모나고 대하기 불편한 사람이지만 환경주의자들이 인정하는 이유를 알 것 같았다. 누군가는 이렇게 극단적이리만큼 철저해 줄 필요도 있었다. 욕은 먹겠지만, 그조차도 감수하겠다는 것 아닌가? 소신 있는 사람이었다.

첫 코스는 거문오름 정상 전망대였다. 최영재는 앞장서더니 나는 듯 산을 오르기 시작했다. 현장에서 단련되어 체력으로는 어지간해서 뒤지지 않는 태훈인데, 이 산 사나이의 날렵함은 쫓을 수가 없다. 산에서 축지법을 쓴다 해도 믿어질 정도로 스윽스윽, 비로 젖어 미끄러운 오름을 호흡 하나 흐트러트리지 않고 올라갔다.

10분여를 오르고 최영재는 걸음을 멈췄다. 뒤처진 탐방객들을 기다려 주기 위해서였다. 이미 태훈은 숨이 턱까지 차서 헐떡이고 있었는데, 함께 오르는 다른 여성 탐방객들이 어찌나 잘 따라오는지 힘든 티도 못 내었다. 심장이 아프다 못해 갈비뼈가 죄어드는 것만 같았다. 최영재는 군소리 없이 따르는 오늘의 멤버들이 마음에 드는 모양이었다.

"힘들죠? 그래도 기왕 산에 왔는데, 빨리 올라야 운동이 되고, 몸에도 좋습니다. 호흡을 더 깊게 들이마셔요. 여긴 모두 삼나무 지대라 공기에 피톤치드가 가득 차 있어요. 이렇게 빠르게 오르고 들이마셔야 효과가 훨씬 좋습니다."

따라오는 사람에 대한 배려가 없다고 생각했는데, 속생각은 깊었다. 태훈 일행은 있는 힘껏 싱그러운 나무가 내뿜는 성분들을 빨아들였다.

최영재는 스마트폰에 저장된 직접 찍은 산새들의 사진을 보여 주었다. 제주휘파람새, 직박구리, 히이 히이 하고 귀신처럼 운다고 하여 귀신새라고 부르는 깃털 무늬가 호랑무늬를 닮은 호랑지빠귀, 동박새, 박새 외에도 희귀 조류인 흰눈썹황금새나 팔색조, 삼광조 같은 여름철새들도 이곳에서 번식한다고 했다.

또 그는 녹음해 놓은 새들의 울음소리를 들려주었는데, 번식기에는 이 소리를 듣고 새들이 날아들기도 한다고 했다. 때마침 그 말을 증명하기라도 하듯 큰오색딱따구리 한 마리가 길게 울음을 울며 머리 위를 지나갔다. 일행은 모두 저도 모르게 놀라움의 시선을 교환했다. 자연 속에서 전혀 모르던 사람들과 순식간에 마음이 일치하는 경험은 오묘했다. 단 한 번으로 일행은 훨씬 가까워진 느낌이었다.

그 후로는 나무 데크로 이어진 계단 길이 나타났다. 해설사는 발소리를 죽이길 부탁했다. 오늘같이 비 오는 날에는 산새나 산짐승들이 이 데크 아래에서 비를 피하는데 그 위를 사람들이 조심성 없이 지나가면 놀라서 혼비백산한다는 것이었다.

정말로 계단을 나아가는 중간중간 발밑으로 놀란 산새들이 후두둑 후두둑 날아 달아나는 모습이 보였다. 태훈은 조심한다고 해도 쿵쿵거리는 발소리를 죽일 수가 없었다. 오늘따라 유난히 육중하게 느껴지는 몸이 부끄러웠다. 전혀 예상치 못한 일이었지만 버려야 할 것을 버리지 못하고 지내온 날들을 돌아보게 되었다. 자연에 묻히니 마음까지 그리 흘러가는 것인지 신기한 기분이었다.

정상은 생각보다 금방 모습을 드러냈다.

"사실 거문오름은 그렇게 높은 산이 아니에요. 흔히 해발 456m라고 하니까 엄청 높을 줄 아는데, 그건 해발이지. 산 높이를 따지려면 비고를 봐야지. 제주도는 중앙에 한라산이 있어서 중심으로 갈수록 점점 해발 고도가 높아지니까. 실제 거문오름은 걸어서 올라갈 높이가 112m 밖에 안 돼요."

거문오름은 말굽 모양으로 이루어져 있는데, 능선을 따라 걷다 보면 9개의 봉우리를 지나게 된다. 오늘은 비도 오고 하니 가장 높은 봉우리에 오른 후 바로 정상 전망대로 이동했다. 전망대에 도착하자 움푹 패인 분화구가 한눈에 내려다보였다. 이른바 구룡농주형 지형이라고 하여 아홉 용이 여의주를 희롱하듯 가운데를 에워싸고 있는 형세였다. 감싸안은 중앙에는 봉긋하게 솟은 알오름이 있었는데 그 한가운데 작은 전망대가 세워져 있었다.

"저기가 이른바 명당이라는 건데, 어떻게 저런 곳에 전망대를 세울 수 있었겠소? 원래는 저기 어느 집안 무덤이 있었어. 그런데 이 무덤 자리라는 것도 다 자기 분수에 맞게 써야지 너무 터가 세도 아무나 감당할 수 있는 게 아니거든. 그래서 이장을 해 갔지. 육지 사람들 같아 봐. 명당터 안 내놓으려고 꼭 쥐고 있었겠지만 여기 사람들은 안 그래. 내 것이 아닌 것에 욕심 부리지 않아. 처음부터 잃는 데 익숙해져 왔기 때문이야."

어째 남의 이야기 같지 않아 태훈은 마음 한 켠이 아렸다.

아무리 익숙해질 게 없기로서니 잃는 데 익숙해지냐. 하지만 그 탓인지도 몰랐다. 이 나이 먹도록 딱히 집도, 모아 놓은 재산도, 하다못해 와이프나 자식새끼조차 없는 삶이. 누군가 떠나가면 죽을만큼 마음 아프지만 잡지 못했다. 잡아 달라고 내미는 손조차 맞잡지 못했다. 왜일까? 자신은 얻는 것보다 잃는 게 어울린다고 생각했다. 무언가 하나가 떠나가면 '그러면 그렇지.' 하고 절망하면서도 차라리 안심이 되었다. 갖고 있을 때는 늘 부담스럽고 그 상황에 어떻게 익숙해져야 할지 알 수 없어 불안했다. 하지만 그것이 비워져 버리면 지독한 외로움과 궁상스러움 속에서도 안도감이 들었다. 바뀔 수 있었으면 좋겠다고, 채워질 수 있었으면 좋겠다고 생각하면서도 다가오는 것들은 스스로 밀어내는 이 모순. 그렇게 충분히 오랜 시간을 보냈다고, 이젠 바뀌고 싶다고 생각했지만, 또 한편으론 그런 나 자신을 벗어날 수 없을 만큼 지나치게 많은 시간이 흘러 버린 건 아닌가 움츠러드는 자신을 깨닫곤 했다.

일행은 능선을 따라 내려와 거문오름 분화구 입구에 도달하는 길목으로 나아갔다. 거의 끝부분에 이르렀을 때 옆으로 빠지는 샛길이 보였다.

"이 옆길로 내려가면 수직굴이 나와요. 4·3 때 처형지로 주로 쓰였던 곳이지요. 원래 이름은 거멀창인데 어쩌다 거문오름 수직굴로 이름이 등재되어 버리는 바람에 그렇게 공식 명칭이 바뀌었지."

태훈은 어제 환경단체 사람들로부터 수직굴에 대한 이야기를 들었을 때부터 이상하게 이곳에 관심이 갔다. 이유는 알 수 없었지만, 동물적 직감이랄까? 특종 냄새를 맡는 기자들의 후각은 육감이라는 말 외에는 따로 설명할 방법이 없었다.

"가 볼 수 있을까요?"

수직굴은 산비탈 한 구석에 덩그러니 놓여 있는 뻥 뚫린 구덩이였다. 마치 말라 버린 우물처럼. 입구는 가로세로 1m 이상은 될 법한데, 혹시 모를 추락 사고를 대비하여 창살문을 만들고 자물쇠로 잠가 놓았다. 철골 사이로 들여다보이는 굴이 꽤 깊었다. 컴컴해 안까지 보이지는 않았지만, 얼핏 보아도 한 번 빠지면 살아나오기 힘들어 보였다.

"내려가 볼 수 있나요?"

"안 돼요. 이 굴은 모양이 호리병 모양이라 로프가 없으면 불가능해. 원래는 2층으로 된 굴이었는데, 중간 천장이 무너지면서 이렇게 수직으로 긴 형태의 굴이 된 거지. 그렇다 보니 맨손으로는 내려갈 수도 없고 올라갈 수도 없어."

"아래로 내려가면 다른 동굴이 이어진 길이 있나요?"

"뭐 수평으로 굴이 이어져 있다고는 하긴 하던데…."

최영재는 더 이상 특별한 것은 없다는 듯 일행을 데리고 본 길로 되돌아왔다. 수직굴은 거문오름 능선 끝부분에 위치해 있어서 이곳을 지나자 금새 지상으로 내려오게 되었다.

거문오름 분화구 안, 곶자왈

    2시간 반 코스치고는 생각보다 짧은 듯 싶었는데, 이제부터 분화구 중앙으로 들어가게 된다고 하였다. 혹시 중간에 돌아가고 싶으면 이 지점에서 바로 밖으로 나가도 좋다고 했다. 탐방 시작 무렵 울럭이던 하늘이 정상 부근부터 부슬부슬 빗방울을 떨군 탓에 일행 모두 비에 젖은 생쥐 꼴이었다. 그만두고 싶으면 얼마든지 그만둘 수 있다. 최영재의 말투는 심지어 그만두기를 바라는 것처럼 느껴지기까지 했다. 하지만 누구 하나 포기하지 않았다. 끝까지 다 보고 말겠다는 여섯 학생들의 열정에 최영재는 몹시 유쾌한 듯 보였다. 좀 전까지와는 다르게 한결 편안해진 표정으로 일행을 분화구로 안내했다.

    분화구부터는 본격적인 곶자왈이었다.

    말굽 모양으로 이루어진 거문오름, 그 중앙에 위치한 분화구는 용암이 흘러서 만들어진 움푹 패인 지형이었고, 주변과 다르게 늘 따뜻한 봄 날씨가 유지되는 미기후 지역이었다. 당연히 다양한 나무와 풀 등 식물들이 자라나 울창한 곶자왈을 이루었다.

    물론 현재의 곶자왈은 수백 년간 사람의 손이 닿지 않았던 과거의 원시림과는 차이가 있지만, 일단 곶자왈에 들어서자 그 규모는 상상 이상이었다. 최영재의 안내와 데크로 깔아 놓은 길이 아니었다면, 혼자서는 길을 찾아 나가기 어려울 듯했다.

    초여름이었지만 남국의 기후 탓에 곶자왈은 이미 울창했다. 초입의 식나무 지대를 지나자 본격적으로 곶이 모습을 드러냈다. 탐방객을 위해 닦아 놓은 길이 있어 그나마 수월하게 따라갈 수 있었지 그게 아니었으면 이동조차 쉽지 않았을 만큼 험한 바위 지형이었다. 이끼로 뒤덮인 바위 틈마다 아슬아슬하게 자라난 나무들이 기괴한 형상으로 뻗어 자라고 있었다. 덤불 같은 나무도 있었지만 족히 4, 5m는 될 법한 큰 나무도 많았다. 하지만 큰 나무일수록 곧게 자란 것이 없었다. 비스듬하게 기울어져 자라는 나무도 있고, 이미 한 번 쓰러져 바닥에 누웠다가 중간부터 다시 하늘을 향해 자라기 시작한 ㄴ자 모양의 나무도 있었다.

뿌리는 천지 사방으로 뻗어 있었다. 도대체 어느 나무의 뿌리인지를 구별할 수도 없을 만큼 흙을 찾아, 물을 찾아 꿈틀꿈틀 기어 나간 뿌리들이 지면 전체를 뒤덮고 있었다.

> "이 나무들을 봐요. 제주도는 본래 흙이 없어. 평균 깊이가 7㎝래요. 깊은 데가 35㎝ 정도이고. 딱 팔뚝 정도의 깊이라고. 그런데 이렇게 큰 나무가 고 정도의 흙에서 어떻게 자라겠어요? 이걸 봐. 뿌리가 마치 거미처럼 바위를 감싸 안아서 몸을 지탱하고 있잖아."

뿌리가 뻗었다기보다 바위를 움켜쥐었다고 하는 편이 더 맞을 듯했다. 저렇게라도 살아남겠다는 생물의 질긴 생명력이 할 말을 잃게 했다.

앞서 가던 최영재는 다 쓰러져 가는 나무 앞에 멈춰섰다. 그 나무는 바닥을 잡고 있던 가장 굵은 뿌리가 끊기는 바람에 완전히 측면으로 기울어져 당장이라도 쓰러지기 직전이었다. 나무를 잡아 줄 뿌리는 이제 몇 가닥 남지 않았는데, 그 마저도 팽팽하게 당겨져 쓰러지는 나무를 지탱하느라 안간힘을 다하고 있었다. 최영재는 착잡한 눈빛으로 나무를 바라보았다. 얼마 남지 않은 생명인 줄 알면서도 딱히 도울 수 없으니 그저 바라볼 수밖에.

"탐방객들이 마구 뿌리를 밟고 지나가는 바람에, 끊어져 버린 거예요. 왜 사람들은 꼭 뿌리를 밟고 지나갈까? 기왕이면 뿌리가 없는 부분으로 발을 디디면 안 되나?"

튀어나온 둔턱은 왠지 더 밟고 지나가고 싶은 법이라, 그때까지 무신경하게 뿌리를 골라 밟고 걸어왔던 태훈 일행도 새삼스레 발을 옮겼다.

개방하기로 한 이상 파괴야 어쩔 수 없는 것이지만, 그나마 피해를 최소화하려고 탐방 인원수도 제한해 두고 이런저런 규정도 세우고 있는 거문오름이었다. 그래도 인간이 돌아다니는 것만으로도 숲에는 민폐였다. 사실 그렇게 보면 하루에 400명은 지나치게 많은 감이 있었다. 외국의 경우는 몇십 명 이하로 제한한다고 했다.

"어떤 데는 보호지역 들어가기 전에, 신발의 먼지까지 다 소독하는 곳도 있어요. 사람에게서 묻어 온 곰팡이 균들이 숲을 오염시키거든. 여기 봐요. 이 아래 푸르게 퍼진 건 다 곰팡이에요. 이것들 더 퍼져 나가면, 뿌리들이 썩어들어 간다고. 그럼 나무들이 쓰러지는 건 순식간이지. 그러니까 조금만 더 신경 쓰고, 피해 주지 않으려고 노력해야 해. 도와주고 자시고 할 것도 없어. 그냥 두면 돼. 망치지만 말고. 수백 년을 견뎌 온 숲이니까. 그래야 이 나무의 모습을 우리 후손들도 볼 수 있을 거 아냐. 보여 줄 수 있게 놔두는 정도는 해야지 않겠어?"

최영재는 태훈을 바라보았다. 다른 누구보다 태훈에게 들려주고 싶은 이야기인 듯 싶었다.

"기자 양반. 기자 역할이 그런 거 아니요? 알려서 많은 사람들이 공감하게 하고, 그렇게 더 좋은 세상 만들어 가는 거?"

"책임이 무겁습니다."

"책임지라는 거 아니야. 그냥 할 수 있는 수준에서 힘 보태면, 여러 힘들이 모이고 모여서 큰 걸 이루어 가는 거지. 혼자는 못 해."

곳의 중간중간에는 인공적으로 판 굴들이 눈에 띄었다. 어떤 굴들은 바위틈에 가려, 또는 이끼와 풀들이나, 늘어진 고사리에 덮여서 겉에서는 알아볼 수조차 없었다. 최영재는 익숙하게 곳곳의 굴들을 손으로 가리켜 알려 주었다.

"저것들이 일본군들이 판 갱도들이라구."

"꽤 많네요."

"많지. 많은 정도가 아니지. 제주 368개 오름 중에 100개 이상의 오름에 동굴 진지와 거점 본부, 창고를 만들었다니까. 제주도 오름 밑은 거의 개미집처럼 뻥뻥 뚫려 버렸다고 해도 과언이 아니야."

"근데 어떻게 이렇게 잘 찾아내세요? 다 가려져 있는데."

"내가 여기 몇 번이나 왔을 거 같애?"

"백 번은 넘게 오셨겠죠."

"백 번? 천 번! 일주일에 서너 번씩 봄, 여름, 가을, 겨울 눈이 오나 비가 오나 몇 년을 왔는데! 길만 통제되지 않으면 항상 와. 과거에 여기서 살면서 땔감 줍고 나물 캐던 사람들도 나만큼은 모를 걸?"

최영재의 자부심이 고깝게 들리지 않았다. 그만큼 그는 거문오름에 대한 지식뿐 아니라 애정까지 누구에게도 뒤지지 않았다. 태훈은 이제야 본래의 목적에 다가온 듯 궁금했던 것들을 물었다.

"이런 굴들 중에 사람이 들어가 숨었거나 그럴 만한 굴도 있나요?"

"전부 다지. 4·3 때 도망 다니면서 산으로 피난 온 사람들은 거의 굴에서 지냈거든."

"여긴 다 천연 동굴은 아니죠?"

"천연도 있는데, 저것들은 다 일본군이 판 갱도야. 거문오름에 모두 열 곳이 있는데, 오름 정상 쪽에 있는 건 거의 길이 60m나 되지. 폭은 좁아. 병사 한 명이 무장하고 지나갈 정도. 정상 부분에서 보면 조천 쪽 서우봉이며, 성산일출봉까지 한눈에 들어오게 뚫려 있지.”

“방어기지여서 그랬던 건가요?”

“그렇지. 북동쪽 해안으로 쳐들어오는 건 여기 거문오름이 최후 저지선이었으니까. 조망도 좋고, 또 산이 둘러 있어서 완전 요새잖아.”

“그럼 실제로 여기 갱도들에서 싸우고 했었나요?”

“아니야. 여기 굴들은 한 60퍼센트 정도 완성된 거라고 해. 다 완성하기 전에 미군에 항복했으니까. 그러니까 이 굴들이 전투에 쓰이거나 한 건 아니고, 정작 쓰인 건 4·3 때 사람들 숨는 데 쓰인 거지. 그때 사람들이 곶으로 많이 숨어들어 왔는데, 토벌대가 이 안까지는 잘 안 들어왔다고 해. 무섭거든. 여긴 여름에도 서늘하고 어둡잖아. 숨골에선 냉기가 나오고. 그때는 더구나 훨씬 울창했다니 뭐 숨기엔 딱 안성맞춤인 거지.”

최영재는 주위를 두리번거리다가 콩알만 한 푸른 열매가 뭉쳐 달려 있는 나무를 가리키며 말했다.

“이게 청다래덩굴이라는 건데, 멍감나무라고도 하고. 이건 태워도 연기가 안 나. 그래서 사람들이 굴에 숨어서 이런 덩굴로 불 때서 밥해 먹고 그랬다고.”

“연기가 안 나요? 신기하네. 근데 나무 같은데 왜 덩굴이라고 부르죠?”

“이건 뿌리줄기가 구불구불하게 뻗어서 옆으로 길게 나가거든. 이건 뿌리에 녹말기가 많아서 예전에 숨어 지내면서 배곯고 그럴 때는 밥지을 때 섞어 넣기도 하고 그랬지.”

“그 흔적들 좀 볼 수 있나요? 숨어 살던 동굴들?”

"위험해. 여기 근처 있는 갱도들은 거의 다 무너졌어. 한두 곳 빼고
는 못 들어가요."

"그럼 혹시 백골이나 유적 같은 거 나온 데는 없나요?"

"저기 선흘에 엊그제 발견된 데 같은 거? 그렇게 많은 백골 같은 건
거문오름엔 없어. 여긴 주로 작은 굴들이랑 일본군 갱도 파 놓은 것
들이지. 그래도 유물은 나오지. 당시에 썼던 못이나, 꺾쇠 같은 것도
나오고."

　태훈이 기대하는 대답은 나오지 않았다. 환경단체 사람들도 그랬
지만 이 근처 굴에서 나오는 유물이라고 해 봤자 역사적 가치를 지닌
것들 정도이지, 무기나 문화재같이 실제로 값어치가 나가는 것들은
별로 없는 듯했다. 그렇다면 선흘굴의 발견은 굉장히 예외적이고, 학
술적으로도 의미 있는 것임에 분명했다.

　분화구 탐방을 마치고 나오는 길은 일본군이 병참 도로로 닦은 폭
2m 넓이의 길이었다. 당시 일본군들은 차보다는 말이 끄는 쇠구루
마를 주요 운송수단으로 활용했다고 한다. 이를 위해 넓다란 길을 닦
았는데, 이후에 차들이 다니게 포장하고 홍수 피해를 막기 위해 배관
시설을 갖춘다며 한쪽에 하수도까지 팠다.

　그런데 그 하수도 때문에 오름의 위와 아래가 끊겨서 노루들이 왕
래를 할 수 없게 되고 말았다. 산 위쪽으로 올라가려면 하수도를 뛰
어넘어야 하는데, 새끼 노루들은 점프를 충분히 하지 못해 하수구에
빠지기 쉬웠고, 자칫 발목을 다치거나 한 새끼들은 그곳에서 나오지
못한 채 굶어 죽는 일이 많았던 것이다. 그러다 보니 곳곳에서 노루
시체 썩는 냄새가 진동을 했고, 그때마다 자원봉사자들과 주민들은
그 냄새의 근원을 찾아 온 오름을 뒤지고 다녀야 했다. 그 후 해결책
으로 하수구 위에 나무 판목을 덮어 노루들이 빠지지 않게 했는데,
그래도 종종 뱀들이 그 틈으로 빠지는 일들이 있어서 하류에서는 수

북한 뱀들을 건져 내는 게 큰일이라고 했다.

　최영재는 거문오름과 함께해 오면서 있었던 웃지 못할 에피소드를 이것저것 들려주었다. 탐방차 하루 다녀가는 사람들에게는 자연을 느낀 좋은 경험일 뿐이지만 그 자연을 그 상태 그대로 유지하기 위해서만도 상상할 수 없는 수많은 일들을 감당해야 함이 새삼 느껴졌다. 자연은 일단 한번 건드리고 나면 그때부터는 일이 더 늘어난다는 것을, 그러므로 자연 그대로 놔두는 것이 최선이고, 진정한 환경보호라는 것을 깨닫게 한 시간이었다.

거문오름, 고기국숫집

  탐방을 마치며 최영재는 제주 전통 음식을 체험하는 것도 중요하다며 근처 고기국숫집을 추천했는데, 약속이나 한 듯 일행은 탐방 후 고기국숫집에서 전원 재회했다. 좋은 선생의 말 한마디가 학생들에게 얼마나 큰 영향을 미치는지 보여 주는 좋은 예라고 모두 함께 웃었다.

  젊은 여주인 혼자 운영하는 가게에는 다른 메뉴 없이 돔베고기와 고기국수만을 팔고 있었다. 고기국수는 돼지고기로 우려낸 국물에 국수를 만 것이다 보니 육지 사람들 중에는 적응하지 못하는 경우가 종종 있었다. 실제로 일행 중 가장 막내인 여대생은 이번이 두 번째 먹는 것인데, 처음에는 냄새가 역해서 먹지 못했다고 실토했다. 물에 삶아 만든 수육도 제대로 처리를 못 하면 돼지 비린내가 난다고 싫어하는 사람이 많은데, 하물며 그 국물에 국수를 말아먹는다니 비위 약한 사람들은 듣기만 해도 고개를 저을 만했다.

  하지만 제주에서는 예로부터 돼지고기를 이용한 음식들이 일반화되어 있어서 태훈처럼 섬에서 나고 자란 사람들은 그 냄새나 국물이 거부감을 줄 수 있다는 사실 자체를 인식하지 못했다. 오히려 그 국물에 배인 진하고 농축된 무게감에 맛이 들어 설렁탕이나 다른 고기 국물은 맹물처럼 밍밍하다고 느낄 정도였다.

  뜨끈한 국물과 걸쭉한 돼지고기 기름, 맛깔나게 담근 김치에 막걸리 한 사발이 더해지니 온몸은 금세 후끈 달아올랐다. 그동안 식당 한 켠에 놓인 연통 난로에는 자작자작 나뭇가지들이 타올라 비에 젖은 일행의 옷을 말려 주었다.

식사 후 함께한 일행이 버스 시간에 맞춰 먼저 자리를 뜨자 태훈은 그제야 최영재에게 묻고 싶었던 질문들을 꺼낼 수 있었다.

"그럼 혹시 거문오름에 미군이 공격을 들어오거나 그랬었나요? 4·3 때라든지?"

"미군이 실제적으로 4·3에 가담했다는 증거 같은 거는 없어. 미 군정 시기에 있던 일이고, 2001년 이후에 미군 정부 보고서들 공개돼서 이런 사건들에 미군의 승인이 있었다는 게 드러나긴 했지만, 4·3 때는 미군이 실제적으로 나서서 한국인 죽이고 그런 식은 아니었어. 시키기는 해도 움직인 건 다 우리 민족이지. 섬사람들 대 육지에서 들어온 경찰과 군인들이 서로 죽고 죽이고 한 거야."

"그럼 무기는요? 무기는 미군에서 공급받았을까요?"

"뭐 공급받았을 수도 있겠지."

"실제로 발견되기도 하나요?"

"여기는 주로 섬사람들이 숨어들어 왔거나, 남로당 쪽 세력들 기지 였어. 그 사람들이 미군 무기 썼겠어? 일본군이 버려두고 간 무기나 주워다 썼겠지."

그렇다면 선흘굴에서 나온 무기의 근원은 더 미궁으로 빠져들었다. 4·3과는 관련이 없는 무기들인가? 훨씬 나중에 6.25 때 들어온 것이었을까? 태훈은 자기도 모르게 잠시 말을 멈췄다. 그런 태훈의 모습을 최영재는 흥미로운 표정으로 바라보았다.

"왜? 선흘굴에서 미군 무기가 나왔어?"

"예?"

태훈은 아닌 척하려 했으나 최영재의 눈치는 보통이 아니었다. 이쪽에서 어느 정도 진실을 털어놓지 않으면 저쪽도 원하는 답을 주지 않을 것이다.

"예. 그래서 좀 골치 아파요."

"그렇겠구만. 없던 일인데…."

최영재는 총의 출처를 생각해 보는 듯했다. 태훈은 그의 데이터베이스를 이용해 이 해답을 얻을 수 있지 않을까 하는 기대감으로 바라보았다.

"미군 총기류가 섬에 흘러들어 올 만한 때가 언제 있었을까요?"

"뭐. 4·3 때 미군 지원받은 총들이 남았거나 그럴 순 있지. 어느 정도는. 근데 양이 얼마나 되는데? 많아?"

"제법."

태훈은 최영재가 너무 상세한 부분까지 파고들려 한다는 느낌에 저도 모르게 말을 아꼈다. 그저 그런 민간인으로 보기에는 독특한 인물이었다. 아는 것도 너무 많았고, 정체도 불명확했다. 너무 많은 것을 알려 주지 않는 편이 낫다는 생각에 시선을 피하는데, 대뜸 그런 눈치를 챈 최영재가 입가에 애매한 미소를 띄웠다.

"나 제주도에 애정 많은 사람이야. 여기서 나고 자라도 섬에 대해 잘 모르는 사람 태반이지만, 난 내가 선택해서 이곳을 고향으로 정한 사람이라고. 자네는 어떤가? 섬을 사랑하나? 고향을 사랑해? 난 이곳 사람들, 이 땅이 조금이라도 덜 아파지기 위해서라면 뭐든 할 용의가 있어. 나도 나름대로 한번 알아볼 테니, 도움이 필요하면 언제라도 연락하라고. 나야 홀아비고 시간도 자유로우니까. 하하하."

애매하게 정리된 술자리지만, 최영재에게 반감이 느껴지거나 하진 않았다. 오히려 그의 이런 담백한 끝맺음이 제주 토박이 입장에서는 어딘가 진심으로 느껴졌다.

벵뒤굴, 사라진 사람들

종전 후, 사람들은 해방된 조국을 위해 무엇인가 해야 한다는 조바심과 열정으로 가득 찼다. 마을 어귀 팽나무 밑이나 빨랫터, 용천수 우물가 등 사람들은 만나기만 하면 새 나라에 대한 의견을 주고받았다.

저녁을 먹고 나면 마을 주민들은 약속이나 한 듯 평소 어려운 일이 있을 때면 찾아가 의논하곤 하던 어르신들 주위로 몰려들었다. 마을의 뜻있는 유지들이 내놓은 사랑채에는 과거 독립운동에 앞장서다가 옥살이를 하게 된 애국지사나, 아이들에게 조심스럽게 조국애를 가르치던 교사들, 일본에서 유학을 하고 돌아와 정의로운 새 시대를 구현하고픈 마음에 들뜬 유학생들, 마을을 위해 입바른 소리를 하다 곤혹을 치렀던 어린 학생들이 함께 자리했다. 자연히 대화는 새 나라에 대한 기대감과 어떤 나라를 만들어 갈 것인지에 대한 구체적인 고민들로 이어져 날이 새는 줄 몰랐다.

처음에는 딱히 이름 붙일 것도 없던 마을 사랑방 모임은 이후 인민위원회라는 전 국가적인 조직의 지부로 불리게 되었다. 지부라고 했으나 딱히 중앙에서 내려오는 명령에 따라 움직이는 것은 아니었다. 다른 이름으로 불릴 때도 있었지만, 호칭이 무엇이건 마을의 필요에 의해 자체적으로 생겨난 주민들의 모임이라는 데에는 변함이 없었다. 누군가가 시키지 않아도 주민들은 자발적으로 참여했고 나서서 일을 맡았다. 그럴 수밖에 없는 것이 한 다리 건너면 친척이고 사돈이고 알 것 모를 것 없이 평생을 함께해 온 사람들이었다. 작은 마을 안에서 도움이 필요하다는데 재고 따지고 해 봤자, 다른 안이 있어 봤자 얼마나 있을 것이며, 또 지도자를 세울 때도 갑론을박이 벌어질 만큼 다양한 인물이 있는 것도 아니었다. 무슨 결정을 내리건 사람들 사이에서는 크게 의견이 갈릴 일이 없었다. 게다가 이미 의견을 달리하는 이들은 대일협력자로 낙인 찍혀 끽소리 못한 채 숨어 있는 형편이었으니 사람들은 그 어느 때보다 일치단결하여 조국 재건과 마을의 발전에 온 마음과 힘을 다하였다.

독립운동가들이 굳건하게 중심을 잡고 이끌어 가던 조천 지역 인민위원회에서 주역은 단연 용이 아버지였다. 친일 경찰들에게 쫓겨 만주로 달아났던 용이 아버지는 만주에서 서울로 숨어들어 와 독립운동단체와 함께 활동하다가, 일본이 패망하자마자 제주로 돌아왔다. 워낙 심지가 굳고 불의와 타협하지 않는 성격이라 목소리도 크고 사람들과 충돌도 잦았지만, 만주나 광복군, 임시정부 인사들과도 줄이 닿아 있어서 좁은 섬의 사람들과는 시야부터가 달랐다. 중앙에서의 변화를 민감하게 주시하면서, 새 나라가 가는 방향으로 함께 움직여야 한다고 주민들에게 알리곤 했다. 사람들은 용이 아버지의 말에 그런가 보다 하고 별다른 반대 없이 마음을 모았다.

인민위원회에서 용이 아버지의 발언권이 셌다면, 인민위원회의 청년 조직 격인 치안대에서는 용이의 활동이 눈에 띄었다. 아직 나이는 어렸지만 제 아버지를 닮아서인지 활동력이 있었고, 옳다고 생각하는 일에는 중학생 형들이 망설일 때조차도 거침없이 앞장섰다. 그리고 어른들이 시키는 일이라면 무엇이든 복종했다.

아버지의 권세까지 등에 업고 기세등등한 용이의 존재는 사실 조천 지역 청년회의 분위기를 불편하게 만들었다. 용이보다 나이가 많은 대다수의 청년들은 용이의 진두지휘에 복종하고 따라가야 하는 상황을 달가워하지 않았던 것이다. 자연 이들은 한 발 **빼는**듯한 입장을 취했고 치안대에 설렁설렁 끼거나 차라리 인민위원회 어른들을 따르는 편을 택했다. 그도 아니면 나이에 맞는 사회주의 청년들 무리를 겉돌며 제주읍 치안대의 활동에 더 관심을 두었다.

용이는 나름 자신이 움직일 수 있는 인원을 늘리고자 동서분주했고, 당연히 절친 세영이 포섭 1순위가 되었다. 수차례나 세영을 찾아와 함께하기를 권했지만 세영은 딱히 적극적으로 치안대 활동에 참여하지는 않고 있었다. 다만 연령대가 세영에게까지로 낮아진 탓에 그 즈음엔 세영의 반 아이들 중 덩치가 있다는 아이들은 상당수가 치안대 활동에 참여하고 있었다. 세영은 공부 시간에 크게 방해받지 않는 한에서 그들의 모임에 드문드문 어울리는 정도를 유지했다. 사실 세영은 앞에 나서 활동하기보다는 학문적으로 파고드는 쪽이 더 마음에 들었다.

세영의 그런 경향은 아버지의 영향도 컸다. 당시에는 마을 어디서건 집안에서건 밖에서건 이 큰 흐름에 떠밀려 가듯 함께할 수밖에 없었는데, 타고난 선비 집안 내력도 있었을 뿐더러 워낙 진중하고 실없는 소리를 하지 않는 성품 탓에 세영의 아버지는 인민위원회에서도 제법 존중받는 입장이었다.

마을 어르신들과 함께 앞일을 논의하고, 그의 의견엔 대체로 사람들이 귀를 기울였다. 용이 아버지나 젊은이들을 설득하고 행동하게끔 유도하는 것 또한 세영 아버지의 역할이었다. 어머니는 세영이 공부에서 멀어질까 우려하면서도 남편이 마을에서 앞장서는 것은 은근히 자부심을 느끼고 있었다. 이제까지는 장정 한몫 못하는 샌님 같은 남편을 우습게 여기기도 했지만, 결국 몸보다는 머리가 한 수 위라는 자부심을 갖게 되었던 것이다.

그런 세영 아버지가 실종된 선흘리 사람들을 찾아보자는 의견을 냈을 때, 마을 사람들은 당연히 반대하지 않았다. 이미 선흘리 쪽 이야기를 들은 사람들도 많았고 오랜 친분으로 그러잖아도 걱정하던 참이었기 때문이다. 게다가 함께 노무 동원되었던 이들로서는 남의 일로 느껴지지 않았다. 대대적인 수색은 하지 못하더라도 그들이 끌려가서 일했다는 벵뒤굴에 대한 수색 정도는 해야 마음이 놓일 터였다. 벵뒤굴을 살펴보려면 한두 사람으로는 어림없었기에 조천읍 인민위원회 차원에서 일을 진행하는 것이 좋겠다는 데에 다들 의견이 일치했다.

벵뒤굴은 제주도에서도 가장 복잡한 미로굴로 알려져 있었다.

간혹 사람들이 비를 피하러 들리거나 아이들이 장난삼아 드나들기는 했지만, 누구도 깊이까지는 들어가지 못했다. 자칫 길을 잃기라도 하면 큰일이기 때문이다. 이번 기회에 그 벵뒤굴을 한번 제대로 살펴보자는 생각에 사람들은 만반의 준비를 다하였다. 횃불이며 밧줄이며 위치를 표시할 무명천과 유학생들 몇은 나침반을 가져오기도 했다.

그러나 이런 마을 사람들의 각오는 벵뒤굴에 도착하자마자 사그라들고 말았다. 정작 도착한 벵뒤굴 주변 어디에도 일본군이 갱도를 만든 흔적 따위 찾아볼 수 없었기 때문이다. 겉이 아닌 속을 파들어 갔다 한들 최소한 입구 주변에 쇠구루마 자국이나 퍼내 온 돌더미라도 있어야 하기 마련인데 벵뒤굴은 예전의 자연동굴 모습 그대로였다.

"여기서 노역한 게 아닌가 본데?"

시철 아버지가 말을 꺼내자 마을 사람들은 기다렸다는 듯 고개를 끄덕였다. 세영 아버지는 자유롭지 않은 왼쪽 다리를 절며 주의깊게 동굴 주변을 살펴보았다. 많은 인원이 동원되어 일을 한 흔적은 조금도 남아 있지 않았다. 하지만 분명 듣기로는 벵뒤굴로 끌려간다고 했었다.

"아니 땐 굴뚝에 연기나랴고, 그런 이야기가 돈 데는 이유가 있었을 것인데…"

매사에 진중한 세영 아버지로서는 거문오름 노역 당시 떠다니던 뱅뒤굴과 거문오름 지하 통로 연결 공사 이야기가 허튼 소문으로 생각되지 않았다. 소문이 날 때는 다 그럴 만한 이유가 있는 법이니까.

"그래도 기왕 여기까지 왔으니 한번 들어가나 봅시다."

세영 아버지의 말에 마을 사람들은 그러자며 주섬주섬 횃불에 불을 밝혔다. 그러나 처음만큼의 적극성은 보이지 않았다. 어차피 들어가 봤자라는 식으로 흥이 빠진 사람들을 보며 세영 아버지는 적잖이 안타까웠다. 하지만 다리가 불편한 자신이 직접 들어가서 사람들을 지시하기도 어려웠다. 그저 건장한 이들이 보고 와서 일러 주는 대로 기다릴 수밖에.

사람들은 돌아 나올 길을 잃지 않기 위해 길게 밧줄을 풀어 가며 동굴로 들어갔다. 분기점이 나오면 두 무리, 또 다시 두 무리로 나뉘어 진행할 수 있도록 상당히 많은 수가 함께 들어갔다. 세영 아버지는 그 일행에 끼지 못한 채 동굴에 들어서자마자 나오는 넓은 공터에서 초조한 심경으로 마을 사람들을 기다렸다.

마을 사람들이 돌아 나온 것은 거의 한 시간이 지나서였다. 왁자지껄 여러 사람의 목소리가 들리더니 여기저기 진흙투성이가 된 사람들이 줄지어 동굴을 빠져나왔다.

"어떻게 됐어요?"

"아, 별거 없던데. 동굴이 너무 깊어서 다 들어가 보지는 못했어."

"가다 보니까 세 곳 네 곳 막 나눠지고. 일단 흩어져서 갈 데까지는 가 봤는데, 대부분 다 길이 막혀 있거나, 너무 좁아서 못 들어가거나 그래."

세영 아버지는 준비해 간 종이를 펼쳐, 들어갔던 사람들의 이야기를 토대로 갈라지는 부분들을 표시해 대략적인 동굴의 생김새를 그려 나갔다. 사람들은 생각 외로 열심히 동굴을 살펴본 듯 자세한 지형지물을 묘사해 주었다. 어떤 이들은 좁은 구멍을 지나기 위해 배를 깔고 기어가기까지 했고, 위아래로 나뉘어진 굴도 직접 들어가 보고 막혔음을 확인해 오기까지 했다. 다들 실종된 선흘리 사람들은 못 찾더라도 이 김에 벵뒤굴이 어떻게 생겼나 알아 두기라도 하자는 생각에 열심을 내었던 것이다.

세영 아버지는 사람들의 이야기대로 중간에 막혀서 더 나아갈 수 없는 길들은 최종지점에 X 표를 하고, 계속 길이 이어져 있던 곳을 중심으로 그려 나갔다. 결국 단 두 길이 남았다.

"이 이상은 더 들어갈 수가 없었어요. 끈도 모자라고, 횃불도 별로 안 남고 해서."

이야기대로라면 30분 이상 걸어 들어간 것인데도 끝이 나오지 않았다는 것인데, 그럼 도대체 얼마나 깊은 굴인 것인지 짐작하기 어려웠다.

"근데 더 들어가도 별거 없을 것 같았어요. 가면서 횃불로 비춰 봤는데, 사람 지나다닌 흔적도 없어요."

행여 마을 사람들이 설렁설렁 돌아보았다면 세영 아버지는 이 말을 듣고 포기하지 못했을 것이다. 하지만 사람들은 모두 땀에 절고 흙투성이가 될 정도로 열심히 동굴을 뒤진 티가 역력했다. 자신이 직접 들어갔다 한들 이보다 더 열심히 찾지는 못했으리라는 생각에 벵뒤굴을 살펴보는 것은 이쯤에서 그만두기로 했다. 대신 마을 사람들은 벵뒤굴에서 거문오름까지를 함께 걸으며 혹시나 오름이나 다른 동굴에서 일본군들이 머물렀던 흔적을 찾을 수 있을지 살펴보았다. 그러나 특별히 눈에 띄는 흔적은 찾지 못했다. 풀숲이나 새로 생긴 듯한 무덤, 돌 더미 사이까지 샅샅이 둘러보았지만 사라진 사람들의 흔적은 찾을 수 없었다.

그날 밤 용이네 집에 모인 마을 사람들은 허탈한 마음에 늦게까지 각자의 집으로 돌아가지 못했다. 가장 절망한 것은 아무래도 세영이 아버지였다. 함께 일했던 사람들의 모습이 아직도 눈앞에 선한데, 그들이 감쪽같이 사라졌다는 것이 믿기지 않았다. 살았다면 숨은 곳이 있을 것이고, 죽었다면 시신이라도 발견됐어야 하는데 좁지만 크고 깊은 섬 어디에서도 그들의 모습은 찾을 수 없었다.

"일본 놈들한테 끌려간 거 아닌가 몰라?"

"그럴 리가 있나? 지들 도망가기도 바쁜 마당에."

딱히 그럴 것 같지는 않지만 행여나 있을 법한 가능성들을 떠올려보며 사람들은 심란한 마음을 나누었다.

"근데 말이여. 나 참. 이런 요망한 소리 허면 다들 욕할런가?"

"뭔데?"

오사카로 노무 징용을 끌려갔다가 바로 며칠 전에 겨우 돌아온 청년 혁신이었다. 사람들은 심상찮은 시작에 다들 주의를 집중했다. 혁신은 한참 망설이다가 에라 모르겠다는 심정으로 털어놓았다.

"내가 여기 올 때도, 죽을 뻔했다고 하지 않았소. 일본 놈들이 보내준다 하고, 바다 중간쯤 왔을 때 배를 일부러 침몰시키는 바람에 배에 탄 조선인들도 다 죽고, 우리 배 탄 사람도 나 말고 몇 명만 겨우 살아났다고."

"그랬지. 왜놈들이 그리 악질이라며."

"원 전쟁도 다 끝났는데 왜 돌아가지도 못하게 해."

"그게 왜 그러냐면, 우리가 거기서 뭔가 중요한 일을 했기 때문이여."

혁신의 뜻밖의 이야기에 마을 사람들은 한층 귀를 쫑긋 세우고 다가앉았다.

"우리가 거기서 본 것들이 밖으로 퍼져나가는 것을 막기 위해. 한마
디로 입 막을라고, 죽이려고 했다 이 말이여."

섬뜩하게 눈을 부라리며 손으로 목을 긋는 시늉까지 하는 혁신의
이야기에 마을 사람들은 숨을 죽였다. 으스스한 기분이 들어 괜히 옆
사람에게 붙어 앉았다. 혁신은 내친김에 다 이야기해 버릴 작정으로
말을 이었다.

"내가 거기서 산에 갱도를 파는 일을 했는데, 어찌나 깊고 미로같이
파는지 우리는 길도 몰라. 내가 있던 조는 그냥 바깥쪽에서 흙만 날
라서 깊이는 안 들어갔는데, 깊이 들어간 사람은 나중에 그 길을 알
까 봐 아예 못 나오게 하고 먹을 것을 갖다주면서 그 안에서만 일을
시키더란 말이야. 그러다가 어느 날엔가 일본군들이 거기다가 뭔가
를 가져와서는 숨겨 놓더니 그 굴을 통채로 메워 버렸어. 그러면서
그 안에서 굴을 팠던 인부들을 그냥 같이 묻어 버린 거야. 행여나 그
안에 길을 알릴까 봐."

"에그머니나 세상에!"

"무슨 그런 무서운 소리가 다 있다냐."

사람들은 이런 험한 이야기를 전하는 혁신을 나무랐다. 그가 왜 이
런 이야기를 꺼내는지는 아무도 묻지 않았다. 사라진 선흘리 사람들
도 그와 같은 경우일지도 모른다는 생각은 하고 싶지조차 않았기 때
문이다. 산 사람을 묻어 버리다니. 그렇게 죽어 갔을 사람들의 고통
은 어땠을 것이며, 행여 지금까지 그 안에서 살려 달라 하고 있지나
않을지 이어지는 생각은 남은 사람들의 마음을 한참이나 괴롭게 만
들 것이기 때문이었다. 세영 아버지 역시 더 이상은 말이 없었다. 혁
신의 말이 사실이라 한들 방법이 없기는 마찬가지였다. 그 지독한 일

본 놈들이 산 사람을 묻어서까지 숨기려고 한 비밀이라면, 지금 자신들의 힘으로 그것을 찾아낼 방도가 어디 있겠는가.

백골 발굴 조사단 본부

제주시 탑동 거리 끝에 위치한 해변 공연장 1층 전시실에는 '선흘리 백골 발굴 조사단'의 임시 사무실이 설치되었다. 오늘 새벽 이곳으로 옮겨 온 총 987구의 유해들은 각기 박스에 담긴 채 비닐로 밀봉되어 전시실 바닥에 빼곡히 놓여 있었다. 오후로 예보된 태풍이 섬에 도달하기 전에 발굴을 끝마치기 위해 조사단원들 모두 꼬박 밤을 지새운 덕분이었다.

본부가 차려진 호텔방 중앙에는 큼지막한 사무용 회의 테이블이 놓여 있고, 그 위에는 발굴 당시 사진과 선흘 지역 지도, 관련 자료들로 보이는 두터운 A4 뭉치와 4·3 실종자 신청 명단, 일제 강점기 노무동원자 리스트 등 갖가지 파일들이 쌓여 있었다.

테이블 옆 한쪽 벽에는 상자에 담겨 비닐로 밀봉된 서로 다른 특징을 보이는 유해 몇 구와 기이한 모습으로 서 있던 남자의 미라가 조심스럽게 옮겨져 있었다. 아직 법의학적 소견이 나오기에는 치아나 골격 등에 대한 세부 조사가 이루어지지 않은 상태여서 연대나 개인의 신원까지는 파악할 수 없었지만, 대략적으로 의복은 일제 강점기 말기에서 해방 초기 정도이고, 10대에서 60대까지 다양한 연령층이 포함된 것으로 짐작되었다. 성별은 대부분이 남자였고, 적지만 쌀이나 가방, 솥 등을 갖고 있는 사람들도 있었다. 총과 같은 무기는 극소수였고 대부분은 삽이나 곡괭이들이었다.

아직 뭐라고 확정 지을 만큼 조사가 이루어지지 않았지만 발굴에 참여한 조사단 전원이 의아하게 여긴 사실이 하나 있었다.

사체의 의복에 두 계절이 공존한다는 것이었다. 얇은 홑겹의 여름 의복과 혹한에나 입을 법한 솜을 누빈 겨울 의복. 여름과 겨울, 서로 다른 계절의 유해가 한 공간에 같은 열을 맞추고 누워 있는 것은 상식적으로 납득하기 어려운 일이었다. 어딘가 섬뜩한 느낌마저 들었다.

"이런 가정은 가능하지. 서로 다른 때 죽은 시체들을 이곳에 모아 놨다는 거."

"마치 공동묘지에 매장하듯이?"

"그래도 이상해. 누가 이렇게 많은 시체를 열 딱딱 맞춰서 정렬해 놓나. 목숨이 경각에 달렸을 시대에."

"일반적인 상황은 아니었겠지."

"일반적인 사람도 아니었을 거고요."

신림의 말에 누가 먼저랄 것 없이, 서서 죽은 남자의 시체로 시선을 돌렸다.

"저 사람이 한 걸까?"

"알 수는 없지만, 가장 마지막에 죽은 사람 중에 하나였음에는 틀림없어요."

"배치상 그렇겠죠. 뭐하는 사람이었을까?"

"군복을 걸치고 있던 걸 보면, 군인일 테고, 뭐 우두머리쯤 되지 않았을까? 여기 있는 사람들 우두머리."

"팔이 하나 없는데요?"

서서 죽은 남자의 시체를 옮겼던 발굴단원이 불쑥 이야기했다. 다른 사람들은 그제야 남자의 팔을 바라보았다. 오른팔이 팔꿈치부터 잘려 나가 있었다.

"어, 정말이네? 잘린 거야? 나중에 팔뼈가 떨어져 나간 거 아니고?"

"조사한 바로는 훨씬 전에 잘린 거예요."

"그는 테우리였다네."

갑작스런 목소리에 발굴단원들의 시선이 호텔 방문으로 향했다. 그곳엔 지팡이에 의지한 채 힘겹게 세영이 있었다.

"선생님!"

"할아버지!"

신림이 놀라서 세영에게 달려가 부축을 했다. 발굴단원 모두 놀람 반, 기쁨 반으로 그를 맞았다.

"병원에 계시지 않고 어떻게 오셨어요?"

"병원은 무슨…."

세영은 수척해진 얼굴에도 불구하고 정신만큼은 어느 때보다 또렷해 보였다. 사람들은 세영을 위해 테이블 중앙에 자리를 비웠다. 신림의 부축으로 자리에 앉은 세영은 서서 죽은 남자의 시체를 바라보았다.

"정일국이라는 사내였네. 스물여섯의 나이로 49년 초토화작전 때 죽었지. 그는 제주도 제일의 테우리였어."

시신의 정체에 대해 너무나 소상히 알고 있는 세영에게 발굴단원들은 모두 놀라지 않을 수 없었다. 세영은 담담했다. 지난 세월이 감정 따윈 말려 버릴 만큼 길었던 탓인지 슬픔이나 통한 따위는 느껴지지 않았다.

"잘 아는 분이셨나 봐요?"

서울에서 내려온 고고학과 조교수가 흥미로운 표정으로 물었다.

"그 당시 제주도에서 정일국을 모르면 간첩이었지."

세영의 입가에 깊은 주름이 잡혔다. 일국의 이름을 되뇌이는 것만으로도 기억의 저수는 수십 년간 담아둔 수많은 순간들을 끝없이 흘려보내었다.

일국, 자동차 행상

읍내에 내려와 일국이 최초로 한 일은 자동차를 구입하는 것이었다. 말이 하던 일을 차가 대신하는 세상이 온다면, 일국으로서는 다른 선택이 있을 수 없었다. 당연히 차가 필요했다.

당시 제주도에는 제주동부자동차회사와 제주통운주식회사, 남부자동차회사가 각기 동부와 서부, 남부 차부를 나누어 맡아 여객자동차를 운행하고 있었다.

관리들이나 일부 부자들이 주로 이용했던 여객자동차는, 6인승 포드 합승 차량으로 일반 도민은 탈 엄두도 내지 못할 만큼 귀한 것이었다. 제주도 해변을 따라 나 있는 일주도로를 타고 섬 전체를 달리는 반짝거리는 포드 승용차를 본 순간, 일국은 한눈에 반하고 말았다. 어떻게든 자동차를 갖고 싶었다.

그러나 단지 그 차를 갖는다 한들, 할 수 있는 일은 운전기사 외에는 없었다. 아무리 차가 좋았지만, 돈 많은 양반들 차를 몰며 하인 노릇 하는 것은 체질에 맞지 않았다. 일국은 그보다 더 재미있고 자유로운 일을 원했다.

때마침 미 군정은 일본군이 사용하던 군용트럭을 불하받아 화물 운송 사업을 시작했다. 육지에서 들어오는 물량이 많아짐에 따라 운송량은 날이 갈수록 늘어갔다. 일국은 그 기회를 타, 화물차를 한 대 구입하여 운송업에 뛰어들었다.

처음에는 항구에서 기지까지 군수품을 날라 주거나, 섬 전역에서 시작된 크고 작은 건설 현장을 오가며 자재들을 날라 주는 단순 운송일을 했다. 그러다 점차 범위를 넓혀 생필품 장사에 뛰어들었다.

대양상회의 주인 영감으로부터 저렴한 값에 구입한 쌀이며 밀가루, 옷감 등을 트럭에 싣고 지역을 돌며 물건을 파는 신식 행상일을 시작했다. 제주시 외곽은 물론 서귀포와 인적 드문 중산간 마을, 마라도, 우도, 추자도까지 일국의 발길이 닿지 않는 곳은 없었다. 읍내나 잡화점이 있는 큰 마을에는 기존 상점에 물건을 납품하는 식으로 하여 손해를 입히지 않고, 가게가 없는 작은 마을에는 직접 다니며 주문을 받고 물건을 배달했다.

일국 외에도 이런 일을 하는 보따리 상인들이 많았지만, 대부분 봇짐을 지고 나르는 수준이어서 속도나 규모에서 차이가 컸고, 무엇보다 책임감이라는 면에서 상대가 되지 않았다. 일국은 날씨가 아무리 험하고 어떤 어려움이 생겨도 약속한 물건은 반드시 제날짜에 갖다주었기에 그에 대한 신뢰는 나날이 커져 갔다. 아는 인편에 보내곤 하던 편지나 물건, 심지어 돈까지도 일국을 통해 전달할 정도가 되었다.

사람들은 일국의 트럭이 마을에 들어오기만을 눈이 빠지게 기다렸고, 겨우내 마을까지의 이동이 힘들어지자 사람들은 오로지 일국에게만 의지하여 생필품을 구입하였다. 반년이 채 지나기도 전에 일국의 트럭은 섬 전역에 알려지게 되었다. 남들보다 배는 더 부지런하고 아무리 힘들고 궂은 상황도 마다하지 않으니 일국의 평판은 나날이 좋아졌고, 그와 거래를 트려는 사람은 늘어 갔다.

일국에 대한 신뢰가 높아지자 비밀스러운 주문을 맡기기 위해 굳이 일국을 찾아오는 이들도 생겨났다. 일국은 허튼소리 내지 않으면서도 난처한 일들을 대처하는 수완이 남달랐기 때문이다.

대양상회 주인 영감은 싱글벙글이었다. 일국이 열심히 물건을 팔아 준 덕에 가게 수익이 배로 늘었고, 거래망도 섬 곳곳까지 뻗게 되었다. 둘은 점차 동업자와 같은 관계가 되어 일국에게는 우선적으로 물건을 대 주었고, 간혹 일국이 받아 오는 까다로운 주문들도 어떤 것이든 수단과 방법을 가리지 않고 구해다 주었다. 일국의 신용 뒤에는 이미 일제 강점기부터 육지와 일본 등지까지 세를 넓혀 놓은 대양 상회 영감의 수완이 뒷받침되어 있었다.

일국은 텅 빈 트럭으로 제주읍으로 돌아와 며칠을 머물다가 주문받은 물건을 산더미처럼 싣고는 다시 떠나갔다.

일국의 검은 화물 트럭이 마을로 들어서면 아이들은 혹시나 맛난 눈깔사탕이나 얻을 수 있을까 몰려들었고, 아낙네들은 육지에서 들여온 옷이며 참빗, 구리무 같은 것들을 먼저 차지하려고 난리였다.

게다가 일국의 훤칠한 외모와 타고난 다부진 체격은 혼기 찬 처녀들이나 그네들 부모들의 관심거리가 되었다. 늘 떠돌아다니는 신세건만 어디를 가나 서럽지 않았던 것은, 서로들 일국에게 밥 한 끼 먹이려고 그를 집으로 불러들이지 못해 안달이었던 것이다.

하지만 일국은 딱히 그쪽으로는 관심이 없었다.

물론 그의 시선을 끌고자 일부러 물옷 차림으로 오가는 젊은 잠녀들에게 시선을 주기도 했고, 곱게 눈빛을 흘리며 맴도는 귀여운 마을 처녀를 볼 때면 마음이 울렁거려 그 마을을 떠나는 게 아쉽기도 했지만, 야생마처럼 피 끓는 몸뚱이가 그의 굳은 심성을 뛰어넘는 일은 한 번도 없었다.

지금 일국에게는 이제 막 자리를 잡기 시작한 장사일이 다른 무엇보다 더 크게 마음을 차지했다. 섬의 내로라하는 사람들로부터 신뢰를 얻고, 자신의 능력을 확인해 가는 만족감이란, 일개 여인에게서 얻을 기쁨과 비교할 수 없었다. 일국은 자신이 점점 더 커져 가는 것을 느꼈다. 그럴 때면 허전함도 외로움도 모두 잊을 수 있었다.

하지만 한 달에 스무 날은 떠돌아다니고, 나머지 날도 제주읍에서 물건을 싣는 데 보내느라 눈코 뜰 새 없는 일국은 제 어미를 선흘에 홀로 남겨 두는 것이 늘 마음에 걸렸다. 자기가 자주 찾아뵙지 못한다면 세영네나 다른 벗들이라도 가까이 어울려 지내도록 해 드리는 것이 나았고, 그러기 위해선 예전에 살던 조천으로 돌아가야 했다.

이런 일국의 생각에 일국 어미는 그다지 탐탁지 않아 했다. 이제 자리 잡아 잘 살고 있는 집을 두고, 또 다시 터전을 옮기는 것이 맘편치 않았기 때문이다. 하지만 일국이 테우리일을 하지 않는다면 일국 어미 입장에서도 더 이상 선흘에 있을 이유는 없었다. 심란한 마음은 있었지만, 일국의 강권에 하는 수 없이 이사를 승낙했다. 일국은 어미의 허락이 떨어지기가 무섭게 말들을 처분하면서 생긴 돈으로 조천에 적당한 집을 마련하고는, 트럭에 얼마 안 되는 세간을 실어 반나절만에 이사를 마쳤다.

세영이네 가족은 일국이네 귀향을 몹시 반겼다. 특히 세영 어미는 가족이 돌아온 것처럼 기뻐했는데, 본래 일국 어미와는 북촌에서 함께 물질하며 자라다가 조천으로 함께 시집을 온 터여서, 자매처럼 의가 좋았다. 시기도 이러니 앞으로는 서로 돕고 지낼 일이 많겠다고 세영 어미는 잃었던 자매를 만난 듯이 든든해 했다.

일단 돌아오자 일국 어미도 만족하는 눈치여서 일국은 한시름이 놓였다. 뭐라 딱 꼬집어 말할 수는 없었지만, 섬의 돌아가는 상황이 예사롭지 않았기에, 내키지 않아 하는 어미를 졸라 반강제적으로 조천으로 이사를 고집한 터였다.

일국의 결정이 결과적으로는 잘한 것임이 드러나기까지 오랜 시간이 걸리지 않았다. 일제 식민 치하의 후유증은 얼마 못 가 한반도 곳곳에서 드러나기 시작했다. 30년 이상 완벽하게 일본에 종속되어 있던 조선은 일본의 투자처이자 중국 침략을 위한 기지였을 뿐, 자체적인 상공업적 기반을 이루지 못했고, 경제 구조 역시 자립하지 못한 상태였다. 당연히 해방과 함께 일본이 빠져나간 후 자본, 기술, 기계 설비 등 모든 면에서 심각한 부족을 겪게 되었다.

특히 농업이 중심을 이루는 남한의 경우 제조업 생필품의 거의 대부분을 북한에 의지해야 했다. 그래도 남북한의 경제순환이 가능했던 해방 직후에는 부족하나마 숨 돌릴 틈은 있었다. 그러나 남북이 미국과 소련에 의해 분단 통치되고, 둘 사이의 관계가 악화됨에 따라 남한의 기본 경제는 심각한 위협에 처하게 되었다.

가장 먼저 전기가 중단되었다. 한반도에 공급되던 전기의 90퍼센트 이상은 북한에서 생산되고 있었다. 거의 전적으로 북한의 전기 공급에 의지하던 남한은 분단과 함께 원료와 전기 공급이 끊기게 되었고, 당장 등잔불을 켜고 짚신을 삼아 신어야 하는 심각한 시대적 퇴행 상태에 놓이게 되었다.

육지에서 '아' 하면, 섬에서는 '악' 하는 것이 늘 있어 온 수순이었다. 섬의 경제 상황은 심각한 위기에 직면했다. 육지에서의 지원이 끊기다시피 하자 먹을 것은 점점 부족해졌고, 기본적인 생필품은 턱없이 모자랐다. 일정 시대보다 더 못하다는 말이 돌기 시작했다. 마치 모세혈관처럼 섬 전역에 물자를 공급하는 일국은 다른 누구보다도 그런 상황을 심각하게 느끼고 있었다.

대양상회 주인을 통해 전해 듣는 육지의 상황은 날이 갈수록 점점 더 어려워졌다. '제주도 물자 조정 요령'이라는 게 발령되어 조금 있으면 섬의 물자를 밖으로 옮겨 갈 수 없게 될 것이라고 했다. 그렇게 되면 밖의 물건을 사들여 올 돈도 부족하게 될 것이고, 당장 모든 거래는 멈추게 될 것이었다.

나날이 고향으로 돌아오는 사람들은 늘어 가고 있었는데, 정작 그들 중 일자리를 얻는 사람은 얼마 없었다. 일본에서는 공장에서 기술도 익히고 벌이도 괜찮았던 이들이 섬으로 돌아온 후 기술은 있어도 일자리가 없어 애매히 굶어야 하는 처지였다. 조국의 해방을 하늘도 축복하는지 난데없는 풍작이었지만 그럼에도 정상적으로 물건을 구할 수 없으니 물가는 치솟았고, 주민들의 사정은 말할 수 없을 지경이 되었다.

이덕구의 귀향, 밤, 정화

    이같이 어려운 상황 속에서도 고향으로 돌아오는 사람들의 행렬은 끊임없이 계속되었다. 항구에 배가 도착하면 저마다 부푼 꿈을 안은 초췌한 차림의 사람들이 내리고 또 내렸다. 오랜 파도에 시달린 탓에 피곤에 지친 사람들은 앞으로 겪을 어려움도 모른 채 조국에 도착했다는 기쁨을 만끽했다. 새로운 미래에 대한 기대감으로 항구는 늘 활기에 넘쳤다.

    그중에서도 조천항은 일본 유학생들이 드나드는 주요 항구였다.

    신지식을 배우고 신문물을 접한 젊은이들을 통해 갖가지 새로운 소문이 흘러들어 와 삽시간에 섬 전체로 퍼져 나갔다. 젊은이들의 넘치는 활력은 새 시대를 위한 밑거름이 되어 여러 모습으로 피어나기 시작했고, 크고 작은 움직임들이 저마다의 형태로 열매 맺어 갔다.

    수많은 청년 단체들이 만들어지고, 그들은 각기 다른 목표와 이념 아래 활발한 움직임을 시작했다. 이호구의 아들 이덕구가 리쓰메이칸에서 돌아온 것은 바로 이 즈음이었다.

    돌아올 줄은 알고 있었지만, 딱히 인편을 통하는 편지도 끊겨서 언제 오려나 기다리고 있던 어느 날, 불쑥 덕구가 나타났다.

    정화는 학교에서 열심히 수업을 하다가, 교실 문밖에서 싱글거리며 웃고 있는 덕구 오빠의 모습을 발견하고 깜짝 놀랐다. 아이들에게 자습을 시키고 살짝 빠져나오니 전보다 더 두툼해진 어깨의 덕구 오빠가 웃고 있었다.

"오빠. 이게 어떻게 된 거예요?"

"아침에 도착했지. 너 여기 있다길래 보러 왔다."

"오빠도 참."

정화는 못 말린다는 듯 퉁박을 주면서도, 너무 오랜만이라 어색한 듯 다른 말은 잇지 못하고 웃기만 했다. 덕구 역시 몇 년 사이에 완연한 숙녀로 자란 정화를 보며 전처럼 쉽게 대하지 못하고 쑥스러운 듯 미소를 지었다.

"너희 반? 아이들이 많네?"

"점점 더 많아져요. 공부에 대한 열의가 대단해서."

덕구는 감탄하는 눈빛으로 교과서에 고개를 파묻고 있는 까까머리 아이들을 넘겨보았다. 딱히 뭐라 말하지는 않지만 창문 너머로 한 명 한 명 훑어보는 덕구의 눈빛에서 아이들을 향한 애정이 엿보였다. 정화에 대해서도 반가운 마음은 분명한데 어떻게 표현해야 할지를 몰라 덕구는 괜히 싱글거리기만 했다.

"그럼, 저녁에 집에서 보자."

"그래요."

정화는 듬직한 외모답지 않게 부끄러워하는 오빠가 우스워 손등으로 입을 가리고 웃었다. 덕구는 괜히 더 열심히 손을 흔들며 어색한 걸음걸이로 복도를 빠져나갔다.

그날 저녁 이호구 씨 집은 명절을 방불케 할 만큼 많은 사람들로 북적였다. 몇년 만에 집에 돌아온 덕구를 환영하기 위해 친척들과 가까운 지인들이 찾아온 것이다. 동네 아낙들은 일찍부터 와서 식사 준비를 도왔다. 살이 통통하게 오른 흑돼지도 잡아 삶아 내고 담가 두었던 자리돔 젓갈이며, 오랜만에 고향에 돌아온 아들을 위해 어머니는 솜씨를 아끼지 않았다.

본래 덕구는 성품도 곧고 인자하여 마을 어른들에게도 신망이 두터웠다. 그런 덕구가 일본에 가서 대학까지 마치고 돌아왔으니, 이제 마을에서 중요한 일을 하게 될 거라고 다들 기대가 컸다. 이미 인민위원회에서는 그가 돌아오기 전부터 종종 그의 이름이 거론되곤 하였다.

정화가 집에 도착했을 때, 마을에서 가장 넓은 집 중의 하나인 이호구 씨의 집이 비좁게 느껴질 정도로, 마루며 방이며 사람들로 발디딜 틈이 없었다.

사랑방에서는 이호구 씨와 마을 어른들의 호쾌한 웃음소리가 흘러넘치고, 부엌에서는 튀기고 끓이는 냄새와 경쾌하게 울리는 도마 위 칼질소리로 시끌벅적했다. 정화도 얼른 옷을 갈아입고 부엌으로 내려갔다.

좁은 부엌이건만 마을 아낙들은 마치 잘 훈련된 군인들처럼 몸을 비껴 가며 능숙하게 맡은 음식을 완성했다. 정화는 그 모습을 흐뭇하게 바라보았다. 어쩔 수 없이 여자들은 준비하는 역할이고 남자들은 즐기는 역할이었건만, 아낙들은 어느 누구 불만은커녕 최선을 다해 실력 발휘를 하고 있었다. 오히려 신이 난 듯했다. 신여성으로 교육을 받은 정화였지만, 그녀는 이런 부엌의 모습이 좋았다. 남녀평등이 옳다고 생각하는 것과 다르게, 여성의 일은 여성이 하는 것이 옳다는 생각이었다. 정화는 자신도 그 흐름 속으로 뛰어들어 부엌과 마루를 오가며 상을 차려 내는 분주한 흐름에 어울렸다.

이미 얼큰하게 흥이 오른 어른들은 저녁상이 나오자 너도나도 덕구에게 잔을 권했다. 덕구는 어느 하나 거절 않고 넙죽넙죽 잘도 받아마셨다. 든든한 체격답게 술도 세서 동네 어른들은 그의 주량에 혀를 내두르면서도 몹시 기특해하는 눈치였다.

"아, 덕구 너 이 녀석. 술 마시는 거 보니까 진짜 한자리 단단히 하겠
구나. 하하하."

곰처럼 능청스러운 미소를 지으며 덕구는 부지런히 잔을 비우고
채웠다. 건넌방에 따로 상을 차려 모인 여자들도 그런 덕구를 엿보
며 흥겨워하였다.

사람들은 달이 중천에 떠오를 무렵에야 하나둘씩 자리를 떠 집으
로 돌아갔다. 몇몇은 몸도 가누지 못할 만큼 거나하게 취해 아낙들의
잔소리에 몸을 기대야 했다.

손님들이 모두 빠져나가고 이호구 씨 내외도 잠자리에 들러 방으
로 돌아간 후, 덕구는 혼자 마당에 나왔다. 벌겋게 달아오른 얼굴을
식힐 겸 섬의 서늘한 밤공기를 맞으러 나와 앉았다. 눈이 시리게 하
얀 달을 반쯤 풀린 눈으로 바라보다가 혼자 배시시 웃었다. 그렇게도
그리워하던 고국에 돌아와 사랑하는 사람들에 둘러싸여 있다는 사실
이 믿기지 않았다.

"참 좋다."

덕구는 나즈막히 읊조렸다.

"혼자 뭐래."

정화는 낼름 덕구 옆으로 와 앉았다.

"어? 정화야. 너 아직 안 잤어?"

덕구는 의외의 등장에 깜짝 놀라면서도 기쁜 듯 술기운에 붉어진
얼굴을 더욱 붉혔다. 해맑은 그의 표정에 정화는 일부러 새침한 척
잔소리를 하였다.

"아이고, 뭔 술을 그렇게 마셔요. 몸 상하게."

"어른들이 주시는데, 어떻게 하냐. 이런 날이니까 마시는 거지."

덕구는 예의 그 후덕한 미소를 지으며 뭐가 좋은 듯 연신 싱글벙글 하였다.

그런 덕구의 표정에서 정화는 세월이 지나도 변함없는 다정한 오빠의 마음을 느꼈다. 둘은 달빛을 보며 툇마루에 걸터앉아 뒤늦은 둘만의 이야기를 주고받았다.

"오빠는 이제 뭘 할 생각이에요?"

"일단은 조천국민학교에서 사회과와 체육과를 가르치게 될 것 같아."

"정말요?"

덕구가 학교로 오겠다는 말에 정화는 놀랐다. 솔직히 오빠는 교사보다는 정치를 할 것이라고 생각하고 있었기 때문이다. 덕구는 그런 정화의 반응이 재미있다는 듯 바라보았다.

"왜 내가 못 가르칠 것 같애?"

"그런 건 아니고⋯. 어른들 기대가 크니까 아무래도 마을 일을 하게 될 줄 알았죠."

"마을 일도 하겠지. 그렇지만 지금 당장은 학교에 있고 싶어."

오빠가 그러고 싶다면 안 될 것은 없지만, 정화는 직감적으로 자신을 의식한 선택이라는 생각이 들었다. 딱히 뭐라고 말을 못 하고, 둘 사이에는 한참이나 정적이 흘렀다. 정화는 그런 상황이 약간 불편하여 괜히 투정을 하였다.

"뭔 말 좀 해 봐요. 왜 가만히 있어?"

"그냥⋯ 이렇게 있는 것도 괜찮지 않나?"

술기운 탓인지 정화를 바라보는 덕구의 시선이 유달리 길게 이어졌다. 정화는 어색하기도 하고 부끄럽기도 해서 애써 모르는 척하였다. 긴 치마로 덮인 무릎을 감싸고 웅크린 채 가만히 있다가, 괜히 불씨가 꺼진 모닥불로 다가가 타다 남은 나무쪼가리를 뒤적였다. 덕구는 그저 좋다는 듯 미소를 지으며 하염없이 달만 바라보았다.

이호구의 제안, 정화 아버지의 과거

다음 날 아침상에는 해장국이 올라왔다. 이호구 씨와 덕구 모두 어찌나 맛있게 식사를 하는지 둘 다 그릇에서 고개를 들 줄 몰랐다. 처음으로 넷이 앉아 먹는 아침상이 기쁜지 아주머니는 연신 그런 두 사람을 바라보며 미소 지었다. 정화는 간밤에 늦게 잠자리를 든 탓에 아침 준비가 늦어져서 식사를 마치고 바로 일어서려는데, 이호구 씨가 그런 정화를 불러세웠다.

"정화야. 출근하기 전에 잠깐 시간 괜찮으면 할 이야기가 있는데…."

"아, 네. 말씀하세요."

정화가 주춤거리며 다시 밥상 앞에 앉았다. 이호구 씨가 개별적으로 정화에게 이야기를 하는 일이 별로 없었기 때문에, 정화는 무언가 심상찮은 일일 것이라 눈치챘다.

"너도 알다시피 미 군정이 시작되어, 우리 인민위원회랑 여러모로 협조관계를 갖게 되길 바라고 있단다."

무심하게 식사를 하던 덕구도 뜻밖의 화제에 고개를 들고 아버지를 바라보았다. 정화 역시 그런 이야기를 자신에게 하는 이호구 씨의 의중이 짐작되지 않아 어리둥절해했다.

당시 이호구 씨는 마을 주민들의 신임을 얻어 인민위원회에서 지도자급의 위치에 있었다. 미 군정이 들어오기 전까지 섬의 각 마을은 인민위원회의 이름하에 본격적인 주민 자치가 이루어지고 있었다.

인민위원회는 정식적인 행정업무를 하진 못했지만, 마을 재건을 위한 다양한 일들에 발벗고 나섰다. 창고에 저장되어 있던 마른 고구마를 꺼내 주민들에게 배분하거나, 마을 공동으로 길 닦기도 하고, 누에치기, 축산, 일반 농사법에 대한 교육 등을 시행했으며, 학습회, 체육대회, 야학과 학교 설립 사업 등을 추진하기도 했다.

마을의 문제를 그들 스스로가 해결해 나가고 있었기 때문에, 인민위원회를 이끄는 이들은 실제적인 마을의 지도자나 다름없었다. 그래서 미 군정이 시작된 후 인민위원회 인사들은 그대로 초대 면장이나 행정기관에 선출되는 경우가 많았다. 그만큼 미 군정은 지역민들의 의사를 존중했고, 미 군정과 인민위원회는 서로 협조하는 관계였다.

한국 상황에 익숙지 못한 미군은 인민위원회 역할을 인정함은 물론 오히려 이들을 의지하고 많은 부분 협조를 구할 수밖에 없는 상황이었다. 공식적으로 면사무소가 생긴 후에도 중요한 행정업무를 추진할 때는 사전에 인민위원회 간부들과 협의하는 것을 당연하게 여겼다.

자연히 한국어와 영어 사이의 의사소통이 문제가 되었다. 이호구 씨의 고민은 바로 그 부분이었다.

"미국인들이랑 서로 말이 통하지 않아서 말야. 물론 미 군정에서 일하는 통역관들이 있는데, 내가 보기에는 그치들이 썩 신통치가 않은 것 같다. 어딘가 내용을 잘못 전달하는 것 같기도 하고, 충분히 우리 입장에서 의견이 전해지지를 않는 것 같아. 우리 입장을 대변해 줄 통역관이 절실한 실정이야."

정화는 그제야 이런 이야기를 꺼내는 이호구 씨의 의중을 짐작할 수 있었다. 동경제대 영문과 출신의 영어 실력을 빌려 보자는 것이었다. 정화는 이해한다는 듯 공감의 고갯짓을 해 보였다. 불쑥 찾아와 얹혀사는 처지에 더한 부탁이라도 마다 않고 도왔을 정화였다. 하물며 미 군정과의 영어 통역이야 딱히 힘들 것도 없었다.

“혹시 네가 언제 시간이 좀 되면, 미 군정에 갈 때 동행을 해 줄 수 있으면…”
“물론이죠.”

정화는 망설임 없이 대답했다. 정화가 도움을 줄 것은 짐작하고 있었지만, 이처럼 한치의 망설임 없이 승낙하자 이호구 씨는 무척이나 감동한 듯했다.

정화 입장에서는 대답을 미룰 이유가 없었다. 마을과 조국의 발전을 위해 자신도 일조할 수 있는 기회였다. 밤낮으로 애쓰시는 분들이 이런 상황에서 얼마나 답답하고 어려움이 많으셨겠는가. 언어 소통의 문제만큼 심각한 것이 없다는 것을 정화는 그 누구보다 잘 알고 있었다. 모두가 머리를 맞대고 이루어 가는 일들이 영어 때문에 가로막혀서야 안 될 일이었다.

출근 준비를 마친 정화가 집을 나서는데, 덕구가 따라나섰다.

자기도 인사차 오늘부터 학교에 나가 보겠다는 것이었다. 둘은 나란히 학교로 출발했다. 딱히 할 이야기도 없고 해서 정화는 방금 전 이야기를 꺼냈다.

“사실 엄마가 아니었으면, 한국말보다도 영어를 먼저 배웠을 거예요. 영어 공부하라는 소리는 아빠한테 귀에 인이 박히게 들었으니까. 결국 이렇게 쓰이네.”

정화는 마냥 기쁘지만은 않은 표정이었다. 덕구는 정화의 사정을 누구보다 잘 알기에 잠자코 듣고 있다가 그래도 정화에게 알려야 한다는 생각에 입을 열었다.

"정화야, 일본 들어오기 전에 네 작은오빠를 만났다. 아버님 너 많이
걱정하고 계신다고….”

"거짓말! 아빠는 나 같은 건 안중에도 없어요. 가족이고 뭐고 언제나
사업 걱정뿐인 걸요.”

"아버지, 그런 분 아니셔.”

덕구 오빠가 아버지 편을 들 거라고는 상상도 못 했기 때문에 정화
는 조금 놀랐다. 덕구의 표정은 진지했다. 입 발린 소리로 위로하거
나 할 사람이 아니기에 정화는 덕구의 뒷말을 기다렸다.

덕구는 뭔가 말하면 안 되는 일을 떠벌리기 전에 고민하는 사람처
럼 망설이다가 전혀 뜻밖의 이야기를 들려주었다.

"네 아버지는 동경제대 경제학과 시절, 가와카미에 심취해서 수배 명
단에까지 오른 급진 사회주의자였어.”

"아버지가 사회주의자였다고요?”

정화는 놀람을 떠나 믿을 수가 없었다. 아예 걸음을 멈추고 고개를
돌려 덕구를 바라보았다. 아버지에 대해 들을 수 있는 가장 어이없고
충격적인 이야기였다. 아버지가 자기와 의절을 하기로 했다든가, 일
본을 떠서 미국으로 가 버렸다든가 하는 이야기였다면 차라리 그러
려니 했을 것이다. 그럴 법한 이야기니까. 하지만 아버지가 사회주의
자였다는 것은 마치 젓가락으로 스테이크를 먹는다든지 된장국을 와
인잔에 넣어 마시는 것만큼이나 맞지 않는 일이었다. 덕구는 그 어느
때보다 담담한 표정으로 말을 이었다.

"아버지는 내숙정기에 말 빼고 돌아서셨지. 살아남기 위해서는 어쩔
수 없었어. 너도 들어 봤겠지만 당시 가와카미는 제대의 스타였어.
수백 명의 학생들이 그의 강의에 몰려들었지. 너희 아버지는 가와카
미 추종자였어. 개인적인 친분도 있고, 어쩌면 가와카미의 사상을 행

동적으로 가장 잘 실현한 사람이 너희 아버지였는지도 몰라. 그러다 보니 당연히 경찰에게는 제거 1순위에 올랐고, 잡혀서 바로 재판에 회부될 상황이었지. 그 당시 일본에서 사회주의자들은 사형이었어. 아버지는 목숨을 위해 이념과 동지를 버렸다. 그리고 더 철저하게 반대쪽으로 돌아섰지. 많은 사람이 죽었고, 아버지는 배신자의 낙인을 짊어져야 했어. 그렇게까지 하지 않았다면, 아버지는 그때 죽었을 거야. 그럼 지금의 너도 없었겠지."

덕구의 마지막 말은 어딘가 묘했다.

덕구 오빠를 포함한 많은 일본 유학생들이 사회주의 사상에 심취해 있다는 것을 정화는 누구보다 잘 알고 있었다. 물론 덕구는 사회주의자가 아닌 민족주의자에 가까웠지만, 어느 쪽이 되었건 그들에게 아버지의 행동은 동정의 대상이 될 수 없었다. 차라리 경멸이 합당했다. 덕구 역시 그런 정화 아버지를 용서하지 못하고 있는지도 몰랐다.

하지만 그럼에도 정화 너는 그러면 안 된다고 오빠는 말하고 싶었는지도 모른다. 마지막 순간 자식조차 편들어 주지 않는다면 아버지가 너무 불쌍하지 않냐는 어느 작가의 글이 떠올랐다. 부모에게 판단의 잣대를 대기에, 자식에게 애시당초 그런 자격이 주어져 있기나 한 것인지.

제주 애월, 사촌동생 펜션

　태훈은 거문오름에서 내려와 애월에 있는 사촌동생의 펜션으로 향했다.

　원래 오늘 사촌동생 내외와 점심을 함께하기로 약속이 되어 있었다. 그런데 예상치 못하게 최영재와 고기국수에 막걸리까지 하게 되어 본의 아니게 약속을 깨고 말았다. 점심은 못 하게 되었지만 잠시 얼굴이라도 보고 부탁한 일의 진행 상황도 들을 겸 오후에 들르기로 연락을 해 두었던 것이다.

　요즘 애월이 외지인들 사이에 한창 뜨고 있다는 이야기는 들었지만, 실제로 가 보니 기대 이상이었다. 다양한 컨셉의 펜션과 게스트 하우스, 가지각색 카페들이 제법 볼 만했다.

　그중에서도 사촌동생의 펜션은 지나가는 사람도 들러서 사진 한 장 찍고 가고 싶을 정도로 아름다웠다. 갓 칠한 듯 새하얀 지붕에 연하늘색 벽면, 마치 알프스의 목장처럼 흰 테두리로 두른 정원은 가지각색 꽃으로 화원을 방불케 하였다.

　부지런하기 이를 데 없는 사촌동생 댁의 솜씨가 분명했다. 정원 빨랫줄에는 시원스럽게 걸려 있는 하얀 침대보가 시선을 끌었다. 외국 영화에서나 나올 법한, 주름 하나 안 잡히게 팽팽하게 털어 넌 침대보의 모습이 겪어 본 적도 없는 추억에 잠기게 했다.

　혹시나 하고 그러지 말라고 말해 놓았으나, 역시나 사촌동생 내외는 식탁에 올려놓을 자리가 부족하리만큼 갖가지 요리를 차려 놓고 태훈을 기다리고 있었다.

"나 점심 먹고 온다니까."

"아, 그까짓 국수 먹고 배가 차요? 기왕 온 거 배 터지게 먹여 보내야지."

"나 원, 참."

태훈은 사촌동생 댁의 정성에 딱히 불만을 표하지도 못하고, 하는 수 없이 차려 놓은 음식들을 먹기 시작했다. 나이를 먹으면서 소화기관이 둔해진 것인지 일단 먹기 시작하면 적당한 선에서 끊지를 못했다. 그러다 보니 평생 처음으로 평균 이상으로 체중이 불어 가는 요즘이었다. 이렇게 될 것을 알았기 때문에 애써 처음부터 안 먹으려 했던 것인데…. 태훈은 어쩔 수 없이 체념하고 될 대로 되라 과식을 즐겼다.

"제수씨 솜씨가 장난 아니네. 여기 펜션 손님들 바글바글하겠어."

투덜거린 것 치고는 태훈이 너무 맛나게 잘 먹자 사촌동생 댁은 기쁜 표정을 감추지 못했다. 사촌동생 역시 흐뭇한 표정이었다. 태훈은 내친김에 이런저런 칭찬을 덧붙였다. 나이 사십 된 남자에게 어울리지 않는 약간은 곰살맞은 짓이었지만 딱히 아부나 거짓은 아닌 것이 진심으로 그런 생각이 들었기 때문이다.

대부분의 사람들은 자신의 자잘한 감정들을 굳이 말로 할 필요가 없다고 생각한다. 태훈 역시 서른 중반까지는 그랬다. 하지만 그런 감정들을 밖으로 표현하는 것이 의외로 인간관계에 도움이 된다는 것을 깨달은 후로는 의식적으로 말을 하려고 노력하고 있었다.

"집 좋다. 잘해 놨네."

"그니까 이리로 오라고. 좁아터지고 시끄러운 모텔보다 여기가 훨씬 낫지."

"그러게 오면 좋은데…. 상황 보니 일도 길어질 것 같고."

"아예 휴가 좀 내고 쉬어. 고향 온 김에."

"글쎄 말이다."

태훈은 그렇게 대답은 했지만, 절대 불가능하다는 것을 알고 있었다.

휴가? 있어도 못 썼다. 회사 정책이 그래서가 아니라, 자기 성질머리가 그랬다. 휴일이면 개인 사진 작업하러 평일보다 더 멀리까지 나갔고, 더 많은 사진을 찍었다. 아무 일도 안 하고 쉬면서 보낼 시간 따윈 그의 인생에 없었다.

"고모님한테는 연락 드렸어?"

문득 생각난 듯 사촌동생이 물었다. 아닌 척하지만 그 말을 꺼내려고 오래 별렀다는 것을 알 수 있었다. 태훈은 아무 대답도 안 했다.

"이거 봐라. 아들 못쓰겠네. 내려온 지 며칠인데…. 당장 내일이라
도 뵈러 가!"

태훈은 가타부타 대답을 피했다. 사촌동생이 그리 말하지 않아도 충분히 맘에 걸리던 참이었다. 언젠가 한번 들르긴 해야 할 텐데, 그게 언제가 될지 지금으로선 생각하고 싶지 않을 뿐이었다. 태훈은 버섯전골 국물을 연거푸 떠먹으며 화제를 돌렸다.

"알아봤냐? 그 십장."

"아, 맞아. 내가 그거 알아보느라 중학교 동창한테 20년 만에 연락까
지 했다는 거 아니야."

거드름을 피우는 것 보니 성과가 있었던 것 같았다. 해낼 줄 알았다.

"잘했네."

"그 양반 그 바닥에서 의리 좀 있나 봐. 함부로 회사 불리하게 말하고
그럴 입 가벼운 양반 아니래. 자기 사람들도 엄청 챙기고."

"그래서. 지금 어디 있대?"

사촌동생은 거실로 가서 수첩을 가져왔다. 작은 메모지에 서너 개
의 전화번호가 적혀 있었다.

"여기 사무소들 중에 한 군데에 연락해 보면 될 거야. 집이 오현단 근
처 시장통 도입에 있다더라고."

태훈은 메모를 받아들고 꼼꼼히 살펴보았다. 이 정도면 충분했다.
태훈은 사촌동생을 향해 칭찬의 의미로 미간을 찡긋해 주었다.

사촌동생 집을 나와 차에 오르자마자 태훈은 메모에 적힌 번호로
연락을 돌렸다. 세 군데 다 걸 심산이었지만, 의외로 첫 번째 번호에
서 바로 십장의 거취를 알 수 있었다. 다음 일 의뢰가 들어와서 마침
오후에 사무실에 나오기로 되어 있다는 것이었다. 거의 올 시간이 되
었다는 말에 태훈은 일단 그곳으로 가기로 했다. 사무실은 시청 사거
리에서 연동 방향으로 삼성혈 근처에 있다고 했다.

차에 시동을 걸고 출발하려는 찰라 전화벨이 울렸다.

"네."

"이신림입니다."

태훈은 뜻밖의 연락에 놀랐다. 저도 모르게 시동을 끄고 핸드폰을
귀에 바짝 붙였다.

"네."

"바쁘세요?"

"아닙니다. 이야기하세요."

"할 말이 있는데, 오늘 저녁에 혹시 시간 괜찮으세요?"

"데이트 신청입니까?"

기분이 좋아진 태훈은 유들하게 응수했다. 신림은 어이가 없는 듯 말이 없었다. 싸한 정적이 흐르자 태훈은 아차 싶어 바로 태도를 바꾸고 웃었다.

"시간이야 없어도 내야죠. 무슨 일인데요?"

신림은 내키지 않지만 어쩔 수 없어서 연락했다는 것을 알 수 있을 만큼 건조한 어투로 말을 이었다.

"도청 측에서 저희한테 압력을 넣고 있어요. 유물 평계 대면서 문화 재청하고 발굴할 테니 우리한테는 빠지라는 거예요. 이미 발굴 다 해서 정리하는 과정인데, 이제 와서 이러는 거 뭔가 구려요. 어제부터는 기사도 다 문화재에만 초점 맞추고 백골은 뒷전이 되어 버리는 분위기고. 이 상태에서 손 떼라고 하면 저 백골들 다 창고에 처박혀 버릴 게 뻔해요."

도청에서? 도지사가 뭔가 꾸미고 있는 것인지도 몰랐다. 꼬리 밟힐까 봐 일 덮어 버리려는 것일 수도 있고.

"골치 아프게 됐군요."

"좀 도와줘요."

"네? 제가 무슨 힘이 있다고."

"그 유물들, 높으신 분들이 빼 갔나면서요. 그거 어떻게 기사로 쓴다고 협박해서, 간섭 못 하게 힘 써줄 수 없어요?"

이 아가씨 보게나. 태훈은 어이가 없어서 헛웃음이 나왔다. 새파랗게 젊고 연구만 하던 애송이인 줄 알았는데, 제법 발칙한 구석이 있었다.

"신림 씨 겁 없네. 그거 양날검인 거 알잖아요. 함부로 쓰면 상 엎는 건데…."

"그래도 이대로는 두 눈 뜨고 다 빼앗기게 생겼다구요."

"생각 좀 해 볼게요."

태훈은 뭐라고 대답해야 할지 모르겠어서 한걸음 빼려는데 신림이 놔주지 않았다.

"저녁 먹으면서 더 이야기해요."

"데이트 신청 맞네요."

"7시까지 공항 입구에 있는 호텔로 오세요."

그 이상 말 잇기 싫다는 듯이 신림은 잘라 말하고 전화를 끊었다. 호텔? 그곳 식당이 귀빈들 접대에 주로 이용된다는 것을 알고 있었지만, 순간 마음이 설레었다는 것을 인정하지 않을 수 없었다.

태훈은 잠시 머릿속으로 자신에게 주어진 선택들을 재 보았다. 원래 이런 일은 상당히 꼼꼼하게 계획하고 진행하는 편이었는데, 이번에는 왠지 두어 수 앞을 읽기도 전에 그냥 될 대로 되라는 심정이었다. 태훈의 손가락은 어느새 최근 연락번호를 찾아 누르고 있었다.

"뚜르르르, 뚜르르르, 탁."

"네, 비서실입니다."

"아, 네. 저는 어제 전화했던 H신문사 유태훈 기자입니다. 메모 남겼는데 연락이 없으셔서요."

"어제 말씀 드렸듯이 공식적인 발표는 추후…."

"도지사님 바쁘신가 보네? 그럼 메모만 하나만 남길게요. 그 백골 출토되는 날 새벽에 제가 우연히 그 현장에 갔었거든요. 한 세 시쯤이었나? 근데 그 밤중에 누군가 굴에 들락날락하더라고요."

태훈은 잠시 말을 멈추었다. 상대방은 아무 대꾸가 없었다. 혹시 통화를 끊었나 하고 봤더니 여전히 통화 시간은 흘러가고 있었다.

"아무튼 그랬다고 전해 주세요."

더 기다리지 않고 전화를 끊었다. 제 발 저리면 연락을 해 오겠지. 어떻게 할지는 그때 가서 생각하면 될 것이었다. 이거 원. 새파랗게 어린 계집애가 시키는 대로 다 들어주는 자신이 우습게 느껴졌지만, 별 수 없었다. 그냥 그러고 싶은 걸. 태훈은 시동을 걸고, 건설사 사무소를 향해 차를 몰았다.

감자탕집, 십장 김 씨

태훈이 사무소에 도착했을 때는, 팀장 김 씨가 막 다녀간 후였다.

사무소 여직원은 아마 근처 감자탕집에 있을지 모르니 가 보라고 대강의 인상착의를 알려 주었다. 점심시간이 한참 지난 애매한 시간이라 감자탕집에는 손님 몇 명 없어서, 태훈은 어렵지 않게 김 씨를 알아볼 수 있었다.

김 씨는 감자탕을 먹으며 신문을 읽고 있다가, 태훈이 다가가자 눈을 꿈뻑이며 경계의 눈빛을 보냈다.

"김 팀장님이시죠?"

김 씨는 아예 관심도 없다는 듯 외면하고 식사에 집중했다. 핸드폰 끊어 버리고 잠적한 사람이니 순순히 입을 열지 않을 것이라는 예상은 했었다. 태훈은 일단 예의 바르게 명함을 내밀어 기자임을 밝히고, 몇 가지만 묻고 싶다고 양해를 구했다.

"할 말 없소."

딱히 기자들에게 시달리거나 할 만한 시간적 여유도 없었을 텐데, 이상하리만치 방어적인 태도였다. 회사 눈치를 보고 있나? 그렇다면 회사보다 더 무서운 존재가 되어 주는 수밖에.

"최초 목격자시라면서요? 굴도 가장 깊이까지 들어가 보셨고. 알고
계시겠지만, 어제 새벽에 조사단이 굴에 들어가 보니 문화재 상당수
가 도난당해 있더군요."

진중해 보이면서도 어딘가 강단 있는 김 씨의 눈매를 보는 순간 태
훈은 그가 다른 누군가에게 불리하게 입을 놀리지 않을 사람임을 알
아보았다. 하지만 자신이 위험에 처했다는 위기감 때문이라면 다르
지. 이런 강직한 타입은 더더욱 오해받는 데 약했다.

태훈은 일부러 의심스럽다는 눈초리로 김 씨를 바라보았다. 마치
경찰 취조라도 하는 듯한 분위기로 다 알고 왔다는 허풍을 떨면서.
물론 도난 사실은 아직 발설해서는 안 되었지만 김 씨로부터 진실을
끌어내기 위해서는 어쩔 수 없었다. 곰을 잡으려면 굴에 들어가야 하
고, 대어를 낚으려면 그만한 미끼를 써야 하는 법이니까. 예상대로
태훈의 반 협박에 김 씨는 당황한 듯했다.

"난 안 훔쳤소."

"조사단이 들어가기 전까지는 팀장님밖에 몰랐잖아요. 그 안에 정확
히 뭐가 있는지."

뭉툭하게 다듬어진 김 씨의 턱 근육이 움찔거렸다. 투박한 반응이
지만 그 정도만으로도 사내의 마음에 불끈 동요가 일고 있음을 알 수
있었다. 그는 표정 변화를 감추려는 듯 소주잔을 입으로 가져갔다.

여기서 포기할 태훈이 아니었다. 이 질문에 대답을 들으려고 그를
찾아다닌 것 아닌가. 일단 세게 밀었으면 한 번은 당겨야지. 태훈은
한껏 누그러진 말투로 그를 달랬다.

"팀장님을 의심한다는 건 아닙니다. 그냥 사실만 말해 주세요. 팀장
님 말고도 그곳에 유물들이 있었다는 것을 아는 사람들이 누가 있
나요?"

김 씨는 한참 동안 말이 없었다. 어디까지 말해도 되고 어디까지 비밀을 지켜야 하는지, 그리고 그 뒤 여파가 어떻게 돌아올 것인지를 계산하는 듯했다. 길게 생각할 틈을 줄 필요가 없었다.

"회사에다 무기랑 문화재 있다는 내용 전달하셨잖아요?"

"크흠…."

김 씨는 목에 무엇이 걸린 척 헛기침을 했다. 말을 할 듯 말 듯 망설임이 얼굴에 확연히 드러났다. 태훈은 재촉하지 않고 기다렸다. 김 씨는 입맛을 다시더니 떠듬거리며 말을 이었다.

"나는… 현장 책임자여서 내가 아는 건 본사에 다 보고를 해야 하오."

한참 고민 끝에 김 씨는 간접적으로 대답하는 쪽을 택했다. 태훈은 속으로 웃었다. 생각보다 소심한 양반이구만. 제 입으로 말하고 싶지 않다면, 그렇게 몰아 주면 되는 거니까.

"네, 그러셨겠죠. 그래서 본사에 유물이랑 무기 있는 걸 알리셨을 거고. 본사 말고 또 아는 사람이 있었나요? 함께 들어간 사람들이라든지."

"다른 사람은 깊이까지 들어가지 않았기 때문에 백골밖에 볼 수 없었소."

"그럼 십장님과 본사만 아는 사실이었겠군요."

"그렇소."

태훈은 천천히 고개를 끄덕이며 질문을 이어 갔다.

"그럼 본사에 연락하신 게 몇 시쯤이었죠? 굴에서 나와서 바로 하셨나요?"

"내가 연락한 게 아니라. 그쪽에서 연락이 온 거요."

"연락이 왔다고요? 누구로부터요?"

"본사 책임자라는 사람. 나도 정확히 누군지는 몰라. 원래 그 사고 났을 때 현장에 최 대리라고 본사 직원이 있었소. 현장 상황은 최 대리가 맡아서 본사에 연락을 하지, 내가 직접 연락하고 그러는 일은 없어. 근데 그날 밤에 한 자정 즈음이었나? 갑자기 처음 보는 번호로 전화가 왔어. 본사 무슨 대책위라나? 그러더니 그 안에서 정확히 뭘 봤냐고 묻는 거야. 그래서 뭐 이런저런 거 봤다, 그렇게 이야기했지. 그랬더니만 당장 핸드폰 정지시키고, 본 거 아무하고도 이야기하지 말라 하더라고."

흥미로운 이야기였다. 흥미로운 부분이 한두 가지가 아니었다.

그럼 자정 전까지는 김 씨 외에는 그 안에 무기나 문화재가 있다는 것을 아는 사람이 없었다는 뜻이다. 그렇다면 정부조사단은 왜 꾸려진 거지? 정말 백골 때문에? 그리고 그 자정이 넘은 시간에 건설사에서 도지사랑 경찰청장에게 연락을 했다는 건데…. 사전에 라인이 없었다면 있을 수 없는 일이지. 게다가 그 연락받고 둘은 꽁무니에 불이라도 붙은 듯 난리를 치며 훔치러 오고. 도대체 이 회사 뭐하는 곳이야?

"혹시 그 최 대리라는 사람 연락처 좀 알 수 있을까요?"

김 씨는 주섬주섬 주머니를 찾아 핸드폰을 꺼내더니 번호를 찾아 불러 주었다.

"새 핸드폰 개통하신 거예요?"

"이거 와이프 거요."

"저 번호 좀 알려 주세요. 혹시 연락드리거나 그래야 할 수도 있으니."

김 씨는 거절하려는 듯하다가 이왕 이렇게 된 거 이제 와서 감추는 것도 우습다고 생각했는지 순순히 태훈에게 와이프 핸드폰 번호를 일러 주었다. 태훈은 수첩에 꼼꼼하게 번호들을 기록했다.

김 씨는 말해 놓고 어딘가 꺼림직한 듯 서둘러 일어나려는 채비를 했다. 태훈도 원하는 바는 대략 알았으니 자리를 마무리하려는데 퍼뜩 머릿속을 스쳐 지나가는 것이 있었다.

"그런데… 무기가 있는 건 어떻게 아셨어요? 다 나무 상자에 들어 있던데?"

"부서진 박스에서 쏟아져 나온 총들이 있어서 알았소. 하지만 보기만 하고 난 건드리지도 않았어."

총을 직접 봤다고? 역시 뜻밖의 이야기였다.

"혹시 총 모양이나 그런 거 기억나세요? 대략적으로라도…."

"M1 개런드였소. 미군이 쓰던 반자동소총."

태훈은 진심으로 놀랐다. 전혀 예상치 못한 곳에서 찾던 답 하나가 우연처럼 나타난 것이다. 김 씨의 목이라도 끌어안고 싶은 심정이었다.

"총기류에 굉장히 해박하신데요? 어떻게 잠깐 보고 그걸 다 아시나요?"

"흐흐, 게임에 나와요. 우리 아들 놈이랑 집에서 같이하는 게임에. 개런드는 2차 세계대전 당시에 가장 완성도가 높은 총으로 유명하지. 일본군 놈들이 장총 쓸 때, 미군들은 이 반자동소총을 썼으니 말 그대로 상대가 안 되는 거였지."

"아하, 그랬군요."

게임 이야기를 하면서 김 씨는 전과 다르게 실없이 웃었다. 태훈도 그가 한층 더 가까워진 느낌이었다.

"아무튼 팀장님, 골치 아픈 일에 엮이셨어요."

"그런 거 같소."

"아마 본사 측에서만이 아니라 어쩌면 정부기관이나 군 쪽에서도 압박 들어올지도 몰라요."

태훈의 말에 김 씨는 슬몃 긴장된 표정이었다.

"나야, 뭐 아는 게 있나. 그냥 백골 있고, 뭔 상자 같은 거 있는데 부서진 거 있어서 보니까 총 있고, 도자기들도 주루루 세워져 있고. 그거 본 거밖에 없어. 그게 다인데 뭐. 아는 것만 말하면 되겠지."

순진한 양반이구만. 하긴 지금 같아서는 모르는 게 약일 수도 있었다.

아무튼 태훈 입장에서는 김 씨가 중요했다. 문화재 도굴 장면을 찍은 증거 사진이 있긴 하지만, 굴 안에 문화재들이 있었다는 최초 발견자의 증언까지 있어 준다면, 보다 완벽한 그림이 완성되는 것이니까.

"제 생각에는 팀장님 좀 숨어 계시는 게 좋을 것 같아요. 팀장님만 아니면, 그 굴에 문화재가 있었다는 걸 증명할 사람이 아무도 없으니까요. 절도범들 입장에서는 팀장님 입을 꼭 막고 싶겠죠."

직설적으로 이야기하지 않았지만, 김 씨는 충분히 알아들었다. 목소리는 한층 다급해졌다.

"그럼 어쩌란 말이요?"

"저와 한 배 타시죠. 제기 팀장님 생명줄 쥐고 있을 수도 있어요."

김 씨는 당장 뭐라 답변을 하지 못했다. 이 기자라는 양반도 이제 막 만나서 얼마나 믿을 수 있을지 알 수 없었기 때문이었다. 김 씨가 선뜻 결정 못 하고 망설이자, 태훈은 앞서 건넨 자신의 명함을 김 씨

앞으로 다시 한번 밀어 놓았다.

"맘 정해지면 연락 주세요. 숨어 지낼 곳 봐 드릴 수도 있어요."

김 씨는 태훈의 전화번호를 눈으로 한번 훑더니, 명함을 지갑 깊
숙이 집어넣었다.

시체의 배치

　세영은 지난밤 조사원들이 찍은 선흘굴 현장 사진들을 살펴보고 있었다. 노트북 속에는 수백 개의 백골들을 다양한 각도에서 찍은 수천 장의 사진들이 차곡차곡 저장되어 있었다. 연대 추정에서부터 백골의 개별 신원 파악까지 앞으로 할 일이 태산이었지만, 그보다 먼저 세영은 굴 발견 당시의 내부 사진에 시선이 갔다. 굴이 너무 크다 보니 전체를 조망하는 사진은 찍지 못하고, 구역을 여러 부분으로 나누어 현장 사진을 찍어 두었다.

　"신림아, 이 사진들 현상 좀 해 봐라."

　"어떤 거요?"

　"이 시체들이 배치되어 있던 대로, 당시 모습을 알 수 있게 말이다."

　"아, 네. 현장 사진이요? 그럴게요."

　신림은 할아버지의 요구에 갸우뚱하며 필요한 사진들을 체크했다. 프린터로 뽑아 책상에 순서대로 배치하니, 미묘한 오차가 있기는 하지만, 당시 현장이 비교적 정확하게 드러났다.

　"이런 모습이었어요."

　신림이 할아버지를 돌아보았을 때, 세영은 심각한 표정으로 팔짱을 끼고 있었다.

"왜요?"

그제야 신림은 자신이 펼쳐 놓은 사진들에 집중했다. 사진 속의 백골들은 어떤 특이한 형태로 놓여있었다. 가로 네 줄, 세로 한 줄. 가로줄은 긴 줄과 짧은 줄이 반복되어 있고, 긴 줄은 가운데를 관통하고 있었다.

"이게 뭐죠?"

"글쎄다. 그냥 아무렇게나 놓아둔 것은 아닌 것 같구나."

"뭔가를 표시하려고 한 걸까요?"

세영은 대답이 없이 사진을 뚫어져라 바라보고만 있었다.

만약 시체들의 배치에 어떤 의미가 있다면, 좀 더 정확한 현장 사진이 필요했다. 그럴 필요를 못 느꼈기 때문에, 전체 사진을 찍어 두지 못한 것이 아쉬웠다.

"만약에 사진을 같은 사이즈로 조정하고 포토샵으로 연결하면 좀 더 정확한 모양을 알 수 있을 거예요."

"그럼 그렇게 좀 해 주겠니?"

"네. 근데… 할아버지, 저 유 기자 만나기로 약속이 되어 있어서요. 내일까지 해 드려도 될까요?"

"유 기자?"

"유태훈 기자요. 그날 같이 굴에 들어갔던… 정부 쪽에 압력 좀 넣어 달라고 해 보려고요."

"그치가 그런 힘이 있겠니."

"그래도요. 안 만나 보는 것보다는 낫겠죠."

세영은 손녀의 표정에서 어떤 호감의 기미를 읽어 냈다. 20대는 어깨만 스쳐도 사랑에 빠진다지 않나. 애써 태연한 표정으로 붉어지는 얼굴을 감추려는 신림에게서 젊은 여인 특유의 새초롬함이 묻어났다.

트레져 헌터, 골든 릴리

감자탕집을 나온 태훈이 핸드폰을 확인하니, 같은 신문사의 정철로부터 4통의 부재중 전화가 걸려 와 있었다.

"야, 지금 어디냐?"

신림과의 약속 전에 이발을 해야겠다고 생각했던 터라, 태훈은 근처 이발소로 들어서는 참이었다.

정확히 10분 뒤 정철이 이발소 문을 열고 들어섰다. 태훈이 보자기를 뒤집어쓰고 한참 머리카락 투성이가 되어 있을 무렵이었다. 당황스럽게도 정철은 라틴계 혼혈처럼 보이는 젊은 남자와 4, 50대쯤 되어 보이는 키 큰 금발 외국인과 함께였다.

"아….."

태훈이 제 맘대로 고개를 돌리지도 못하는 상황에서 금발 머리 남자가 태훈을 향해 먼저 손을 내밀었다. 구리빛으로 그을린, 경주마의 뒷다리같이 팽팽한 근육이 도드라져 보이는 팔이었다.

"Nice to see you."

'나이스 투 미츄, 투.' 하는 말이 자동적으로 태훈의 혀끝에 맴돌았지만, 냉큼 튀어나오지 않았다. 태훈은 얼떨결에 남자가 청한 악수에 응했다. 외국 남자는 약간은 건방진 포즈로 태훈의 옆 의자에 털썩 앉았다.

"I'm Edmond, treasure hunter."

트레져 헌터라는 말이 모든 것을 설명했다. 정철이 취재 중인 보물 사냥꾼이었다. 그제야 정철은 이들이 선흘굴을 확인하고 싶어 한다는 설명을 덧붙였다.

"정부조사단 쪽에 연락을 했더니 당연히 거절이고. 네가 취재 중이라
고 했더니 무조건 만나야겠다고 해서…."

정철은 미안해하는 눈치였지만, 백인 우월주의의 뻔뻔함 때문인지, 아니면 거친 직업적 특성 탓인지 에드먼드는 조금도 미안한 기색이 없었다.

태훈이 이발을 멈추고 일어나려고 하자 에드먼드는 이발사에게 계속하라고 손짓했다. 시커먼 선글라스를 쓰고 있어서, 얼굴을 잘 알아볼 수는 없었지만 각이 분명한 콧날과 굵게 잡힌 얼굴 주름으로 보아 타고난 리더 타입의 인간이었다.

아무튼 이발소까지 쫓아와 이런 상황에서 대화를 하겠다는 이들의 적극성이 태훈은 마음에 들지 않았다.

"날 왜…?"

태훈은 말도 안 통할 외국인을 끌고 와서 어쩌자는 거냐는 눈빛으로 정철을 바라보았다. 정철이 난처함 반 미안한 반의 표정으로 태훈을 향해 이해해 달라는 듯 얼굴을 찡그렸다.

"왜 왔냐고요?"

어색한 한국어 발음. 외국인 특유의 굴러가는 한국어 발음에 태훈은 살짝 고개를 틀었다. 에드먼드와 함께 온 라틴계 혼혈 남자였다.

281

20살이나 되었을까? 앳된 티가 가시지 않은 잘생긴 청년이었다. 한국말을 할 줄 알아? 어리둥절해하는 태훈을 두고, 그는 재빨리 에드먼드에게 태훈의 말을 통역했다.

"우리는 일본군이 2차 세계대전 중 모은 보물을 찾고 있어요. 그 보물이 대한민국, 여기 제주도의 동굴 속에 숨겨져 있습니다."

에드먼드의 거만하고 거친 말투가, 어색하지만 예의 바른 한국 발음으로 통역되어 전해졌다. 태훈은 저도 모르게 피식하고 코웃음을 흘렸다. 보물이라니 무슨 뜬금없는….

에드먼드는 이런 반응에 익숙한지 흔들리지 않고 질문을 던졌다.

"Have you ever heard Golden Lily?"

"황금 백합이라고 들어봤어요?"

황금… 백합? 생소한 단어 조합. 태훈은 으쓱해 보였다.

"태평양 전쟁 말기 일본의 작전명이에요. 일본 천황의 아들 왕자들이 수행한 작전이지요. 빼앗은 땅의 모든 보물과 황금을 모으는 작전이었어요."

"왜 그 야마시타 골드라고 부르는 거…."

정철이 끼어들었다.

"야마시타 도모유키 장군이 그 보물들을 처리하는 임무를 맡았거든요. 그래서 야마시타 골드라고도 불리지요."

야마시타 골드. 한국에서 보물선을 찾는 사람들의 대부분이 찾는 바로 그것이었다. 일제의 동아시아 수탈 금. 수많은 사람들이 달려들었고 수많은 자금을 쏟아 부었지만, 정작 찾아냈다는 사람은 하나도 없었다. 아니 있었을 수도 있다. 그랬다 하더라도 외부로 알리지 않았겠지. 아무튼 야마시타 골드를 찾는다는 것이 얼마나 허황된 뜬구름 잡기인지 알기에 태훈은 조소하지 않을 수 없었다.

"We've already found it."

처음 'found'라는 단어를 들었을 때 태훈은 자신이 영어를 잘못 알아들었다고 생각했다. 하지만 라틴계 청년이 '찾았다.'는 과거형으로 통역했을 때, 의혹의 눈으로 에드먼드를 바라보지 않을 수 없었다.

"찾았다고요? 벌써 찾았다고?"

"Yup."

"우리는 필리핀에서 일본군이 숨겨 둔 금괴들을 찾았어요."

태훈은 비로소 고개를 틀어 그들을 바라보았다.

"하지만 우리가 찾은 것은 매우 작은 규모의 갱도였어요. 그곳에는 금이 얼마 없었어요. 몇억 불 정도? 그건 우리가 정말로 찾는 보물에 비하면 아주 적은 양이에요. 우리는 진짜를 찾고 있어요. 그리고 그 금이 제주도에 있다고 확신하고 있어요."

에드먼드의 거칠고 강한 악센트와 라틴 청년의 온화한 통역이 주는 괴리감 때문인지, 이들의 이야기는 더욱 비현실적으로 들렸다.

"필리핀에서 찾았으면 그곳에서 더 뒤져 볼 것이지, 왜 하필 제주도에서 찾는 거지?"

태훈의 질문에 대한 에드먼드의 답변은 짧고 성의없었다. 아무리 영어를 모르는 태훈이지만, 느낄 수 있을 정도로. 대신 라틴계 청년이 구체적으로 대답했다.

"필리핀 갱도는 마르코스 정권에서 이미 대부분이 발견되었어요. 아직 발견 안 된 곳들은, 정부의 감시 때문에 찾을 수 없고요. 하지만 제주도에서는 할 수 있어요. 제주도가 일본군의 최후 기지였다는 것 알

고 있어요? 전쟁이 끝나기 직전에 제주도에는 7만 명 이상의 일본군
이 모였어요. 모든 무기와 빼앗은 것들을 다 여기로 가져왔어요. 하
지만 일본으로 가져가지 못했어요. 전쟁에 지고 나서 그 보물들은 다
사라졌어요. 5천 톤 이상의 금이 다 사라졌어요. 어디로 갔을까요?”

십대나 되었을까? 열심히 설명하는 라틴 청년의 노력은 가상했지
만, 태훈은 고개를 저었다. 말 그대로 꿈같은 이야기였다.

“그렇게 많은 금이 제주도에 어디 있어요? 이 좁은 섬에.”

청년이 이번에는 알아서 대답하지 않고, 에드먼드의 대답을 기다
렸다. 마치 자신이 함부로 밝힐 수 없는 부분이라는 듯이.

“Caves!”

에드먼드는 청년에게 알아서 설명하라는 듯 손짓해 주었다.

“필리핀과 제주도는 지형이 매우 비슷해요. 갱도 파기에 좋고, 원래
일본군은 갱도 파는 기술자였어요. 미국이 2차 대전 때 화염방사기
를 발명한 이유가, 그런 일본군을 잡기 위해서에요. 굴에 숨으니까.
제주도에는 100개가 넘는 일본군 갱도가 있어요. 전쟁에 지기 바로
전에, 일본군들은 제주도에 엄청나게 많은 굴을 팠어요. 왜 그랬을까
요? 이상하지 않아요?”

라틴 청년은 흥분한 듯 얼굴이 벌게지도록 빠른 속도로 말을 쏟
아냈다. 그의 표정은 자신이 찾는 보물에 대한 확신으로 반짝거렸
다. 상당히 흥미로운 이야기였지만 태훈은 애써 무관심한 투로 대
꾸했다.

“일본군이 제주도에 판 갱도들은 군사 목적이었다고 알고 있는
데….”

“달라요. 군사용과 저장용 굴은 구조가 달라요. 보물을 숨긴 굴들은

일단 내부가 복잡해요. 미로처럼. 군사용은 그렇게 만들 필요가 없어
요. 우리는 오랫동안 조사를 해 왔고, 제주도 굴들 중에는 의심스러
운 곳들이 있어요."

이들은 진심이었다. 태훈은 조금 난처해서 정철을 바라보았다. 정
철은 어쩔 수 없었다는 듯 딴청을 피웠다.

"그래서… 선흘굴에 그 보물이 숨겨져 있다고 생각하는 거요?"

"확인해 보고 싶은 거예요. 거기서 시체가 발견되었다고 들었어요.
굉장히 많이. 그리고 굴도 굉장히 크다고 들었어요. 그렇게 많은 사
람이 굴에 있었다는 거는 일본군이 그 굴에서 굉장히 많은 일을 했
다는 거죠."

일리가 있는 추론이었다. 실제로 유물이나 무기들이 나왔으니까.
비록 금은 없었지만. 한번 확인해 보고 싶어 하는 것도 당연했다. 문
제는 태훈이 선흘굴을 공개하고 말고 할 결정권이 없다는 데 있었다.

"이제 막 조사가 시작된 상태라 관계자 외에는 당분간 출입이 어려
울 겁니다."

태훈의 거절에 에드먼드는 전혀 문제될 것이 없다는 반응이었다.

"얼마든지 기다릴 수 있어요. 우리는 제주도의 다른 곳들을 찾아보고
있으니까요. 가능해지면 연락 주세요. 기다리겠습니다."

거만한 눈인사와 함께 에드먼드가 자리에서 일어나자, 라틴 청년
은 직함도 소속도 없이 이름과 전화번호만 찍힌 명함 한 장을 태훈
에게 건넸다.

"나중에 연락할게."

정철은 골치 아프다는 듯 종종걸음으로 보물사냥꾼들을 따라 나갔

다. 태훈의 손에 쥐어진 낯선 명함만 남겨져 있을 뿐, 이발소 안에는 아무 일도 없었다는 듯 가위소리만 채칵채칵 울려 퍼졌다.

불꽃의 시작

1945년 11월, 덕구 선생님

　덕구가 조천초등학교에서 사회과와 체육과를 가르치기 시작하고 몇 주가 못 되어 그는 아이들 사이에서 인기 스타가 되었다. 곰처럼 둥글둥글한 외모에 얼굴엔 드문드문 곰보 자국도 있는, 절대 잘생겼다고 할 수는 없는 사회 선생님. 하지만 서글서글하게 웃는 얼굴 뒤에는 사춘기의 신열에 들뜬 아이들을 휘어잡는 마력이 있었다.

　덕구는 수업 시간마다 교과서에 한정하지 않고 정치, 경제, 문화, 역사를 넘나들며 좁은 섬을 전부로 생각하고 자라 온 아이들로서는 상상도 못 할 광활한 세계와 미래를 보여 주었다. 자신의 제자들을 무식한 촌아이들로 대하거나, 어린애 취급하지 않았다. 누구 하나 소홀히 대하는 법 없이 최선을 다했다.

　이덕구는 아이들이 만나 본 어른 중 자신들을 가장 진지하게 대해 주는 사람이었고, 치열하게 살아가는 것이 무엇인지 보여 주는 사람이었다. 덕구가 간혹 관자놀이에 푸른 핏줄이 불거지도록 열변을 토하면, 아이들은 그 단어 하나하나를 귀가 아닌 뇌 속에 새겨 담았다. 덕구의 애국심과 삶에 대한 치열함, 인간에 대한 사랑을 아이들은 마치 전염되듯이 닮아 갔다.

　세영 역시 사회 수업 시간을 기다렸다.

　덕구 선생님의 말을 듣고 있노라면 알 수 없는 용기와 희망이 샘솟았고, 자신의 작은 몸뚱이 속에서 불끈거리며 뛰는 심장이 느껴졌다. 한동안 사춘기의 외로움과 방황의 늪에 빠져 허우적거리던 세영을 덕구 선생님은 단번에 건져 주었다. 그가 펼쳐 주는 자유와 평등의 세계 속에서 세영은 해방감을 느꼈고, 또한 그가 제시하는 미래의 모습에서 행복을 꿈꾸었다.

세영에게 덕구는 선생이기를 넘어 하나의 이상형이었다. 그를 좋아했고, 존경했다. 정화 선생님을 좋아하는 것과는 다른 느낌이었다. 비교할 수 없지만, 덕구 선생님에게는 피를 끓게 하는 무언가가 있었다. 때론 등줄기에 소름이 돋는 희열을 느끼기도 했다. 비단 세영만이 아니었다. 그의 수업을 듣는 대부분의 아이들은 덕구에게 빠져들었다.

덕구가 아이들에게 불을 지른 것은 정신적인 면만이 아니었다. 육체적으로도 아이들을 들끓게 했다. 몇 해 먼저 제주농업고등학교에 체육교사로 부임한, 동경고등사범학교 체육과 출신인 문영호는 뜀뛰기 수준이었던 섬의 체육을 본격적인 스포츠로 바꾸는 데 앞장서고 있었다. 워낙 일제 강점기 때부터 운동으로 유명한 제주농고였지만, 문영호가 온 후 육상부는 전국대회에 입상할 정도가 되었고, 학교 행사인 마라톤 대회는 섬 안의 화제를 모으고 있었다.

덕구와 섬의 각 도 선생님들은 의기투합하여 이런 체육행사를 전도적 시합으로 만들었다. 학교에서 대표를 뽑아 애월, 제주, 조천에 이르는 마라톤 대회도 진행하고, 도 대항으로 펼쳐지는 축구시합도 개최했다. 이런 체육행사들은 도민들의 열화와 같은 성원을 힘입어 도 전체의 행사로 커져 갔다.

덕구는 자기 학교 아이들을 연습시키기 위해 구슬땀을 흘리며 함께 했는데, 수업이 끝나면 완전히 어린아이가 되어 반 아이들과 볼을 차며 해가 지는 줄을 몰랐다. 덕구가 중심이 되어 조직한 학교 축구부는 애월과 대정중학교를 꺾고 도 대항 월말 대회에서 준우승을 거두었고 아이들은 점점 더 덕구에게 빠져들어 갔다.

아이들뿐이 아니었다.

섬 주민 모두의 잔치가 된 체육대회를 계기로 마을에서 덕구의 인기는 한껏 높아졌다. 아낙들은 행사를 위해 떡이며 과일이며 맛난 먹거리들을 준비하면서 덕구 선생님 몫을 특별히 따로 챙겼다. 불안한 정국과 힘겨운 경제 속에서 아들, 딸, 조카, 손주의 손을 잡고 학교에 모여 운동장을 달리고, 모래주머니를 던지고, 줄다리기를 하며 마을 사람들은 잠시나마 생활의 시름을 잊었다.

그런 위로의 시간을 만든 것이 덕구임을 사람들은 모르지 않았다. 섬과 마을에 대한 그의 애정은 아이들만이 아니라 마을 사람들 모두를 변화시켜 갔다. 덕구는 모르는 건 끈기 있게 깨우쳐 주고, 잘못된 건 시간을 들여서라도 바꿔 나갔다. 인민위원회의 어른들도 크고 작은 일들에 꼭 덕구를 부르고 함께 의논하였다.

세영을 비롯한 몇몇 아이들은 학교가 끝나면 덕구 선생님의 집에 찾아가는 것이 일과가 되었다.

책을 좋아하는 덕구는 아이들에게 세계 명작이나 인문학의 세계를 들려주었는데, 나중에는 일방적으로 이야기를 전하는 것이 아니라 함께 책을 읽고 토론하는 모임이 되었다. 사고의 깊이는 점점 깊어지고, 이들이 다루는 화제 또한 초급학교 아이들의 것이 아닌, 덕구가 리쓰메이칸 대학에서 운영하던 독서토론모임 수준만큼이나 깊어져 갔다.

세영은 난생 처음으로 지적 유희가 무엇인지 알게 되었다. 말장난과 사색의 세계에 도취되어 갈수록 세영은 더한 지식에의 갈증을 느꼈고, 그럴수록 덕구는 더 많은 양분을 공급해 주었다. 덕구에게 세영은 기특하면서도 앞날이 기대되는 제자였다.

한편 덕구 선생님의 집을 찾아갈 때마다 반갑게 맞아 주는 정화 선생님의 존재 역시 세영에게는 큰 기쁨이었다. 자신의 사고가 넓어지고 정화 선생님이나 덕구 선생님의 대화를 따라잡게 되어 갈수록, 세영은 자신이 그네들의 범위에 들어가게 됨을 느꼈다.

이는 정화 선생님의 눈높이에 조금씩 가까워지는 것을 의미했다. 함께 문학을 이야기하고, 예술과 역사를 논하다 보면 어느새 날은 저물었고 때마침 이호구 씨네 집으로 몰려온 마을 사람들 사이에 섞여 사회와 시대가 움직여 가는 이야기를 들었다. 세영은 정신도 마음도 어른이 되어 가는 자신을 느꼈다.

미 군정 추수감사절 파티, 손양의 등장

한편 제주도 초대 군정장관으로 부임한 스타우드 소령은 추수감사절을 맞이하여 파티를 마련하였다. 여기에는 미군들과 함께 섬의 각지역의 유지들이 초대되었다. 조천 지역의 부호인 이호구 씨 부부 역시 이날 파티에 초대를 받았는데, 이호구 씨는 이번이 정화를 소개할 좋은 기회라고 여겨 동행하길 청했다. 동경제대 영문과 출신의 재원이라는 말에 군정에서는 기꺼이 참석을 승낙해 주었고, 세 사람은 제주읍에서 열린 파티에 참가하게 되었다.

당시 섬사람들의 경제 상황은 눈에 띄게 어려워지고 있었지만, 미국에서 지원을 받는 미 군정에는 음식이나 생필품이 넘쳐 났다. 정화는 어려서부터 서양식 파티 문화에 익숙해져 있었지만, 섬에서 맞게 된 추수감사절은 감회가 남달랐다. 미국에서 공수해 온 대형 칠면조와 와인, 디저트까지 빠짐없이 준비되어 있었다.

초대된 유지들 역시 상당한 재력가들이고 일제 강점기부터 서양 문화를 접해 크게 어색해하지 않는 분위기였다. 모두 양복을 입고 있었고, 개중에는 연미복을 입은 사람도 있었다. 파티에는 법무관 존슨 대위, 정보관 실크 중위, 공보관 라크우드 대위는 물론, 재산관리관 마틴 대위와 의무관 슈미트 대위까지도 모두 참석하였다. 이들은 중앙로에 위치한 요정의 아가씨들을 파트너로 초청한 이들이 많아서, 제주읍에서 알아 준다 하는 여자들은 거의 총동원된 분위기였다.

승전 후 맞는 첫 추수감사절이기에 모든 것이 풍족했고, 본국에서 가족과 함께 명절을 맞지 못하는 설움을 잊으려는 듯 더 많은 음식과 여흥이 넘쳐났다.

하지만 정화는 이 파티가 마음에 들지 않았다. 이런 파티를 즐기는 사람들의 눈에 누추한 섬사람들의 삶이 어떻게 비춰질지를 새삼 깨닫게 되었기 때문이다. 문명과 비문명, 이들 눈에 섬사람들은 마치 짐승과 다름없게 보이겠지. 여기 모인 한인들도 마찬가지일 것이다. 나름 양복은 빼입고 있지만 작은 키에 튀어나온 광대뼈, 작은 눈, 백인들에겐 자신들을 지지하는 경제력이 있기에 인정할 수 있는 돈주머니나 다름없을 것이었다.

그러나 정화의 이런 불편한 심기와는 다르게 정화를 대하는 미군들의 태도는 각별했다. 동양적인 외모이지만 늘씬하고 곧게 뻗은 정화의 자태는, 검게 그을린 섬의 여자들 사이에서 단연 돋보였다. 게다가 아쉬울 것 없는 환경에서 구김살 없이 자란 정화이기에 자부심과 당당함은 감출 수 없이 흘러나왔고, 이런 마음의 충만함은 정화를 더욱 빛나게 했다. 그녀에게 시선을 주는 누구든 자신감으로 반짝이는 그녀의 눈빛에 끌려들었다.

게다가 이호구 씨가 정화를 소개하고 그녀가 유창한 영어로 대화를 시작했을 때, 미군들은 단순한 흥미를 넘어서 진지한 태도로 정화에게 집중하게 되었다. 이 더럽고 미개한 섬에 저렇게 제대로 영어를 구사하는 여자가 있었다니.

당연히 정화는 그날 파티의 주인공이 되었다. 이호구 씨는 어느 정도 예상했던 상황이기에 흡족한 마음으로 상황을 즐겼다. 정화를 통해 미 군정에서 섬 유지들의 영향력이 더 커질 수 있을 것이었다.

이런 이호구의 바람은 통역관들 때문이었다. 외지에서 들어온 통역관들이 마치 자신들이 군정장관이라도 되는 듯 거만하게 섬사람들을 대하고 있었다. 지역 내 논의된 사항을 올리면 전달도 않고 자기 선에서 잘라내는 일도 비일비재했다. 서울에서도 통역 정치로 많은 왜곡이 일어나고 있다고 들었는데, 이 작은 섬에서 역시 같은 현상이 일어나고 있었던 것이다. 절대 있어서는 안 될 일이었다. 그런 면에서 정화는 최상의 해결책이었다.

이런 이호구의 계획이 적절했다는 것을 증명하듯, 정화가 나타난 후 거만을 떨던 통역관들은 자기들끼리 한쪽 구석으로 모여 쑥덕거리기 시작했다. 눈을 모로 뜨고 꼬아보는 것이 몹시 맘에 들지 않는 표정이었다. 하지만 달리 방법이 없었다. 자신들이 생각하기에도 정화의 영어는 나무랄 데가 없고, 대화의 수준 또한 그녀가 단순히 기능적으로 영어만 배운 사람이 아니라는 것을 증명했기 때문이다.

게다가 정화가 일본에서 공부한 여자라는 사실은 미군들에게 더욱 매력적으로 다가왔다. 한국에 파견된 미군들 대부분이 일본 문화에 대한 기본적인 지식을 갖고 있던 터라 화제는 일본과 미국, 양국의 문화와 문학, 음악, 예술로 무궁무진하게 뻗어나갈 수 있었다. 오히려 미군들은 정화의 해박한 지식에 감탄하고 듣는 쪽이었다.

이호구는 한시름 놓고 여유 있게 회관 이곳저곳을 둘러보았다. 얼마 전까지 친일 인사들이 머물던 회관은 벽에 걸린 액자 하나까지 미국식으로 바뀌어 있었다. 본래 조선의 것으로 돌아왔어야 하는 이곳이 또 다른 외세에 자리를 내주었다는 것이 가슴 아팠다. 그러나 이 또한 잠시일 뿐이라고, 잠시뿐이어야 한다고 생각하며 이호구는 마음을 다잡았다.

슬슬 연회장으로 돌아가려고 복도를 지나던 이호구는 복도 반대편에 뜻밖의 인물이 다가오는 것은 보았다. 처음엔 자기 눈을 의심했다. 절대 이 자리에 올 수 없는 인물이었기 때문이다. 그는 일제 강점기 조천의 면서기였던 학순의 아버지, 손양이었다.

손양은 노무자 징용 등 각종 공출 업무를 담당하는 악역을 맡았기 때문에 해방 후 천덕꾸러기 신세가 되었다. 무엇보다 공출 업무에 앞장서 주민들보다 일본인들 편에 선 탓에 원성이 더 컸다. 혈기 넘치는 젊은 애들한테 목검으로 얻어맞고 실신 직전까지 갔다는 이야기를 들었을 때는 마음이 좋지 않았지만, 분명 그럴 만한 짓을 했기 때문에 자업자득이려니 모른 척했었다. 그 이후로는 마을에 얼굴도 드러내지 않은 채 숨어 지내는 듯했는데, 그런 손양이 이 파티장에 떡하니 와 있었던 것이다.

"아니 자네 어떻게…."

"아, 이 사장. 오랜만이오."

너무나 태연하고 느긋하게 인사하는 손양의 태도에 당황한 건 이호구 쪽이었다. 자신이 그 자리에 있는 것이 너무나 당연하다는 듯이 손양은 뻔뻔한 웃음을 지으며 눈을 히죽거렸다. 이호구는 납득할 수 없는 상황에 할 말을 잃었다. 그런 이호구의 마음을 잘 알고 있다는 듯이 손양은 깐죽깐죽 비아냥거리기 시작했다.

"왜? 내가 여기 있으면 안 되나? 나는 어디 고팡에 숨어들어 가 돼지처럼 죽이나 핥아먹고 있어야 하나?"

기세등등한 손양은 새로 맞춘 듯 각이 딱 맞는 감색 양복을 으쓱하더니, 그런 이호구를 비웃었다. 마침 대정면장 김동찬이 다가왔다. 그도 손양을 보고 놀라서 다가온 것이었다.

"아니 이놈이. 네가 여기 왜 있어. 어떤 자리라고. 당장 나가지 못해!"

"내가 왜? 왜 나가. 나도 여기 초청받아 왔어."

"뭐?"

"나 이제 도청 노동계장이야. 그냥 핫바리 아니라고. 왜 끈 떨어진 연인줄 알고 짓밟았는데 다시 동아줄 잡고 나타나니까 겁나나?"

손양의 눈빛은 전보다 배는 더 악랄하고 야비해 보였다. 이호구와 김동찬은 손양의 말에 경악했다. 저 파렴치하고 양심을 속이며 자신의 부귀영화를 위해 죄 없는 이들에게 거짓 누명을 덮어씌운 인간이 다시 권력을 잡고 자리에 오르다니. 미 군정 내에 친일 인사들이 재등용되고 있다는 사실은 알았지만 손양의 등장은 그 어느 것보다 충격적이었다.

게다가 그는 전보다 더는 악랄해져서 자신을 해코지한 마을 사람들에게 복수코자 앙심을 품고 있었다. 야비하게 미소 지으며 어떻게 이 원한을 갚아 줄지 재미있어 죽겠다는 듯한 그의 표정은 마치 코너에 힘없는 새끼 토끼를 몰아넣고 날선 발톱으로 툭툭 장난치는 살쾡이 같았다.

친일파 재등용의 배경

손양을 시작으로 대일 협력자들은 한둘씩 본래의 업무로 복귀했다. 아니 이전보다 더 높은 지위와 직책으로 당당하게 모습을 드러내기 시작했다.

대일협력자들이 미 군정하에서 다시 권력을 잡게 된 배경에는 몇 가지 이해할 수 없는 부분이 있다. 미국은 종전 3년 전부터 일본 점령을 목표로 다방면으로 준비를 시작했다. 2천여 명의 대일 요원을 양성하여, 일본어와 일본 문화 등 일본에 대한 다양한 지식들을 가르치고, 일본 통치에 필요한 능력들을 습득하도록 하였다. 그러나 미국은 마지막 순간 마음을 돌려 일본이 아닌 한반도를 통치하기로 하였고, 일본에 보내기 위해 2년 넘게 준비한 요원들을 한국으로 보내는 납득할 수 없는 결정을 내렸다.

수년간 준비하던 일본이 아니라 갑작스레 한국으로 보내진 미군들은, 한반도 통치에 대한 구체적인 정책은 물론 한국에 대한 아무런 사전 지식이 없는 상태에서 군정을 시작하게 되었다. 당연히 실질적인 업무는 전혀 이루어질 수 없었고, 언어조차 통하지 않는 상황에서 작은 정책 결정 하나에도 혼선에 혼선을 거듭하며 수많은 시행착오와 실패가 이어졌다.

이런 상황에서 미 군정은 당장 자신들을 도와줄 사람들이 필요했는데, 첫째로 영어가 가능한 지식인층이 그 대상이 되었다. 한국어를 할 줄 아는 미 군정 요원은 거의 없었기 때문에, 모든 통치는 통역을 통해 이루어질 수밖에 없었다. 영어 통역관으로 채택된 이들은 대부분이 일제 강점기에 신교육을 받을 수 있을 정도로 경제적, 사회적 지위를 가진 이들이었다. 또 미 군정은 자신들에게 협조적이면서, 행정 업무 경험이 있는 사람들을 원했다. 이 조건에 맞는 이들의 상당수는 바로 식민시대 경제, 정치, 행정, 문화 분야에서 활약하던 친일 협조자들이었다.

이들은 미 군정을 등에 업고 자신들의 의도대로 크고 작은 일들을 처리해 나갔는데, 그 과정에서 상관의 의도와는 다르게 통역관들의 자의적인 결정에 따라 정책이 뒤바뀌는 어이없는 일들이 속출했다. 거짓과 책략, 이간질이 난무했고, 모든 것은 친일파들의 손에 좌지우지 되었다.

그럼에도 미군은 이들을 재등용하는 데 큰 거부감을 갖지 않았다. 일단 다른 대안이 없었고, 최소한 이들은 자신의 안전을 지키기 위해서라도 미 군정이 시키는 일에 목숨 걸고 나설 것이 분명했기 때문이었다. 미 군정 입장에서는 이들의 과거 잘잘못을 밝히고 사사로운 이해 관계를 정리해 줄 만큼 공명정대한 지배자가 될 여건도 안 되었거니와, 미개한 나라 국민들에게 그 정도로 신경을 써 줄 만한 열정이나 관심도 없었다. 그들 눈에 한국은 원시 섬나라와 다름없었다. 이해되면서도 안타까운 현실이 아닐 수 없다.

유지들은 미 군정에 항의를 표했지만, 미군은 그런 반응을 납득할 수 없다는 투로 일관했다. 협조관계에 있을 땐 친구지만, 자신들에게 반대하고 비난의 목소리를 높인다면 언제라도 가만두지 않겠다는 입장이었다. 유지들은 배신감과 충격에 할 바를 모른 채 의미없는 한탄만을 이어 갔다.

이런 상황에서 정화의 존재는 막힌 숨구멍에 공급해 주는 산소와도 같았다. 미군들을 설득하고 이해시켜 인민위원회의 의견을 제대로 전달해 주었기 때문이다. 하지만 다른 한편으로 통역관들에게는 정화가 손톱 사이의 가시만큼 못마땅하고 불편한 존재였다. 정화는 눈썰미도 남달라서 자신들끼리 은밀히 진행하는 행정적인 일들의 모순을 간파해 내곤 했던 것이다.

그럼에도 아직까지는 미 군정하 친일파들과 인민위원회 사이의 대립이 표면적으로는 드러나지 않고 있었다. 친일 인사들은 교묘하게 미군들을 이용했기 때문이다. 그들은 절대 서두르지 않았다. 어디까지나 뒤에서, 발톱을 감추고 미 군정에 복종하며, 눈에 보이지 않는 투명한 유리벽처럼 존재했다. 인민위원회가 아무리 반발하고 항의를 해 보았자 그들의 의견은 행정절차에까지 제대로 반영되지 못했다. 시간이 지날수록 미군들에게 인민위원회는, 큰 그림을 보지 못하고 사사롭게 국정에 딴지를 거는 어리석은 주민들로 비칠 뿐이었다.

하지만 마을 내에서는 정반대의 상황이었다. 친일파들의 권위는 바닥이나 다름없었다. 마을 사람들은 당한 세월이 있기에 이들을 외면했다. 미 군정 내와 현실 주민들 사이에서의 이러한 의견 차는 점점 커져 갔고, 오해와 불신은 깊어져 작은 문제 하나도 엄청난 것으로 부풀려지곤 했다. 이들은 서로를 외면하며 각자의 세계를 살아가는 사람들처럼 분리되기 시작했다. 미군들 입장에서 실제적인 통치상의 문제는 조선인 행정관들이 알아서 해결하길 바랐고, 주민들은 동떨어진 통치자인 외국인들이 하루빨리 제 나라로 돌아가길 바랐다. 모두가 현실을 바라보지 못했고 바라보지 않으려 했다.

이 가운데에서 실제로 가장 정확한 그림을 그리고, 상황을 구성해 간 것은 친일파들과 지역의 젊은 행동가들이었다. 이 둘의 싸움은 날이 갈수록 치열해졌고, 각기 세를 펼칠 수 있는 곳에 따라 다른 성패가 나타나곤 했다.

학순의 서울 유학, 민족주의자들 vs 사회주의 청년들

학순의 유학 소식이 전해진 것은 겨울 방학이 시작되기 바로 전주였다.

세영은 오랜만에 만난 시철로부터 학순이 겨울 방학 이후 서울로 이사를 가서 중학교를 그곳에서 다니게 될 것이라는 소식을 들었다. 사실 그동안 학순의 생활은 순탄치 않았다. 마을에서는 무언의 보복이 친일파의 가족 모두에게 행해졌기 때문이다. 손양이 복귀한 후, 그의 가족은 마을 장터에서조차 마음껏 물건을 살 수 없는 지경이 되었다. 읍내까지 나가 생필품 등을 실어 날라야 했고, 종래에는 제주읍에 따로 거처를 마련하여 마을에는 그다지 발걸음하지 않게 되었다.

아들인 학순 또한 학교에서도 고개를 들고 다니지 못했다. 친구들은 그에게 가혹하게 대하지 않았지만, 정의감에 불타던 상급생들은 어린 학순에게 트집을 잡기 일쑤였다. 결국 손양은 자신의 아들을 서울로 유학 보내기로 결정하였던 것이다.

그런 학순의 서울 유학 소식은 세영에게는 엄청난 충격이었다. 서울 유학은 누구보다 세영이 꿈꾸던 일이 아닌가. 가뜩이나 아버지나 인민위원회 어른들로부터 손양의 행태에 대해 듣고 분노하면서도 한편으로는 친구인 학순이 맘에 걸렸던 세영인데, 그런 학순이 자신보다 먼저 서울로 간다는 소식은 세영에게 착잡함과 알 수 없는 불쾌감을 안겨 주었다. 뒤처지는 기분. 질투라기보다 조바심이었다.

　이런 세영의 불평에 세영의 어미 역시 마음이 좋지 않았다. 그렇다고 당장 세영을 서울로 올려 보낼 형편은 안 되었기에, 생각한 것이 올해 초등학교를 졸업하면 제주 읍내 중등학교에 보내면 어떻겠냐는 것이었다. 세영도 솔깃하지 않은 것은 아니었으나 차마 쉽게 결정을 내릴 수는 없었다. 정화 선생님도 또 덕구 선생님도 조천에 계시기 때문이었다.

　유학생들이 섬에 들어오는 관문으로써 조천의 당시 분위기는 상당히 흥미롭게 돌아가고 있었다. 특히 이덕구 주위는 더욱 그랬다. 세영이 덕구 선생님 집에 가면 거의 죽치고 앉아 기다리는 청년 무리가 있었다. 바로 일본에서 공부하고 오거나 경성에서 활동하던 이른바 사회주의 청년들이었다. 이들은 매우 똑똑하고 말재간이 좋으면서도 열정적이었다. 그들은 모두가 잘 사는 세상에 대한 자신들의 생각을 끊임없이 전달하려 했다. 마치 예배당에 나오라고 설득하는 아주머니들 같은 적극성이 느껴져 사회주의라는 새로운 이름의 종교를 포교하는 무리처럼 보이기도 했다.

　섬의 어른들은 난생 처음 들어 보는 '주의'니 '사상'이니 하는 허울 좋은 이야기들에 젊은이들이 부화뇌동하는 것을 걱정하였다. 그저 조국이 독립했고 빈부귀천이 없어졌으니 다 함께 열심히 일해서 잘 살면 되는데, 같은 것을 목표로 한다고 하면서도 사회주의자들은 묘하게 사람들을 선동해 가는 기미가 있었기 때문이다. 그 뒤에 숨겨진 다른 속셈이라도 있는 것 같은 이상한 예감에 어른들이 점잖게 우려를 표하면, 젊은이들은 튈 듯이 거부반응을 보이는 것 또한 걱정스러웠다. 빈부귀천이 없다 한들 상하고저까지 없어지는 것은 아닐 텐데, 이들에게는 묘하게 어르신들에 대한 존경심이 없었다. 따뜻하고 정겹기 그지없는 '동무'라는 표현도, 그들이 위아래 없이 서로를 향한 호칭으로 사용하면서부터 알 수 없는 낯설음이 느껴지게 되었다. 왜 유독 자신들만 다르게 구별 짓고 행동하려 하는지, 모두가 하나이고 평등하다는 주장과는 묘하게 모순되는 그들에게 마을 사람들은 본능적인 거부감을 느꼈다.

하지만 이는 그나마 사회주의가 무엇인지 조금이라도 들어 본 이들의 경우였고, 전복 따고 조밭 매며 하루하루 먹고살기도 힘든 촌부들에겐 그저 그렇다니 그런가 보다 하는 지나가는 이야기에 불과했다. 이런 유학생들은 조천읍을 중심으로 사회주의 사상을 다른 어느 지역보다도 빨리 전파하기 시작했고, 지적인 갈증을 느끼던 순진한 섬의 학생들은 이들이 전하는 최신 유행 지식에 매료되어 갔다.

하지만 그렇게 사회주의 세력이 쉽게 흡수되기에 조천은 이미 뿌리박힌 민족주의 정신이 너무나 굳건한 지역이었다. 조천만세운동 등 대대로 항일운동가들이 활동하던 민족주의자들의 중심지였기 때문이다. 물론 마을의 미래를 걱정하는 어른들 역시 당시로서는 진보적이고 기존 세력에 반기를 드는 좌파적 성격이 강했다. 그럴 수밖에 없는 것이 기존 집권 세력 대부분은 자신이 가진 것을 지키기 위해 식민 시기 내내 일본에 적극 협조하였기 때문에 해방 후에는 기를 펼 수 없었고, 그와 반대되는 생각을 갖고 일제에 항거하며 견뎌 온 민족주의자들은 해방 후 자연스레 마을의 주도권을 잡게 되었던 것이다. 젊은 나이에 독립운동에 뛰어들어 옥살이까지 하고, 모진 세월을 견뎌 40대에 이른 이들은 이미 오래전부터 마을 내에서 영향력으로나 애국심에서 알려진 바였고, 당연히 마을 사람들의 지지를 얻어 뜻을 밀고 나가는 데에는 어려움이 없었다.

이에 비해 한발 늦게 섬에 돌아와 반은 타지인인 유학생들이 전하는 낯선 사회주의 사상은 섬사람들에게는 신 물문만큼이나 낯선 것이었다. 일본이나 세계적으로 사회주의가 얼마나 이슈화되어 있다 한들 민족주의 정신 아래 똘똘 뭉친 마을의 대의에 걸림돌이 되지는 못했다. 게다가 정작 유학파 청년들끼리도 단결하지 못하고 있었으니, 그 가장 큰 이유는 이덕구였다.

일본 유학시절부터 사회주의 사상에 깊이 심취했던 덕구는 사상적으로나 일본에서의 활동 경력 면에서나 외면할 수 없는 존재감을 갖고 있었다. 덕구를 **빼놓고** 사회주의 단체를 조직한다는 것은 관우 같은 장수를 이웃에 두고 자기들끼리 군대를 조직하는 것과 마찬가지였다. 그래서 청년들은 틈만 나면 덕구를 찾아가 설득하고 앞일을 논의하고자 했다. 그러나 덕구는 정작 고향에 돌아온 후로는 사상 전파에는 관심을 보이지 않았고, 이들 모임에서도 딱히 앞에 나서지 않은 채 아이들 교육에만 전념했다. 덕구가 힘을 보태 주면 어른들조차도 쉽게 설득시킬 수 있을 법한데 전혀 그럴 의사를 보이지 않는 덕구에게 또래의 유학생들은 답답해했다. 일부는 그런 덕구를 배신자 취급하기도 했다.

하지만 덕구에게 사회주의는 나라의 독립과 민족의 재건을 위한 수단이었지 그 자체가 목적은 아니었다. 어르신들이 자체적으로 섬을 잘 이끌어 가신다면, 그것이 가장 바람직하고 올바른 방법이라 생각했던 것이다. 그러면서 자신은 교육에 매진했다. 자신에게 맡겨진 가장 중요한 일은 아이들의 교육이었다. 새해가 오면 중학교로 자리를 옮겨 아이들에게 자신이 유학시절에 배운 것들을 전하며 섬의 미래를 양성하는 것, 이것이야말로 자신이 아니면 하지 못하는 값지고 시급한 일이었던 것이다.

하지만 주변에서 그를 가만두지 않았다. 청년들은 틈만 나면 덕구를 찾아왔고, 점차 그도 의도적으로 외면하지 않은 다양한 현안들에 휩쓸려 들어가게 되었다. 그리고 같이 리쓰메이칸에서 수학한 청년들이 대거 제주읍을 중심으로 활동하게 되면서 덕구의 활동 반경 또한 넓어지게 되었다.

로고스 학회, 야학, 제주제일중학원 설립

　제주의 청년들은 모두 새로운 조국에 기여할 무언가를 애타게 찾고 있었고, 저마다 뜻이 맞는 이들끼리 모여 이런저런 계획을 세우고 움직여 갔다.

　그중 지식층 청년들을 중심으로 결성된 로고스 학회는 제주 북국민학교 강당을 빌려 야학을 열었다. 낮에는 일을 해야 하기 때문에 학교에 올 수 없지만, 배움에의 열망을 가진 어른들을 대상으로 교육의 기회를 제공하자는 것이었다.

　덕구는 당연히 적극적으로 이 일에 뛰어들었다. 각 지역마다 야학 붐이 일었는데, 특이하게도 로고스 학회의 야학에서는 영어 수업도 실시하였다. 영어에의 필요성이 다른 어느 때보다 크게 느껴지는 때였기에 이 수업에는 의외의 인물들이 많이 참석했다. 미군을 상대로 장사를 하는 제주읍 인근의 상인들이나, 요정의 기녀들, 지역의 젊은 지도인사 등 직간접적인 생활의 필요에 의해 적극적으로 영어 수업에 참여하였다.

　인원이 많아지면서 덕구는 정화에게 도움을 요청했다. 서점에 들를 겸 종종 제주읍에 왕래하던 정화였기에 일주일에 두 번 있는 제주읍의 야학 수업에 기꺼이 참여하였다. 정화는 한글과 영어를 한 시간씩 맡아 가르치게 되었는데, 수업이 있는 날이면 덕구는 이호구 씨의 자동차에 정화를 태우고 제주읍을 오가곤 했다.

로고스 학회 외에도 여러 종류의 청년 단체가 있었는데, 학병동맹은 일본군에 징병됐다가 해방 이후 귀환한 학병들로 구성되었다. 덕구는 군 징집 경험이 없었지만, 학병동맹의 청년들과 일본 유학시절을 함께했던 탓에 그들과도 가깝게 어울렸다.

학병동맹과 덕구의 관계는 제주농고 체육대회 유치와 관련하여 급속하게 돈독해졌는데, 그들은 제주도민의 문화 향상을 도모하는 데에 목표를 두고, 전 도적 주민 화합의 자리인 체육대회 등의 문화 행사 개최에 적극적이었다.

사실 학병동맹도 설립 초기에는 다른 많은 청년단체들처럼 치안활동에 관심을 두었다. 그러나 치안 쪽은 이미 건준 치안대나 한라단에서 충분히 역할을 하고 있었기에 문화 사업 쪽으로 관심을 돌렸던 것이다. 그리고 야학도 로고스 학회와 같은 다른 많은 단체들이 이미 추진하고 있었기에 이들은 좀 더 조직적이고 적극적으로 도에 영향을 끼치는 방법을 고민하게 되었다. 그 결과 정식 학교를 세우자는 데까지 논의를 넓혀 가게 되었고, 제주읍에 제일중학원 설립을 추진하기에 이르렀다.

단순한 열정과 투지만을 지닌 철부지 청년단체들과 달리 학병동맹은 일을 해 나가는 방법을 알고 있었다. 그들은 다양한 인사들과의 협력을 통해 미 군정청의 승낙을 받아, 일제 말에 특공대 훈련장으로 사용됐던 오현단의 적산 건물을 학교 교사로 불하받았다. 그리고는 1946년 초 개교를 목표로 차근차근 준비를 해 나가기 시작했다. 남읍, 금악, 서귀포, 도두 등 다양한 지역에서 뜻있고 실력 있는 청년들을 찾아가 취지를 설명하고 애국의 뜻으로 설득하여 교사로 끌어들였다. 많은 뛰어난 청년들이 교사로, 또 학생으로 제일중학원에 모여들었다.

그런 이들이 정화를 놓칠 리 없었다. 당연히 섬 최고의 영어 교사로 알려진 정화를 제주제일중학원에 데려오기 위해 수차례 찾아와 제의를 하였다. 그러나 정화 입장에서는 조천 지역을 떠나 제주읍으로 터를 옮긴다는 것은 생각조차 할 수 없었다. 자신을 필요로 해 준다는 데 감사했지만, 거절의 뜻을 표하곤 하였다.

신제주 흑돼지구잇집

　태훈과 신림이 만난 것은 신제주의 제법 큼지막한 흑돼지구잇집이었다.

　원래 약속했던 호텔이 갑작스런 귀빈의 방문으로 일반인 예약이 모두 취소되었기 때문이었다. 다음 방문시 무료 식사권과 와인을 제공하겠다는 호텔 측의 양해에 둘 다 이의가 없었다.

　신림이나 태훈이나 반드시 그곳에서 식사를 해야만 하는 이유가 있는 것도 아니었고, 공짜 식사 제공 같은 혜택이라면 갑작스런 예약 취소의 무례를 용서할 만큼의 융통성은 있었다. 얼마나 대단한 귀빈인지는 모르지만 호텔 입장에서는 더 큰 이익을 위해 움직이는 것이 당연하지 않겠는가. 상도니 신의니 하는 것을 요즘 같은 때 기대했다 실망하느니 차라리 그러려니 넘기는 것이 정신건강에 나았다.

　둘은 별다른 거부감 없이 구잇집으로 향하였다.

　고급 호텔 레스토랑에서 흑돼지구잇집까지 장소가 급격히 하향 조정되는 과정에서도 둘은 단번에 의견 일치를 보았다. 실은 복장까지 가다듬고 방문해야 하는 레스토랑보다는 지글거리는 불판 앞에서 소주잔 기울이는 것이 마음도 편하고 어색함을 덜어내는 데 더 좋을 것이기 때문이다.

　도톰하니 씹는 맛이 쫄깃할 것 같은 흑돼지 생고기가 쟁반에 담겨 나왔다. 태훈은 불판에 길게 길게 고기를 얹었다. 달궈진 불판에 닿자 돼지 지방 눌러붙는 자극적인 소리와 함께 흰 연기가 솟아올랐다. 신림은 밑반찬으로 나온 생두부를 크게 한 숟가락 떠먹었다. 두부를 좋아하나 보다 하고 태훈도 한 젓가락 먹어 보니 뜻밖에 굉장한 맛이 났다.

"와, 맛있네요."

"그죠? 여기 두부 맛있어요. 어떨 땐 이 두부 먹고 싶어서 여기 온다니까요."

위가 열리면 마음이 열린다는 영국 속담처럼 확실히 뭐가 들어가고 나니 신림도 태훈도 한결 가까워진 느낌이었다. 오래 알고 지낸 사이처럼 편하게 대화가 오갔다.

"뭐 좀 더 알아낸 거 있어요?"

"아직은요. 개인 신원 파악이야 한참은 더 시간이 걸릴 거고, 대략 복장으로 보면 일제 강점기 말기부터 한국전쟁 전까지 사람들로 추정되는 정도?"

"4.3 때 시체들인 거죠?"

"음… 4.3 때 죽은 시체가 있는 건 맞아요. 전부 다가 그런지는 모르지만…."

"한 시기의 시체들이 아닐 수도 있다는 말이에요?"

신림이 더 이상 대답하지 않고, 덜 익은 고기를 뒤적였다. 배가 많이 고픈 듯했다. 태훈은 먼저 익은 부분을 신림 쪽으로 놔 주었다. 신림은 사양하지 않고 낼름낼름 집어 먹었다. 잘 먹어 주면 더 잘 먹여 주고 싶어지는 법. 태훈은 열심히 고기를 구웠다. 빠르게 익은 삼겹살 덕에 둘은 한동안 군소리 않고 젓가락을 놀렸다. 두 번째 고기를 불판에 얹을 무렵에서야 신림은 이야기를 꺼냈다.

"그 높으신 분들한테는 연락 좀 해 봤어요?"

잘 익은 다 구워진 삼겹살을 씹는 것만큼이나 별일 아니라는 듯한 말투였다. 태훈은 괜히 주위를 한번 돌아보며 옆 테이블과의 간격을 확인했다.

"일단 연락은 넣어 뒀는데, 생각대로 움직여 줄지는 기다려 봐야죠."

"우린 좀 급한데. 그 도자기 중국 송나라 때 거래요. 중일전쟁 때 도난당한 송나라 군요와 유사하다는 말이 들리더라고요. 송나라 5대 명요라고, 아세요?"

"모르겠는데요? 그게 뭐죠?"

"가장 유명했던 5대 도자기예요. 그중에서 군요와 여요는 남아 있는 작품이 너무 적어서 값을 따질 수 없을 정도죠. 완전 특 A급 유물인 거예요. 근데 그러니까 딴 생각이 드는 거죠. 겉으로는 외교 문제다 이러는데…. 아무튼 거추장스러운 우리는 빠져 주면 좋겠는 거고."

"어차피 우리가 훔친 것도 아니고 일본군 소행일 텐데, 외교 문제 핑계는…."

딴 배 불릴 속내가 뻔히 보이자 태훈은 저도 모르게 시니컬한 반응이 나왔다.

"뭐 속내야 모르겠지만, 외교 문제로 번질 가능성도 있어요. 원래 약탈 문화재는 70년 미만이면 자국에 돌려줘야 하거든요. 하지만 70년이 지난 거라면 발견자가 소유할 수 있다는 게 유네스코 문화재 관리국 유권해석이에요. 중일전쟁이 37년부터 45년까지 거든요. 최대한 늦게 잡아서 45년에 약탈한 것이라 치면 2015년까지는 중국에 반환해야 하는 거죠."

"그러니까 1, 2년 정도는 어떻게 버텨 보겠다?"

"맞아요. 그 이후면 뭐, 막말로 우리가 먹어도 아무 하자가 없는 거죠. 정부 쪽에서는 이대로 덮어 두고 한 2, 3년 묵혀 두는 게 낫지 않냐 이런 생각인 셈이죠."

잃어버린 물건은 당연히 제 주인을 찾아 줘야 한다는 초등학교 도덕 교과서를 따르는 사람들이 아니었다. 어째 이놈이나 저놈이나 기회만 있으면 남의 것 뺏어 먹을 궁리만 하는지.

"그렇다면 지금 백골 갖고 들쑤시는 게 골치겠네."
"그런 거죠. 우리만 아니면 백골쯤은 이대로 덮어도 아무 탈 없으니까. 아직 문화재의 존재는 외부에 알려지지도 않았고."

천덕꾸러기라고 해야 할지 고래 싸움에 새우등 터진다고 해야 할지, 백골 잡고 있는 신림네 처지도 안 됐지만 지금 돌아가는 상황은 태훈에게도 남의 일이 아니었다. 정부에서 덮어 버리고 싶어 하는 일을 만천하에 공개할 너무나 확실한 증거를 자신이 갖고 있는 셈이니까.

사실을 밝히면 문화재 도굴한 놈들 일망타진하고 부정부패 관료들 엿 먹일 수는 있겠지만, 문화재를 두고 한중 간 복잡한 외교 관계가 불가피하겠지. 가뜩이나 동북공정이니 백두산 영토분쟁 등으로 중국과의 과거사 문제가 불거지고 있는 상황에서 중국 최고 문화재의 소유권 문제까지 더해진다면 상황은 또 어떻게 진행되는지.

"혹시 그 유물이 지금으로부터 70년 이전에 훔쳐 낸 것으로 밝혀지면 괜찮지 않나요? 일본군이 중국에서 한창 약탈하던 시기가 어차피 그때쯤 아닌가?"
"단정 짓기는 힘들죠. 그쪽에서 아니다 해 버리면 그만이니까. 내가 국정원 사람들이라고 해도 일 복잡하게 만드느니 백골 쪽 입 막아 버리는 편을 택하겠어요."

신림은 그런 상황도 생각 안 해 본 것이 아닌 듯 기대하지 않는 투였다. 하지만 방법은 짜내면 어떻게든 나오게 마련이니까. 태훈은 인터뷰어들을 꼬셔 낼 때 잘 써먹는 방법들을 떠올렸다. 이럴 땐 나중에 말 뒤집지 못하게 미리 선수를 쳐 두는 것이 좋았다. 그것도 중국쪽에서 스스로 그 유물들이 43년 이전에 약탈당했음을 주장할 수밖에 없는 상황을 만들어 놓고 일을 터트려 진퇴양난의 상태로 만들어버리면 그만이었다.

물론 한 국가를 상대로 한다는 점에서 이른바 전문가 스킬이 필요한 영역이었지만, 그게 정치고, 로비고, 외교 아니겠는가? 물론 굳이 그런 힘들 길로 가지 않으려 하겠지만 하려면 못할 것도 없을 것이다. 그럴 수밖에 없는 카드를 자신이 갖고 있으니까.

이제부터는 태훈이 선택해야 할 상황이었다. 도굴사건 기사를 터트리기 전에 국정원 쪽에 미리 귀띔해 주고 머리 굴릴 시간을 줘야 한다는 이야기인데, 자칫하다간 이쪽까지 입막음될 수도 있었다. 이 역시 같은 식의 전략이 필요한 상황이라…. 기자 나부랭이가 특종 생각만 하는 게 아니라, 애국자 코스프레까지 하려니 쉽지가 않았다. 이래서 개인의 입신양명과 대의를 위한 삶은 양립하는 것이 불가능하다고들 하는지도.

신림은 태훈이 말없이 고기만 뒤적이자 호기심 어린 표정으로 그를 바라보았다. 몇 번 안 만났지만 이 남자의 독특한 버릇을 조금씩 알아 가고 있었다. 겉으로 보기에는 좀 멍한 표정으로 아무 생각 없는 듯 있을 때, 실은 머릿속으로 굉장히 많은 수들을 따져 보고 있는 것이었다. 기자가 다 그런가? 아니면 이 사내가 유난히 생각이 복잡하고 정치적인 것인지도 몰랐다. 자신이 원하는 결과를 끌어내기 위해 계획하고 상대를 조정하는 것이 천성이랄까? 저렇게 일일이 머리를 굴리면서 피곤해서 어떻게 사는지. 그래도 일 하나는 제대로 하는 것 같았다. 줄 것과 빼앗아 올 것을 양손에 쥐고 흔들며, 결국은 원하는 것을 얻어 내니까. 자신한테 하는 것만 봐도 알 수 있었다. 휘둘리는 느낌이 불쾌하기도 했지만 또 한편으론 그런 부분은 인정할 만하다고 생각했다. 나이가 들면 다 저렇게 원숙해지는 건가? 문득 십

수 년 이상 면도날이 스쳐갔을 푸릇한 그의 아래턱에 시선이 갔다.

"몇 살이에요?"

"서른… 일곱."

물론 이것도 아직 생일이 지나지 않은 만 나이였다. 어딘가 비굴하다 생각이 들었지만 신림에게 서른아홉이라고 말할 용기는 나지 않았다. 태훈은 자기도 모르게 한 살이라도 적게 말하는 쪽을 택했다.

"엑… 완전 아저씨네."

역시나. 서른일곱도 충분히 많다고 생각할 줄 알았다. 하지만 그렇게 말하는 목소리에 어렴풋이 코맹맹이 비음이 섞여 있었다. 태훈은 그녀의 반응이 싫지 않았다.

"신림 씨는 몇 살인데요?"

"스물아홉이요."

"애기구나."

신림은 어이없다는 듯이 그를 향해 눈을 흘겼다. 애 취급한다고 삐진 듯했지만 이 또한 애교가 묻어 있었다. 공적인 관계가 사적인 영역으로 들어서는 신호를 태훈은 놓치지 않았다. 다만 이십대의 발랄함을 이성적 호감으로 착각하는 못난 실수를 저지를까 아직은 살짝 거리를 유지하고 있을 뿐이었다.

한번 떠볼까? 태훈이 마음을 정하기도 전에 신림이 먼저 치고 들어왔다. 머뭇거림도 없이.

"결혼했어요?"

"…애가 둘이요."

"에? 진짜 아저씨네…."

신림의 당황한 표정을 태훈은 놓치지 않았다. 바로 표정관리 들어가긴 했지만, 실망한 듯 입꼬리가 굳어지는 것은 감추지 못했다. 괜히 불판에 고개를 박고 다 익은 고기를 뒤적거리는 신림의 행동이 태훈을 설레게 했다. 이쁘기만 한 게 아니라 하는 짓도 귀엽네. 태훈은 장난치고 싶은 마음을 주체할 수가 없었다.

"우리 누나가."

"누나가 뭐요?"

"누나가, 애가 둘이라고요."

순간 신림은 태훈의 말뜻을 이해 못 해서 멍한 표정을 지었다. 그러다 바로 의미를 깨닫고는, 엉겁결에 마음을 드러내 버린 것이 부끄러워 얼굴을 붉혔다. 당했다는 생각에 얇은 입술을 깨무는데 신림에 비해 태훈은 한껏 여유 있게 느물느물 웃었다. 들켰어…, 하는 밉살머리 없는 표정. 신림은 샐쭉한 표정으로 태훈에게 쏘아 주었다.

"그런 식으로 구니까 애인이 없는 거예요."

"나, 애인 없다고는 안 했는데?"

"그럼 있어요?"

"있죠."

"누나가?"

"하하하."

유쾌했다. 충분히 닭살스럽고 유치하지만, 서로 재고 따지고도 없이 그대로 까놓고 시작했던 대학시절의 연애가 떠올랐다. 나이 사십에 이럴 수도 있구나.

주거니 받거니 소주도 한 병, 두 병 비워지고 시간은 어느새 열한 시를 지나고 있었다. 영업 종료를 알리는 종업원의 안내를 받기까지 둘은 정신없이 서로에게 빠져들었다.

그러느라 뒤늦게 뒷 테이블에 자리잡고 그들의 대화에 귀를 기울
이는 사내의 존재를 눈치채지 못했다.

미행, 로맨틱? 찜질방

음식점을 나온 신림과 태훈은 큰 길로 나왔다.

둘 다 제법 취한 터라 차는 음식점 주차장에 세워 두고 택시를 잡기로 했다.

음식점이 번화가에서 떨어져 있다 보니 지나는 택시가 별로 없어 둘은 중심가 쪽으로 천천히 걸었다. 걸음이 비틀거릴 때마다 가깝지도 멀지도 않은 사이를 두고 둘의 팔이 문득문득 스쳤다. 신림은 알 수 없이 태훈은 향해 달뜨는 기분을 느꼈다.

두런두런 이야기를 주고받으며 걸어가다가 언젠가부터 태훈이 말수가 잦아들었다. 표정도 어쩐지 굳어 보였다. 신림은 영문도 모른 채 머쓱해져 자신도 입을 다물었다.

건물 모퉁이를 지나자마자 갑자기 태훈이 취한 듯 휘청하더니 신림을 벽으로 밀어붙였다.

"아, 왜…."

당황한 신림에게 피할 틈도 주지 않고 태훈은 그대로 몸을 숙여 그녀의 목에 얼굴을 묻었다. 쿵, 쿵, 심장 소리가 귓속에서 솟구쳐 오르는데 신림은 꼼짝도 못 하고 멈춰 서서 가쁜 숨만 내쉬었다. 이 상황을 어떻게 이해해야 할지, 취한 건가? 의도적인 건가? 뿌리쳐야 할지, 뿌리쳐 내고 싶은 건지 판단할 수 없었다.

도로를 지나는 자동차의 헤드라이트 불빛이 잠시 멈추었다 지나갔다. 신림은 한참 동안이나 미동도 없이 그대로 있는 태훈에게 어떻게 반응해야 할지 몰라 고개를 숙여 그를 바라보았다. 술기 가신 또렷한 그의 눈동자와 마주쳤다. 태훈의 얼굴이 그녀의 목덜미를 지나 코앞까지 올라왔다. 밭은 호흡에서 희미한 술 냄새와 담배 냄새가 났다. 입술이 희미하게 움직거렸다. 신림은 자기도 모르게 태훈의 입술에 시선을 주었다. 남자치고 저렇게 선명한 입술선을 가진 사람은 처음 본다는 생각이 들자 문득 감촉을 느껴 보고 싶어졌다.

신림의 시선이 자신의 입술에 머무는 것을 깨달은 태훈은 그녀가 원하는 것을 알았다. 하지만 이성을 놓아 버리기에 아직 할 일이 남아 있었다.

태훈은 신림에게서 몸을 떼어 내고는 방금 자동차가 지나간 방향을 바라보았다. 어색하리만큼 천천히 멀어지는 차의 뒷모습은 이미 희미하게밖에 보이지 않았다. 하지만 그녀의 어깨에 시선을 가리고 살펴본 대로 독일계 외제차가 틀림없었다. 번호판까지 확인하진 못했지만 우연이 아니라면 미행하는 사람이 누구일지 짐작이 가고도 남았다. 낮에 한 전화가 예상과는 다른 식으로 반응이 온 것이다.

'어디서부터 미행당한 거지?'

실수했다는 생각에 뒤가 껄끄러웠다.

어색하게 큰 길로 나온 두 사람 앞에, 마침 지나가던 택시가 와서 섰다. 태훈은 신림을 향해 뒷좌석 문을 열어 주었다. 신림의 표정이 묘하게 일그러졌다. 자존심을 지키자니 밝게 인사하고 헤어져야 하는데, 속에서 천불이 일었다.

신림은 태훈에게 시선도 주지 않고 택시에 올라 콩 하고 매정하게 문을 닫아 버렸다. 미련 없이 출발하는 택시의 뒷모습을 보며 태훈은 또 다른 의미로 찜찜했다. 신림과의 식사를 이런 식으로 마무리하고 싶지 않았는데…. 한 발 따라잡았다가 세 발쯤 뒤로 밀려난 기분이었다. 하지만 지금은 다른 수가 없었다. 언젠간 이해해 줄 날이 오겠지.

태훈이 머물고 있는 모텔 사거리에 도착했을 때, 그는 혹시나 하는 마음에 일부러 뒷쪽 길을 택해 모텔 건물로 다가갔다. 들어가기 전에 건물 골목에 몸을 숨기고는 입구 쪽을 훑어보았다. 예상대로 정문에서 10m쯤 떨어진 곳에 독일계 외제차가 주차되어 있는 것이 보였다.

"저 양반… 코미디하나?"

태훈은 차라리 웃음이 났다. 도지사라는 양반이 할 일도 참 더럽게 없나 보다 싶으면서, 오죽 속이 타면 저러겠냐는 생각이 들었다. 그래도 하는 짓이 너무 아마추어 아닌가. 최소한 차라도 덜 눈에 띄는 것으로 타고 올 것이지. 주의 깊지 못한 성격임을 알 수 있었다.

그러고 보면 십장에게 꼼꼼하게 뒤처리시키는 건설업체 쪽과의 간극이 너무 컸다. 도지사가 건설업체와 한배를 타고 있다고 생각했는데, 적어도 이번 도굴 건에 한해서만은 건설업체 쪽과 논의하고 일을 진행하거나 하진 않는 듯했다.

그럼 경찰청장과는 어떤 관계일까? 함께 훔쳤으니 둘은 같은 입장이라고 생각했는데, 도지사가 지금처럼 혼자 허둥대고 있는 것을 보면, 아직 경찰청장에게는 알리지 않은 것 같았다. 경찰청장쯤 되는 사람이 알았다면 저런 멍청한 미행을 하게 놔두진 않았겠지. 그렇다면 둘 사이에도 뭔가 껄끄러운 갑을관계가 존재한다는 뜻인데…. 이쪽저쪽으로 구린 구석이 많은 양반인 듯 싶었다.

태훈은 괜히 도지사를 골려 주고 싶은 생각이 들었다.

밤새 고생 좀 하면 약이 바짝 올라, 뭐라도 경솔한 행동을 해 올 수도 있을 테니. 정문을 지키는 도지사는 그대로 염탐하게 놔두고 태훈은 지나가던 택시를 잡아타고 근처 찜질방으로 향했다. 땀이나 빼다가 아침에 들어갈 생각이었다.

밖에 주차된 세 대의 관광버스에서 예상은 했지만, 역시나 읍내에서 가장 가깝고 크다는 찜질방은 평일인데도 중국인 단체 관광객으로 소란스럽기 짝이 없었다. 최근의 제주도 경제는 중국인 관광객 없으면 유지가 안 된다는 사촌동생의 말이 떠올랐다.

삶은 계란의 누린내와 텁텁한 사람들의 냄새, 탁한 공기는 그렇다쳐도 소리를 지르며 뛰어다니는 애들 때문에 눈 붙이기는 그른 듯 싶었다. 태훈은 그나마 사람들에게 별로 인기가 없는 저온실 구석에 자리를 잡고 얼굴에 수건을 덮었다.

한라단 vs 치안대

　덕구와 지식층 청년들이 머리를 써서 새 시대의 설계도를 그려 갈 동안 한발 앞서 몸으로 부딪쳐 시대를 만들어 가던 이들도 있었다.

　준구와 인민위원회의 젊은 청년들은 밤이 되면 '치안'이라고 쓰여진 완장을 차고 마을을 순찰했다. 그 즈음 치안대의 주요 업무는 남아 있는 일본군들의 물자 매매 문제를 해결하는 일에 집중되어 있었다. 주 매매 품목은 군 기지를 구축하기 위한 목재나 건설 자재에서부터, 식량, 의복, 약품, 건빵에 이르기까지 다양했다. 눈치가 빠른 사람들은 이런 물자들을 인수받기 위해 뒷거래를 하거나 매수, 협박, 장부 조작 등 불법적인 방식을 총동원했는데, 개중에는 일본군 물자 보급책에게 섬의 처녀를 제공하는 일까지 있다는 소문이 돌아 섬사람들을 격분하게 만들었다. 마침 종전 후 정신대 문제도 불거져 살벌한 분위기 속에 일어난 일이다 보니, 혈기 넘치는 청년들은 그 일본군 준위가 산다는 민가로 쳐들어가 서로 권총을 빼 들고 대치하는 상황까지 벌어졌다.

　이런 혼란 속에서 미 군정은 인민위원회와 대일 협력 인사 사이에서 미묘한 균형잡기를 하며 딱히 어느 편으로 힘을 실어 주지 않는 입장을 취하고 있었다.

　당시 미 군정에게 치안대는 힘없는 순사들보다 치안 유지를 위해 훨씬 필요한 존재였다. 또 대일 협력자들 역시 행정적인 업무를 진행하기 위해 없어서는 안 되었다. 인민위원회와 대일 협력자들은 모두 위로는 고삐를 쥐고 있는 미 군정의 눈치를 보며, 아래에서는 서로 눈을 흘기며 공존하는 기묘하고 불편한 관계가 계속되었다. 호시탐탐 서로를 밀어낼 기회를 노리며 치열한 신경전이 계속되었다.

인민위원회 측에서는 친일파들을 몰아내고 행정기관에 진출하고자 열을 올렸고, 친일파들은 새 경찰 체계를 세워서 인민위원회의 역할을 빼앗아 오려 했다. 양쪽 모두 시간이 걸리는 일이었다. 겉으로는 당장은 큰 변화 없이 애매한 동반 관계가 지속되었지만, 뒤로는 숨 가쁘게 다음 수를 준비하고 세를 키우며 판을 뒤엎을 한 방의 찰나를 준비하고 있었다.

이런 상황에서 애국심에 불타는 청년들의 존재는 인민위원회의 최대 무기이자 독이었다. 어른들과는 달리, 입장이나 관계보다는 대의와 정의를 제1의 가치로 내달리는 청년들은 일촉즉발의 상황에서도 과감한 행동을 서슴지 않았다. 내 편인 듯하지만 한순간에 적에게 이용당할 수도 있는 안정성이 떨어지는 불완전한 무기였던 것이다. 하지만 추진력이나 파급력만큼은 최강이었기에 전국적으로 청년 세력을 자신의 휘하에 두기 위한 정당 간의, 정치인들 간의 세 싸움이 치열했다.

누가 더 그럴듯한 명분으로 앞만 보고 달리는 어리숙한 청년들의 마음을 사로잡느냐가 관건이었다. 제대로 다룰 수만 있다면 어떤 장애물도 돌파할 수 있는 미쳐 날뛰는 황소나 다름없었기 때문이다. 이들에게는 오히려 날뛸 수 있는 장소가 필요했다. 제어하고 억압하는 주인은 애당초 맞지 않았다. 이러한 점을 마을의 어른들은 우려의 시선으로 바라보고 있었다.

다행인지 불행인지 일국은 막 새로 시작한 장사로 눈코 뜰 새 없어서, 또래의 다른 청년들과 자주 어울리지 못했다. 두 주에 한 번씩 제주로 돌아올 때에만, 치안대 사무실을 찾아가 얼굴 도장 찍는 정도로 체면치레를 할 뿐이었는데, 이들도 그런 일국에게 딱히 별다른 말은 없었다. 본시 큰 관심도 없었을 뿐더러 함께 어울리기에도 어딘가 거리껴지는 부분이 있었기 때문이다. 준구는 내심 안타까워했지만 차차 일국이 없이도 그네들끼리 충분하다는 것을 알고는 더는 미련을 두지 않게 되었다.

당시 제주읍의 치안 유지에 앞장서던 단체는 크게 두 곳이 있었다. 하나는 한라단으로 광복 직후 생겨 인민위원회의 치안대보다 먼저 틀을 잡은 단체였다. 한라단은 관덕정 남쪽에 자리잡은 일본 사찰 건물에 사무실을 차리고, 친일 관련자나 일제 치하 권력자들을 처벌하는 일에 앞장섰다. 다소 과격파 청년들이 주를 이루었던 한라단은 도청의 노무계장을 집단 구타하고, 이를 피해 도망하는 이를 쫓아 일본군 트럭을 탈취하여 따라가는 등 피의 복수를 서슴지 않았다.

이들의 과격함은 지나친 열정에 기반한 것이다 보니, 일반 청년 단체들이 하지 못할 거국적인 일들을 담당해 내기도 하였다. 예를 들어 고향으로 돌아오지 못하는 일본 거주 노동자들을 데려오기 위해 섬의 재력가들이나 약점 잡힌 친일 인사들에게 자금을 받아 선박을 대절하기도 하였다. 이런 적극적이고 화끈한 그들의 활약 덕에 다소간의 과격함은 눈감아졌다. 또 불만이 있다 한들 함부로 건드렸다간 무슨 불똥이 튈지 몰라 애써 외면하고 있었다.

하지만 이런 이들의 도에 지나친 행위를 마음에 들지 않아 하는 이들이 있었으니 바로 치안대원들이었다. 한라단이 제아무리 적극적으로 활약한다 한들 사설 치안단체에 불과했다. 그에 비해 건준 및 인민위 산하 치안대는 섬에서 공식적인 치안기관으로 자리잡아 가고 있었다. 둘 사이에 은근한 텃세와 견제가 오갔고, 서로가 서로를 월권이라 비난하며 날이 갈수록 충돌이 잦아졌다. 새 나라의 치안을 담당한다는 동일한 목표를 갖고 있었지만, 그 와중에서도 서로를 견제하며 힘겨루기를 시작했던 것이다.

일국이 2주일 만에 제주읍으로 돌아온 날 대양상회에는 준구로부터의 연락이 남겨져 있었다. 떠돌아다니는 일국과의 연락은 거의가 대양상회를 통해 이루어졌다. 돌아오는 대로 급히 치안대 사무실에서 만나길 바란다는 연락을 전하며, 대양상회 주인 영감은 일국의 표정을 흘끔거리며 은근한 관심을 보였다.

"무슨 일이야?"

평소 이래라저래라 하는 일 없는 주인 영감이지만 이날따라 유독 일국의 반응을 예민하게 관찰하였다. 일국은 약간은 무심하게 어깨를 들썩였다.

"모르겠네요."

읍내 돌아가는 상황을 모르는 일국이야 심드렁하게 여겼지만 주인 영감은 달랐다. 준구는 치안대의 대장이 아닌가. 섬의 양대 치안 단체인 치안대와 한라단 사이의 심상찮은 기류에 대해 누구보다 밝은 것이 장사하는 사람들일 수밖에 없었다. 바로 얼마 전에는 한라단원들이 치안대 사무실을 급습하여 둘 사이의 반목이 극에 달해 있던 참이었다. 한 번 받았으니 이제 돌려줄 차례라고 치안대 청년들은 시장 어귀마다 목소리를 높였다. 아직까지는 자기들끼리의 패싸움에 지나지 않았지만 언제 젊은 혈기에 욱하여 주변에까지 불똥이 튈지 알 수 없었다.

게다가 주인 영감은 일제 강점기부터 지금까지 번창해 온 몇 안 되는 장사치였다. 고깝게 보아 친일파로 몰려면 얼마든지 핑계는 있을 터였다. 물론 일본 놈들에게 잘 보여 한 시절 장사 근거를 든든히 하던 때에도, 다른 한편으로는 독립운동한다는 이들에게 이런저런 뒷배를 보아주어 양편 모두에게 미움 사지 않고 버텨 올 수 있었다. 그런 균형감각은 지금도 녹슬지 않아 작은 움직임에도 반응하며 주변 상황에 늘 촉을 곤두세우고 있었다.

그런데 며칠 전 준구가 직접 자신의 가게까지 찾아와 일국의 거취를 물었을 때, 뭔가 좋지 않은 예감이 들었다. 그는 가게에 들어서는 것이 그다지 탐탁지 않은 듯 데면데면하게 굴더니 일국이 돌아오는 날짜를 몇 차례 확인하고는 편지를 남기고 갔다. 끼어 봤자 골치 아플 일에 일국을 끌어넣으려 한다는 느낌을 억누를 수가 없었다. 본래 주인 영감은 남의 일에 주제넘게 참견 않는다는 신조였지만, 그답지 않게 일국에게는 마음이 갔다. 그래서 준구의 편지를 전해야 할지 말아야 할지 망설였다. 하지만 아무리 막아도 될 일은 된다는 것을 검버섯 핀 세월을 통해 깨달은 그였다. 헛된 수고로 물길을 틀어 놓는 것도 순리는 아니었다.

주인 영감은 일국에게 별말 없이 편지를 전달했다. 그래 놓고 일국의 눈치를 살폈다.

"그치들이랑 너무 어울려 다니지 말아."

자식보다 돈을 더 귀하게 생각하는 인색한 양반이었지만, 듬직하게 자기 사업의 한 기둥을 맡고 있는 일국에게 마음이 가는 것은 어쩔 수 없었다. 나이를 먹어 마음이 느슨해지는가 보다고 쓴웃음을 지었다. 그저 사업에 도움이 되기 위해서라도, 일국에게 이것저것 세상을 보는 시야 정도는 가르쳐 줄 필요가 있다고 생각한 것뿐이었다. 착하고 성실하기만 해서 어디 장사하겠는가? 더구나 지금은 작은 결정 하나가 돈뿐 아니라 지금까지 쌓아 온 모든 것을 한순간에 날려 보낼 수 있는 위기의 시기이자 기회의 시기 아닌가.

"어울리고 자시고 할 시간이나 있나요?"

별 관심 없는 듯 말하면서도 일국은 뜻밖의 준구로부터의 연락에 호기심을 느끼고 있었다. 그 속을 모를 주인 영감이 아니었다. 젊은 이들은 그 속에 인화물이 잔뜩 쌓여 있어서 어디서 불꽃만 튀어도 단번에 화르륵 타오를 가능성을 지닌 존재들이었다. 게다가 일단 맘이 가면 누가 뭐래도 뜻을 이루고야 마는 정일국이 아니던가.

"상인은 어느 편도 드는 거 아니야. 또 누구와도 적 만드는 거 아니고."

주인 영감이 나즈막히 한마디했다. 일국은 씨익 웃고는 가게를 나섰다.

1945년 11월, 한라단 사건

일국이 준구를 찾아간 것은 저녁 식사 후 해가 저물어 갈 무렵이었다. 주인 영감 말이 아니어도 준구가 자신을 이용하려 한다는 것을 모를 일국이 아니었다. 제 사리사욕 채우는 일은 아닐 테지만, 아무튼 일국 입장에서는 아주 적극적으로 뛰어들 맘도 생기지 않았다.

일국은 일부러 든든히 배를 채우고, 느즈막히 치안대 사무실로 향했다. 사무실로 가는 내내 무언가 심상찮은 일이 벌어지고 있음을 알수 있었다. 시장 골목 곳곳마다 수십 명, 아니 수백 명은 되어 보이는 청년들이 저마다 죽창이며 몽둥이 등을 들고 왁자지껄 모여 있었던 것이다. 자세한 사정은 모르지만 당장 한바탕하러 가기 직전임은 알 수 있었다.

일국이 치안대 사무실에 들어서니 준구와 치안대의 임원들은 한껏 목소리를 높이며 그날의 계획을 논의하고 있었다.

"조천 지역은 동쪽에서 몰아가고, 애월은 서쪽, 하귀는 우리랑 남쪽
  에서 올라가고."

작전 설명을 하던 준구는 사무실로 들어서는 듬직한 체격의 사내에게 시선을 주다가 그가 일국이라는 것을 알아채고는 마치 뛰어오르듯이 일어섰다.

"일국아!"

준구와 다른 모든 임원들의 얼굴이 단번에 밝아졌다. 평소에 한 번도 자신을 이렇게 환대하는 것을 보지 못했던 터라 일국은 당황스러우면서도 기분이 좋았다. 뭔가 자신의 힘이 엄청나게 필요한 상황이긴 한 모양이었다.

"너 왜 안 오나 목 빠지는 줄 알았다. 이제 막 출동할 거야."

"한바탕하는 거야? 누구? 어디 먼서기 놈이야?"

"아니, 한라단 놈들. 오늘 제삿집에 모인다는 정보야. 그놈들 오늘 일
망타진이다. 일국 너는 내 옆에 있어줘. 너만 믿는다."

준구의 얼굴에 가득 떠오른 신뢰의 표정은 거의 감격 수준이었다. 한라단이랑 붙는다고? 일국은 정황도 채 파악하지 못했지만, 더 이상의 질문을 할 수도 없었다. 연이어 도착하는 다른 지역 치안대원들이 몰려들어 와 준구를 에워쌌기 때문이었다. 이런저런 나름의 작전을 의논하느라 정신이 없는 듯 일국과 별다른 눈 맞춤도 하지 못했다. 상황이야 어쨌든 준구를 도와 하룻밤 달려 주면 되려니 싶어 일국은 별다른 의문은 갖지 않고 사무실을 나왔다.

조천, 애월, 하귀 지역에서 모인 치안대원들은 거의 200여 명에 달했다. 준구의 신호와 함께 청년들은 한라단원들이 모여 있다는 제삿집으로 출발했다. 일국도 들뜬 열기로 후덥지근함마저 느껴지는 청년들 무리에 떠밀려 걸어가는데, 저만치 어린 학생들이 함께하는 모습이 보였다. 문득 조천의 용이를 본 것 같은 기분이 들어 혹시나 하는 생각에 다가가니 그곳에는 용이와 함께 세영이 있었다.

"이세영! 너 여기서 뭐해!"

"어? 삼촌!"

세영은 학생복에 학생모를 쓰고 뭔가 썩 내키지는 않는 듯한 표정

으로 걸어가다가 일국을 바라보고는 반가워했다.

"너 지금 여기서 뭐하는 거야? 학생이 여긴 왜 껴?"

"학생은 청년 아닌가? 다 같이 가는 거지."

일국이 타박을 주자 세영은 일부러 뽀루퉁하게 반항했다. 사실 세영 역시 이 자리가 자신에게 어울리지 않는다는 것을 알고 있었다. 실은 전혀 오고 싶지 않았다. 위험할 것 같았고, 또 한라단원들이나 치안대들이나 서로 자기가 옳다고 대거리하는 꼴이 어린애들 장난처럼 유치하게 느껴졌기 때문이다. 양쪽 다 바보 같았다. 때가 어느 때인데 패 갈라 싸움이라니. 이럴 시간이면 다음 독서토론 과제인 유물론이나 마저 읽고 싶었다.

하지만 치안대에서 한자리 차지한 용이가 조천 지역 머릿수를 채워야 한다고 반 애원 반 협박하는 바람에 하는 수 없이 참여하였던 것이었다. 그런데 이런 곳에서 일국 삼촌을 만나다니. 삼촌이야말로 이 바보놀음에 딱 어울리는 사람이었다. 힘쓰는 걸로는 이중 누구에게도 뒤지지 않을 테니까. 하지만 삼촌이 뭘 알고 참여하기나 하는지 의심스러웠다.

"삼촌은 여기 왜 있어? 장사 안 해?"

"이 밤중에 장사는 무슨, 나야 힘 보태 달라니까 왔지."

역시나 세영의 추측이 맞았다. 아마도 누가 시국 흘러가는 것도 모르는 순진한 일국 삼촌을 추켜세우며 얕은 말로 설득했을 것이었다. 안 봐도 뻔했다. 세영은 일국의 단순함이 답답했다. 허우대만 멀쩡하지 산에서만 살아 세상물정 모르는 삼촌이 한심스러웠다. 다들 얼마나 약아 빠졌는데. 세영은 그런 일국이 걱정되는 한편 화가 치밀어 올랐다.

"지금 뭐 하러 가는 줄 알기나 해?"

"뭐, 한라단 놈들이 쳐들어왔다며?"

"왜 쳐들어왔는데, 한라단이 뭐하는 덴데, 알기나 하냐고?"

일국이 골 아파서 생각하지 않은 부분을 세영은 귀신같이 알고 꼬집어 냈다. 일국이 딱히 대답도 못 한 채 머뭇거리자 세영은 바로 구박을 했다.

"쓸데없이 알지도 못하면서. 으이그. 이런 데는 왜 껴. 그냥 돌아가."

일국은 자기가 할 소리를 하는 세영이 어이가 없어서 말대꾸는 못한 채 혀만 차는데 어느새 일행은 목적지에 도착했다. 준구가 우렁찬 목소리로 돌진 구호를 외치자 치안대원들은 순식간에 제삿집을 향해 돌진하기 시작했다. 세영과 일국도 얼떨결에 무리에 휩쓸려 앞으로 나아갔다.

치안대원들은 집을 안팎으로 에워싸고 선두는 막무가내로 담을 넘어 집안으로 쳐들어갔다. 청년들은 일단 시작되자 네 편 내 편 눈에 보이는 것 없이 닥치는 대로 때려 부수기 시작했다. 얼떨결에 공격을 당한 한라단원들은 집 안의 온갖 집기를 던지고 방패막이로 삼아 대응했고, 치고받고 쓰러지고 넘기는 몸싸움에 주변은 난장판이 되었다.

일국이 딱히 나설 것도 없이 치안대는 수적으로 월등히 우세했다. 치안대 여럿이 한두 명의 한라단원을 상대하는 패싸움을 하는 꼴이었다. 일국은 그저 뒤편에서 지켜보고만 있었다.

하지만 이대로 끝날 사태가 아니었다. 안쪽 방에서 술을 마시던 한라단 단장과 부장급이 모습을 드러내었던 것이다. 제주농고 출신의 도내 유도 대표선수였던 석민과 그 친위대격인 유도부원들의 실력은 마을에서도 널리 알려져 있었다. 일본군들과 맞서도 꿀리지 않는 데에는 이들 유도선수들이 배수진을 치고 있는 덕이 컸다.

한라단 단장과 부장들은 달려드는 치안대원들을 삽시간 제압했다.

그제까지 승승장구하던 치안대의 대열이 무너지기 시작했다. 겁을 먹고 뒤로 물러서는 이들이 사기를 크게 떨어뜨렸다. 하지만 준구는 당황하지 않았다. 그는 이런 상황을 이미 예견하고 있었다. 그리고 중간에 어정쩡하게 있던 일국을 불러오도록 지시했다.

일국의 이름이 큰소리로 불려지자 무리는 순식간에 일국을 맨 앞으로 떠밀었다. 상황도 모르는 채 사람들에게 밀려 맨 앞으로 나아가면서 일국은 뭔가 상황이 이상하게 돌아간다는 것을 깨달았다. 들러리 서는 정도로 생각하고 따라왔는데 알고 보니 자신이 치안대의 비장의 무기였던 셈이었다.

딱히 학교 유도부에 속하거나 대외 시합에 출전한 적이 없어서, 어린 시절 조천에서 함께 자라난 몇몇 외에는 몰랐지만, 열네 살 무렵 유도를 시작한 일국의 실력은 이미 학생들과 겨룰 수준이 아니었다. 그는 조선 최고의 유도인으로 이름 높은 석진경 사범에게 정식으로 사사한 유도 실력자였던 것이다.

제주농고와 제주 경찰청의 사범이었던 석진경은 조천 지역에 머문 적이 있었는데, 그때 애정을 갖고 동네 아이들에게 유도를 가르쳤다. 일국은 당시 조천을 주름잡는 골목대장으로 석진경의 눈에 띄어 직접 유도를 배워 수제자가 되었다. 석진경은 일국의 타고난 운동신경과 배짱에 감탄을 마지않았고 그의 재능을 무척이나 아꼈다. 다른 곳에 배치를 받아 섬을 떠나면서도 언젠가 육지로 자신을 찾아오면 제자로 키워 주겠노라 했을 정도였다. 물론 육지에 갈 형편이 안 되었던 일국으로서는 그저 테우리로서 돌진하는 소들을 제압하거나 말의 기세를 꺾는 데 유도 기술을 사용할 뿐이었다.

그런 일국의 실력을 알고 있던 준구는 한라단과의 일대일 싸움이 시작될 경우 일국이 분명 든든한 지원군이 될 것임을 계산하고 일을 벌였던 것이었다.

"너만 믿는다."

일국은 하는 수 없이 앞으로 나섰다. 일국의 존재를 모르던 한라 대원들은 체격은 건장하지만 촌스러운 입성의 일국이 나서자 코웃음을 흘렸다. 덩치만 믿고 어설픈 촌놈을 내세웠다고 지레 업신여기는 것이었다.

하지만 수년간 유도로 단련되어 눈빛만 보아도 상대의 실력을 짐작하는 단장급들은 일국의 등장에 긴장했다. 겁을 먹고 움츠러들지도, 긴장으로 몸이 굳어지지도 않는 일국의 태연한 자세는 비록 맞잡아 보지 않아도 그의 힘과 저력이 결코 낮은 수준이 아님을 알게 했다. 이 작은 섬에서 듣도 보도 못한 저런 고수가 불쑥 나타나다니.

일국은 상대에게 잡히지 않으려고 윗옷을 벗어제꼈다. 야생마처럼 다부진 근육이 드러나면서 그의 눈동자가 살쾡이처럼 빛을 내기 시작하자 한라단원들은 당혹감을 넘어 섬뜩함마저 느끼게 되었다. 일국의 키는 나이답지 않게 한 뼘은 더 컸고 체격 또한 장대하였다. 물론 유도는 작은 사람이 큰 사람을 제압할 수 있는 효과적인 무술이다. 그러나 그 큰 사람이 동등한 정도의 실력을 갖고 있다면, 체격이 작은 사람은 절대적으로 불리했다.

게다가 이들이 몰랐지만 일국은 수년 동안 말을 훈련시키며 야생의 짐승들을 처치하는 데 생사를 걸어 왔다. 예측 불가한 짐승들의 행동에 익숙한 일국의 반사신경은 이미 사람의 것이 아니었다. 그런 그에게 시합장에서 겨루는 유도는 느려터진 장난에 지나지 않았다. 제아무리 수많은 대회를 휩쓸고 하루에 몇 시간씩 훈련을 했다 한들 경기장이 아닌 실전 싸움 한복판에서는 모든 게 본능에 달려 있었다. 굳이 붙어 보지 않아도 일국의 눈에는 결과가 보였다. 승패가 자명한 승부였다.

시작부터 일국의 위세에 눌려서는 안 된다는 생각에 한라단 단장은 기압을 내지르며 먼저 앞에 나섰다. 단장의 외침과 함께 한라단원들은 사기를 높이기 위한 함성을 질러 댔다. 후끈 달아오른 기세에도 단장은 섣불리 공격해 오지 못했다.

그에 비해 일국은 여유가 있었다. 일국은 상대가 움직이지 않자 일부러 제 쪽에서 성큼 달려들었다. 단장이 틈을 잡아 공격을 시도하려는 찰나 일국은 순식간에 힘을 풀어 상대를 자신 쪽으로 유인했다. 신중하기로 소문난 단장이지만 일국의 갑작스런 몸짓에 자신도 모르게 쭈욱 끌려들어 갔다. 잡아채려는 손이 헛손질을 하는 바람에 엉겁결에 체중을 잃었다. 그 한 호흡을 놓치지 않고 일국은 억센 손으로 단장의 어깻죽지를 움켜쥐었다. 얇은 옷을 넘어 어깨 근육에 박아 넣은 일국의 쇠갈퀴 같은 손가락에 걸린 단장은 허수아비처럼 훌렁 들어 올려졌다. 일국은 재빨리 몸을 돌려 붙인 후 단번에 허벅다리 후리기로 그를 휘둘러 메쳐 버렸다. 돌처럼 단단하고 강한 일국의 뒷다리에 차올려진 단장의 몸뚱이는 공중으로 훌러덩 떠올랐다가 공중제비라도 하듯 한 바퀴 돌아 바닥으로 내동댕이쳐졌다. 유도장도 아닌 맨 흙바닥에, 그것도 목이 모로 꺾이며 떨어진 단장은 외마디 비명을 울리며 그대로 뻗어 버렸다. 그나마 낙법을 친다고 치면서 내지른 팔과 허벅다리 뼈는 타격에 의해 모조리 부서졌다.

일국으로서는 죽지 않을 정도로 나름 힘 조절을 한 것이었지만, 이 장면을 바라본 한라단원들은 소름 끼치는 일국의 괴력과 잔인함에 심장이 얼어 버리는 듯하였다. 온몸을 떨며 쓰러진 단장을 도우러 달려가지도 못하고, 일국 앞에서 움직이지도 못하였다. 누군가 다음으로 그와 맞서 싸우겠다는 엄두조차 내지 못했다. 도 대표로 전국 유도대회 준우승한 단장이 저처럼 처참하게 무너지는 판에 자신들 따위는 떼로 덤벼도 시원찮을 것임을 직감한 것이다.

하지만 열정과 광기로는 따라잡을 수 없는 한라단이었다.

누군가의 신호와 같은 외침에 단원들은 비명에 가까운 고함을 지르며 몽둥이를 집어 들고 일국을 향해 달려들었다. 이쯤 되면 이미 끝난 싸움이었다. 몽둥이에 얻어맞는 것 정도에 일국은 겁먹지 않았다. 야생 곶마의 발길에 채이고 말발굽이 갈빗대에 박혀 가며 얻은 맷집이었다. 맞아 본 사람만이 맞는 데 대한 두려움을 극복할 수 있다. 그리고 맞는 데 두려움이 없어야 공격을 위한 최상의 타이밍을 놓치지 않을 수 있었다.

일국은 날아오는 죽창에도 거침없이 야생소처럼 돌진하며 무서운 힘으로 상대를 하나하나 넘어뜨렸다. 그러면서 묘한 흥분을 느꼈다. 제 딴에 실력 발휘한다는 청년들이 모두 어린아이처럼 느껴졌던 것이다. 약간만 도발해도 훅 하니 달려드는 단순함이 우스웠다. 딱히 힘들일 것도 없이 일국은 상대를 약 올리며 가뿐하게 우두머리 급을 전부 제압했다. 윗선들이 하나둘 볼품없이 꿇어앉혀지자 한라단은 금세 무너져 내렸고, 대원들은 걸음아 나 살려라 산산이 흩어져 달아났다.

한라단원들 중에는 수많은 부상자들이 나왔고 단장을 비롯한 몇 명은 심각한 상태였다. 치안대는 그나마 아량을 베풀어 부상자들을 병원으로 업어 가도록 내버려 둔 후 의기양양하게 사무실로 돌아왔다.

둘의 싸움은 너무나 극명하고, 시시하게 끝나 버렸고 이 밤으로 치안대의 기세는 드높아졌다.

체포

　그날의 주인공은 당연 일국이었다.

　일국의 신기에 가까운 싸움 실력은 청년들에게 감탄을 자아냈다. 치안대원들은 막걸리를 돌리며 승리를 자축했다. 일국은 여기저기서 권하는 막걸리에 흠뻑 취해 새빨갛게 달아오른 얼굴로 술판을 돌아다녔다. 준구는 마치 일국을 자신의 오른팔인 양 어깨동무를 하고 연신 추켜세웠다. 청년들은 조금이라도 일국과 가까워지려고 주위를 겹겹이 둘러쌌다.

　세영은 술판이 벌어지고 분위기가 어린 자신들이 끼어들 수 없이 흥청망청 흘러가자 김이 빠졌다. 처음에는 그도 일국 삼촌의 활약에 감탄하기도 하였고, 그런 삼촌과 친하다는 사실이 은근히 뿌듯하기도 하였다.

　하지만 이미 사람들의 관심은 모두 일국에게 향하여 비리비리한 문학소년 따위는 아무도 관심 두지 않았다. 몇 번이나 일국을 향해 손짓을 하며 불렀지만, 미약한 세영의 목소리는 일국에게 닿지 못했다. 더 크게 부르거나 용이처럼 사이를 비집고 가운데로 나아가자니 세영의 자존심이 허락지 않았다. 이런 때 일국 삼촌이 알아서 중앙으로 불러 준다면 좋으련만, 일국은 세영의 존재는 까맣게 잊은 듯 추어 주는 사람들에 둘러싸여 정신이 없었다. 세영은 그런 삼촌이 얄미워 인사도 않고 자리를 떠 버렸다.

목이 터져라 노래와 술과 요란스레 후일담을 주고받으며 분위기가 무르익어 갈 무렵, 다급한 트럭소리와 함께 요란스러운 군화 소리가 사무실을 둘러쌌다.

무슨 일인지 파악할 틈도 없이 사무실 문이 걷어차이더니, 총기로 완전무장한 수십 명의 미군과 한인 경찰들이 밀려들어 왔다.

"모두 엎드려. 다들 손 머리 위로 올리고. 움직이면 쏜다."

술판에, 취기에 치안대 사무실은 난장판이 되었다. 몸 위에 몸이 겹치게 엎드리고 책상 밑으로 숨고 난리 와중에, 당황한 준구가 나서서 자신들은 인민위원회 소속 치안대임을 외쳐 알렸지만 미군들은 그런 것은 개의치 않았다.

막무가내로 사무실을 덮친 미군과 경찰에 의해 백 명이 넘는 치안대원 대부분이 체포되었다. 발 빠르게 도망친 이는 겨우 몇십 명에 불과했다. 사무실에 있던 각종 무기는 모두 압수당했고, 다음 날 제주읍에는 새벽까지 야간 통행금지가 발령되었다.

아침 댓바람부터 일국 어미는 세영의 집으로 달려왔다.

일국 어미의 다급한 목소리가 마당에 울려 퍼졌을 때 세영은 아버지와 함께 아침밥을 먹고 있었다. 여자 울음소리에 놀라 방문을 열고 빼꼼 내다보니 세영 엄마와 할머니가 한발 먼저 달려 나와 일국 어미를 맞이하고 있었다. 일국 어미는 어쩔 줄을 몰라 하는 모습으로 울며불며 야단이 나 있었다. 세영은 일국 어미가 그처럼 정신을 놓고 소란을 떠는 모습을 처음 보았다.

"무슨 일이세요. 아주머니?"

"아이고, 세영아. 우리 일국이가 감옥에 잡혀갔단다."

"네에?"

아닌 밤중에 홍두깨라고 아침부터 웬 감옥? 일국 삼촌이라면 바로 어젯밤에 제주읍에서 함께 있었고, 그때까지 멀쩡했기 때문에 세영은 어안이 벙벙했다.

"지금 마을이 다 난리여. 청년들이 죄다 미군한테 잡혀갔대."

"왜요?"

"읍내에서 쌈박질을 해서 여럿이 다쳤단다."

"아…."

세영은 그제야 상황을 알 것 같았다. 어제 그 사건이 문제가 된 것이 틀림없었다. 세영의 얼굴에 무언가 아는 듯한 기색이 돌자 이를 귀신같이 알아챈 일국 어미와 세영의 엄마가 동시에 다그쳐 왔다.

"너 뭐 아는 것 있구나?"

"무슨 일이냐. 우리 일국이가 싸움을 한 거야?"

"아, 그거 한라단이랑 치안대가 붙은 건데… 아이, 삼촌은 그거 뭣도 모르고 따라간 건데…."

세영은 상황이 영 이상하게 흘러가 버린 것이 골치 아파 잔뜩 인상을 구겼다. 어쩐지 찜찜하더라니. 그런데 애들 싸움에 미군은 왜 나섰대? 세영의 표정을 유심히 훑어보던 세영 엄마는 예리하게 파고들었다.

"근데, 세영이 니가 어떻게 그런 걸 아냐? 너 어젯밤에 읍내 갔다더니 니도 거기 꼈던 거냐?"

불똥이 엉뚱하게 뛰어오자 세영은 흠칫 입을 다물었다. 하지만 그런다고 모를 세영 엄마가 아니었다. 당장이라도 날벼락이 떨어질 기세라 세영은 서둘러 변명을 둘러대었다.

"아니, 그냥 용이가 졸라서. 잠깐 가 본 거야. 근데 마을 애들 다 갔어.

안 간 애 하나도 없어.”

“아니, 그래도 그렇지 이놈아. 공부하는 놈이 무슨 쌈박질을 좇아다
녀!”

엄마의 찰진 손바닥이 세영 등짝을 철썩철썩 내리쳤다. 세영은 몸
을 비틀며 피하려다 쩍 소리 나게 정통으로 얻어맞았다. 물질로 단련
된 엄마의 손은 물 곤장만큼 매서웠다.

“아야! 아, 왜 때려! 난 금방 왔어. 일찍 왔다고!”

“그럼 우리 일국이는? 일국이는 같이 안 오고? 너 올 때 좀 데리고
오지 그랬냐.”

“아이씨, 삼촌이 내 말 들어요? 다 큰 어른이. 쌈질도 오질라게 잘해
서 대장 먹겠더만. 어제 삼촌은 거의 영웅이었다구요.”

세영의 말에 일국 어미는 철퍼덕 바닥에 주저앉았다. 안 봐도 눈에
선했다. 분명 다른 청년들 주동하고 앞장서서 쌈질하느라 신이 났을
것이었다. 어려서부터 그런 식으로 동네 아이들 몰고 다녀서 동네 부
모들한테 원망이란 원망은 지겹게 들어 온 일국 어미였다.

문제 일으키는 데 일국이 일등 먹는다는 소리는 인이 박히다 못해
귓구멍이 뚫릴 정도로 들어 왔다. 그래도 맞고 다니는 것보다는 낫다
고 여기고 모지란 짓, 경우에 어긋나는 짓만 하지 말라고 믿고 키워
왔는데, 그것이 결국은 이렇게 커서 감옥에 갇힐 지경이 되었다니.
자식 잘못 키워도 대단히 잘못 키웠구나 싶어 하늘에 있는 일국 아비
한테 면을 들지 못할 지경이었다.

세영은 허깨비처럼 무너져 내리는 일국 어미의 모습에 당황했다.
삼촌이 일 치고 다니는 것이 하루 이틀도 아니고, 미친 소를 잡겠다
고 달려들었다가 죽을 만큼 다쳤을 때도 눈 꿈쩍 안 하던 일국 어미
여서 이쯤은 욕이나 시원하게 내뱉고 넘겨 버릴 것이라 생각했기 때
문이었다.

하지만 일국 어미의 좌절감은 예상외로 컸다. 감옥에 간 것이 그리 실망스러웠나? 세영은 괜한 소리해서 아주머니 마음 상하게 한 것이 후회되었다. 세영 어미도 부쩍 약한 모습을 보이는 일국 어미를 어찌 대해야 할지 몰라 세영을 향해 눈만 흘겼다.

세영은 엄마의 눈총에 뒷꼭지가 아려 와 딴에 위로를 하려고 애를 썼다.

"삼촌이 문제 일으킨 거 아니고요, 그러니까… 잘못을 바로잡으려
고 처단한 거예요."

세영 어미의 손절구같이 뭉툭한 주먹이 세영의 정수리를 쥐어박았다. 이번에는 사정 봐주지 않게 매서워서 골이 뚫리는 것 같았다. 세영은 별이 번쩍 하고 눈물까지 배어 나오는 듯한 아픔에 눈을 찔끔 감았다.

"아야!"

"이놈아. 뭐가 어쩌고 어째?"

"아, 머리 왜 때려. 기억력 나빠지잖아!"

"이 정신 나간 녀석아. 처단을 니네가 왜 해! 그런 데 왜 나서?"

"그럼 누가 해? 경찰이 해? 미군이 해? 다 한통속인데!"

"아이구야, 이놈이 지금 무슨 소리를 하는 거야. 큰일 날라고…."

세영 어미는 다리가 후들거리는지 툇마루 기둥을 짚고 기댔다. 밖의 소란이 길어지자 식사를 하던 세영 아버지가 방에서 나왔다. 들리는 소리로 상황을 파악하니 일국 어미 혼자 해결할 상황이 아님을 알았던 것이다.

"일국 어멈 일어나요. 청년들만의 문제가 아니니 인민위원회에서 같
이 이야기해 보겠소."

세영 엄마는 남편의 말에 동조의 뜻을 보이며 일국 어미를 일으켜 마루에 앉혔다.

세영은 아버지의 말을 듣고 나서야 어제 일이 마을 어른들까지 나서야 할 큰 사건이었음을 깨달았다. 하긴 마을 청년들이 전부 체포되었다면, 이는 인민위원회와 미 군정이 문제를 해결해야 할 터였다. 아버지의 굳은 표정에서 세영은 어젯밤에 사건에 함께 한 죄책감이 들었다.

말 난 김에 지체하지 않고 세영 아버지는 웃옷을 걸치고는 집을 나섰다. 정황을 보건대 이 집 저 집 다들 같은 상황이라면, 다들 사무실에 모여들 터였다.

아버지가 집을 나서자마자 일국 어미는 세영이를 향해 부탁을 하였다.

"세영아, 일국이 어디로 붙들려 갔는지 알아볼 수 있지? 나하고 읍내에 좀 같이 가자. 가서 우리 일국이는 죄 없다고 말 좀 해 줘야겠다."

그래 봐야 소용없을 것임을 알았지만, 세영은 애처로운 일국 어미의 눈빛을 거절할 수 없었다. 세영 어미도 고개를 끄덕이며 함께 가 주도록 했다. 학교를 빠지고 싶지 않았지만, 상황이 이리 되었으니 어차피 학교도 어수선한 분위기일 것이다. 세영의 학교 아이들도 대부분이 어제 싸움에 동원되었던 것이다. 모르긴 몰라도 반 아이들 중에도 미군에게 붙들려 간 아이들도 있을지 모르니, 상황도 파악할 겸 가 보는 것도 나쁘지 않을 것 같았다.

세영은 채비를 하고 일국 어미와 함께 읍내로 향했다.

미 군정 최초의 재판

　지난밤 예상치 못한 미군 등장의 배경에는 한라단원들이 있었다.
　달아난 한라단원들 중 일부가 미군에 구원을 요청하였고 그 즉시
로 군정경찰들을 앞세운 미군들이 출동한 것이었다.
　미군에 연행당한 치안대원들은 제주북국민학교 교정으로 끌려갔
다. 그곳 서쪽 운동장 한 귀퉁이에는 철조망이 쳐져 있었는데, 청년
들은 그 안에 감금되었다. 그리고 아침이 되자마자 이들은 관덕정 북
쪽에 위치한 일제 강점기 재판소로 이용되던 곳으로 끌려갔다. 미 군
정이 시작된 이후로 이 재판소가 사용된 적은 한 번도 없다. 그러나
이날 한라단 사건으로 인해 제주에서는 처음으로 미 군정하의 재판
이 열렸다.
　재판장석에는 미군 장교가 앉았고, 법조인석에는 조선인들이 앉았
는데, 순식간에 끝난 재판에서 미군 장교는 한라단 단원들에게는 무
죄를, 치안대원들에게는 유죄를 선고하였다.
　영어로 선고가 이루어지고 딱히 통역도 해 주지 않아 치안대원들은
한라단원들에게 유리하게 재판이 이루어졌다는 사실조차 알 수 없었
다. 치안대원들은 내란죄를 적용하는 미 군정하 포고령 2호 위반을
들어 50엔의 벌금형이 언도되었다.
　재판이 끝나자마자 풀려나게 된 145명의 치안대원은 상황은 모르
지만 어쨌든 풀려났다는 데 안도하며 왁자지껄 재판장을 나섰다. 그

바람에 일국만은 추가 조사가 필요하다는 명목으로 석방되지 못했다는 것을 알아채지 못했다.

한라단 측에서는 주모자로 일국을 지목했던 것이다. 직책으로 보면 준구나 다른 임원들이 추가 조사를 받아도 더 받아야 했지만 처음부터 이들의 목적은 자신들에게 굴욕을 준 촌놈을 어떻게든 혼내 주는 데 있었다. 도내 최고의 프라이드를 지닌 제주농고 유도부의 위신을 위해서도 필요한 일이었다.

재판 후 일국은 따로 경찰청 내에 위치한 감방으로 보내어졌다.

다른 동료들은 모두 재판장을 빠져나가는데 자신만 포승줄에 묶여 연행되면서 일국은 상황이 어떻게 진행되는지 파악하지 못했다. 그저 막연하게 자신이 다치게 한 사람이 많기 때문에 그런가 보다 뒤늦은 후회를 할 뿐이었다.

사실 일국을 석방하지 않은 것은 재판부의 결정이 아니었다.

판결에 의하면 일국 역시 다른 치안대원들과 함께 벌금형을 언도 받고 풀려나야 했다. 그러나 미 군정 제1통역관이 중간에서 제멋대로 추가 조사가 필요하다며 연행을 지시했던 것이었다. 그는 간밤에 일국에게 당한 한라단 부단장의 형이었다.

동생이 일국에게 얻어맞고 갈비뼈와 왼쪽 다리가 부러져 병원에 입원한 것에 분노한 그는 일국을 그대로 풀어 줄 수가 없었다.

미 군정 입장에서야 제멋대로 날뛰는 청년들을 제압하려는 본보기 재판이었을 뿐이지만, 그는 동생의 복수를 원했다. 벌금형 정도로는 양에 안 찼다. 결국 판결 후 어수선한 상황을 틈타 일국을 주동자 및 내란 유발 가능 인물로 둘러대어 며칠간 유치장에 가두어 둘 것을 지시했던 것이다.

세영과 일국 어미가 읍내에 도착했을 무렵에는 이미 재판을 받고 풀려난 청년들이 제각기 집으로 돌아가고 있었다. 어지럽게 흩어지는 청년들 무리 속에서 세영과 일국 어미는 정신없이 일국의 모습을 찾았다. 그러나 어디에도 일국은 보이지 않았다.

이미 재판이 끝나 텅 빈 재판소까지 다가갔을 때 세영은 뜻밖에 아버지와 인민위원회 어른들이 그곳에 모여 있는 것을 발견하였다. 아버지는 세영을 보고 눈쌀을 찌푸렸으나 이내 일국 어미가 세영과 함께 있는 것을 보고는 별 다른 말을 하지 않았다.

인민위원회 어른들과 아버지는 아침에 재판 소식을 듣고 이덕구 씨 차를 빌어 세영보다 한발 먼저 읍내에 도착했던 것이다. 다행인지 불행인지 인민위원회 측과 미 군정 사이의 이야기가 순조롭게 진행되어서 간밤의 사건은 청년들끼리의 우발적인 충돌로 가볍게 마무리지어졌다. 마을 청년들은 모두 벌금형 정도로 풀려나게 된 것만으로도 부모들은 한시름을 놓았다.

하지만 그렇다고 이번 일이 끝난 것은 아니었다. 이로 인해 미 군정 최초의 재판이 열렸고, 치안대 청년들만 유죄를 선고받았다는 것은 인민위원회 입장에서는 무심히 넘어갈 일이 아니었다. 비록 치안대에서 먼저 공격을 한 것은 사실이나 그 전에 한라단 측의 공격이 있었고, 둘 사이의 쌓인 감정이 폭발한 결과임을 생각하면 쌍방 모두에게 잘못을 물어야 옳았다. 그런데 재판부는 오로지 치안대만의 잘못으로 결론을 내렸다. 이전까지 객관적인 입장을 유지해 온 미 군정답지 않은 처사였다.

이런 편파적 결정은 인민위원회로 하여금 알 수 없는 불안감을 느끼게 하였다. 개중에는 이제까지와 달리 거리를 두려는 듯 어색함이 느껴진다고 주장하는 이들도 있었다. 섣부른 단정은 금물이라며 어른들은 애써 냉정함을 유지하려 했지만 그래도 분명 이제까지와는 다르게 느껴지는 미 군정의 태도에 불안감이 느껴지는 것은 어쩔 수 없었다. 인민위원회 쪽 분위기는 한결 어두웠다.

석연치 않은 이 사태를 유발한 것에 대해 책임을 느끼는 치안대 전체 대장 준구와 조천, 애월, 한림의 대장들도 어른들 앞에 고개를 숙이고 서 있었다.

그런데 그 모든 곳에서 일국의 모습은 찾을 수 없었다. 일국 어미는 애가 타면서도 차마 문제 일으킨 아들을 둔 죄가 무거워 일국의 행방을 묻지도 못했다. 세영도 어른들 이야기하는 데 끼지 못하고 주위를 서성이며 일국의 거취를 알아볼 수 있을까 이야기에 귀를 기울였다.

그때 세영의 시야에 단박에 들어오는 얼굴이 있었다. 짧은 단발머리를 귀 뒤로 가지런히 넘기고 한 켠에 서 있는 정화 선생님이었다.

"선생님!"

세영이 다가가자 정화는 깜짝 놀라 했다. 이런 곳에 세영이 있을 것이라고는 상상도 못 했기 때문이었다. 시원하게 트인 눈이 더욱 커졌다.

"세영이 너도 체포됐었니?"

"아니요. 전 아니에요. 아는 삼촌이 체포되어서 찾으러 온 거예요."

세영은 행여 선생님이 오해로 자신에게 실망할까 황급히 해명을 하였다. 그런데 학교에 계셔야 할 선생님은 이 시간에 이곳엔 어쩐 일이실까? 알고 보니 정화 선생님은 인민위원회 어른들의 부탁으로 통역을 위해 특별히 함께한 것이었다.

예상대로 오늘 아침 학교에서도 아이들의 상당수가 체포되어 등교하지 않자 긴급 교무회의가 열렸다. 대책을 강구하던 차에 정화 선생님의 도움이 필요하다는 인민위원회 측의 연락을 받았다. 학교 측에서는 학생들 문제였던 만큼 당연히 협조하였다. 절반도 채 출석하지 않은 정화의 반 학생들은 다른 선생님이 합동 수업으로 맡고, 정화 선생님은 마을 대표분들과 함께 읍내에 오게 된 것이었다.

어른들과 치안대 간부들은 상황에 대해 논의하기 위해 치안대 사무실로 자리를 옮겼다. 정화 선생님과 세영도 그들을 따랐다. 이 자리에 어울리지는 않았지만, 일국 어미도 하는 수 없이 터덜터덜 그들을 따랐다.

일국, 유치장, 경찰청 유도부

다른 청년들은 모두 석방되는데 자신만 유치장에 갇힌 일국은 재수 옴 붙었다고 생각하며 흙바닥에 털썩 드러누웠다.

상황이 어떻게 돌아가는지는 알 수 없었지만 사실 이런 일에는 이골이 나 있었다. 어려서부터 말썽은 도맡아 부리고 다니다 보니 어지간한 일이 생기면 정황도 따져 보기 전에 가장 먼저 의심받기 일쑤였다. 코쟁이들이 알아듣지 못할 말로 쌀라대지만 지금도 그 비슷한 상황임에 틀림없었다. 이제는 철도 들고 예전의 문제 일으키던 정일국이 아니건만 지은 죄가 있어 놓으니 변명하기도 뭣했다. 막 살아온 과거가 지금 와 제 발목 잡는 것을 누굴 탓하겠나. 게다가 분위기에 휩쓸려 싸움에 앞장서 버린 것은 아무리 생각해도 실수였다. 딱히 원한도 없는 이들이었는데. 참았어야 했다고 지난밤 내 후회를 하였다. 하지만 이미 엎질러진 물. 구차하게 변명 같은 건 하기 싫었다. 한 며칠 있다 풀려나면 다행이고 또 그게 여의치 않아 죄 값을 치러야 한다면 어쩔 수 없었다. 자업자득이라고 일국은 속 편하게 생각해 버렸다.

단지 주문받은 물건들 제때 배달 못 할 것이 마음에 걸렸다.

대양상회 영감에게 소식이나 넣어야 할 텐데. 어디 말이 통할 만한 경찰이나 찾아보아야겠다는 생각에 일국은 유치장 창문 너머를 기웃거리며 지나가는 사람들을 살폈다.

유치장 맞은편에는 경찰청 체육관이 위치하고 있었는데 그곳에서는 경찰 유도부의 연습이 한창이었다.

아직 본토로 돌아가지 않은 일본인 다마리 사범의 지도하에 유도부원들은 둘씩 짝을 이루어 대련 중이었다. 일국은 오랜만에 보는 유도장의 모습에 저도 모르게 넋을 잃고 구경을 하였다.

유치장에서 눈을 반짝이는 일국의 모습은 금세 다마리 사범 눈에 띄었다. 처음 보는 청년이 꿈쩍도 않고 유도 연습을 지켜보는 것이 그의 흥미를 끌었다. 멀리서 다마리 사범이 일국을 불렀다.

"거기, 자네! 유도에 관심 있나?"

"네. 좋아합니다."

"할 줄 아나?"

"할 줄 압니다."

일본군과 일했던 탓에 일국은 유창한 일본어로 대답했다. 일국의 말에 다마리 사범은 호기심이 발동했다.

"무슨 죄로 갇혀 있나?"

"어젯밤에 청년들 간에 싸움이 있었는데, 거기 끼었습니다."

"한라단과 치안대의 패싸움 말이군. 그러고 보니 자네가 그 실력자
라는 녀석이로군."

대련을 하던 경찰청 선수들이 하나둘 사범 근처로 모여들었다.

일국을 바라보는 눈빛이 예사롭지 않았다. 한라단원들을 반병신 만들었다는 일국에 대한 소문은 이미 경찰청 유도 선수들에게까지 전해져 있었던 것이다.

본래 제주농고와 경찰청은 도내에서 유도로 오랫동안 경쟁관계에 있었다. 제주농고 유도부의 실력을 누구보다도 잘 아는 것이 경찰청 선수들이었다. 그러니 제주농고 유도단을 쳐부순 일국에 대해 경찰

청 선수들이 관심을 보이는 것은 당연했다.

그들의 눈에는 일국과 한번 붙어 보고 싶다는 강한 열망이 피어올랐다. 제주농고와 경찰청 사범을 동시에 맡고 있는 다마리 사범 입장에서도 자신의 제자들을 꺾었다는 이 청년의 실력을 한번 시험해 보고 싶은 마음이 드는 것이 사실이었다.

"어떤가? 여기 와서 한번 겨뤄 보겠나?"

뜻밖의 제의에 일국의 표정이 대번에 밝아졌다. 빳빳한 다다미가 깔린 정식 유도장에서 제대로 배운 선수들과 맞잡는 설레임을 느껴 본 지 너무나 오래되었기 때문이었다. 수감 중인 자신의 난처한 상황은 뒷전으로 미뤄둔 채 일국은 쾌히 승낙했다.

비록 일인들이 본토로 물러나는 시기였지만 경찰청 전담 사범으로 남아 있는 다마리의 위상은 단순한 사범 이상이었기 때문에 일국은 바로 유도장으로 보내어졌다.

다마리 사범은 특별히 자신의 연습용 도복을 빌려주었다. 속옷까지 홀라당 벗고 유도복을 갖춰 입으면서 일국은 가슴이 뛰었다. 싸움이 아닌 예를 갖춘 대련이었다. 유도인으로서의 피가 끓었다.

첫 상대는 도내 3위로 소문난 장윤제였다. 체구는 작지만 날렵함과 집요함, 상대를 몰아가다 영리하게 순간 포착하는 재능이 뛰어난 선수였다. 작은 키를 극복하기 위해 단련한 어깨와 상체 근육은 마치 돌진하는 멧돼지처럼 폭발력이 있었다.

유도 매트 위에서 예를 갖춘 두 사람은 서로 상대의 기량을 가늠하며 자세를 취했다. 일국은 뜸들이지 않고 이내 상대와 거리를 좁혀 유도복을 낚아채려 손을 뻗었다. 하지만 가뿐하게 쳐 내는 장윤제의 방어에 번번이 헛손질을 하였다. 방어가 완벽한 상대와의 시합이라면 대치만 하다 경기가 지지부진해지기 쉬웠다.

그런 방식을 좋아하지 않는 일국은 과감하게 달려들어 장윤제의 목덜미를 덥석 감아 안았다. 장윤제는 재빨리 몸을 모로 빼며 옆으로 돌았지만 간발의 차로 유도복 한끝을 일국에게 잡히고 말았다. 손을 떼어 내려 양손으로 잡고 밑으로 쳐냈으나 일국의 오른손 아귀힘은 대단했다. 두 손으로 내리쳐도 도저히 뿌리칠 수가 없었다. 일단 덜미를 거머쥐자 일국은 놓치지 않고 유도복을 아래쪽으로 끌어 내리며 장윤제의 체중을 무너뜨리려 하였다.

이런 뻔한 수에 넘어갈 장윤제가 아니었다. 발을 옮겨 균형을 잡으며 계속해서 일국의 손을 뿌리치려 했다. 그러나 마치 낚시 바늘에 꿰인 생선처럼 일국의 손가락은 장윤제의 도복에 갈퀴처럼 박혀 빠지지 않았다. 당연히 풀려났어야 하는 방법으로 도저히 풀려나지 못하자 장윤제는 당황했다. 제아무리 몸부림을 쳐도 도복이 다 벗겨지도록 끈질기게 매달려 오는 일국의 손가락에 신경을 쓰는 사이, 일국은 엄청난 힘으로 장윤제의 허리를 잡고 그대로 들어 올려 버렸다.

실력으로의 승부라면 장윤제가 밀릴 이유가 없었지만, 확연한 힘의 차이. 일국의 힘은 짐승과 다름없었다. 장윤제는 자신의 필살기를 채 써 보지도 못한 채 일국의 힘에 제압당해 그대로 내동댕이쳐졌다.

이를 지켜보던 다마리 사범과 다른 선수들의 얼굴에서 웃음이 사라졌다. 한번 붙어 보고 싶다는 호기심에서 시작된 대련은 이미 자존심을 건 승부로 바뀌어 있었다. 일국은 대번에 차가워진 분위기 속에 오히려 전율을 느꼈다. 한 명 한 명 쓰러뜨려 버리고 싶은 근질거림이 명치께부터 솟아올랐다.

어제 제주농고 유도부를 격파했다는 소문에다가, 이제 눈앞에서 에이스 장윤제를 쓰러뜨리는 것을 직접 보고 나니 선뜻 다음 시합에 나서는 선수가 없었다. 실력으로 본다면 장윤제나 한라단 단장은 도내 1, 2 등을 다투는 사이였다. 이 두 사람이 무너졌다면 나머지는 해 보나 마나 상대도 되지 않을 터였다.

그때 심판을 보던 다마리 사범이 불쑥 유도장 가운데로 들어섰다.

"나랑 한 판 하겠나?"

다마리 사범

　사범의 말에 당황한 건 선수들이었다. 제자들의 당황스러운 표정과는 달리 다마리 사범은 흔들림 없는 눈빛으로 일국을 바라보았다. 다마리와의 승부는 일국 역시 바라던 바였다. 유도장에 들어서는 순간부터 일국은 한눈에 다마리 사범의 실력이 예사롭지 않음을 알아보았다. 기왕 붙는다면 제대로 자웅을 겨룰 수 있는 상대여야 더욱 의욕이 나는 법.

　지금까지의 시합과는 다르게 일국 역시 긴장했다. 정좌하고 예를 갖추는 자세부터가 달랐다. 힘이나 체격 차이에서 오는 이점에 기대어 쉽게 끝낼 수 없는 시합이 될 것이었다. 일국은 깊이 숨을 들이마시며 호흡을 가다듬었다.

　'긴장하지 마라.'

　굳은 어깨를 내려뜨리고 팔을 푸는 그의 모습에 다마리 사범은 미소를 지었다. 드물게 만나 보는 멋진 상대였다. 몇 해 배워 성급하게 밀어붙이는 자신의 제자들과는 달랐다. 일국에게서는 오랜 시간 단련하여 기술이 완진하게 몸에 익어 있는 선수에게서나 볼 수 있는 여유가 느껴졌다. 일본이 아닌 조선에서 그런 상대를 만났다는 사실이 다마리를 흥분하게 했다.

　일국과 다마리는 오랜 시간 맴을 돌며 대치했다.

공격과 방어를 주고받으며 쉽게 잡지도 잡히지도 못한 채 기싸움으로 시간을 끌었다. 이런 식을 원하지 않지만 이런 식으로밖에 경기를 풀어 갈 수 없는 막상막하의 대결이었다. 누가 더 참을성 있게 집중력을 잃지 않고 기회를 잡느냐가 관건이었다.

큰 동작은 없지만 기와 기가 한 치의 양보 없이 상대를 내리눌러 지켜보는 선수들은 숨소리조차 내지 못했다. 보는 것만으로도 두 사람의 힘에 눌려 숨이 가빠져 왔다.

역시나 참지 못하고 먼저 달려든 것은 일국이었다. 섣부른 공격은 곧 패배라는 것을 모르지 않았지만, 결국 누군가는 끊어야 하는 순간이었다. 그리고 일단 잡기만 하면 그것은 곧 일국의 승리를 의미했다. 이전 경기에서 보았듯이 일국은 한 번 잡은 상대는 절대 놓치지 않았다. 그리고 어마어마한 힘으로 상대를 던져 버릴 수 있었다.

다마리는 그런 일국의 강점을 이미 파악하고 있었다. 일국의 손이 다마리 사범의 옷깃을 거머쥐었다. 예상보다 수월하게 잡혔다고 생각한 찰나, 일국의 머릿속에는 본능적으로 일부러 잡혀 준 것이라는 직감이 들었다. 함정? 하지만 미처 손을 놓고 피하기도 전에 다마리는 일국의 팔을 감아쥔 채로 팽이처럼 몸을 돌리며 일국의 허리 아래로 파고들었다. 일국이 균형을 잡으려는 찰나, 다마리는 바닥을 찍듯 무릎을 꿇으며 순간적으로 일국을 잡아 메쳤다.

우당탕.

커다란 체구의 일국이 고꾸라져 떨어지자 유도장의 다다미 바닥이 요란한 소리를 내며 들썩였다.

"우와!"

구경하던 선수들이 환호를 질렀다. 속수무책으로 당한 일국은 바닥에 누워 가쁜 숨을 내쉬며 멋쩍게 웃었다. 재빠르지만 부드럽게 들어 넘긴 다마리의 기술은 일국과 같은 무시무시한 파괴력은 없었지만 상대의 힘을 효과적으로 이용하는 유도의 정수였다. 다시 붙지 않아도 다마리의 승리가 운이 아님을 알았다. 다른 선수들은 알아채지 못했지만, 막상막하의 경기가 아니었다. 그가 자신보다 훨씬 위에서 내려다보며 시합에 임했다는 것을 일국은 알고 있었다.

일국과 다마리는 최대한의 예를 다해 서로에게 인사를 건넸다. 양쪽 모두 오랜만에 느끼는 기쁨이었다. 말보다 몇 합으로 서로를 이해하는 유도인의 대화를 나누어 본 것이 얼마 만인지.

다른 경찰들 역시 예로서 일국을 대했다. 더 이상 승부욕을 나타내지도 깔보지도 않았다. 오히려 그에 자극받아 더 열정적으로 연습 시합을 시작했다.

다마리는 문가에 떠다 놓은 주전자에서 녹차를 따라 일국에게 건넸다. 일국은 감사하며 받아 마셨다.

"유도를 어디서 배웠나?"

다마리가 섬에 온 지 5년이었다.

유도를 할 수 있는 곳이 손에 꼽을 정도인 좁은 섬에서 일국 정도 실력이면 진작에 소문이 났어야 정상이었다. 이제까지 그에 대해 한 번도 들어 보지 못한 것이 의아했다.

일국은 다마리에게 사범으로서의 예를 갖추며 대답했다.

"열네 살 때. 우연한 계기로 그때 경찰 사범으로 오셨던 석진경 사범께 배웠습니다."

"석진경!"

"리쓰메이칸 대학교 법대를 나오셨다고 들었습니다."

"알고 있네. 조선인 중에 몇 안 되는 실력자이지. 어쩐지 제대로 배웠다 싶었네. 훌륭한 솜씨야. 그럼 지금은 어느 도장에서 훈련하고 있나?"

"지금은 딱히… 도장에서 훈련을 하지는 않습니다."

훈련을 하고 있지 않다는 일국에 말에 다마리 사범은 적잖이 놀랐다. 그런데도 이런 실력을 유지하다니. 일국의 거친 외모나 어젯밤 싸움을 생각하면, 그가 정식 유도장이 아닌 길거리에서 실력을 썩히고 있음을 알 수 있었다.

"단련을 멈춰서 되나. 상황이 되면 종종 와서 같이 훈련해도 좋다."

"아! 네… 감사합니다."

일국은 뜻밖의 다마리의 제안에 놀랐다. 제주농고나 경찰청 도장은 자신 같은 무지랭이가 함부로 찾아갈 수 있는 곳이 아니었다. 그런데 사범이 이처럼 기꺼이 손을 내밀어 주다니. 단순한 호의로는 있을 수 없는 일이었다. 다마리는 신분이나 처지를 뛰어넘어 실력으로 상대를 인정할 줄 아는 진정한 무도인이었다.

다마리 사범은 일국의 문제 또한 나서서 처리해 주었다. 그는 직접 한라단 사건을 담당하는 경찰에게 일국의 혐의에 대해 물어보았다. 그리고 뜻밖에 일국이 이미 벌금형을 받아 석방 선고를 받은 상태임을 알게 되었다. 단지 몇몇 통역관의 지시로 재수감되었다는 귀띔을 듣게 된 다마리 사범은 이내 통역관들의 농간을 눈치챘다.

그는 친분이 있던 법무관 존슨 대위에게 연락을 하여 일국의 상황을 알리고 석방을 부탁했다. 간밤의 사건으로 추가 조사를 할 생각이 전혀 없던 존슨 대위는 당연하다는 듯 석방을 지시했다. 일국은 그 자리에서 풀려나게 되었다.

처음 보는 자신에게 호의를 베풀어 준 다마리 사범에게 일국은 말할 수 없을 정도로 감사를 느꼈다. 비록 원수나 다름없는 일본인이었지만, 그 전에 그는 옳고 그름을 아는 무도인이었던 것이다.

일국은 깊은 감사함을 표하고 경찰청을 나섰다.

일국의 석방, 정화와의 첫 만남

세영은 인민위원회 어른들과 함께 찾아간 치안대 사무실에서 용이를 만났다.

지난밤을 형들과 유치장에서 보낸 용이는 체포 경력만으로도 한껏 더 어른이 된 듯했다. 세영은 용이에게 일국에 대해 물었다.

그 사이 소식이 전해져 준구 등 임원들은 재판 후 일국만 풀려나지 못하고 다시 붙들려 간 사실을 알고 있었다. 용이는 일국이 경찰청 유치장으로 옮겨졌다는 이야기를 세영에게 전해 주었다.

일국 어미의 불안은 더욱 커졌다. 다른 청년들이 다 풀려나는 상황에서 일국만 또다시 감옥으로 불려 갔다는 건 어딘가 잘못되어도 상당히 잘못되었기 때문이었다. 사정이라도 알아야겠기에 일국 어미는 세영을 졸라 경찰청으로 향했다.

세영은 혹시나 하는 마음에 정화 선생님에게 상황을 알리고 동행을 부탁했다. 미군들과 만나게 된다면 아직 자신의 짧은 영어로는 도움이 되지 못할 것이었기 때문이다. 정화 선생님은 기꺼이 세영과 경찰청까지 함께 가 주었다.

마침 일국은 경찰청 유치장을 나서고 있었다.

존슨 대위로부터 임의로 일국을 감금한 사실에 대해 경고까지 들은, 제1통역관은 못마땅한 표정으로 일국이 유치장을 빠져나가는 모습을 바라보았다.

재수도 좋은 녀석. 하필 다마리 사범이 편을 들어 주다니. 하지만 이대로 끝나진 않을 것이다. 오늘은 순순히 놓아주지만 저런 녀석은 언제고 문제를 일으키게 마련이니까. 제아무리 미 군정과 굳건한 관계인 다마리 사범이라도 조만간 일본으로 돌아가게 될 테니 그 이후엔 통역관들의 세상이었다. 일국에 대한 복수는 그때 가서도 늦지 않았다.

경찰청을 나서던 일국은 저 멀리에서 걸어오는 어미와 세영의 모습을 단번에 알아보았다. 어미의 근심 어린 표정에 일국은 아차 싶었다. 차라리 몰랐으면 좋았을 걸, 이런 소식은 왜 그리 빨리 전해져서 또 어미 속을 썩이게 되는지. 철들고 이런 일이 처음이라 어머니 앞에 면목이 없었다. 게다가 하필 세영이 녀석까지 함께라니. 차라리 마주치지 않는 편이 낫겠다는 생각이 순간 일국의 머릿속을 스쳐 갔다. 어차피 경찰청에 오면 자신이 풀려났다는 것을 알 것이니 대양상회나 들렀다가 한발 먼저 집으로 돌아가면 괜찮을 듯 싶었다.

일국은 그렇게 맘을 정하고 아직 자신을 발견하지 못한 어미와 세영 몰래 옆길로 빠지려고 눈치를 살피는데, 순간 세영이 환한 표정으로 대화를 나누는 상대가 눈에 들어왔다.

여인이었다. 하얗고 가느다란 발목이 단번에 시선을 끌었다. 발목에서부터 쭈욱 훑어 올라가니 시원하게 뻗은 다리 위로 눈에 띄게 잘록한 허리, 동그랗고 아담한 어깨가 걸음걸이에 맞춰 유연하게 흔들리는 것이 보였다.

일국은 한순간 숨을 멈추고 그녀의 얼굴을 멍하니 바라보았다.

"청총매…."

핏기 없이 하얀 그녀의 피부색 때문이었을까? 흑가라의 갈기만큼 검디 검은 머리카락과 그 가운데 박힌 깊고 검은 여인의 눈동자가 일국의 눈 속으로 들어왔다. 이상하게 칠흑처럼 어두운데 빛이 났다. 반짝거린다고. 그래서 밤하늘 같다고 일국은 생각했다.

"삼촌!"

넋을 잃고 서 있는 일국을 세영이 알아보고는 소리를 질렀다. 일국 어미도 아들을 알아보고 주춤 그 자리에 멈춰 서 버렸다. 여인은 그 제야 일국을 향해 시선을 주었다.

정화는 뚫어지게 자신을 바라보는 남자를 보았다.

눈은 말보다 더 많은 것을 말한다. 처음 보는 남자의 눈 속에는 알 수 없는 슬픔이 있었다. 이해하지 못할 많은 이야기들이 누르려 해도 비집고 흘러나오는 물처럼 추적추적 사내를 적시고 있었다.

당황스러울 만큼 길게 이어졌지만, 정화는 이상하게도 자신을 향 한 남자의 시선이 거북하지 않았다. 조금의 흔들림 없이 자신을 바 라보는 낯선 남자를 향해 다가가면서, 마치 그의 인생 속으로 자신이 한 발 한 발 걸어 들어가고 있는 듯한 기분을 느꼈다.

"삼촌! 얼마나 걱정했는지 알아? 도대체 어떻게 된 거야!"

세영의 타박에 일국은 시선을 떨구었다. 무언가 정지되었다 시작 되는 듯한 괴리감이 그를 본래 자리로 되돌려 놓았다. 쫑알대는 세영 과 굳은 표정으로 감정을 참는 어미의 모습이 눈에 들어왔다. 자신도 잘 모르지만 어찌저찌 풀려나게 된 상황을 설명하는데, 이야기가 잘 나오지 않았다. 자꾸만 한 켠에 서 있는 여인에게 시선이 옮겨 갔다.

그녀는 아무 말 없이 한 발 뒤로 물러나 있었다. 세영이 그녀를 소 개라도 시켜 주면 좋으련만 세영은 이런 일국의 마음도 모른 채 끊임 없이 잔소리를 하느라 정신이 없었다.

그러는 사이 경찰청에서 미 군정 중위 한 명이 걸어나와 정화에 게 아는 척을 하였다. 정화는 반듯하게 인사를 하더니, 둘은 알아들 을 수 없는 언어로 대화를 하기 시작했다. 미군 중위는 정화를 안으로 안내했다.

"어, 더 이상 제가 할 일은 없을 것 같으니, 괜찮다면 먼저 실례할게
요. 세영아, 나중에 학교에서 보자."

"네! 감사합니다. 선생님!"

정화는 세영에게 양해를 구하고는 먼저 자리를 뜨면서 일국을 향
해 알 듯 모를 듯 묘한 미소로 인사했다. 일국은 그런 그녀를 향해 어
색하게 고개를 끄덕였다.

정화가 돌아서자마자 일국은 세영에게 물었다.

"누구냐? 저 여자."

"강정화 선생님. 우리 학교 선생님이야."

"선생이라고?"

세영은 마치 자기 일처럼 으쓱해서 경찰청으로 들어가는 선생님의
뒷모습을 바라보았다.

"얼마나 훌륭한 분이신데, 동경제대도 나오고, 통역도 한다고."

"미군 놈들하고 친한가 보구나?"

"영어를 잘하니까. 하지만 미군하고 친해도 나쁜 분 아니야. 야학도
하고 얼마나 나라를 위해 생각이 있으신데. 오늘도 청년들 갇힌 거
풀어 주러 어른들이랑 함께 오신 거야. 미군 붙어먹는 통역 놈들하
고는 달라."

"아하….."

일국은 정화가 경찰청 문 안으로 사라질 때까지 시선을 거두지 않
았다. 한 발 한 발 멀어지는 뒷모습까지도 일국의 마음속엔 깊이 새
겨 넣어졌다.

콜린스 중위, 박경훈

　미 군정 법무부의 콜린스 중위는 지난 파티에서 정화가 가장 좋은 인상을 받았던 미국인이었다.

　정화는 일본에 있을 때부터 미군 사이에서 한국은 가장 사고뭉치에 말썽을 피우는 군인들이 징계로 발령받는 곳으로 통한다는 말을 들었다. 그래서 인민위원회 분들의 부탁으로 미군들을 상대하는 일을 맡게 되었을 때, 가급적 그들과 가깝게 지내지 않으려 했다.

　물론 조선을 대표한다는 마음가짐으로 최대한 교양 있게 행동하고 예의를 다했지만, 그럼에도 제주도의 미국인들이 자신이 일본에서 만났던 이들보다 무례하거나 거칠다 하더라도 상처받지 않을 각오가 되어 있었다.

　실제로 섬에서 만난 미군들 중에는 그런 치들이 상당수 있었다. 섬 여자들을 희롱하고 술 마시면 주민들에게 행패를 일삼으며 코쟁이들에 대한 나쁜 인식을 만드는 털복숭이들.

　하지만 미군들이 모두 그런 불량한 이들만 있었던 것은 아니었다. 소위 윗선에 찍혀 좌천된 케이스도 상당수 있었다. 입바른 소리 하고 유별나게 강직한 탓에 미움을 사 먼 동쪽의 반도까지 쫓겨 온 소신 있는 사람들. 이들은 일반 군인들보다 더 도덕적이고 자기 절제가 강했으며 결벽적이리만큼 동양의 순박한 사람들에게 피해를 주지 않으려 했다.

개중에는 답답하리만큼 순수해서 불합리한 명령하달식 군대에 적응하지 못한 소년 같은 이들도 있었다. 콜린스 중위는 그런 사람 중의 하나였다.

　아이비리그에서 수학하고 애국심에 전쟁에 지원했으나 군대는 그의 생각과는 달랐다. 그가 생각한 정의의 길과 조국의 선택이 일치하지 않았을 때 그의 애국심은 시험대에 올랐고, 그는 가치 판단의 동요를 느끼며 괴로움 속에 군생활을 견뎌야 했다.

　그리고 세계 평화와 정의 수호에 앞장서는 조국의 이미지는 그가 2년의 시간을 바쳐 배운 일본어가 한순간에 쓸모없이 변해 버리는 것을 목격한 순간 완벽하게 깨어졌다. 실질적인 운영과 결정을 도맡은 입장에서 도저히 이해할 수 없는 명령들이 계속 하달되었다. 자신의 조국이 이 미개한 나라를 도와줄 생각이 있는지조차 의심스러운 상황들이 이어지자 콜린스 중위는 점차 조국의 결정에 회의를 갖기 시작했다.

　동의할 수 없는 명령을 따라야 하는 시간들이 이어지자 그는 자신의 양심을 외면해 버리는 편을 택했다. 모든 것은 될 대로 되라, 먼저 자리 잡고 있던 프랑스계 신부들과 함께 테니스나 즐기며 시간을 보냈다.

　그런 그의 삶에 몇 주 전 정화가 나타났다. 그녀의 등장은 마치 태평양 한가운데서 만난 돌고래 떼와 같았다. 싱싱하고 아름답고 생기가 넘쳤다. 미국에 돌아가면 결혼을 약속한 오랜 약혼녀 리디아에게는 미안했지만 연정과는 다르게 정화의 존재는 그에게 큰 위로가 되었다. 대화할 상대도, 마음을 털어놓을 대상도 없이 내면의 어두움에 빠져 가던 외로운 섬생활에서 정화가 자꾸만 떠오르는 것은 어쩔 수 없었다.

　콜린스 중위는 이번 배급 편에 주문한 프랑스제 홍차를 정화에게 대접했다. 서양식 차문화에 익숙했던 정화는 오히려 뿌리 얕은 미국인이 무안할 정도로 우아하게 차를 즐겼다. 정화와 중위는 오랜 친구처럼 차에 대해 이야기를 나누었다. 콜린스 중위는 정화에게 언제 자신이 속한 테니스 클럽에 구경 오도록 초청을 했다. 정화 역시 테니스에 관심이 있었기 때문에 흔쾌히 승낙했다.

정화와 중위의 대화가 한창일 때 누군가 문을 두드렸다.

"컴인!"

문을 열고 말쑥한 정장을 입은 젊은 신사가 들어왔다.

한눈에 부유하게 자라난 교양 있는 집안 사람임을 알 수 있는 중년의 남자는 콜린스 중위와 반갑게 악수를 하며 안부 인사를 하였다. 정화은 처음 보는 남자의 등장에 관심을 보였다. 인민위원회 모임에서 한 번도 본 적이 없던 사람이었다. 중위는 남자를 응접 테이블로 안내하며 정화에게 소개하였다.

"아, 이쪽은 이번에 일본에서 돌아온 박경훈 씨입니다. 아마 도지사
로 임명될 예정입니다."

"아, 안녕하세요. 강정화입니다."

제주도 최초의 도지사로 임명될 남자? 기존 섬의 유지도 아니었고, 그렇다고 친일계 인사도 아니었다. 남자의 눈빛은 굉장히 선하면서도 다부져 보였다. 인상만으로도 신뢰와 호감을 주는 타입이었다. 소개를 받은 박경훈은 정화를 향해 의미 있는 표정을 지어 보였다.

"혹시 아버님이 일본에 계시지 않나요?"

"아, 아버지를 아시나요?"

"그럼요! 일본에서 아버님께 은혜를 많이 입었습니다."

알고 보니 그는 정화의 아버지가 은밀히 후원하는 정치인 중의 한 명이었다. 아버지는 새 나라에서 정치적으로 중요한 위치에 오를 만한 많은 인재들에 대해 항상 관심을 두고 있었다. 박경훈 역시 그렇

게 도움 받은 인물 중의 하나였다. 사실 그는 단순히 그런 인물들 이상으로 정화의 아버지와 긴밀한 관계에 있었다.

본래 제주 출신으로 일본에서 동경대를 나오고 사업을 하며 재력과 권력 기반을 차곡차곡 다져 간 박경훈은 사업적으로도 정화의 아버지와 많은 공존 관계를 맺고 있었고, 정화는 기억을 못 했지만 어린 시절에는 여러 차례 만난 적도 있는 사이였다.

정화는 여러 경로를 통해 아버지의 덕을 입고 지내는 자신의 처지가 어색했다. 하지만 한국으로 돌아온 후 조금이라도 영향력이 있는 사람 중에서 아버지를 모르는 사람이 없었다. 그리고 힘과 권력을 가진 사람일수록 아버지에게 호의적이었다. 그 덕에 정화 역시 그 딸이라는 이유로 대우받을 수 있었던 것이다.

박경훈과 콜린스 중위의 대화는 앞으로의 군정 운영에 관한 비밀스러운 내용이었지만, 둘 모두 정화가 그 자리에 합석하는 것에 대해 거리껴 하지 않았다. 오히려 정화를 조금 더 깊이 끌어들이고 싶어 하는 듯했다.

박경훈은 사리도 밝고 시대를 보는 눈 또한 트인 사람이었다. 게다가 경우 바르고 정의로워서 새 시대를 꿈꾸는 백성들에게는 이상적인 지도자였다. 빈부귀천, 조선인, 미국인을 가리지 않고 누구에게나 반듯하고 깍듯했다. 그런 그에게 정화는 같이 일하기에 부족함이 없는, 꼭 필요한 사람이었다.

경찰청을 나서며 박경훈은 정화에게 제주읍 칠성통 근처에 구한 자신의 집에서 함께 식사하길 권했다.

초면의 남성의 집에 식사 초대가 어색해 망설이는 정화의 마음을 눈치 챈 듯 박경훈은 자신의 아내와 아이들 역시 함께 식사할 것이라는 사실을 알려 주었다. 그제야 한결 마음이 편해진 정화는 식사 초대를 받아들였다.

박경훈의 집은 적산가옥 중에서도 손꼽히는 갑부의 저택이었다.

집안일을 돌보는 아주머니 두 분이 이미 식사 준비를 끝내 놓은 상황이어서 정화가 도착하자마자 바로 식사를 할 수 있었다.

박경훈의 아내 역시 일본에서 정화 아버지를 여러 번 만난 적이 있는 사이였다. 게다가 정화의 어린 시절 모습을 기억하고 있어서 정화는 마치 오랜만에 만난 친오라버니 내외를 대하듯 편하게 이야기를 이어 갈 수 있었다.

박경훈은 자신이 도지사로 취임하게 되기 위해 진행된 미 군정 내의 여러 움직임에 대해 이야기하며 정화에게 제주로 와서 통역 업무를 좀 더 맡아 주면 어떻겠냐는 제안을 하였다. 정화는 이런 통역관 제안을 하도 여러 차례 받았던 터라 완곡하게 거절하였지만, 박경훈은 쉽게 물러나지 않았다.

제주읍으로 옮겨 와 자신의 집 뒤채에 머물러도 좋다는 제안까지 해 주었다. 그의 아내 역시 일본에서 공부한 신여성으로 섬에 돌아와 적적하던 차에 정화를 만나자 놓아주지 않으려 하였다. 두 부부의 강권에 정화는 더 매몰차게 거절하지 못하고 생각해 보겠노라는 여운을 남겼다.

국장과의 통화, 국공내전

"아니, 그게 무슨 소리예요!"

국장의 말에 태훈은 저도 모르게 소리를 버럭 질렀다.

새벽에 모텔로 돌아와 지금까지의 상황 보고차 전화를 했는데, 국장이 전혀 뜻밖의 이야기를 꺼냈던 것이다.

"그렇게 됐다. 하필 중국에서도 특A급 유물일 게 뭐냐. 외부로 빼앗 겼다는 사실이 드러나는 것만으로도 대 중국의 자존심에 금이 간다 는 거지. 괜히 건드리지 말자는 거지."

"그게 말이 돼요? 어이없는 핑계잖아요. 망신은 무슨, 되찾는 걸 오 히려 더 기뻐할 텐데."

"그러니까 완전히 숨기자는 게 아니라, 한동안만 미뤄 두자고."

"그게 다 핑계라고요. 알아봤는데 도난 유물은 70년 이내에는 자국 에 돌려주는 거고 아니면 우리가 먹어도 되는 거래요. 그러니까 한 몇 년 버텼다가 먹어 버리려는 거예요."

"알아. 그거나 그거나. 아무튼 지금 터트리긴 그렇다는 거야."

태훈은 예상치 못한 국장의 반응에 열불이 나서 거칠게 뒤통수를 긁었다.

"그럼, 백골은요?"

"백골이야 이미 기사 다 나간 거니까 어쩔 수 없지. 그건 그거대로 조
사 진행하면 되는 거고."

"중국 유물이랑 미군 무기가 거기 있었다는 사실을 숨기면서, 제대
로 된 시대 추정이나 경위 파악이 가능하겠어요? 하는 척하다 대강
넘기려는 거지."

국장의 긴 한숨이 들렸다. 태훈이 굳이 따져 묻지 않아도 이런 상
황을 모를 국장이 아니었다.

"태훈아. 이번엔 그냥 말 들어라."

"뭐예요. 누가 뒷통수에 벽돌 날린답니까? 우리가 언제부터 그런 거
무서워했어요?"

"무서워서가 아니라 그래야 돼서 그래."

국장과는 별로 비밀이 없는 사이였는데, 이번에는 그에게조차 밝
힐 수는 없지만 무언가 복잡한 내막이 있는 듯했다. 태훈은 더 이상
이야기를 꺼내지 않았다. 하지만 국장의 명령을 따를 생각은 없었다.
일단 좀 두고 봐야지.

"너, 이 새끼. 딴 맘 품고 있는 거 아니야?"

"뭔 소리예요?"

아닌 척하면서도 귀신같은 국장의 눈치에 태훈은 뜨끔했다. 부처
님 손바닥 안이라는 국장의 표정이 눈에 훤하게 보이는 것 같았다.

"니가 밀린다고 듣는 놈도 아니고. 그렇지만 이번 건은 니가 생각하
는 그런 거 아니야. 좀 알아봤는데, 어쩌면 이거 뒤가 클지도 모른다."

"그래서, 쫄은 거예요?"

"건방 떨지 마. 너 땜에 식구들 다 엿 먹어야겠냐? 아니면 너 옷 벗고

혼자 팔래? 그럴 각오돼 있어?”

“파면 파는 거지… 돌이 나올지 금이 나올지도 모르면서. 시작부터
뭐 그렇게 겁을 주고 그래요?”

산전, 수전, 공중전, 우주전까지 다 치렀다 해도 틀리지 않을 국장
이 이 정도로 설레발치는 걸 보면 진짜 큰 건이긴 한 듯 싶었다. 밀
리기 싫어서 깡다구는 부렸지만, 태훈은 책임 운운하는 부분에서는
은근히 한 발 빼고 싶은 생각이 들었다. 다다음 달에 사진 개인전을
열려고 갤러리도 잡아 놓고 준비 중인데, 일 커지면 둘 다 감당할 자
신이 없었기 때문이다. 그렇다고 이대로 덮어? 그리고 마음 편하게
사진전이 되겠어?

“그 무기들 말야. 굴에서 나왔다는 거. 그거 국공전쟁 때 미군이 장개
석에게 지원해 준 것들이란다.”

국공전쟁? 장개석? 전혀 의외의 카드에 태훈은 멈칫했다. 뭐야, 이
거 스케일이…. 시대로나 거리로나 100년은 동떨어진 의외의 카드였
고, 그 카드를 국장이 너무 쉽게 던져 주는 것은 더 의외였다. 이런
정보 알려 주는 건…. 일 진행하라는 뜻?

태훈은 순간 아차 싶었다. 여우 같은 영감탱이. 낚을 게 없어서 부
하를 낚나? 간 본 거잖아. 쫄아서 발 빼지 못하게 미리 뒷문 닫고 시
작할라고. 씨발….

그 이후로 이어지는 국장의 설명은 사전 리허설이라도 한 게 아닐
까 의심이 들 정도로 막힘없이 줄줄 흘러나왔다. 그러면서 이미 완벽
하게 준비된 보충 자료들을 메일로 보내는 친절함까지 보여 주었다.

“그래서… 이거 파면 뭐가 나옵니까?”

“금이 나오지, 돌이 나오겠어? 아, 그리고 혹시 모르니까 스파이 카
메라 하나 보내 줄게.”

클클거리는 국장의 웃음소리와 함께 통화가 끊겼다. 태훈은 엿 같은 기분으로 핸드폰을 침대 위로 집어던졌다. 딱 먼저 드는 직감이 잠자긴 글렀다는 것이었다. 밤낮없이 허덕여야 할 것 같은 불길한 예감? 메일 열기 전에 폐부터 열어야겠다는 생각에 담뱃갑을 열었는데, 텅 비어 있었다.

"아아악!"

태훈은 그대로 의자에 대자로 뻗어 앉아 괴성을 질러 댔다.

국공내전은 1927년부터 1950년까지 중국 국민당과 중국 공산당 사이에 일어난 전쟁이다.

1927년부터 1936년까지를 제1차 국공내전, 1946년부터 1949년까지를 제2차 국공내전이라고 하는데, 전쟁의 결과로 중국 본토에는 모택동이 이끄는 중국 공산당이 중화인민공화국을 수립하게 되었으며, 전쟁에 패한 장개석의 중국 국민당은 대만으로 물러나게 되었다.

1927년 상하이의 노동자들은 장개석의 국민당과 손을 잡았지만, 공산주의 세력이 커지는 것을 막으려 했던 상공인 등의 부유층들은 장개석이 중국 공산당을 제거할 것을 원하였다.

당시 부유층들 중에는 서구 세력에 의존하는 경향이 짙었고, 국민당 군은 외국으로부터 경제적, 군사적 지원을 받게 되었다. 장개석은 공산주의자들에 대한 대대적인 숙청을 시작하였고, 그 결과 중국 공산당은 괴멸 직전에 이르렀다. 이로써 국민당과 공산당은 분열되어 내전 상태에 들어갔는데, 이것이 제1차 국공내전이다.

이후 1937년 중일전쟁이 시작되면서 중국에 대한 일본의 침략이 본격화되자 공산당과 국민당은 연합전선을 결성하여, 공동으로 일본군과 전쟁을 벌이게 된다.

하지만 공산당이 장개석의 통제하에서 함께 전투에 참여했던 것은 아니었고, 일본이라는 공공의 적을 앞에 두고 일시적인 동맹관계로

서 각자 항일투쟁을 한 것이었다.

일본군은 중국 본토를 차례로 점령하였고, 장개석의 국민당군은 일본군에 패하여 세력이 점점 약해져 갔다. 중국의 많은 물자들이 일본군의 손에 넘어갔고, 역사, 문화, 경제, 산업 등 전 분야에 걸친 약탈이 무자비하게 자행되었다.

일본의 약탈은 지극히 계획적이고 조직적으로 이루어졌다. 공격할 도시마다 유물들 위치를 사전에 파악하여, 이것들이 손상되지 않도록 선별적으로 폭격을 하고, 전문가 군단이 이를 따로 수집, 운반토록 하였다.

이들은 약탈된 품목들을 종류별로 구분하고, 체계적으로 목록을 작성하여, 운반하는 과정에서 섞이거나 누락되는 일이 없도록 철저하게 관리하였다. 심지어는 유명 건축물을 분해하여 일본 본토로 가져가 재조립하기까지 하였다.

이러한 일본의 약탈은 시간이 갈수록 전쟁의 부수입이라기보다는 전쟁의 목적 그 자체가 되어 갔는데, 애시당초 점령한 지역을 통치할 군사적, 수적 능력이 안 되는 일본군으로서는 차지한 방대한 중국 영토를 유지하기 위해 애쓰기보다는 그 속에 담긴 알짜배기 보물들만 빼먹는 노략질 형태의 침략 행위가 최선이었다.

이런 경향은 태평양전쟁에서의 패색이 짙어지고, 미국의 군사기술 발전 속도가 자신들을 앞질렀음이 분명해지면서 더욱 가속화되었다.

이미 패배가 확연한 종전 직전에도 일본군이 공격과 침략을 그치지 않았던 것은 마지막 순간까지 하나라도 더 약탈하는 것만이 군사적으로는 패배할지라도 경제적으로 패배하지 않는 유일한 길이었기 때문이다.

일본은 이렇게 약탈한 물품들을 부지런히 본토로 날랐는데, 초반에는 필리핀 등지에서 해로로 운반을 하다가 42년 미국의 잠수함 방어선이 완성된 후에는 육로로 만주를 거쳐 한국까지 옮겨 와, 보다 가까운 거리만 해로를 이용하는 노선을 택하였다.

그리고 종전 직전인 45년 6월 이후에는 마지막 순간 전원이 함께 자결한다는 옥쇄작전으로 일본군과 군수물자, 노략물자는 제주도에 총 집결되었다.

태훈이 국장으로부터 받은 자료에는, 제1차 국공내전 당시 미군이 장개석의 국민당에게 지원했던 무기들의 리스트와 넘버, 그리고 이 무기들이 중일전쟁 때 일본군에게로 넘어갔음을 증명하는 내용들이 적혀 있었다.

"이런 건 어디서 찾아낸 거야?"

얼핏 보아도 민간에서 구하기 어려운, 군 내부 정보일 듯한 서류는 컴퓨터도 아닌 타이핑된 서류를 복사한 것이었다. 어디 미군 내부 기록보관소에서 빼내 왔을 법한 느낌이 들자, 이번 일의 내막과 배후에 대해 국장이 엄포 놓던 것이 떠올랐다. 테이블의 건너편에 앉은 파란 눈의 플레이어의 윤곽이 희미하게 그려지는 듯하였다.

국공내전

1927년 4월~1950년 5월에 일어난 중국 국민당과 공산당 사이의 내전.國共內戰

군벌을 타파하기 위해 공산당 당원들이 국민당에 가입하는 형식으로 1924년 제1차 국공합작을 맺으나, 국민당이 1927년 상하이에서 공산당과 공산당에 협조하는 노동자를 탄압하면서 벌어진 4·12사건으로 결렬된다. 1937년, 중·일전쟁에 대한 대응으로 제2차 국공합작을 맺지만 일본 패망 이후에 다시 결렬된다.

이후, 2차 대전이 끝나고 시작된 냉전으로 미국은 국민당과 협력을 맺고 소련은 공산당과 연대하게 된다. 1946년 7월, 미국의 지원을 받은 국민당의 장제스[蔣介石]는 공산당을 공격한다. 초기에는 미군의 군사지원으로 국민당이 우세했지만 장제스 정부의 독재와 횡포로 국민의 지지를 얻지는 못했다. 반면 공산당의 마오쩌둥[毛澤東]은 토지개혁을 통해 농민의 지지를 얻게 되고, 공산당군은 인민을 위해 싸운다 하여 인민해방군으로 불렸다.

마침내 1948년 말 인민군이 승세하기 시작하여 1949년 1월에는 톈진과 베이징에 입성하였다. 그 해 4월에는 국민정부의 수도 난징[南京]을 점령했으며, 연말에는 거의 대부분의 본토 지역을 점령하였다. 1949년 10월 1일, 마오쩌둥은 중화인민공화국을 선포하고, 장제스는 타이완으로 쫓겨나게 된다.

국공내전 (시사상식사전, pmg 지식엔진연구소)

중일전쟁

 일본은 대륙 침략을 위해 1931년 9월 18일 만주전쟁을 일으키고 중국의 동북 지방을 점령하고 지역을 '만주국'이라 하여 그들의 식민지로 만들었다. 이후 일본은 제국주의 야욕을 실현하기 위해 중국 내륙으로 공격할 빌미를 찾고 있던 차에 1937년 7월 7일 베이징[北京] 교외의 작은 돌다리인 '루거우차오[蘆溝橋]'에서 일본군과 중국군 사이에 일어난 작은 사건을 빌미로 일방적인 공격을 개시했다. 다리 위에서 사라진 일본군 사병으로 말미암아 확대된 사건은 일본의 조작이었고 중국을 공격하면서 전쟁으로 확대되었다. 동북아 지역을 차지하기 위해 일본이 일으킨 전쟁임에도 불구하고, 이때에도 '루거우차오 사건' 또는 '지나사변(支那事變)'이라 하여 선전포고를 하지 않았는데 이는 전쟁의 의미를 축소하기 위한 의도였다. 또한 이것은 청일전쟁 이후 중국을 국가로 인정하지 않고, 중국에 대한 군사행동을 마치 '아시아 혁신'의 사업인양 거짓으로 꾸민 일본 정부의 책략이었다. 中日戰爭

중일전쟁의 경과

 루거우차오에서 시작된 일본의 공격은 이후 베이징[北京]·톈진[天津]을 점령하였고 일본은 전쟁을 상하이[上海]로 확대시키고, 1937년 12월 중화민국의 수도 난징[南京]을 점령하여 무고한 시민 수십만을 잔인하게 살육하고 여성들을 강간하고 약탈하였다. 그 뒤 우한[武漢]을 공략하고 광둥[廣東]에서 산시[山西]에 이르는 남북 10개 성(省)과 주요 도시의 대부분을 점거하였다. 한편, 중국측은 국민당과 공산당의 내전으로 혼란을 거듭하였으나, 일본의 공격을 먼저 막아내는 것이 우선이라는 국공합작(國共合作)을 이루면서 항일(抗日) 민족통일전선을 형성하여 본격적인 항전을 시작하였다. 중국군의 유격전에 따라 일본군은 광범한 전선에서 '점(도시)과 선(도로)'을 유지하는 데 불과하게 되었다. 그런 중에도 일본군은 삼광작전(三光作戰:殺光·燒光·□光) 등 잔학행위로 전쟁 전기간(全期間)에 걸쳐 중국인 1,200만 명을 죽였으며, 중국 민족 그 자체를 적으로 여기는 전쟁처럼 많은 중국인을 살육하였다. 일본은 수백만의 대군과 온갖 근대병기를 동원하는 한편, 왕자오밍[汪兆銘] 등의 친일정권을 수립하여 전쟁을 수행하였으나, 중국 민중의 항전의지를 꺾지는 못하였으며 중국의 국공합작으로 전쟁은 장기화되었다.

2차 세계대전으로 확전과 일본의 패망

일본 제국주의는 중일전쟁의 전선을 동남아시아로 확대하고, 태평양을 넘어 미국 하와이 진주만을 기습하였다. 이리하여 중·일전쟁은 태평양전쟁으로 확전되고 2차 세계대전의 일부가 되었다. 진주만을 공격하면서 승승장구하던 일본군은 태평양전쟁에서 미국에 참패를 당하면서 사기는 저하되고 군기도 문란해졌으며, 105만에 이르는 대병력이 이미 제2전선(第二戰線)이 되어 버린 중국 전선에 못 박혀 있음으로써 제구실을 못한 채로, 1945년 8월 15일 포츠담선언 수락과 더불어 중화민국에 항복하였다.

[네이버 지식백과] 중일전쟁 [中日戰爭] (두산백과)

태훈과 경식, 미군 보고서

"띠리리리링─"

모텔방 전화가 울렸다.

방 전화를 사용한 적이 없었기 때문에, 태훈은 낯선 벨소리를 듣고서야 그곳에 전화기가 있다는 것을 깨달았다. 방으로 걸려 올 전화가 없으므로, 카운터에서 전달사항이나 통보하는 것이려니 싶어 심드렁하게 수화기를 들었다.

"여보세⋯."

"이, 썩어 문드러질 새끼야. 방에 쳐 자빠져 있으면서 전화 씹음 기분 째지냐?"

태훈은 수화기를 귀에서 저만치 떼어냈다. 1절로 끝날 리 없는 경식의 비속어 퍼레이드가 한참이나 이어졌다. 이틀째 휴대폰 통화며 문자며 카톡까지 싸그리 무시해 온 터라 이 정도 화풀이는 들어 줘야 했다. 그나저나 모텔방까지 알아낸 것 보면 많이 쑤시고 다니기 했구만.

"어디야?"

"어디긴, 또 날으려고? 니 모텔 카운터다. 이 씨발놈아. 당장 내려와.

아님 내가 가서 밟아 줄 테니까."

"알았어. 크크."

마침 출출해서 뭐라도 한 그릇 먹으려던 참이었다. 태훈은 소파에 던져 둔 구겨진 재킷을 집어 들고 모텔방을 나섰다.

경식과 태훈은 사진 동호회 초기부터 함께 출사를 다니던 단짝이었다. 매사에 덤벙거리고 입에 욕을 달고 사는 경식과 내성적인 태훈이 친구라는 사실에 다들 의아함을 표하긴 했지만, 성격적인 차이를 뛰어넘어 둘에게는 다른 누구도 이해 못 할 공통의 감성이 있었다. 사나이로서의 로망 같은 것. 사회에 물들고, 세파에 찌들고, 온갖 상처에 너덜너덜해져도 영원히 철들지 않는 피터팬처럼, 반드시 정의가 이긴다는 로보트 태권 브이 시대의 믿음이 둘에게는 남아 있었다.

이런 둘의 관계는 보수와 진보로 대표되는 정반대 성향의 신문사에 취직한 이후에도 변함이 없었다. 서로 다른 방향을 택했어도 지향점은 같았다. 정의로운 사회, 바르게 살면 언젠가 보답받는 사회, 약자를 돕고 함께 걸어가는 사회. 이상향에 불과하다 할지라도 둘 모두 처음의 그 목표를 저버리지 않았다.

진보의 선봉장인 태훈네의 험난함도 이루 말할 수 없지만, 경식의 싸움은 더 치열했다. 보수 기득권 언론사에서 일한다는 것만으로 정체되고 탐욕스러운 부정부패의 무리로 치부되는 상황을 감내해야 했기 때문이다. 하지만 반드시 새 판을 짜고, 진보의 탈을 써야만 정의를 부르짖을 자격이 있다고 그는 생각지 않았다. 보수건 진보건 어디나 각자 사람 차이고, 자기 신념과 양심의 무게중심을 얼마나 잘 지키려고 노력하느냐가 그 사람이 걸어갈 길의 좌표가 된다고 생각했다.

그리고 그의 양심은 늘 날 선 검처럼 예리하고 위협적이었다. 그렇기에 입에는 온갖 육두문자를 달고서 수준 있는 극보수 언론매체의 10년차 베테랑으로 있으면서도 태훈과 막역한 사이를 이어 올 수 있었던 것이다.

경식과 태훈은 자판기에서 달달한 밀크 커피를 뽑아 들고 모텔 현관 옆에 쪼그려 앉아 담배를 나눠 피웠다.

"너, 이 자식. 내가 니 특종 혼자 먹는 거 배 아파서 이러는 거 아니야. 궁금해서 그런다. 도대체 뭔데 혼자 껴안고 이렇게 꽁꽁 감추고 있냐? 터트리지도 않고."

"어. 그런 거야. 꽁꽁 감추고 그대로 삼켜야 하는 거. 뱉지 말고."

경식도 돌아가는 분위기로 이미 눈치는 다 채고 있었다.

여기저기 흘러다니는 이야기로 정부 측 제재가 들어온다고 하고, 백골 외에도 무기나 예민한 자료들이 나왔다는 것은 알고 있었다. 제주 역사를 감안하면, 사건에 대해서도 대략적인 윤곽은 감이 왔지만, 열쇠를 쥐고 있는 태훈네 쪽에서 이렇게까지 은밀하게 일을 묶어 두고 있는 것을 보면 함부로 추측 기사 써 버리기에 애매한 감이 있었다.

뭔가 제대로 큰 거 한 방을 준비하는 듯한데, 어차피 터지고 나면 언론사란 언론사는 다 달려들어 판을 키울 것이지만, 선수 친답시고 앞질러 첫 타 쳤다가, 태훈네에서 전혀 의외의 증거들 들고 나오면 개망신이니 다들 태훈네 눈치를 볼 따름이었다.

"뭐냐. 털어 봐라."

경식이 재촉했다. 의리도 좋고 우정도 좋지만 데스크에 쪼이는 긴질색이었다. 게다가 태훈이 깐죽깐죽 피해 다니면서 놀려먹는 듯한 상황은 단연코 별로였다. 어차피 뒷통수 칠 생각은 없었다. 정면 승부 해 보자는 건데. 그것도 선빵은 기꺼이 맞아 주겠다고. 적당히 힌트만 주면 이쪽에서도 알아서 주워 먹을 바닥은 있으니, 그때부터는 주고받고 이어받으면 서로 재밌잖아. 물론 이런 여유 밑에는 정부나 군 관계 네트워크에서 태훈네보다 한 수 위라는 자신감이 깔려있기는 했다.

태훈은 꽁초를 바닥에 비벼 끄며 아무런 말이 없었다. 뭐 특별히 감추려고 했던 것은 아니었다. 딱히 뭘 알려 주고 말아야 할지 알 수가 없었기 때문이었다. 국장이 보낸 자료들이 이번 사건과 어떤 의미로 이어져 있는지, 아직 파악이 안 되었다.

일본이 중일전쟁 때 중국에서 훔쳐 낸 유물과 무기. 그게 제주도 한복판에서 발견되었다. 60년 만에. 1천 구에 가까운 시체와 함께. 일본의 잔혹함? 그게 이 사건의 핵심일까? 코끼리 코. 그런 생각이 들었다. 지금까지 나타난 사실들은 큰 그림의 지극히 작은 일부에 불과하다. 그 큰 그림이 무엇인지는 아직 알 수 없었지만, 확실한 것은 정부도, 군도 그 내막이 밝혀지길 바라지 않는다는 것이었다.

경식이 자신을 빤히 쳐다보는 것이 보였다. 저 능구렁이 같은 놈. 저 놈도 잘 이용해야 했다. 어차피 서로 돕고 끌어 주는 사이라기보다, 치고받고 경쟁하며 자극 주는 사이니까. 경식네를 이용하면 국장이 꺼려 하는 부분을 쉽게 터트려 버릴 수도 있을 것이었다.

"있잖아."

"어?"

"미군 보고서 같은 거, 빼낼 수 있을 정도의 사람 중에 우리가 접촉할
만한 사람이 누가 있을까?"

경식은 어이가 없다는 표정으로 태훈을 바라보았다.

"미쳤냐?"

뜬금없는 질문에 콧방귀를 뀌었지만 경식은 태훈이 질문한 의도를 파악하느라 재빠르게 머리를 굴렸다. 저 자식이 미군 보고서는

왜 보려 하지?

"군사 전문가나 외교 관련 쪽 교수들 중에 도와줄 만한 사람이 누
   가 있지?"

태훈은 여전히 이리저리 머리를 굴려 보아도 마땅한 사람이 떠오르
지 않아 고민이었다. 뭔가 갈피가 안 잡히는 것이, 전반적인 흐름을
잡아 줄 사람이 필요했다. 그제야 경식은 태훈이 요즘의 군사보고서
가 아닌 과거 자료를 말한다는 것을 깨달았다. 이 자식 머릿속으로는
케케묵은 옛날로 가 있었구만. 역시 4·3을 생각하는 걸까?

"미군 보고서 언제 것? 50년 지나면 민간에 다 오픈이잖아. 예전 거
   는 우리도 다 볼 수 있어."

"그래?"

"그 보고서만 전문으로 파는 녀석들 몇 있지. 논문 쓴답시고 번역하
   느라 인생 다 보내는 녀석들. 소개해 줘?"

"어!"

물론 맨입으로는 안 되겠지. 어차피 소개받고 어쩌고 하다 보면 이
쪽 의도나 목적은 다 공개되기 마련이었지만 상관없었다. 뭐가 드러
날지는 자기도 모르니까. 똥이건 금이건 그때 가서 고민하고, 일단은
파다 보면 뭔가 나올 테니까.

갈등의 시작

1946년, 신탁통치, 친일파의 가면

　1946년은 '신탁통치'의 해였다고 말해도 틀리지 않다.

　1945년 12월 말, 모스크바 삼상회의 결과는 1946년 새해 벽두 한반도를 뜨겁게 달구었다. 소식이 전해지면서 사람들은 어딜 가건, 몇 명만 모이면, 발음도 어려운 신탁통치에 대해 이야기하였다. 사람들은 신탁통치가 그저 '우리나라가 스스로를 다스릴 힘이 없다는 이유로 미국과 소련이 대신 다스리려고 하는 것'이라고만 알고 있었다. 그 의미도, 배경도, 개개의 저의도 인식하지 못한 채, 절대 찬성할 수 없는 일이라고 열을 올렸다.

　일제 치하 36년을 버틴 사람들은 당장의 독립을 원했다.

　신탁통치는 대한민국의 독립을 방해하는, 또 다른 식민 생활의 시작일 뿐이었다. 일본이 물러간 공백을 메우고 자립할 수 있을 만한 준비가 미처 되지 못했고 경험 또한 전무하여 한 나라를 운영해 갈 역량이 부족한 것은 사실이었지만, 엎어치고 메치며 시행착오의 혼란기를 겪더라도 우리의 힘으로, 우리만의 새 나라를 시작하길 간절히 원하고 있었다. 그럴 수 있는 절호의 기회임이 틀림없었고, 실제로 사람들은 그럴 각오가 되어 있었다.

　문제는 국민들의 바람이 어땠는가와는 무관하게 신탁통치는 미국과 소련의 이해관계 속에 이미 결정된 사항이었다는 데 있었다. 아무리 소리를 높이고 반대를 외쳐도 우리의 의사는 애당초 반영될 수 없었다. 찬탁이냐 반탁이냐를 두고 싸워 봤자, 어차피 신탁통치의 길을 걸을 수밖에 없는 상황이었다는 것이다.

그런 상황에서 신탁통치 찬반에 대한 논쟁이 중요한 이유는, 그 전까지는 친일파냐 독립투사냐로 애국자와 비애국자를 편가름하였다면, 신탁통치 이후로는 찬탁이냐 반탁이냐의 기준으로 둘을 구별 짓게 되었기 때문이다.

당시 분위기는 신탁통치를 찬성하는 사람은 모두 나라를 소련에 팔아먹으려는 매국노이고, 반대하는 사람들이 애국자라는 식의 여론이 형성되고 있었다. 이런 분위기의 밑바탕에는 한 신문사의 오보가 큰 영향을 끼쳤는데, 삼상회의 결과를 전하면서 미국은 우리나라의 독립을 지원하는 반면, 소련이 신탁통치를 주장하고 있다고 보도했던 것이다. 그러나 실상은 미소 양쪽 모두 우리나라의 신탁통치를 계획하고 있었고, 오히려 소련에 비해 미국은 더 긴 기간의 신탁통치를 주장하고 있었다.

이런 진실을 모르는 사람들은 당연히 앞뒤 볼 것 없이 미국을 지지하며, 소련을 비난하기 시작했고, 신탁통치 반대를 부르짖었다.

이런 분위기가 점점 더 부풀어 간 배경에는 음흉한 속내를 가진 이들이 있었다. 많은 친일 협조자들이 이 시기에 은근히 신탁통치 반대를 외치면서 애국자의 대열로 갈아탔다.

이들은 찬탁론자들을 격렬하게 비난하고 매국노라고 소리 높여 공격함으로서 자신들을 향한 비난의 시선을 흐트려 나갔다.

넓은 시야로 시대를 바라보고, 우리나라를 넘어 세계 정세를 읽을 수 없었던 많은 순진한 사람들은 부화뇌동되었고, 진실과 정반대편을 들며, 자신이 원하지도 않을 것을 위해 목소리를 드높였다.

당시의 많은 독립투사들과 민족 지도자들도 반탁을 지지했다. 민족의 존경을 한 몸에 받고 있던 김구조차도 의미 없는 신탁통치 반대에 열을 올렸을 정도였다.

사람들이 논쟁의 본질을 전혀 이해하지 못한 채, 감정적인 결론에 다다르고 말았다는 것은 매우 안타까운 일이 아닐 수 없다.

바야흐로 새 시대를 위해 뭉쳐야 하는 그때, 사람들의 힘과 관심은 분산되고 편 가르기로 이어져 서로를 향해 또다시 총칼을 겨누기에 이르렀다. 단지 친일파들의 성향 세탁을 위해 부풀려진 신탁통치 논쟁에 이용되어서 말이다.

이 와중에서도 신탁통치 찬성을 주장하며 넓은 시야에서 우리나라를 위한 것이 무엇인지를 알고, 신탁통치의 참 의미를 이해한 사람들이 있었다.

우리나라에 대한 신탁통치는 내정되어 있고, 만약 신탁통치를 피할 수 없다면 가능한 그 기간을 짧게 하여 분단이 정착화되기 전에 통일의 여건을 마련하는 것이 더 중요하다고 판단한 이들이었다.

이들은 뒤늦게 찬탁을 주장하기 시작했다.

그러나 때는 늦었고 여론은 '반탁이 곧 애국'이라는 식으로 흘러가고 있었다. 찬탁을 해야 한다고 설득하는 무리들에게는 매국노라는 가혹한 비난의 화살을 던지게 되었던 것이다.

문제는 당시를 정확하게 판단하고 찬탁을 주장했던 대다수의 지식인들이 진보적인 신교육과 사회주의 사상을 지지하는 이들이었다는 데 있었다.

일명 좌파 지식인들.

냉정하고 객관적인 판단력과 통찰력을 가진 이들이었지만, 분노로 선동되어 감정으로 치닫고 이성을 상실한 민중들 사이에서 이들이 설 곳은 없었다. 사회주의자들은 조국을 소련에게 갖다 바쳐 영원한 신탁통치의 길로 밀어 넣으려는 매국노로 비난을 받게 되었다.

그 이전까지 사회주의는 모두가 공평하고 평등하게 살아가는 이상적인 국가를 추구하는 개념으로 국민들 사이에 지지를 받고 있었다.

당시 여론조사 결과를 보면 민중의 70퍼센트 이상은 사회주의를 지지한다고 하였다. 당시 민중들 사이에서 사회주의는 스탈린식의 사회주의나 공산주의를 의미하는 것이 아니라 독립운동에 크게 공헌

했던 주체로서, 또 중도적 이미지로서의 사회주의를 의미했다.

이는 내 민족 내 국가를 갖고자 하는 순수한 열망에의 동조였고, 다 같이 잘 살아 보자는 국민감정의 표출이었지, 사상이나 체제의 선택은 아니었다. 실제로 광복 직후 혼란기에 자본주의와 사회주의를 구분할 정도로 국민의식이 높지도 못했다.

그러나 친일 인사들은 자신들이 살아남기 위해, 민족의 즉각적인 독립을 원하는 애국자로 자신들을 포장하였고, 이를 반대하는 사회주의자들을 민족과 나라를 팔아먹으려는 빨갱이로 매도하기 시작하였다.

이후 전개된 양측의 피비린내 나는 싸움, 그 중심에 청년들이 있었다. 혈기 넘치고, 생각하는 대로 행동해야 하고 이성이 폭력 앞에 무기력한 10대, 20대 나이의 젊은이들. 이들은 그럴듯한 정당성으로 선동하는 노련한 정치가들의 손에 놀아나며 그들의 꼭두각시로, 또 때론 총알받이로 피비린내 나는 싸움판에 동원되었다.

문제는 이들 청년들은 자신이 추구하는 정의가 무엇인지도 명확히 규정하지 못한 채 대의와 공의에 목숨을 건다는 데 있었다.

이들을 이끄는 정신적, 민족적 지도자라는 이들의 대부분은 인생의 절반 이상을 이조 왕조의 지배하에서 보낸 한계를 지닌 인물들이었다. 자유라든지 자치라든지 평등이 무엇인지 실제로는 겪어 본 적이 없는 세대. 말로는 자유와 평등을 외치지만, 신분제 아래 태어나 누군가는 집권하는 법만 알았고, 또 누군가는 복종할 줄만 알았던 사람들이었다.

대다수의 국민이 그랬다. 국민들에게 해방은 이조 왕정이 일제 군부로 바뀌었다가 또 다른 왕으로 바뀌는 과도기에 불과했다. 국가 개념조차 불명확했고, 왕의 신하이자 신의 백성으로의 삶을, 선택이 아닌 운명으로 배우고 자라난 사람들이었다.

이들에게 애국심이란 언어가 바뀐다든가 생활양식이 일본색으로 바뀌는 데 대한 거부감이자, 반만년 민족적 뿌리를 잃지 않으려는 타성과 같은 것이었을 뿐, 인권이나 국민으로서의 기본권 같은 것이 수탈당해도 자신이 무엇을 빼앗긴 것인지도 알지 못했다.

하늘이 노하여 농사를 망치면 굶어야 하고 헐벗어야 하는 상황에서야 불만을 느낄 뿐, 불평등에 대한 개념조차 갖지 못하고 살아온 무지한 백성들이 대다수인 상황에서, 해방 정국의 지도자라는 이들이 추구한 새로운 세상은 극락정토를 꿈꾸는 현세 사람들의 막연함만큼이나 실체화되지 못한 것이었다.

물론 어깨 너머로 엿본 서양의 세상을 학습하고 허울 좋은 겉모습이나마 흉내 내려 했던 이들이 있었다. 그런 대부분이 정치가라는 그럴듯한 이름을 걸치고 민족의 각성을 위해 일어섰지만, 이들 역시 왕제 아래 태어나고 자라, 거의 반세기 이상 뼛속까지 왕조체제로 물들어 있는 구시대의 사람들이었다. 이들이 주장하는 자유란 누구나 왕이 될 수 있는 자유일 뿐, 이들이 그리고 있는 새 세상은 과거 전제왕권의 연장선상에 있었고, 자신은 새로운 왕권 쟁탈 레이스에 뛰어든 한 명의 후보에 지나지 않았다.

그럼에도 당시의 사람들은 자신들이 존경하고 모실 수 있는 새로운 왕을 위해 목숨을 걸고 인생을 바칠 준비가 되어 있었다. 처음에는 친일파를 향해, 이후에는 나라를 팔아넘기려는 빨갱이들을 향해 청년들의 발걸음은 쉴 새 없이 움직였다. 치안 부재의 상황에서 청년들은 또 다른 권력자가 되어 마을 사람들을 공포에 떨게 했다.

늘 그렇듯이 처음은 의로운 목적에서 시작되었다. 그러나 폭력이 수단이 되었을 때 그 순수한 첫 마음을 지키기는 쉽지 않다. 하나의 실수로 혹은 불일치로 일은 틀어지고, 상황은 또 다른 오해와 원한과 복수의 씨앗을 낳았다.

아버지가 청년들의 발길질 아래 죽어 가는 모습을 본 아들은, 아버지에 대한 복수의 칼을 품는 것이 당연한 수순이었다. 행여 자신에게까지 미칠지 모를 생사의 위협에서 살아남기 위해 필사적으로, 또 어쩔 수 없이 다른 사람을 향해 칼을 들어야 했다. 궁지에 몰린 이들은 기회주의적이 되고 잔인해졌다. 양심은 생존보다 늘 한 수 아래였다. 그리고 양심을 저버린 이상 인간은 동물이었다.

　죽음이 두렵지 않은 사람이 있겠는가마는, 삶에 대해 아예 집착을 갖지 않는 이들이라면 이야기는 달라진다. 죽음을 두려워하지 않는 것이 아니라, 삶과 죽음을 깨우치지 못하는 것이니까. 동물만도 못하다고 눈살 찌푸려 봤자 인간으로서의 양심이나 이성조차 희미해진 이들에게 무엇을 기대할 수 있었겠는가.

　당시 사회는 바로 그런 사람들을 양산하고 있었다.

로고스 학회, 야학, 일국의 한글 수업

정화는 겨울 방학이 시작되자마자, 로고스 학회가 제주읍에서 진행하는 야학 수업에 합류하였다. 방학이라 시간 여유도 많았고, 먼저 참여하던 이덕구의 적극적인 요청이 있었기 때문이었다. 이즈음엔 학생 수가 부쩍 늘어난 데에다, 특히 섬에서는 다른 지역을 웃도는 교육열로 선생이 턱없이 부족하였다. 한글을 배우려는 어른들까지 학교로 몰려든 덕에 야학 수업은 처음 두 반에서 세 반으로까지 늘어났다.

정화가 가르치는 반에는 총 60명의 학생들이 있었다. 초등학교 학생부터 연세 드신 백발의 어르신까지 나이도 다양했다.

가나다라 한글을 읽는 법을 익히고, 삐뚤삐뚤하지만 글자를 쓸 수 있게 되자, 정화가 가르쳐 준 것은 자기 이름과 부모님의 이름이었다. 본격적으로 문장을 배우기 전에 먼저 자신과 가족의 이름을 가르쳐 준 것이다. 창씨개명 이후 일본 이름으로만 불리다가 한글 이름을 되찾았을 때의 감격도 컸지만, 제 손으로 한글 이름을 써 보는 것은 가르치는 선생에게나 학생에게나 코끝이 찡한 일이었다.

정화는 학생 한 명 한 명의 이름을 부르며, 칠판에 한글로 이름을 적어 주었다. 이름이 불려진 학생들은 자신의 이름을 받아 적으며 기뻐했고, 다른 학생들은 서로 자기 이름을 먼저 적어 달라고 신나서 이름을 외쳐 댔다.

자기 이름을 받아 적은 학생들은 이번엔 자기 가족의 이름을 나름대로 적어 보도록 하였다. 학생들이 머리를 싸매고 열심히 가족들의 이름을 적는 동안, 정화는 교실을 다니며 틀린 부분을 바로 잡아 주었다.

"끼익."

한참 이름 쓰기에 집중하고 있는데, 낡은 교실문이 열리는 소리가 요란스럽게 들렸다. 학생들은 일제히 문으로 시선을 주었다. 처음 보는 남자가 멋쩍은 표정으로 고개를 들이밀었다.

"어떻게 오셨죠?"

"저… 한글을 배우고 싶어서 왔습니다."

"먼저 교무실로 가서 신청을 하셔야 하는데요."

"네, 했습니다. 그랬더니 이 반으로 가라고 했습니다."

정화는 알았다는 표정으로 맨 뒷 책상을 가리켰다. 남자는 성큼성큼 자리로 와 앉았다. 초등학생용 의자가 남자의 덩치에 유독 작아 보였다.

"이전 수업을 놓치셔서 당장 따라잡기는 어렵겠지만, 일단 그냥 따라 써 보세요. 오늘은 자기 이름 쓰는 법을 배우고 있거든요."

"예…."

"이름이 어떻게 되세요?"

"정일국입니다."

"좋은 이름이네요."

정화는 미소 지으며, 일국 앞의 종이에 '정일국'이라고 반듯하게 써 주었다.

"이대로 열 번 따라 쓰면서 읽어 보세요."

일국은 한글로 쓰인 자신의 이름을 받아 들고 한참이나 바라보았다. 필체가 좋은지 나쁜지 알아보지도 못하지만, 밑선까지 반듯하게 일직선으로 내려와 균형잡힌 글자는 차분한 정화의 목소리나 과하지 않은 그녀의 미소만큼이나 정겹게 보였다.

수업이 끝난 후 정화는 일국을 따로 불러서 한글 기본 글자표와 읽는 법을 알려 주었다.
'가나다라마바사아자차카타파하'와 '아야어여오요우유으이'를 서너 차례 반복해서 들려주고 따라하도록 했다. 일국은 글자를 보며 발음을 익히려고 애를 썼다. 처음 보는 문자를 반강제로 외우려니 자꾸만 잊어버리고, 머리도 돌아가지 않아 한숨이 났지만, 인내심을 갖고 몇 번이나 반복해 주는 정화의 정성에 자극받아 머리가 어질할 정도로 집중하였다.
30분 정도 하다 보니 그런대로 곧잘 글자를 읽을 수 있게 되었다.

"잘하셨어요. 빨리 배우겠는데요!"

정화는 일국이 엄청난 일을 해낸 것인 양 기뻐해 주었다. 일국은 그런 칭찬이 어색하면서도 몹시 뿌듯하였다. 아직까지 ㅇ이나 ㅎ을 헷갈렸고, 다, 따, 타 하는 발음들을 자꾸 틀리게 발음했지만, 정화가 무안하지 않게 눈치를 주면 곧바로 알아채고 다시 읽어 낼 수 있었다.
처음 일본말을 배울 때도, 남들보다 배는 빠르게 익혔던 일국이었다. 일본군의 비위를 맞추기 위한 필사의 노력이 있기도 했지만, 언어에 대한 감각이 나쁘지 않기도 했다. 하물며 자신이 한 글자 한 글자 읽어 갈 때마다 진지하게 고개를 끄덕여 주는 정화와 함께하니, 눈 깜짝할 새 외워지는 기분이었다.

그다음 날도 일국은 열심히 수업에 참여하였다.

수업에서는 벌써 짧은 문장을 배우고 있었다. 다른 학생들은 이미 모든 한글을 읽고 쓸 줄 알았기 때문에, 정화가 칠판에 글자를 쓰면 척척 읽어 나갔지만, 며칠 만에 벼락치기로 외운 일국은 알 듯 말 듯 머리를 쥐어뜯으며 끙끙거려야 했다. 정화는 수업 내내 그런 일국을 의식하여 복습과 진도를 겸하여 천천히 수업을 진행하였다.

수업 후에 일국과 정화는 또다시 남아서 보충 학습을 하였다. 일국이 전날 배운 내용을 모두 외워 온 덕분에, 가갸거겨, 나냐너녀, 하햐허혀까지 모두 응용해서 읽는 데 어려움이 없었다.

정화는 어렵다고 불평하거나 싫증내지 않고 최선을 다하는 남자의 모습이 좋게 보였다. 그리고 남자는 머리도 좋은 편이었다. 한글 조어 원리를 금방 이해하고 발음으로 적용시킬 줄 알았다. 이 정도면 한 주 늦었지만 충분히 진도를 따라잡을 수 있을 것 같았다.

정화는 내친 김에 받침을 넣은 글자를 읽는 법까지 진도를 나갔다.

"오늘 배운 것들을 내일까지 반드시 외워 오시고요, 다음 주에는 수업 전에 조금 일찍 오시면 부족한 부분 보충수업을 해 드릴게요."

"아, 네… 감사합니다. 그런데 내일까지밖에 참석하지 못할 것 같네요. 다음 주에는 제주읍에 없어서요…."

일국이 수업에 나올 수 없다는 말에 당황한 것은 정화였다. 당연하게 그가 계속 수업에 나올 것이라 기대하고 있었던 것이다. 일국은 다음 날 다시 트럭을 몰고 장사를 떠나야 하는 자신의 사정을 설명했다.

"혹시 숙제를 내 주시면 해 오겠습니다. 그런 식으로 한글을 배울 수 있다면."

일국의 의지는 확고했다. 배움의 의지는 있는데 상황이 되지 않아 겨우 며칠 수업 오고 2주 후를 기약해야 하는 일국의 상황이 정화를 안타깝게 했다. 기초도 확실하지 않은 상태로 독학을 한다는 것이 가능할지…. 정화는 적당한 방법이 무엇이 있을지 생각해 보겠노라고 했다.

다음 날, 보충수업을 위해 일찌감치 교실에 도착한 일국에게, 정화는 두툼한 종이 뭉치를 내밀었다. 앞으로 2주 동안 배울 교재 인쇄물이었다.

교재에는 여러 가지 단어와 문장들이 적혀 있었는데, 단어 옆에는 갖가지 그림이 그려 넣어져 있었다. 나비, 다리, 마디, 가지같이 쉬운 단어부터 밥, 국, 자동차, 닭과 같이 복잡한 단어까지, 그림들을 통해 단어를 떠올려 발음와 글자를 외울 수 있도록 하기 위해서였다. 일국의 교재는 아기자기하게 그린 정화의 그림들로 빼곡히 들어찼다.

"매일 읽고, 열 번씩 따라 써 오세요. 2주 후에 검사해서 제대로 안 했으면 혼날 거예요."

정화가 두툼한 인쇄물을 건네며 엄포를 놓는데, 일국은 차마 그녀에게서 눈을 뗄 수가 없었다. 선생님으로서, 여인으로서, 정화의 마음씀씀이가 일국을 감동시켰다. 정화의 정성이 담긴 한글 익힘 교재가 마치 그녀의 연애편지라도 되는 양 일국의 마음은 설레었다.

정화와 일국이 보충 수업을 마치고 나올 무렵에는 수업이 모두 끝난 후였다. 학교는 이미 텅 비어 있었다. 일국은 정화를 도와 마지막으로 교실 불을 끄고 문단속을 했다. 마치 정화를 호위하기라도 하는 듯 일국이 직접 자물쇠를 채우고, 대문을 밀어 닫는 등 힘쓰는 일들을 도맡아 했다. 정화는 잠자코 웃으며 옆에 서 있었다.

학교 정문을 나서며, 일국은 정화에게 집까지 데려다 주겠노라는 말을 하고 싶었다. 그렇게 해도 되는 것인지, 남녀칠세부동석의 양반네들에게는 어림도 없는 일이라 생각되었지만, 정화 선생은 신여성이니 혹시나 다르게 생각하지 않을지 알 수 없어 잠시 멈칫거렸다.

"빵빵!"

점잖은 자동차 클랙슨 소리가 울리고 헤드라이트 불빛이 두 사람을 비추었다. 먼저 수업을 끝낸 덕구가 집에 돌아가기 위해 정화를 기다리고 있었다. 일국은 매끈한 라인의 볼보 승용차에서 정화를 부르는 남자의 존재에 당황했다. 정화는 자연스럽게 자동차 쪽을 향해 걸음을 옮기며, 일국에게 작별의 목례를 하였다.

떨떠름하게 마주 인사하는 일국의 마음속에 뜨겁고 차가운 기운이 울컥울컥 지나갔다. 정화를 태운 볼보 승용차는 미끄러지듯 골목을 가로질러 사라져 버렸다.

엇갈린 마음, 이덕구, 정일국, 강정화

일국은 열심히 공부했다.

정화가 그려 준 그림을 보며 단어를 익히고. 그래도 모르는 글자는 지나가는 학생들을 붙잡고 물어보았다. 장사를 하러 마을에 들어가면 그곳의 학식 있는 어르신들을 찾아가 도움을 받기도 하였다. 소문을 들은 어느 훈장님은 그런 일국이 기특하다고 집으로 불러 밤늦게까지 읽는 것을 도와주기도 했다. 덕분에 일국은 일주일에 고작 두 번 수업을 받는 야학의 다른 학생들을 금방 따라잡게 되었다.

글자를 알게 되면서 새로운 소식을 알아 가는 재미를 붙인 일국은 손님이 뜸한 틈을 타 때마침 간행된 제주신보를 떠듬떠듬 읽으며 시간을 보냈다.

목이 빠지게 기다리던 3주가 지나고, 제주읍으로 돌아온 일국은 설레는 마음으로 야학을 찾았다.

그가 낡은 교실문을 열고 들어섰을 때, 정화는 묘한 긴장감과 설레임이 가슴께에 퍼져 가는 것을 느꼈다. 저도 모르게 얼굴이 달뜨는 느낌에 당황하면서, 정화는 '내가 저 사내를 기다리고 있었구나.' 깨달았다. 성큼성큼 맨 뒷자리로 가서 앉은 일국은 자신만만하게 숙제를 책상에 꺼내 놓았다.

수업은 이미 짧은 이야기를 배우는 정도까지 진도가 나가 있었다.

다른 아이들이 칠판에 쓰인 글을 한목소리로 읽기 시작하자, 일국은 질세라 깜짝 놀랄 만큼 큰 목소리로 글을 따라 읽었다. 굵고 낮게 깔리는, 하지만 알맹이 있게 멀리까지 전해지는 일국의 목소리가 뒷자리에서 울려 퍼지자 반 아이들은 깜짝 놀라 뒤를 돌아보았다.

일국은 자기가 글을 읽을 수 있다는 것을 알리고 싶어 더욱 큰 소리로 읽으며 정화를 바라보았다. 칭찬받고 싶어 하는 어린아이와 같은 표정. 정화는 그런 그가 기특하기도 하고 우습기도 하여 저도 모르게 마주 웃어 주었다.

그날 수업 후에도 일국은 늦게까지 남아 정화가 뒷정리하는 것을 도왔다. 3주 동안 열심히 했다는 정화의 칭찬도 기뺐지만, 그보다는 정화가 자신을 다시 보게 되었다는 사실이 더욱 일국을 뿌듯하게 했다.

겉으로 똑똑한 척하지 않았지만 자신이 그리 아둔한 사내가 아니라는 것을 알아채 주길 일국은 다른 무엇보다 간절히 바라고 있었다. 내가 이렇다고 말로 표현할 줄 모르는 뼛속까지 남자인 일국이었다. 그래서 정화를 마음에 품게 된 이후로 거리에서 스쳐 지나갈 때마다, 혹은 세영이나 사람들을 통해 문득문득 그녀에 대한 이야기를 들을 때마다 어떻게든 그녀에게 가까워지고 싶어서 애를 태웠다.

그러다가 정화가 야학에서 한글을 가르친다는 이야기를 듣게 되었고, 도저히 불가능한 일정 중에도 틈을 내어 학교까지 찾아오게 되었던 것이다. 처음에는 수많은 학생 중 한 명에 불과했지만, 일국은 포기하지 않고 한 발 한 발 그녀의 마음 문을 열어 갔다. 자신을 알아봐 줄 때까지, 자신을 향한 그녀의 마음에 한 줄기 불씨가 틔어 오를 때까지.

두 사람은 운동장을 가로질러 걸었다. 교문 밖에는 정화를 태워 가기 위해 덕구가 기다리고 있다는 것을 둘 모두 잘 알고 있었다. 100m

도 채 되지 않는 작은 운동장이 일국은 야속하게 느껴졌다.

"집이 어디세요?"

"원래는 조천인데, 요즘은 일 때문에 제주읍의 여관에서 머물고 있습니다."

"어? 조천이시라고요? 저도 조천에서 지내고 있는데."

"아, 네…."

일국은 이미 정화가 조천중학교 선생님이라는 것, 이호구 씨 집에서 머물고 있다는 것을 모두 알고 있었지만, 아는 척하지 않았다. 정화는 그런 것도 모르고 같은 조천 지역이라는 것이 반가운 듯 조잘조잘 말을 이어 갔다.

"여관에서 지내려면 불편하지 않으세요?"

"그냥 임시로 있는 거죠. 며칠 못 있고 또 장사하러 가야 하니까."

"계속 돌아다니려면 힘들겠어요."

"남자가 그까짓 거 힘들긴요. 어디고 머리 댈 곳만 있으면 되는 거죠."

자신이 못 배우고 거칠게 자란 것을 의식하는 듯 남들보다 배는 예의 바르게 행동하려 애를 쓰는 일국이지만, 타고난 털털하고 투박한 성품은 불쑥불쑥 배어 나왔다. 정화는 그런 일국이 낯설면서도 흥미로웠다.

그녀 주위에 일국 같은 사람은 없었다. 교양 있거나, 교양 있는 척하거나, 교양 있고 싶어서 안달 난, 그리고 교양이 없으면 부끄럽게 생각하는 사람들 속에서 정화는 자라 왔다. 그러다가 대학에 가고 사회에 나가서는 교양이 뭔지조차 모르거나, 있거나 말거나 관심도 없거나, 그런 것을 의도적으로 경멸하는 이들 정도까지가 그녀가 경험할 수 있는 범위의 전부였다.

그런데 일국은 달랐다. 태생부터 못 배우고, 교양도 없고, 그게 뭔지를 알 수도 없는 환경에서 자라났지만, 본능적으로 사람 귀한 줄 알고 배려하는 마음을 갖고 있었다. 그래서 못 배우고 무식하지만 교양이 없다고 느껴지지 않았고 거리껴지지 않았다. 그를 대할 때면, 의심할 수 없는 투박한 진심이 엿보였다.

자동차에 도착하자 덕구가 차 안에서 묘한 표정으로 쳐다보는 것이 보였다. 일국은 직감적으로 그가 자신을 못마땅하게 생각한다는 것을 알았다. 말 한마디 오가지 않았지만 승부에는 동물과 같은 촉각이 서는 일국이었다. 덕구의 표정만 보아도 정화에 대한 그의 마음을 알아챌 수 있었다. 그래서 그가 더욱 마음에 들지 않았고, 매번 정화를 그의 차에 태워 보내는 순간이 죽기보다 싫었다. 하지만 겉으로는 담담하게 차에 오르는 정화에게 인사를 하고 돌아섰다. 지금 자신의 처지보다 모든 것에서 앞서는 남자. 골목을 빠져나가는 차의 뒷모습을 바라보며 일국은 일그러지는 미소를 지었다.

조천으로 향하는 내내 덕구는 말이 없었다. 그런 그가 어색해서 정화는 일부러 이런저런 이야기를 끄집어냈지만 덕구의 대답은 단조롭게만 돌아왔다.

"오빠, 뭐 기분 나쁜 일 있어요?"

답답한 것을 싫어하는 정화는 직설적으로 물었다. 덕구는 한참이나 침묵하다가 불쑥 입을 열었다.

"너 저 녀석하고 꼭 남아서 수업을 더 해야겠니?"

"네? 그거야 일국 씨가 늦게 합류해서…."

처음 정화는 덕구가 하는 말의 의미를 이해하지 못해서 어리둥절해 했다. 왜 보충 수업을 하는지 덕구가 모를 리가 없는데 왜 이런 질문을 하는 것인지. 싹싹하고 눈치 빠른 정화였지만, 정작 자신을 둘러싼 남자들의 시선에는 둔한 감이 있었다.

"난 니가 저 남자랑 둘이 있는 게 싫다. 다른 선생님한테 넘기도록
해."

단도직입적인 덕구의 말에 정화는 그제야 그의 심사를 파악했다. 늘 덕구가 넌지시 비추는 정화에 대한 마음이었다. 그런 덕구의 마음을 모를 정화가 아니었다. 자기 상황에서 기쁘게만 받아들일 수 없는 부담스러운 부분이 있었지만, 정화 역시 덕구에 대해 호감을 갖고 있었기 때문에 지금까지는 웃으며 받아 주곤 했다.

하지만 오늘은 달랐다. 일국은 자기 반 학생이었고, 누구보다 열심히 한글을 배우려고 노력하는 제자였다. 이런 상황에서 덕구가 저런 못난 반응을 보이는 것이 실망스러웠다. 게다가 그런 이유로 다른 선생님으로 바꾸라고까지 요구하다니 어이가 없었다.

"일국 씨는 저희 반 학생이에요. 다른 문제가 있는 것도 아닌데, 제가
끝까지 가르칠 거예요."

단호한 정화의 거절에 덕구의 얼굴은 표 나게 굳어지더니, 곧 거칠게 차를 몰아 가기 시작했다. 정화는 덜컹거리는 차의 움직임이 무서워서 양손으로 의자를 꼬옥 움켜쥐었다. 집에 도착할 때까지 둘은 더이상 한마디도 하지 않았다.

집 앞에 도착하자마자 덕구는 화가 난 듯 휑하니 집으로 들어가 버렸다. 차 안에 혼자 남겨진 정화는 어처구니없는 상황에 할 말을 잃었다. 자기를 좋아해 주는 것까지는 좋았다. 그렇지만 질투 때문에 배움에 갈망하는 학생을 저버리라는 것은 도저히 받아들일 수 없는 요구였다. 이제까지 덕구 오빠에게 한 번도 실망한 적이 없었는데, 오늘은 그에 대한 신뢰가 근본부터 흔들리는 느낌이었다.

다음 날 야학 수업에 덕구는 오지 않았다. 아침에 정화가 식사를 하러 갔을 때, 이미 덕구는 집을 나선 후였다. 오후까지도 집에 돌아오지 않기에, 하는 수 없이 정화는 자전거를 타고 혼자 제주읍까지 갔다.

야학에 가서 보니 다른 선생님을 통해 덕구는 인민위원회 일로 오늘 수업에 참여할 수 없다는 전갈을 보내 놓은 상태였다. 정화는 그런 덕구의 행동에 더욱 화가 났다. 같은 집에 살면서 그런 사정이 있으면 자신한테 이야기를 전했어야지, 굳이 다른 사람을 통해 전하는 심사가 더욱 못나 보였다. 덕구의 반은 정화와 다른 선생님이 나누어 합동으로 수업을 진행하였다.

수업이 끝난 후 정화는 여느 때와 마찬가지로 남아서 일국과 보충 수업을 하였다. 일국의 실력은 놀랄 만큼 빨리 늘어 이제는 따로 남아서 공부할 필요가 없을 정도였다. 문득 정화는 덕구의 말대로 이제 일국과의 수업을 그만두는 것이 좋겠다는 생각이 들었다. 그럴 필요도 없는 학생과 단둘이 시간을 보내려고 일부러 핑계를 만들고 있는 것이 아닌가 싶었던 것이다. 하지만 보충 수업 시간, 너무나 열심히 공부하는 일국의 모습을 보며, 차마 더 이상 하지 말자는 말을 꺼낼 수가 없었다.

수업이 끝나고 둘은 학교를 나와 운동장을 가로질렀다. 교문까지 왔을 때, 일국은 정화를 기다리는 차가 없다는 것을 발견하고는 깜짝 놀랐다. 정화는 아무렇지도 않다는 듯이 교문 한쪽에 세워 놓은 자전거로 다가갔다.

"오늘은 이덕구 선생님이 안 오셔서요. 그럼, 조심히 들어가세요."

정화는 마치 자신이 버려진 듯 보이는 상황이 부끄러워 애써 일국을 외면하며 자전거에 올랐다.

"잠시만요. 지금 자전거를 타고 조천까지 가려는 거예요?"

"네."

일국의 표정은 절대 있을 수 없는 일이라는 듯했다. 그러더니 정화에게로 다가와 자전거 핸들을 빼앗듯 움켜쥐었다.

"뒤에 타세요. 제가 몰게요."

그리고는 정화에게 뒷좌석을 가리켰다. '지금 나보고 뒤에 타라고?' 정화는 예상치 못한 상황에 당황해서 이러지도 저러지도 못하고 있는데, 일국은 망설임 없이 자전거 앞 좌석에 턱 하니 자리 잡고 앉았다. 살짝 고개를 돌려 뒤를 바라보는 것이 빨리 타라고 재촉하는 듯했다.

"제주읍에서 지내시잖아요."

정화에게서 기껏 나온다는 말이, 거절도 아닌 승낙도 아닌, 애매한 핑계였다. 왜 싫다고, 됐다고 딱 부러지게 말하지 못하는지 정화는 자기 자신을 알 수가 없었다.

"조천에 어머니 집 있어요. 오랜만에 거기 가서 자면 돼요."

오히려 일국은 망설임이 없었다.

사실 정화는 이 밤중에 혼자 조천까지 자전거를 타고 갈 자신이 없었다. 불 하나 없는 밤길에, 으슥한 숲도 지나야 하는데 어찌 가야 할지 올 때부터 걱정이 태산이었다. 만약 일국이 데려다준다면 아무 문제없이 집까지 갈 수 있을 것이었다. 다 큰 처녀가 사내 뒤에 자전거를 타고 간다고 입방아에 오를 걱정은 들지 않았다. 밤이라 볼 사람도 없을 것이고 본다 한들, 뒷말들을 해 댄다 한들 그게 뭐가 대수람? 일국 씨는 열심히 공부하는 학생인데.

정화는 문득 망설임이 사라지는 것을 느꼈다. 그래서 별다른 거부감 없이 일국의 자전거 뒷 좌석에 올라앉았다.

정화가 뒤에 타자 일국은 가슴이 터질 것만 같았다. 아무렇지 않은 척했지만, 예상치 못하게 정화를 태우고 간다는 생각에 심장이 두방 망이질했다. 그녀가 안 탈지도 모른다, 거부할지도 모른다고 생각하고 실망할 마음의 준비를 하려는 찰나에, 정화의 몸이 자전거에 실리는 묵직함이 느껴졌다.

"꽉 잡아요."

정화는 조금 주저하다 일국의 허리께를 살짝 쥐었다. 일국은 절로 신이 나서 힘차게 페달을 밟았다.

제주에서 조천읍까지는 짧고도 긴 거리였다.

흰 달빛이 비추는 신작로 길로 자전거는 스르륵 스르륵 시원하게 달렸다. 멀리서 쏴아쏴아 파도 소리와 부엉이인지 올빼미인지 밤새 의 울음이 간간히 들려왔다. 열심히 페달질을 하는 일국의 몸에서 조 금씩 땀이 스며 나왔다. 어딘가 퀴퀴한 남정네 특유의 땀 냄새가 전 해져 왔지만 정화는 그리 싫지 않았다. 그의 몸에서 전해지는 뜨거운 열기가 오히려 따뜻하게 느껴졌다.

왜 그랬을까? 스치는 바람에 오한이 들어서일까, 아니면 손끝으로 전해지는 쿵쿵거리는 그의 심장이 정겹게 느껴져서일까, 그도 아니 면 달빛에 취한다는 바로 그 정감 때문일까? 정화는 저도 모르게 일 국의 등에 얼굴을 기댔다.

일국은 순간 너무 놀라 페달을 헛디딜 뻔했다.

등허리에 살포시 얹어지는 여인의 무게감에 그는 겨우 침을 삼켰 다. 심장이 너무 세게 뛰어서 몸 밖으로 삐져나올 것만 같았다. 숨은 가빠져 오고, 온몸의 신경은 모조리 등으로 쏠려, 정면을 보고 있어 도 그의 시선은 뒤로 향해 있었다. 마치 뒤를 향해 자전거가 나아가 는 것 같은 착각까지 들었다. 그녀는 어떻게 하고 있는 것일까? 얼굴을 기댄 것일까? 혹시 잠들어 버린 것일까? 일국은 뒤척이는 등 뒤의 작은 움직임에 섬세하게 반응하며 더욱 조심스럽게 페달을 밟았다. 조천이 멀리, 저 멀리로 물러나 버렸으면 좋겠다고 생각했다.

그다음 수업 때도, 또 그다음에도 둘은 자전거를 타고 조천으로 돌아왔다. 왜 제주읍에 머물지 않고 조천으로 돌아가는지 정화는 더 이상 묻지 않았고, 일국은 일부러 마을을 둘러 집으로 돌아가 거의 자정께에나 정화를 내려 주었다.

둘은 자전거 위에서 많은 이야기를 나누었다.

살아온 삶이 너무나 다른 두 사람이기에 세세한 모든 것을 나눌 수는 없었지만, 그래도 둘은 서로가 서로를 이해함을 확신했다. 그가 살아온 삶과 그녀가 걸어온 삶은 전혀 다른 색으로 묘하게 어울렸다. 거의 모든 것이 다르고, 정반대에 가까웠지만, 진심으로 서로를 이해할 수 있었다. 마음 가장 깊은 곳에서 둘은 공감하고 서로를 지지했다. 전혀 다른 방식이었지만, 근본이 같다는 동질감을 느낄 수 있었다. 그리고 그런 안정감은 서로 앞으로의 시간들을 함께할 수 있겠다는, 함께하고 싶다는 확신을 심어 주었다.

그리고 일국이 다시 장사를 떠나야 하는 시간이 돌아왔다.

3주간의 헤어짐. 애타지만 그 떨어져 있는 동안의 기다림까지도 설레었다. 여전히 말로는 마음을 표현하지 못하는 일국은 그저 '그래도 같은 섬 안에 있는 것이니까….'라는 말만 몇 번이나 되풀이했다. 정화는 누구도 두려울 게 없는 사내가 자신 앞에서는 그처럼 수줍게 구는 것이 우스웠다.

"손 내밀어 봐요."

정화가 무언가를 손에 꼭 쥔 채, 일국에게 요구했다.

얼떨결에 손을 내민 일국의 투박한 손바닥 위에 조그만 정사각형의 종이 한 장이 올려졌다. 귀밑머리를 단정하게 쓸어 넘기고 야무지게 미소 짓는 여인의 얼굴, 마치 자신을 향해 웃어 주는 듯한 정화의 흑백사진이 일국의 손 안에 가지런히 놓여 있었다.

예상치 못한 선물에 일국은 입을 다물지 못했다.

그녀의 마음이 일국을 끓어오르게 했다. 일국은 아무 말 없이 한참이나 정화를 바라보았다. 말로 담지 못할 남자의 마음에 정화의 두 볼이 덩달아 붉게 달아올랐다.

"조심해서… 다녀오세요."

보고 싶을 거라고, 아주 많이 보고 싶을 거라고, 입 밖으로는 내뱉지 못한 말이 미소에 묻어났다. 일국은 정화를 향한 마음을 애써 누르며 굳게 고개를 끄덕였다.

선흘굴 발굴 현장, 밀실 살인

경식과 아침으로 해장국 한 그릇씩 들이킨 후 태훈은 선흘굴 현장으로 차를 몰았다. 백골이나 유물은 조사단이 모두 거둬 간 후라 더이상 기자들은 현장에 찾아오지 않았다. 하지만 태훈은 이곳에서 꼭 확인해야 할 것이 있었다.

발굴 현장 바로 앞까지 차를 몰아 들어갔는데, 지키던 경찰들조차 철수해 버려서 아무도 제지하는 사람이 없었다. 통행금지 선이 둘러쳐진 동굴 안에는 동굴연구팀만이 남아서 조사를 진행하고 있었다. 유물들을 모두 옮겨 가고 난 뒤라 공간은 더 크고 휑하게 느껴졌다.

지난 방문 때 미리 눈도장을 찍어 두었던 터라, 연구팀원들은 태훈을 알아보고 낮게 목례를 해 보였다. 민간인 출입금지였지만 정부 조사단 때 합류했던 태훈이다 보니 허가를 받았으려니 생각했던 것이었다.

"조사단은 다 철수했는데요?"

"네, 알고 있습니다. 오늘은 동굴연구팀 분들 뵈려고 왔어요."

태훈이 사람 좋게 웃으며 덧붙이자 연구팀들은 뜻밖이라는 듯 맞아 주었다.

사실 천연 동굴 연구에 있어서 이번 가지굴 발견은, 백골이나 무기를 제외하고도 상당한 가치가 있었다. 특히 요즘같이 화산섬으로서, 또 천연 동굴로서 제주도의 가치가 세계적으로 인정받는 시점에서, 이번 발견은 몹시도 주목할 만한 것이었다. 동굴연구팀 입장에서는 이런 의미 있는 가지굴의 발견에 사람들이 좀 더 관심을 가져주길 바랐다. 그러기 위해서는 어느 정도 언론에 노출되는 것도 나쁘지 않았다.

"동굴 전문가 입장에선 어떤가요, 이 동굴?"

"놀랍죠. 이제까지 한 번도 발견된 적 없는 것이니까. 규모도 그렇고, 형성 과정도요. 중상류에 이런 거대 동굴이 존재하는 것은 매우 드문 일이라…. 제주도가 용암 분출로 만들어진 섬이라는 건 아시죠? 용암이 식으면서 기체가 빠져나간 흔적이 동굴로 남는 거구요. 용암에도 여러 종류가 있는데, 기존 학설에서 말해 왔던 제주도 중산간 지역이 형성될 당시 분출되었던 용암에서는 이런 사이즈의 동굴은 만들어지기가 어려워요."

"그 말은 기존 연구 결과를 완전히 뒤엎을 수도 있다는 말인가요?"

"완전히 바뀐다기보다… 수정이 되는 거죠."

연구원은 문득 자기가 대화하고 있는 사람이 기자라는 사실이 떠오른 듯 신중하게 어휘를 골랐다.

"그런데 만약 그렇게 다른 용암이라고 밝혀지면, 뭐가 달라지는 게 있나요? 학술적인 면에서 말고, 현실 생활에서 뭔가 달라진다든지?"

"있긴 있죠. 만약 그렇다면 그건 지금 이 선흘 동굴계가 중산간 지역, 혹은 그 위 한라산까지도 이어져 있다는 증거가 될 수 있으니까. 그렇다면 최근 빈번하게 이루어지는 중산가 지역의 개발에 좀 더 신중한 접근이 필요하게 되는 거죠."

"이번 같은 사고가 생길 수 있으니까?"

연구원은 바로 맞췄다는 듯 고개를 끄덕였다. 태훈은 순간 무언가

짚이는 것이 있었다.

"잠깐만요. 그럼 이런 가지굴들이 더 있을 수 있다는 말이잖아요?"

"충분히 가능성이 있죠."

"더 위쪽이면… 뭐 거문오름? 그런 데까지 이어질 수도 있다는 말인가요?"

"이어진다기보다 같은 흐름의 선상에 있을 수 있는 거죠."

"혹시 서로 직접 이어져 있다든가 그럴 수는 없고요? 왜, 거문오름 수직굴 아래 내려가면 수평으로 굴이 이어진다고 들었는데요."

연구원은 태훈의 생각이 무엇인지 깨닫고 풋 웃음을 터트렸다.

"여기랑 거문오름이랑 거리가 얼마인데요. 아무래도 그건 어렵죠. 하지만 그 중간에 벵뒤굴이라는 게 하나 있기는 해요."

"벵뒤굴이요?"

"거문오름에서 한 1.5㎞ 정도 떨어져 있으니까. 아마 여기랑 거문오름의 중간쯤이겠네요. 세계에서 가장 복잡한 동굴로 알려져 있는데요. 내부가 한 4.5㎞ 돼요. 층도 2층, 3층 막 나뉘어 있고. 지금은 보호구역으로 지정되어서 아무 때나 들어가 볼 수는 없는데, 그 굴은 거문오름이랑 가까워서 세계자연유산과 같은 범위로 묶여 있어요."

"그 굴들이 이어져 있다든가, 그럴 가능성은 없나요?"

태훈이 집착적으로 묻자 젊은 연구원은 조금 어이없다는 듯 웃었다.

"수직굴 아래는 저희 연구소에서 다 조사했어요. 제가 들어오기 전에 한 거지만…. 들어가면 어느 정도 가다가 길이 끊겨요. 뭐 사람이 다닐 수 있는 길은 끊긴다고 하는 게 옳겠죠. 아주 작은 구멍들이 이어져 있는지는 모르니까. 하지만 그렇다고 해도 지금 당장 이 굴이 벵뒤굴과 이어진 흔적도 없는 걸요."

그의 말이 옳았다. 지금 자신이 있는 이 굴 어디에도 다른 곳과 이어진 틈 같은 것은 보이지 않았다.

"그러고 보니, 참 이상하네요. 틈이 없군요."

"맞아요. 틈이 없죠. 그게 이 굴의 가장 이상한 점이에요. 제주도에 일본군이 판 갱도가 100여 개나 있지만 이처럼 이상한 형태는 처음이에요."

연구소에서는 천연 동굴뿐 아니라, 제주도에 넓게 분포하는 일본군 갱도에 관한 조사 또한 겸하고 있었기 때문에 그쪽으로도 축적된 정보들이 많았다.

"다른 갱도들은 다들 허술하고 미완성인 경우가 대부분인데, 여긴 굉장히 안정적이고, 완성되어 있죠."

태훈은 주위를 천천히 둘러보았다. 사방이 굳건한 암벽으로 둘러싸여 빛 하나 새어 들어오지 않는 암실이나 다름없었다.

"우리가 들어온 곳 말고는, 다른 길이 없군요."

"맞아요. 그게 가장 미스테리한 부분이죠."

그렇다면 동굴 안의 사람들은 어떻게 이 안에 들어왔을까? 동굴연구팀은 이미 그 부분을 집중적으로 살펴보고 있는 중이었다.

"어떤 가능성이 있는 거죠? 나중에 무너져서 입구가 막혔다든가 그런 건가요?"

"그렇게 볼 수밖에 없는데 그래도 좀 이상한 것이, 사람들이 들어오고 나서 막혔다면 어떻게든 빠져나가려고 그 부분을 파내려고 하지 않았을까요? 상식적으로 생각하면 그렇잖아요. 더구나 굴 안에 이렇게 많은 사람이 함께 있었다면, 힘을 합쳐 뭐라도 하려 했겠죠. 그런데 그런 저항의 흔적이 전혀 없어요. 모든 게 정돈되어 있죠. 죽은 사람들이 누운 모양까지도 가지런해요."

연구원의 말대로 어느 곳도 인위적으로 파거나 옮겨 낸 흔적은 보이지 않았다. 너무 오랜 시간이 흘러 흔적이 지워진 탓도 있겠지만, 사방의 벽은 말쑥하게 다듬어져 마구잡이로 파헤친 흔적 따위는 보이지 않았다. 입구조차 없는 방에서 이렇게 많은 사람이 아무 저항도 없이 죽다니. 몹시 이상한 일이었다.

"일종의… 밀실 살인인 거네요?"

태훈의 말에 연구원은 인상을 찡그리고 웃었다.

"굳이 표현하자면 그렇죠."

"그래도 어딘가는 입구가 있겠죠?"

"물론이죠. 우리가 못 찾는 것뿐이죠. 가능성은 여러 가지 있어요. 입구가 막힌 후에 질식했을 수도 있고요. 그럼 다른 저항도 못 하고 당황하다 죽어 갔겠죠. 아니면 너무 확실하게 막혀 버려서 나갈 엄두조차 못 냈을 수도 있어요. 그러다가 점점 굶주렸을 테고, 그럼 잠자는 시간이 길어지고. 마치 동면처럼 잠들다 죽어 갔겠죠."

"다들 그렇게 그냥 굶어 죽었다는 게 말이 되나요? 그 전에 살려고 뭐라도 하지 않고?"

"굶어 본 적이 없으시군요?"

옆에 있던 조금 나이 든 연구원이 불쑥 끼어들었다. 동굴 연구만 하느라 빛을 못 받아서인지 그의 피부는 백골처럼 희게 느껴졌다.

"죽음에 쫓기고 피해서 몇 끼를 굶어 봐요. 여기 있던 유해들이 4·3 때 것이라면, 이미 여기까지 왔을 때는 굶주릴 대로 굶주리고 지쳐서 기력도 없고, 희망조차 잃은 상태였을 거요. 여기서 나간다 한들 사방이 죽음뿐이라면, 빠져나가려고 안간힘 쓸 이유조차 없지. 그저 평온하게 험한 꼴 안 당하고 차분하게 죽을 수 있다면 그것만으로도 다행이었던 거죠."

"죽음을 맞이하는 데 다행 같은 것은 없다고 생각합니다. 살아야 다행인 거죠."

태훈은 저도 모르게 울컥했다. 이 사내는 예전에 다큐멘터리에서 보았던 자살 폭탄 테러를 합리화시키는 알카에다 군을 떠오르게 했다. 죽음조차 안식이라는 식의 말도 안 되는 논리로 절망을 방조하고 순교를 강요하는 사람들. 왜 갑자기 그 장면이 떠올랐을까? 태훈의 반응에 나이 많은 연구원은 마치 철모르는 아이를 대하는 표정으로 태훈을 바라보았다.

"4·3 당시 증언을 보면 잡혀간 주민들을 경찰이 총살할 때 저항도 안 하고, 심지어 비명조차 지르지 않았다고 해요. 줄줄이 세워 죽이는데 바로 다음이 자기 차례라는 것을 알면서도 그저 묵묵히 고개를 숙이고 기다리는 모습을 상상해 봐요. 도망이나 애원은 생각도 안 하고 그냥 체념한 사람들을. 그만큼 죽음이 가까웠던 시절이요. 살아날 수 있다는 요행이나 희망을 가질 수 없을 만큼. 그게 남의 나라가 아니라, 바로 이 땅, 이 나라에서 있던 일이에요."

그의 말투에서 분노가 느껴졌다. 태훈은 이곳에서 만난 사람들 중 그만큼 4·3에 대해 어두운 감정을 갖고 있는 사람을 보지 못했다. 심지어 4·3 때 실제로 잃은 자기 가족 어른들조차 이렇지는 않았다. 마치 바로 얼마 선 눈앞에서 그 장면을 직접 본 것만큼이나 분노는 크고 강렬했다. 그는 동굴연구원일 뿐인데.

문득 연구팀이 한곳에 설치해 놓은 특이한 장비가 눈에 띄었다. 태훈이 시선을 주자 그 선배 연구원은 약간 꺼리는 듯한 표정을 지었다. 처음 이야기를 시작했던 젊은 연구원이 눈치 없이 장비에 대해 설명했다.

"이건 이번에 연구소에서 새로 장만한 장비인데요, 전자기파를 통해 암반을 투시해서 지하의 빈 공간을 파악하는 기계에요. 지금 이 굴을 중심으로 주변에 다른 통로가 있는지 확인하는 중이죠. 그럼 막혀 있는 것처럼 보여도 그 뒤로 길이 이어진 곳을 찾을 수 있어요."

영화에서나 본 듯한 첨단 과학 기술을 이런 데 이용한다고 생각하니 신기하면서도 의지가 되었다. 의기양양해 하는 젊은 연구원의 안내를 받아 태훈은 기계를 살펴보았다. 모니터 속에는 현재 동굴의 모양이 섬세하게 표시되어 있고 그 사방 암반 너머의 형세가 나타나 있었다. 아직 일부만이 표시된 것으로 보아 확인해 가는 중인 듯했다.

"이거 언제 다 파악되죠? 혹시 다른 입구였을 가능성이 있는 굴이 발견되면 저한테 연락 좀 주실 수 있을까요?"

젊은 연구원은 흔쾌히 승낙하고 태훈의 명함을 건네받았다. 뒤편에서 야릇한 표정으로 서 있는 선배 연구원의 시선이 마음에 걸렸지만, 태훈은 더 보란 듯이 그 연구원과 친한 척을 하였다.

"안녕하세요."

태훈이 동굴 여기저기를 둘러보고 있을 때, 쾌활한 하이톤의 여자 목소리가 들려왔다. 뒤를 돌아보니 아미캡을 쓰고 품이 넉넉한 남방을 걸친 신림이 성큼성큼 걸어오고 있었다.

의외의 순간에 신림을 마주하자 태훈은 문득 지난밤 자신의 품 안에 웅크리고 있던 그녀의 모습이 떠올라 목덜미가 달아올랐다. 신림도 태훈을 알아보고는 놀라는 듯했으나 곧 못 본 체 시선을 거두었다.

"어, 어서오세요. 정호 형이 올 줄 알았는데, 신림 씨가 오셨네요."

젊은 연구원은 뭐가 그리 좋은지 싱글벙글 신림을 맞았다. 신림은 싱긋 웃으며 사 가지고 온 음료수를 탁자 위에 올려놓았다. 태훈은 은근 슬쩍 신림 근처로 다가갔다.

"어제는 잘 들어가셨어요?"

"아, 네."

태훈의 물음에 신림은 지극히 공적인 말투로 새침하게 대답하고는 눈도 마주치지 않았다. 삐졌구만. 태훈은 묘하게 꼬인 상황이 골치 아프기도 하고, 한편으로는 여자와 이런 신경전을 하는 것이 너무 오랜만이라 은근히 재미있기도 했다.

"여기 자료요. 프린트해 둔 건 여기 있고."

젊은 연구원은 신림에게 동굴 지형도로 보이는 자료들을 건넸다. 동굴 전체의 형세를 세밀하게 프린트해 낸 것이었다. 신림은 지도를 보면서 젊은 연구원에게 이것저것 물어보았다. 무너진 입구의 위치와 발굴한 백골들의 위치 등을 꼼꼼하게 표시했다.

태훈은 자기 볼일이 다 끝났음에도, 신림이 일을 마칠 때까지 주변을 살펴보며 서성였다.

신림이 떠날 때를 맞추어 태훈도 함께 동굴에서 나왔다. 차로 다가갈 때까지 둘은 별다른 말이 없었다. 태훈은 그녀를 그대로 보내고 싶지 않았지만 딱히 말을 걸 핑계가 떠오르지 않았다. 그래서 엉겁결에 있지도 않은 먼지를 털어 주는 척하며 신림의 모자를 쓸었다.

"뭐예요?"

"아니, 뭐 묻었나 해서…."

틈을 안 보이고 거리를 두는 신림에게 무안해진 태훈은 말꼬리를 흐렸다. 어느새 신림은 차 문을 열고, '이제 그만 꺼져 주시죠.' 하는 자세를 취하고 있었다. 하는 수 없이 태훈은 돌아섰다. 이런 순간을 부드럽게 넘길 줄 모르는 자신의 꽉 막힌 성격이 원망스러웠다.

"할아버지가…."

뜻밖의 신림의 말에 태훈은 화들짝 돌아섰다. 신림은 조금 뾰루퉁한 표정이었다. 속을 읽을 수 없는 내리깐 시선.

"한번 연구실 들르래요."

굳이 '할아버지가'를 강조하긴 했지만, 어색하게 후다닥 내뱉는 말투가 신림의 진심을 드러내었다.

태훈이 뭐라고 대답하기도 전에 신림은 후딱 차에 오르더니 부르릉 시동을 걸고 떠나 버렸다. 귓가로 시원하게 한 줄기 바람이 훑고 지나갔다. 아직, 끝나지 않은 거? 태훈은 어설프게 이어지는 그녀와의 관계가 고맙게만 느껴졌다.

제주대학교, 재회, 학순과 세영

　많은 대학 부지가 그러하듯이, 제주도 중산간에 위치한 대학교 역시 정문에서부터 완만하게 이어지는 오르막을 거쳐야 중앙도서관에 도착할 수 있었다.

　세영은 학교 초입에 차를 주차하고 천천히 캠퍼스를 걸어서 올랐다. 갖가지 꽃, 나무들과 젊은이들이 뒤엉켜 내뿜는 생기가 새삼 그립게 느껴진 탓이었다.

　중앙도서관 바로 옆 건물에 제주역사연구소가 있었다. 그곳 책임자이자 사학과 겸임교수는 세영의 오랜 친구였다.

　세영이 연구소에 들어서자 자리를 지키던 대학원생이 그를 알아보고 안쪽 응접실로 안내해 주었다. 미리 약속을 하고 찾아온 것이었지만, 세영은 응접실에서 제법 오랜 시간을 기다려야 했다. 어딘가 용기가 필요한 만남이었다.

　오랜만에 만난 친구.

　단지 오랜만이라고 표현하기에 60년은 지나치게 긴 감이 있었다. 연락을 해서 만나기로 약속을 하면서도, 과연 지금의 전화 너머의 상대방이 그 옛날의 친구가 맞는지 확신할 수 없었다. 그만큼 둘 모두에게 쉽지 않은 자리였다.

　"찰칵."

문이 열리고 깡마른 백발의 노교수가 모습을 드러냈다. 절대 마를 리 없을 것 같던 통통하고 납작한 어린 시절의 흔적은 찾아볼 수 없었다. 세영은 노교수를 옛 친구와 연결 짓지 못했다. 그저 저 사람은 누구지? 여기 왜 왔지? 하는 생각으로 멀뚱하니 쳐다보는데, 노교수 쪽에서 깊게 미소 지으며 다가왔다.

"세영아. 진짜 오랜만이다."

목소리가 증명했다. 단박에 반세기를 거슬러 유년의 시간을 따라 잡았다.

"학순이 맞지?"

세영은 저도 모르게 노교수의 팔을 맞잡았다. 둘은 더 말을 잇지 못하고 오랫동안 서로를 부여잡은 채 입가를 일그러뜨렸다.

서로에 대한 소식은 매스컴을 통해 들어 왔고, 사진으로 세월에 스러져 가는 모습도 보아 왔다. 하지만 단 한 번도 직접 만나지는 않았다. 만나려 했으면 너무도 쉽게 만날 수 있었고, 우연처럼 스쳐 갈 일도 없지 않았지만, 불편한 마음이 둘을 갈라놓았다. 누군가는 살아남은 자의 부채의식이라고 했던가? 더구나 피해자로 살아남은 쪽과 가해자로 살아남은 쪽이었다. 원한관계까지는 없다 하더라도 아무 감정 없이 대할 수 있다면 그것이 더 이상한 일이었다. 물론 그마저도 충분히 느슨해질 만큼 시간이 흐르긴 했지만.

"안 죽고 살아 있으니 만날 날이 오는구만."

일찌감치 서울로 상경해 최고 대학 최고 학부까지 마친 학순은 미국으로 건너가 박사 과정까지 마치고 80년대에 돌아와 서울의 한 대학에 자리를 잡았다. 그러기까지는 그의 아버지 손양의 뒷받침이 컸다.

기회를 잘 타서 서울에 사놓았던 땅들이 개발되면서 빌딩 몇 채 올리게 되고, 나중에는 작은 쇼핑센터와 건축회사까지 운영하며 정재계에 줄을 잘 댄 손양은, 늘그막에는 국회의원에도 당선되었다. 그리고는 기껏 일으킨 집안을 더 굳건히 하고자, 대학교수 아들을 준재벌집 딸과 맺어주는 야심찬 계획을 추진하였다.

이를 위해 학순이 유학시절 만난 사랑하던 여자와 애를 강제로 떼어 놓기까지 하였다. 물론 이런 사실은 국회의원 재선 출마 때 상대 후보자를 통해 까발려져 한때 여성지 스캔들란에 크게 회자되기도 했다.

제 아버지처럼 야심이 있지도 독하지도 못했던 학순은 그저 꼭두각시처럼 아버지 손에 휘둘리며 불행한 인생을 살다가 결국 중년 이후 아내와도 이혼하고 혼자 제주로 내려와 고향 대학에서 역사를 가르치고 있었다.

인생지사 새옹지마라고, 세영의 삶은 일찌감치 삶과 죽음을 넘나들었지만, 그 모진풍파 피해 달아난 학순의 인생 또한 순탄치 않았음을 생각하니, 이 길이든 저 길이든 제아무리 피해 보았자 신작로마냥 평탄한 길은 없다는 결론에 도달할 뿐이었다.

"이거 한번 봐 주게나."

세영은 가져간 봉투에서 몇 장의 사진을 꺼내어 학순에게 건넸다.
사진을 건네받은 학순은 주머니에서 두툼한 돋보기안경을 꺼내 들었다. 사진 속에는 촘촘히 뉘어진 백골들로 가득 차 있었다. 학순의 미간이 심하게 찌푸려 들었다.

"이게 뭔가?"
"이번에 발견된 백골들일세."
"왜 나한테 이걸 보여 주는 거야."

학순의 언성이 가늘게 떨렸다. 세영을 바라보는 눈빛에 얕은 원망이 서려 있었다. 옛 친구는 자신의 죄 값을 물으려 이곳까지 온 것이 었나? 그러나 세영의 표정은 일말의 책망 기미도 보이지 않았다. 세영은 손가락으로 백골이 늘어선 모양을 따라 그려 보았다.

"아니, 이걸 봐 달라는 거야. 이 모양. 백골들이 놓여 있는 모양. 뭐 떠오르는 거 없어?"

그제야 학순은 다시금 사진으로 시선을 주었다. 백골들의 모양이 라. 학순은 사진을 멀리 하고 전체의 큰 그림을 인식하려 눈을 가늘 게 떴다. 이리저리 흩어져 있는 듯하면서도 줄줄이 이어져 보이는 백골들의 배치는 분명 어떤 모양을 의도한 것처럼 놓여 있었다.

"이거 혹시…?"

"난 그게 글자처럼 보이는데, 자네가 보기엔 어때?"

몇 번이나 사진을 이리저리 살펴본 학순은 천천히 고개를 끄덕였다.

그리고는 탁자 위에 놓인 메모지를 뜯어다가 자신이 보이는 모양 대로 적어 넣었다. 윗 상上 자 두 개를 위, 아래로 이어 붙여 놓은 모양. 그런데 획은 오른쪽이 아닌 왼쪽에 붙어 있었다.

우연일 수도 있겠지만, 시체들은 분명히 이런 모양으로 배치되어 있었다. 세영은 생각을 확인해 주는 친구를 향해 천천히 고개를 끄덕였다.

"그런데 어떻게 이런 일이 있을 수 있는 거지? 시체를 가지고 글자를 만들다니."

"아마도 이런 배치를 한 사람이 정일국일 테니까."

"정일국? 그 테우리 말인가?"

"그래."

그제야 학순은 납득이 간다는 표정이 되었다. 정일국이라면 좀 별스러운 짓을 하고도 남는 구석이 있었다. 하지만 왜?

"이런 형상은 뭘 의미하는 거지?"

"그걸 자네하고 상의하고 싶었네. 정일국이 죽기 직전에 사람들의 시체로 이런 암호를 남겼네. 절대 의미 없는 행동은 아니었을 거야. 그게 뭔지를 알아내야 하네."

일종의 다잉 메시지를 해독하고자 세영은 학순을 찾은 것이었다.

정일국에 대해, 당시 상황과 유년시절에 대해 함께 이야기하고 기억할 만한 사람은 이제 학순밖에 없었다.

일흔을 넘긴 고령 탓이기도 했지만, 제주도에서 격정의 4, 50년대를 거치면서 살아남은 이가 별로 없었다. 오죽했으면 마을마다 세영네 또래 위로 20년은 남자를 눈 씻고 찾아보기 어려울까. 지금 남은노인들은 모조리 여자들이었다. 과부 노파들. 그나마 학순은 일찌감치 섬을 떴기에 살아남을 수 있었던 것이었다.

두 사람은 사진을 바라보며 이런저런 생각들을 교환했다.

"위의 또 위의 세상을 동경하며 죽어 갔다는 의미가 아닐까?"

"극락에 가고 싶다는 생각에서 말인가? 그건 정일국다운 행동은 아니지."

"그럼 위로 나가고 싶다는 뜻이었을까?"

"글쎄…. 아니면 이러한 죽음이 위에서 시킨 일이라는 의미일 수도있지."

"위에서 시켰다?"

그 '위'가 누구인가에 대해 세영과 학순은 누구도 먼저 입을 열지못했다. 직접적으로 행동한 것은 빨치산과 경찰, 군대, 육지에서 온사람들이라고 할 수 있지만, 그들을 움직인 이들이 누구인가는 예민한 문제였다. 한쪽에서는 북한과 중국과 소련이라고 하고, 또 다른 한쪽에서는 미국이라고, 이승만이라고, 또 누구는 친일파들이라고도 했다.

학순으로서는 자유롭지 못한 질문이었다. 옳고 그름을 따지기 위해 먼저 부친에게 어디까지 칼을 겨눌 수 있는지부터 결정해야 하기 때문이었다. 게다가 끈질기게 근현대사를 살아 낸 그의 아버지는 백 세에 가까운 나이로 여전히 생존해 있었다. 노장은 죽지 않는다고 일선에서 물러난 지금까지도 손양의 인맥은 정재계 곳곳에 닿지 않는 곳이 없었다. 힘 빠졌으려니 섣불리 건드리기에 학순은 한참이나 역부족이었다.

영원히 그의 아버지를 당할 수 없을 것이라는 사실을 학순은 누구보다 잘 알고 있었다. 그것이 늘 아버지 앞에서 그를 기죽게 만들었다. 광란의 해방 전후, 지극히 동물적인 본성, 쟁취해야만 한다는 욕구만 남은 상황에서 양심을 저만치 밀어 놓을 수 있었던 사람들만이 선두를 차지했다. 학순 아버지는 그 시기에 치고 나간 덕에 지금의 위치에 오를 수 있었다.

어떻게 보면 그때의 치열했던 싸움은 선빵이 최고라는 만고불변의 진리를 본능적으로 체득한 자들만 잡을 수 있던 기회였을지도 모른다. 그때로 다시 돌아간다 한들 자신이 아버지처럼 할 수 있을 것이란 생각은 들지 않았다. 그리고 한 번 그렇게 시작되어 버린 레이스에서는 추월은 불가능했다. 모든 게 너무 많이 진행되어 버렸다. 씨실 날실, 촘촘히 짜여진 천은 한두 올 풀어 버린다고 바꿀 수 없었다.

하지만 아버지의 그늘을 평생 벗어날 수 없을 것이라고 자포자기하던 학순에게도 이 모든 것을 찢고 다시 짤 수 있다면 좋겠다는 생각을 하던 시기가 있었다.

그의 인생 처음으로 지키고 싶은 여인이 생겼을 때였다. 하지만 살아남기 위해 죽여야 하고, 짓밟아야 하는 사회를 너 같은 게 감히 이해나 할 수 있냐며 손양은 하나뿐인 아들을 비웃었다. 그렇게 손양은 갓 태어난 손자를 쥐도 새도 모르게 입양 보내고, 반실성한 여자는 10년에 걸친 연이은 소송에 피 말려 스러지게 만들었다. 학순은 아버지 앞에 그저 어린아이였을 뿐이고, 제 앞가림도 제대로 못 하고 사랑 나부랭이로 다 된 밥에 코나 빠뜨리는 쓸모없는 아들이었다. 결국 학순의 마음에 피어난 작은 불꽃은 불씨조차 남지 못하게 짓이겨져 매장되어 버렸다.

그 후로 50여 년. 나약하고 무능한 아들은 그 흔한 반항 한 번 없이, 평생 아버지의 죄과를 방관하고 살아왔다.

세영이 던진 질문은 그런 학순의 마음에 알 수 없는 동요를 일으켰다. 그가 갖고 온 사진이 일으킨 파문 역시, 여든에 가까운 그의 마음을 울렁이게 만들었다. 세영과의 만남을 승낙한 순간 이미 그는 아버지와의 길고 지루한 승패에 쐐기를 박고 싶었던 것일지도 몰랐다.

"그 사진 나한테 주고 가겠나? 좀 더 살펴보겠네."

"그러게나."

세영은 옛 친구가 시간의 서먹함에 묻혀 사라지지 않았음을 확인하고 미소 지었다. 그는 결코 그의 아버지 같은 인간이 될 수는 없을 것임을 세영은 짐작하고 있었다.

1946년 1월, 사회주의 vs 미 군정, 경제난과 밀무역

신탁통치 논쟁이 또 다른 국면을 맞게 된 것은 신탁통치를 찬성해야 한다는 사회주의자들 무리가 본격적으로 활동을 시작하면서부터였다.

소련이 우리나라를 먹어 버리기 위한 계책을 꾸민다는 공공연한 소문 또한 모두 헛소문이며, 소련을 매도하고 미국을 앞세우려는 무리들이 의도적으로 왜곡 보도를 하는 것이라며 비난했다. 그리고 그들이 바로 미 군정하에 세력을 잡은 친일 인사들이라며 맹공격하기 시작했다.

미 군정과 사회주의자들의 대립은 단순한 언론과 집회를 통한 논쟁과 인신공격을 넘어 직접적인 유혈 폭력 사태로 이어졌고, 양쪽이 서로를 향해 전면전을 선언하기에 이르렀다.

중간에 낀 평범하고 무지한 국민들은 무엇이 진실인지 판가름 내기 어려웠다. 이 말을 들으면 이게 옳은 것 같고, 또 저 말을 들으면 저편이 옳게 보였다. 반대로 어느 한편 말만 들으면 상대는 영락없이 나라를 망치려는 악한 무리였다. 무엇이 옳은지 판단하기도, 휘몰아치는 세파에 중심을 잡기도 버거운 시기였다.

이덕구가 전면에 나서기 시작한 것은 이때부터였다.

뭣 모르고 신탁 반대를 외치는 사람들의 수가 늘어나는 것을 보다 못한 이덕구는 열세에 처한 사회주의자들에게 가담했다. 잘못 전해진 것을 바로잡고, 객관적으로 상황을 바라보게 하기 위해서였으나, 남들이 보기엔 그때까지의 흐름에 역행하는 세력으로 치부될 수밖에 없었다.

인민위원회 역시 곤란해진 것은 마찬가지였다.

친일 인사들과 치열한 신경전을 벌이던 인민위원회 입장에서는 선택의 여지없이 그들과 반대되는 신탁통치 찬성편에 설 수밖에 없었다. 열렬히 신탁 반대를 외치는 친일 협력자들의 속셈이 신탁 반대 여론에 편승하여 국민들에게 면죄부를 얻고자 하는 것임을 뻔히 알고 있었기 때문이었다.

이를 용납할 수 없었던 인민위원회는 무분별한 신탁통치 반대와 소련에의 적대감에 우려를 표했고, 이는 자연히 미 군정의 심기를 불편하게 만들었다. 동지가 아니면 곧 적이 되어 버리는 논리하에서, 결국 이들에게는 소련의 비호를 받는 사회주의자이자 공산주의자들이라는 꼬리표가 붙게 되고 말았다.

이덕구가 신탁통치 관련 집회와 시국강연회 등을 추진하게 되면서 야학 활동을 병행하기가 어려워지자, 정화는 조천에서 읍내까지 혼자 오갈 수밖에 없었다. 이미 한글을 모두 깨쳐 더 이상 기초과정의 야학 수업을 들을 필요가 없는 일국이었지만, 그는 늘 학교로 찾아와 정화를 집까지 바래다주었다. 장사 때문에 제주읍을 떠나 있는 중에도 가까운 거리에 있을 때는 기를 쓰고 끝날 시간에 맞춰 학교로 찾아왔다.

그렇게 두어 달, 결국 일국은 대양상회 주인 영감에게 진지한 상담을 요청했다. 그는 정착하고 싶어 했다. 혹독한 겨울을 보내고, 든든히 후원자 몇몇을 잡은 덕에 일국은 트럭 두 대와 각기 다른 지역으로 보낼 세 명의 직원을 고용할 수 있었다.

일국 자신은 대양상회 영감의 행동대장 격이 되어 항구에서 물건을 받고, 트럭들에 실어 섬 전역으로 오가는 물자를 관리하게 되었다.

　새로운 물건을 들고 온 사람들이 대양상회 주인과 계약을 성사하면, 실질적으로 물건을 받고, 품질을 검사하고, 수량을 확인하여 각지로 보내는 일은 모두 일국의 손에 달려 있었다. 일국은 주인 영감의 손발이나 다름없었다.

　간혹 일국에게 따로 찾아오는 장사치들도 있었다.

　대양상회 주인 영감은 신뢰하지 못해도 일국은 신뢰하겠다는 이들이었다. 그들 중에는 일국의 행동력과 배짱을 빌어 다소 위험한 거래를 성사시키려는 이들도 있었다. 예를 들어 일본에서 들어오는 밀무역선을 가로채 얻은 장물을 유통시켜야 한다든지 하는 경우였다.

　해방 후 제주도의 상황은 좋지 않았다.

　식민 시기 일본인들에게 가까운 제주도는 하급 노동인력을 끌어올 수 있는 최고의 노동력 제공처로 여겨졌기 때문에, 제주도는 일본인에 의한 산업 통제가 이루어졌고 자체적인 경제 구조가 형성될 수 없었다.

　게다가 해방 이후에도 혼란 속에 헤매고 있던 중앙 정부에서는 남쪽 끄트머리에 위치한 섬에까지 신경 쓸 여력이 없었기 때문에, 제주도의 경제 문제는 나날이 심각해졌다.

　자체적인 공산품 생산의 기반조차 마련되어 있지 못했던 섬은 1946년에 들어서면서 심각한 경제적 어려움에 직면하게 되었다.

　도민들의 궁핍함은 점점 커져 갔고, 이들의 불만과 항의는 민족주의와 사회주의 사상으로 깨우친 지식인들에 의해 구체화되어 갔다. 이런 상황에서 미군은 한반도에서의 패권을 두고 정치적 문제에만 골몰해 있어, 굶주리는 민심에는 관심을 두지 않았다.

　결국 주민들은 각자 자구책을 찾아 식량과 생필품을 구하기 위해 여러 경로로 뛰어들었고, 그중에 보다 적극적인 이들은 밀무역 등의 불법적인 모리 행위로 빠져들게 되었다.

그런 이들에게 나이가 들어 좀스러워진 주인 영감보다는, 한탕 크게 벌여 목돈 챙기자고 유혹하기에 아직은 어린 일국이 더 손쉬운 상대로 여겨졌음은 물론이다.

과거의 일국이었다면 그런 일에 쉽게 가담하지 않을 것이었다. 그러나 지금은 돈이 필요했다. 아직 정화에게 아무런 내색도 하지 않았지만, 그는 그녀를 맞이하기 위한 준비를 차근차근 해 나가고 있었다. 떠돌이 장사 일을 접고 제주읍에 정착하고, 작지만 반듯한 집을 물색해 두고 있는 것도 그 때문이었다.

맨손으로 데려올 수는 없는 여자였다.

일본에서 공부하고 온 유학생들은 물론, 섬의 거의 모든 남정네들이 군침을 흘리는 정화였다. 못 배우고 무식한 자신이지만, 인생을 걸고 최고로 해 준다고 약속하고 싶었다. 그를 위해 일국은 다소 위험한 거래라는 것을 알면서도 조금씩 관여하게 되었다.

소문

세영은 인생 최대의 혼란기를 겪고 있었다.

학교에서는 틈만 나면 찬탁이다 반탁이다를 두고 싸우는 동무들도 골치 아팠지만 그쯤은 문제도 아니었다. 그에게 가장 큰 고민은 정화 선생님에 대한 이상한 소문이었다.

처음 소문이 들려온 것은 찬탁 집회에 참여하고 밤늦게 집으로 돌아오던 반 아이에 의해서였다. 그는 세영을 향해 야릇한 시선을 보내며 정화 선생님이 한밤중에 남자랑 단 둘이 돌아다니더라는 소식을 전해 주었다. 연이어 다른 아이는 남자 허리를 부둥켜안고 자전거를 타고 가더라는 혐오스러운 소문도 터뜨렸다. 한 술 더 떠 그 남자랑 붙어먹은 것이 아니라면 그렇게 가깝게 있을 수 없다는 추측이 덧붙여졌고, 뒤따라 그 광경을 직접 목격했다는 주장까지 제기되었다.

처음에 세영은 콧방귀도 뀌지 않았다.

그러나 전해 들었다는 소문이 봤다는 소문이 되고, 기어이 세영의 절친한 친구인 용이가 자기 두 눈을 걸고 분명히 확인했다는 말을 했을 때, 불안함은 두려움이 되어 그를 짓눌렀다.

그리고 그 남자가 세영이 혈육만큼이나 가깝게 생각하는 정일국인 것 같았다는 은근한 귀띔을 받았을 때, 세영의 자아는 내면에서부터 산산조각 나는 느낌이었다.

사랑에 빠지면 이상한 감각이 발달한다. 논리로 설명할 수 없는 촉 각이 회칼만큼 예리하게 신경을 파고들어, 상대의 일거수일투족을 파악하게 된다.

그 토요일 세영이 바로 그랬다.

문득 미세하게 달아오른 정화 선생님의 두 뺨과 문득문득 터지는 미소, 기대감에 들뜬 몸동작들이 조만간 있을 사건을 세영에게 예보 했다. 왠지 그 수업 이후 정화 선생님에게 설레임을 주는 무언가가 기다리고 있다는 직감이 들었다.

그래서 세영은 수업이 끝난 후 다른 아이들이 모두 집에 돌아갈 때까지 학교 주위 나무 그늘에 몸을 숨기고 기다렸다. 무엇을 기다 리는지 스스로도 몰랐지만, 무언가 끔찍하고 충격적이어서 그의 인 생을 송두리째 폭파시켜 버릴 것이라는 예감이 들었다. 모르는 것 이 낫다고 나즈막한 경고음이 울려 왔지만, 그는 알아야만 했다. 쌀 쌀한 날씨 탓도 있었지만, 세영의 손끝은 긴장으로 차갑게 굳어 가 고 있었다.

예감은 어김없이 맞아 들었다.

오래지 않아 정화 선생님이 교문에 모습을 드러냈다. 깃털처럼 가 벼운 발걸음으로 학교를 나서는 정화 선생님은 처음부터 집과는 반 대로 방향을 잡았다.

세영은 마치 그림자처럼 소리도 없이 그 뒤를 쫓았다. 정화 선생님 은 세영이 따라오는 줄도 모르고 재빠르게 발을 놀려 마을을 벗어났 다. 사뿐사뿐 땅에 발도 닿지 않는 것 같은 걸음걸이로 마을을 벗어 나는 선생님의 뒤를 밟으면서 세영은 납덩이를 안고 한 발 한 발 늪 속으로 걸어 들어가는 느낌이었다.

선생님이 도착한 곳은 항구 근처 한 카페였다.

일본 유학생들이나 어른들 사이에 유행처럼 퍼져 가는 카페라는 곳 은 도무지 여자 혼자 드나들기에 어울리지 않아 보였다. 학생복 차림 의 세영은 차마 더 이상 뒤를 따르지 못하고 건너편 포목점 차양 아래 몸을 감추고 카페 문을 바라보고 있었다.

그의 눈에 낯익은 남자의 형체가 나타난 것은 불과 몇 분이 못 되어서였다. 주제에 맞지도 않게 하얀 와이셔츠에 찐빵 모자를 쓰고, 멜빵까지 둘러맨 일국이 성큼성큼 카페를 향해 다가오더니, 거침없이 문을 열고는 안으로 들어섰다.

울컥하는 무언가가 치밀어 올랐지만 세영은 애써 마음을 내리눌렀다. 그냥 삼촌도 우연히 카페에 간 것일지도 몰라. 저 어울리지도 않는 옷차림까지 하고서. 그렇게 생각하면서도 눈처럼 하얀 와이셔츠가 일국의 훤칠한 외모에 너무도 잘 어울린다는 사실을 세영은 인정하지 않을 수 없었다. 오늘 유난히 삼촌이 멋져 보였다. 왜소한 체구의 세영은 꿈도 못 꿀 건장하고 다부진 체격의 정일국이 난생 처음 밉게 느껴졌다. 동경 섞인 부러움과는 다른 빼앗고 싶은 질투심이 세영의 마음에 불쑥불쑥 치밀어 올랐다.

그리고 마치 더 이상의 미련 따윈 두지 말라는 듯이, 일국 삼촌과 정화 선생님은 나란히 까페 문을 열고 나타났다. 둘은 익숙한 몸짓으로 일국이 몰고 온 국방색 트럭으로 다가갔다. 일국은 능숙하게 정화를 위해 차 문을 열어 주고, 쉽게 올라탈 수 있도록 손을 잡아 주었다. 그런 일국에게 정화는 다정한 미소를 지었다.

이 광경이 무엇을 의미하는지, 코끝까지 다가오는 진실을 외면한 채 세영은 귓속이 먹먹해지는 것을 느꼈다. 삼촌이 제법 세련되게 굴 줄도 아네? 영화에서 봤나? 공기 중을 부유하는 먼지처럼 다가오는 쓸데없는 질문들 속에 멍하니 서서, 세영은 빠르게 사라지는 자동차 뒷모습을 하염없이 바라보고만 있었다.

정화, 제주읍으로

정화는 오랫동안 집 안에서도 덕구의 모습을 보지 못했다.

덕구는 워낙 바쁘다 보니 일찍 집을 나서 늦게 돌아오기도 했지만 근래에 와서는 집에 아예 들어오지 않는 날도 많았다. 심상치 않게 돌아가는 시대 상황 탓이려니 싶으면서도 정화는 슬몃 그가 자신을 피하고 있다는 느낌을 받았다. 어린 시절부터 믿고 따랐던 오빠와의 서먹함이 못내 아쉬웠지만, 이제는 정화 역시 덕구 오빠와 거리를 두는 것이 맞다고 느끼고 있었다.

지난번 만남에서 일국은 정화를 산호 해변으로 데려갔다.

제주도에서 가장 아름답다는 곳이었다. 그곳에서 그는 슬그머니 자기 어머니가 만나 보고 싶어 한다는 말을 흘렸다. 정해진 수순대로 진행하는 일임에도 정화는 조금 당혹감을 느꼈다. 가족도 버려두고 홀로 제주도로 와 있는 처지에, 결혼이라는 중대사까지 덜컥 결정해 버려도 되는 것인가 문득 마음 약해짐을 느꼈던 것이었다.

일국에 대한 의심은 없었다. 이 남자에게 자신의 남은 전 생애를 건다는 데에 이미 오래전 마음을 굳혔다. 다만 모든 것이 자신 혼자의 결정에 의해 결론지어진다는 사실이 무거운 책임감을 느끼게 했다. 일본으로 연락을 넣어야 하는 것일까? 의절하고 집 나온 딸이 결혼한다는 데 관심들이나 있을까? 정화는 문득 자신이 없어졌다.

그러면서 이호구 씨 내외에게도 알 수 없는 미안함을 느꼈다.

한국에서 부모나 마찬가지로 정화의 보호자가 되어 주고 있는 두 분이었다. 대놓고 말을 하지는 않지만 두 분은 내심 정화를 덕구의 짝으로 생각하고 있었다. 덕구가 무슨 말을 했는지는 알 수 없지만, 대하는 것도 이미 내 식구 대하듯 아낌없이 신경 써 주고 있었다.

만약 정일국과 교제하고 있다는 사실을 알게 된다면 점잖은 이호구 씨 내외가 정화에게 무례하게 굴지야 않겠지만 지금보다는 훨씬 불편한 사이가 될 것임이 틀림없었다. 정화는 이렇다 할 결정을 내리지 못한 채 망설이고 있었다.

하지만 그 망설임은 길지 않았다.

흔히 결혼은 밀려가는 것이라고들 하지 않나. 인생을 건 중대한 결정은 심사숙고의 시간을 길게 가질 것도 없이 후다닥 결정되어져 버린다고. 정화는 이번 주말 자신의 인생이 마치 이미 정해진 순서대로 탁탁 놓여지는 장기 말 같다는 생각을 했다.

처음엔 이덕구가 나타났다. 덕구는 예전과 같은 밝고 활기찬 모습으로 정화를 대했다. 그리고 무슨 생각인지 한 치의 망설임 없이 정화에게 청혼했다. 그 청혼의 이유는 앞으로 바쁘고 험난한 투쟁의 시기가 될 것인데, 함께할 동지가 필요하다는 것이었다. 덕구는 그 파트너로서 정화를 선택했다고 말했다.

"저는 사랑이 필요해요."

정화는 자기 입에서 이런 3류 연애소설 같은 대답이 나오리라고는 생각지 못했다. 덕구가 말하는 사회주의에 대한 생각, 그가 추구하는 신념에 대한 회의, 체계도 잡히지 않은 상황에 불나방처럼 뛰어든 청년들에 대한 걱정도 다 접어 두고, 하고 싶은 말이 밤 새워도 부족할 만큼 쌓여 있었고, 그런 대화를 나누고 능히 이해할 만한 수준의 이덕구라는 것을 앎에도 불구하고. 정화는 그러지 않았다.

덕구는 어이가 없어서 입을 닫았다. 겨우 이 정도의 여자였냐는 실망감이 정화에게까지 전해졌지만, 정화는 아무렇지도 않았다. 자신의 가치가 어떻든, 높게 평가되든 낮게 평가되든 아무 상관없었다. 어차피 그는 자기가 평생을 같이할 남자가 아닌 걸.

그리고 두 번째 결정도 순식간에 이루어졌다.
바로 그날 야학 수업이 끝난 후 한 무리의 청년들이 정화를 찾아왔다. 그들은 제주제일중학원 설립을 준비 중인 청년들이었다. 그들은 정화에게 제주읍에 3월 개원할 제일중학원 교사로 와 달라는 부탁을 했다. 이미 한 번 거절한 일이었고, 그들도 정화의 의사가 확고함을 모르지 않았기에, 이렇게 밤늦게 다시 찾아와 부탁하는 상황이 몹시 이상스럽게 느껴졌다. 무언가 다시 생각하라는 운명적 계시처럼 느껴졌다고나 할까? 그것도 하필 덕구와 그런 일이 있던 날.
게다가 이들은 박경훈이라는 든든한 지원군까지 등에 업고 왔다.
그가 도사로 내정되었음은 이미 공공연히 알려진 사실이었다. 박경훈은 정화에게 제주읍으로 이사 와 자신을 도와달라고 여러 차례 제안해 왔다. 하지만 정화가 긍정적인 답변을 주지 않자 그는 보다 단호한 결정이 필요하다고 느낀 것이었다.
박경훈의 집 뒤채를 정리해 놓았으니, 당장에라도 이사를 와 달라는 명령에 가까운 전갈을 보냈다. 박경훈의 아내 역시 어찌나 정화를 마음에 들어 했는지, 이들 편에 값비싼 녹차까지 함께 보내기까지 했다. 같이 차 마시면서 수다나 나누자는 곱게 쓰인 메모까지 넣어서.
이런 이들의 적극적인 호의 뒤에는 타지에서 홀로 지내는 딸을 염려한 정화 어머니의 부탁이 상당 부분 영향을 미치고 있었지만, 표면적으로는 조금도 그런 낌새가 없었다.
정화는 얼결에, 하지만 거부할 수 없는 거대한 물결에 떠밀려 제주읍으로의 이사를 덜컥 승낙해 버렸다. 일본을 떠나올 때만큼이나 큰 결단이 필요한 일이었으나, 이번에는 정화의 의사와는 상관없었다.

운명의 손길이 그녀를 섬의 겨울바람만큼이나 세차게 밀어붙였다. 이렇게 시작될 봄은 과연 얼마나 새롭고 뜨거울지 정화는 벌써부터 울렁거리는 것 같았다.

1946년 2월. 정화의 이사가 결정되고 얼마지 않아 박경훈은 도사로 임명되었다. 동경제대 출신의 엘리트로 영어도 잘하고 미군들과의 관계도 좋아 인민위원회 어르신들은 미 군정과 새로운 방향의 관계 진전에 기대를 걸고 있었다.

미 군정에서는 새로 취임한 제주도사를 높게 대우해 주었다.

박경훈은 미 군정 군정장관이었던 스타우드와 같은 집무실을 썼다. 일제 강점기 도사의 집무실이 있던 건물이었는데, 스타우드와 같은 공간에서 함께 업무를 보았다는 사실만으로도 그들이 행정적으로 한국인들을 상당히 인정해 주었음을 알 수 있었다.

박경훈은 제주도의 초대 도사로 임명되었다는 사실에 자부심을 느꼈다. 제주는 늘 육지로부터 홀대받던 섬이었다. 이제부터라도 새롭게 일으켜 일본과 한국의 중간 다리 역할을 할 수 있게 하겠다는 야심 찬 계획으로 그는 도사 임명을 수락했다.

그런데 막상 뚜껑을 열어 보니 생각처럼 수월치가 않았다. 육지에서는 너무 관심을 주지 않았고, 일본에서는 너무 많은 관심을 주었다. 육지와의 연결 관계를 굳건히 하는 만큼 일본과의 거리두기도 필요했다.

특히나 친일 인사들이 섬의 행정 분야 곳곳에 깊숙이 자리잡고 앉아 제 마음대로 힘을 휘두르는 상황은 예상치 못한 것이었다. 제아무리 도사라도 뒤늦게 나타난 신입에게 굽신댈 사람들이 아니었다. 오히려 그를 무시하고 올라가 미 군정장관 스타우드와 직접 상대하는 일이 비일비재했다.

하지만 이들을 밀어낼 힘이 박경훈에게는 없었다. 이들은 미군을 등에 업고 있었다. 어떤 굳건한 커넥션이 존재하는지는 알 수 없지만, 일본계 인사들에 대한 미국의 신뢰는 절대적인 것이었다. 어느 한 개인의 사적인 친분에 따른 것이 아닌 정부 정책하에 미 군정은 일본계 협력자들을 비호하고, 이들에게 협력했다.

그가 정화에게 더 애타게 도움을 요청한 것은 그 때문이었다. 지금 자신의 힘으로는 이들을 누를 수가 없었다. 그래서 차라리 미군들을 더 가깝게 내 편으로 끌어들이는 편을 택했다. 딱히 미인계라고까지 는 표현하고 싶지 않았지만, 눈에 띄는 외모에 학식 있고 영어까지 가능한 정화는 그런 역할로 적역이었다. 그녀 스스로도 이런 식으로 조국에 기여한다면 영광일 테니까.

세영의 전학

정화의 제일중학원 행이 결정된 후 조천 마을에는 빠르게 소문이 퍼졌다. 학생들은 존경하던 선생님이 다른 학교로 간다는 데 섭섭함을 느꼈지만, 이 즈음에는 일국과의 소문들로 정화 선생님에 대해 껄끄러운 시선도 늘어 가는 참이어서, 남자 따라 가는 것이라는 등의 또 다른 무수히 많은 뒷이야기들이 양산되어 갔다.

가장 큰 충격을 받은 것은 세영이었다.

일국 삼촌과 정화 선생님의 관계를 알게 된 후 며칠 동안 끙끙 앓아누워 밥도 제대로 먹지 못했는데, 엎친 데 덮친 격으로 정화 선생님이 아예 다른 학교로 가 버린다는 소식은 그에겐 말 그대로 청천벽력과 같았다. 게다가 제주읍에는 일국 삼촌이 머물고 있지 않는가.

세영은 이 상황을 가만히 보고만 있을 수 없었다.

"제주읍으로 전학 가고 싶습니다."

늦은 밤 안방으로 건너온 세영이 두 무릎을 단정히 꿇고 말을 꺼냈을 때, 바느질을 하던 세영의 어머니와 세를 꼬던 아버지는 동시에 고개를 들어 아들을 쳐다보았다. 아닌 밤중에 홍두깨라고 지금 아들의 입에서 나온 말의 의미를 이해할 수 없어 이렇다 할 반응을 보이지 못했다.

세영은 이 자리에 오기 위해 치밀하게 준비를 했다.

부모님을 설득하기 위한 나름의 합리적인 이유들을 이미 조목조목 준비해 정리해 둔 터였다.

그중에 가장 큰 무기는 학순의 서울 유학이었다. 자기보다 공부도 훨씬 못한 학순이 서울로 올라가게 된 후, 어머니는 대놓고 우리 세영이가 서울에 갔어야 하는데 하면서 한숨을 쉬곤 했었다. 정작 세영은 어쩔 수 없다 쉽게 포기를 했는데, 어머니의 마음은 그렇지 못했다. 뒷바라지 못 해 주는 부모로서의 죄책감과 맞물려 그 일은 어머니의 마음 한 켠에 묵직하게 자리 잡았다.

이런 어머니의 심리를 아는 세영은 자신도 솔직히 학순이 너무 부럽다, 더 넓은 물에서 배우고 싶다는 기특한 학구열로 어머니에게 호소할 생각이었다.

아버지에게는 조금 달랐다.

학순의 유학 이야기를 꺼내긴 하되, 조금 더 냉정하고 객관적으로 자신의 인생 계획을 펼쳐 보여야 했다. 그러면서 은근슬쩍 학순 아버지인 손양과에 대한 은근한 경쟁심을 건드릴 생각이었다.

학식으로나 인품으로나 세영 아버지보다 한참은 뒤진 손양이 아들 교육에 있어서는 발빠르게 앞서가고 있으니, 결국 긴 싸움에서는 뒤지고 마는 것이 아니냐는 나름의 거시적인 관점도 곁들여서.

전략은 반은 맞아떨어지고 반은 엇나갔다.

어머니는 더 깊은 한숨을 쉬며 세영의 의견에 동의한 반면, 아버지는 단호했다. 제주읍에 간다고 더 많은 것을 배우는 것도 아니고, 공부는 서울이 아니라도 자신의 의지만 있으면 어디에서든 할 수 있다는 것이었다. 게다가 조천에서 제주읍까지의 거리를 생각하면, 오가면서 버려질 시간에 공부에 더 전념하는 것이 낫다고 하였다.

이런 반대를 대비해 세영은 미리 계산해 둔 대로 제주읍에서 지내고 있는 일국 삼촌의 집에 머물면 될 것이라는 자신의 계획을 이야기하였다.

그리고 그게 전학의 주된 이유처럼 들리지 않도록 은근하게 정화 선생님의 전근 이야기도 덧붙였다. 제주 최고의 선생님이 조천을 떠나 읍내 중학원으로 간다면, 학교 수업의 질 또한 크게 달라질 것이 아닌가.

그럼에도 아버지는 세영의 설득에 넘어가지 않았다.

하지만 중요한 건 집안의 경제권을 어머니가 쥐고 있다는 데 있었다. 세영이 제주읍으로 나가 생활하는 데 들어가는 모든 비용도, 또 이후 더 많은 공부를 하게 될 경우 이를 뒷받침할 사람도 어머니였다.

그리고 어머니는 이 모든 상황에 대한 각오가 완벽하게 되어 있었다. 오히려 아들의 읍내행은 서울까지 닿지 못한 어머니의 아쉬움에 대한 보상이 될 수 있었다.

"좋다. 가거라."

세영의 전학은 어머니의 단호한 한마디 말로 결정지어졌다.

아버지는 몹시 심기가 불편한지 거칠게 방문을 열어젖히고 밖으로 나가 버리긴 했지만, 이 또한 어쩔 수 없는 일임을 가족 모두는 알고 있었다.

세영이 일국의 집에 머물게 되는 과정은 당사자들이 아닌 어머니들을 통해 진행되었다. 세영의 어머니는 일국의 어머니에게 부탁을 했고, 당연히 일국의 어머니는 승낙을 했다. 오히려 외지에 내보낸 아들이 적적하지 않아 잘 되었다고 기뻐하기까지 하였다.

세영이 학생복과 세 묶음의 책 보따리를 가지고 일국이 머물던 하숙방에 도착하던 날, 일국은 일을 나가고 방에 없었다. 저녁 늦게 집에 돌아와서야 사정을 알게 된 일국은 강력하게 반대했다. 하지만 막무가내로 밀어붙이는 제 어미를 막을 방법은 없었다.

더구나 뻔뻔하게 밀고 들어오는 세영이 애시당초 그 집에 들어갈 작정을 하고 있었다는 것을 모르는 상황에서는 반대할 명분조차 없었다. 공부하겠다고 집까지 떠나온 세영을 야멸차게 밀쳐 낼 이유로 도대체 무엇을 댈 수 있단 말인가. 울며 겨자 먹기로 일국은 애물단지 세영과의 동거를 승낙할 수밖에 없었다.

정화 선생님은 제일중학원에서도 여전히 인기가 많았다.

하지만 예전과는 조금 달랐다. 전처럼 학생들과 교감하며 함께하는 선생님으로서가 아니라 젊고 아름다운 여선생님이어서였다. 정화는 학교 일뿐 아니라 박경훈 도사의 통역 일도 겸하고 있어서, 예전처럼 학교에 오랜 시간을 보낼 수가 없었다.

자연히 세영은 수업시간 외에는 선생님을 보기가 힘들어졌다. 그래도 정화는 어쩌다 세영과 마주칠 때면 더할 나위 없이 환한 미소를 지으며 공부는 잘 되느냐, 어려움은 없느냐며 신경을 써 주었다.

그렇게 스쳐 지나가는 선생님과의 짧은 마주침이 세영을 더욱 애타게 했다. 견디다 못해 세영이 선택한 것은 부서 활동이었다. 제일중학원은 새롭게 생긴 읍내의 중학교답게 세련된 부서 활동이 많이 이루어지고 있었다.

그중에서 가장 학생들의 관심을 끈 것은 영어 연극부였다.

그냥 연극부라고 해도 인기가 많았을 텐데 영어로 연극을 한다니, 학생들의 관심은 한층 높았다. 신입생을 모집할 때부터 영어 실력과 학교 성적까지 고려한다고 하여 마치 영어 연극부에 들어가는 것은 학교에서도 인정받는 유능한 학생이 되는 것 같은 분위기가 형성되었다.

세영이 이곳에 관심을 둔 것은 영어과 담당인 정화 선생님이 이 부서의 고문 선생님 중 한 명이었기 때문이었다. 늘 함께하고 지도하는 것은 아니어도, 일주일에 한 번, 아이들을 만나 작품을 고르고 대본을 수정하며 연습 진행 상황을 점검해 준다고 하였다. 그 이야기를 듣자마자 세영은 영어 연극부에 들어가기로 마음먹었다.

그러나 천성적으로 소극적이고 남 앞에 나서는 것을 싫어하는 세영이었다. 예전 같았으면 제아무리 정화 선생님이 고문이어도 그런 곳에는 들어가지 않았을 것이었다. 그러나 지금은 상황이 달랐다. 이런 기회를 통해서가 아니면 선생님을 만날 수가 없었다.

세영은 눈을 질끈 감고 오디션에 응시했다.

어설프기 짝이 없는, 연기에 대한 소질은 전무해 보이는 지원자였지만, 그의 폭넓은 문학 지식과 독서량은 연극반의 연출과 극작 담당 선배들의 눈에 들었다. 연극에는 배우만 필요한 것은 아니니까.

선배들의 압도적인 찬성으로 세영은 영어 연극부에 들어가게 되었다. 들어간 것뿐만 아니라 입센과 브레히트, 셰익스피어까지 섭렵한 이 어린 문학도에 대해 다들 기대하는 분위기였다.

세영은 정화 선생님이 마련해 주신 문학이라는 발판 덕분에 선생님께 한걸음 더 다가갈 수 있게 된 상황이 마치 운명처럼 느껴졌다.

세영의 변화, 이덕구 선생님

　세영이 영어 연극부에 들어간 그 주말, 학교에서는 부서 신입생 환영회가 있었다.

　야유회를 겸하여 용머리 해안까지 도시락을 싸 가지고 간다며 기타도 챙기고, 배구공도 챙겨 간다는 말에 세영은 기분이 들떴다. 외국소설에서 본 피크닉을 해 보는 것이었기 때문이었다.

　그러나 막상 도착해 보니 그곳에는 세영네 외에도 다른 학교 학생들도 많이 와 있었다. 리더급으로 보이는 이들은 서로 잘 아는 사이인 듯 인사를 나누었다. 왜 이렇게 늦었냐, 오래 기다렸냐 하는 이야기로 미루어 보아 미리 함께 모이기로 예정이 되어 있었던 듯했다.

　다른 학교와 연합으로 야유회를 하는 것인가 의아해하고 있는데, 이 학교 저 학교 하나둘씩 늘어나 학생들의 수는 거의 백 명이 넘게 불어났다. 제주읍내 학교들뿐 아니라 애월과 조천 지역 학생들까지 도착했다. 학생들은 저마다 학교 교복을 입고 있어, 어느 지역 어느 학교 출신인지를 단번에 알아볼 수 있었다. 몇몇 학교는 단체로 머리에 띠를 두르거나 학교 이름을 적은 깃발을 갖고 나타나기도 했다. 야유회라고 생각하기에는 어딘가 이상한 분위기였다.

　여자아이들도 있었고, 나이도 신입생부터 선배들까지 다양했지만, 학생들의 모임이라는 것을 제외하면 과거 인민위 치안대 분위기 같다는 생각이 든 것도 잠시, 세영의 눈앞에 낯익은 얼굴이 나타났다.

이덕구 선생님이었다. 덕구의 등장에 많은 아이들이 환호하며 주위로 몰려들었다. 덕구 선생님은 예의 그 힘 있고 당당한 표정으로 아이들에게 나아왔다.

'선생님!'

세영은 반가운 마음에 덕구 선생님을 향해 다가갔다. 아이들을 끌어들이는 카리스마도, 호소력 있는 목소리도 여전했다. 그러나 그의 표정은 예전과는 어딘가 다른 느낌을 주었다. 과거 함께 볼을 차던 천진하고 여유로운 이미지는 사라지고, 약간은 초조하고 피곤한 인상이었다. 그러면서도 눈빛만은 전보다 배는 더 날카롭게 빛났다.

덕구가 나타나자 모임의 분위기는 더 이상 야유회로 착각할 수 없을 만큼 진지하고 엄숙하게 변하였다. 이것은 집회였다. 목적을 가진 회합이었던 것이다.

세영은 선배들에게 속았다는 것을 깨달았다. 신입생들을 끌고 오기 위해 거짓말을 한 것이었다. 불쾌했지만, 그 중심에 덕구 선생님이 있었기 때문에 세영은 일행과 함께했다.

덕구가 분위기를 잡더니 단상처럼 쌓인 돌무더기 위에 올라섰다.

그리고 그를 바라보는 젊은 군중들을 향해 입을 열었다. 나라에 대한 이야기, 민족에 대한 이야기, 그리고 지금 우리가 처한 시대에 대한 이야기. 이미 세영이 수업시간에 귀에 인이 박히게 들어 온 이야기들이었다.

그때 저 이야기들을 들으면 자신의 마음은 얼마나 뜨겁게 타올랐던가. 마찬가지로 그 자리에 모인 청년들 역시 마음 속에 들끓는 애국, 애족의 피가 뜨겁게 타오르고, 젊은 심장이 펄떡이는 것이 보였다. 모두는 한마음이 되어 구호도 외쳤다. 우리 손으로 진정한 독립을 쟁취하자고, 우리 힘으로 새 나라를 만들자고 굳은 다짐도 하였다.

그리고 이야기가 절정에 다달았을 때, 덕구의 눈빛은 한층 어둡게 빛났다.

그게 무엇이었는지 세영은 이해할 수 없었지만, 분명 더 차갑고 무거운 불꽃이 이는 것을 보았다. 덕구는 모두가 잘 사는 나라, 다 함께 동등하게 나누고 누리는 나라를 이루어야 한다고 덧붙였다. 아이들의 심연은 덕구의 말과 함께 한층 깊고 뜨겁게 달구어졌다. 얕은 불에 다듬어진 싸구려 연장이 아닌 길고 오랜 풀무질로 단련되어 가듯이 어린아이들의 마음은 한 겹 한 겹씩 두터워지고 있었다.

　　그날 모임이 끝나고 많은 학생들은 덕구 주위로 몰려들어 뭐라도 이야기를 나누고 싶어 했다. 세영의 학교 선배들도 어떻게든 자신들이 데려온 신입생들을 덕구에게 인사시키고 싶어서 기회를 노리고 있었다. 문득 멀리를 둘러보던 덕구의 눈에 세영이 들어왔다. 세영이 웃으며 눈인사를 건네자 덕구는 망설임 없이 주위 학생들을 뚫고 세영에게로 다가왔다.

　　"이세영, 너 오랜만이다!"

　　"선생님도요. 여전하시네요."

　　덕구가 세영과 아는 사이라는 것, 그것도 상당한 친분이 있음이 드러나자 학교 선배들은 물론, 다른 학교 학생들까지 세영을 주목하였다. 샌님처럼 생긴 비리비리한 신입생인 줄 알았는데 의외라는 눈빛이었다. 게다가 덕구가 세영에게 친밀하게 어깨동무를 하고, 짧지만 둘이 척척 받아치며 대화하는 모습을 보자 세영을 자신들과 다른 수준의 아이로 생각하게 되었다.

　　단 한 번의 회합 참석으로, 세영은 얼떨결에 암묵적인 신입생 리더가 되었다. 부서 활동 후 남으라는 3학년 부장 선배의 말 한마디로, 세영은 2, 3학년 선배들로만 이루어진 부 회의에도 참석하게 되었고, 얼마 지나지 않아 선배들과 거의 동등한 자격으로 의견을 낼 수도 있었다. 이들은 제주제일중학원에서 가장 엘리트 그룹에 속하는,

학교 리더들이나 마찬가지였기에 세영 역시 그중의 한 명으로 단숨에 신분 상승하는 셈이 되었다.

이후로 주말마다 열린 집회에 세영은 자의 반 타의 반 많은 신입생들을 동원하여 참여하게 되었다. 신기한 것은 세영이 이야기를 하면 아이들은 금방 설득되었다. 세영 자신은 후에나 알게 된 사실이지만, 사람들은 그의 말이 매우 신뢰할 만하고 설득력이 있다고 하였다.

누군가에게 영향력을 미친다는 생각은 내성적인 세영에게 자신감을 불러일으켰고, 시간이 지나감에 따라 학교에서도 쉬는 시간이면 다른 반에 들어가 아이들에게 회합 참여를 권유하는 연설을 하는 데 망설임이 없을 정도로 단련되어 갔다. 덕구는 그런 세영의 변화를 눈여겨보고 있었다.

세영의 변화는 굉장히 서서히 이루어졌지만, 2주에 한 번씩 반찬거리를 챙겨 주러 제주읍에 찾아오는 어미는 이를 단번에 알아챘다.

오랜만에 만난 아들에게서는 알 수 없는 낯설음이 느껴졌다.

어디선가 맡아 본 듯한 냄새. 처음에는 철이 드느라 그런 것이겠거니, 사내란 자라면 어미 품을 떠나게 마련이라고 애써 서운함을 달래려 했다.

그런데 집에 돌아가려고 순환버스 정류장을 향해 터덜터덜 걸어가던 세영 어미의 머릿속에 문득 떠오르는 것이 있었다. 그것은 처녀적 해녀 봉기를 이끌던 총각 선생님에게 맡았던 먹물쟁이의 냄새와 매우 닮아 있었다.

어린 해녀 아이들을 데려다 놓고 선생님은 알아야 하고, 일어서야 하고, 그래서 자신의 것을 빼앗기지 말아야 한다고 침을 튀기며 말했다. 그때 느낀 미묘한 일탈의 기운, 금기를 깨트릴 때 느껴지는 해방감과 오금 저리는 짜릿함이 아들 세영에게서 느껴졌던 것이다.

세영 어미는 그대로 발길을 돌려 일국을 찾아갔다. 일국이 낮에 주로 시간을 보내는 대양상회 문을 다급하게 열고 들어갔을 때, 마침 일국은 육지에서 들여온 물량을 확인하던 참이었다.

"어멈, 어쩐 일?"

애시당초 이유 같은 건 설명할 수도 없었다.

여자의 육감이고, 어미의 촉이었다. 세영 어미는 무조건 세영을 감시하라는 지령을 일국에게 내렸다. 바빠서 만날 시간도 없다는 일국의 핑계에 일국 어미는 한글을 배웠으니 소지품을 뒤져 보라고 명령했다. 혹시나 이상한 책이나 위험한 생각을 적어 놓은 일기라도 발견하면 당장 자기에게 알려 달라는 부탁이었다.

이런 식의 유치하고 떳떳지 못한 짓거리를 할당받은 일국의 마음은 편치 않았다. 게다가 그럴 기회가 너무나 많기 때문에 더 맘이 불편했다. 세영이 학교 간 낮 동안, 일국은 언제든 세영의 책이나 소지품을 뒤져 볼 수 있었다. 숨길 구석도 없는 방 한 칸이다 보니, 세영의 모든 속살은 무방비로 노출되어 있었다.

갖고 있는 책이라고 해 봤자 대부분은 교과서나 노트였고, 간혹 문학책이 있었다. 세영이 영어 연극을 위해 대본을 쓴다며 참고로 하는 책들이었다. 영어로 된 책도 제법 있어서 일국이 전부를 파악할 수는 없었다. 하지만 세영 어미가 말한 이상한 기미 같은 것은 보이지 않았다.

그래도 읍내에 올 때마다 귀찮으리만큼 닦달하는 세영 어미 때문에 일국은 종종 세영의 책들을 들춰 보았다. 한글을 제법 능숙하게 읽게 된 후에는 세영이 다니는 중학교라는 곳에서는 어떤 것들을 배우는지 엿보는 재미도 제법 있었다.

그러던 어느 날 늦잠을 자는 바람에 세영이 허겁지겁 방을 나간 후, 일국은 세영의 앉은뱅이 책상 아래 한 권의 노트가 떨어져 있는 것을 보았다. 평소에는 본 적이 없는 노트였다. 무심코, 말 그대로 무심결에 일국은 그 노트를 펼쳐 보았다.

첫 장부터 빼곡히, 가지런한 글씨로 채워진 그 노트는 세영의 일기장이었다.

일국은 문득 첫 번째 장에서 '정화 선생님'이라는 단어에 확 시선이 꽂혔다. 별 내용은 아니었다. 그냥 정화 선생님과 오늘 어떤 이야기를 했다 그런 내용이었다. 그래도 직감이라는 게 있었다. 일국은 세영이 정화에 대해 사제지간 이상의 마음을 품고 있음을 알아챘다.

한 장, 두 장, 노트를 넘길 때마다 당장이라도 낯 뜨거운 무언가가 나올 것만 같았다. 이쯤에서 멈춰야 한다고 생각했다. 그게 세영과 자신 간의 최소한의 우정이라는 것을 알았다. 하지만 다른 한편으로 보고 싶다는 짓궂은 호기심이 스멀스멀 일어났다.

다행인지 불행인지 두어 장이 넘어가자, 일기는 곧 알 수 없는 글자들로 바뀌어 적혀 있었다. 한글도 일본어도 아닌 기괴한 문자였다. 마치 누군가 볼 것을 대비해 그렇게 한 것처럼, 노트는 암호처럼 알 수 없는 문자로 가득 차 있었다.

처음에는 영어인가도 생각했지만, 영어처럼 보이지도 않았다. 노트를 이리저리 돌려 보아도, 전혀 글자를 알아볼 수 없었다. 이러면 일기를 찾아도 도리가 없었다. 일국은 김이 빠져 입맛만 다셨다.

연극 공연 준비, 질투, 상처받는 세영

영어 연극반은 여름 방학식 날 공연을 목표로 연극 준비에 한창이었는데, 연출팀에 속해 있던 세영에게 덕구는 입센을 추천했다. 세영은 덕구 선생님이 이 연극을 추천하는 이유를 알 것 같았다. 남자고 여자고 모두가 평등한 사회에 대해 더 많은 사람에게 알리려는 것이었다.

세영이 덕구에게 총애받고 있다는 사실을 아는 선배들은 세영이 가져온 대본에 바로 찬성의 뜻을 표했고, 아이들이 주도적으로 나서는 분위기에서 고문 선생님들은 크게 할 일이 없었다. 당연히 작품에 대해서도 서양 대문호의 희곡 작품이니 크게 문제 삼지 않았다.

정화 역시 반대는 하지 않았다. 다만 자신이 고문으로 있는 것을 아는 영어 연극반에 이덕구가 입센을 추천했다는 사실이 맘 편하지는 않았다. 행여나 이것이 정화 자신에게 보내는 전언이라면, 남자에게 매여 자신의 삶을 포기하려는 여자라고 비난하는 것이나 다름없었다. 100보 양보하여 비난이 아닌, 깨우침을 주려는 것이라 하더라도 이런 식으로 에둘러 학생들을 이용하는 방식은 맘에 들지 않았다. 마을 일에 앞장서고 행동력 있지만, 이런 부분에서는 남자답게 드러내 놓고 말하지 못하는 것이 이덕구의 한계라고 생각될 뿐이었다.

희곡 번역과 각색이 완성되기까지 세영은 눈코 뜰 새 없이 바빴다.

학교 공부는 공부대로 뒤쳐지지 않으며 해야 하기에 더욱 그랬다. 행여 성적이라도 떨어지면 막무가내로 우겨 이루어진 읍내 전학에 대해 부모님께 할 말이 없기 때문이었다.

또 호시탐탐 자신을 내쫓으려는 일국 삼촌의 눈치 또한 빤했다.

아무래도 자신이 귀찮을 것이다. 물론 그런 데 밀릴 세영이 아니었다. 얄미운 삼촌을 괴롭히는 재미로라도 방을 나갈 생각이 전혀 없었다.

삼촌이 술이라도 먹고 늦게 들어오면 세영은 그대로 일국의 어미에게 일러바쳤다. 겉으로는 삼촌이 걱정된다는 점잖은 핑계를 둘러대었지만 내심으론 일국을 곤경에 빠트리고픈 심술궂은 의도가 다분히 섞여 있었다. 일국 어미는 세영이라도 있기에 그나마 일국이 엉망진창 생활을 하지 않는 것이라며 고마워했다.

학교에서 집에서 안팎으로 자신이 감시를 한 탓인지 일국 삼촌과 정화 선생님이 따로 만나거나 하는 기미는 보이지 않았다. 어쩌면 정화 선생님도 미련곰탱이 같은 일국 삼촌에게 이미 질려 버렸는지도 몰랐다. 충분히 그럴 수 있었다. 제주읍에 오니 얼마나 세련된 사람들이 많은가. 정화 선생님이 어울리는 미 군정 관리들은 또한 얼마나 신사적인지. 차라리 선생님이 그런 치들과 어울린다고 생각하면 세영은 마음이 편했다.

세영 자신도 점점 읍내 학생들에게 물들어 가고 있었다.

시도 때도 없이 옷을 홀라당 벗고 바다에 뛰어들거나 아무 돌 위에 드러누워 낮잠에 빠지는 식의 행동은 더 이상 하지 않았다. 양푼 가득 밥을 퍼서 배꼽이 튀어나올 때까지 먹거나, 여학생들의 책보 안에 개구리를 몰래 집어넣는 식의 장난도 더 이상 하지 않았다. 본능적인 행동은 점점 사라지고 예의범절로 다듬어진 모습으로 변해 갔다.

게다가 다른 또래보다 훨씬 더 거센 지적 욕구를 지니고 있던 세영은 밤낮없이 학교 공부와 서클 활동에 전력을 다했다.

그날도 늦게까지 학교에서 대본 수정을 하고 남은 공부거리를 잔뜩 짊어지고 집으로 돌아오는 길이었다. 멀리서 보니 웬일로 방에 불이 켜져 있었다.

　'삼촌?'

　그 즈음의 일국은 항상 세영보다 늦게 집에 돌아오거나, 멀리로 장사를 나가 아예 돌아오지 않는 날이 많았다. 간혹 일찍 들어오는 날도 천장 무너져라 코를 골며 자고 있기 일쑤여서 같이 살면서도 제대로 얼굴 보고 대화 한번 하기 힘들었다. 그런데 웬일로 삼촌이 잠들지 않고 있는 것이었다.

　"일국 삼촌!"

　세영이 방문을 열고 들어서자 일국은 의외로 깜짝 놀라 했다.

　"어, 어… 세영아! 왔니?"

　그 곰 같은 사내가 순간 얼굴을 붉히며, 난처한 표정으로 일어섰다.
　미세하게 퍼지는 분 냄새. 이상한 직감에 본능적으로 고개를 돌리니, 방 책상 맞은편에 앉은 정화 선생님이 모습을 드러냈다. 정화 선생님도 조금 어색한 표정이었지만, 이내 조용히 웃어 보였다.

　"세영아, 안녕?"

　세영은 너무 놀라 선생님께 마주 인사도 못한 채 입만 멍하니 벌리고 있었다.

　"일국 씨가 못 읽는 책이 있다고 해서, 도와주러 잠깐 들렀어. 그 김에 세영이 지내는 것도 좀 보고."

　마치 변명처럼, 하지만 다른 이유일 거라고 누구도 의심할 수 없이 단호하게 선생님은 말했다. 이런 순간엔 남자보다 여자가 대처도 빠르고, 상황 판단도 잘하는 법일까? 그제야 일국도 주억주억 고개를 끄덕이며 그렇다고 맞장구를 쳤다.

"네….."

사실일 것이다. 선생님은 삼촌 공부를 도와주러 온 것이다. 단지 그것뿐이다. 세영은 애써 아무렇지 않은 척 반가운 기색을 보이려고 애썼다. 그게 어른스러운 행동임을 알고 있었다. 하지만 생각처럼 쉽지 않았다. 이상하게 화가 나는데 두 눈에서는 당장이라도 눈물이 쏟아질 것만 같았다.

정화 선생님은 곧 돌아갈 시간이라며 자리에서 일어났다.

일국은 댁까지 모셔다 드린다며 따라 일어났다. 선생님을 에스코트하는 삼촌의 몸동작이나, 그에 의지하는 선생님의 반응이 무척이나 자연스러웠다. 오랜 시간, 서로에게 어우러져 호흡을 맞추어 온 한 쌍의 댄서들 같다는 느낌이 들었다.

문을 나서며 세영에게 작별 인사를 건네는 정화 선생님의 미소는 부드러웠다. 하지만 세영은 예전처럼 그 미소에 기쁘게 화답할 수가 없었다.

목석원, 도지사와의 만남

　제주에서 태훈이 이런저런 실마리를 쫓고 있는 동안 서울에서, 그리고 일본에서는 치열한 과거 책임 공방이 벌어지고 있었다. 친일을 정당화하는 일본 정부의 왜곡된 시선과 도저히 납득할 수 없는 그들의 식민 전쟁 합리화에 대한민국뿐 아니라 전 세계가 광분하고 있었다. 어차피 전략적인 행동이라는 걸 알 만한 사람들은 다 알았다. 그런 말을 하면 누가 발끈할 것이고, 누가 덥썩 물고 달려들 것이고, 누구는 판을 키울 것이고, 누가 뒤를 이을 것인지 정작 속셈은 다른 곳에 있는 이 일의 최대 수혜자들은 뒤에서 이리저리 말을 움직여 갈 뿐이었다.

　제주도 백골 출토 사건도 어느덧 일본 정부의 새로운 망언으로 살짝 묻혀 가는 감이 있었다. 이제 슬슬 한 방 더 터트려 줘야 겨우 빛을 본 백골들을 다시 파묻는 결과가 되지 않을 것이기 때문에 태훈과 국장은 방향 설정에 고심 중이었다.

　아직 뒷이야기가 채 준비되지 않았다며 이번 건에 유난히 소심한 태도를 취하는 국장의 만류에도 태훈은 일단 도지사 건을 터트리고 보자는 입장이었다. 딱히 이래저래 움직임 없는 상황이라면, 흙탕물을 휘휘 젓는 것만으로도 알아서 둥둥 떠오르는 낙엽들이 있을 것이기 때문이었다.

　그런 기미를 알아챘는지 아니면, 실제로 도청이라도 해서 상황을 파악하고 있었던 탓인지, 태훈이 행동 개시하려던 차에 한 통의 전화가 걸려 왔다.

"유태훈 기자요?"

"네, 그렇습니다만."

"잠깐 봅시다."

"실례지만 누구신데요?"

"당신이 보고 싶다고 메모 남긴 사람이요."

"아….."

굳이 '나 도지사다.'라고 대놓고 말하지 않겠다는 상대의 심사가 엿보였다. 더 말이 길어지지 않게 상대는 '3시에 목석원에서'라고 말하고 서둘러 전화를 끊었다. 큼지막한 낙엽 하나가 둥둥 떠올랐다.

태훈은 정철에게 연락을 했다.

굳이 그렇게까지 할 필요는 없다고 생각했지만, 국장의 안달 때문이었다. 왜 그렇게 이번 일에 예민하게 구는지는 몰랐지만, 국장은 태훈에게 반드시 정철과 동행하라고 지시했다. 도지사를 만나는 것은 혼자 하더라도 만남 장소 인근에 정철을 대기시키라는 것이었다. 도움받을 상황이 생길지도 모른다는 늙은이 같은 조바심이었다. 그리고는 몇 번이나 조심하라는 말을 덧붙였다.

설사 총이라도 품에 넣고 오겠냐마는 태훈은 평일 낮의 목석원이 얼마나 한적한지 알고 있었기 때문에 국장의 걱정도 덜어 줄 겸 정철에게 연락을 했다.

보물사냥꾼들이 서귀포 쪽에 머물고 있었기 때문에, 정철도 그쪽에서 지내고 있었다. 국장에게서 먼저 연락이 갔는지, 아니면 되도 않는 취재에 질렸던 참인지 정철은 흔쾌히 승낙하고 제주시로 건너왔다.

"넌 무슨 도지사 뒷조사 하고 있다며? 하여튼 윗대가리들이라는 게 올라만 가면 하나라도 더 빼내려고만 하니, 나라가 이 모양 이 꼴이지. 받아먹은 게 그렇게 많아?"

"뭐, 공사 자체가 크니까 액수도 제법 되겠지."

"야, 이거 국장이 전해 주라더라."

정철은 국장이 보낸 소형 카메라를 건넸다.

정말 스파이 짓이라도 하라는 건가. 공식적으로 태훈은 도지사와 건설업체의 뒷거래에 관련하여 취재하는 것으로 되어 있었다. 유물의 존재나 미군 관련 내용에 대해서는 신문사 내에서조차 국장과 태훈 둘이만 알고 있는 사항이었다. 뭐 지금쯤은 알 만한 사람은 알게 되었겠지만, 딱히 언론 보도도 되지 않고 있는 것을 보면, 정부 쪽 통제가 있거나, 뭔가 이래저래 구린 사정으로 각자들 터트리지 못하고 있을 것이었다.

아니면 연구소나 정부조사단 측 사람들이 확실하게 입단속을 하고 있거나. 물론 아직 이틀밖에 되지 않은 탓도 있겠지만. 아무튼 일단은 도지사 뒷거래 취재로 태훈도 국장과 입을 맞추었다.

"여기가 자치도잖냐. 탐라 왕국, 완전 내가 왕이 된 거지. 그나저나 네 쪽은 어때? 취재는 잘 돼가?"

태훈은 은근슬쩍 화제를 돌렸다. 거짓말은 길어지면 뒤가 밟히는 법. 특히 정철도 예사 눈치는 아닌 녀석이었다.

"잘 되긴 뭘 잘 돼! 며칠째 바닷 속만 주구장창 뒤지고 있다. 그 무슨 수중 탐사 장비 한 트럭 가져다가 맨날 발견했네, 거의 다 찾았네. 금괴는 커녕 놋가락 하나 없다니까."

정철은 좀이 쑤시는지 목에 힘줄이 돋아지도록 늘어지게 기지개를 켰다. 보물사냥꾼 취재는 나름 세계적인 다큐멘터리 잡지와 공동 연재 명목으로 시작한 프로젝트였다. 한국 측 파트너로 태훈네 신문사가 선정된 것은 분명 어깨에 힘 좀 들어갈 일이었지만, 장기적으로 인원을 배치하고 따라붙여야 한다는 것이 문제였다.

이제까지는 해외 취재 위주여서 태훈네가 참여할 부분이 없었는데, 난데없이 이들이 한국에서 보물을 찾겠다고 몰려 들어오는 바람에 허겁지겁 정철을 파견한 게 벌써 한 달이었다.

"들어오면 당장이라도 발견할 것처럼 서두르더니, 그네들 정보도 그다지 신뢰할 만하지는 않나 보네?"

"몰라. 맨날 자기들끼리 쑥덕거리고, 회의하고 바쁘기는 엄청 바빠. 장소도 여기 갔다 저기 갔다 아주 정신이 없어요. 엊그제부터는 모슬포 쪽 동굴들 싹 돌고 있다. 일본 놈들 파 놓은 동굴은 왜 이렇게 많은지…."

순간 태훈은 국장이 굳이 정철을 보낸 이유가 있음을 깨달았다.

"그 녀석들이 조사해 봤던 곳이 어디 어디지?"

"뭐, 울릉도, 독도 근처도 돌았고, 울산이랑 인천 근해. 뭐 흔히들 보물선 나왔다는 소문 있던 곳들은 한 번씩 다 훑었지."

"무작위로?"

"아니, 녀석들한테 지도가 있어. 뭐 정확히 무슨 지도인지는 모르겠는데, 일본군 고지도라나 뭐라나."

"그럼 찾아냈어야지."

"이게 막상 바닷속에 들어가면 일이 말처럼 쉽지가 않아. 해류의 영향으로 위치 변화도 있고. 근데 또 모르지. 발견을 못 한 건지, 발견해 놓고 아닌 척하는 건지."

정철의 말이 묘했다. 보물 발굴의 순간을 보여 주겠다며 취재 인력까지 데리고 다니는 이들이었지만, 정말 보물이 발견된다면 과연 외부에 공개하고 싶을까?

그러고 보면 방송사가 아닌 신문사를 파트너로 선택하고, 다큐멘터리 필름 촬영은 본인들이 직접 고용한 전문가가 한다는 결정 또한 구린 부분이 있었다. 대개는 촬영은 방송사에 맡기고 전문 사진작가 한 명 따라 붙이는 게 일반적이지 않나?

어쩌면 세계적인 기관들 들러리 세워 후원비 받아 내고, 정작 보물은 자기들끼리 뒤로 빼돌리는 낡아빠진 사기 수법인지도 몰랐다. 이런 일에 누굴 믿겠는가. 정말로 보물이 존재한다면.

목석원에서 조금 떨어진 길목에 차를 대고, 태훈은 걸어서 약속 장소까지 갔다. 딱히 방탄조끼를 입거나, 스턴건을 품에 넣은 것도 아니었고, 차 안의 정철과 무선 마이크로 연락을 주고받는 것도 아니었다. 말 그대로 '만약을 위해서'였다.

국장이 말한 '만약'이 도지사의 살해 위협이 아니라, 보물사냥꾼과 이번 사건과의 연관성이었다는 것을 알게 된 태훈은, 도지사를 만나러가는 동안에도 온통 머릿속에 정철이 알고 있을지 모를 '무언가'에 대한 생각뿐이었다.

태훈이 터덜터덜 목석원 안으로 들어가자 기묘한 모양의 암석과 나무들이 모습을 드러냈다. 이름 그대로 돌과 나무로 이루어진 조형물들을 모아 놓은 곳이 목석원이었다.

장맛비가 오락가락하는 평일 낮답게 관람객은 거의 없었다. 호젓한 데이트를 즐기러 온 커플이 저만치 우산을 쓰고 걷고 있을 뿐이었다. 제법 깊이까지 들어갔으나, 도지사는 보이지 않았다.

목석원의 어느 부분에서 만날지를 분명히 했어야 하는데, 미처 그러지 못한 것이 실수였다. 빠르게 돌아 출구 근처까지 둘러보았으나 도지사는 보이지 않았다. 도지사가 보이지 않는 것이 아니라 아예 방문객 자체가 없었다. 이대로 허탕 치는 것 아닌가 싶기도 했지만, 일단은 조금 더 기다려 보기로 하고, 태훈은 적당히 으슥한 위치에 자리를 잡았다.

평일 낮 데이트 커플은 불륜의 냄새를 풀풀 풍기고 있었다.

제법 나이가 든 중장년의 남자와 젊은 여자가 잔뜩 멋 부린 선글라스를 쓰고 팔짱을 낀 채 돌아다니고 있었다. 커플이 태훈의 바로 근처까지 다가왔을 때, 태훈은 일부러 시선을 돌려 못 본 체했다. 그러자 남자가 말을 걸어왔다.

"사진 한 장 찍어 주시겠습니까?"

불쑥 내미는 카메라를 태훈이 반사적으로 받아들었다. 한 걸음 물러서는 남자와 여자를 향해 카메라 포커스를 맞추고 뷰파인더를 통해 피사체를 바라본 순간 태훈은 남자의 얼굴을 알아보았다.

"아."

태훈이 시선을 들자 남자가 입술을 일그러뜨리며 웃었다. 대강 한 방을 찍고 카메라를 건네주러 다가가자 남자는 여자를 그 자리에 남겨두고 혼자 걸어왔다.

"사진은… 잘 찍혔습니까?"

"네."

대답을 하면서 태훈은 그 사진이 무슨 사진을 의미하는 것인지 알아챘다. 이런 식의 대화를 원하는 건가? 아마 자신이 대화를 녹음이라도 할까 봐 조심하는 듯했다.

"사진을 찍어 주셨으니, 답례를 해야겠는데, 뭐가 좋으시겠습니까?"

지금 도지사는 태훈이 돈이라도 뜯어내려는 수작이라고 생각하는 듯했다. 같은 악당이라면 적당히 입막음하면 넘어갈 수도 있을 테니.

"답례는 무슨요. 카메라 여기 있습니다. 돌려 드려야지요. 본래 제 것이 아니니 주인에게 돌려드리는 게 맞겠지요."

태훈은 '주인에게 돌려줘야 한다.'는 부분을 유독 강조해서 말했다. 도지사의 얼굴이 뻐딱하게 일그러졌다. 지금 이 기자 나부랭이가 도덕 강의하러 온 건가, 아니면 푼돈으로 떼어 낼 생각 말라고 협박하는 건가?

태훈은 처음부터 도지사와 거래할 생각은 없었다. 그저 신림의 부탁과 몇 가지 궁금한 사항을 물으려는 것뿐이었다.

"솔직히 이런 말장난하러 온 거 아니고요. 단도직입적으로 말씀드리면, 지금 백골 조사 덮으려는 거 그만두시죠. 그 백골들 제주의 아픈 역사를 세상에 알리는 중요한 증거들입니다. 사적인 이익을 위해 다시 묻힐 순 없죠. 그리고 가져간 거… 돌려 놓으세요. 하루라도 빨리. 그렇게 하시면, 제가 기사 터트려도 조사하려고 가져간 거라는 식으로 핑계라도 댈 수 있으시겠죠."

도지사는 어이없다는 듯 실소했다.

"지금 나보고, 인생 종 치라는 거야?"

"망신은 당하겠지만, 형사 처벌까지는 안 갈 테니 그 정도면 다행 아닌가요?"

"다행? 신문기자 나부랭이가… 지금 그걸 말이라고 해?"

당장 멱살이라도 잡을듯이 도지사의 감정이 격해졌다.

대놓고 반말인 거야 그 지위쯤 되는 사람이면 일상이라 치더라도, 불필요하게 높아지는 언성은 분명 뜻대로 되어 가지 않는 상황에 대해 조바심을 느끼는 증거였다.

그가 무너지자 오히려 태훈은 침착해졌다. 태훈 입장에서는 꿀릴 게 없었다. 하지만 너무 도망갈 구멍을 안 주면 너 죽고 나 죽자가 되어 버릴 수도 있으니까. 게다가 태훈으로서는 한 인간의 인생을 파멸

시키도록 끝장을 볼 만큼 성격이 모질지도 못했다.

"일단 도 차원에서 백골 조사 철저히 진행하겠다고 발표 한번 하세
요. 그럼 시민단체들, 환경단체들 힘 보탤 거예요. 그 분위기 타서 유
물 조사도 하고 있는 걸로 하고, 훼손될까 봐 사전에 갖고 나온 거다
그렇게 묻어가세요."

말하면서 태훈은 자기 스스로 특종을 포기하고 있다는 것을 깨달
았다. 내가 미쳤구나. 도지사는 여전히 분노한 표정이었지만 더 이
상 반발하지는 않았다.

태훈은 카메라를 그에게 건네주고는 목석원을 빠져나왔다.
아마 오늘내일 중에 도 이름으로 발표가 있을 것이다. 도지사로서
는 선택의 여지가 없으니까. 태훈은 신림에게 연락해 어서 이 소식을
알려 줘야겠다고 생각했다.

서로 다른 시대의 백골

신림은 동굴연구팀에게서 받아온 동굴 지형도를 놓고 고민에 빠져 있었다.

처음 발굴 당시 백골들이 놓여 있던 그 위치대로 지형도 위에 그려 놓고 보니 지도에는 특이한 형상이 모습을 드러냈던 것이다. 그 백골들이 배치된 모습은 마치 한자의 윗 상上 자가 좌우가 바뀐 채 위, 아래로 두 개 연달아 있는 것처럼 보였다.

"윗 상 자가 두 개라…."

이런 한자가 있나? 아니면 그냥 문양인가? 신림은 백골들을 이런 특정한 모양으로 늘어놓은 이유가 있을 것이라 생각했다.

정일국이라는 남자는 두 글자의 중간쯤에 위치해 있었다. 무슨 표식 같은데, 발굴팀들과 함께 이 지형도를 보던 할아버지는 별다른 말이 없으셨다. 사람들도 그다지 특별하게 생각하지는 않는 듯했다. 혹시 길 안내도가 아닐까 하는 의견도 있긴 했지만, 그저 누군가가 무심결에 내뱉은 말이었을 뿐 그다지 진지하게 다루어지지 않았다.

하시만 신림은 맘에 걸렸다.

할아버지가 말한 정일국이라는 사내가 범상치 않은 인물임을 생각하면 더욱 그랬다. 죽으면서까지도 땅에 쓰러지지 않았던 남자다. 두 발로 서서 반세기를 그렇게 기다리고 있었다. 그런 생각이 들면서 신림은 알 수 없는 끌림을 느꼈다. 이 사내가 시대를 거슬러 자신에게 무언가를 말하고 있는 듯한 느낌이 들었다.

요즘따라 밤길을 걸으면 뒷골이 싸아 했다. 무언가 알 수 없는 힘들이 주위에 감도는 느낌이었다.

"신림 씨, 이거, 복식 연대 구분한 거예요. 할아버지한테 좀 전해 주세요."

민속사 연구가 임 교수는 갈색 파일에 담긴 서류를 신림에게 건넸다.

서울에서 내려온 정부조사단 대부분은 조사 중지 지시를 받고 그날 오전 서울로 돌아가고, 임 교수는 자발적으로 남은 몇 안 되는 사람 중 하나였다. 개인적으로 일주일 강의를 빼면서까지 섬에 남아, 맡은 보고서 작성은 끝마치고 가겠다는 고마운 분. 그마저도 이번 주에 올라가 버리면 남은 사람은 신림과 제주역사연구소 쪽 사람들뿐이었다.

신림은 얕은 한숨을 내쉬었다.

정권이 바뀔 때마다 한창 하던 조사 지원 끊기고, 덮으라고 압력 들어오고 하는 일이 비일비재했다. 매번 당해도 매번 분했다. 혹시나 태훈에게 기대를 걸었는데, 역시나 별 도움이 되지 못했다. 결국 이번에도 정부 쪽 입장 변하니까 대번에 조사단 철수시켜 버리고, 보조도 끊기는 바람에 이 지경이 되어 버린 것이다.

그나마 발굴을 빨리 끝내 놓아서 다행이지. 기껏 차린 본부도 호텔에서 신림네 연구소 사무실로 옮겨 와야 했다. 그나마 해변 공연장 측과 뜻이 맞아 백골들은 그곳에 임시 보관해 놓을 수 있었다.

이것마저 정부에서 거둬 간다고 나올 때는 본격적인 대치 국면에 나설 수밖에 없지만, 그럴 정도로 백골에 관심 있는 사람들이 아닌 것이 다행이었다. 니들끼리 조사해서 학술 발표하는 정도야 용인해 주겠다는 식의 태도. 어차피 천 구에 가까운 백골을 조사하고 분류

하는 일이 인력도 자본도 없는 상황에서는 쉽지 않을 것임을 알고 있을 테니까.

신림은 임 교수가 전해 준 파일을 펼쳐 보았다.

처음의 예상대로 백골은 크게 두 시대로 나뉘어 있었다. 하나는 일제 강점기 말기로 추정되는 여름의 시체들이었다. 연령대는 10대에서 5, 60대까지 고르게 퍼져 있었는데, 3, 40대가 주를 이루었고 전부 남자였다.

옷은 한복이 일부, 일본식 당꼬바지에 셔츠가 일부 있고, 갈옷이 상당수였다. 일제 말기부터 4·3 때까지도 일반 사람들은 이런 복장을 입었다. 입대를 한 군인이든, 후방에 있던 국민이든 다르지 않았다. 이들 사체의 신발은 대부분이 일제 강점기 때 많이 신던 밑창에 고무를 덧댄 지카다비작업화였다. 옷감은 대부분 어두운 색이었는데, 당시에는 공습 때 눈에 띈다는 이유로 흰옷을 입지 못하도록 했었다. 모두 얇은 홑옷이었다.

복장으로 보았을 때 노역에 동원된 하층민들로 추정되었다. 제주도에서 민간인 노역이 이뤄진 것이 1942년 이후부터이고, 처음에는 해안가를 중심으로 노역을 하다가 선흘 지역 등의 중산간 노역이 시작된 것은 1945년에 들어오면서부터였다. 그러므로 이 백골들은 1945년 여름, 그러니까 종전 직전에 노역을 하던 사람들의 유해로 추정된다고 보고서는 결론지었다.

다른 백골들은 상대적으로 적은 숫자인데, 겨울옷 차림의 젊은 남자들이었다. 처음에는 4·3 때 피난민들로 추측되었으나, 이상한 것은 피난민 치고 의외로 젊은 남자의 시신이 많다는 점이었다. 당시 젊은 남자는 섬을 떠나 피신하거나, 산으로 도망하거나, 그도 아니면 경찰이나 군에 투신하였기 때문에 섬의 민간인 중에서 이처럼 많은 수의 젊은 남자가 단체로 피신한 예는 찾아보기 힘들었다. 정일국의 옷차림도 겨울옷으로 이 시기의 사람들과 함께한 듯 싶었다.

'그렇다면 산군들이었을까?'

역사 기록에 따르면 4·3이 한창이었던 1947년부터의 겨울은 1940 년대 보기 드문 혹한이었다. 제주도 역시 한라산이 하얗게 눈으로 뒤 덮였다는 기록이 있는데, 이들 백골의 입성이 솜으로 누빈 겨울철 의 복으로도 모자라 몇 겹이나 껴입고 모자와 귀덮개, 손에 헝겊까지 칭칭 두른 것으로 보아 당시 예사 추위가 아니었음을 짐작케 했다.

보고서에는 이 정도 인원이 굴 안으로 숨어든 것은 시기적으로 보 아 1948년 초토화 작전 때일 것으로 추정하고 있었다. 물론 이러한 추정은 어디까지나 복식만을 근거로 한 것이었다. 만약 군에서 수거 해 간 무기 중에 1950년 한국전쟁 때 사용된 신무기라도 나타난다면 당연히 연대는 훨씬 뒤로 미뤄질 가능성이 있었다.

그러나 일단 이들의 옷들을 보면 전쟁 이후로 미뤄질 가능성은 적 었다. 그 이후로는 육지에서 대거 피난해 들어온 사람들의 영향으로 섬사람들의 의복에도 많은 변화가 있었기 때문이다.

그리고 전후에는 도의 행정 역시 체계화되어 이 정도의 인원이 대 량으로 실종되었다면 틀림없이 기록에 남았을 것이었다.

결국 문제는 일제 말기 사람들과 4·3 때 사람들이 어떻게 한 공간 에 나란히 누워 죽어 있었느냐였다. 시간차를 두고 우연히 같은 공간 안에 있게 된 것이라고 보는 편이 타당했다. 일제 노역자들의 시신이 있는 공간에 4·3 피난민들이 숨어들어 갔다든지.

그래도 여전히 두 가지 의문이 남는다. 일제 말기 노역자들은 왜 그 곳에서 떼죽음을 당했는가? 그리고 4·3 때 숨어들어 간 이들은 무슨 이유로 시신들을 재배열한 것인가? 무언가 말하고 싶어서?

갑작스런 전화 벨소리가 신림을 깨웠다. 휴대폰 화면에 '유태훈 기 자'라는 글자가 떴다. 괜히. 그 말밖에는 다른 이유를 댈 수 없는 아 리송한 심사로 신림은 전화를 받지 않았다. 곧이어 문자가 왔다. 태훈이었다.

　'저녁 먹읍시다. 지난번 그 고깃집에서. 7시. 오늘.'

　어디서 일방적으로 이래라저래라야?

　하지만 마지막에 붙은 '오늘'이라는 단어가 신림의 마음을 움직였다. 어련히 오늘인지 모를까, 혹시나 엇갈릴까 조바심 내는 남자의 속내가 슬쩍 드러났다. A형인가? 피식 웃음이 나왔다. 승낙의 문자를 보낼까 하다가 말았다. 이렇게 대담한 척 문자를 던진 이상, 설령 상대가 나오지 않아도 괜찮다는 각오쯤은 했어야지. 그나저나 요새 계속 밤샘으로 피곤해서 오늘 머리도 못 감고 나왔는데….

　신림은 흘깃 벽에 걸린 거울에 시선을 주었다. 흐트러진 머리에 푸석한 얼굴이 떡 하니 나타났다. 마음에 들지 않았다. 아침에 선흘굴에서 태훈과 마주쳤을 때도 어찌나 당황스럽던지.

　그러고 보니 머리 다듬은 지도 꽤 되었다. 미용실이나 갈까? 시계를 보니 이제 막 4시를 지나고 있었다. 충분한 시간이었다.

흑돼지구잇집, 모친과의 통화, 자동차 사고

원래 태훈은 신림을 만나기 전에 정철을 돌려보낼 생각이었다.

그런데 어쩌다 보니 이야기가 길어졌고, 정철이 어차피 오늘은 늦었으니 제주시에서 자고 내일 서귀포로 넘어가겠다고 했다. 그러면서 자연스럽게 같이 저녁 먹는 분위기가 되어 버렸다. 태훈은 선약이 있어서 안 된다고 말하려다, 혹시 신림과 정철이 함께 이야기를 하다 보면 의외의 정보들을 얻어 낼 수도 있겠다는 생각이 들었다.

나쁘지 않은 조합이라는 생각이 들자 태훈은 참석자를 셋으로 급변경하였다. 미리 신림에게 알려야 하나 하는 생각이 잠깐 스쳤지만, 그렇게 크게 신경 쓰거나 하지는 않을 거 같아서 관두었다. 게다가 답 문자도 없는 것을 보니 신림이 온다는 보장도 없었다. 태훈과 정철은 일찌감치 음식점으로 가 자리를 잡고, 미리 소주병을 땄다.

신림이 나타난 건 7시 반이 넘어서였다.

늦어 놓고도 딱히 미안한 기색 없는 신림이었지만, 태훈 역시 전혀 개의치 않았다. 그도 그럴 것이 이미 태훈은 정철과 함께 삼겹살 3인분과 소주 두 병 반을 비운 상태였던 것이다.

"아, 신림 씨 왔네요? 이쪽이요. 여기로 와 앉아요."

태훈이 취기로 들뜬 몸짓으로 신나서 자리를 마련해 주었다.

신림은 잠시 그대로 서 있었다. 이 자리에 앉을 것인지 나가 버릴 것인지를 고민하고 있다는 것을 상상도 못 한 태훈은 얼레벌레 상 위의 소주병들을 치우고 이모님을 부르며 수저를 달라, 파무침을 달라 소란을 떨었다.

"말씀 많이 들었습니다. 같이 일하는 윤정철입니다."

처음 보는 정철이 주섬주섬 일어나서 자리로 이끌지 않았다면 신림은 태훈의 뒤통수라도 한 대 갈기고 자리를 떴을지 몰랐다. 하지만이 자리가 어디까지나 취재기자와 연구원의 만남일 뿐이라는 쪽으로 마음가짐을 리셋하자 예의를 지키고 자리에 앉을 수 있었다.

새로 머리하고 내친김에 머리에 어울리는 원피스까지 즉흥적으로 구입해 입은 자신의 선택이 이 갈리게 후회될 뿐이었다. 오전과 다르게 차려입고 온 자신을 얼마나 우습게 볼까 생각하니 밥맛이 사라지는 듯했다.

태훈은 이런 신림의 마음은 알지도 못한 채, 그녀를 위해 새로 불판을 갈고 돼지 목살과 삼겹살도 추가로 주문했다. 셋은 고기도 나오기 전에 잔부터 주고받았다. 무사히 첫 잔이 돌고, 그냥 넘어갈 수 없었던 신림이 한번 쐐기를 박았다.

"일행이 있으신 줄 몰랐네요."

"아, 제가 취재 때문에 서귀포에 있어서, 오랜만에 한번 얼굴 보는 거죠."

돌아가는 분위기를 모르는 정철은 사람 좋게 대답하는데, 태훈은 취기로 아리까리한 상태임에도 신림의 주위를 감도는 엄동설한 같은 냉기를 알아챘다. 뭔가 안 좋은 일이 있나? 늦은 거 보니까, 무슨 일이 있었나?

"무슨 일 있어요?"

나름 걱정해서 묻는 질문인데, 신림은 기가 찬다는 듯한 표정으로 시선을 외면했다. 그제야 태훈은 자기에게 뭔가 화난 것이 있음을 눈치 챘다. 뭐지? 뭘 잘못했지? 곰곰이 생각한다고 알아낼 것 같지도 않았지만, 술까지 한껏 들어간 상태이다 보니 자질구레한 감정 다툼이 다 귀찮았다. 20대. 아직 어린애는 어린애라고 생각하며, 태훈은 신림의 투정을 모른 척 넘겨 버렸다.

　"근데, 그 유골들은 4·3 때 거 맞죠?"

　정철이 적당한 화제를 고르려고 취재 이야기를 꺼냈다.

　"일부는요. 아직 확실치는 않아요."

　"에이, 너무 감추신다. 저도 다 같은 팀인데…."

　태훈이 이렇게 말했다면, 당장 쏘아붙였겠지만, 정철과는 초면이라 신림은 성질을 죽이고 술잔을 홀짝이는 것으로 대답을 피했다. 이런 신림의 상태를 눈치 채지 못한 정철은 내친김에, 술김에 더 배짱을 부리기 시작했다.

　"아니, 4·3 때 아니면 그 많은 인원이 한꺼번에 죽을 일이 또 어딨어? 다랑쉬굴 때처럼 굴에 숨어들어 갔다가 밖에서 연기 피우니까 단체로 질식한 거, 아닌가요?"

　더 이상은 신림도 참지 못했다.

　"만약 그랬다면 연기 마신 사람들이 따박따박 제자리 찾아가서 가지런히 대형 맞춰서 누워 죽었겠어요?"

　매섭게 쏘아붙이는 신림의 대답에 태훈은 차마 끼어들지 못하고 술잔에 고개를 박았다. 정철이 너 이 자식, 오늘 니가 다 뒤집어쓰겠구나. 하지만 상황 파악 못 하는 정철은 멈출 줄 몰랐다.

"그럼 전투 중에 죽은 시체를 옮겨다 놓은 건가? 외국의 카타콤처럼, 지하 묘지! 아, 그건가 보다!"

무슨 대발견이라도 했다고 손뼉까지 짝 마주치며 신나 하는 정철을 바라보는 신림의 표정은 짜증을 넘어 경멸의 기색이 역력했다.

"지금 4·3이 뭔지 알고 이야기하시는 거예요?"

아무리 만취 상태라도 정신이 번쩍 날 만큼 차갑고 날 선 질문이 단번에 정철의 미간을 향해 날아갔다.

"온 마을에 시체가 널려 있고, 사방에 눈알이 굴러다니고, 불에 탄 검은 피부는 쩍쩍 갈라져서, 타다 남은 시뻘건 살 조각이 바람 불면 너풀너풀…. 노인들은 아침에 일어나면 시체 묻어 주러 다니는 게 일이었어요. 이 마을에서 저 마을까지 전날 죽은 시체들이 눈에 띄면 그 자리에 묻어 주고 지나가고, 또 묻어 주고 지나가고. 깊이 묻어 줄 여력도 없어서 시체 바로 옆에 겨우 몸 두께만큼만 흙을 파서 굴려 밀어 넣고 대충 흙만 뿌려 덮어야 했던, 그게 4·3이에요."

순간 주위 테이블까지 모조리 조용해졌다. 다들 예상치 못하게 들려오는 이 살벌한 이야기에 숨을 죽였다. 신림은 분한 제 성질을 못이기는 듯 쏟아내고는 가만히 숨을 골랐다. 반사적으로 입으로 가져간 소주잔에서는 짙은 알코올 냄새가 풍겨 왔다.

굳이 자기가 계산을 하겠다고 둘을 먼저 내보낸 정철은 화장실에라도 갔는지 한참이나 나오지 않았다. 토속 음식점 티를 내느라 세워 놓은 돌하르방 옆에서 태훈은 신림에게 말을 건넸다.

"이렇게 리얼하게 듣는 건 처음인데요?"

"농담이 나와요?"

한심하다는 듯한 시선을 보냈지만, 신림의 타박은 한껏 누그러져 있었다.

신림은 자기도 모르게 깨달은 것이다. 말이 안 된다는 걸. 4·3은 그런 것이다. 죽은 시체로 대형을 맞추고 암호를 남기고 할 정신 따위 있을 수가 없다. 감상에, 낭만에, 그런 건 불가능하다.

'그런데 만약 그렇게 했다면…?'

그건 '그냥'이라는 말로는 설명이 안 된다. 필사적. 죽어 가는 순간 마지막의 마지막 힘을 다해서라도 전해야만 하는 중요한 무언가가 있었던 것이다.

태훈은 신림을 물끄러미 바라보았다. 무슨 생각을 하는 걸까? 자연스럽게 늘어뜨린 머리카락이 아름다웠다. 일할 때는 늘 묶고 있는 모습이었는데, 오늘은 웬일로 풀고 있었다. 그래서인지 더 어른스럽고 여성스러워 보였다. 하지만 실은 어디로 튈지 모르는 조바심 많은 20대. 그런 부조화와 돌발적인 행동에 끌린다는 사실이 그를 당황스럽게 만들었다.

여자의 마음은 갈대라더니…. 잔뜩 골이 났다가 한풀 꺾이고 지금은 또 무언가 다른 생각에 잠겨 있는 그녀를 보며, 태훈은 도대체 저 머릿속에서는 어떤 생각들이 오가는 것일까 궁금해졌다. 느긋하게 그녀를 바라보며 담배를 태우는 이 순간이 그는 말할 수 없이 편하게 느껴졌다.

문득 신림은 자신을 바라보는 태훈의 시선을 알아챘다.

술기운 때문이었을까? 마주친 시선을 둘 다 피하지 않았다. 태훈은 담배 연기를 내뿜으며 습관처럼 왼쪽 눈을 가늘게 찌푸렸다.

"왜 눈을 그렇게 해요?"

"뭐가요."

"찡그리잖아요."

갑작스런 신림의 질문에 태훈은 그제야 자신이 얼굴을 찡그린다는 것을 깨달았다. 내가 그랬나?

"연기가 자꾸 눈으로 들어가서요."

"그쪽으로 연기를 안 보내면 되잖아요."

신림의 질문은 늘 생각할 틈 없이 들어온다.

머리 회전이 빠른 것일까? 그녀 스스로는 인지하지 못하겠지만, 받는 사람으로서는 방비할 틈 없이 '팡' 하고 한순간 눈앞에 나타난 탁구공 같다는 느낌이었다.

"그게 습관이 돼서…."

대답을 하면서야 자기도 깨닫게 되는 어색함. 평소의 태훈은 늘 자신의 대답을 계획하고, 준비하는 스타일이었다. 그래야 실수도 없고 마음이 놓였다. 그런데 신림을 만난 후로는 질문도 행동도 엉뚱한 곳에서 불쑥불쑥 튀어나와 정신이 없었다. 그 속도를 받아치느라 즉흥적으로 대답해 놓고 나중에 곰곰이 되돌아보며 후회하는 일이 종종 있었다. 그렇게 대답하지 말았어야 했는데, 그렇게 대답하고 싶은 게 아니었는데…. 이런 자괴감이 그녀 앞에서 그를 은근히 자신 없게 만들었다.

하지만 한편으론 그렇게 바보같이 구는 자신의 모습이 재미있기도 했다. 스무 살 첫 데이트 때의 싱싱함을 되찾은 듯도 하고.

"그럼 그냥 끊어요. 담배 좋을 거 하나도 없는데."

예의 그 애교 섞인 신림의 말투에 태훈은 소리 없이 웃었다.

어째 제주도 오자마자 담배와의 전생이라도 시작된 것 같았다. 사방에서 금연시키지 못해 안달 난 사람들로 가득했고, 그와 맞먹게 담배에 대한 욕구는 점점 더 강해졌다.

태훈의 핸드폰이 울렸다. 이런 시간에? 액정을 확인하니 정철이었다.

"뭐야? 왜 안 나와?"

"야, 나 먼저 나왔다. 괜히 끼어서 방해될까 봐. 크크. 나중에 보자."

눈치껏 자리를 비킨다는 말에 태훈은 어이없어 웃었다. 그렇게 보였나 보지? 그런 것도 뭣도 아닌데.

"왜 안 나온대요?"

"먼저 갔대요. 취해서 정신 없었나 봐요."

신림은 어처구니없다는 표정을 지었다. 뭐 술 먹으면 그럴 수도 있지. 실수도 할 수 있고, 홧김에 일 칠 수도 있고. 그런 걸 잘 겪어 보지 못한 듯했다. 조금 곱게 자라난 느낌. 자신과는 많이 다르다는 생각이 불쑥 들었다. 나이도, 자라온 환경도 많은 차이가 있음을 몰랐던 것도 아닌데. 이제와 새삼.

둘은 지난번처럼 중심가 쪽을 향해 걸었다.

태훈은 혹시나 하고 뒤를 살폈지만 미행 따위는 보이지 않았다. 하긴 이제 미행할 이유도 없었다. 도지사에게 남겨진 선택의 여지가 없으니까.

신림은 오늘 낮에 본 보고서 내용을 들려주었다.

두 시대의 시체가 함께 존재한다는 것. 사실 조사단 입장에서는 아직 외부 공개해서는 안 되는 내용이었지만, 신림은 태훈이 이런 내용들을 함부로 기사화할 사람이 아님을 믿었다.

그래서 내친김에 자신이 의혹을 갖고 있는 백골들의 대형에 대해서도 이야기했다. 직접 사진으로 본 것이 아니므로 태훈이 자신의 견해를 밝히긴 어려웠지만, 무언가 숨겨진 내용이 있다는 데에는 동의하였다.

"그런데, 4·3 시신들이야 숨어 있다 죽었다 쳐도, 일제 강점기 노역자들은 그 많은 인원이 왜 죽은 거죠?"

"생매장이겠죠."

신림은 별로 대단치 않다는 듯 대꾸했다.

"그런 일 많았대요. 일본에서 노역했던 사람들 중에서도 종전 직전에 그대로 생매장당한 사례들 많아요. 아예 그런 인력이 있었다는 사실조차 묻힐 뻔했다가, 나중에 담배 배급이 이뤄진 서류가 발견되면서 밝혀진 적도 있고요. 섬에서도 노역에 동원되었던 증인들 구술자료 보면 해방 전에 같이 노역에 동원되어 간 사람들 중에, 해방 후 돌아오지 못한 인원들이 상당수 있어요."

"왜 그런 사실들이 알려지지 않은 거죠?"

"알려지긴 했는데, 크게 기사화되지 않으니까 그러려니 지나간 거죠. 그런 게 한두 개인가요?"

신림의 얼굴에 살짝 어두워졌다. 이런 일에 많이 지친 듯했다.

"만약 이게 사실이라면, 국제 문제가 될 만한 일이군요."

"그렇죠. 이렇게 많은 시신이 발견된 것은 처음이니까요."

가뜩이나 일본의 역사 망언으로 세계적으로 비난 여론이 높은데, 이 사실이 발표되면 제대로 카운터펀치를 먹이는 셈이었다.

"이거, 보도해도 되는 건가요?"

"당연히 안 되죠. 확인된 게 아니니까. 전반적인 상황만 조만간 공식 발표할 서예요."

"아, 너무하네. 그럼 메리트가 없는데. 관계자 인터뷰 이런 거라도 해 줘요. 생매장일 수도 있다… 라는 정도만이라도."

신림은 어깨를 으쓱해 보이더니 마침 다가온 택시에 홀짝 올라탔다. 그나마 애교처럼 잠깐 손을 흔들어 준 것으로 작별인사를 대신하면서.

태훈은 나쁘지 않은 기분으로 신림을 보내고, 저녁 내내 잊고 있던 핸드폰을 꺼냈다. 언제나 그렇듯이 몇 통의 부재중 통화. 이런 번호 저런 번호 불필요한 번호들을 걸러 내고, 답문 보낼 거 보내고 나니, 기억에 있는 듯한 064 지역번호가 하나 남았다. 제주도? 이게 누구 번호였지? 익숙한데 그렇게 가깝게 느껴지지 않는 느낌이었다. 전화 온 시간은 9시였다. 지금은 벌써 11시 반. 좀 늦긴 하지만 어지간하면 잠들 시간은 아니니까, 태훈은 잠시 망설이다가 통화 버튼을 눌렀다.

"밤늦게 죄송합니다, 혹시 전화하신 분…."

"…에미다."

"아…."

어쩐지. 낮은 익되 반갑지 않은 느낌은 이거였다.
거의 몇 년 만의 모자간의 통화는 침묵만 흘려보내고 있었다.

"섬에 있다며?"

"네."

"언제 왔냐?"

"며칠… 됐어요."

태훈의 어미는 더 이상 말이 없었다.
10년 만에 고향에 찾아온 아들이 집에 한번 들리지 않는 데 대한 섭섭함일까? 그런 감정을 느낄 만큼, 무언가 남은 모자 사이였나 생각하는 태훈의 귓가에 모친의 나즈막한 한숨 소리가 들렸다. 메마른 호흡 사이로 말로는 하지 않는 원망이 느껴졌다. 태훈은 책임져야 할 말을 내뱉었다.

"내일 오후에 들를게요."

그래라 마라 대답 없이 철컥 하고 수화기를 내려놓는 소리가 들렸다. 그와 동시에 태훈의 머릿속에는 '왜 간다고 했지?' 하는 후회가 밀려왔다. 답답함으로 폐가 쪼그라드는 것만 같았다.

갑자기 담배 생각이 간절해져 주머니를 뒤지니 찌그러진 담뱃갑에 한 개비가 남아 있었다. 다행이다 싶었다. 지난번 도지사의 미행 이후 모텔 뒷문으로 드나드는 게 습관이 되어 버려서, 뒷골목을 지나는 중이었기 때문이다. 이 골목엔 그 흔한 편의점 하나 없었다. 모텔 입구와 마사지 가게와 지하 술집 입구가 드문드문 있을 뿐, 딱히 지나는 사람도 별로 없었다.

명색이 제주도 최고의 유흥거리인데, 아무리 뒷길이라지만 이렇게 한적해서 어쩌나 싶으면서, 설명할 수 없는 묘한 적막감이 느껴졌다. 나중에 그는 그것이 본능적인 생존 경고였다는 것을 알았지만, 그 당시에는 이를 깨닫지 못했다.

그리고 천천히 뒤에서 다가오는 승용차가 옆으로 지나쳐 갈 수 있도록 건물 쪽으로 붙어 섰다. 지나갈 줄 알았던 승용차가 좀처럼 다가오지 않자 태훈은 흘깃 뒤를 돌아 바라보았다. 강렬한 헤드라이트 불빛이 태훈의 얼굴을 환하게 비추었고, 그와 동시에 과열한 엔진 회전음이 골목길을 가열차게 할퀴었다.

"위이이잉 끼이이이익!"

짓눌린 엔진 소리가 놓여남과 동시에 차는 태훈을 향해 돌진해 들어왔다. 태훈은 급히 앞쪽으로 몸을 날렸다. 조금만 늦었어도 그는 자동차 앞 범퍼와 벽 사이에 그대로 끼어 버릴 뻔했다. 그랬다면 태훈의 하반신은 가루가 되어 버렸을 것이었다. 다행히 벽에 불꽃이 튀도록 충돌해 들어온 범퍼를 간발의 차로 비켜선 덕에, 태훈의 몸은 차 옆면에 세게 부딪쳐 튕겨져 나왔다.

그리고 넘어지자마자 초인적인 힘을 발휘해 벌떡 일어섰고, 그 자동차의 후진불이 켜지고 그를 향해 달려오기 전에, 옆 건물의 열린 문 안으로 뛰어들어 갈 수 있었다.

그곳은 횟집 주방이었다. 깜짝 놀란 요리사가 일반인은 들어오면 안 된다고 그를 내보내려고 했을 때, 몸을 일으키던 태훈은 그대로 바닥에 풀썩 주저앉고 말았다. 체중을 실은 왼쪽 손목에서도 극심한 통증이 느껴졌다. 밖으로 빠르게 사라지는 자동차 소리를 들으며, 태훈은 앰뷸런스를 요청했다.

국장의 연락을 받은 정철이 서귀포로 넘어가던 차를 돌려 날아왔을 때, 태훈은 병원을 나서려던 참이었다. 왼쪽 손목부터 팔꿈치까지 두툼하게 깁스가 되어 있었다.

"어떻게 됐어!? 손목 나간 거야?"

"갈빗대도 나갔다."

"이런… 무슨."

태훈은 옆에서 부축해 주려는 정철의 팔을 거절했다.

입원할 정도는 아니라고 했지만, 몸을 움직일 때마다 가슴께에서 느껴지는 통증에 작은 비명이 절로 새어 나왔다. 하는 수 없이 힘을 덜 넣고 걸을 수밖에 없었다. 짜증이 절로 났다. 갈빗대도 갈빗대지만, 하필 손이냐. 앞으로 할 일도 많은데. 이 상태로는 카메라를 잡기가 힘들었다.

정철은 국장에게 보고 전화를 넣었다. 상태가 심하지는 않은 것 같지만, 손을 다쳤다는 말을 하는데 태훈이 핸드폰을 낚아챘다.

"올립시다. 열 받아서 이대로는 못 있겠어요."

국장은 내키지 않는 듯했다. 하지만 공갈 협박도 차원이 있지 이건 까딱했으면 반병신, 재수 없었으면 죽었을 수도 있는 일이었다. 아니, 처음부터 그게 목적이었음이 분명했다. 장난이라고 보기 어려웠다.

"올려."

국장 사인이 떨어졌다. 신문기자 나부랭이 맛이 어떤지 톡톡히 보여 줄 때가 되었다.

결혼, 유년의 끝

덕구와 정화는 제주읍의 새로 생긴 카페 '섬'에 마주앉아 있었다.

그와 이렇게 단둘이 차를 마시는 일이 처음이라고 정화는 생각했다. 어색함, 불편함. 그리고 아무 소용없는 짓이라는 생각에서 드는 답답함. 그가 무슨 이야기를 하고 싶어 하는지 알기에 정화는 자신의 대답 또한 잘 알고 있었다.

그리고 그 대답이 앞으로 그와의 관계에 있어서, 또 이호구 씨나 조천 마을 사람들과의 관계에 어떤 영향을 가져올지도 알고 있었다.

덕구는 한참 동안이나 입을 열지 않고 커피만 마셨다.

이런 이야기를 단도직입적으로 물어 올 정도로 덕구 오빠의 심성이 담대하지 못하다는 것을 정화는 잘 알고 있었다. 그래서 이 또한 자신이 감당해야 하는 일이라고 생각했다. 어쩌면 지극히 작은 시작일 뿐이라는 것도. 그래서 정화는 제 쪽에서 먼저 이야기를 꺼내 버렸다.

"오빠, 나한테 실망했어요?"

덕구는 이런 식으로 이야기를 시작할 생각이 없었다.

이건 이미 결정난 일을 확인하는 것밖에 되지 않았다. 그는 정화를 설득할 생각이었다. 아직 결정된 것은 아무것도 없다고. 결혼이라는 건 그렇게 쉽게 결정하는 것이 아니라고.

서두는 뛰어넘었지만 본론부터도 충분했다. 덕구는 상황을 처음으로 되돌려 이야기를 시작했다.

"네가 그 녀석에 대해 어떻게 생각하는지 모르지만, 잘못 알고 있는 거다. 너한테 어울리는 배필이 아니야."

"전 그분에 대해 잘 알아요. 이야기도 많이 나눴고…."

"이야기 좀 나눴다고 그 사람에 대해 알 수 있다고 생각하는 거니?"

덕구의 입가에 옅은 비웃음이 스쳤다. 그게 정화를 자극했다. 덕구는 자신과 일국 사이에 대해 조금 착각을 하고 있는 것 같았다. 별 사이가 아니라는 착각.

"우리는, 오빠가 모르겠지만… 많은 시간을 함께 보냈어요."

"그는 테우리야!"

'우리'라는 말이 아니었다면, 덕구는 그처럼 감정적이 되지는 않았을 것이다. '테우리'라는 말이 아니었다면, 정화는 그처럼 냉정해지지 않았을 것이었다. 하지만 그 순간 둘은 절대 좁혀지지 않을 거리를 실감했다. 순식간에 덕구는 사람을 신분으로 차별하는 속물스러운 인간이 되어 버렸고, 정화는 이미 속없이 남자에게 홀딱 넘어가 버린 어리석은 여인으로 전락해 버렸다.

"이건… 말이 안 된다. 네가 왜…."

덕구의 말은 이미 자조적인 혼잣말에 지나지 않았지만, 정화는 이 대화가 절대, 표면적으로도 무난하게 끝날 수 없을 것임을 알았다. 그렇고 그런 좋고 좋은 사이 같은 것은 두 번 다시…. 왜 덕구 오빠와 그냥 좋은 오빠 동생 사이로 지낼 수 없게 되어 버린 것일까?

어제 정화는 조천의 이호구 씨 댁을 방문했었다.

일국과 결혼하기로 했음을 알리기 위한 것이었다. 원래대로라면 중신아비가 다녀가고, 신랑 댁에서 혼담이 들어오고 하는 절차를 거쳤어야 했겠지만, 홀로 섬에 와 있는 정화이다 보니, 그런 모든 과정은 생략하기로 했다. 다만 부모나 다름없이 돌보아 주신 이호구 씨 내외에게는 미리 사실을 알려야 한다는 생각에 찾아갔던 것이었다.

"이게 말이 되는 일이냐. 동경제대까지 나오고, 외모로나, 영어 실력으로나, 뭐가 부족해서 테우리 놈을 만나."

이호구 씨는 그답지 않게 언성을 높였다. 걱정에서 비롯된 꾸짖음이었다.

"전 그분을 사랑해요."

정화의 대답이 너무나 세상 물정 모르는 소녀 같았기 때문에 이호구 씨는 가슴이 철렁했다. 이 아이가 지금 무슨 결정을 내리는지 알고나 있는 것일까? 하지만 정화의 생각은 뚜렷했다. 감정적이지도 않았고, 즉흥적이지도 않았다.

"저는요, 뭘 갖고, 뭘 배우고 그런 걸 따지지 않아요. 정말 그런 것들을 원했다면 제대에서 만난 이들을 선택하겠죠. 섬에 오지도 않았겠죠. 그런 걸 원했다면….”

자기 딸 같았으면 다리몽둥이를 부러뜨려서라도 반대했겠지만, 정화는 이 순간 그에게 아무 관계없는 남이었다. 결혼 같은 인생의 중대사에 이래라저래라 할 만큼의 관계도, 책임도, 자격도 그에게는 없었다. 게다가 이미 굳어진 마음이었다.

"그 녀석이 널 먹여 살릴 수나 있겠냐?"

"신교육을 받은 분이 그런 말이 어디 있어요? 여자도 경제력이 있다고요."

정화는 이덕구 씨의 편치 않은 승낙에 대꾸하며, 스스로 그렇게 다짐했다. 그의 짐을 나눠지겠다고. 그에게 얹혀 가는 인생이 아니라. 함께 짊어지고 가겠다고. 여기는 섬이니까.

그렇게 정화가 다녀간 후, 이호구 씨로부터 정화의 결혼 소식을 들은 덕구가 아침에 당장 찾아온 것은 너무나 당연한 일이었다.

비록 자신의 청혼을 한 번 거절한 정화였지만, 그건 시기적으로 때가 되지 않았기 때문이지, 다른 남자가 있었을 것이라고는 꿈에도 생각하지 못했던 것이다.

"도대체 그 녀석의 어디가 그렇게 좋냐?"

한참이나 뜸을 들이던 덕구가 내뱉은 질문이었다. 정화는 이 질문을 이미 오래전 스스로에게 던진 적이 있었다.

"그분의 마음이요. 겉치레도 없고, 못난 구석도 많지만 흔들리지 않아요."

덕구는 아주 가관이라는 표정으로 한숨을 내쉬었다.

남자한테 빠져 아무것도 못 보는 한심한 여자 같으니라고. 찻잔을 딸칵 소리 나게 내려놓는 신경질적인 손놀림에서 그의 불편한 심기가 드러났다. 정화는 덕구의 태도가 조금 무례하다고 생각했다.

"아버지가 도대체 널 어떻게 생각하시겠니?"

'그건 오빠가 걱정할 일이 아니잖아요.'라고 말하고 싶었지만, 정화는 한 호흡 참았다. 오빠가 나에게 화를 내더라도, 겉으로 화를 낼 수 없어서 불쾌하게 대하더라도 참기로 했지 않나.

어차피 자신이 택한 길이었다. 남자한테 빠져 어리석은 선택을 한 실망스러운 여자. 정일국이라는 사내를 택한 순간, 그런 오해의 시선을 감당하기로 이미 각오했던 것이다. 그의 진가를 알아보지 못하는 사람들에게 무슨 설명을 더 할 수 있을까?

> "집을 나와서 이곳에 온 순간 이미 전 아빠 딸이 아니에요. 죽어도 여
> 기서 죽을 거니까. 혹시 돌아가게 된다 해도 그건 제 정신이 아닌 몸
> 뿐일 거예요. 전 이곳을, 그분 곁을 떠나지 않아요."

덕구는 더 이상 대답하지 않았다. 더 이상의 대화는 무의미했다.
덕구는 조소를 거두지 못하고, 그저 흔들 인형처럼 고개를 주억댈 뿐
이었다.

원래는 제주도 혼례에서 손님상에는 돼지고기 석 점, 순대 한 점,
두부 한 점, 술 석 잔에 통보리 팥밥이 기본이었다. 쌀이 귀한 섬에서
쌀밥은 새서방과 새각시 상에만 올랐다.
하지만 일국의 혼례는 달랐다.
대양상회 영감이 축의금으로 배 한 척 값의 목돈을 내놓았다는 소
문에 걸맞게, 모든 손님들에게 쌀밥이 제공되었다. 실상은 일본군들
이 남기고 간 군량미를 중간에서 **빼돌린** 것이었지만, 어차피 소각될
쌀들이었으므로 좋은 자리에 많은 사람들에게 나누어진다는 점에서
나쁠 것 없었다.
손님은 섬의 각지에서 모여들었다.
일국이 장사를 다니면서 거래를 트게 된 대정, 서귀, 애월, 표선,
한림 등의 장사치들은 물론, 일국이 어린 시절 자란 아비의 고향 대
정에서도 친척들이 찾아왔다. 일국 어미의 고향 사람들인 북촌의 아
주머니들도 예상외로 많이 찾아 주었고, 중산간 선흘 지역 사람들도
몰려들었다. 미리부터 거하게 차리는 잔치라고 소문이 돌았던 터라
사람들은 바쁜 일을 제쳐 두고 일찌감치 이날을 기다리고 있었다.
정화의 손님도 적지 않았다.
가르쳤던 제자들은 물론 그 사이 친해진 미군들과 미 군정 관리들
이 상당수 초청되었다. 이들에게는 낯선 땅의 혼례를 구경할 기회가

된다는 점에서 일종의 문화 체험인 셈이었다.

섬의 음식에 익숙지 못한 이들을 위해서는 간단한 서양식 식사도 준비되었다. 이것은 박경훈 도사 측에서 마련하였다. 당연히 그는 정화의 결혼을 단순한 개인적 행사로 생각하지 않았다. 원하든 원치 않든 미 군정 관리들이 대거 참석하는 행사라면 그에 합당한 준비가 있어야 했다. 작은 감정적 불씨가 섬 전체를 태워 버릴 재난이 될 수도 있는 시기였다.

게다가 이 둘의 주위 사람들 면면이 묘하게 더 그러했다.

정화가 제주읍으로 옮겨 온 후 거의 부모처럼 뒷바라지를 한 박경훈 도사 내외를 비롯하여 인민위원회 어른들도 참석하였고, 일국과 사업상 거래 관계가 있는 친일 인사들 역시 빠지지 않았다. 두 남녀의 결혼식이었지만, 그곳에는 축하와 격려보다는 호기심과 질시, 견제와 과시, 그리고 온갖 신경전이 난무했다.

서양식도, 전통 제주식도 아닌 애매한 약식 결혼이라 입방아에도 올랐지만, 평생 보아 왔던 혼례 중에 가장 성대하고 풍성했다고 노인들은 칭찬을 아끼지 않았다.

선녀처럼 아름다운 새색시와 사모관대하니 장군감인 풍채 좋은 새신랑은 한 폭의 그림이 따로 없었다. 천한 테우리니 악질 재일교포의 딸이니 하는 뒷이야기를 제쳐 두고 보면 너무도 잘 어울리는 한 쌍이었다.

사실 정화는 이런 혼례를 원하지 않았다.

이런 게 무슨 소용이냐고 조용히 가족 친지만 모아 식을 치르기 바랐지만, 일국은 사내였다. 그것도 배포 있게 장사를 벌이고픈 통이 큰 사내였다. 결국 결혼식은 오일장을 방불케 할 만큼 많은 사람으로 북적이며 요란스럽게 치러졌다.

당연히 정화의 가족은 아무도 참석하지 않았다.

직접 연락을 하지는 않았지만, 이호구 씨를 통해, 박경훈 도지사를 통해 아버지에게 조심스러운 전갈이 갔다는 것을 알고 있었다. 하지만 예상대로 아버지 쪽에서는 아무런 연락이 없었다. 심지어 이번에는 어머니조차 침묵했다.

정화는 섭섭해하지 않았다. 어머니는 아마 정화가 집을 떠났을 때보다 더욱 큰 충격을 받았을 것이다. 그리고 이 자리에 참석하지 못하도록 막는 아버지 때문에 더욱 상심해 있을 것이었다.

볼거리, 먹을거리 많은 즐거운 결혼식이었지만, 단 두 사람에게는 그렇지 못했다.

이덕구는 그답지 않게 초장부터 술판을 벌이고, 야학 청년들과 끝도 없이 술을 마셔 댔다. 혼례가 시작하고 사람들이 모두 혼례 구경으로 신이 나 있을 때도, 덕구는 혼자 한켠에서 술잔을 기울였다. 뭐가 불만이냐고 누군가 물었다면, 그는 자기 자신이라고 대답했을 것이다. 몹쓸 시대에 못나게 태어나 한참은 부족한 자신이 오늘처럼 싫을 수가 없었다.

덕구는 술의 힘에 기대어 이날이 지나는 것도 몰랐지만, 세영은 맨정신으로 모든 과정을 지켜보았다. 마치 자해라도 하듯이 세영은 혼례의 전 과정을 머릿속에, 마음속에, 심장 속에 새겨 넣었다.

정화 선생님이 방에서 나오는 모습, 어색하게 한복 아래로 버선발을 내밀어 새 꽃신에 발을 밀어 넣는 모습, 부축을 받아 마당으로 나오고, 엉거주춤하게 절을 하고, 그런 틈틈이 일국을 향해 수줍은 볼미소를 지어 보이는 모습까지.

정화 선생님은 눈이 시리게 아름다웠다.

갓 피어난 꽃송이처럼 아름답고 행복해 보였다. 그 사실이 세영을 더욱 가슴 아프게 했다. 만개한 동백꽃 같은 정화 선생님의 모습은 그녀가 처음부터 일국의 것이었음을 온몸으로 증명하고 있었다.

그가 어린 시절을 함께하던 정일국은 없었다. 이미 그날, 선생님을 트럭에 태우고 떠나는 모습을 보았을 때부터, 세영의 마음속에서 일국은 지워져 버렸다. 그는 낯선 사내가 되어 자신의 희망을 가로 채 버렸다.

그리고는 어느 틈에 정화 선생님의 옆자리를 차지하고 있었다. 마치 처음부터 그러했다는 듯이. 전혀 다른 두 사람은 요철처럼 꼭 들어맞았다. 씨실과 날실처럼 애당초 풀 수 없는 교합. 그것이 하늘이 정해 놓은 '연'이라는 것일까?

천벌이 내릴 못난 마음이라는 것을 알지만, 세영은 둘이 불행하길 바랐다. 절망 속에 세영은 간절하게 저주했다. 그럼에도 어떠한 불행 속에서도 둘은 하나일 것이라는 사실이 그를 더욱 낙담하게 했다.

그날 밤, 세영은 혼자 다려도에 갔다.

달빛만이 치렁치렁 쏟아져 내리는 한밤중, 세영은 물에 뛰어들었다. 죽을지도 모른다. 그럼 다행이었다. 의식도 없이 헤엄을 치다 보니 불같던 몸뚱이는 차게 식었고, 두방망이질 치던 심장은 제 속도를 찾았다.

어느 순간 작은 바위에 손이 닿았을 때에 그는 다려도에 도착해 있었다.

밀물로 거의 잠긴 조그만 다려도 바위 위에 누워 세영은 밤을 지새웠다. 달빛 속에 많은 일들이 지나가고, 하나둘 지워지고, 종내는 커다란 상자에 담겨져 쿵 하고 문이 닫혀 버렸다. 상자는 열쇠로 잠그고 그 열쇠는 방향도 알 수 없는 바다로 던져 버렸다. 다려도 어딘가, 조천의 심연. 그곳에 세영은 유년을 버렸다.